TARA DUNCAN
DRAGONS CONTRE DÉMONS

DU MÊME AUTEUR

TARA DUNCAN

Tara Duncan. Les Sortceliers, Le Seuil, 2003 (Pocket, 2007).
Tara Duncan. Le Livre Interdit, Le Seuil, 2004 (Pocket, 2007).
Tara Duncan. Le Sceptre Maudit, Flammarion, 2005.
Tara Duncan. Le Dragon Renégat, Flammarion, 2006.
Tara Duncan. Le Continent Interdit, Flammarion, 2007.
Tara Duncan dans le piège de Magister, XO Éditions, 2008 (Pocket, 2009).
Tara Duncan et l'invasion fantôme, XO Éditions, 2009.
Tara Duncan. L'Impératrice Maléfique, XO Éditions, 2010.
Tara Duncan contre la Reine Noire, XO Éditions, 2011.

Indiana Teller. Lune de printemps, Michel Lafon, 2011.
Indiana Teller. Lune d'été, Michel Lafon, 2012.

La Danse des obèses, Laffont, 2008 (Pocket, 2010).
La Couleur de l'âme des anges, Laffont, 2012.

ISBN : 978-2-84563-575-3

Sophie
Audouin-Mamikonian

Tara Duncan
Dragons contre démons

Roman

XO JEUNESSE

ÎLE
DU ROYAUME
DE PATROK
Kikrok
TATRAN
Cityville
ROYAUME
D'AQUARIA
PAYS
DES TRITONS
Osor
Oo'salé
Denez
Arrutchir
Kro
Krot
Hon
fleuve Boria
DÉSERT
DE SALTERENS
VIRIDIS
OCÉAN DES BRUMES
Ceclat
Sala
Tiran
MEUS
Kekidi
Montagne Rouge
Demoi
Poivret
Tesour
BASCRIT
Lasbon
Fier
SPANIVIA
Respyr
Cava
fleuve Tange
EMPIRE
CARTE
D'AUTREMONDE
face Ouest

cartographie : Sylvie Pistono-Denis

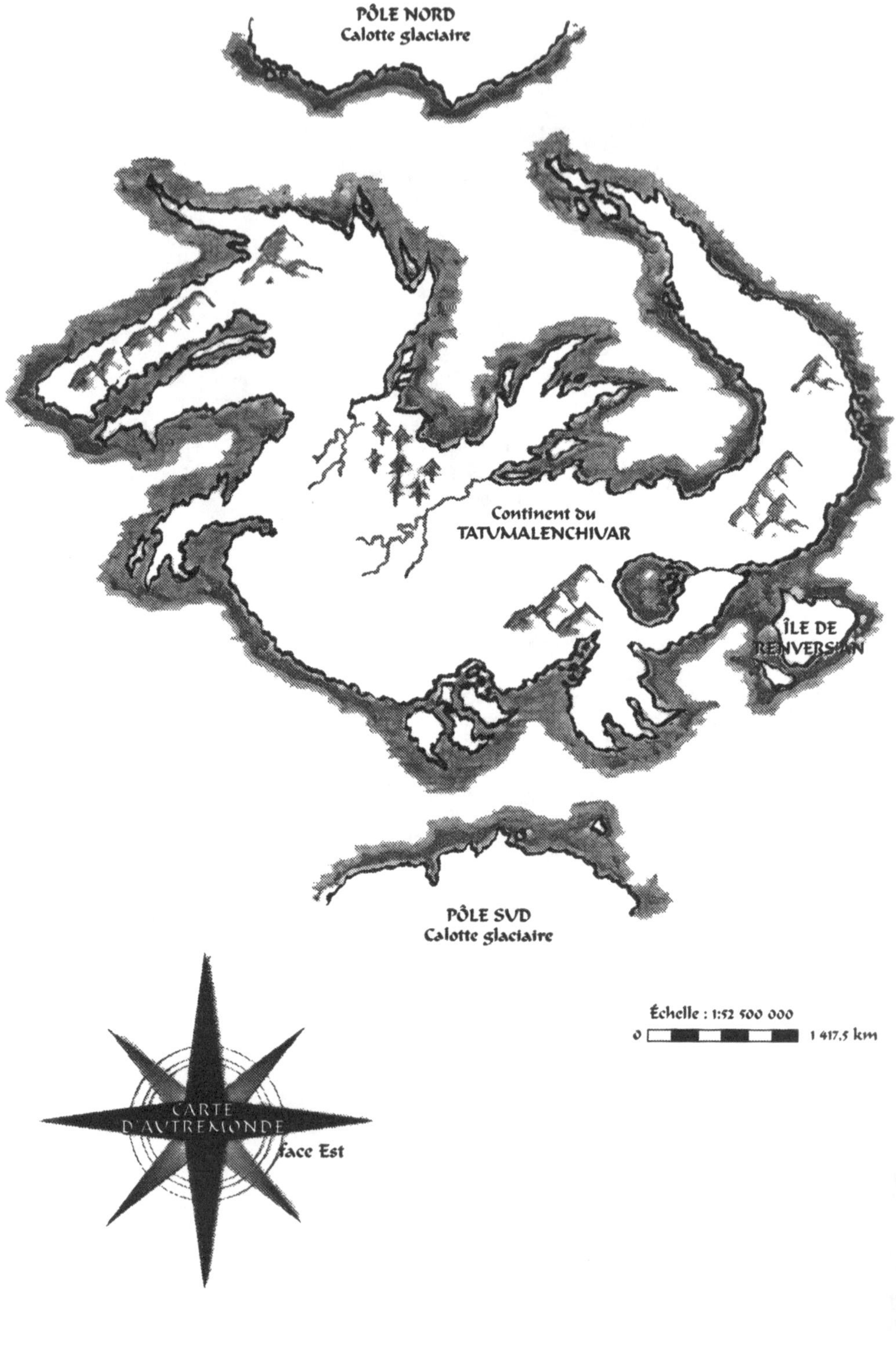
PÔLE NORD
Calotte glaciaire
Continent du
TATUMALENCHIVAR
ÎLE DE
PÔLE SUD
Calotte glaciaire
Échelle : 1:52 500 000
0
1 417,5 km
CARTE
D'AUTREMONDE
face Est

DYNASTIE DUNCAN AU LANCOVIT
ÉTABLI LE 25 FAICHO 5015 (DATE D'AUTREMONDE)

Manitou Duncan (4850 DA –) & Magenti Val argenmont Rethila (4849 DA – 4928 DA)

Menelas Tri Vranril (4805 DA – 4994 DA) & Isabella Duncan (4910 DA –)

Reventai Duncan (4901 DA – 4998 DA) & Teiler Ab Zan (4876 DA –)

Selena Duncan-Vranril Ab Santa Ab Maru (4977 DA –) & Danviou T'al Barmi (4973 DA – 5002 DA)

Various Duncan (dit le Renégat) (4952 DA –)

Tara'tylanhnem T'al Barmi Ab Santa Ab Maru T'al Duncan (1991 DT/5000 DA –)

Jar'tylanhnem T'al Barmi Ab Santa Ab Maru T'al Duncan (5003 DA –)

Mara'tylanhnem T'al Barmi Ab Santa Ab Maru T'al Duncan (5003 DA –)

DYNASTIE T'AL BARMI AB SANTA AB MARU, EMPIRE D'OMOIS
ÉTABLI LE 25 FAICHO 5015 (DATE D'AUTREMONDE)

Demiderus « Poing de feu », fondateur de l'empire d'Omois (- 2984 DT –)

Descendants cinq mille ans plus tard

Impératrice d'Omois
Lisbeth'tylanhnem T'al Barmi Ab Santa Ab Maru (4970 DA –) & Daril Kratus (4950 DA – 5005 DA)

Ex-Imperator d'Omois
Danviou T'al Barmi Ab Santa Ab Maru (4973 DA – 5002 DA) & Selena Duncan (4977 DA –)

Demi-frère de l'Impératrice d'Omois actuel Imperator d'Omois en remplacement de son demi-frère Danviou
Sandor T'al Barmi Ab March Ab Brevis (4958 DA –)

Tara'tylanhnem T'al Barmi Ab Santa Ab Maru T'al Duncan (1991 DT/5000 DA –)

Jar'tylanhnem T'al Barmi Ab Santa Ab Maru T'al Duncan (5003 DA –)

Mara'tylanhnem T'al Barmi Ab Santa Ab Maru T'al Duncan (5003 DA –)

DA = Datation d'AutreMonde
DT = Datation de la Terre

Dix tomes de Tara, mais treize livres, donc treize dédicaces, et je ne sais toujours pas comment vous exprimer à quel point je vous aime, ma famille, Philippe, mon tendre mari, Diane et Marine, mes incroyables wondergirls, Maman, Cécile, merci.

Dans les épisodes précédents

C'est un peu comme à la télévision… « *Previously in* Tara Duncan », j'adore. Bref, je reçois souvent des mails ou des Mp sur mon Facebook perso :

http://www.facebook.com/profile.php?id=100003455967364&sk=wall

sur la FB fanpage :

http://www.facebook.com/pages/Sophie-Audouin-Mamikonian-Tara-Duncan/358299670847320

sur la page FB Tara Duncan :

http://www.facebook.com/pages/Tara-Duncan/300295254 531

sur mon blog :

http://www.taraduncan.com/blog/

ou par mon adresse mail : **tara@taraduncan.com**

(Oui, je sais, je suis accro à Internet, mais je me soigne lol)

qui me disent : « Bon, vu que t'es super-longue pour écrire un livre (un an entre chaque tome qui sort fidèlement vers le 20 septembre chaque année, franchement, vous exagérez un peu quand même) faut que tu nous rappelles ce qui s'est passé avant… »

Donc, je vous rappelle, c'est parti.

Les Sortceliers

Dans le tome 1, Tara pense, parce qu'elle est capable de soulever les objets par la pensée, qu'elle est une sorte de professeur Xavier X-men, avec plus de cheveux et moins de roues. Sauf que pas du tout, elle est une sortcelière, Celle-qui-sait-lier les sorts, ce qu'entre nous elle trouve quelque peu ringard. Elle découvre que sa mère est prisonnière sur une planète improbable où vivent des dragons et des licornes, ce qu'elle trouve encore plus difficile à croire, et que son chien est en réalité son arrière-grand-père.

Dit comme ça, j'admets que ça fait un peu bizarre.

Cela empire lorsqu'un type masqué super-louche, un certain Magister, qui a dû mal digérer ses cours de latin à l'école, essaye de la kidnapper. Tara part sur AutreMonde, où elle se fait des amis étonnants, comme Robin le très beauuuu demi-elfe, Caliban, le Voleur Patenté, Gloria, la Bête du Lancovit, Maître Chem, l'énorme dragon bleu et argent, Fafnir la naine rousse guerrière, et quelques ennemis farouches comme Maître Dragosh le vampyr, Angelica Brandaud, la sortcelière ambitieuse, ou Salatar, la chimère à tête de lion et Premier ministre du Lancovit.

Infectée par un démon, soignée par les Omoisiens, capturée par Magister, Tara parvient à délivrer sa mère et à déjouer les plans maléfiques du maître des sangraves. Sauf qu'en même temps elle apprend qu'elle est l'Héritière d'un immense empire et la clef de l'invasion des démons des limbes, grâce aux objets démoniaques qu'elle est la seule, avec Lisbeth, l'Impératrice d'Omois, à pouvoir approcher...

Le Livre Interdit

Cal est accusé d'un meurtre qu'il n'a pas commis. Bien à contrecœur, Tara repart sur AutreMonde afin de découvrir qui accuse son ami et pourquoi. Les gnomes bleus délivrent Cal (qui ne leur a rien demandé hein !), en faisant ainsi de lui un fugitif aux yeux d'Omois (ce qui est une très mauvaise idée), afin qu'il les aide contre un monstrueux sortcelier qui les tient en esclavage.

Tara et ses amis n'ont d'autre solution que d'affronter ce sortcelier, car les gnomes bleus ont infecté Cal avec un T'sil, un ver mortel du désert. Ils n'ont que quelques jours pour le sauver. Une fois le sortcelier vaincu, grâce à Fafnir, ils partent pour les limbes grâce au Livre Interdit, afin d'innocenter Cal.

Ce faisant, ils invoquent involontairement le fantôme du père de Tara, mais celui-ci ne peut rester avec sa fille, sous peine de déclencher la guerre avec les puissants démons. Une fois rentrés sur AutreMonde, Tara et ses amis doivent affronter une terrifiante menace.

En essayant de se débarrasser de « la maudite magie » (les nains ont la magie en horreur) Fafnir devient toute rouge. Non, non, pas de colère, mais parce que sa peau devient pourpre car elle a involontairement délivré le Ravageur d'Âme qui conquiert toute la planète en quelques jours, en infectant les sortceliers et autres peuples.

Tara se transforme en dragon et, en s'alliant avec Magister, parvient à vaincre le Ravageur d'Âme. Une fois le Ravageur vaincu, elle abat Magister qui disparaît dans les Limbes démoniaques. Elle pense (en fait, elle espère très fort !) qu'il est mort. Mais entre-temps, l'Impératrice d'Omois qui ne peut avoir d'enfant a découvert que Tara était son héritière et exige qu'elle vienne définitivement vivre sur AutreMonde.

Si Tara refuse, elle détruira la Terre.

Le Sceptre Maudit

Tara est amnésique. Après avoir affronté les armées d'Omois afin de garder son libre arbitre, elle s'est rendu compte qu'elle ne pourrait pas tuer d'innocents soldats juste pour rester sur Terre, et accepte de vivre sur AutreMonde. Mais elle fait une overdose de magie, tant son pouvoir devient de plus en plus puissant et incontrôlable. Une fois sortie de son amnésie, elle retrouve son rôle d'Héritière d'Omois et est la victime des farces dangereuses de deux jeunes enfants, Jar et Mara. Mais sa mère est la cible d'un attentat et un zombie est assassiné (ce qui n'est pas facile, hein, essayez donc de tuer un type mort depuis des années !).

Tara est chargée de l'enquête tandis que Magister attaque le palais avec ses démons pour tenter d'enlever Tara encore une fois (complètement monomaniaque, ce type !).

Heureusement ils sont prévenus à temps par le snuffy rôdeur, qui s'est échappé des geôles de Magister.

Folle de rage, l'Impératrice décide d'attaquer Magister dans son repaire et laisse l'Empire entre les mains de son Premier ministre et de Tara. Hélas ! elle est capturée par Magister et se retrouve, bien contre son gré, Impératrice par intérim (ce que, à quatorze ans, elle trouve très, mais alors très moyen comme situation).

Magister envoie son terrible Chasseur, ennemi de Tara et ancienne fiancée de Maître Dragosh, Selenba, la vampyr, espionner Tara. Celle-ci prend l'apparence d'un proche de Tara et blesse gravement l'homme qui fait la cour à la mère de Tara, Bradford Medelus. Puis la magie disparaît et ils se rendent compte que Magister, grâce à l'Impératrice, a eu accès aux treize objets démoniaques, dont le Sceptre Maudit qui empêche les sortceliers d'utiliser leur pouvoir magique.

Coup de chance, les adolescents sont épargnés. Grâce aux salterens, ils trouvent le collier de Sopor, objet qui permet de détruire le Sceptre. Involontairement capturés par Magister en combattant le Chasseur, ils délivrent l'Impératrice et détruisent le Sceptre. Magister attaque l'empire d'Omois avec des millions de démons, mais Moineau découvre à temps pourquoi le zombie a été assassiné et Magister est vaincu.

Son armée est détruite. Robin va chercher Tara pour célébrer la victoire, mais à sa grande horreur la chambre de la jeune fille est vide.

L'Héritière a disparu.

Le Dragon Renégat

Tara s'est lancée à la recherche d'un document qui lui permettra de faire revenir son fantôme de père. Elle a laissé un mot, mais la démone chargée de le donner à l'Impératrice a oublié. Ses amis partent à sa recherche, tandis qu'un mystérieux dragon assassine un savant dans l'un des laboratoires du palais impérial d'Omois. Puis lance un sort sur Tara. Elle devra se rendre à Stonehenge, où, depuis cinq mille ans, il a placé un terrible piège qui va détruire la Terre et tous ses habitants. Tara va-t-elle résister à sa propre magie dont la trop grande puissance risque de la consumer ?

Grâce à l'air d'Igor (petit, contrefait, un cheveu sur la langue) et à sa géante de femme (grande, solide, peut assommer un bœuf d'un seul coup de poing), et au fidèle magicgang, Tara parviendra à élucider l'énigme de la disparition de son grand-père, mais surtout à déjouer les plans du mystérieux dragon. Et lorsque Robin l'embrassera, enfin, et que l'Impératrice le bannira pour l'empêcher d'approcher son Héritière, Tara prendra une décision qui coûtera cher à l'une de ses meilleures amies...

Le Continent Interdit

Betty, l'amie terrienne de Tara, a été enlevée par Magister. Et Tara n'a toujours pas retrouvé sa magie. Or le Continent Interdit, où a été amenée Betty, est gardé par les dragons qui refusent que Tara y mette le bout de l'orteil.

Pour sauver son amie, elle n'aura pas le choix. Elle devra retrouver son puissant pouvoir, défier les dragons et dévoiler le terrifiant secret que cachent les gros reptiles volants.

De plus, afin de compléter la liste des ingrédients destinés à réincarner son fantôme de père, Tara découvre que le seul endroit où pousse l'une des plantes, la fleur de Kalir, est justement le Continent Interdit.

Avec l'aide toujours aussi précieuse de Robin, le beau demi-elfe dont elle est de plus en plus éprise, de la dangereuse elfe violette V'ala, de Fabrice le Terrien, de Moineau, la Bête du Lancovit, de Cal, le Voleur Patenté et de Fafnir, la redoutable naine guerrière, Tara va devoir faire face à l'ennemi le plus dangereux qu'elle ait jamais rencontré... la Reine Rouge et ses plans déments de conquête d'Autre-Monde.

Tara Duncan dans le piège de Magister

Magister est dingue... amoureux de la mère de Tara. Au point qu'il tente de l'enlever. Folle de rage, Tara décide de se transformer en chasseur. Plus question de subir les attaques de son pire ennemi, désormais, c'est elle qui va le traquer. Elle part à la recherche d'objets de pouvoir démoniaques, les fameux « prototypes » ayant servi à fabriquer les originaux conservés par les Gardiens. En soignant Selenba, la redoutable vampyr, Tara apprend à se transformer elle-même en véritable vampyr et vole l'anneau de Kraetovir. Mais les dragons préparent quelque chose et Tara et ses amis devront partir pour le Dranvouglispenchir et affronter celui qui se tapit dans l'ombre, Magister et ses plans démoniaques. Sauf qu'ils ne pouvaient pas imaginer que les dragons eux aussi avaient l'intention de réduire la Terre et AutreMonde en esclavage. Tara devra affronter l'un de ses plus dangereux adversaires, tapi dans l'ombre, être maléfique pétri de cruauté à côté de qui, Magister est un aimable plaisantin !

Tara Duncan et l'invasion fantôme

En tentant de faire revenir son père d'OutreMonde, Tara libère une horde de fantômes qui possèdent tous les gouvernements d'AutreMonde. Sous ses yeux, son petit ami Robin meurt et elle n'est sauvée que par Xandiar. Après qu'elle a voulu mourir par culpabilité et remords, Cal la sort de sa dépression, et elle part à la recherche de la machine qui va permettre de détruire les fantômes. Mais Magister a appris qu'elle recherchait la machine et lance Fabrice, son nouveau disciple, et Selenba, son terrifiant Chasseur, à ses trousses.

Tara devra donc affronter son ex-meilleur ami avec l'aide d'un étrange garçon à la peau lumineuse et dont la beauté lui tourne la tête. Et de la plus improbable des alliées, Angelica, qui se découvrira un nouveau pouvoir et sauvera, bien involontairement, la planète entière. Jusqu'au dénouement final où Magister découvrira que sa famille est plus étendue qu'il ne le croyait…

L'Impératrice Maléfique

Tara est exilée sur Terre.

Depuis près d'un an, elle est confinée chez Isabella, sa redoutable grand-mère, réduite à éloigner les vampyrs qui sévissent de plus en plus nombreux dans les rues terriennes et, pour tout dire, elle commence à trouver le temps long. Et presque à regretter ses ennuis coutumiers.

Soudain, sur AutreMonde, ses proches sont attaqués les uns après les autres. La jeune sortcelière voudrait revenir, agir, les sauver. Mais lorsqu'on est bloqué sur Terre, difficile d'être efficace ! Sauf peut-être en tentant l'impossible. L'inconcevable. Or c'est là que les choses se compliquent…

Tara est à son tour attaquée chez elle. Sous ses yeux, elle voit mourir Selena, sa mère, après que celle-ci a été mordue par T'eal, le président des loups-garous. Fou de douleur, Magister enlève le corps de Selena, jurant de la ressusciter. Mais un péril bien plus menaçant gronde. L'Impératrice a un comportement parfaitement anormal et empêche Tara de revenir sur AutreMonde, en dépit de tout ce qui s'est passé. Afin de revenir, Tara se résout à passer par les Limbes démoniaques pour accéder à AutreMonde sans passer par les Portes de transfert. Sauf que les Limbes ont bien changé. À présent, les démons ont terraformé toutes leurs planètes ainsi que leurs habitants. Et le somptueux prince Archange ne laisse pas Tara indifférente.

Une fois de retour, grâce à une étrange entité, la Reine Noire, qui semble être le double maléfique de Tara, la jeune fille et ses amis vont devoir affronter les habitants d'AutreMonde possédés par un puissant sortilège, s'allier avec leur pire ennemi pour résoudre une situation de crise diplomatique et affronter la plus noire des magies. Parviendront-ils à y rétablir l'équilibre ?

Défi d'autant plus difficile à relever qu'à seize ans les cœurs s'affolent et s'emballent, et conduisent à faire de bien mauvais choix…

Tara Duncan contre la Reine Noire

À la grande surprise de tout le monde, Lisbeth, l'Impératrice d'Omois, abdique en faveur de son Héritière, Tara. Ce à quoi la jeune fille répond un non catégorique. Leur face-à-face (dont les courtisans craignent quelques dommages collatéraux… et eux les premiers !) est brutalement interrompu par Magister qui vient supplier Tara de l'aider à ressusciter Selena Duncan (raide dingue amoureux, ce type !) en se servant les objets démoniaques.

Mais Tara, qui sait sa mère parfaitement heureuse en OutreMonde avec son père, refuse. De plus, après son séjour dans les Limbes (passablement flippant), l'Héritière d'Omois est certaine que la magie démoniaque, une fois les Objets utilisés, revient aux démons et leur attribue encore plus de pouvoir. La course contre la montre est engagée ! Magister, après avoir écarté Tara en la contaminant avec la magie démoniaque, se rend sur Terre pour récupérer les Objets sous l'océan Atlantique. Tara et le magicgang, cherchant à l'en empêcher, font un charmant « détour » dans une caverne géante sous terre… sur Terre ! Et y rencontrent les Amazones, la Section Noire d'AutreMonde.

Magister met malgré tout la main sur l'un des Objets, et l'afflux de magie permet à la Reine Noire de prendre le dessus sur Tara. L'entité maléfique s'empare du corps de l'Héritière et expédie cette dernière… en OutreMonde ! C'est sans compter sur ses fidèles alliés de toujours qui parviennent à la ramener sur AutreMonde. À l'issue d'un combat acharné et du sacrifice ultime de Cal, Tara réussira finalement à vaincre la Reine Noire.

Prologue

L'assassin était intelligent. Un assassin idiot était en général un assassin mort. Curieusement, les victimes ne tenaient pas plus que ça à mourir et s'entouraient de tas de précautions désagréables du type « gardeducorpsarméjusquaudents » ou « chatrixvenimeuxquisautent-surtoutcequibouge » ou encore « piègesmortels.2.0 » souvent parce que les « piègesmortels.1.0 » avaient déjà servi...

Aussi, lorsque l'assassin apprit qu'il devait se rendre à son rendez-vous vêtu d'une cape et d'un capuchon afin qu'on ne le reconnaisse pas, et qui plus est au milieu de la nuit, il eut un rictus agacé.

Et d'où quelqu'un aurait pu le reconnaître ? Enfin, en étant encore vivant ?

Le côté théâtral ne l'amusait pas du tout. Lui, il aimait se fondre dans l'anonymat. Mais vu que le commanditaire avait versé une somme parfaitement indécente à la Guilde des assassins, il devait se plier à ses désirs. Il revêtit donc une cape de soie noire, moins voyante et plus facile à plier qu'une cape de laine, et se rendit au rendez-vous.

En chemin, il faillit se prendre les pieds dans la fichue cape et grogna. Lorsqu'il était un jeune apprenti assassin, comme tous les jeunes apprentis assassins, il s'était enveloppé d'une grande cape noire. Très rapidement, les plus malins se rendaient compte que ce n'était pas du tout pratique, que ça pouvait se coincer au plus mauvais moment et que c'était facile à attraper lorsqu'on vous courait après. Évidemment, les moins futés mettaient un certain temps avant de le réaliser. Lui avait mis moins de deux jours à la filer à un copain qui mourait d'envie d'en avoir une.

Et qui, d'ailleurs, était mort tout court quelques jours plus tard.

La compétition était rude à l'intérieur de la Guilde. Ce genre de stratagème permettait de se créer une réputation à peu de frais...

Il se remémora la plaquette de cristal qu'il avait reçue avec les indications holographiques. La silhouette du grand boss de la Guilde était apparue en personne dans le message. Déjà, c'était inhabituel. Maître Goar avait bien d'autres choses à faire que d'annoncer leurs missions à ses assassins, fussent-ils également des maîtres.

Le message était succinct. Une date, un endroit, la cape et la discrétion ainsi que la somme proposée.

Heureusement qu'il n'y avait aucune suite à ces informations, parce que la minuterie du message s'était détraquée et il avait explosé avant que l'assassin n'ait le temps de sortir des toilettes où il avait été déposé. Il en avait craché ses poumons pendant dix minutes et ses jurons avaient été très créatifs. C'était la dernière mode venue d'une stupide série télévisée terrienne[1], de détruire les messages dangereux. S'il mettait la main sur le scénariste qui avait eu cette idée idiote, il lui ferait amèrement regretter.

Bon, en attendant, il n'avait aucune idée de qui il devait supprimer. Mais il était le meilleur, donc le plus cher. Et vu les réactions des maîtres de la Guilde, la future victime devait être particulièrement difficile à atteindre.

Il eut un rictus. La somme versée était suffisante pour l'assassinat de la reine de elfes, un meurtre de catégorie 5, la catégorie 1 étant la plus facile et la 5, celle qui en général laissait peu de chances de survie au tueur.

D'autant que, dans le cas de T'avila, le souci lorsqu'on s'attaque à une reine des elfes, c'était qu'après, si on survivait

1. *Mission impossible*, évidemment, dont un assassin trop zélé a beaucoup aimé le fameux « ce message s'autodétruira dans les 5 secondes » ! Ce qui est idiot, parce que, chaque fois on voit des gens avec le visage noir, maintenant, demandant « comment ? » quand on leur parle, on sait que c'est un espion ou un assassin qui a oublié de s'enfuir à temps...

– ce qui était extrêmement improbable –, on avait des millions d'elfes enragés, quasiment immortels et très, très rancuniers aux trousses. L'assassin espérait donc que ce n'était pas ce meurtre-là qui était commandité, parce qu'il avait la ferme intention de refuser. Il était très riche, profiter de son argent le tentait nettement plus que de terminer lentement écorché, pendu par les pieds au-dessus d'une mare d'argent bouillante[1].

Cependant, il était aussi très curieux. Une fois que la plaquette de cristal se fut autodétruite, il décida de pousser un peu plus loin ses investigations. Il allait rencontrer le commanditaire, ensuite il déciderait.

C'était donc pourquoi, quelques jours plus tard, à la date convenue, il était en train de se faufiler jusqu'à son rendez-vous. L'art du faufilage était enseigné à l'Université des assassins et c'était devenu comme une seconde nature chez lui. De fait, il était extrêmement difficile à suivre. Un instant, il était devant une vitrine, l'instant d'après, il entrait dans un restaurant et ressortait par une autre porte, puis disparaissait dans la foule.

La capitale d'Omois, Tingapour, était une ville qui ne dormait jamais. D'une part parce que des tas de races étaient nocturnes et que, pour un vampyr, trouver du sang de vache à deux heures du matin était l'équivalent d'un petit déjeuner ; d'autre part, parce que la fibre mercantile des Omoisiens leur faisait perdre le sommeil à l'idée de ce que les heures de fermeture leur faisaient rater comme chiffre d'affaires...

Tout autour de lui, des tapis volants, des lits volants, des baignoires volantes, bref, des tas de trucs volants zigzaguaient de haut en bas, surveillés par les agents effrits rouges, orange et bleu de circulation. Les rues étaient plus souvent des parcs où l'on foulait un gazon azuré, doux et résistant, parsemé de petites fleurs blanches et de massifs de ballorchidées flamboyantes. Les tavernes et les restaurants engloutissaient leur ration quotidienne de clients. Et ne les rendaient pas toujours.

Tout AutreMonde se pressait à Omois. Des elfes, des vampyrs, des gnomes, des Diseurs de Vérité, des fées, des

1. Torture couramment pratiquée par les elfes qui obtiennent ainsi de très jolies statues d'argent. Bon, un peu boursouflées, d'accord.

licornes, des aragnes, des harpies qui puaient plus qu'une vieille carcasse laissée aux soleils, des trolls, quelques très rares gobelins, des centaures, des humains bien sûr, qui riaient et s'amusaient sous les deux lunes, Tadix et Madix, lumineuses dans le ciel noir.

L'endroit où il avait rendez-vous était assez curieux. Le sous-sol d'un spa, tenu par des sirènes et des tritons qui se déplaçaient en flottant dans leurs bulles d'eau en lévitation.

De là à en déduire que le commanditaire avait des affinités avec le milieu marin, il n'y avait qu'un pas que l'assassin se garda de franchir, mais qu'il conserva néanmoins comme une possibilité dans son esprit.

Il déboucha dans une grotte artificielle immense, où une nappe d'eau fumante masquait les contours des choses. Des ballorchidées, des sensitives, de magnifiques rous de toutes les couleurs égayaient le bassin. L'humidité commença à imprégner sa cape de soie, ce qui le rendit maussade. Soudain, un léger frottement le mit en alerte. Il n'y avait personne dans la salle une seconde plus tôt, mais, à présent, ses sens très aiguisés lui indiquaient que quelqu'un respirait le même oxygène que lui. Il posa ses mains sur ses couteaux, prêt à dégainer s'il sentait le moindre danger. Parfois, certaines de ses victimes avaient des familles et celles-ci développaient de regrettables velléités de revanche... Ce ne serait ni la première ni la dernière fois qu'on lui tendrait un piège.

Mais l'ombre devant lui n'avança pas plus. En fait, elle semblait flotter sur la nappe de brouillard. Joli effet, même si l'assassin n'était pas impressionné.

D'une voix rauque, difficile à entendre – comme si le commanditaire avait passé des heures à hurler au point de s'en déchirer la gorge –, il entendit sa mission.

D'accord. Là, il était surpris. Cela n'arrivait pas souvent. Il s'efforça de maîtriser les battements soudain désordonnés de son cœur. Certaines races étaient capables d'entendre un cœur battre et il ne voulait pas que son commanditaire, quel qu'il soit, se rende compte de sa soudaine excitation.

Ça, c'était un défi à la hauteur de son talent.

Il ne s'agissait pas uniquement d'assassiner une personne, mais trois... enfin deux et demie. Et dans un ordre précis, un jour précis, un moment précis. Il ne put retenir une certaine jubilation. Car il avait, lui aussi, des secrets que ne connaissaient pas les grands maîtres de la Guilde, secrets qui l'auraient probablement fait exclure, parce que ce qu'il faisait était rigoureusement interdit par les règles de son étrange corporation.

Sauf que lui, les règles, il les tournait à son avantage. C'était aussi ce qui lui permettait aujourd'hui d'être l'un des assassins les plus efficaces de sa génération.

Il signifia son accord. À son niveau d'excellence, il avait le droit de refuser les « retraits », comme on appelait les assassinats dans sa profession, à sa guise. Mais ces trois-là étaient fascinants. Trois cibles de choix.

Robin M'angil, le demi-elfe. Pour lequel les ordres étaient pour le moins curieux.

Caliban Dal Salan. Le fameux Voleur Patenté. Pour lui aussi, les ordres étaient étranges.

Mais le plus gros morceau, celui pour lequel le commanditaire payait une somme faramineuse, l'équivalent du revenu annuel d'un petit pays, n'allait pas être si facile à décrocher.

L'Héritière Impériale : Tara Duncan.

1

CAL

Ou comment regretter que les anciens aient autant d'imagination pour protéger leurs trésors.

Cal soupira discrètement en ajustant ses lunettes rouges, puis frotta ses épais cheveux noirs avec résignation. La foutue statue était ensorcelée. Il se demanda pourquoi il était surpris. Après tout, chaque fois qu'il venait sur Terre, il constatait, à son grand regret, que les sortceliers avaient bêtement protégé leurs biens par des tas de pièges mortels malvenus. Ce n'était donc pas vraiment une découverte.

Cependant, depuis que la magie était devenue bien plus forte sur Terre, grâce… ou plutôt à cause de… Tara et Jeremy, les protections dont les sortceliers avaient entouré leurs trésors avaient aussi gagné en puissance.

Des tas d'os plus ou moins décomposés, verdis et gluants autour de la statue d'obsidienne représentant Anubis, le dieu à tête de chacal, gardien des morts, l'attestaient avec une pénible certitude.

Slurk.

— Bon, fit une voix près de son oreille gauche, on fait quoi, maintenant ?

Le Voleur au visage d'ange sursauta. Concentré sur la statue, il n'avait pas réalisé que Robin l'avait rejoint sur le promontoire qui surplombait la statue.

Depuis plusieurs semaines, sur les ordres de Lisbeth, l'Impératrice d'Omois (enfin, pas sur son ordre, disons plutôt sur son insistante réclamation, vu que Cal n'était, pas plus que Robin, ressortissant omoisien), ils traquaient les parchemins, dossiers, papiers, palimpsestes, tables, tablettes, bref, tout ce qui avait été gravé et mentionnait, de près ou de loin, la guerre des Failles entre les démons et les humains.

À la suite du Grand Déménagement, lorsque tous les sortceliers étaient partis sur AutreMonde, un grand nombre d'écrits avaient été laissés sur Terre. Par manque de place, manque de temps, on ne les avait pas rapatriés. Ensuite, la fin de la Guerre, la reconstruction d'AutreMonde et de la Terre, ravagées par les démons – mais aussi par les dragons qui ne s'embarrassaient pas de détails comme les vies humaines lorsqu'ils combattaient –, avaient pris toutes les énergies. Il y avait eu tant à organiser que les compilations n'avaient pas été faites. Jusqu'au moment où Lisbeth, réalisant qu'elle allait devoir s'accorder avec les démons si ceux-ci étaient devenus pacifiques, avait voulu lire tout ce qui avait été écrit sur eux, avant de se rendre compte que beaucoup de documents importants étaient encore sur Terre.

D'où la présence de Cal, dans un temple énorme, enfoui à une centaine de mètres sous le sable du désert au beau milieu de nulle part, qu'il n'avait pu repérer que grâce aux indications de Mévora, la mère de Robin, grande spécialiste de la guerre des Failles. Et grâce aussi à l'utilisation de la magie et d'un Transmitus opéré avec une grande prudence.

Parce que, si l'intérieur du temple était également empli de sable, cela conduisait inévitablement à la désintégration et du sable et du sortcelier assez stupide pour s'être transféré sans avoir vérifié avant, puisque deux corps ne peuvent pas occuper le même espace en même temps sans que cela fasse boum.

Un boum à la Mourmur[1].

Coup de bol, après avoir envoyé plusieurs scoops par Transmitus (Cal, féru de séries terriennes, avait fait la réflexion que c'était un peu comme dans *Stargate*, lorsqu'ils envoyaient des drones pour savoir si la planète était viable, réflexion que Robin n'avait absolument pas comprise), le temple n'était que très peu ensablé.

1. Depuis qu'ils avaient côtoyé Mourmur, le magicgang utilisait souvent cette expression pour qualifier une explosion particulièrement forte. Fabrice avait nuancé en disant d'une petite explosion que c'était un petit Mourmur et d'une grosse, bien sûr, un gros Mourmur.

Cal avait donc pu se rematérialiser sans exploser, ainsi que Robin qui l'avait accompagné sur plusieurs missions. Si le demi-elfe n'était pas aussi habile et efficace que Cal, Voleur extrêmement entraîné, il ne se défendait pas mal, utilisant les aptitudes innées des elfes afin de se déplacer discrètement et habilement. D'où la surprise de Cal lorsque Robin avait réussi à se faufiler derrière lui sans qu'il s'en rende compte.

Ils étaient montés sur le promontoire afin de surplomber la statue et comme Cal était bien plus rapide en escalade que Robin, il avait profité de l'attente pour chausser ses lunettes et essayer de comprendre le type de magie qui protégeait la statue.

— Je suis content que ce ne soit pas une pyramide cette fois-ci, nota-t-il. Tous ces labyrinthes, ces pièges, on a l'impression d'être complètement écrasé dans ses boyaux de pierre.

— Il n'y avait pas de pyramides il y a cinq mille ans, répondit sentencieusement Robin. La première, du moins la première que l'on a retrouvée sur cette planète, était celle de Saqqarah, qui a été construite vers 2660 « avant l'ère chrétienne », comme dit Tara. Soit environ trente-huit ans après la guerre des Failles. Et la raison d'être des pyramides était purement magique. Cela permettait aux sortceliers humains d'emmagasiner l'énergie afin de pouvoir s'en servir contre les dragons et les démons au cas où ils décideraient de recommencer à dévaster la Terre.

— Des sortes de réservoirs ? s'étonna Cal. Mais comment tu sais ça, toi ?

Robin sourit.

— Tu oublies tout le temps qui est ma mère. Après notre première expédition, elle m'a fait lire à peu près tout ce qui se rapporte de près ou de loin aux pyramides et aux temples de l'Ancienne Égypte.

— Ce que je voudrais savoir, fit Cal d'un ton dégoûté en essuyant son visage rouge de chaleur, c'est pourquoi ils les ont construites au milieu du désert ?

— Oh ! répondit Robin, mais ce n'était pas du tout le désert ici. Il y avait des plaines fertiles et beaucoup d'eau ! Mais les conditions climatiques ont changé et seule l'étroite bande autour du Nil a réussi à survivre lorsque la sécheresse a commencé. Sans eau, la végétation n'a pas pu lutter contre le désert. Il a fini par conquérir presque tout. Y compris en ensevelissant ce temple oublié.

— À ce sujet, tu as patrouillé partout ? Pas de zombies mangeurs de chair, pas de hordes d'insectes mangeurs de chair, pas de momies mangeuses de chair ?

Robin eut un petit rire.

— Tu fais une fixation sur les mangeurs de chair ?

— Oui, eux et moi n'avons pas exactement les mêmes objectifs. Et terminer dans l'estomac flétri d'une momie n'est pas mon choix de carrière.

En prévision de la bagarre, Robin attacha ses longs cheveux d'argent et répondit :

— Non, rien de vivant. (Il croisa le regard ironique de Cal et rectifia :) Disons plutôt rien de mobile. Personne n'a essayé de me manger, ce qui, tu as raison, est assez réconfortant. Cependant, si je regarde les os en dessous, là, je constate qu'il y a des marques de dents dessus.

Cal haussa les sourcils. Il était trop loin, il n'avait pas remarqué. Mais la vue des elfes était bien meilleure que celle des humains et il faisait confiance à Robin.

— Cela signifie sans doute que le gardien qui protège cette salle se nourrit de ce qu'il peut attraper. Donc...

— Il va essayer de nous manger, compléta Robin.

— Ouais.

Robin soupira.

— C'est le combientième qui essaye de nous manger ?

Cal compta sur ses doigts.

— Le cinquième, je crois. Les autres voulaient juste nous tuer.

— Hum hum. Donc, comme je le disais il y a une minute : on fait quoi maintenant ?

Cal désigna le coffret de pierre que la statue tenait entre ses mains.

— Les écrits doivent se trouver dans le coffret. Avec mes lunettes détectrices, je vois un sort de stase posé dessus, afin de les conserver. Mais je vois aussi le halo vert d'un sort d'appel. Sans doute vers une création magique avec plein de crocs et de griffes. L'idéal serait de voler le coffret sans réveiller le gardien.

— Ouais, ça aussi c'était le plan de la dernière fois… ou était-ce de l'avant-dernière ?

— Oh, ça va ! On a réussi à s'en sortir !

— L'espèce de gardien tigre géant bipède a réussi à me croquer la moitié de la fesse et tu n'as dû ton salut qu'au fait que la voûte s'est effondrée sur lui, ce qui nous a laissé le temps de nous enfuir, en dépit des tonnes de pierres qui nous tombaient dessus aussi.

— Rectification, posa Cal le doigt levé. J'ai fait effondrer la voûte sur sa tête… Bon d'accord, un peu sur la nôtre aussi, je te le concède. Mais là, si on provoque l'effondrement de la voûte, on va se prendre des millions de tonnes de sable sur la figure. Donc ce serait une mauvaise idée. Non, la meilleure solution, je t'assure, c'est de…

Sa poche vibra. Il fit signe à Robin de ne pas bouger et regarda. Il se mordit la lèvre. Sa boule de cristal renvoyait régulièrement des messages à la seule personne qui refusait absolument de lui parler.

Tara.

Le même message venait de nouveau de s'afficher :

Votre correspondante n'est pas disponible. Veuillez éviter de renouveler votre appel car elle ne désire pas communiquer pour l'instant. Elle vous recontactera.

Cela le rendait fou. Il savait très bien que c'était idiot. Si Tara refusait de lui parler, c'était qu'elle avait une excellente raison, même s'il avait un peu de mal à imaginer laquelle. Et à cause de ses stupides missions, il n'avait pas eu un instant pour aller la voir à Tingapour, ou plus précisément si, il avait réussi à y aller deux fois, mais elle n'était pas là et restait injoignable.

De plus, avec Robin constamment à côté de lui, et le fait qu'ils devaient accomplir leur mission vite parce que Archange arrivait dans quelques jours à peine, il se voyait mal organiser son histoire d'amour avec Tara par boule de cristal interposée et n'envisageait pas non plus de le faire par pmm[1].

Il avait vu comment Tara gérait sa relation avec Robin. Il n'avait pas du tout l'intention de la laisser faire la même chose avec lui. Alors, même si ça lui fendait le cœur, il n'insistait pas et se contentait juste d'essayer régulièrement

1. Équivalent AutreMondien de sms : petit message magique.

sa boîte vocale, histoire de voir si elle avait enfin du temps pour lui.

À bientôt, tapa-t-il rapidement sur le clavier virtuel devant lui, et il déconnecta sa boule de cristal.

Pas question de sursauter au plus mauvais moment.

Robin ne posa pas de question. Le demi-elfe était bien trop noble pour demander qui appelait, même si la curiosité faisait briller ses yeux de cristal. Cal ne l'aurait avoué pour rien au monde, même sous la pire des tortures, mais le fait que Robin soit aussi séduisant l'ennuyait vraiment. Cal avait peur de ne pas soutenir la comparaison. Et puis Robin n'était pas idiot, il avait de vrais principes de chevalier et possédait à la fois le charisme des elfes et la tendresse des humains.

Dangereuse combinaison. Mais Cal comptait sur le fait qu'il avait avoué son amour à Tara, s'était fait transpercer pour elle et qu'il était bien plus malin que Robin.

Inconscient des pensées de son ami, Robin se leva, encocha l'arc de Llillandril et murmura :

— La seconde colonne à droite, dans la pierre un peu plus claire, face à nous.

Ce n'était pas la première fois que Cal le voyait faire, mais, comme toujours, il fut épaté par l'habileté de Robin. Même s'il ne comprenait pas très bien pourquoi le demi-elfe parlait à son arc. Après tout, pourquoi pas, Cal parlait bien à son tapis volant[1], et Mourmur à son ordinateur. Bon, sauf que, dans le cas de Mourmur, son ordinateur lui répondait.

La flèche fila, un mince filin attaché à son empennage, et alla se ficher dans la pierre, environ un mètre au-dessus des oreilles noires de la statue.

Parfait.

Le demi-elfe attacha l'extrémité à la colonne derrière eux. Le filin était enchanté afin de ne pas ployer sous le poids du Voleur. Il resterait parfaitement tendu, quoi qu'il arrive.

Enfin… presque quoi qu'il arrive, selon la notice de son fabricant. Mais Cal n'était pas inquiet. Il n'était pas très lourd. Il attacha le harnais et clipa la poulie coulissante sur le filin au-dessus de sa tête. Robin encocha une flèche, prêt à intervenir si quoi que ce soit bougeait dans la salle poussiéreuse, chaude et sèche.

---

1. En réalité, le plus souvent pour l'insulter, parce qu'il avait oublié de recharger le moteur en magie et que le tapis refusait de démarrer…

À cent mètres sous terre, il aurait dû faire frais. Mais la chaleur inondait de sueur leurs visages, maculés de l'ocre du sable si fin qu'il s'incrustait partout.

— Bon, j'y vais. C'était quoi ce qu'on a eu, la dernière fois, après le gardien tigre ?

— Des goules, répondit Robin d'une voix sépulcrale. Des saloperies de goules. Je déteste les goules. Vas-y avant que mon bras ne fatigue.

Cal obéit et quelques secondes plus tard, filait vers la statue.

Le temple était vraiment grand. Bien plus que celui où ils avaient éveillé involontairement la statue du dieu oublié, Etevelier. Mais bien moins sophistiqué. Il avait été taillé dans la roche de la région et sans doute monté grâce aux forces magiques des sortceliers. À l'époque, ceux-ci ne faisaient pas dans le délicat. Il n'y avait pas de colonnes rondes finement sculptées ou enluminées, comme dans beaucoup de tombeaux égyptiens, très colorés, mais de grosses colonnes de pierre brute, carrée et rude. Le plus étrange dans ce temple, c'était qu'il paraissait incommensurablement vieux. Bien plus que les cinq mille ans estimés par Robin. Silencieux comme un chat, Cal stoppa sa course juste au-dessus de la statue.

Jusqu'à présent, l'ingéniosité des anciens sortceliers l'avait épaté. Il parvenait toujours à dérober le trésor qu'il convoitait, mais, chaque fois, il déclenchait l'un ou l'autre des pièges de la pièce et cela se terminait mal. Enfin, surtout pour la pièce. Qui finissait en morceaux. Robin lui avait dit un jour, alors qu'ils toussaient comme des perdus après avoir échappé de justesse à leur troisième ensevelissement, qu'ils étaient en train de détruire de véritables trésors archéologiques et qu'il trouvait ça terrible. Ce à quoi Cal avait répondu en crachant ses poumons qu'il préférait que ce soit le trésor archéologique qui soit bousillé plutôt que lui.

À cela, Robin n'avait rien trouvé à répliquer.

Le Voleur examina ce qu'il avait en dessous. Il ne savait pas qu'Anubis avait été représenté avec une tête de chacal si tôt, avant même les premières dynasties répertoriées, mais c'était intéressant. Tête en bas, il se laissa filer jusqu'au coffret. Une fois au-dessus, il le scanna. Inutile de risquer sa peau pour le voler s'il ne contenait pas ce dont ils avaient besoin. Mais les papiers étaient bien là. Son scan lui indiqua le poids exact du coffret. De sa poche de sortcelier, il sortit une réplique à peu près identique en termes de poids et de forme, puis, vif comme l'éclair, il s'empara du coffret et posa le sien à la place.

Les bras de la statue bougèrent un peu, mais, alors qu'il remontait doucement, attentif, il ne se passa rien. Il se remit à l'endroit et commença à retourner vers Robin.

Il entendit alors un craquement derrière lui.

Il grimaça.

Cela commençait *toujours* par un craquement. Il songea avec ironie que si quelqu'un craquait une noix à côté de lui dans les prochains jours, il risquait de mourir d'une crise cardiaque...

Il jeta un coup d'œil par-dessus son épaule. D'habitude, cela prenait du temps. En général, le temps nécessaire aux voleurs affolés pour se jeter dans les pièges qui les attendaient. Mais là, le sortcelier avait décidé de tout miser sur le spectaculaire.

La statue explosa.

Si Cal avait été à pied, ou si son filin avait été plus bas, il aurait été pulvérisé, en dépit de la distance. Là, grâce au bouclier qu'il avait incanté dès qu'il avait entendu le craquement, il parvint à survivre. Mais, à sa grande surprise, ce ne furent pas des pierres qui ricochèrent contre son bouclier. Enfin si, des pierres, mais pas si nombreuses. Il y avait surtout... de l'eau. Ce fut ce qu'il crut dans un premier temps.

Sauf que, lorsque le liquide toucha le sable et se mit à fumer, Cal réalisa avec horreur que le sortcelier devait vraiment tenir à ce que ses papiers ne tombent pas entre d'autres mains.

Ce n'était pas de l'eau.

C'était de l'acide. Dont le niveau montait à une vitesse alarmante.

Il atterrit aux côtés de Robin qui lui faisait signe de se dépêcher. L'acide était en train de ronger les pierres de calcaire tendre à toute vitesse. Ils devaient sortir d'ici et vite fait.

Robin avait incanté un masque nasal et Cal le posa sur son nez avec reconnaissance. L'atmosphère était irrespirable.

Des craquements épouvantables retentirent et la voûte commença à se fissurer, tandis que des bouts de pierres commençaient à tomber dans l'acide.

— Pourquoi est-ce que j'ai pensé que tout se passerait bien cette fois-ci, se lamenta Robin.

— Parce que tu es un indécrottable optimiste, fit remarquer Cal. Barrons-nous d'ici avant de terminer sous forme de squelettes.

— Ce que je ne comprends pas, c'est pourquoi les os portent des marques de...

Il eut tout juste le temps de sauter sur le côté. Une espèce de crapaud géant avec bien trop de crocs venait de bondir hors de la mare de liquide, tentant de le happer.

— Par les crocs cariés de Gelisor ! hurla Robin, mais qu'est-ce que c'était que ça ?

— Un truc qui vit dans l'acide et aime bien la chair humaine ! répondit Cal en lançant sur le crapaud un couteau qui hélas ! ricocha sur la peau épaisse, renforcée pour résister à l'acide.

« Par le Transmitus, nous retournons à la surface pour ne pas rester sur place ! »

La magie crachota au bout de ses doigts, alors qu'un autre crapaud bondissait, mais pas suffisamment haut pour les toucher.

— La magie ne fonctionne plus ! cria Robin au milieu du tumulte du temple qui grinçait sous le poids du sable.

— Il va vraiment falloir que nous trouvions une solution très vite, répondit Cal, parce que, entre le toit qui s'effondre, le niveau de l'acide qui monte et les crapauds, ça va mal se terminer. Surtout pour nous.

Robin visa un crapaud et alors il se passa quelque chose d'impossible.

Il le rata. La flèche s'enfonça dans une colonne, vibrante d'indignation. L'arc de Llillandril émit un grognement de dépit, à peu près en même temps que Robin, ce qui aurait amusé Cal s'il n'avait pas été aussi terrifié.

Il observa les crapauds autour de lui... Pourquoi ne pouvaient-ils pas sau... Soudain, il leva les yeux vers la voûte déjà terriblement fissurée et murmura : « Il n'y a pas de sable... il n'y avait pas de sable il y a cinq mille ans ! ».

Cal plia les jambes, s'assit et cria :

— Robin, protège-moi, je dois me concentrer !

Robin ne posa pas de question. Il avait appris à obéir sans discuter aux ordres de Cal. Si Cal voulait s'asseoir en tailleur et fermer les yeux alors que le monde s'écroulait autour d'eux, c'était qu'il avait certainement une bonne raison.

Robin espérait juste que ce serait une raison efficace.

Cal fit le vide dans son esprit. Il entendit le sifflement d'une flèche près de lui, et le sifflement agacé de l'arc de Llillandril accompagné par un juron sonore de Robin, le craquement de la voûte sur le point de céder, le grincement des colonnes rongées par l'acide, et la pensée qui l'avait frappé revint, très claire.

Ce n'était pas possible.

Si, chaque fois qu'un intrus avait fait irruption dans ce temple, le même scénario s'était déroulé, le temple ne serait plus qu'un petit tas de sable rongé.

Quelqu'un voulait qu'ils restent bloqués sur ce promontoire. Quelqu'un voulait qu'ils soient tellement affolés qu'ils ne voient pas la réalité.

Quelqu'un était en train de jouer avec leur esprit.

Il se concentra et incanta doucement, tissant sa magie du bout des doigts, sans précipitation ni peur :

« Par l'Illusius, que la réalité se dévoile comme on déchire une toile ! »

Sa magie se répandit, touchant tout le temple, tandis que les flèches de Robin fusaient. Cal sourit. Oui, le sort était malin. Tout ce qui était créé dans la précipitation, la peur ou la douleur ne fonctionnait pas. Mais le sortcelier avait laissé une sortie de secours, sans doute à son propre usage au cas où il en aurait besoin.

Sous le regard ébahi de Robin, le toit redevint parfaitement lisse, sans fissures ni sable, la statue était toujours en place, le faux coffret dans ses mains griffues, l'acide avait disparu. Seuls restaient les crapauds qui n'étaient en fait pas des crapauds, raison pour laquelle ils n'arrivaient pas à sauter assez haut pour attraper les voleurs. Ce qui avait alerté Cal : ils auraient dû les atteindre sans problème avec d'aussi longues pattes.

Cal et Robin regardèrent l'immonde grouillement de créatures dont la véritable forme venait de se révéler et qui, se croyant dissimulées par la magie, progressaient vers eux alors qu'ils essayaient de tuer des crapauds illusoires, le corps de l'une d'elles transpercé par le poignard de Cal, contrairement à ce qu'ils avaient vu et ils soupirèrent.

— Des goules ! s'exclamèrent-ils ensemble.

Les bêtes presque humaines, au poil noir et court, aux yeux sanglants, aux griffes d'acier et aux crocs comme des dents de requins, étaient insatiables. On disait qu'elles étaient le résultat d'une expérience qui avait mal tourné, qu'elles étaient plus vivantes que mortes, bien qu'elles n'aient rien à voir avec les zombies qui ne se nourrissaient pas de chair humaine, eux.

— Tu crois que les sortceliers du coin ont eu un prix de gros ? persifla Cal. Ça devient un peu récurrent, comme thème, je trouve.

— Comment as-tu compris ?

— Lorsque le sortcelier a préparé son piège, il s'est basé sur les conditions dans lesquelles il évoluait il y a cinq mille ans. Or le temple ne reposait pas sous cent mètres de sable, il n'y en avait pas. La voûte aurait dû s'effondrer bien plus vite et pourtant le sable ne coulait pas, ce n'était pas logique. De plus, les fameux crapauds ne bondissaient pas bien haut ; il ne fallait pas qu'ils s'approchent trop de nous, sinon nous aurions vu qu'ils n'étaient que des illusions.

Robin lâcha un ricanement et une flèche en même temps. Le cri d'agonie d'une goule salua son tir.

— Ah ! Quand même ! fit-il avec satisfaction. Je me disais aussi ! Ce n'était pas possible que j'aie raté autant de mes tirs. Donc, tout ça n'était qu'une distraction pour que les goules montent jusqu'ici et nous dévorent sans qu'on les voie ? Subtil. Bon, vu qu'elles sont en train de faire une pyramide, ce qui est assez approprié pour la région, et qu'elles ne vont pas tarder à nous rejoindre, si tu voulais bien faire quelque chose pour nous sortir de là, ce serait bien. Et vite, s'il te plaît.

Il ajouta :

— Llillandril ! Flèches !

Et toutes les flèches s'arrachèrent des goules (celles qui étaient encore en vie n'apprécièrent pas vraiment) du sol et de la pierre, pour revenir docilement se ranger dans son carquois.

Utiliser son pouvoir dans ces conditions ne fut pas facile. Cal devait maintenir une respiration égale et maîtriser la répugnance qu'il éprouvait pour les créatures qui montaient petit à petit en poussant des hurlements affreux de convoitise et de faim.

Il incanta, mais la magie ne fut pas aussi docile avec le Transmitus qu'avec l'Illusius.

— Tu devrais vraiment te dépêcher, haleta Robin qui décochait ses flèches à une vitesse hallucinante, elles montent plus vite que je ne les décime. Et il y en vraiment beaucoup !

Une main désagréablement griffue tâtonna devant eux. Robin la transperça d'une flèche et la main se retira dans un grand sursaut pendant que son propriétaire hurlait. Une seconde flèche le fit taire. Robin resta concentré, mais la frayeur crispait ses traits. D'ici quelques minutes à peine, ils allaient finir en casse-croûte.

Cal essaya de nouveau, mais de nouveau cela ne fonctionna pas.

— Slurk ! fit le Voleur, en dégainant ses couteaux. Rien à faire, la magie m'échappe ! Je n'arrive pas à croire qu'un mec qui vivait il y a cinq mille ans va arriver à nous faire la p…

— Demiderus ! cria Robin.

— Quoi ? s'exclama Cal en se retournant et en cherchant partout. Où ?

— Non, pas *où*, mais *quand*. Il y a cinq mille ans ! Fais le Transmitus court ! Juste « par le Transmitus » et un seul mot, vas-y ! Moi, je dois retenir les goules !

Il tournait comme une girouette, les goules les encerclant de toutes parts, sautant lorsque les mains griffues tentaient de s'agripper à ses jambes.

— Par le Transmitus, fit alors fermement Cal. Ailleurs !

Et ils disparurent, au grand désespoir des goules qui virent s'envoler leur espoir de dîner…

Ils réapparurent dans le désert. Robin fit disparaître son arc.

— Ailleurs ? fit-il d'un ton incrédule. Tu viens de dire « ailleurs ? »

— Ben, tu as dit un seul mot, et court en plus. C'est tout ce que j'ai trouvé.

Robin le regarda et ils éclatèrent de rire. À en être obligés de s'asseoir. La peur, la chaleur, la violence, tout cela s'écoula avec leur rire.

— C'est à mon tour de demander : comment as-tu compris ? demanda Cal lorsque leurs rires se calmèrent.

— La clef pour partir était de ne pas avoir peur, d'une part, et, d'autre part, d'initier une séquence plus courte, comme ce que fait Tara. Comme ma mère, j'aime les livres et l'histoire. Il y a cinq mille ans, Demiderus et les Très Hauts Mages n'utilisaient pas d'aussi longues incantations qu'aujourd'hui. Les dragons nous les ont enseignées afin que nous maîtrisions mieux notre magie, qu'elle soit plus « fine », plus sophistiquée. Mais la magie du sortcelier dans le temple était comme son temple. Simple. L'illusion était maligne, mais simple, les goules elles-mêmes étaient simples, donc pour nous échapper, cela devait être simple.

Cal lui tapa sur l'épaule.

— Bon, mon vieux, crois-moi, je suis vraiment content que tu sois un rat de bibliothèque !

Le visage de Robin exprima une sincère indignation.

— Eehhh, je ne suis pas un rat de bibliothèque ! Je suis un guerrier ! Tu crois qu'un rat de bibliothèque aurait pu sauver ta peau de Voleur dans ce temple ? Sans moi, les goules t'auraient gobé tout cru !

Cal se mit à rire en incantant un Transmitus pour revenir au Caire et de là, sur AutreMonde, par la Porte de transfert égyptienne.

Le vent du désert emporta les échos de leur amicale dispute, tandis que dessous, les goules, dépitées, dévoraient celles d'entres elles qui étaient tombées sous les flèches du demi-elfe, tout en songeant qu'avec un peu de poivre et de sel, les deux voleurs auraient fait des rôtis formidables...

2

FAFNIR

Ou lorsqu'on se choisit un petit ami guerrier, il faut assumer quand il décide de dormir avec son sabre, son armure et son cheval... OK, peut-être pas avec son cheval.

L'arme siffla et trancha une mèche des cheveux roux de Fafnir. La naine grogna. D'une part, comme tous les nains qui les parsemaient de toutes sortes de choses et les entretenaient avec soin, elle aimait beaucoup ses cheveux, même si contrairement à sa mère elle ne se laissait pas pousser la barbe, et, d'autre part, la mèche était suffisamment mal placée pour qu'il ne soit plus possible, maintenant qu'elle était plus courte, de l'attacher avec un lien.

Fafnir passait beaucoup de temps à les entretenir, ils étaient si longs qu'elle devait les tresser étroitement pour qu'ils ne tombent pas par terre, les protégeant avec de l'huile de tolis, posant des joyaux, des fleurs et des rubans afin de les rendre encore plus beaux. Et là, son adversaire venait juste de lui détruire sa coiffure...

De plus, il était toujours très difficile de trancher les cheveux imprégnés de magie d'un sortcelier, raison pour laquelle les elfes styleurs étaient aussi appréciés. Sauf qu'à Hymlia les nains n'avaient pas d'elfe styleur sous la main.

Furieuse, elle contre-attaqua, déchirant l'air de ses deux haches. Mais son adversaire n'était pas idiot. Il savait très bien de quoi elle était capable avec ses armes de guerre et restait soigneusement hors de portée. Il se contentait, profitant de l'allonge plus importante de son arme, de lui infliger de petites, mais cuisantes coupures, sans danger, parce que Fafnir parvenait toujours à les intercepter à temps, mais très désagréables.

Bon, le problème, c'était qu'il combattait torse nu, et que Fafnir était tout le temps distraite par la façon dont ses muscles magnifiquement dessinés jouaient sous sa peau claire.

La voyant déconcentrée, en un clin d'œil, le sabre se posa sur sa gorge. Elle se figea.

— Tu te rends, guerrière ? susurra-t-il.

Dépitée, Fafnir baissa ses haches.

— Tu triches, Sylver, accusa-t-elle son petit ami qui la regardait avec un sourire narquois. Tu sais très bien que tu me distrais en combattant à moitié nu. C'est injuste !

Sylver éclata de rire et, se penchant, lui posa un baiser brûlant sur les lèvres.

— Mais c'est le seul moyen que j'ai trouvé pour éviter de me faire hacher vivant. Et puis, comme dit ton ami Cal, en amour comme à la guerre, tous les moyens sont permis !

Heureusement qu'ils s'entraînaient loin du regard des nains, car ceux-ci auraient été outrés de la façon désinvolte avec laquelle Sylver, le demi-dragon, traitait sa petite amie, la naine Fafnir. Bien que Fafnir ait été réintégrée au sein du clan Forgeafeux en dépit de son statut de sortcelière, beaucoup des nains n'arrivaient toujours pas à digérer le fait qu'elle soit tombée irrémédiablement amoureuse d'un mi-humain mi-dragon.

Cela ne se faisait tout simplement pas.

Ni avec un humain, ni avec un dragon. Point.

Et encore moins lorsque le père s'appelait Magister, l'ennemi public numéro un d'une demi-douzaine de planètes, et la mère, Amavachirouchiva, la magnifique dragonne blanche, sœur du roi des dragons.

Soucieux de préserver le code d'honneur du clan, les nains n'avaient pas défié Sylver, qui, après tout, avait été élevé comme un nain, même s'il n'en était pas un, de toute l'évidence de son mètre quatre-vingts et de sa peau miroitante de minuscules écailles blanches héritées de sa mère.

Ils avaient fait plus subtil, ce qui, dans le cas de gens plus enclins à taper sur leurs adversaires qu'à utiliser leurs cerveaux, montrait à quel point ils étaient opposés au projet de Fafnir d'épouser Sylver.

Ils lui avaient envoyé des nains. Des tas de nains supermignons de tous les clans, qui soudain, s'étaient retrouvés avec l'irrépressible envie de faire la cour à Fafnir. Si Fafnir n'avait pas été aussi amoureuse, peut-être qu'elle aurait été flattée. Là, le subterfuge l'agaçait suffisamment pour que quelques-uns des soupirants un peu trop insistants repartent sur des civières…

Comme les nains refusaient d'utiliser la magie pour se guérir, Fafnir savait qu'au moins, ceux-là lui ficheraient la paix pendant un bon mois. Le temps de la rééducation.

Bon, elle n'aurait peut-être pas dû casser les deux jambes de Giblur Fonbrasier. Le jeune nain avait cru qu'en lui sautant dessus pour l'embrasser ils allaient s'évanouir[1] tous les deux et ainsi prouver à Fafnir que Sylver n'était pas son élu.

Effectivement, il s'était évanoui. Enfin, avait perdu connaissance, parce qu'il avait reçu simultanément un méchant coup dans les jambes et sur la tête, Fafnir ayant décidé de faire un exemple.

Cela avait moyennement marché.

Il y avait eu moins de prétendants.

Et les suivants étaient arrivés en armure.

Argh.

Le plus énervant pour Fafnir, c'était qu'elle était déjà une exception en tout. Elle était trop jeune, trop jolie[2], trop sortcelière (le pire aux yeux des nains, complètement magicophobes), puis trop guerrière, ou encore trop originale, trop aventureuse, bref trop… trop. Ce qui était étrange, c'était que d'habitude les nains, peuple batailleur, aimaient plutôt les gens hors du commun. Mais leur détestation des dragons venait brouiller le magnifique message d'amour que leur envoyaient Fafnir et Sylver.

Eh bien, tant pis, s'ils étaient sourds, Fafnir allait se charger de leur déboucher les oreilles.

À grands coups de haches, s'il le fallait.

Un claquement de mains les sépara. Fafnir se retourna, prête à réduire en bouillie celui ou celle qui semblait se moquer d'eux, lorsqu'elle reconnut sa mère. Bellir Forgeafeux.

---

1. Aussi curieux que cela paraisse, lorsque deux âmes sœurs se retrouvent, chez les nains, elles savent que leur amour est sincère, parce qu'elles tombent dans les pommes… D'où l'omniprésence de gazon très moelleux, d'arbustes confortables et de tapis rembourrés un peu partout dans Hymlia. Le seul truc, c'est que, parfois, certains nains trichent. Ils font semblant de s'évanouir. Du coup, les nains soupçonnent Sylver de tricher, ce qui, s'ils le connaissaient, serait tout à fait impossible vu l'honnêteté absolue du demi-dragon.

P.-S. : en fait, le contraire de Magister, ce garçon.

2. Selon les critères nains, hein.

Les nains étaient constitués en tribus. En clans, plus précisément. D'une certaine façon, le chef du clan était considéré comme un roi. Ce qui faisait donc de Bellir une reine. Et de Fafnir une princesse. Ce que celle-ci aurait balayé d'un virulent « ça va pas ? et puis quoi encore ? », et de toute façon ne l'avait pas empêché de se faire virer lorsqu'ils avaient découvert qu'elle possédait de la maudite magie.

Finalement, Fafnir était plutôt contente de sa magie. Elle ne l'utilisait presque jamais, mais sans elle, elle n'aurait pas fait la connaissance de Tara, n'aurait pas vécu de palpitantes aventures, et surtout n'aurait pu rencontrer le beau, le magnifique, le somptueux Sylver. Qui semblait totalement inconscient de sa beauté, ce qui plaisait beaucoup à Fafnir. De plus, aucune naine n'allait essayer de lui faire les yeux doux, ce qui convenait parfaitement à Fafnir qui se sentait très exclusive avec Sylver.

— Tu te bats bien, mon garçon, constata Bellir en regardant la collection de petites cicatrices qui constellaient les bras et les épaules nues de Fafnir.

Sylver s'inclina. Il était toujours d'une très grande politesse avec les gens, mais avec la mère de Fafnir, c'était pire. Il choisissait ses mots avec tellement de soin, que c'en était presque douloureux.

— Merci, ma Dame Forgeafeux, fit-il précautionneusement. J'essaye d'apprendre à votre fille à se préserver. Son tempérament la pousse à attaquer sans se préoccuper des dommages qui lui sont causés. Elle est chère à mon cœur. J'espère que ces petites cicatrices sans importance la préserveront de blessures bien plus graves.

Bellir hocha la tête, aussi rousse que celle de sa fille, et lissa sa jolie barbe fleurie d'orchidées, de délicates blours[1], et alourdie de perles d'or.

---

1. Les blours sont de petites fleurs très rouges qui ont un parfum si puissant qu'il pourrait déboucher le nez du plus enrhumé des nains. Elles sont très utilisées en hiver, car, comme beaucoup de fleurs sur AutreMonde, grâce à la magie, elles fleurissent toute l'année. De plus, elles attirent les papillons, si bien qu'il n'est pas rare de voir la barbe des nains recouverte de dizaines de papillons, ce qu'ils adorent. Un grand concours annuel a d'ailleurs été créé, et le nain qui attire le plus grand nombre de papillons gagne le prix.

P.-S. : Un tonneau de breubière. Boisson suffisamment forte pour décaper le bois qu'elle aurait éclaboussé. Beaucoup de ménagères l'utilisent pour déboucher les canalisations sur AutreMonde...

— Tu es aussi sage que bon, mon garçon, approuva-t-elle. Mais il n'empêche que les clans nains ne sont pas très sensibles à la sagesse.

Sylver fronça les sourcils.

— Mais j'aime Fafnir et Fafnir m'aime. Je ne comprends pas pourquoi ils ne veulent pas comprendre cela ?

Bellir se contenta de le toiser et de hausser un sourcil ironique.

— Bon, poursuivit-il, défait, à part le fait que nous ne sommes pas de la même race, je ne vais tout de même pas m'excuser de ce que je suis, parce que ce n'est pas de ma responsabilité !

— T'excuser ? Non ? gronda Fafnir. Tu es à moi, et si nous devons partir, nous partirons. Je ne laisserai pas de vieux nains à moitié fossilisés me séparer de toi !

— Ehhhh, protesta Bellir, je ne suis pas à moitié fossilisée et tu ne peux pas partir !

— Pourquoi pas ? fit Fafnir avec une amertume qui la surprit elle-même. Après tout, vous m'avez bien bannie lorsque vous avez découvert que je possédais de la maudite magie !

Bellir fit la grimace.

— Je te rappelle que ni ton père ni moi n'avons approuvé cette décision stupide. Et si, au temps des dragons et des démons, détester la magie qui nous ravageait était compréhensible, aujourd'hui, cinq mille ans après, j'ai toujours trouvé cela crétin.

Fafnir la regarda, ses grands yeux verts écarquillés par la surprise.

— Quoi ? Toi, la chef des clans Forgeafeux, tu trouves que nous devons accepter la magie ? Mais pourquoi ne l'as-tu pas dit lorsque j'ai été exilée ?

Bellir eut un fin sourire.

— Parce que les nains avaient besoin d'un héros et que ton père et moi avons trouvé que tu remplissais parfaitement le rôle.

Fafnir ne savait pas si c'était l'indignation ou la fureur qui l'avaient rendue muette, mais pendant cinq bonnes secondes elle fut incapable d'articuler un mot. Son visage devint tout rouge et Sylver se pencha vers elle, inquiet, lui demandant si cela allait.

— Par la barbe de mes ancêtres ! hurla Fafnir au point de faire reculer Sylver, avec la mine douloureuse de celui qui vient de voir ses tympans violemment agressés, et ça vous aurait arraché la barbe de me prévenir ?

Bellir ne sourit pas ; cette fois-ci, il y avait du chagrin dans ses yeux, verts comme ceux de sa fille.

— Nous ne pouvions pas. Tu avais décidé de trouver un remède pour te débarrasser de ta magie, nous savions déjà qu'il n'y en avait pas. C'est dans le sang, dans les gènes. Tous les nains qui ont tenté de juguler leur magie ont échoué. Nous avons pourtant décidé de te laisser partir. Tu ne savais rien d'AutreMonde, de sa politique, de ses pièges, de ses peuples. Il fallait que tu affrontes tout cela, c'était important.

Fafnir se calma. Sa mère parlait sérieusement et tout le monde écoutait lorsque Bellir prenait cette voix-là.

— Pourquoi, important ? demanda-t-elle posément.

— Parce que, d'ici à quelques années, nous aurons besoin de jeunes nains ouverts vers l'extérieur et non pas tournés vers les sombres abîmes de nos mines. De nains qui savent que la magie peut nous aider et non pas nous détruire. De nains qui savent aussi bien se battre que de négocier. À mes yeux, en conduisant Sylver jusqu'à nous, tu as ramené non seulement un magnifique guerrier, qui pourrait vaincre la moitié de nos guerriers les yeux bandés et une main dans le dos, mais également un descendant de dragon. Qui pourra nous représenter également auprès des humains, puisqu'il l'est à moitié. Oh oui, ma chérie, tu as exaucé tous nos souhaits et bien au-delà !

La mère et la fille se sourirent, les yeux un peu humides, émues par la déclaration de Bellir.

— Ouais, enfin bon, je ne l'ai pas choisi pour tout ça, grommela Fafnir pour chasser l'émotion. C'est juste qu'il est super-mignon !

Sylver lui sourit. Lui se trouvait moche comme tout, comparé aux robustes nains, et était encore épaté que Fafnir soit amoureuse de lui.

Mais il voyait bien que Bellir n'avait pas fini. La mère de Fafnir avait une idée derrière la tête, c'était évident. Il avait raison. Bellir fut claire et franche, comme sa fille.

— Sylver, puisque tu ne peux pas combattre les nains, vu que la moitié d'entre eux sont nos cousins, commença-t-elle, et qu'ils te détestent parce qu'en dépit de tout ce que tu as fait pour AutreMonde, tu es un mi-dragon, peut-être serait-il temps de passer à la vitesse supérieure. Tu ne peux pas les vaincre ? Alors, achète-les.

Sylver et Fafnir la regardèrent avec un bel ensemble, bouche bée.

— Euh, votre pardon, ma Dame... balbutia Sylver, mais je ne suis point riche. J'ai juste quelque argent gagné de ma rente d'Impitoyable[1], mais cela ne va pas très loin.

— Balivernes et grogneries ! s'exclama Bellir Forgeafeux. Tu es bien plus riche que moi !

Quelque peu perdu par la déclaration de Bellir, Sylver rengaina l'arme d'entraînement qu'il avait à la main. Il n'utilisait jamais son sabre de sang dans de fausses batailles, car s'il le dégainait, il devait le nourrir, et parfois, le sabre était un peu trop avide de sang à son goût. Et puis blesser Fafnir l'ennuyait bien assez, autant éviter de le faire avec une arme qui se sustentait autant de peur que de liquide vital. Bon, cela dit, avec Fafnir, au niveau peur, le sabre risquait de rester sur sa faim... En revanche, question rage, là, il aurait eu de quoi apaiser son appétit sans problème.

— Dame, je ne comprends pas, fit-il.

Bellir le dévisagea avec attention, mais l'honnêteté et la confusion sur le visage du jeune homme aux yeux dorés la convainquirent très vite qu'il ne mentait pas.

— Tu es le fils d'Amavachirouchiva, n'est-ce pas ? fit-elle d'une voix douce, car elle savait que Sylver était sensible à l'évocation de la mort terrible de sa mère dragonne.

— Oui, répondit-il laconiquement.

1. Comme il est interdit aux Impitoyables de faire autre chose que de s'entraîner ou de poursuivre les nains qui ont enfreint la loi (enfin, les nains, cela arrivait rarement, en revanche, décapiter des gens qui avaient enfreint la loi des nains, cela, c'était plus courant), ils étaient payés sur une cagnotte à laquelle cotisaient tous les nains.

P.-S. : en fait, ils les enfreignaient, en général, parce qu'ils ne les connaissaient pas. Dans ce cas, on les laissait vivre quand même...

— Le fils unique, insista Bellir.

— De ce que je sais, oui, répondit Sylver en haussant légèrement les épaules.

— Dans ce cas, indiqua Bellir, satisfaite, tu es son seul héritier. Le roi dragon était fabuleusement riche. Sa fille Charmamnichirachiva, l'actuelle reine des dragons, a hérité de son trésor. Mais la moitié de ce trésor t'appartient, mon garçon. Et il est temps de le réclamer !

Fafnir et Sylver la regardèrent avec le même air totalement abasourdi.

— Mais, fit Sylver en ramenant, dans son trouble, sa natte caramel, blonde et rousse de guerrier sur son torse musclé les dragons ne voudront jam...

— Peuh, déclara dédaigneusement Bellir, ils n'auront pas le choix ! Tu vas te battre, pour récupérer cette fortune. Et si tu reviens ici avec plus d'or qu'il n'y en a dans cette montagne, crois-moi, toutes les objections fondront comme neige aux soleils !

Elle brandit une grosse bourse de velours renforcé d'acier, histoire de ne pas trop faciliter le travail des voleurs, qui cliquetait d'un son que Fafnir, tout comme Sylver, reconnut tout de suite.

De l'or. Beaucoup d'or.

— Tu dois trouver le meilleur avocat dragon possible. Un tordu, un vicieux. Il ne voudra pas travailler pour rien, alors donne-lui cette bourse et disons... 2... non, 1,5 % de tout ce qu'il pourra récupérer du trésor de ta mère. Crois-moi, Sylver Claquetoile, les dragons aiment autant l'or que les nains, il fera tout ce qui est en son pouvoir et même plus pour te rendre heureux et lui aussi par la même occasion.

Fafnir avait un sourire qui faisait trois fois le tour de son visage et Sylver aussi. Il s'inclina profondément.

— Ma Dame, je ne sais comment vous remercier, c'est très généreux, mais s'il n'y parvient pas...

— J'aurais alors fait un investissement que j'aurais perdu. Cependant, là n'est pas la question. Et puis, s'il y a une guerre contre ces démons qui viendront bientôt nous rendre visite, nous aurons d'autres problèmes que de récupérer cet or, alors, je ne suis pas inquiète... Enfin du moins, pas pour mon or.

Fafnir s'approcha et l'embrassa.

— Merci, maman.

Bellir sursauta.

— Maman ? Cela fait éternité que tu ne m'as pas appelée maman. Depuis que tu as été bannie...

— Et j'avais tort, maman, répliqua Fafnir, qui ne put s'empêcher de marmonner entre ses dents : sauf que si personne ne m'explique rien, j'ai quand même quelques raisons d'être fâchée.

Bellir lui sourit et Fafnir pardonna tout. Après tout, c'était sa mère. Comme tous les dirigeants, elle devait parfois faire des choix d'abord pour son peuple, ensuite pour sa famille. Fafnir n'aimait pas, mais après tout, les choses s'étaient plutôt bien terminées. Alors elle pardonnait.

Pour cette fois.

3

TARA

Ou à quel point la fuite est parfois tout à fait préférable à l'affrontement.

Tara prit le virage sur les chapeaux de roue, ou de talons plus précisément dans son cas. Ils étaient à ses trousses. La respiration haletante, elle avisa un placard, se précipita à l'intérieur et referma la porte en évitant de justesse de coincer les crins de la queue de son pégase miniaturisé. Galant se posa sur son épaule et émit un petit hennissement inquiet.

— Chhuuuuut, fit Tara. On va leur échapper, mais ne fais pas de bruit !

La jeune fille blonde se tassa au fond du placard. Dehors, la horde de ses poursuivants passa devant leur porte, tandis que hurlements et vociférations se succédaient. Les pas sonores diminuèrent jusqu'à disparaître totalement.

La jeune fille se détendit un peu.

— Bon, ça va, pour l'instant, je crois bien qu'on les a semés. La vache, j'ai eu peur ! Il va falloir qu'on passe par les souterrains. On va essayer de se réfugier au Lancovit.

— Nan, fit une voix lasse derrière elle, même au Lancovit ils nous retrouveront...

— Hiiiii ! fit la jeune fille en sursautant et en se retournant en même temps, ses mains soudain illuminées de magie qui éclaira la silhouette planquée dans un coin.

— Wow, ne me carbonise pas, hein ! fit Various Duncan, son très lointain cousin et officiel fiancé de l'Impératrice d'Omois, en essayant de reculer encore plus, les mains tendues en avant pour se protéger, au milieu des chiffons et des balais qui s'agitaient.

— Par les entrailles de Brenduc le Hideux ! gronda Tara en éteignant sa magie, ce qui les laissa dans une semi-pénombre, qu'est-ce que tu m'as fait peur ! Mais que fais-tu ici ?

Various baissa les bras et eut un pâle sourire.

— La même chose que toi. Je me cache.

Puis il fronça ses noirs sourcils.

— Mais toi, tu n'as pas de raison de les fuir ? Ce n'est pas toi qu'ils traquent pour te faire essayer des costumes de mariage ridicules !

Tara étouffa un rire.

— Des « costumes de mariage ridicules ? » Rassure-moi, tu n'as pas dit ça en face de ma tante ?

Various afficha un air vertueux sur son beau visage sombre.

— Pas du tout. Je suis absolument enthousiaste devant elle, tu sais comment sont les femmes avant leur mariage. Il faut que tout soit parfait. Mais en douce, je fuis tous ces gens qui n'aspirent qu'à me planter des épingles dans le fondement.

Il grimaça.

Tara faillit de nouveau éclater de rire et se reprit juste à temps. Entendre rire un placard pouvait surprendre et surtout attirer leurs poursuivants.

— Non, répondit-elle, moi je me cache parce que ta future femme n'est pas uniquement décidée à te pourrir la vie, elle me pourrit la vie à moi aussi. Tu n'as aucune idée de la longueur de la liste de mes futurs fiancés, qu'elle remet à jour quotidiennement. Je pense qu'elle doit faire quelques kilomètres de long. Et, chaque fois, il y a des tas de commentaires très précis sur les avantages et les inconvénients de chaque prétendant potentiel. Je crois que si je vois encore écrits les mots « grand atout commercial », je vais vomir.

Various prit un air de profonde compassion. Mais Tara sentait son amusement sous la surface.

— Ah, je parie qu'elle trouverait follement romantique que nous fêtions nos deux mariages en même temps !

Tara eut un regard de bête traquée et il faillit rire, mais lui aussi se retint. Tara avait la puissance d'une supernova lorsqu'elle était contrariée et perdait facilement son sang-froid. Sans compter que sa future femme n'aimerait sans doute pas d'explosions thermonucléaires dans ses placards...

— Je ne suis pas sûre que « romantique » et « Impératrice d'Omois » ne soient pas un oxymore, persifla Tara en respirant profondément pour chasser son agacement. Elle, ce qu'elle veut, c'est que l'Empire fasse une super-alliance. Et le fait qu'Archange, le super-puissant démon et Chem, le super-puissant dragon, m'aient tous les deux demandé en mariage fait que depuis un mois, elle a des crédits-muts à la place des yeux...

Cela faisait beaucoup de « super ». Cette fois-ci, Various ne parvint pas à retenir son rire. Qu'il étouffa dans sa manche. Ce fut lorsque la couleur de ladite manche bleu canard frappa sa rétine que Tara remarqua enfin sa tenue.

Bariolée. Oui, c'était le mot qui convenait. En fait, il y avait tellement de couleurs que ça donnait vaguement mal au cœur.

Il avait des aiguilles enchantées plantées un peu partout, qui essayaient de maintenir péniblement les morceaux de tissus ensemble. D'une certaine façon, savoir qu'elle n'était pas la seule à patauger dans la bouse de traduc remonta le moral de Tara.

— Hum, fit-elle, sentant un gloussement remonter du fond de sa gorge, tu t'es enfui pendant une séance d'essayage ?

— M'ouais, grommela le pauvre Various. En plus, pour une mystérieuse raison, Lisb veut absolument que ce soit la vieille, la très vieille Medula, la couturière en chef de son arrière-grand-mère qui s'occupe de moi. Malheureusement, elle confond très souvent ma peau avec le tissu. Je crois qu'elle est totalement bigleuse, la pauvre.

— Medula est (Tara croisa le regard navré de Various et rectifia :)... hum, *était* la meilleure. Même si elle est sous l'enchantement d'une demi-douzaine de sorts juste pour arriver à se lever. C'est elle qui a ensorcelé tes aiguilles ?

— Oui.

— Et euuh, il y a combien de temps, exactement ?

— Une petite demi-heure, je crois, pourquoi ?

Tara se retourna vivement.

— Qu'est-ce que tu fais ? demanda Various sincèrement intrigué.

— J'ai eu l'occasion de faire quelques essayages avec Dame Medula, fit Tara qui n'arrivait pas à retenir le gloussement qui insistait vraiment pour sortir.

— Et ?

— Eh bien, il y a quelque chose d'intéressant à propos des aiguilles enchantées de Dame Medula.

Le ton de Various se fit soudain méfiant.

— Quelle chose intéressante ?

— Elles tiennent rarement plus d'une demi-heure.

— Quoi ?

Il y eut un « gling ! » sonore et toutes les aiguilles se défirent en même temps. Enfin, c'est ce que Tara subodora parce qu'il n'était définitivement pas dans ses intentions de voir son futur oncle tout nu.

— Et slurk ! jura-t-il. Brolk de slurk !

Cette fois-ci, il lui fut impossible de se contenir. Tara explosa de rire, tandis que son pégase, traître, lui envoyait des images de Various recroquevillé essayant désespérément de se couvrir avec des bouts de tissus. Tara devait absolument sortir de ce placard avant d'être pliée en deux par une crampe aux abdominaux.

— Bonne journée ! fit-elle en ouvrant la porte, vérifiant que la voie était libre et en filant lâchement vers sa suite plus vite qu'un rominet[1].

Il y avait beaucoup de monde dans les couloirs du palais d'Omois. Bien que le mariage de Lisbeth et de Various ne soit prévu que dans six mois, toute la capitale bruissait et se préparait. Les premiers bals pré-mariage lancés par le palais commençaient à s'annoncer, et on murmurait qu'un certain nombre de suicides mondains étaient sur le point de se produire chez celles et ceux qui n'avaient pas reçu d'invitation. Donc, sur le passage de Tara, Héritière du trône d'Omois, on

---

1. Pour ceux qui n'auraient pas suivi dans le tome précédent, les rominets sont une race très mystérieuse, vague forme poilue et incroyablement rapide qu'on ne voit que du coin de l'œil et qui fait qu'on s'exclame : « Oh, je crois que j'ai vu un rominet. » « Filer plus vite qu'un rominet » est une expression typiquement AutreMondienne.

P.-S. : Seule une race de canari légèrement hystérique semble être capable de détecter les rominets.

lui faisait beaucoup les yeux doux, comme si elle avait la moindre influence sur la liste des invités. Elle était sans cesse abordée par des tas d'inconnus (cela allait du gnome au géant en passant par les licornes, les fées, les humains, les elfes, les tatris, les centaures, les aragnes, les trolls, etc.) qui commençaient toujours leurs phrases par : « Quel plaisir de vous rencontrer, Votre Altesse Impériale ! » et les terminaient invariablement par : « Ce que je ne comprends pas, c'est que je n'aie pas encore reçu mon invitation pour le prochain bal de telle date, une regrettable erreur de la part des services de Dame Auxia sans doute. Pourriez-vous lui en toucher un mot, je vous en serais extrêmement reconnaissant. »

Argh.

Effectivement, c'était l'une des cousines de l'Impératrice, Dame Auxia, qui avait le privilège (la corvée, oui, selon Tara) de gérer les invitations impériales. La brune et pâle Auxia maniait assez efficacement la main de fer dans le gant de velours. En fait, on voyait assez rarement le gant de velours et vraiment très bien la main de fer. Au grand désespoir de ceux qui n'étaient pas assez importants pour figurer sur sa liste très spéciale.

Pour être honnête, le palais impérial de Tingapour, grâce à la magie et même sans, vu qu'il était immense, aurait pu sans dommage recevoir la moitié de la capitale dans ses murs. Mais Dame Auxia savait aussi bien que sa cousine à quel point il était important de savoir sélectionner. Et donc Tara en subissait, bien involontairement, les conséquences. Entre cela et les assistants de sa tante qui la traquaient pour lui soumettre la liste des prétendants et organiser ses rendez-vous, Tara ne savait plus très bien où donner de la tête. D'où le fait que s'enfuir lui paraissait de plus en plus souvent une solution très alléchante. Au grand désespoir de ses gardes qui passaient leur temps à la perdre, vu qu'elle connaissait tous les passages secrets du palais et pas eux. Ce qui rendait Xandiar, le grand chef des gardes, à moitié fou.

Tant pis.

Tara rentra comme une furie dans sa suite et claqua la porte au nez des quémandeurs. Puis leva un regard surpris vers les murs de sa suite. Ils étaient étrangement... rutilants. Des joyaux incrustés dans les murs, des bandes d'or, d'argent et de platine courant comme des veines vivantes dans la pierre dorée. Elle n'aimait pas du tout ce genre m'as-tu-vu, se retourna pour ordonner aux ordimagiques du palais de changer la décoration et...

... se retrouva nez à nez avec un parfait inconnu qui l'attendait, les yeux écarquillés. Tara s'adossa au mur et activa sa magie instinctivement.

L'homme pâlit et recula. C'était bizarre, mais la majorité des gens avaient cette réaction face à la féroce énergie de son pouvoir. Cela commençait à devenir agaçant.

— Qui êtes-vous ? grogna Tara tandis que Galant s'envolait de son épaule, prêt à déchiqueter l'intrus. Et qu'est-ce que vous fichez dans ma suite ?

— JesuislereprésentantdeBrontagne, répondit l'homme si vite qu'on aurait dit que les mots étaient collés les uns aux autres. BonjourvotreAltesseImpérialecestunhonneur devous-rencontrercommeprevumaintenantacetteheureaujourdhui.

Mince ! Le prétendant numéro... cinquante-six, si ses souvenirs étaient bons. Elle l'avait complètement oublié, de même que son nom, que, dans sa frayeur, il avait omis de rappeler, slurk. La changeline, sensible à son humeur, modifia son jean et son petit débardeur par une jolie robe qui découvrait ses longues jambes bronzées, des sandales dorées et une discrète petite tiare d'or pour retenir ses cheveux qui tombaient jusqu'à ses reins.

Tara n'aimait pas lorsqu'elle faisait ça, mais ne protesta pas. Ce n'était probablement pas le bon moment pour discuter avec sa changeline de ce qu'elle voulait ou pas comme tenue, pas avec un type qui la regardait comme si elle était un monstre qui allait le dévorer.

Tout cru.

OK. Maintenant elle comprenait pourquoi les décorateurs avaient modifié le programme des murs. Le palais n'était pas vivant comme le château du Lancovit, mais apparemment les décorateurs savaient mieux qu'elle à quel moment transformer sa suite en un machin super-luxueux, impressionnant et de très mauvais goût. Pour y recevoir un ambassadeur/prétendant et bien lui faire comprendre à quel point Omois était riche et puissante. Pfff.

La jeune fille éteignit sa magie et Galant se posa sur une commode de bois et de bronze sculpté. L'homme se décontracta avec un petit soupir de soulagement.

Comme tous les prétendants que lui envoyaient les différents royaumes ou planètes, il était séduisant. Un peu moins d'un mètre quatre-vingts, si bien qu'il ne faisait que quelques centimètres de plus que Tara qui atteignait un mètre soixante-quatorze, les yeux bleus, d'épais cheveux blonds et rouges, hérissés en une coiffure très mode, un ensemble de cour très moulant, argenté et rouge, parsemé de chaînes d'or, qui avait dû lui coûter une fortune si Tara reconnaissait bien la « patte » d'un très célèbre couturier d'AutreMonde, le célèbre K, qui officiait également sur Terre dans une maison dont le sigle était un C.

Bref, il faisait à la fois fortuné et, malheureusement pour lui, effrayé.

Tara poussa un soupir intérieur et s'assit gracieusement, évitant tout geste brusque qui aurait pu provoquer un regrettable évanouissement du prétendant.

— Je vous prie de m'excuser, fit-elle avec précaution. J'ai eu une matinée très chargée, mais, bien sûr, je suis ravie de faire votre connaissance. Comment va le royaume de Brontagne ?

Reconnaissant, l'homme posa une fesse moulée et prudente sur l'un des confortables fauteuils qui parsemaient la suite de Tara.

— Très bien, Votre Altesse Impériale. C'est au nom de mon peuple que je vous offre mon amour et une alliance avec...

Tara déconnecta. Depuis les premiers rendez-vous elle avait appris à hocher la tête au bon moment, à sourire et à faire comme si elle écoutait passionnément tout ce qu'on lui administrait comme platitudes inintéressantes, pour se concentrer sur d'autres problèmes bien plus importants.

Archange.

Et le fait qu'elle ait écarté ses amis.

Depuis que sa tante avait décidé de convier les démons sur AutreMonde, Tara avait hurlé, tempêté, supplié, tout essayé à part le coup d'État (et encore, elle y avait sérieusement songé) afin de la faire changer d'avis.

Mais aux yeux du gouvernement d'Omois, elle n'était qu'une adolescente. Une adolescente qui avait certes sauvé AutreMonde des tas de fois, mais apparemment pas suffisamment pour qu'on l'écoute.

Personne n'avait été, comme elle, transformée en Reine Noire. Personne ne savait à quel point utiliser la magie démoniaque, en arrachant les âmes pour les utiliser, était profondément cruel, dangereux et surtout destructeur. Même si Archange avait été un humain gentil et agréable, le fait d'utiliser la magie démoniaque ne pouvait que le transformer en monstre, comme Magister.

Elle le savait. Au plus profond de ses os, elle savait que les humains étaient en train de commettre l'erreur qui allait les mener à leur perte.

Alors elle n'avait pas eu le choix. Si elle fuyait les prétendants, ce n'était pas parce qu'elle ne voulait pas les voir... enfin si, comme le type, là, devant elle, qui ânonnait ses banalités, ils l'ennuyaient profondément, mais là n'était pas le problème. Elle n'avait juste pas le temps, parce qu'elle avait mis un plan au point. Un plan parfaitement suicidaire, parfaitement stupide, mais le seul qu'elle avait pu imaginer afin de contrer sa tante et Archange.

À plusieurs reprises, elle s'était absentée du palais. Cela rendait fous les gardes, parce qu'ils ne savaient ni où elle allait ni, surtout, ce qu'elle faisait et par conséquent ne pouvaient pas la protéger.

Et ce qu'elle faisait était incommensurablement dangereux.

Elle avait retrouvé les autres objets démoniaques. Cinq artefacts avaient été conservés et cachés sur Terre, le trône de Silur, le plus puissant d'entre eux, l'épée de Grouig, la couronne de Drekus, puis l'anneau de Kraetovir, dont Archange avait détruit le prototype devenu conscient, et le sceptre de Brux, ou Sceptre maudit. Tara avait détruit le trône de Silur ainsi que le sceptre de Brux, sans deviner que la magie démoniaque ainsi libérée retournerait dans les Limbes. Elle avait, avec l'aide de Mourmur, « neutralisé » l'Épée et l'Anneau, en les envoyant dans l'espace profond où nul ne pourrait les retrouver. La Reine Noire avait épuisé la couronne de Drekus et Tara avait détruit l'objet dans une crise de rage.

La lance de R'aor et une partie de l'armure de Vrons, presque aussi puissantes à elles deux que le trône de Silur, avaient été placées sur la Lune. Tara s'était toujours demandé pourquoi les Très Hauts Mages avaient caché autant d'objets démoniaques près de la Faille de la Terre, si accessible pour les démons.

Ils n'avaient sans doute pas encore acquis le réflexe de penser qu'il y avait bien d'autres planètes que la Terre. Ils s'en étaient enfin éloignés pour les autres Objets en les disséminant dans plusieurs autres galaxies.

Le bouclier de Z'sel et la double hache de Xreux, eux, se trouvaient sur la planète Daovor, foisonnante de vie, mais sans êtres conscients, dans la galaxie de P'rul, que les humains n'avaient pas encore découverte, mais que les dragons avaient conseillée aux Très Hauts Mages, les emmenant là-bas avec leurs vaisseaux spatiaux. La flûte de S'entir et la boule de M'entar (une sorte de fléau hérissé de pointes, d'après ce que Tara avait pu lire du compte rendu de Magister) se trouvaient eux aussi sur un satellite sans vie, au large d'une planète à anneaux, dans la constellation du Pégase.

Ce qui avait fait jurer Maître Chem lorsqu'il avait découvert que Magister connaissait la localisation de tous les objets démoniaques, c'était que, normalement, seuls les Très Hauts Mages et les dragons savaient où ils avaient été cachés. Cela supposait qu'il y avait un traître à leur race parmi eux, parce que les Très Hauts Mages n'avaient jamais parlé des objets, ayant bien trop peur des démons. Même Lisbeth, si elle savait où étaient les objets terrestres, ignorait où se trouvaient les autres.

Tara avait mémorisé la liste lorsqu'ils l'avaient découverte avec Maître Chem, après leur conquête de la forteresse grise de Magister. Elle l'avait fait machinalement, enregistrant les coordonnées au cas où. Ensuite, de retour chez elle, sur Terre, elle avait tout noté sur une feuille qu'elle avait dissimulée entre deux livres. Mais curieusement, les coordonnées ne s'étaient jamais effacées de son esprit. Elle n'avait jamais eu besoin de se référer à la feuille qui dormait encore sagement dans le manoir d'Isabella.

La jeune fille blonde était plutôt contente que deux des Objets soient proches pour accomplir ce qu'elle avait en tête, il n'était pas nécessaire d'aller chercher bien loin.

Dès qu'elle l'avait pu, elle s'était rendue sur la Lune terrienne. Une base secrète des sortceliers était située sur la face cachée, avec une Porte de transfert, ce qui lui avait évité d'avoir à « emprunter » un vaisseau. Tara s'était immédiatement retransférée par un Transmitus sur la face visible et avait assisté, émerveillée, à l'ascension devant elle, dans le ciel noir, de la grosse boule bleue qu'était la Terre. Puis, protégée par la combinaison hermétique créée par Mourmur (mais elle s'était aussi entourée d'un champ de magie au cas où), Tara avait désamorcé les pièges et trouvé les objets démoniaques. Là aussi, il y avait eu des Gardiens, impalpables et pourtant mortellement dangereux. Ceux-là ne se nourrissaient pas de poissons mais de rayons cosmiques. Personne ne les ayant jamais dérangés, ils avaient failli tuer la jeune fille, dont la combinaison masquait l'appartenance à la descendance de Demiderus. Tara avait dû la retirer afin de les convaincre qu'elle n'était pas un démon. Ce qui n'avait pas été super-rassurant car entre sa peau nue et le vide de l'espace il n'y avait qu'une mince pellicule de magie qui conservait à la fois sa chaleur et l'empêchait d'exploser sous l'effet du vide.

Tara avait fait un pari fou en risquant sa vie ainsi. Une fois les Gardiens priés d'aller voir ailleurs si elle y était[1], elle s'était assise devant la Lance et l'Armure avait tenté de communiquer avec les êtres emprisonnés dans les Objets, pariant qu'ils étaient accessibles à la raison.

Elle avait eu tort.

Ils étaient devenus fous au-delà de toute rédemption.

Tara s'était entêtée. Personne n'avait jamais tenté ce qu'elle était en train de faire, alors elle y allait à tâtons.

Elle était revenue. Elle avait créé de l'air, de la lumière, des coussins confortables dans la caverne obscure et froide. Elle avait rapporté des tableaux, des livres, des radiateurs afin de réchauffer l'atmosphère. Elle avait décoré les murs de fresques qui racontaient l'histoire des humains (elle était très contente que la magie existe, parce qu'elle était vraiment nulle en dessin ; pour elle, un humain, c'était un rond et une croix en Y renversé...). Elle installa aussi plusieurs écrans de vidéocristaux, chacun sur une chaîne différente, diffusant les programmes d'AutreMonde.

Tara savait que les visages voyaient ce qui se passait autour d'eux. Elle comptait dessus.

Elle devait leur montrer ce qu'étaient les AutreMondiens. À quel point ils étaient différents des Boulimi-Lema[2],

1. Ce qui les avait plongés dans un abîme de perplexité, l'expression ne leur étant pas familière...

2. Pour une race de démons monstrueux et sanguinaires, leur nom est assez ridicule, je le concède.

de ceux qui les avaient asservis, emprisonnés contre leur volonté.

À chaque voyage, elle se contentait de s'asseoir devant eux et de leur parler. Jamais, en dépit de leurs attaques répétées, elle ne tenta de les toucher, de les utiliser ou même de les détruire, même si elle leur avait clairement mentionné qu'elle avait désintégré le trône de Silur, le sceptre de Brux et la couronne de Drekus. Elle leur avait aussi parlé de la « poubelle » qui envoyait les Objets au centre de l'espace profond, là où rien ni personne ne pourrait jamais les retrouver, les âmes prisonnières du fer noir pour l'éternité.

Ils savaient donc très bien qu'elle pouvait les carboniser ou les neutraliser en un claquement de doigts. Cela avait un peu ralenti leurs tentatives contre elle, d'autant qu'ils voyaient qu'elle ne faisait rien de spécial.

Elle attendait en leur parlant, c'était tout.

Comprenant petit à petit que la paix n'était pas tout à fait ce que recherchaient les âmes furieuses, Tara avait alors changé de stratégie.

Elle leur avait parlé de vengeance et de revanche. Peu à peu, les Objets avaient cessé de tenter de s'emparer d'elle. C'était surtout la Lance qui avait été agressive, tentant constamment de la poignarder, de la transpercer. L'Armure avait besoin d'être portée par un être conscient. Plus grande, bien qu'incomplète (car les dragons possédaient la Culotte et le Casque avait été placé ailleurs également, mais ne faisait pas partie des Objets retrouvés par Magister) avec une surface de métal noir bien plus importante, elle semblait légèrement moins folle et un peu plus « raisonnable » dans le vrai sens du terme.

Au fur et à mesure de ses visites, Tara avait senti qu'elles commençaient à l'écouter. Qu'elles sortaient lentement, douloureusement, de leur folie meurtrière. Elle ne savait pas si c'était l'influence de la chaleur, de la lumière, ou tout simplement de la paix qu'elle avait recréée autour de ces âmes tourmentées.

La jeune fille blonde avait alors fait un autre pari, tout aussi fou que le premier. Elle savait très bien qu'elle était moins forte qu'Archange. Et qu'elle ne pouvait pas utiliser la magie démoniaque sans risquer de se faire corrompre à son tour. Mais si elle était « alliée » de la magie démoniaque, si les âmes arrachées à leurs propriétaires acceptaient de l'aider en échange d'une libération sans dissolution totale, ce à quoi elles aspiraient, alors peut-être qu'elles parviendraient à travailler ensemble. Elle leur avait expliqué que détruire la Lance ou l'Armure, objets solides qui les emprisonnaient et dont le métal corrompu les faisait souffrir, n'était pas la solution. Elle leur avait raconté ce qui s'était passé lorsque Archange avait détruit le prototype de l'anneau de Kraetovir. Que les âmes n'avaient pas été libérées, mais étaient retournées sous le joug des démons des Limbes pour être utilisées, encore et encore, jusqu'au moment où elles se vidaient de toute leur substance et qu'il n'en restait rien.

Elle leur parla aussi d'OutreMonde. Paria que, comme eux, les Boulimi-Lema avaient aussi un endroit où les âmes retrouvaient la paix. Mais que si elles étaient absorbées de cette façon, alors pas de paradis pour elles, pas d'OutreMonde, pas de joie et de conscience. Juste le froid et le vide et la mort…

Les âmes hurlaient lorsqu'elle leur disait cela. Elles n'avaient pas peur de mourir, au contraire. Mais être utilisées ainsi les rendaient folles… enfin, encore plus qu'elles ne l'étaient déjà.

Ses progrès étaient parfois bien maigres. Le temps lui était compté, terriblement. Tout ce qu'elle ne passait pas sur la Lune, elle le passait à s'entraîner dans le gymnase afin de faire de son corps et de sa magie des armes redoutables. Parfois, la frustration de n'obtenir aucun résultat ni de sa magie ni des âmes prisonnières la faisait hurler.

La dernière fois, son miroir avait été tellement surpris lorsqu'elle avait libéré son cri de rage qu'il s'en était fendu…

Elle avait dû s'excuser longtemps avant qu'il n'accepte de lui renvoyer son image. Et encore, depuis, elle trouvait qu'elle avait le nez un peu de travers lorsqu'il lui renvoyait son reflet.

Le prix à payer n'était pas uniquement physique. Terrifiée à l'idée d'être possédée ou de redevenir la Reine Noire, Tara avait dû se séparer de tous ceux qu'elle aimait.

Au grand désespoir de ses amis qui ne comprenaient pas pourquoi elle était toujours si occupée qu'elle n'avait pas le temps de les voir, elle avait coupé toute communication avec eux. Cela avait été plus facile avec Moineau, Fafnir ou Fabrice qu'avec Cal et Robin.

Moineau parce qu'elle était sans cesse avec Jeremy et semblait s'être transformée en une espèce de fêtarde photographiée dans les soirées au bras du célèbre héritier. Jeremy, charmant, bourré de crédits-muts, élevé sur Terre comme Tara, découvrait les joies d'AutreMonde et en profitait un max. Il entraînait Moineau avec lui et Tara n'aimait pas cela. Du tout. La dernière fois qu'elle avait voulu parler avec sa meilleure amie, avant d'activer son plan « je deviens copine avec des objets maléfiques », Tara l'avait réveillée. À deux heures de l'après-midi. Moineau n'avait pas activé l'image, avait bredouillé trois, quatre phrases incompréhensibles, un vague « j'te r'pelle » et raccroché.

Fafnir, parce qu'elle filait le parfait amour avec Sylver. La dernière fois que Tara avait essayé de les joindre – à regret, mais parce qu'elle avait besoin d'un renseignement technique –, la messagerie avait affiché un très goguenard : « Nous sommes là, mais trop occupés pour vous parler », qu'elle avait trouvé particulièrement crispant. Du coup, elle avait demandé le renseignement à un nain du palais, mais l'hor de Fafnir devait avoir une reconnaissance de numéro automatique, parce que la naine avait rappelé.

À 4 heures du matin, moment où Tara dormait profondément, si bien que son hor, comme ce n'était pas urgent, ne l'avait pas réveillée. Le message était court.

« Sylver et moi allons bien, s'était exclamé Fafnir avec un grand sourire béat sur les lèvres. Là, Sylver et moi, on vient de se promener, mais avant, Sylver et moi, on est descendus à la mine, mais il n'a pas travaillé, parce que c'est un Implacable, il voulait juste voir l'endroit. Ensuite, Sylver et moi, nous sommes allés nous baigner, il y a un super lac et ensuite, Sylver m'a déshabillée et... »

Tara avait coupé à ce moment-là, les joues rouges. Les nains n'avaient aucun tact et si elle entendait encore une seule fois « Sylver et moi », elle allait probablement vomir.

Fabrice, parce qu'il était resté sur Terre et s'occupait de la Porte de transfert à la place de son père. Il appelait de temps en temps, mais semblait bien plus se passionner pour ce qui se passait sur Terre que sur AutreMonde. Et Tara trouvait agaçant qu'il ait l'air tellement soulagé de ne plus avoir à risquer sa vie à ses côtés toutes les cinq minutes.

Bon, elle admettait qu'elle aussi était plutôt contente que personne n'essaye de l'assassiner, ça la changeait agréablement.

Le fait de penser à ses trois amis du magicgang, l'espace d'un instant, l'amena à évoquer ce qui s'était passé avec Cal, ce qu'elle s'interdisait absolument mais n'était pas toujours capable de respecter.

Car Cal et Robin l'avaient rendue à moitié folle à force d'essayer à tout prix de la contacter ou de la voir. Les éviter avait été vraiment douloureux.

Par les entrailles de Brenduc le Hideux, mais qu'est-ce qui avait pris au Voleur de l'embrasser comme ça ? Et de lui déclarer son amour ? Bon, d'accord, la première fois, il avait été sous le coup d'une espèce d'overdose de magie et la seconde, il venait de se faire transpercer pour la sauver, m'enfin quand même !

Surtout, ce qui l'ennuyait, c'était qu'elle avait ressenti son baiser comme une brûlure, comme une vague qui avait emporté son cœur au passage. Or ce n'était pas du tout ce qu'elle éprouvait pour Cal. Elle l'aimait beaucoup oui, ça, c'était sûr. Elle le trouvait incroyablement malin, très drôle mais... elle n'était pas amoureuse de lui.

Enfin, elle n'avait pas l'impression d'être amoureuse de lui.

En fait, elle n'en savait rien. Et elle aurait bien voulu pouvoir en discuter avec lui ; mais elle ne pouvait pas.

Vingt fois elle avait demandé à la Pierre Vivante, son amie et réservoir de magie d'AutreMonde, de composer le numéro de Cal, et vingt fois, à cause des objets démoniaques, elle avait renoncé. La Pierre Vivante avait d'ailleurs trouvé cela particulièrement agaçant, d'autant qu'elle lui avait fait le même coup avec Robin quelques mois auparavant.

Elle ne pouvait parler qu'avec Galant, qui la soutenait inconditionnellement, et avec la Pierre Vivante, qui, elle, du moment qu'elle pouvait s'éclater, était à peu près partante pour tout du moment qu'il y avait de l'action. Ce n'était pas suffisant et Tara s'en rendait très bien compte. Elle avait besoin de l'avis de ses amis et ne pouvait pas le leur demander. Et c'était très difficile à vivre.

Toutes les autres relations qu'elle avait à Omois étaient très gentilles, mais aucune n'avait partagé avec elle les dangers, les fous rires et les menaces de mort du magicgang. Sans compter qu'elle ne savait jamais si les gens voulaient être amis avec elle parce qu'elle était l'Héritière de l'empire d'Omois ou parce qu'elle était juste Tara Duncan, la fille qui avait découvert à treize ans que la magie existait et des tas de monstres aussi.

Elle sortit de ses pensées lorsqu'elle réalisa que l'homme avait cessé de parler et attendait patiemment une réponse, la tête penchée sur le côté. Elle eut un sourire prédateur. Qu'il lui rendit d'un air toujours un peu inquiet.

Soudain, elle décida qu'elle en avait assez. Elle se leva si brusquement que l'homme bondit sur ses pieds et renversa le fauteuil. Qui eut du mal à se redresser, en grinçant de ses douze pieds de bois[1].

— Vous avez peur de moi, constata la jeune fille d'une voix tranquille. Je ne pense pas qu'une union avec un homme qui a peur de moi serait une bonne union. Mais je remercie Brontagne de son intérêt pour ma modeste personne et espère que mon refus ne sera pas considéré comme une insulte envers son peuple. Votre candidature n'est pas retenue. Omois est flattée que vous ayez consenti à vous déplacer. Omois vous remercie donc également.

L'homme eut l'air horrifié. Il se tordit les mains.

— Je... je ne peux pas dire cela ! s'étrangla-t-il. Pas que vous m'avez dit que j'avais peur de vous... même si, ajouta-t-il dans un curieux accès d'honnêteté, c'est la vérité. Ils vont me pendre par les pieds, à Brontagne, si je reviens avec une réponse comme celle-ci !

Ah. Oui, elle n'avait pas pensé si loin.

— Alors dites que votre candidature n'a pas été acceptée parce que deux autres puissants candidats sont priori-

1. Toujours pour ceux qui n'auraient pas suivi et ne connaîtraient pas *AutreMonde pour les nonsos*, les objets sont animés. Ce qui a d'ailleurs occasionné un certain nombre de minicrises cardiaques à Tara et Fabrice au début de leur séjour sur la planète magique... et agitée.

P.-S. : Douze pieds, parce que les Omoisiens ont toujours tendance à en faire un peu trop et que, du coup, beaucoup de leurs meubles ont une forte ressemblance avec des mille-pattes énervés.

taires, proposa-t-elle (la liste des prétendants n'était pas officielle, il ne pouvait donc pas savoir qui y figurait).

Il plissa ses yeux bleus, méfiant.

— Quels candidats ? Si je reviens sans aucun nom, ils ne me croiront pas !

— Oh si, ils vous croiront, parce qu'ils ont annoncé qu'ils arriveraient bientôt (oui, cela aussi faisait partie des brûlants problèmes qu'elle allait devoir régler). Le premier est le roi des démons, Archange, et le second est Maître Chemnashaovirodaintrachivu, le puissant dragon bleu. Ça vous va, comme compétiteurs ?

L'homme déglutit péniblement.

— Ouh la, oui, oui, absolument. Le... le roi des démons ? Il... il veut vous épouser ?

Il avait déjà peur en entrant dans la suite, là il était carrément terrorisé.

— Oui, répondit simplement Tara. Il est dingue, hein ?

— Oh oui ! reprit l'homme du fond du cœur. Complètement dingue !

Il vit le regard soudain malicieux de Tara et se reprit.

— Non ! Je veux dire, personne ne pourrait être dingue de vouloir vous épouser Votre Impériale Maj... euh Votre Altesse Im...

Tara eut pitié. Elle l'interrompit avant qu'il ne s'enfonce un peu plus dans les Marais de la Désolation[1].

— Vous pouvez disposer à présent. Mes amitiés à Brontagne et prenez soin de vous !

Il s'inclina et, quelques courbettes plus loin, atteignit la porte qui s'ouvrit obligeamment. Tara était impressionnée, à reculons comme ça, jamais elle n'aurait pu se déplacer sans percuter une demi-douzaine de trucs.

La porte se referma sur le visage mi-soulagé, mi-effrayé du type, et Tara soupira.

Elle se frotta le visage.

— Oh là là, mais qu'est-ce que j'ai fait pour mériter ça !

Son pégase hennit et se posa sur son épaule, la réconfortant. Heureusement qu'il était là. Il était la seule chose qui

1. Portent bien leur nom. En dehors des bestioles qui ne rêvent que de vous croquer, il y a également des tas de gens/sorts/malédictions qui traînent dans ces marais. Dire de quelqu'un qu'il s'enfonce dans les Marais de la Désolation sur AutreMonde signifie que le malheureux est vraiment en très mauvaise posture.

lui permettait de rester à peu près saine d'esprit. Enfin, pour autant que qui que ce soit fût sain d'esprit dans cet asile de fous qu'était AutreMonde.

Puis Galant se mit à songer à une jolie petite pégase célibataire dont il avait fait la connaissance alors qu'il se baladait dans le parc et avec qui il aurait bien...

— Eeeeeehhh ! s'exclama Tara en le chassant d'un revers de main, mais qu'est-ce que vous avez tous, bon sang, achetez-vous du bromure !

Elle n'allait pas pouvoir se rendre sur la Lune aujourd'hui, elle avait trop de choses à faire. Mais elle devait absolument y aller demain. Elle ne savait pas encore dans combien de temps Archange arriverait, car les négociations avaient pris du retard du fait des réunions organisées dans le monde entier, afin que tous les gouvernements soient d'accord avec la décision d'Omois. Mais Tara savait que ce n'était plus qu'une question de jours.

Elle déglutit. Ce qui l'attendait sur la Lune serait probablement l'une des épreuves les plus dures de toute sa courte vie. Elle allait devoir à la fois gagner la confiance d'âmes si tourmentées qu'elles étaient devenues folles, mais également leur accorder la sienne. Si elle sentait qu'elle était en train de gagner la première partie, pour avoir vécu sous la domination de la Reine Noire, rien que l'idée de toucher un objet démoniaque l'emplissait d'une angoisse absolue.

Elle décida de chasser cette image de sa tête, sinon elle ne serait plus bonne à rien dans les prochaines heures. Elle jeta un regard torve vers son bureau. Qui disparaissait à moitié sous les papiers et les boules de cristal remplies de documents et de messages plus urgents les uns que les autres.

Car sa tante, méfiante, ne la lâchait pas, l'ensevelissant à la fois sous une pile de prétendants et sous une pile de dossiers soi-disant urgents.

Ronchonnant, la jeune fille plaça l'une des boules de cristal dans l'ordimagique et se plongea dans l'énorme tas de dossiers qui concernait la gestion quotidienne d'Omois, que sa tante lui avait confiée en partie.

Une fois intégrés les schémas et les courbes qui miroitaient devant ses yeux, Tara nota avec surprise que le taux d'émigration semblait soudain monter en flèche. Et fut encore plus étonnée lorsqu'elle vit qui cela concernait.

Ça, par exemple, mais pourquoi les nonsos quittaient-ils Omois ? Par peur des démons ? Une invasion concernerait toute la planète AutreMonde, pas uniquement Omois, non ? Elle planchait sur ce mystère, lorsque la porte lui annonça une autre visite. Elle se leva en soupirant. Sans doute le prétendant numéro cinquante-sept.

La changeline modifia ses vêtements, hors de question qu'elle porte la même chose pour chaque entretien ! Et aux picotements autour de ses yeux, Tara sentit que l'entité magique qui lui servait de garde-robe/armurerie/garde du corps modifiait également son maquillage. Elle retint un soupir. Elle qui auparavant se contentait d'un jean, de baskets, de tee-shirts et de pulls, et rêvait des tenues tendance des grands couturiers, disposait à présent d'une garde-robe illimitée, incluant un nombre impressionnant de robes ajustées et chaussures à talons furieusement inconfortables, et ne rêvait plus, du coup, que de jeans, de baskets et de tee-shirts...

Comme quoi, on n'est jamais content de ce qu'on a, finalement.

Elle s'avança tandis que la porte s'ouvrait.

Pas du tout sur un garçon. Sur une fille.

Qui avait le visage tellement ravagé de larmes qu'elle ne la reconnut pas avant qu'elle ne s'abatte sur son épaule en sanglotant.

La Princesse Gloria D'aavil, dite Moineau, dite aussi la Bête du Lancovit, dite également « meilleure amie de Tara avant de l'abandonner pour un imbé... pour Jeremy ».

Le cœur battant, Tara étreignit la fragile Moineau, qui semblait avoir la ferme intention de les noyer toutes les deux. Le familier de Moineau, sa panthère argentée, Sheeba, avait l'air aussi bouleversée que sa maîtresse, les crocs apparents, la fourrure ébouriffée et les oreilles en arrière.

— Wow, fit Tara, oubliant instantanément sa volonté de rester loin de ses amis. Moineau, mais qu'est-ce qui se passe ?

Un murmure indistinct s'éleva de son épaule et ne la renseigna pas des masses.

— Pardon, Moineau, je n'ai pas compris.

Moineau releva un visage rougi par les larmes, planta ses grands yeux noisette dans ceux bleu marine de Tara, et cette fois-ci prononça distinctement :

— Je suis fiancée !

4

MOINEAU

Ou comment choisir exactement le garçon qu'il ne faut pas au moment où il ne faut pas et le regretter vraiment, vraiment beaucoup.

— Quoi ?

À peine l'exclamation incrédule quittait-elle les lèvres de Tara qu'elle la regrettait. Moineau, le regard navré, tressaillit.

— Je suis fiancée, répéta-t-elle comme si elle n'arrivait pas à réaliser ce qu'elle disait.

— Quoi ? reprit de nouveau Tara, le cerveau bloqué.

— Totalement absolument définitivement fiancée, ânonna Moineau d'une voix plate. Plus fiancée que moi, je pense que ce n'est pas possible. Fiancée de chez fiancée. Je vais mourir… mes parents vont me tuer. Enfin, ils n'auront pas besoin, parce que je serai morte bien avant. Ils ont entendu l'annonce et arrivent par la prochaine Porte de transfert. Tu prononceras l'éloge funèbre de ma dissolution, dis ?

Le cerveau de Tara finit par réussir à enclencher la première, après avoir pas mal patiné. Mais qu'est-ce que Moineau racontait ?

— Tu es fian… (elle n'arrivait même pas à prononcer le mot)… mais pourquoi ?

OK, elle avait des excuses, elle était sous le choc, mais, là aussi, à peine les mots quittèrent-ils sa bouche qu'elle réalisa à quel point ils étaient stupides.

Moineau ne dit rien, mais son regard parla pour elle. Et il précisait : « C'est débile, comme question. »

Tara fit un pas en arrière, lâchant son amie. Elle ne voyait qu'une seule explication à un engagement aussi soudain : par tous les Dieux d'AutreMonde, Moineau était enceinte ! Là, Tara ressentit comme un gros besoin de s'asseoir. Elle recula jusqu'au sofa rouge et fit signe à Moineau de faire de même. La ravissante jeune fille brune aux longs cheveux bouclés s'assit docilement et regarda sa blonde amie. Elle portait sa robe bleu et argent de sortcelière du Lancovit, ce qui signifiait qu'elle venait sans doute juste d'arriver du petit royaume.

Moineau avait bien assez à faire avec ses problèmes, mais elle remarqua que Tara n'avait pas l'air très heureuse. Un pincement de culpabilité vint s'ajouter à l'angoisse qu'elle éprouvait.

Elle éclata de nouveau en sanglots.

Tara se rapprocha, émue, et l'entoura encore de ses bras. Les sanglots redoublèrent.

— Bon, fit Tara d'un ton raisonnable lorsque les pleurs commencèrent à s'espacer un peu. Maintenant, peux-tu m'expliquer ce qui s'est passé ?

Moineau se dégagea, s'essuya le nez avec sa manche, sans se préoccuper de savoir si le tissu magique absorbait le liquide et fronça de nouveau les sourcils.

— En fait, je ne sais pas très bien !

Ah bon ? Cela paraissait pourtant clair à Tara. Une fille, un garçon et paf, un bébé neuf mois plus tard. Ils étaient dans la bouse de traduc.

— OK, fit-elle patiemment. Alors, commence depuis le début. Tu es fiancée à… ?

— Je ne te l'ai pas dit ?

— Non.

En fait, Tara avait une bonne idée du coupable, mais espérait de tout son cœur que ce n'était pas Jer…

— Ben, à Jeremy bien sûr ! Je sors avec lui depuis plusieurs semaines. Il m'a fait sa demande. Hier soir.

Ah, raté.

— Il a fait sa demande lorsque tu lui as dit ?

Moineau la regarda d'un air perplexe.

— Quand je lui ai dit quoi ?

Galant lui lança un avertissement, mais les mots quittèrent la bouche de Tara avant que son cerveau n'ait le temps de les retenir.

— Que tu étais enceinte ?

On aurait assommé Moineau avec un traduc poilu qu'elle n'aurait pas eu l'air plus surprise.

— En... enceinte ? chevrota-t-elle, mais je ne suis pas... (Elle regarda Tara puis, très illogiquement, vu qu'elle venait de pleurer toutes les larmes de son corps, éclata de rire.) Oh là là, tu penses que je suis... aaahhh, ah ah ah ah !

Sous le regard médusé de Tara, de Galant et de Sheeba, la jeune fille brune partit dans une monumentale crise de fou rire. Elle en hoquetait, peinant à retrouver sa respiration. Tara croisa les bras, vaguement agacée. Bon sang, elle voyait bien qu'elle avait fait une bourde, mais ce n'était pas une raison pour que sa meilleure amie rigole comme ça.

D'accord, ce qu'elle avait suggéré était ridicule.

Moineau finit enfin par se calmer.

— Tu sais, parvint-elle enfin à articuler, j'oublie tout le temps que tu es terrienne, enfin que tu as été élevée sur Terre. Vous avez vraiment une conception moyenâgeuse des rapports humains, hein ? Sur AutreMonde, il n'est pas possible de tomber enceinte si on ne le veut pas. En fait, c'est tomber enceinte qui est compliqué. Le flux magique est si puissant qu'il perturbe la fécondation. Peut-être pour compenser le fait que nous vivions bien plus longtemps que les humains normaux, afin d'éviter que la planète ne soit surpeuplée, je ne sais pas. Bref, si je tombais enceinte, ce serait volontaire et rien n'obligerait qui que ce soit à m'épouser. Non, Jeremy a décidé qu'il était amoureux de moi et il m'a demandé en mariage. Et moi, je n'ai pas fait attention au fait qu'il y avait des scoops tout autour de nous, parce qu'il m'avait fait boire du bullage[1] et que du coup, j'étais un peu... euuh, distraite.

1. Boisson à bulle qui donne l'impression très trompeuse d'être léger, léger, jusqu'au moment où on se sent trèèèèèès trèèèèès lourd... qu'on a l'impression qu'une colonie de treee s'est oubliée sur sa langue et qu'on a trèèèèèès trèèèèès mal à la tête. Qu'on aimerait bien détacher si possible, s'il vous plaît, merci.

Tara hocha la tête. « Distraite » ? Ce n'était pas le terme qu'elle aurait choisi, compte tenu du degré d'alcool contenu dans la boisson gazeuse, m'enfin bon, vu les gaffes monstrueuses qu'elle enchaînait, autant laisser Moineau continuer son histoire.

— Bref, grogna Moineau en essuyant ses yeux avec les mouchoirs que la changeline de Tara, un peu dégoûtée, avait fini par lui fournir, les scoops ne nous ont pas ratés. À peine avait-il prononcé ces foutus mots que nos hors *et* nos boules de cristal sonnaient. Toute sa famille le félicitait et sa mère venait déjà d'appeler dix traiteurs afin d'organiser la fête. Depuis que nous les avons délivrés du Continent Interdit, ils rêvent que Jeremy s'allie avec l'une de nous. Je sais que tu étais leur premier choix, d'ailleurs.

Tara soupira.

— Je suis l'Héritière d'Omois, Moineau, je suis le premier choix de tellement de gens que j'ai l'impression d'avoir été transformée en côtelette.

Cela fit de nouveau rire Moineau. Bon, au moins, elle ne pleurait plus. Bieeeen.

— C'est... euh, un peu jeune pour s'engager, non ? souligna Tara, tout en ayant l'impression bizarre d'être une vieille rabâcheuse.

— Évidemment que c'est jeune ! grogna Moineau qui se leva et pour faire les cent pas dans la pièce.

Un fauteuil la suivit, espérant sans doute qu'elle daignerait s'asseoir à un moment ou à un autre, mais la jeune fille était bien trop agitée. Et rapide. Au point que Tara commençait à ressentir une sorte de tournis.

— Quand je pense, s'exclama Moineau, que j'ai largué Fabrice parce que je voulais être libre et ne plus souffrir, non mais quelle spatchoune je suis ! Je... je n'arrive pas à croire que je me sois mise dans une telle situation !

Tara opina. Elle non plus ne voyait pas comment Moineau avait fait, d'autant qu'elle, Tara, passait son temps à répondre non à ses soupirants. D'ailleurs, à propos de soupirants... elle regarda son hor, incrusté dans son avant-bras, et grimaça.

— Écoute, fit-elle en se levant, tu vas venir avec moi. Il y a une réception où je dois rencontrer quelques prétendants. (Elle éleva la voix.) Porte ! Préviens le prétendant numéro… euh, cinquante-sept, je crois, que je suis à la réception. Il devait venir ici, qu'il nous retrouve là-bas.

Elle se tourna vers Moineau et sourit :

— En chemin, nous allons réfléchir à un plan pour te sortir de là.

Moineau releva la tête de son mouchoir, qui était sur le point de mourir de sa belle mort.

— Un plan ? Tu veux dire que tu as pensé à quelque chose ? À une solution honorable qui ferait que je pourrais reprendre ma parole sans faire de peine à Jeremy et surtout à sa famille ?

Elle marqua une petite pause et ajouta d'un air méfiant :

— Si c'est un tour de Mourmur, genre : « remonter dans le temps », laisse tomber, je n'ai aucune confiance dans les inventions de ton grand-oncle par alliance. Soit *elles* explosent, soit *tu* exploses.

Tara éclata de rire.

— Non, Mourmur n'a rien à voir là-dedans. Mais, depuis que je suis en formation avec ma tante, la très tortueuse Impératrice d'Omois, j'ai appris un certain nombre de trucs bien mesquins pour décourager les gens. Voyons si nous pouvons adapter l'un d'entre eux à ton problème.

Pour la première fois depuis des semaines, Moineau sentit s'alléger le poids sur ses épaules. Et songea que si, au lieu d'éviter sa meilleure amie parce qu'elle se sentait coupable de la trahir d'une certaine façon, elle lui avait parlé de ce qui se passait avec Jeremy, elle ne serait pas dans la bouse de traduc aujourd'hui.

Parce que, malheureusement, il y avait un certain nombre de choses qu'elle ne pouvait pas révéler à Tara, même si elle en avait vraiment envie. Non pas que Tara n'était pas fiable, bien au contraire, mais, en dehors du fait qu'elle était sa meilleure amie, Tara était également l'Héritière de l'empire d'Omois et le problème de Moineau impliquait les intérêts financiers du Lancovit, patrie de la jeune fille. Qui allaient carrément à l'encontre des intérêts financiers d'Omois. Il n'était pas question d'impliquer Tara dans les magouilles financièro-politico-magico-chaotiques dans lesquelles Moineau était empêtrée. Du moins pas tout de suite. Et si possible, jamais. Pas plus que ses parents qui n'étaient pas au courant.

À l'intérieur de Moineau, sa Bête rugit. Elle n'aimait pas les pièges et savait bien que la jeune fille était piégée. Elle n'avait qu'une seule envie : surgir et tailler tout le monde en pièces. Moineau avait beau lui dire que transformer le roi du Lancovit en puzzle n'était pas une bonne idée, la Bête n'avait rien de sensé lorsqu'elle était en colère. C'était la raison pour laquelle Moineau avait bu autant de bullage. Énorme erreur.

Elle suivit Tara dans le couloir jusqu'à la Porte de transfert la plus proche. Le palais d'Omois était immense. Chaque nouvelle génération d'empereur ou d'impératrice avait ajouté sa touche, si bien que le moderne et l'ancien se côtoyaient et se mélangeaient, avec des résultats pas toujours heureux. Et il fallait un Dirigus à la majorité des courtisans rien que pour retrouver les toilettes…

Sans compter que les sorts abondaient tellement dans le palais qu'il y avait parfois de curieuses réactions. Des Levitus vous soulevaient à des endroits où, avant, il y avait eu des ascenseurs, éliminés depuis, et on se retrouvait collé au plafond sans bien savoir pourquoi. Des trous s'ouvraient là où d'anciens conduits avaient été partiellement comblés. D'où des panneaux avertisseurs un peu partout dans le palais, le temps que la maintenance intervienne. Mais c'était tellement immense et il y avait tellement à faire qu'on entendait à tout bout de champ des « euuuh, je viens de tomber dans un trou. Très profond d'ailleurs, ledit trou, me demande bien ce qu'il foutait au milieu de ce couloir. Je pense que je me suis cassé quelque chose. Aïe. Ça fait mal. Tellement que je n'arrive pas à utiliser ma magie pour sortir du foutu trou. Est-ce que quelqu'un pourrait avoir la gentillesse de venir à mon secours silvousplaîtmerci ? »

Du coup, en plus des services de maintenance, un service « secours aux nouveaux arrivants » avait vu le jour. Et de toutes les branches de l'organigramme de l'Impératrice, c'était celui qui avait sans doute le plus de travail. Avec, bien sûr, le service de renseignements/espionnage/servicessupersecretsdesamajesté…

Il courait des tas de rumeurs sur le palais de Tingapour, la plus persistante étant qu'on pouvait raisonnablement espérer y entrer, mais qu'il n'était pas sûr du tout d'arriver à en sortir…

Moineau adorait le Lancovit et, à ses yeux, le château vivant de Travia, sa capitale, était le summum de l'architecture interactive. Mais elle devait admettre que le palais de Tingapour à Omois était fichtrement impressionnant. Chaque fois qu'elle y revenait, elle se faisait cette réflexion. Les arbres enracinés dans le marbre doré, les fresques majestueuses, les colonnes transparentes ou délicatement sculptées, les couleurs surtout, qui flamboyaient partout... sous le kitch, le bâtiment tarabiscoté parvenait à être majestueux.

Et puis, bien plus encore qu'au Lancovit, AutreMonde tout entière se pressait à Tingapour, siège du pouvoir, et sa Bête, comme elle-même, était sensible à l'énergie et à la puissance qui se dégageaient de la capitale.

Bon, enfin à petites doses quand même.

Tara lui fit signe en lui indiquant l'un des immenses panneaux de cristal qui ornaient les murs à intervalles réguliers. Le son ne se diffusait que lorsqu'on était pile devant le panneau, afin d'éviter de déranger ceux qui n'avaient pas envie d'écouter.

À son grand désarroi, Moineau découvrit qu'une émission « people » s'était emparée de ses fiançailles avec Jeremy, qu'elle annonçait en grande pompe.

— Et slurk, slurk, slurk, murmura la jeune fille. Manquait plus que ça !

Des images d'elle en train de faire la fête avec ses amis et Jeremy, dont une où elle brandissait non pas une, mais deux bouteilles de bullage dans ses pattes de Bête, ce qui les faisaient paraître toutes petites, la fit frémir. Tara lui lança un regard plein de compassion.

Heureusement, très vite, une publicité pour l'ex-Continent Interdit, le Tatûmalenchivar, remplaça le reportage. Une magnifique louve-garou sous sa forme humaine expliquait que, quelques jours plus tôt, elle était une humaine normale, avec une vie monotone et vouée à se terminer rapidement. Mais qu'à présent elle était une louve superbe, à la chevelure glorieuse, presque immortelle, dotée d'une force et d'une rapidité incroyables. On la voyait en train d'expédier le ménage de sa maison (bonjour le cliché, m'enfin bon, il y avait des poils qui traînaient) en soulevant les meubles, charger des palettes de viande (saignante) d'une seule main et... égorger un méchant sortcelier cambrioleur qui essayait de rentrer dans sa maison.

Une journée ordinaire sur AutreMonde quoi. Gérer sa maison, conduire les enfants à l'école et manger quelqu'un.

Moineau et Tara échangèrent un regard. Pour quelle étrange raison T'eal, le président des loups-garous recrutait-il des humains ?

Et pourquoi Lisbeth le laissait-elle faire ? Surtout avec cette dernière séquence du sortcelier massacré par la louve…

— Ça, murmura Tara qui avait l'air d'avoir le cerveau en ébullition, c'est super-bizarre. Ça m'avait frappé sur les rapports…

Moineau haussa les épaules. Tara trouvait souvent les choses bizarres sur AutreMonde. Moineau, elle, pensait que si elle n'avait pas été une sortcelière, avoir cette opportunité de vivre plus longtemps en bonne santé, juste au prix de quelques poils, ce n'était sans doute pas si cher payé…

— Tu vois, fit-elle d'une petite voix navrée, revenant au reportage honni, ils parlent de Jeremy et de moi, pire, ils en font même le sujet principal de leur émission ! Je suis morte.

— Mais non, assura Tara tirée de ses réflexions par la détresse de Moineau, je te l'ai dit, il n'y a jamais de situation totalement bloquée. Nous allons trouver une solution, à nous deux. Nous nous sommes sorties de pièges bien plus dangereux que celui-ci !

Moineau n'en était pas si sûre, mais elle suivit Tara jusqu'à la salle de réception. Et sentit son frémissement lorsque la salle s'ouvrit devant elle… sur un parterre de gens qui levèrent les yeux alors que les trompes annonçaient la venue de l'Héritière et dévisagèrent Tara comme si elle était le plus délicieux, le plus désirable des sandwichs à dévorer.

Ah. Moineau comprenait soudain un peu mieux pourquoi son amie avait l'air si malheureuse. Et se sentit encore plus coupable. Elle se rapprocha et prit le bras de Tara qui lui jeta un regard reconnaissant. Gracieuses, elles mirent le pied sur les tapis qui les attendaient et les déposèrent en bas, évitant l'escalier.

Moineau avait oublié qu'elle venait de pleurer comme une madeleine et regretta de n'avoir pas incanté afin de se refaire une beauté. Elle laissa donc Tara un instant afin de s'isoler.

Lorsqu'elle revint, Tara lui fit l'impression d'une pauvre chapotte[1] aux abois cernée par une meute de chatrix. Un prétendant essoufflé, tout de cuir bleu vêtu, sans doute celui qui devait la rejoindre dans sa suite, se précipita et s'inclina devant Tara qui dut s'employer à lui assurer qu'elle n'était pas du tout fâchée de son retard.

Moineau se mordit la lèvre. Elle ne pouvait pas faire grand-chose pour aider son amie, hélas ! Soudain, une main sur son bras la fit sursauter. Elle se retourna. Un grand type aux yeux clairs et aux cheveux bruns ondulés la regardait avec attention. Il était mince, presque émacié, ce qui contrastait avec les musculeuses épaules de tous les autres. Dents blanches, crinières luisantes, pectoraux en avant, les prétendants étaient en général de vraies gravures de mode bodybuildés, le garçon qui lui faisait face était un agréable changement.

Soudain, elle remarqua que sa peau avait de très vagues reflets bleus. C'était assez joli. Avait-il des ascendances elfes ? Mais il ne présentait aucune de leurs caractéristiques physiques. Du coup, elle le dévisagea, curieuse.

— Je vous connais, dit-il d'une voix douce. J'ai déjà vu... mais oui, vous êtes la célèbre Gloria D'aavil ! La princesse du Lancovit !

— Oui, enfin, l'une des innombrables princesses du Lancovit et pas du tout en ligne directe pour la succession, précisa Moineau avec un délicieux sourire. J'ai un régiment de véritables héritiers avant moi. Très prolifiques, les Lancoviens...

Elle préférait éteindre tout de suite les ambitions dynastiques des dragueurs, ça lui évitait des tas de rencontres inutiles.

Le sourire du garçon s'accentua.

— Oh, mais que vous soyez princesse ou pas n'a pas d'importance à mes yeux. En revanche, vous faites partie du

---

1. Sorte de biche à grands yeux dont la principale caractéristique est d'attendrir tellement les chasseurs qu'ils n'osent pas lui tirer dessus et se mettent à pleurer pour un oui ou pour un non et en général renoncent définitivement à chasser. On dit d'une personne très charmeuse qu'elle est une chapotte.

magicgang qui a sauvé notre planète à de nombreuses reprises, alors je voulais juste vous dire merci. Et surtout parce que vous avez sauvé, personnellement, de nombreux membres de ma famille.

Moineau se sentit rosir. Elle n'avait pas l'habitude de se mettre en avant et l'attention des médias autour d'elle et de Jeremy l'avait vraiment ennuyée. Elle n'avait aucune idée de qui se trouvait devant elle, mais elle appréciait le compliment.

— Et vous êtes ?

Le garçon rougit.

— Oh, pardon ! Je suis un gnome.

Moineau écarquilla les yeux. Mais qu'est-ce qu'il racontait, le type, là ? Les gnomes mesuraient une trentaine de centimètres et étaient bleus. Il ressemblait autant à un gnome qu'une fleur de tatchoum à une licorne.

— Je m'appelle Glubl Gulbluble. J'arrive de Santivor, j'accompagne l'ambassadeur des D...

Il s'esclaffa, regardant derrière Moineau.

— Euh, je crois que votre amie vient de renverser son gobelet sur mon ambassadeur.

Moineau se retourna, surprise. Il désignait un gros pot de fleur aux verdoyants branchages. On avait servi de l'alcool à Tara et elle détestait ça, mais comme c'était la production de l'un des prétendants et qu'il lui avait expliqué que c'était une liqueur unique et très rare, elle avait essayé de s'en débarrasser discrètement.

En le vidant dans le pot de l'ambassadeur de Santivor, planète exclusivement peuplée par des plantes intelligentes, les Diseurs. Sauf que celui-ci ne ressemblait pas du tout à un Diseur.

Il ressemblait vraiment à une plante en pot.

Glubl se précipita dès que la plante se mit à bourdonner, car tous télépathes et se nourrissant de lumière et d'eau, les Santivoriens n'avaient pas de bouche. Cependant, ils étaient capables – Moineau ne savait pas très bien comment – d'émettre des espèces de sons sifflants ou très sourds par les petits trous qui leur servaient de nez et vu... ou plutôt entendu... ceux qu'il émettait en ce moment précis, il n'avait pas l'air content. Du tout.

Moineau suivit Glubl. Elle croyait que seuls les gnomes bleus pouvaient « entendre » les pensées des Santivoriens, mais si Glubl était effectivement un gnome déguisé en humain, il devait en être capable aussi.

Le gnome géant qui ne ressemblait pas à un gnome s'inclina devant Tara, rouge comme une pivoine, qui, les yeux écarquillés, n'arrivait pas à croire qu'elle s'était mise dans une telle situation.

Cela frôlait carrément l'incident diplomatique...

Soudain, le pot de fleurs géant bascula, tout en bourdonnant comme une sorte d'abeille géante, marron et... marron. Affolée, Tara se précipita, tandis que Moineau tentait de maîtriser le méchant fou rire qui menaçait de la déborder. Avec l'aide de Glubl et de son amie, la jeune fille blonde redressa le Diseur. Qui agitait furieusement ses branchages.

Soudain, Glubl éclata de rire. Tara, stupéfaite, se tourna vers lui.

— Qu'est... Oh là là, je suis désolée, balbutia-t-elle... Dites-lui, hein, que je suis désolée... Mais alors, désolée de chez désolée... Où est-ce que j'en étais, moi ? Ah oui, qu'est-ce que le très digne représentant de la planète Santivor a dit ?

— Qu'il est complètement bourré. Enfin, il a dit qu'il avait les racines engourdies et que ses bourgeons bourdonnaient de béatitude, mais la traduction veut à peu près dire ça. Il est bourré.

— Pardon ?

— Mais il adore ça.

— Pardon ?

— Oui, il n'y a pas d'alcool sur Santivor, l'idée ne leur est pas venue de faire macérer des fruits, après tout, ce sont des végétaux eux aussi, intelligents, certes, mais des végétaux quand même, donc jamais l'un d'entre eux n'a eu l'occasion d'en goûter, ou plutôt d'en absorber par les racines. Votre Altesse Impériale, je crois bien que vous venez de convertir toute une civilisation aux joies de l'alcoolisme !

Tara verdit. Très raccord avec la couleur des feuilles de l'ambassadeur. Qui en bourdonna de ravissement.

— Oh là là, mais c'est terrible ! s'exclama-t-elle, horrifiée. Je ne voulais pas... Je suis tellement désolée ! Il faut absolument que Son Excellence garde pour lui ce qui s'est passé, je ne veux pas que...

Glubl l'interrompit gentiment.

— Votre Altesse Impériale, vous oubliez un léger détail.

— Ah bon ? Lequel ?

— Ils sont télépathes.

Tara ouvrit la bouche... et la referma. Les pensées tempêtaient dans son crâne. Elle finit par en oser une.

— Tous ?

Bien sûr qu'ils étaient tous télépathes, c'était même une question totalement idiote, mais elle devait la poser.

Glubl hocha la tête positivement.

— Mais, en ce moment, tenta Tara, sur notre planète, où ils ne sont pas si nombreux, on pourrait...

Le visage grave de Glubl arrêta net sa phrase.

— Non, fit-elle avec horreur, ne me dites pas qu'ils sont aussi connectés avec tous ceux de leur planète ?

— Ah, Votre Altesse Impériale, j'aurais adoré ne pas vous le dire, mais je vous le dis. Ils sont tous connectés. La vitesse de la pensée se joue des distances.

Il y eut un silence pesant, juste interrompu par le léger bourdonnement de la plante ravie, saoule... et qui tanguait un peu.

Moineau exprima son sentiment en laissant échapper le rire qui l'avait envahie.

— Waah, Tara, dis donc, rendre alcoolique toute une civilisation, trooop fort !

Glubl eut pitié de la pauvre Héritière, qui se décomposait à vue d'œil.

— Ne vous inquiétez pas, Votre Altesse Impériale, les Santivoriens sont des gens raisonnables, dès que la surprise de cette découverte sera passée, je suis convaincu que...

Tara l'interrompit en lui montrant le représentant qui se déplaçait subrepticement vers les tables surchargées de bouteilles qui flottaient un peu partout.

— Je suis convaincue, moi, qu'il voudra recommencer l'expérience, constata-t-elle, amère.

Effectivement. Le reste de la réception se déroula autour du Santivorien, qui versait des tas de mélanges sur ses racines et la terre noire de son pot, puis partageait ce qu'il ressentait avec les autres membres télépathes de son étrange race.

Il apparut rapidement que seul l'alcool fort distillé par le représentant de Gandis, au pied des contreforts des Montagnes du Tador, avait véritablement de l'effet sur la plante intelligente. Les cris de joie du géant gandisois lorsque le Santivorien lui proposa un contrat exclusif d'exportation avec sa planète consolèrent un peu Tara. Au moins, un de ses prétendants repartirait content...

Tout ça parce qu'elle avait renversé son verre sur ce qu'elle croyait être une plante en pot. Bon sang ! Les Diseurs étaient très reconnaissables ! Ils avaient de grandes robes blanches autour de leur corps de bois, des têtes qui ressemblaient à des oignons marron, avec deux grands yeux souvent verts pétillants d'intelligence et un minuscule nez. Celui-là n'avait aucune robe de quelque sorte que ce soit, aucun signe distinctif et... il ressemblait définitivement à une plante en pot. Elle se jura, comme elle l'avait fait un demi-millier de fois, de ne jamais recommencer. Et tant pis si on la surprenait à discuter avec des plantes afin d'être sûre de ne pas avoir affaire avec des êtres intelligents.

Après tout, elle ne tuait pas les insectes parce qu'elle ne savait jamais si ce n'était pas un sortcelier transformé et avait discuté à plusieurs reprises avec des grenouilles lors de quelques regrettables incidents durant lesquels sa magie lui avait échappé... Il ne manquait plus que les plantes à son palmarès.

De toutes les façons, avec la magie, elle avait souvent l'impression que la planète entière n'était qu'un asile de fous.

Moineau s'était déridée en voyant son amie se dépêtrer avec une situation à fort potentiel catastrophique. Pendant tout le temps où elle avait réfléchi à la manière de se sortir du piège dans lequel elle s'était bien involontairement fourrée, elle avait oublié à quel point la vie en compagnie de Tara était... animée. Bien plus que lors des innombrables « soirées » où Jeremy l'avait traînée et où elle s'était ennuyée comme un tak mort.

Enfin... Sauf à celle où elle avait bu un peu trop de bullage et où elle s'était endormie, pour se réveiller sous sa forme de Bête au milieu des invités effarés. Elle eut un mince sourire. Oui, cette soirée-là avait été amusante, finalement.

Surtout lorsqu'elle avait rugi. Il y avait eu beaucoup de cris.

Puis son sourire s'effaça lorsqu'elle vit Tara se débarrasser gracieusement des prétendants les plus insistants. Moineau n'était pas la seule à être piégée. Tara aussi.

Ce fut assez fascinant. Moineau observa son amie et constata à quel point elle avait évolué depuis qu'elle était arrivée sur AutreMonde. Elle parvenait à faire croire à chaque prétendant qu'il était son choix le plus évident, mais que hélas !, pour telle ou telle raison, leur union n'aurait pas lieu. C'était tellement subtil que les princes, les rois, les présidents, les ministres, tous ceux qui venaient quémander sa main, ne se sentaient ni insultés ni rejetés.

Bon, cela dit, le fait que Tara ait une réputation bien établie de mauvais caractère et de dangerosité certaine faisait qu'ils n'insistaient guère. De sombres histoires de batraciens et de vers de terre couraient encore sur la jeune fille…

Soudain, Tara fit quelques pas, rompant le cercle qui l'entourait, et salua quelqu'un que les deux amies connaissaient bien.

Le vampyr Safir Dragosh. Moineau fronça les sourcils. Techniquement, Safir était basé au Lancovit. Qu'est-ce qu'il venait faire à Omois ? Elle n'eut pas l'occasion de lui poser la question, car Safir ne fit qu'échanger quelques phrases avec Tara et sortit de la salle d'un pas rapide, survolant littéralement les escaliers.

Quelques heures plus tard, les deux sortcelières, épuisées, reprenaient le chemin de la suite de Tara. Moineau remarqua qu'une importante escorte de gardes les suivait à bonne distance. Tara avait dû imposer d'avoir un peu d'air et qu'ils ne soient pas sur ses talons tout le temps.

Avant de les quitter, Glubl avait transféré ses coordonnées de son hor[1] à celle de Moineau. La jeune fille avait

1. Peuvent également servir de téléphone, même si en général les sortceliers préfèrent les boules de cristal plus puissantes, les hors sont les accréditations et pièces d'identité des sortceliers. À la naissance, elles sont posées sous la peau, les rendant très difficiles à voler à ou contrefaire.

P.-S. : Enfin, à part pour quelqu'un équipé d'une bonne scie et n'ayant pas peur de se salir…

accepté, mais sans préciser si elle rappellerait le télépathe. Elle avait bien assez de problèmes comme cela, même s'il lui avait prudemment précisé qu'il était incapable de percevoir les pensées des humains, juste ceux des télépathes santivoriens. Ce qui était un soulagement. Personne n'aimait vraiment les Diseurs de Vérité sur AutreMonde, même si tous s'accordaient pour dire que, sans eux, la planète magique serait bien plus dangereuse.

Ils n'étaient que ceux qui révélaient la vérité, sans juger, sans condamner. Cela faisait d'eux des êtres très précieux et la principale ressource exportable de leur planète glaciale. Moineau en avait parlé avec Tara, qu'une idée incongrue avait traversée alors qu'elle écoutait son amie. La jeune fille blonde avait songé que des gens... OK, des végétaux, capables de lire les pensées de tout le monde, détenaient sans doute de dangereux secrets. Si elle était quelqu'un de tordu (OK, elle était devenue tordue à cause de cette planète) elle enlèverait les dirigeants de la planète, qui étaient sans défense contre la magie ou les armes, et obligerait les Diseurs à lui obéir en lui révélant tout ce dont elle pourrait avoir besoin pour diriger le monde.

Tara eut un mince sourire en traversant la foule, accompagnée par son escorte qui lui ouvrait un passage, tandis que les gens s'inclinaient respectueusement (elle avait essayé de leur faire passer cette habitude, surtout aux licornes, centaures et autres créatures à quatre pattes pour qui les révérences étaient un vrai casse-patte, mais rien à faire). Depuis qu'elle était devenue la Reine Noire, elle avait ce genre de pensées vicieuses, de temps en temps. Mais sans éprouver, les dieux d'AutreMonde en soient remerciés, l'envie d'appliquer ses théories.

— Ouf ! fit-elle, dès que la porte de la suite se fut refermée sur les cohortes de courtisans qui les suivaient, dans l'attente d'obtenir quelque chose d'elle, je n'en peux plus. Bon sang ! Tout cela m'ennuie tellement que j'ai presque envie de...

— Stop ! l'interrompit Moineau. Ne le dis pas !

— Que je ne dise pas quoi ?

— Tu allais dire que tu avais « presque envie d'une bonne bagarre », n'est-ce pas ?

— Euh oui, enfin, à peu près, pourquoi ?

— Parce qu'avec toi j'ai remarqué que les choses se réalisaient un peu trop souvent. Et particulièrement ce que tu souhaitais. Donc, si cela ne te dérange pas, nous allons éviter tous les « j'aimerais bien une bonne bagarre » ou les « bon sang, ce que nos périlleuses aventures me manquent » ou encore « je ne sais pas ce que je donnerais pour une bonne petite trahison ».

Tara ouvrait la bouche pour protester, lorsque soudain la porte claqua, les faisant sursauter toutes les deux, ainsi que les meubles de la pièce.

Mourmur, le grand-oncle inventeur et très agité de Tara, surgit, les cheveux formant une sorte d'auréole blanche autour de la tête, le regard furieux.

— Tara ! hurla-t-il. Nous avons été trahis !

Moineau et Tara échangèrent un regard.

Moineau soupira.

Mourmur était, comme d'habitude, échevelé, taché de partout et maculé de suie, dans sa combinaison bleue censée le protéger contre à peu près tout, mais qui avait l'air d'avoir sérieusement souffert. Ce qui était normal, la plus grande partie de ses inventions ayant, comme l'avait justement précisé Moineau, une fâcheuse tendance à exploser.

Le vieux savant brandissait une fiole d'un liquide rougeâtre qui tournoyait follement au rythme de ses mouvements.

— J'en ai la preuve, cria-t-il ! Un crime contre l'Empire !

Il s'interrompit en voyant que les deux jeunes filles le regardaient d'un air effaré, mais sans bouger.

— J'aimerais bien, renifla-t-il, soudain plus calme, que lorsque je fais une entrée aussi spectaculaire, vous ayez au moins l'obligeance de réagir un peu. Ne serait-ce qu'en vous exclamant : « Non, c'est incroyable ! Que se passe-t-il ? C'est horrible ! Qui nous a trahis ? Pourquoi ? Comment ? »

— En fait, lui expliqua Tara paisiblement, les deux dernières entrées vraiment spectaculaires ont été un dragon qui a atterri dans ma suite en essayant de me tuer, puis des fantômes qui ont voulu manger tout le monde. Donc, cher Mourmur, vous ne m'en voudrez pas si je me sens un peu blasée en matière d'entrée spectaculaire...

Le vieux savant en resta bouche bée. Puis se ressaisit.

— Hummpph, fit-il, évidemment, j'ai de la concurrence. Bref, je disais donc... (Il prit une pose majestueuse.) Un crime a été commis contre l'Empire !

— Ça ferait un beau titre de livre, sourit Moineau. « Crime contre l'Empire » et en sous-titre : « Démasqueront-ils les mystérieux coupables ? »

— Ah, pour cela, c'est inutile, précisa Mourmur en clignant des yeux, je sais très bien qui sont les coupables.

— Ah oui ? fit Tara, surprise. C'est très rapide, comme enquête. Et qui a commis quoi ?

— Les coupables sont les vampyrs.

Tara se redressa, beaucoup moins amusée. Les vampyrs étaient indéniablement les plus dangereux des habitants d'AutreMonde. Les plus dangereux et les plus imprévisibles.

— Allons bon, et qu'est-ce qu'ils ont fait ?

Mourmur brandit la fiole avec le liquide.

— Un acte innommable, inqualifiable !

Tara sentit qu'elle perdait patience. Les effets de manche, ça allait un temps.

Elle ouvrait la bouche pour obliger son arrière grand-oncle par alliance à cracher le morceau lorsqu'il laissa tomber sa bombe :

— Ils ont empoisonné l'Impératrice d'Omois !

Tara se leva si vite qu'elle faillit faire basculer son siège. Moineau aussi. OK, ça c'était une annonce spectaculaire, pas de doute.

— Mourmur ? demanda Tara. Vous êtes sûr de ce que vous avancez ?

Le vieux savant hocha affirmativement sa tête ébouriffée.

— Ça, dit-il en désignant la fiole, c'est le sang de l'Impératrice. Lorsque tu m'as demandé, petite, de faire des analyses pour essayer de comprendre pourquoi elle était stérile, j'ai tout de suite cherché là où mes spatchounes de confrères ne sont pas allés fouiner. Non pas au cœur de son dispositif reproducteur, mais au fin fond de ses cellules. Et c'est là que j'ai déniché l'improbable, puisque j'avais éliminé l'impossible.

Tara retint un soupir. Mourmur était super-fan des séries télé sur Terre, où il avait passé beaucoup de temps coincé dans le Manoir d'Isabella, et il avait été très impressionné par Sherlock Holmes.

— Et ? demanda Moineau.

— Et, s'exclama le savant triomphant, j'ai trouvé !

— Euh, oui, ça, j'avais compris, mais vous avez trouvé quoi ?

— Comment ils s'y sont pris pour rendre l'Impératrice stérile. Tous les mois, quelqu'un a dû lui faire absorber du sang de vampyr. C'est indétectable, si bien que les antisorts n'ont pas réagi, on l'a sans doute mêlé à un plat de viande, les sortceliers qui sont en charge de la cuisine n'ont donc pas pu le percevoir. Son organisme a réagi en stoppant net l'ovulation.

Cela n'était pas dans les manuels que Tara avait lus sur AutreMonde.

— Le sang de n'importe quel vampyr ?

— Non, fit gravement Mourmur, c'est bien là qu'est le problème. Seul le sang d'une vampyr femelle. Pire, seul le sang d'une vampyr femelle et buveuse de sang humain aura cet effet. Je suis formel.

Ils se regardèrent tous les trois.

— Alors là, on est dans la bouse de traduc et bien profond, murmura Tara comme si les murs insonorisés de sa suite l'écoutaient. Parce que la seule buveuse de sang humain que je connaisse est…

— Selenba, la Chasseuse de Magister, l'interrompit Mourmur. Oui, c'est aussi la conclusion à laquelle je suis arrivé. Et là, la situation vient de s'aggraver, parce que cela signifie que, pour une mystérieuse raison, Magister ne veut pas que l'Impératrice ait d'enfant !

Tara se mit à arpenter la pièce, suivie des yeux par les deux autres.

— Bon sang, grogna-t-elle, cela implique que Magister a accès à Lisbeth quand il veut. Cela implique aussi qu'il a un plan. Et que ce plan a quelque chose à voir avec la succession du trône d'Omois. Mais maintenant que Lisbeth a trois héritiers, pourquoi diable Magister continuerait-il à l'empêcher d'avoir des enfants ? Mourmur, de quand date la dernière contamination ?

C'était la bonne question et Mourmur hocha une tête approbatrice :

— Quelques jours à peine.

Tara tressaillit. Elle ne savait pas pourquoi, mais elle pensait que Mourmur répondrait « plusieurs mois, voire une ou deux années ». Il y avait là un plan à très long terme. Dont elle ne parvenait pas du tout à voir les tenants et les aboutissants.

— Même maintenant, alors qu'il y a des héritiers, entre Jar, Mara et moi, Magister continue à empoisonner Lisbeth, réfléchit la jeune fille blonde. C'est donc d'elle qu'il a peur. Mais pourquoi ? Qu'est-ce que la descendance de Lisbeth pourrait bien faire au puissant maître des sangraves ?

Ils réfléchirent, mais aucune lumière ne jaillit. Tout cela était incompréhensible.

— Il veut le pouvoir, dit Mourmur. Peut-être espère-t-il monter sur le trône ?

— Il a déjà essayé, répliqua Moineau. Par la guerre, lorsqu'il a tenté de faire abdiquer Lisbeth en cernant Tingapour avec sa fausse armée de démons, illusion que tu as réussi à dissiper, par les fantômes lorsqu'ils nous ont envahis, par la possession lorsqu'il s'est emparé du corps de Lisbeth. Cela ne peut fonctionner. Seuls les descendants de Demiderus peuvent monter sur le trône, c'est dans la Constitution.

— Mais il s'en fiche de la Constitution, répondit Tara en s'asseyant avant que les fauteuils ne deviennent fous de frustration à force de la suivre. Lui, il voit le pouvoir, il prend le pouvoir. C'est aussi simple que ça.

Mourmur voulut s'asseoir à son tour et se retourna soudain, gêné par quelque chose dans son dos.

Tara et Moineau se relevèrent aussi sec. Horrifiées.

Parce que ce n'était pas le fauteuil, dont le dossier était lisse, qui le dérangeait.

C'étaient trois courtes flèches métalliques, plantées dans le dos de Mourmur.

Le savant se leva, un peu affolé, et se mit à tourner sur lui-même afin d'essayer de voir son dos.

— Ne bougez plus ! cria Tara. Laissez-nous regarder.

Avec Moineau, elles se penchèrent avec attention, tandis que le savant s'appliquait à rester immobile.

Moineau étudia les flèches. En toucha une avec beaucoup de précaution. Puis sortit de sa poche un petit flacon dont elle versa une partie sur la flèche. L'instant d'après, une série de chiffres s'affichaient devant elle, qu'elle observa d'un œil critique.

— Hum, ce n'est pas empoisonné. Ça, c'est bien. Et c'est un mélange d'acier et d'argent. Ce qui est vraiment très bizarre parce que l'argent est un métal mou, pas du tout pratique pour confectionner des flèches. Celle-ci a été tirée par une arbalète. À forte puissance de pénétration.

Elle fit le tour et se planta devant Mourmur.

— Vous n'avez senti aucun choc ni picotement ?

Mourmur secoua la tête.

— J'étais très préoccupé par cette histoire de sang, je n'ai pas prêté attention à ce qui se passait autour de moi. À un moment, j'ai bien eu l'impression d'être bousculé, mais la combinaison que je porte a été fabriquée pour me protéger des explosions de toutes sortes et à amortir les chocs. J'ai failli me changer avant de sortir du laboratoire, mais j'étais trop pressé, alors je suis venu comme ça.

Moineau et Tara échangèrent un regard entendu.

— Votre combinaison, Maître Duncan, vous a tout simplement sauvé la vie, annonça Moineau. Quelqu'un ne souhaite pas que vous parliez de l'empoisonnement à l'Impératrice. Et a tout fait pour que vos recherches disparaissent avec vous.

— Et ce quelqu'un, souligna Tara, pense que vous êtes un loup-garou. C'est le seul métal qui peut les tuer, en dehors de la décapita…

Elle s'interrompit net devant l'air gêné du savant qui regardait successivement en l'air, par terre et un peu partout sauf vers Tara.

— Mourmur ?

— Hmmmm ?

— Qu'est-ce que vous avez fait ?

Mourmur se tortilla, puis soupira.

— Tu sais que je mène des expériences très dangereuses. Je suis allé voir le président des loups, afin de lui expliquer que, pour le bien d'AutreMonde, il serait très dommage que mon génie s'éteigne dans une explosion. Je ne sais pas pourquoi, mais cela l'a fait beaucoup rire. Puis il a accédé à ma requête. Il m'a mordu.

Le vieux savant frissonna.

— Cela n'a pas été la partie la plus agréable du traitement.

Tara secoua la tête. Mais qu'est-ce qu'ils avaient tous, avec cette histoire de loups-garous, en ce moment ? Bon, cela dit, la décision du savant était logique de son point de vue. Effectivement, il mettait constamment sa vie en danger et c'était un génie.

— Eh bien, constata-t-elle, quelqu'un a eu vent de votre « conversion », parce qu'il avait tout ce qu'il fallait pour vous exécuter en dépit de votre transformation. Voyons si nous pouvons retrouver celui qui veut votre peau... enfin, votre fourrure, plutôt.

Mourmur eut un sourire pincé, mais Moineau, elle, éclata de rire.

Avec précaution, elles enfilèrent des gants, puis retirèrent les flèches et les mirent dans un sachet hermétique, afin de les examiner plus tard. Cela leur donnerait peut-être une piste ; même s'il n'y avait que peu d'espoir, le fait que l'attaque se soit produite dans le palais désignait un assassinat professionnel.

Mourmur avait des laboratoires entiers à sa disposition ; il prit donc les flèches avec un grommellement indigné et les fourra dans sa poche. Dans son dos, la combinaison ondula et les entailles disparurent. C'était vraiment de la bonne qualité, et Tara décida qu'elle allait en demander une pour elle aussi. Au cas où. Même si se balader toute la journée dans une horrible combinaison bleue n'était pas le comble du glamour, il y avait des moments dans sa vie où sa sécurité était plus importante que son sens de la mode. Et la changeline n'était pas toujours capable de la protéger suffisamment vite, comme elle avait pu le constater lorsque l'Anneau l'avait attaquée. La combinaison que le savant lui avait fabriquée pour aller sur la Lune (sans poser de questions, ce que Tara avait trouvé formidable) était formée du même matériau, bien que plus rigide afin de résister à la pression du vide.

Elle ne convenait donc pas non plus. Oui, vu ce qu'elle préparait, posséder une bonne protection ne serait pas de trop.

— Pour l'instant, fit Tara, retournant à leur sujet de préoccupation, nous avons un bon suspect, Magister. Avant d'aller voir l'Impératrice, essayons d'envisager à nous trois quelles pourraient être les motivations du chef des sangraves. Ensuite, nous irons tout dévoiler à ma tante, et ainsi, l'assassin n'aura plus de raison de s'en prendre à vous, Mourmur.

Ils évoquèrent des tas d'hypothèses, mais toutes invérifiables. Bon, l'horrible avantage de ce que Mourmur avait découvert à propos du sang de vampyr, c'était que Tara allait pouvoir décommander tous les autres prétendants qui attendaient leur audience parce que Moineau, Mourmur et elle se rendraient tout de suite chez l'Impératrice afin de lui dire qu'il y avait une méchante faille dans son système de sécurité.

Et même deux, vu qu'on avait tenté d'assassiner le savant dans son propre palais.

Lisbeth n'allait pas aimer. Du tout.

Tara alluma son ordimagique et demanda à son assistante d'annuler ses rendez-vous. La pauvre tatris qui avait été désignée par l'Impératrice afin de gérer les affaires de Tara, Dame Téodris, Sandy et Brandy pour ses deux têtes, soupira.

— Tous vos rendez-vous ? gémit Sandy, parce que…

— … les prétendants ne vont pas… reprit la seconde tête, Brandy.

— … apprécier. C'est au moins la sixième fois que…

— … vous annulez vos rendez-vous, Votre Altesse Impériale.

— Tous, répliqua fermement Tara. C'est une urgence nationale.

Et elle ferma l'ordimagique avant que Dame Téodris ne puisse protester. Sa boule de cristal puis son hor se mirent immédiatement à sonner, mais elle ordonna à son amie, la Pierre Vivante, d'ignorer les tentatives de Dame Téodris.

— Jolie Tara fâchée avec tatris ? demanda la Pierre, qui d'habitude bloquait les appels de ceux à qui Tara ne voulait pas parler et du coup, peu portée sur la diplomatie, pensait que tous ceux que Tara boycottait devenaient des ennemis. Enfin à part ses amis-amis du magicgang qui eux gardaient son approbation, quoi qu'ils fassent.

— Non, non ! se hâta de préciser Tara à la Pierre qui était sortie de sa poche et lévitait, lumineuse, devant elle. J'ai des choses plus urgentes à faire que de m'occuper des prétendants, mais bloquer Dame Téodris est provisoire. Elle ne fait que son travail. Merci, Pierre Vivante.

Elle ajouta, car cela faisait longtemps qu'elle ne lui avait pas posé la question :

— Comment vas-tu aujourd'hui ?

— Pierre Vivante contente Moineau revenue, répondit joyeusement la Pierre. Bientôt bagarre, non ?

Tara referma sa bouche avec un léger claquement. Non ! Pas la Pierre Vivante, elle aussi !

Moineau éclata de nouveau de rire.

— Pauvre Tara, tu es condamnée, avec tous ces assoiffés de sang autour de toi !

— Merci, Pierre Vivante, fit fermement la jeune fille en attrapant la boule brillante et en la fourrant dans sa poche, mais pas de bagarre pour l'instant. Enfin, si je peux éviter.

En dépit de son amusement, avant de franchir la porte de sa suite, Tara se demanda ce que Magister était en train de manigancer.

Et si, cette fois encore, ils parviendraient à déjouer ses plans.

En plus de ceux d'Archange. Ça commençait à faire un peu trop d'ennemis d'un coup.

Même pour elle.

5

SANG DE VAMPYR, ATTENDS-TOI AU PIRE !

(Vieux dicton AutreMondien)

Magister vacilla et finit par poser ses fesses poilues par terre. Il grogna lorsqu'il se coinça la queue. Il oubliait tout le temps qu'il en avait une et avait découvert à quel point c'était désagréable de se la faire pincer dans une porte ou de s'asseoir dessus de travers.

Selenba le regardait avec un sourire en coin. La magnifique et glaciale vampyr aux yeux rouges et aux longs cheveux d'un blanc d'os, sanglée dans son uniforme de cuir pourpre, s'amusait beaucoup. Tant, que Magister se disait qu'il allait la sortir de la pièce avant de la transformer en boue sanglante avec des petits morceaux de cuir rouge un peu partout, parce qu'il avait encore besoin d'elle.

— Lorsque vous vous remodelez une autre apparence, d'habitude, cela n'a pas l'air d'être aussi compliqué, Sombre Seigneur, dit-elle de sa voix grave et veloutée.

Magister avait découvert qu'il pouvait parler sous sa forme de loup[1]. Il claqua la mâchoire et se releva sur ses quatre pattes, avec précaution.

---

1. Pour, de nouveau, ceux qui n'auraient pas suivi, Magister s'est fait mordre par la mère de Tara qui a été contaminée par un loup-garou. Donc, tout aussi logiquement, il est devenu un loup-garou lui aussi. Ce qui n'est pas superbon pour les affaires de Tara, vu que du coup, il devient super-difficile à tuer… OK, encore plus difficile que d'habitude. Seuls l'argent ou la décapitation peuvent en venir à bout désormais. Tara n'est pas sortie de l'auberge…

— Parce que la magie n'intervient pas dans la transformation. C'est purement physique. Du coup, je n'ai aucune compensation, tout doit venir de moi. Et marcher sur quatre pieds, c'est très différent que de marcher sur deux. Le centre de gravité est différent, la progression est différente, j'ai du m... (il allait dire qu'il avait du mal à contrôler ses muscles, mais un tel aveu d'échec était hors de question, aussi bifurqua-t-il avant de terminer sa phrase), cela me prend forcément plus de temps.

Il se mit à arpenter pas à pas l'immense salon de pierres grises, situé au cœur de sa nouvelle forteresse. Les tapis précieux étaient doux sous ses coussinets. Il respirait l'odeur de tout ce qu'il y avait dans la pièce, comme si son odorat donnait une forme olfactive à tous les objets. Il sentait le cuir et le bois, la colle et le vernis, le discret parfum de Selenba (ce qui était curieux, parce que, jusqu'à ce jour, il aurait juré que la terrifiante vampyr ne se parfumait pas). Sa vision aussi était bien meilleure, ce qui était surprenant parce qu'il pensait que les loups ne voyaient pas aussi bien qu'ils ne sentaient ou n'entendaient. Et, parce qu'il était capable de les détecter, il voyait aux expressions sur le visage de Selenba qu'elle n'appréciait guère sa forme lupine. Pas plus qu'elle n'aimait le fait qu'il se soit transformé. Il trouvait sa réaction intéressante. Y aurait-il un vieil antagonisme entre les vampyrs et les loups, dont il ne serait pas au courant ? Ce qui lui semblait curieux, vu que les loups-garous avaient été créés par la Reine Rouge et étaient restés prisonniers du Continent Interdit depuis des centaines d'années. Alors pour quelle étrange raison avait-il le sentiment que Selenba avait déjà rencontré des loups-garous et s'en méfiait ?

Mais Magister n'était pas le seul à savoir décrypter les expressions. Selenba avait senti le regard attentif de son Seigneur sur elle et répondit à la question informulée.

— Les vampyrs ont eu maille à partir avec une race elle aussi très... adaptable, dirons-nous. Les changelins. Qui, comme les loups-garous, étaient capables de se transformer en loups, leurs formes préférées. Mais ce n'était pas, contrairement à la race créée par la Reine Rouge ou celle existant sur AutreMonde, la seule forme qu'ils pouvaient prendre. Ils étaient capables de revêtir la forme de n'importe quel animal, de n'importe quel insecte. Nous avons mis longtemps avant d'identifier la menace. Et encore, ce ne fut que grâce à un accident. L'un des nôtres reçut un piano sur la tête[1]...

Elle vit le regard interloqué du loup.

— Non, je ne sais pas pourquoi un piano, peut-être que sa petite amie aimait en jouer ? Et qu'ils se sont disputés ? Bref, lorsqu'il mourut, nous découvrîmes qu'il n'était plus le même. Dans sa mort, une partie de lui avait retrouvé son aspect disons « normal », probablement du fait d'un gène défectueux dans son ADN, qui a fait que ce décès prématuré l'a trahi, ce qui n'était jamais arrivé jusqu'ici. Ce n'était pas un vampyr. En fait, nous n'avions aucune idée de ce qu'était cette race. Nos meilleurs experts ont cherché et trouvé des traces de leurs interventions dans le monde entier d'Autre-Monde, mais aussi de la Terre ou du Dranvouglispenchir.

Magister commençait à avoir mal aux pattes et de nouveau s'assit, mais cette fois-ci il pensa à mettre sa queue de côté.

— Et alors, demanda-t-il, curieux, qu'est-ce que vous avez fait et en quoi étaient-ils une menace pour vous ?

— Ils pouvaient prendre nos visages et nos caractéristiques d'une façon si parfaite qu'à moins d'un interrogatoire poussé, il était impossible de différencier le vrai modèle du faux. Même les analyses sanguines étaient identiques, c'était indécelable, quel que soit le niveau. Et à part celui qui avait reçu le piano sur la tête et devait être malade ou je ne sais pas quoi, même lorsqu'ils mouraient, ils conservaient leurs formes copiées. Sans la mort du pianiste, nous n'aurions jamais rien découvert. Nous pensons qu'ils étaient capables d'une certaine forme de vampyrisme mental, qu'ils lisaient dans les esprits des gens afin d'apaiser les soupçons en piochant dans les souvenirs. C'étaient de terribles ennemis.

— Mais en quoi ? reprit Magister, surpris. Je n'ai jamais entendu parler d'une guerre entre vous et ces changelins.

— Lorsque les vampyrs ont... disons qu'ils ont voulu faire de cette planète leur garde-manger et que les autres peuples n'ont pas accepté leur domination, cela a conduit à une guerre mondiale. Les changelins ont été sollicités par les Lancoviens afin d'espionner les vampyrs. Ils ont réussi à rem-

1. Tex Avery n'a rien inventé...

placer l'un de leurs généraux, ce qui a conduit à leur défaite. Et à faire d'eux ce qu'ils sont aujourd'hui. De gentils petits vampyrs qui ont peur de leur ombre et n'osent pas s'emparer de ce qui leur revient de droit. Cette planète devrait appartenir aux vampyrs et les autres peuples devraient ployer sous leur joug !

— Laisse-moi deviner, fit Magister en laissant pendre une longue langue rose, amusé de voir que Selenba parlait des vampyrs comme s'ils n'étaient pas de sa race. Pour vous venger, vous les avez tous éliminés, c'est ça ?

Selenba lui adressa un éclatant sourire. Et repassa en mode vampyr.

— Comme vous nous connaissez bien, Sombre Seigneur. Oui, nous les avons rayés de la surface de cette planète. Nous savons que certains ont réussi à survivre à notre génocide, mais très peu. Alors, voir débarquer toute une nation de ce que certains d'entre nous assimilent encore à des changelins, cela nous met mal à l'aise. Même si nous savons que les loups-garous, que ce soient les artificiels ou les naturels, ne peuvent pas prendre d'autres formes que celles du loup à volonté, cela n'en reste pas moins troublant.

Le loup pencha la tête d'un air pensif.

— Ce serait bien pratique, pouvoir prendre la forme que je désire, sans avoir besoin de la magie, indétectable. Je pourrais prendre la place de n'importe qui, en n'importe quel endroit, et personne ne s'en rendrait compte.

Le sourire paresseux s'effaça aussi sec du visage de Selenba qui se redressa.

— Non, fit-elle froidement, certainement pas.

S'il avait eu un sourcil, le loup l'aurait sans doute haussé.

— Non ?

— Bien qu'étant un paria aux yeux de mes semblables, je reste une vampyr, même si je me nourris de sang humain interdit. Et il y a quelque chose que nous nous sommes juré de faire, quelle que soit notre position ou notre situation.

— Laquelle ? demanda le loup qui en avait pourtant une petite idée.

Sentant que la conversation allait devenir intéressante, il commença à trottiner autour de Selenba, forçant la vampyr à pivoter sur elle-même afin de le suivre des yeux.

— Éliminer les changelins. Dès que nous en voyons un, nous le détruisons. Si vous vous transformez en changelin, Sombre Seigneur, je n'hésiterai pas.

Elle fixa son regard sanglant sur le loup et termina.

— Je vous tuerai.

Menacer Magister n'était pas une bonne façon d'allonger son espérance de vie. Du coup, les gens évitaient. Le loup en fut si surpris qu'il s'emmêla les pattes, bascula en avant et atterrit sur la truffe avec un glapissement de douleur.

Les yeux pleins de larmes (il n'avait pas réalisé à quel point la truffe des loups était sensible, par les entrailles de Brenduc le Hideux !), il se redressa et montra les crocs. Mais le mal était fait, il avait été ridicule. Pour le très puissant, très violent maître des sangraves, être ridicule n'était pas une option.

Le visage impassible, Selenba ne dit rien, mais il sentit qu'elle rigolait à l'intérieur.

Elle avait de la chance. Sous sa forme de loup, il avait découvert qu'il lui était difficile de pratiquer la magie, ce qui était à la fois déconcertant et désagréable. Il avait l'impression d'être tout nu… Enfin c'était ce qu'il était, bien évidemment, vu qu'il n'avait que sa fourrure sur lui, mais c'était la sensation d'être vulnérable qui le dérangeait.

Aussi, Selenba ne termina pas sous forme d'un petit tas fumant et noirâtre. Même si l'habile vampyr avait sans doute profité que Magister soit sous cette forme pour oser lui avouer qu'elle n'hésiterait pas à le tuer…

Il se transforma de nouveau. Avant même qu'il ne redevienne humain, déjà son fameux masque lui couvrait le museau, cachant ses traits, tandis que sa robe grise de sangrave, marquée du fameux cercle rouge sur la poitrine, se matérialisait autour de lui. S'il était compliqué de faire de la magie sous sa forme de loup, il ne lui était pas difficile d'incanter des sorts qui agissaient dès qu'il commençait à retrouver son aspect humain. Personne ne devait savoir qui il était réellement, et personne ne le saurait jamais. Enfin… personne de vivant, du moins.

Il grimaça sous son masque. Aïe, il avait mal au nez. Bon, les transformations, c'était suffisant pour aujourd'hui.

Tanguant très légèrement, il se rapprocha de Selenba et prit le magnifique visage de la vampyr entre ses deux mains.

— Tu me tuerais, délicieuse, mortelle Selenba ? Juste parce que les changelins vous ont fait perdre la guerre et, apparemment, vous font peur ?

Selenba ne se raidit pas. On voyait dans ses yeux si rouges qu'elle n'avait pas peur de mourir. En fait, parfois, elle avait presque envie que tout s'arrête. Qu'elle n'ait plus à se réveiller au milieu d'un cauchemar en se demandant avec angoisse si elle avait bien choisi. En devenant une paria, en suivant Magister, en ingérant du sang humain, elle s'était coupée de toute vie normale. Au début, cela ne l'avait pas gênée. Mais depuis quelque temps, elle se sentait fatiguée. Leurs plans pour dominer AutreMonde et chasser les dragons essuyaient échec sur échec, et là, en cet instant, elle avait envie... non, elle avait *besoin* d'un petit succès.

Comme la mort de Tara Duncan, par exemple. Oui, ça, ce serait vraiment génial.

Elle se recentra lorsque Magister accentua la pression sur ses maxillaires. Ne montra pas sa lassitude et répondit franchement :

— Sans aucune hésitation, Sombre Seigneur.

À sa grande surprise, Magister la relâcha sans lui faire de mal. Son masque s'était coloré de bleu, signe de bonne humeur.

— Bien, fit-il. Je n'aime pas les gens qui se parjurent.

Il laissa passer un silence pensif et ajouta :

— Enfin, du moins, ceux dont je n'ai pas besoin qu'ils se parjurent. C'est tout à ton honneur. Cependant, je vais te rassurer. C'est déjà assez compliqué pour moi de devenir un loup-garou, je n'ai donc pas du tout la sensation que l'étape supérieure du changelin me soit accessible, même avec l'aide de la magie démoniaque. À mon avis, ce sont deux races très différentes. De plus, les loups-garous de la Reine Rouge sont une création artificielle, même si le virus qu'elle a introduit dans leur salive permet de contaminer les humains et de les transformer à leur tour. Je ne pense pas qu'elle les ai ingénierés pour qu'ils soient capables de plus d'une seule et unique sorte de transformation, sinon, cela ferait longtemps que les loups-garous auraient développé cette latitude.

Selenba repoussa ses longs cheveux blancs qui tombaient jusqu'à ses genoux et eut une petite moue dubitative.

Elle ne le pensait pas non plus. Mais avait la ferme intention de surveiller Magister de près. De très très près.

Sa boule de cristal sonna. C'était un message. L'assassinat programmé de Mourmur Duncan avait échoué. Selenba fit la grimace. Oui, cela, c'était exactement le genre de chose qui la rendait furieuse. Encore un échec, cela commençait à bien faire. Elle ne répondit pas. Son contrat avec les assassins était clair. Ils devaient éliminer la cible avant que celle-ci ne parle avec l'Impératrice. Après, cela serait inutile. La somme qu'elle avait sortie du compte spécial assassinat ne serait pas uniquement remboursée, elle serait doublée. C'était aussi ce qui motivait autant les assassins. S'ils échouaient, ils le payaient, dans tous les sens du terme.

Selenba venait de gagner un peu d'argent. Pas beaucoup, parce que le meurtre du savant n'était pas très coté.

Elle remit sa boule de cristal dans la poche de sa combinaison moulante en cuir de spalendital teinté de rouge.

— Tu as fini ? demanda aimablement Magister.

— Oui, répondit-elle, encore contrariée.

— Bien.

Il la frappa.

Avec une telle force qu'elle vola à travers la pièce pour s'écraser sur l'un des murs gris en pierre Masksort de la forteresse.

Au moment où sa tête heurta les pierres, elle eut comme une illumination.

Tara Duncan ne devait pas mourir. Ou plutôt si, mais pas avant d'avoir fait quelque chose. Alors qu'elle glissait le long du mur pour s'affaler en un petit tas, le sang coulant de sa tête blessée, elle pensa aussi à une autre personne. Qui allait, elle aussi, lui rendre un petit service.

— Hum, fit Magister en s'approchant souplement, un peu ennuyé. Il va falloir que j'apprenne à doser ma nouvelle force ou les recrues ne vont pas durer très longtemps. Décidément, la mère de Tara, ma douce Selena, m'a rendu un merveilleux service. Je me demande si elle le regrette là où elle est. Et ce qu'elle fera lorsque je la rejoindrai. Parce que je la rejoindrai, un jour, c'est sûr.

Il interrompit son monologue et se pencha sur Selenba, tandis que, curieusement, alors qu'il ne portait aucune forme reconnaissable, son masque semblait sourire.

— Toi, la prochaine fois que tu me menaces, adorable vampyr assoiffée de sang, je te tuerai sans la moindre hésitation. Est-ce clair ?

— Limpide, murmura Selenba qui se demandait si sa tête allait se décrocher tout de suite ou attendre un peu.

— Bien, passons aux affaires courantes, maintenant que tu m'as confirmé que tu ne me tuerais pas, dit Magister avec une surprenante bonne humeur. Où en sommes-nous avec l'Impératrice d'Omois ?

Selenba voulut bouger... puis décida que finalement, par terre, c'était très confortable.

— Elle a eu sa dose habituelle de mon sang, répondit-elle lentement, tentant de maîtriser les bruits de cloche dans sa tête. Mais j'ai appris par deux laborantins que Tara Duncan avait fait venir Mourmur Duncan afin d'étudier la raison pour laquelle l'Impératrice est stérile. Je n'aime pas du tout ce que j'ai appris sur ce vieux fou. Il paraît génialement bizarre et désagréablement compétent. J'ai donc organisé ce qu'il faut pour le faire disparaître avant qu'il ne trouve ce qui se passe.

Elle ne précisa pas que l'assassinat avait échoué pour l'instant. Tant que les assassins ne revenaient pas vers elle afin d'avouer leur échec, il restait une petite chance. Inutile d'énerver Magister avec ces détails.

— Parfait. Il ne faut pas que les gens se rendent compte de ce que nous préparons.

Selenba n'en avait en fait aucune idée. Autant Magister dévoilait plutôt volontiers ses plans, autant la vampyr ne savait absolument pas pourquoi il empoisonnait l'Impératrice d'Omois depuis des années. La seule fois où elle avait osé poser la question, il l'avait fait fouetter pour son insolence. Depuis, elle avait appris à éviter le sujet.

Qui paraissait pour le moins sensible. Mais, par les dents cariées de Gelisor, qu'est-ce qui pouvait bien pousser Magister à priver Omois d'une descendance de Demiderus ? Une vengeance ? Ce serait bien compliqué. Il n'avait jamais vraiment tenté de tuer Lisbeth, juste de l'empêcher d'avoir des enfants. Un plan pour prendre le pouvoir à Omois ? Mais Selenba ne voyait pas en quoi rendre Lisbeth momentanément stérile aidait Magister. D'autant qu'elle avait proposé de la rendre stérile pour toujours et qu'il avait refusé.

C'était très curieux.

Il voulait garder la possibilité que Lisbeth ait des enfants. Au cas où. Mais au cas où quoi ?

C'était un peu comme un truc coincé entre deux dents. Impossible de le déloger et c'était toujours là, en arrière-plan, en train de l'agacer.

D'autant que, depuis qu'elle s'était occupée de l'âme de l'enfant de six ans coincée dans le corps de Selena, elle avait découvert qu'elle aimait vraiment ça, les enfants.

Enfin, pour autre chose que pour un rapide encas.

Cela avait été une véritable révélation. Elle devait garder cette faiblesse secrète. Elle connaissait très bien Magister. S'il l'apprenait, il l'utiliserait contre elle, exactement comme il avait utilisé sa soif de pouvoir pour en faire son bras droit. Ou comme il utilisait sa violence afin de contenir celle de Selenba. Elle savait très bien pourquoi il lui avait fait traverser la salle d'un seul coup de poing. Pour affirmer sa supériorité physique et mentale, parce qu'il comprenait que la force était la seule chose que la vampyr reconnaissait.

Puis Selenba, tout en observant attentivement Magister, se souvint de ce qui l'avait frappé… OK, en même temps que le mur… un peu plus tôt.

Elle s'était posé une question vraiment bizarre.

Comment elle, la vampyr la plus sanguinaire, la plus dangereuse, la plus mortelle et redoutée de sa génération, allait faire pour avoir un enfant…

6

LISBETH

Ou comment très bien arriver à mettre quelqu'un en colère et ne pas du tout savoir comment l'arrêter.

La tempête était si violente que les meubles, les tentures, les armures, les statues, tout volait. Les courtisans affolés s'étaient, heureusement, très vite mis à l'abri, et en dehors des gardes désespérément agrippés à tout ce qui était encore attaché au sol, il ne restait que quatre personnes dans la salle d'audience encore bondée quelques minutes plus tôt.

Tara, Moineau, Mourmur et l'Impératrice.

Tara avait voulu être discrète.

C'était carrément raté.

C'était la première fois qu'elle assistait à une perte de contrôle aussi totale. OK, en dehors des siennes, bien évidemment. Collée à sa colonne, la jeune fille blonde réalisait enfin ce que les autres ressentaient lorsque sa magie lui échappait.

Une véritable frayeur. Un truc bien costaud qui lui faisait battre le cœur trop vite, cligner des yeux, et desséchait sa gorge.

Mourmur, pour l'instant plus savant que loup-garou, avait sorti un... truc de son inépuisable combinaison et s'était fabriqué une sorte de cocon qui le maintenait sans effort contre une autre colonne. Quant à Moineau, elle s'était transformée en Bête et avait planté très fermement ses longues griffes dans une autre des colonnes de marbre doré.

Les Hauts Mages, pas fous, avaient déserté, mais se tenaient dans les embrasures de la salle, le plus loin possible de la tempête, prêts à intervenir au cas où.

Et au centre du Maelström l'Impératrice d'Omois était dressée, majestueuse, dans une longue robe d'un rouge sang, les cheveux et les yeux assortis tant elle était folle de rage.

Tara n'avait pas envisagé une seconde une telle réaction. Afin de ne pas déranger les audiences, la jeune fille avait fait passer un message papier à l'Impératrice afin qu'elle soit la seule à le lire, parce qu'un hologramme aurait été trop visible, lui indiquant l'empoisonnement, mais aussi la tentative d'assassinat de Mourmur et pourquoi il fallait qu'ils en parlent en privé.

Ça, pour être privé, c'était devenu très privé, pas de doute. Même privé d'oxygène si ça continuait. Parce que, après avoir lu le message, comme une marmite chauffée au rouge, l'Impératrice avait littéralement explosé de colère. Les gens avaient raison. Cela ressemblait effectivement à une sorte de bombe ultrapuissante. Tara se dit que, si elle survivait, elle essayerait de modérer ses propres explosions, parce que, vu de l'extérieur, c'était bien terrifiant.

Mais ce ne fut que lorsqu'elle vit que les joyaux du plafond commençaient à s'envoler que Tara décida d'agir. S'énerver, OK, mais démolir la moitié du palais, surtout lorsqu'elle se trouvait en dessous, là, elle était nettement moins pour.

Elle envoya un Amplificatus sur sa voix et hurla soudain :

— AH ! ÇA SUFFIT !

Mais l'Amplificatus avait bien fait son travail et elle faillit basculer en arrière sous la force du mugissement qui surgit de sa bouche.

Malheureusement, la tempête mugissait tout autant et les deux sons s'annulèrent mutuellement.

Tara grimaça. Ses longs cheveux étaient en train de s'emmêler, ça allait être l'enfer de les brosser. Elle subvocalisa à la changeline pour que celle-ci s'en occupe tant bien que mal, histoire de ne pas se faire à moitié scalper plus tard. La changeline obéit et composa un lourd chignon qui tirait sur la nuque de la jeune fille, mais avait au moins le mérite de ne pas l'aveugler.

— Bon sang, cria-t-elle, il faut qu'on l'arrête, elle va finir par détruire tout le palais et même une partie de la ville !

Vu les nuages qui s'amoncelaient au-dessus du toit déjà à moitié éventré, elle voyait bien que la tempête était en train de faire des petits. De gros petits.

Quelques semaines plus tôt, Tara, prisonnière d'un vampyr trop entreprenant, avait déclenché, bien involontairement, une énorme tempête sur Tingapour. Les habitants avaient mis un temps fou à réparer les dégâts.

Mais, à côté de la colère monstrueuse de l'Impératrice, c'était une aimable rigolade.

Soudain, un corps tomba... Enfin, plus précisément atterrit en une habile roulade, se remit sur ses pieds et tenta de s'enfuir. Mais la trombe de magie ne lui laissa aucune chance : il fut immédiatement soumis à sa puissance et commença à glisser en arrière. Tara fronça les sourcils. L'individu qui était en train de lutter contre l'attraction de la trombe de magie portait des vêtements noirs d'un banal absolu, mais était bien plus armé que cela n'était autorisé aux alentours de l'Impératrice. La jeune fille blonde lança sa magie qui captura l'homme alors qu'il allait se faire happer en dépit de ses efforts désespérés. Elle le ligota soigneusement à l'une des colonnes. Si c'était un simple courtisan, elle pourrait toujours dire qu'elle lui avait sauvé la vie. Si, comme elle le soupçonnait, il s'agissait de l'assassin qui traquait Mourmur, ils auraient une intéressante conversation, elle et lui.

Puis soudain, alors qu'à regret Tara envisageait de faire appel à sa magie pour neutraliser sa tante, ce qui n'était pas la meilleure façon de traiter une impératrice, du moins pas sans avoir vraiment envie de faire connaissance avec les cachots impériaux juste après, la tempête faiblit.

Puis s'apaisa.

Ah. Tara oubliait tout le temps que la majorité des gens n'étaient pas aussi puissants qu'elle. Lisbeth pouvait déployer une impressionnante quantité de pouvoir, mais à part pour affronter un ennemi qui la menaçait, sa magie la fatiguait assez rapidement.

À moins qu'elle n'ait pris conscience que ce qu'elle faisait n'était pas très productif. D'autant que des tas d'ambassadeurs de différents pays ou planètes avaient dû se réfugier dans les couloirs, et que les instincts politiques de l'Impératrice ne se débranchaient que très rarement.

Bon, là, lesdits instincts, submergés par un seul et unique mais très, très vindicatif, l'instinct maternel, avaient pris des vacances pendant une vingtaine de minutes. Tara était très, très contente de les voir revenir.

Mourmur passa une tête prudente au travers de son étrange cocon.

— Ça y est ? C'est terminé ? Par la barbe de mes ancêtres, j'aime bien les choses qui explosent, mais c'est la première fois que je vois une impératrice exploser. Intéressant.

La salle d'audience avait ceci de particulier que les paroles, sans l'aide d'aucun sort, s'entendaient très bien, quel que soit l'endroit où l'on se trouvait. Un travail merveilleux dû aux nains, experts en acoustique malgré leur incapacité chronique, et malheureusement célèbre, à chanter juste.

L'Impératrice entendit donc fort bien le commentaire de Mourmur, qui en fait se voulait juste commentatif et très probablement admiratif, mais qu'elle ne vit que sarcastique.

— VOUS AURIEZ EXPLOSÉ AUSSI SI ON VOUS AVAIT EMPOISONNÉ PENDANT LA MAJEURE PARTIE DE VOTRE VIE ! hurla-t-elle, encore furieuse.

Mourmur tressaillit et se boucha les oreilles.

— Houlà, murmura-t-il, prudent, elle est aussi capable de crier fort. (Il haussa la voix.) Euuuh, quelqu'un pourrait-il m'aider à sortir de ce cocon ? Je ne l'avais jamais essayé et je n'ai pas apporté avec moi de quoi le dissoudre…

Tara décrispa ses mains encore blanches d'être restées agrippées pendant aussi longtemps et, d'un pas vacillant, se porta au secours du vieux savant. Ce ne fut pas très facile de l'extraire du cocon, qui en plus d'être épais était carrément collant. D'ailleurs, Tara dut utiliser sa magie, sinon elle serait restée collée elle aussi.

Moineau se transforma, s'approcha et, se méfiant de l'acoustique, marmonna du coin de la bouche :

— Oh là là, elle n'a pas très bon caractère, ta tante, dis donc !

— Mince alors, persifla Tara, et ce n'est que maintenant que tu t'en rends compte ?

Moineau était vraiment gentille. Elle avait beaucoup de mal à voir le côté négatif des gens.

Enfin... sauf chez Fabrice dont, curieusement, elle n'avait tendance à voir *que* les côtés négatifs.

Mourmur tomba par terre. Le cocon venait enfin de céder. Le vieux savant se remit debout tant bien que mal, aidé par les deux filles.

— Ouille, ouille, ouille, gémit-il. Rappelez-moi que je dois absolument perfectionner cette invention avec une éjection automatique. Et pourquoi j'ai mal ? Je croyais que les loups-garous guérissaient tout de suite ?

Il n'obtint pas de réponse, parce que les deux filles n'en savaient absolument rien.

— Dans mon bureau, fit une voix froide derrière eux, tout de suite !

Ils sursautèrent. Pendant qu'ils s'occupaient de Mourmur, l'Impératrice s'était rapprochée d'eux.

Comme toujours, Tara fut frappée par sa beauté. Elle avait été tellement occupée par les prétendants, que cela faisait des jours qu'elle n'avait pas vu sa tante (qui elle-même était à la fois occupée par les affaires d'État, mais surtout par la préparation de son mariage, ce qui etait bien pire) en chair et en os. Elle était toujours en rouge, ses cheveux aussi, mais à son grand soulagement, ses pupilles n'étaient plus pourpres. Elles étaient redevenues bleu marine, comme celles de Tara, même si elles étaient, là, carrément plus froides. Et furieuses.

— Nous ne sommes que les messagers, osa Tara. Tuer les messagers ne se fait pas, tu sais.

— Si j'avais voulu vous tuer, vous seriez morts, gronda l'Impératrice. Ne dis donc pas de bêtises. Je sais très bien que ce n'est pas votre faute. Mais nous devons en discuter. Allons dans mon bureau. Nous y serons plus au calme.

Dans sa main fine, lourdement chargée de bagues, le mot de Tara était tout chiffonné. Mais Lisbeth avait pris la précaution de le conserver afin que nul ne sache pourquoi elle s'était mise dans une telle colère. Pour plus de précaution, elle incanta d'ailleurs un Destructus qui carbonisa le message.

Petit à petit, des têtes curieuses, de toutes formes et toutes couleurs commençaient à pointer au travers des différentes ouvertures de la salle. Y compris celles des Hauts Mages, perchés sur leurs tapis volants, qui revenaient comme un essaim de bllls brillants.

— Juste une minute, ma tante, j'ai attaché un type à une des colonnes. Je trouve qu'il est assez louche. Si cela ne t'ennuie pas, j'aimerais faire venir un Diseur. Si c'est un inoffensif Omoisien, nous le saurons très vite. Si, comme je le soupçonne, c'est l'assassin qui tente d'avoir la tête de Mourmur, il aura certainement des tas de choses à nous raconter.

L'Impératrice blêmit.

— Un assassin ? Dans mon palais ? Ah, ça commence à bien faire !

Elle se dirigea d'un pas furieux vers le type qui n'en avait par perdu une miette et commençait à avoir l'air vraiment mal à l'aise. Tara pouvait le comprendre. On sentait qu'il était à un tout petit doigt de se faire exploser la tête par une Impératrice pas du tout contente.

— C'est exact, répondit-il, ayant parfaitement entendu et avant même que Lisbeth ne pose la moindre question. Inutile d'appeler un Diseur, je suis bien un assassin et j'ai un contrat sur Mourmur Duncan qui expire si celui-ci vous a révélé... ce qu'il devait vous révéler et ne nous a pas été précisé. Nous avons été contactés et payés par un compte anonyme dont le mandataire s'est présenté comme un sangrave. Je ne sais absolument rien de plus. On m'a juste désigné la cible et les termes du contrat, dont notamment le fait qu'il fallait impérativement utiliser des flèches mi-argent, mi-acier. Je ne suis pas parvenu à l'éliminer avant qu'il ne vous contacte, donc la mission est annulée, toujours selon les termes du contrat. Vous pouvez donc me laisser partir, je n'ai rien fait à personne...

Ah, ils n'allaient finalement pas avoir besoin de faire des recherches sur les flèches retirées du dos de Mourmur.

— Encore ce maudit Magister ! gronda l'Impératrice en ignorant la requête du prisonnier. Mais quand donc quelqu'un me débarrassera de ce sale type ?

L'assassin n'allait pas laisser passer une occasion pareille.

— Euh, justement, à ce sujet, on peut peut-être en discuter ? Nous avons des tarifs très avantageux. Même si éliminer le maître des sangraves doit aller chercher dans le million de crédits-muts d'or, ce n'est pas impossible...

Lisbeth en resta bouche bée tant le cynisme de l'assassin était inouï. Puis elle lui tourna le dos, après avoir ordonné aux gardes de l'enfermer. Ceux-ci, encore sous le choc de n'avoir pas repéré l'assassin alors qu'il se cachait dans les poutres du toit, l'attrapèrent rudement dès que Tara relâcha sa magie. La jeune fille avait envie de dire que ce n'était pas leur faute, vu qu'en explosant Lisbeth avait chassé les Hauts Mages sur leurs tapis volants qui auraient pu repérer l'assassin, mais elle savait quelle aurait été leur réponse : Ce n'est pas une raison.

Ils n'avaient pas tort. Lisbeth ne craignait rien d'un assassin normal, tant l'entourage du trône était bardé de sorts et de contre-sorts, lui lancer quelque chose revenait à se prendre ledit quelque chose dans la figure en retour immédiatement, que ce soit un sort, un couteau ou une flèche... mais cependant, laisser un assassin l'approcher d'aussi près n'était pas acceptable.

Décidément, ce n'était pas leur jour.

Mais, à voir la lueur spéculative qui passait dans le regard de Lisbeth, il sembla à Tara que la proposition de l'assassin ne serait pas forcément ignorée...

Celui-ci dut le sentir, car il ne protesta pas à propos de son arrestation, se laissant emmener en cellule après avoir été soigneusement désarmé.

Dociles, Mourmur (tout de même soulagé que personne ne veuille plus l'assassiner... enfin, pour l'instant), Moineau et Tara suivirent l'Impératrice qui se dirigea d'un pas décidé vers sa sortie privée. Les courtisans et les ambassadeurs comprirent vite que les audiences étaient terminées pour ce soir-là. Une violente sonnerie de trompe salua le départ de l'Impératrice par la porte derrière le trône arborant fièrement le symbole d'Omois, le Paon Pourpre aux cent yeux d'or.

Parfois, Tara se disait que l'emblème convenait particulièrement bien à l'arrogante, l'impériale Omois. Et qu'elle n'aimait vraiment pas les trompes depuis qu'une certaine démone avait tenté de la tuer, après avoir, pour une mystérieuse raison, annoncé sa venue par le biais de ces bruyants engins.

Grâce aux Portes de transfert internes, aux tapis roulants et aux raccourcis, ils ne mirent pas longtemps à arriver dans un des bureaux de l'Impératrice. Elle en avait plusieurs en fonction des gens qu'elle recevait. Certains étaient très grands et pompeux. Celui-ci, le plus près de ses appartements privés, était agréable, paisible, et rompait avec le côté très omoisien « je t'en mets plein les yeux et tant pis si ça te colle une ophtalmie au passage ».

Les meubles de velours pourpre n'étaient pas discrets, discrets, mais avaient le mérite d'être confortables, et il y avait nettement moins d'or que partout ailleurs. Les murs étaient de marbre doré, certes, mais d'un doré doux et non clinquant. Il y avait peu de statues, pas de fresques qui bougeaient dans tous les sens et, partout, des vases de fleurs discrets et délicats étaient posés sur des tables marquetées, tandis que de somptueux papillons, semblables à des joyeux vivants, s'abreuvaient de leur nectar. C'était presque reposant.

— Très bien, fit Lisbeth. Attendez-moi ici un instant, que je retire ce truc.

Elle jeta un regard à Tara et grogna :

— J'aimerais bien avoir une changeline comme la tienne, quel dommage qu'on n'ait pas encore réussi à recréer cet incroyable organisme !

À son regard plein d'espoir, Tara opposa un visage lisse du type « tu peux toujours courir ». Lisbeth tentait le coup régulièrement, habituée qu'elle était au fait que les gens lui offrent ce qu'elle convoitait.

Ben là, elle était mal tombée. Tara aussi trouvait que la changeline était géniale et n'avait pas du tout l'intention de s'en défaire.

Voyant que sa tentative avait lamentablement échoué, l'Impératrice se renfrogna et passa dans un petit cabinet où elle se changea. Elle n'utilisa pas de magie, se contentant simplement de prendre une autre robe, plus confortable.

D'un onctueux beige crème, qui accentuait son côté « jeune fille » soigneusement entretenu à coups de sorts et de potions. À côté de Tara, elle paraissait à peine quelques années de plus, alors qu'elle approchait de la cinquantaine. Tara songea que les Terriennes tueraient pour avoir accès à ce genre de pouvoir, la jeunesse presque éternelle…

Lisbeth s'installa derrière son bureau et les regarda, particulièrement Mourmur. Le savant, qui avait supporté l'épouvantable caractère d'Isabella Duncan, la grand-mère d'acier de Tara, pendant plusieurs mois, ne broncha pas. Après tout, c'était lui qui avait tous les atouts en main. L'Impératrice le savait, car elle céda.

— Haut Mage Mourmur Duncan, dites-moi ce que vous avez trouvé et comment, ordonna-t-elle d'une voix irritée d'avoir dû abdiquer la première.

Mourmur répéta ce qu'il avait révélé à Tara, en donnant quelques explications très scientifiques qui passèrent largement au-dessus de la tête de l'Héritière et de Moineau, mais qui parurent littéralement fasciner Lisbeth.

— Ah, murmura-t-elle à un moment de l'exposé, c'est donc ainsi que cela agit ?

Mourmur confirma gravement. Ils échangèrent encore pendant presque une heure. Tara somnolait à moitié, heureuse d'avoir échappé à la corvée de rencontrer les prétendants, lorsque enfin la discussion s'acheva.

— Le procédé est très clair, conclut l'Impératrice en se levant nerveusement. Maintenant, ce qui me préoccupe, c'est pourquoi ? L'assassin dit que le compte était un compte sangrave, ce qui ne veut rien dire. N'importe qui peut se proclamer sangrave et ouvrir un compte, il existe certains pays qui se fichent éperdument de qui est qui, du moment que cela leur rapporte de l'argent. Donc la question reste la même : est-ce que cela vient de Magister, ou est-ce un complot des vampyrs, et si oui, pourquoi ?

Mourmur consulta ses notes et posa une question à Tara :

— Petite, si nous éliminons un complot de Magister utilisant Selenba, combien de vampyrs femmes as-tu guéries lors de ton voyage en Krasalvie ?

Tara visualisa toutes les grenouilles qu'elle avait transformées[1]. Le hic, c'était qu'elle avait visualisé les vampyrs empoisonnés par le sang humain, pas comme des hommes ou des femmes, mais comme des malades.

— En fait, dit-elle lentement, en essayant de se souvenir, à part Kyla[2], je suis incapable de déterminer qui a été guéri. Et

1. Je sais, pour ceux qui n'ont pas lu ce tome-là, cela peut paraître bizarre, mais Tara n'avait pas eu le choix : pour guérir tous les vampyrs buveurs de sang, elle avait dû passer par l'étape « grenouilles aux longues dents » avant de revenir à « bipèdes aux longues dents ».

2. Fille du président vampyr Drakul, manipulée et empoisonnée par du sang humain, guérie par Tara, amoureuse d'A'rno, un elfe styleur.

Kyla est bien trop jeune pour avoir été à l'origine de l'empoisonnement depuis si longtemps, de plus, elle n'était devenue buveuse de sang humain que depuis peu de temps. Donc impossible de retrouver les buveuses de sang humain, et encore moins de savoir combien. Mais elles étaient nombreuses. Bien plus que ce à quoi je m'attendais, les guérir a failli me tuer...

— Nous devons parler aux vampyrs, fit Mourmur. À leur président ?

— Non, répondit l'Impératrice, nous ignorons si c'est un complot et, dans ce cas, le président Drakul est peut-être impliqué. Les vampyrs aussi peuvent nous considérer comme une menace, nous, les descendants de Demiderus. Ou manigancer quelque chose, je n'en sais rien.

Elle s'étira pour dénouer la tension dans son dos. Utiliser autant de magie en si peu de temps, c'était un peu comme faire un grand écart sans aucun échauffement préalable. Du coup, elle avait mal partout.

— Inutile de vous en mêler, reprit-elle. Mon service de renseignements va s'en charger.

Un silence méditatif salua sa remarque. Si son service de renseignement n'avait pas réussi à détecter son empoisonnement depuis des dizaines d'années, suivre la piste n'allait pas être plus facile.

— Et Safir Dragosh ? demanda Moineau, prenant la parole pour la première fois depuis leur arrivée.

L'Impératrice la regarda avec surprise.

— Safir Dragosh ? Le vampyr ?

— Il était à la réception tout à l'heure. Normalement, il est basé au Lancovit et vient rarement à Omois. J'ai vu qu'il t'avait parlé, Tara, qu'est-ce qu'il voulait ?

— Il était inquiet.

Houlà, songea Moineau, Tara ne s'en rendait sans doute pas compte, mais vu leur légendaire maîtrise, un vampyr inquiet, c'était l'équivalent d'un humain terrifié ou d'un elfe fou furieux.

— De quoi ? fit Mourmur, devançant de peu l'Impératrice.

— De l'arrivée des démons, répondit Tara. Il m'a suppliée de ne pas conjurer le nouveau roi des démons pour le faire venir ici. Il pense que nous allons tomber dans un piège et tous mourir. Je suis d'ailleurs tout à fait d'accord avec lui ainsi que je l'ai dit, répété et re-re-répété.

Formidable, Moineau adorait lorsque les gens étaient aussi optimistes. Cela dit, elle était assez d'accord avec Tara et le vampyr. Elle non plus ne comprenait pas l'acharnement des AutreMondiens à vouloir faire venir chez eux leurs pires ennemis.

— Puisque hélas ! tu ne renonceras pas à faire venir Archange, pointa Tara, je suppose que tu voudrais que je parle à Safir de cet empoisonnement au sang de vampyr, c'est ça ? Que je lui demande qui pourrait, potentiellement, être la coupable chez eux ?

— Oui, enchaîna Moineau, sous le regard attentif de l'Impératrice. C'est un ami, il nous a sauvé la vie et vice versa. (Elle se tourna vers Lisbeth et ajouta :) Si nous lui parlons de votre problème, Votre Majesté Impériale, il ne nous trahira pas. Il enquêtera discrètement. Et gardera le secret.

Lisbeth les regarda tous et prit une longue inspiration.

— Non, fit-elle.

— Non, répéta Tara, surprise, tu ne veux pas que je lui en parle ? Tu préfères que seul ton service de renseig...

— Si, je veux que tu lui poses la question, l'interrompit-elle, et non, il est inutile qu'il garde le secret. Le palais va faire un communiqué. Il est temps d'expliquer aux Omoisiens que leur Impératrice n'est pas stérile (ses yeux étincelaient de colère), mais a été empoisonnée par... disons par quelqu'un, pour une raison indéterminée, mais visant clairement à détériorer la lignée de Demiderus, seule capable de défendre AutreMonde contre les démons !

Elle avait terminé sa phrase comme un cri, comme un appel aux armes. C'était impressionnant, même si Tara savait très bien que ce que Lisbeth disait était peut-être valable il y avait des siècles, au moment où les sortceliers étaient peu nombreux et bien moins puissants, mais qu'aujourd'hui, ce n'était plus le cas. Ils étaient tous capables de se défendre contre les démons.

Enfin, Tara l'espérait très fort. Et espérait surtout que son plan de secours complètement fou n'aurait pas besoin d'être mis en route et que tout se passerait bien. Mais au moins, en face de l'inconscience criminelle des AutreMondiens, elle, qui se considérait encore comme une Terrienne, même si elle savait qu'elle n'en était pas une, avait conscience hélas ! qu'elle serait peut-être le dernier rempart pour sauver et sa planète Terre et AutreMonde.

Lisbeth convoqua son secrétaire, Intimais, un jeune tatris très brillant, qui paraissait la comprendre avant même qu'elle ne lui donne les ordres.

Sauf que bien sûr, cette fois-ci, il fut totalement pris au dépourvu. Ses deux têtes, Tatr et Pacr (ses parents avec des goûts bizarres pour les prénoms), affichèrent la même sincère horreur lorsqu'il apprit ce qui s'était passé.

— Empoisonnée, fit Tatr, mais...

— C'est monstrueux ! gronda Pacr.

— C'est surtout une énorme faille dans notre système de sécurité s'il suffit que le poison soit du sang pour qu'il ne soit pas détecté par les anti-sorts. Faites réparer cela immédiatement. Et prévenez aussi les SI. Nous allons avoir besoin de savoir qui a fomenté cet attentat contre notre lignée et pourquoi. Et nous avons besoin de le savoir très vite.

Le tatris s'inclina, prit les notes dont il avait besoin pour donner les éléments aux rédacteurs des communiqués officiels et fila à toute vitesse (il avait compris depuis longtemps que lorsque l'Impératrice d'Omois disait « tout de suite », cela impliquait quasiment un retour dans le temps, histoire de la satisfaire au plus vite). Les SI, hein ? L'affaire était sérieuse, mais au point de convoquer les SI, alors là, ça ne rigolait pas du tout. Peu de gens connaissaient les SI. Les Services Invisibles. Ils étaient chargés « d'éliminer » tout ce qui menaçait la sécurité personnelle de la famille impériale. Et lorsqu'on utilisait le mot « éliminer », cela signifiait exactement ce que cela voulait dire. Peut-être que finalement la proposition de l'assassin serait retenue. Tara sourit ; elle trouvait que cela représentait une certaine justice amusante. Mettre à prix la tête de Magister comme lui le faisait pour ceux qui le gênaient.

— Sandor va être hystérique, murmura Lisbeth en s'affaissant un peu dans son somptueux fauteuil de velours pourpre.

Tara lui jeta un regard surpris.

— Sandor ? Pourquoi ?

— Parce qu'il est responsable de l'Armée, certes, mais surtout de la sécurité du palais, et que Magister s'obstine à passer au travers de toutes ses défenses. Ça le rend fou. La dernière fois, il a fouiné partout pendant presque un mois en essayant de comprendre où se trouvaient les souterrains utilisés par Magister. Il en a trouvé deux, mais il sait qu'il en existe un troisième, et tant qu'il n'aura pas neutralisé ce qu'il considère comme une sorte d'insulte personnelle, il ne sera pas satisfait. Alors quand, en plus, il va apprendre que Magister ou pire, les vampyrs, m'ont empoisonnée, là, je crois bien qu'il va carrément exploser.

Il y eut un silence pensif, hommage respectueux à la colère de l'Impératrice quelques minutes plus tôt.

— Enfin, rectifia Lisbeth en soupirant, c'est une façon de parler. Sandor est plus vieux, donc plus posé que moi et il est moins concerné. J'aimerais bien qu'il se marie d'ailleurs, à force de ne faire que travailler pour l'Empire il en a oublié de vivre sa propre vie.

Tara soupira en retour. Comme toutes les femmes amoureuses, Lisbeth avait envie que tout le monde soit heureux autour d'elle. Elle essayait de caser le moindre célibataire. Les gens avaient appris à prendre un air dégagé et à s'éclipser dès qu'elle commençait à poser des questions gênantes du type : « Et vous, vous êtes marié ? »

L'espace d'un instant, la jeune fille plaignit le pauvre Sandor qui ne savait pas encore ce qui allait lui tomber dessus si Lisbeth se mettait réellement en tête de s'occuper de sa situation de célibataire.

— D'ailleurs, en parlant de mariage, fit Lisbeth en braquant ses impitoyables yeux bleus sur Tara, où en es-tu avec les prétendants ? J'ai l'impression qu'il n'y a rien de bien fameux parmi ceux que j'ai eu l'occasion de croiser, non ?

Ben tiens. Même avoir appris qu'elle avait été empoisonnée ne pouvait pas éloigner Lisbeth de son obsession très longtemps. Ce qui surprenait le plus Tara, c'était que, pas plus que les très ordinaires représentants qu'elle avait pu rencontrer jusqu'à présent, le futur mari de Lisbeth, Various, n'était de loin le plus puiss...

Soudain, Tara prit une grande inspiration. Elle avait évité d'affronter Lisbeth, estimant qu'il était plus important de la convaincre de ne pas faire venir les démons que de lutter contre l'avalanche de prétendants, mais à présent, elle n'avait plus le temps de jouer.

Elle fit un sourire lumineux à sa tante. Assorti de paroles beaucoup moins lumineuses.

— Tu m'as submergée de prétendants alors que tu savais très bien qu'en voir autant ne me laisserait jamais le temps d'approfondir mes relations avec l'un d'eux. Je trouvais ça bizarre aussi, cette incroyable avalanche de types plus mignons les uns que les autres, mais qui donnaient l'impression soit d'être terrifiés par moi, soit de n'avoir pas assez de neurones pour être capables d'aligner autre chose que des propositions commerciales.

Elle se leva et se planta devant sa tante.

— Tu as sélectionné les plus mauvais d'abord afin de me dégoûter, parce que ce que tu vises, toi, c'est le top du top, je me trompe ?

Lisbeth se contenta de la dévisager, restant de marbre. Tara accentua la pression.

— Sauf que le top du top, cela signifie ou Maître Chem, ou Archange. Et comme je n'épouserai ni un vieux dragon ni un jeune démon, quoi que tu puisses en penser, peut-être que je pourrais m'abstenir de perdre mon temps avec des gens à qui je n'ai rien à dire ?

Lisbeth laissa filer un léger soupir. Parfois, elle se disait que c'était assez pénible d'avoir une héritière trop maligne. Pour très vite se reprendre en pensant qu'une héritière maligne, c'était bien pour Omois. Enfin, elle l'espérait.

Vintimis revint avec le communiqué, ce qui la dispensa, les dieux en soient remerciés, de répondre à la question de Tara. Elle valida le texte après avoir corrigé deux, trois détails qui ne lui convenaient pas, puis lui confirma qu'il pouvait envoyer le tout à l'AOV[1].

D'ici quelques minutes, AutreMonde, puis les autres planètes seraient au courant. L'Impératrice d'Omois avait été empoisonnée mais personne ne savait comment. Pour le moment.

Lisbeth se leva.

— Je vais devoir probablement donner une conférence de presse impromptue, les cristalistes ne vont pas me lâcher, il va y avoir des scoops partout.

Elle regarda Tara avec ce mélange de méfiance et d'affection qu'elle éprouvait toujours envers son héritière.

1. Agence omoisienne de vidéocristal.

— Je vais prévenir les prétendants que, pour l'instant, tu es trop préoccupée par cette intolérable agression envers moi pour les recevoir. Je vais également rendre public le fait que les dragons et les démons ont tous les deux décidé d'envoyer un prétendant. Cela devrait éliminer les dernières résistances. Personne ne voudra entrer en compétition avec eux.

Tara ne laissa pas son visage afficher son soulagement. Passer une journée entière sans entendre un inconnu lui expliquer à quel point il allait être un mari formidable ? Oh oui ! Oui !

— Très bien, s'inclina-t-elle. De mon côté, je vais voir Safir afin de lui demander d'enquêter. (Elle regarda son hor, incrustée sous sa peau, sous l'accréditation, et rectifia :) Du moins, je lui demanderai lorsque ce ne sera pas le milieu de la nuit, sinon il va m'empêcher de dormir jusqu'à ce qu'il ait toutes les explications et même plus.

Lisbeth inclina la tête, impériale, puis se tourna vers le vieux savant :

— Mourmur ?

— Votre Majesté Impériale ?

— Est-il possible d'annuler maintenant l'effet du sang de vampyr ?

— C'est possible, mais je le déconseille. Cela vous rendrait malade. Très malade. Incapable d'assurer votre fonction. Une vraie loque. Laissons la nature et votre corps éliminer le poison naturellement. Il ne peut pas survivre plus d'un mois dans votre organisme, raison pour laquelle il vous était administré mensuellement.

Le vieux savant était malin. S'il avait juste précisé qu'il déconseillait, Lisbeth aurait immédiatement ordonné qu'il le fasse. Mais préciser qu'elle ne pourrait travailler, ça, c'était un trait de génie. Lisbeth hésita un instant, mais finit par céder. Encore. Tara soupçonnait que, d'une façon ou d'une autre, Mourmur allait le payer.

— Que me conseillez-vous ? fit bien trop docilement Lisbeth.

— Disons que, pendant un mois, je ne veux pas que vos cuisiniers habituels œuvrent pour vous en cuisine, du moins tant que nous ne saurons pas qui parvient à vous empoisonner. De plus, vous ne mangerez pas de viande, ni rien qui puisse cacher le goût du sang. Avant d'avaler quoi que ce soit, même de l'eau, testez le goût, et si vous avez le moindre doute, crachez.

Tara se mordit les joues. Elle visualisait si bien sa tante en train de cracher au milieu d'une grande réception que ce fut difficile de ne pas sourire.

Lisbeth eut l'air inquiet.

— Mais, si les cuisiniers ne peuvent pas me préparer mes repas, qui va s'en occuper ?

Mourmur eut un sourire de loup. C'était presque effrayant sur ce visage si affable d'habitude.

— Ah, je crois que vous êtes fiancée, n'est-ce pas ?

L'Impératrice le regarda d'un air méfiant.

— Oui, et alors ?

— Eh bien, cela va être un excellent moyen de tester les compétences culinaires de votre futur mari, chère Majesté !

7

SAFIR

Ou comment se retrouver dans une situation où l'on voit sa vie défiler devant ses yeux et où l'on regrette de ne pas être beaucoup plus vieux, histoire que ça dure plus longtemps.

Tara avait totalement tort.

Safir Dragosh le vampyr n'était pas inquiet.

Il était terrifié.

Ce n'était pas un sentiment très agréable. Après tout, il était un redoutable prédateur, au sommet de la chaîne alimentaire ; normalement, c'était lui qui était censé terrifier, pas le contraire.

Mais comment ne pas être épouvanté par les démons ? Ils étaient, à ses yeux, la quintessence du mal. Une sorte d'organisme monstrueux avide de chair et de sang qui n'aurait de cesse d'avoir tout dévoré. Et personne sur AutreMonde n'avait l'air de s'en rendre compte. Cette… cette stupide humaine, cette Impératrice de pacotille osait évoquer un accord avec les monstres. Et parlait même d'un mariage. Ce n'était même plus absurde, c'était indigne. Humains à courte vue et courte mémoire ! Ils ne savaient pas, ils n'avaient aucune idée de ce qu'étaient réellement les démons. Oh, ils en avaient peur, de cela il était sûr. L'Impératrice avait eu beau leur opposer tous les arguments les plus logiques pour autoriser le roi des démons à venir sur AutreMonde, Safir avait bien senti qu'elle était mal à l'aise. Il ne l'avait pas approchée, restant discrètement à l'arrière de la délégation vampyr venue protester contre l'arrivée programmée des démons.

Cela dit, l'Impératrice l'avait surpris. Les avait tous surpris. Alors que la discussion devenait véhémente entre l'ambassadeur vampyr D'ravil et Lisbeth, celle-ci avait tranché d'un ton sec.

— Le démon arrivera exactement en même temps que la délégation Dragon. Les gardes qui les escortent seront exactement le même nombre. Notre première ligne de défense contre les démons sera donc les dragons. Leurs vieux adversaires. Ce sera un excellent test afin de voir comment ils vont réagir. Les uns comme les autres. Et je ne vais pas les recevoir ici. Nous choisirons un autre lieu, plus neutre qu'AutreMonde. Je n'ai pas envie, s'il s'agit d'une invasion déguisée, que les démons aient le travail mâché en s'emparant de ce palais et de cette planète, si c'est leur but.

Un épais silence était tombé dans la pièce où elle avait reçu la délégation en privé. Puis les vampyrs s'étaient inclinés. C'était un bon plan. Les dragons et les humains, ensemble, étaient plus forts que les démons, ils l'avaient abondamment prouvé. S'il réagissait, le roi des démons risquait fort de devenir un otage précieux. Oui, ce genre de plan, les vampyrs pouvaient le comprendre. Et l'approuver.

Mais Safir, lui, ne l'approuvait pas. La veille, il s'était éclipsé à la recherche de Tara afin de lui faire part de son inquiétude. Mais si la jeune fille partageait cette inquiétude, elle n'avait pas conscience, suffisamment à son goût, de l'urgence de la situation. Elle ne devait pas approcher les démons. Elle devait s'en méfier, elle devait les craindre et les haïr.

Mais comment lui faire comprendre ?

Très tôt ce matin, elle l'avait appelé afin de lui expliquer ce qui s'était passé avec l'Impératrice. On l'avait empoisonnée. Et c'était probablement Selenba la coupable. Cela n'avait pas arrangé ses aigreurs d'estomac. Là, il était tellement stressé qu'il avait l'impression qu'un petit animal forait un trou dans son ventre avec ses dents et ses griffes.

Il faisait les cent pas dans la suite qui lui avait été attribuée. Depuis qu'il avait aidé Tara, Omois lui avait offert une suite à demeure dans le palais (bon, ce n'était pas un si gros effort, vu qu'il y en avait des milliers comme celle-ci). Les décorateurs avaient suivi ses indications et, comme chez lui, les signes mathématiques et les équations défilaient sur les murs noirs, symboles d'argent apaisants.

Mais cela ne l'apaisait pas.

Il contempla sa tasse de sang de poulet du petit déjeuner avec morosité. Il n'avait pas faim, l'inquiétude lui coupait l'appétit. Il se drapa dans sa robe sombre parsemée des mêmes symboles argentés que sur les murs, ses longs cheveux noirs balayant son visage angoissé.

De plus, pour ne rien arranger, en dépit de tous les efforts qu'il fournissait, il n'était pas amoureux de Satila. Et n'arrivait pas à comprendre pourquoi. La ravissante sœur de son ancien amour, Selenba, devenue le redoutable Chasseur, bras droit de Magister, avait pourtant tout pour elle. Satila était douce, câline et gentille, très patiente aussi, puisqu'elle attendait que Safir soit guéri de son amour pour Selenba.

Sauf que voilà. Les vampyrs étaient un tantinet monomaniaques. Et il avait beau retourner le problème sous tous les angles, l'équation restait la même.

Il avait essayé de la tuer. D'éliminer l'animal nuisible qu'elle était devenue et pourtant, cela ne fonctionnait pas.

Il aimait Selenba.

D'un amour fou, impossible et tranchant. D'un amour qui lui faisait mal. Qui ne lui laissait pas de répit. Chaque jour il pensait à elle. Chaque nuit, il rêvait d'elle. Il savait très bien que c'était pathétique, cette obsession. Un peu comme celle de Magister pour Selena, la ravissante mère de Tara, morte depuis. Mais il avait beau se raisonner, se dire qu'il serait mille fois plus heureux avec Satila, il n'y avait rien à faire. Il ne vivait que pour le jour où Selenba reviendrait vers lui.

Aussi, lorsqu'une voix derrière lui murmura : « Que le sang soit pur, Safir », il se retourna comme si on l'avait brûlé.

Selenba lui faisait face. Adossée au chambranle de la porte qui lui avait ouvert sans prévenir Safir, ce qui était parfaitement anormal.

Devant la somptueuse vampyr vêtue de cuir rouge, il vacilla. Son obsession venait de franchir un nouveau cran. Il avait des hallucinations maintenant !

Il s'avança d'un pas mal assuré et tendit la main trop vite, persuadé qu'elle allait passer au travers de l'apparition.

— Ouch, fit l'hallucination, violemment projetée en arrière. Quel accueil !

Stupéfait, Safir se frotta la main. Il avait eu mal. Il avait touché… c'était impossible !

— Selenba ? fit-il tout à fait estomaqué.

— En chair, crocs et griffes, répondit moqueusement l'apparition.

Safir fronça les sourcils.

— Wow ! fit Selenba en mettant les mains en avant alors qu'il activait sa magie, je ne suis pas venue chercher la bagarre.

Mais il était trop tard. Safir lança un Paralysus qu'elle n'évita que de justesse en roulant sur le côté. Avant que le vampyr n'ait le temps d'ajuster son tir, elle bondit et il s'immobilisa, sentant les griffes de la jeune femme entailler légèrement son cou.

Il ne se risqua même pas à déglutir. Buveuse de sang humain, Selenba était bien plus forte que lui, et ils le savaient tous les deux.

S'efforçant de remuer le moins possible, il murmura :

— Tu es venue me tuer, Selenba ?

Il aurait voulu que sa voix soit plus cassante, car elle traîna traîtreusement sur les dernières syllabes du nom de son ancienne fiancée.

Ce que celle-ci ne rata pas, évidemment. Elle secoua ses longs cheveux d'un blanc d'os et, à son immense surprise, recula, rengainant ses longues griffes[1].

Elle prit une pose de pin-up, les mains sur les hanches, et lui lança un étincelant sourire.

— Te tuer ? Quelle idée saugrenue ! Pas du tout. C'est pour Toi, répondit-elle en insistant sur le T. Je suis revenue pour Toi. Je suis prête.

— Quoi ? Mais prête à quoi ? répondit Safir en ayant la pénible impression d'être passé dans une dimension parallèle où il ne comprenait plus rien à rien.

— Comment ça, prête à quoi ? Mais à être guérie, bien sûr ! Et à t'épouser ! Je me rends, je t'aime, je t'ai toujours aimé et j'ai quitté Magister !

---

1. Pratiques lorsqu'on n'a pas de couteau pour couper sa viande (OK, les vampyrs ne mangent pas de viande et donc s'en fichent totalement), les griffes des vampires peuvent s'allonger jusqu'à atteindre la taille d'une longue lame… enfin, de dix longues lames. Désarmer un vampyr peut donc s'avérer légèrement compliqué et implique beaucoup de force, de patience et des pinces très résistantes… Ah, et aussi des chaînes vraiment solides et des bouchons d'oreilles.

P.-S. : Pour les hurlements…

Safir avait l'impression d'avoir reçu un traduc poilu sur la tête. L'un de ceux qui pesaient au moins trois tonnes.

— Que… quoi ? bredouilla-t-il, incrédule au point que sa magie s'éteignit.

Selenba lui fit un sourire plein de crocs. Il n'arrivait pas à aligner deux idées cohérentes. À part la pensée absurde qu'elle avait les dents bien blanches.

— D'accooooord, fit-elle patiemment. Quelle est la partie que tu n'as pas comprise ? Celle où je dis que je veux être guérie ou celle où je t'annonce que j'ai quitté Magister ?

OK, là, c'était deux traducs qu'il eut l'impression de recevoir sur le crâne.

— Tu… tu as quitté Magister ? Mais…

— C'est un vrai loser, celui-là, grogna Selenba en regardant pensivement ses longs ongles assortis à la couleur de son cuir. Incapable de vaincre Tara, pathétiquement amoureux de Selena, cet imbécile s'est fait mordre. Par la femme de sa vie. Qui était un loup-garou.

Elle dévisagea Safir qui n'était visiblement pas au courant et la regardait avec horreur. Et une totale incompréhension.

— Mais Selena est morte !

— Il l'a fait revenir. Sauf qu'elle l'a attaqué. Et croqué. Enfin pas elle, mais une petite fille qui…

Safir lui opposa un regard vitreux et elle décida d'éviter les détails inutiles.

— Bref. Disons que le corps de Selena l'a mordu. Magister est un loup-garou maintenant.

Safir se sentit chanceler sous le choc. Il raidit les genoux. Pas question de se montrer faible devant Selenba. Elle était comme un requin. Si elle sentait qu'il était moins fort, elle était capable de l'attaquer.

Il se détourna d'elle et fonça sur l'ordimagique.

— Oui ? fit la machine en affichant un visage affable, que puis-je faire pour vous par cette belle journée ?

Safir réprima un juron. Les concepteurs de l'engin trouvaient que les machines n'étaient pas assez aimables et les avaient récemment dotées d'un programme « affabilité ». C'était particulièrement agaçant.

— Mets-moi en contact immédiatement avec Tara Duncan, ordonna-t-il, fréquence d'urgence 6 5 8 4.

Quelques secondes plus tard l'image de Tara s'affichait. La jeune fille devait être dans sa salle de bains parce qu'elle avait de la mousse plein la bouche et les yeux écarquillés. L'ordimagique avait passé la communication par le biais du miroir de sa salle de bains où, après avoir pris son petit déjeuner, elle se lavait les dents.

— Safir ? bredouilla-t-elle en crachotant du dentifrice un peu partout. Qu'est-ce qui se passe ? Vous avez utilisé la fréquence d'urgence ?

C'était le code dont elle était convenue avec tous ses amis. Lorsqu'il y avait quelque chose de primordial, le code passait les barrières et réactivait soit la boule de cristal de Tara, soit tout moyen de communication près d'elle, même si celle-ci dormait ou n'était pas disponible.

Safir ne fit pas dans les fioritures.

— Magister a été transformé en loup-garou.

À sa grande surprise, Tara ne sursauta pas. Elle se contenta de le regarder de ses grands yeux bleus, puis se pencha, se rinça rapidement la bouche et s'essuya.

— Ah, désolée, nous avions gardé l'information confidentielle. Lisbeth allait en parler à votre président… Comment l'avez-vous appris ?

Safir sursauta lorsque Selenba se pencha sur son épaule gauche.

— Coucou ! fit joyeusement la vampyr à Tara. Devine qui vient dîner ce soir, enfin petit-déjeuner ce matin ?

Tara en resta bouche bée.

Safir intervint avant que la jeune fille ne lance l'alarme et ne réveille tout le palais.

— Selenba a quitté Magister. Elle est revenue, elle veut être guérie.

— Et je veux l'épouser, précisa la vampyr avec un grand sourire.

Tara mit un petit moment à reconnecter ses neurones. Son expression s'assombrit. Elle n'oubliait pas, elle, les souffrances que ses amis et elle avaient dû subir à cause de la monstrueuse tueuse.

— L'épouser ? Votre tête est mise à prix, Selenba. Vous avez déjà eu votre chance, répondit-elle froidement, lorsque je vous ai guérie une première fois. Vous l'avez refusée en buvant de nouveau du sang humain. Je ne vois pas très bien pourquoi on vous en donnerait une autre.

— Hum… fit pensivement la vampyr, peut-être parce que j'ai sauvé tes jolies fesses et accessoirement la Terre, en ne tuant pas Demiderus et en contrant les plans de Magister pour s'approprier les objets démoniaques ?

Tara pinça les lèvres. Malheureusement et même si c'était pour servir ses propres plans, à savoir continuer à se nourrir des Terriens sans défense, Selenba avait raison. Elle les avait effectivement aidés. Et leur avait sauvé la vie.

Slurk.

La vampyr éclata de rire en voyant la tête de Tara. Puis étrécit ses yeux rouges et demanda :

— Moi, j'étais là lorsque Magister s'est fait mordre. Mais toi, petite humaine, comment le sais-tu ? Il est venu te voir, il t'a prévenue ? Il t'a demandée en mariage lui aussi ? Comme le dragon et le démon ?

Tara sursauta.

— Yerk, non, quelle horreur ! Je n'ai pas à vous répondre. Cela ne vous regarde pas. Je le sais et c'est tout.

Ne jamais donner d'informations gratuitement à ses ennemis. Cela faisait partie de ce que lui avaient appris l'Impératrice et l'Imperator lors de sa formation d'Héritière. Du coup, à force de tout garder pour elle, elle se demandait si tout cela n'avait pas contribué à la couper de ses amis justement…

La vampyr se renfrogna. Elle avait déjà découvert que Tara, en dépit de son très jeune âge, était difficile à manipuler. Elle décida de ne pas insister. Elle apprendrait bien un jour comment la fille avait fait pour découvrir ce qu'elle pensait être un secret bien gardé… et qu'elle comptait utiliser afin de montrer à quel point elle pouvait être utile.

Bien évidemment, Tara avait suivi le même chemin logique.

— Pour que je vous soigne, il va falloir que vous nous donniez un peu plus qu'une information éventée et sans intérêt. Je préviens tout de suite Xandiar, le chef de notre garde et Séné Senssasss, la chef des camouflés, je pense qu'ils seront ravis de pouvoir discuter avec vous.

La vampyr croisa les bras, dépitée.

— Vous n'allez pas me guérir sans condition ? Quel dommage, je suis très déçue. Mais je peux vous donner une autre information, que vous pourrez retransmettre à votre Impératrice. Nous n'avons pas réussi à éliminer Mourmur Duncan avant qu'il ne lui donne l'information et j'ai pu voir qu'elle avait été diffusée partout sur AutreMonde cette nuit. Très logiquement, vous avez dû chercher qui avait utilisé du sang de vampyr. Je vais vous faciliter la tâche. Vous n'avez pas besoin de chercher un complot vampyr, impliquant une autre buveuse de sang humain qui serait au service d'une secte vampyr secrète. Le seul qui ait empêché votre Impératrice d'avoir des enfants, c'est Magister. Et dites aussi à sa Majesté que j'en suis désolée. Je n'ai fait qu'obéir aux ordres de mon ex-maître. Sans savoir pourquoi.

Tara ne répondit pas. Elle salua Safir de la tête et coupa la communication.

Selenba regarda Safir et s'étira, attirant délibérément l'attention du vampyr sur sa magnifique silhouette.

— Elle est dure en affaires, la petite, dit-elle. Alors, en attendant qu'on vienne m'arrêter et m'interroger, qu'est-ce qu'on pourrait bien faire, toi et moi ?

Elle se rapprocha de sa démarche de panthère, suggestive et ondulante. Safir déglutit. Tressaillit lorsqu'elle posa ses mains sur son torse. Par tous les dieux d'AutreMonde, pourquoi était-il incapable de résister à cette femme ?

Il laissa passer un moment, respirant le parfum très léger de la vampyr, détaillant le visage trop blanc qui révélait son statut de BSH. Il sentait son souffle si rapide, bien plus rapide que le sien, tandis que son métabolisme accéléré par le sang humain la rendait presque invincible, mais en même temps la tirait si vite vers la mort. Les vampyrs non contaminés vivaient des millénaires, alors que les BSH vivaient rarement plus de cinq cents, six cents années.

Heureusement pour lui, alors que son regard baissait et était irrésistiblement attiré par les lèvres si rouges, sa porte s'ouvrit brutalement, laissant passer Xandiar, le grand chef des gardes à quatre bras, en tenue civile dans un sobre costume noir, et Séné, sa jolie femme aux cheveux pourpres et aux grands yeux noirs, également en tenue de ville, robe courte, grise métallique et décolletée[1], accompagnés d'une demi-douzaine de gardes armés de broyettes et de magie. Ils ne prenaient aucun risque.

— Slurk ! fit la vampyr en souriant de toutes ses dents, car elle avait bien senti que Safir cédait. Trop tard pour célébrer nos retrouvailles. Ne t'inquiète pas, mon amour, je vais tout leur dire et ensuite nous pourrons nous retrouver.

Elle se tourna vers les gardes et tendit les bras.

— Allez-y, menottez-moi, je ne résisterai pas.

Séné eut un mauvais sourire. Elle attrapa les mains de Selenba et, d'une torsion, la fit se retourner, la menottant dans le dos.

— Devant, c'est trop facile, souffla-t-elle en fermant les menottes de keltril avec un clic définitif. Tu auras un peu plus de mal à te libérer comme ça.

Elle fit de même avec les genoux et les chevilles de la vampyr, l'enveloppant dans un cocon de métal argenté. À présent, celle-ci ne pouvait plus avancer qu'à tout petits pas. Selenba eut un sourire amer. Mais ne fit aucun commentaire. Safir savait qu'il n'aurait pas dû s'inquiéter pour elle, à quel point elle était impitoyable et forte, mais la voir ainsi immobilisée lui fit mal au cœur. Selenba le vit dans ses yeux et réprima un sourire victorieux. Bien. Plus il aurait de compassion pour elle, plus vite il viendrait la délivrer. Elle baissa la tête, comme si elle était vaincue, laissant ses longs cheveux d'un blanc cru lui couvrir le visage.

Xandiar, lui, ne fut pas dupe. Il avait, lui aussi, saisi ce qui se tramait entre les deux vampyrs. D'une secousse sèche, il la fit sortir de la pièce, solidement encadrée par les gardes, puis se tourna vers Safir.

— Elle vous manipule, vous le savez, n'est-ce pas ? gronda-t-il vers Safir. Cette soi-disant reddition fait sans doute partie d'un plan de Magister. Ne tombez pas dans le piège juste parce que vous êtes amoureux d'elle.

Safir fronça les sourcils.

— Si c'était votre femme, Séné, à la place de Selenba, répliqua-t-il sans chercher à nier l'évidence, que feriez-vous ?

---

1. Ils devaient se rendre à un concert des Black Eye Peas, exceptionnellement en tournée sur AutreMonde.

P.-S. : Eh oui, les BEP sont des sortceliers, désolée.

— Ma Séné ne tue pas des gens pour le plaisir. Et n'éprouve aucun attrait pour la douleur. N'essayez pas de comparer l'incomparable, vampyr...

Et avant que Safir, vexé, puisse répondre, il sortit de la pièce.

Une fois seul, Safir s'assit dans le fauteuil qui attendait patiemment derrière lui. L'étreinte moelleuse ne l'aida pas à se détendre. Tout ce qui venait de se passer était totalement inouï. Hélas ! Xandiar avait raison. Il n'allait pas laisser Selenba croupir très longtemps en prison. Il ne pouvait tout simplement pas...

Soudain, l'écran devant lui s'alluma, le faisant sursauter. Et de nouveau en quinze minutes il frôla la crise cardiaque lorsqu'un masque noir de rage s'afficha devant lui.

Safir reconnut le cercle rouge sur la robe d'un gris sombre de tempête. Se redressa lorsqu'il réalisa qui il avait devant lui.

Magister. Le maître des sangraves.

L'être le plus dangereux – après les démons... – que Safir ait jamais eu le malheur de croiser.

— Tu crois avoir gagné ? hurla Magister. Elle m'appartient ! Tu es *mort*, vampyr !

Et la communication fut brutalement coupée.

Sa porte s'ouvrit brutalement et, l'espace d'une seconde, Safir crut qu'il allait vraiment faire une crise cardiaque, prêt à foudroyer l'assassin, avant de songer que ça commençait à bien faire les gens qui pénétraient dans sa suite comme dans un moulin.

Parce que ce n'était pas un sangrave envoyé par Magister.

C'était un technicien, vêtu de blanc, accompagné par deux gardes, qui tenait un appareil qui bipait et clignotait furieusement.

— Ça vient d'ici ! s'exclama-t-il.

Puis il leva les yeux et réalisa qu'un vampyr, pas content du tout, le regardait en tapotant du pied, genre : « Pour l'instant, c'est calme, mais il ne va pas tarder à y avoir du sang et des cris. »

Une petite lumière s'alluma sur le front du technicien, et Safir comprit que ce dernier devait avoir une puce de données implantée dans le crâne, car ses yeux bougeaient comme s'il lisait quelque chose. Sans doute, vu le nombre d'invités résidant au palais, parcourait-il la fiche l'informant de qui était son interlocuteur.

— Oh, pardon, Maître... Euuuh, ah, Maître Dragosh, je ne savais pas que cette suite vous appartenait, fit l'homme très civilement dès qu'il eut son information. Nous étions en train de traquer un signal qui a réussi à passer nos défenses et... Je me demandais : sauriez-vous par hasard de qui il émanait ?

— Vous êtes rapides, fit remarquer pensivement le vampyr en cessant de tapoter le sol au grand soulagement du technicien.

— Oui, répondit joyeusement l'homme en reculant un peu, histoire de laisser les deux gardes devant lui. Le signal d'émission cherchait à passer depuis quelques minutes, nous étions en train de le traquer, raison pour laquelle nous avons été aussi rapides... donc ?

— C'était Magister, répondit crûment Safir en montrant les crocs. Je crois qu'il n'est pas très content que son ex-petite amie soit venue me voir pour se rendre. Et pour nous livrer ses plus sombres secrets... enfin, si tout ceci n'est pas un complot compliqué pour gagner ma confiance. Parce qu'elle a dit qu'elle voulait m'épouser, bien sûr. L'appât parfait.

Le technicien finit par réussir à refermer la bouche. Il faut dire qu'il s'occupait juste de détecter les signaux anormaux dans le palais, pas de se retrouver au beau milieu d'un conflit entre un vampyr, une vampyr buveuse de sang humain réputée pour tuer tout ce qui bougeait et le terrifiant maître des sangraves. Il finit par reprendre et ses esprits et sa respiration.

— Ah, euuh, balbutia-t-il en s'accrochant à la première pensée qui lui traversa le cerveau. Ma... Magister ?

— Xandiar vient de l'emmener en prison. Vous pensez que je dois l'épouser ?

Le technicien cligna des yeux. Et fit un pas supplémentaire en arrière.

— Ma... magister ?

Safir eut un sourire féroce et s'avança un peu, ce qui fit reculer encore plus le pauvre technicien.

— Dites, il faut suivre un peu ! Non, pas Magister, je parlais de Selenba bien sûr.

— Je... je n'en sais rien, bafouilla le technicien, affolé de se retrouver conseiller matrimonial. Eh bien, tout est en ordre, alors. Je... il faut que je fasse mon rapport, c'est ça. Tout de suite. Super, super-urgent. Je vais vous laisser, alors, hein. À... à un de ces jours.

Et il fila plus vite qu'un kré-kré-kré[1] ayant repéré une salade fraîche. Safir attendit que la porte se referme sur le dernier garde et la fixa d'un air mauvais.

— La prochaine fois que tu laisses entrer quelqu'un sans me prévenir, dit-il doucement, je te transforme en petit bois pour le feu, est-ce clair ?

Une bouche, un œil et une oreille se formèrent sur le bois doré. L'œil se fronça sous un bourrelet qui devait sans doute figurer une sorte de sourcil, histoire de bien montrer qu'il était mécontent.

— Le chef des gardes et la camouflée ont la priorité pour entrer dans toutes les chambres, suites ou cellules des invités, répliqua sèchement la bouche. Vous pouvez me transformer en ce que vous voulez, je ne peux pas les empêcher de pénétrer ici. Et le technicien possédait le même type d'accréditation, ainsi que les gardes, d'ailleurs. Ma remarque est donc aussi valable pour eux. Mais si le prochain qui frappe et essaye de rentrer n'a pas d'accréditation, je vous promets que je pourrai enfin faire mon boulot de porte correctement.

Safir fixa l'œil. Le vampyr se rendit compte qu'il allait finir par loucher s'il continuait et renonça. Il se détourna. Après tout, la porte avait raison, ce n'était pas sa faute... Elle ne faisait qu'obéir aux directives. Et c'était bien pitoyable de sa part de passer sa frustration sur une porte.

Il s'assit et se mit à réfléchir profondément. Tout ceci était incohérent. Selenba débarquait chez lui. Se rendait. Voulait être guérie.

---

1. Très stupide sorte de lapin jaune citron d'AutreMonde, le kré-kré-kré est capable de foudroyantes accélérations dès qu'il voit une salade fraîche. C'est également la raison pour laquelle il est très facile à attraper. Il suffit de poser une salade dans un champ, au centre d'une cage, et en quelques secondes vous avez dix kré-kré-kré en train de se battre pour la manger, sans remarquer un instant qu'ils ont été piégés. La race n'a réussi à survivre que grâce à une grande fertilité et une croissance accélérée...

P.-S. : Plus le fait que les prédateurs finissaient par être dégoûtés juste à l'idée de manger, encore, du kré-kré-kré...

Et l'épouser. C'était surtout ce dernier point qui le perturbait vraiment beaucoup.

Pourquoi ? Il n'était qu'un des nombreux vampyrs de Krasalvie, certainement ni le plus célèbre ni le plus important. Son poste de Haut Mage au Lancovit n'avait rien de vital, même s'il était prestigieux. Il n'était pas une clef pour accéder à quelqu'un de haut placé, bien d'autres étaient plus intéressants pour approcher les ministres ou le président vampyr. Il réfléchit plus profondément encore. Quelle était la seule chose qu'il avait lui et pas les aut…

Soudain il se leva, surprenant le fauteuil.

— Tara ! s'exclama-t-il dans la pièce vide. Mais, bien sûr, c'est Tara !

Puis il se renfrogna. Il n'était pas le seul à être proche de Tara. Robin, Cal, Gloria D'aavil, Fafnir, Sylver, Isabella, Manitou, tous pouvaient contacter l'Héritière. *Sauf que,* lui souffla son cerveau, *tous ces gens ne sont pas dingues amoureux de Selenba. Alors que toi, si.*

— Mais, dit-il à voix haute, ils savent très bien, Magister comme Selenba, que je ne trahirai pas Tara.

Puis une pensée perfide et dangereuse se fraya un chemin dans sa tête comme un ver acide. Oh mais si, il y avait une chose pour laquelle il trahirait Tara sans hésiter une seconde.

Bloquer les démons. Si trahir la jeune fille signifiait empêcher les démons de venir sur AutreMonde et ainsi d'envahir sournoisement sa galaxie sous le couvert d'amitié et d'échanges commerciaux, il le ferait. Et plutôt deux fois qu'une.

Et le pouvoir de Magister venait directement des démons.

Jurant, il attrapa quelques affaires et fila vers la prison.

Il devait parler avec Selenba.

Connaissant Xandiar comme il le connaissait, Safir pensait que Selenba serait enchaînée, probablement sur un chevalet, et qu'un technicien en torture appliquée[1], avec des

1. Oui, même AutreMonde est victime de cette étrange manie des Terriens de vouloir changer le nom des métiers des gens. Donc, ici, technicien en torture appliquée = bourreau selon l'ancien temps. Mais les méthodes, elles, sont toujours les mêmes. Questions, refus de répondre, cris et réponses…

instruments affûtés, serait en train de la regarder sadiquement tout en les faisant crisser.

Aussi ne s'attendait-il pas du tout à trouver la vampyr sans ses chaînes, confortablement installée dans une très grande pièce d'un vert doux, munie d'une double baie de verre, intérieure et extérieure, afin que les gardes puissent surveiller les prisonniers, posée sur un sofa, avec deux scriptes assis à une table, en train de noter fébrilement ce qu'elle disait.

La fonction de scripte était très prisée sur AutreMonde. Dotés d'un cerveau analytique, les scriptes ne faisaient pas que retranscrire ce qu'ils entendaient. Cela aurait été inutile, puisqu'il suffisait de coupler une scoop avec un ordimagique pour avoir tous les rapports du monde en autant d'exemplaires que l'on voulait, avec diagrammes, schémas et jolies couleurs en plus. Les scriptes, eux, suivaient de longues études afin de décrypter les mots derrière les mots. Acceptant toutes les races, de tous les genres, à partir du moment où les enfants étaient assez jeunes pour s'intégrer et avoir le temps d'apprendre leur curieux savoir, leurs écoles étaient totalement indépendantes des gouvernements sur les territoires desquelles elles fleurissaient. Essentiellement parce que les scriptes connaissaient un certain nombre de secrets si brûlants qu'ils feraient tomber la moitié des gouvernements d'AutreMonde s'ils étaient dévoilés. Ils étaient aussi exemptés d'impôts, ce qui faisait hurler la majorité des autres guildes de la planète.

D'autant que les scriptes étaient extrêmement bien payés et, comme les études étaient gratuites, reversaient à l'école un pourcentage de leurs émoluments jusqu'à avoir intégralement remboursé leurs frais scolaires.

Inutile donc de préciser que la Guilde des scriptes était fabuleusement riche et que ses membres pratiquaient un embonpoint grassouillet et satisfait.

Toujours vêtus d'une robe blanche frappée d'une plume bleue et d'un curieux bonnet à pompon tombant à pointes bleues, ils étaient ainsi facilement reconnaissables. Lors des interrogatoires, il y avait toujours un scripte.

Qu'il y en ait deux pour Selenba montrait à quel point Xandiar se méfiait d'elle et de ses manipulations. Là, les deux étaient des humains qui étudiaient tout autant le langage parlé que le langage corporel de la vampyr.

Les surplombant de toute sa haute taille, un Diseur de Vérité dans sa longue robe blanche se trouvait également avec eux, ses yeux verts fixés sur Selenba avec intensité (Safir doutait de son utilité, les plus puissants vampyrs étant assez forts pour contrer les étranges télépathes) sans son gnome bleu. Également assis en face d'elle, Xandiar et Séné, tous les deux maintenant en uniformes, or et pourpre pour Xandiar, et noir pour la discrète Séné, chef des camouflés, les espions les plus secrets de l'Empire.

Selenba dégustait une tasse de... vue l'odeur, non pas de thé, mais de sang. Safir déglutit. L'odeur délicieuse du sang humain flotta jusqu'à lui, alors que la porte était fermée et qu'il regardait au travers de la vitre. Il leva les yeux. Ah, il y avait un système d'échange d'air, raison pour laquelle il pouvait sentir le sang. Comme alertée par un sixième sens, Selenba leva ses yeux rouges et lui sourit, sans cesser de dicter. Safir sentit son estomac se retourner. C'était désagréable, cet effet qu'elle avait sans cesse sur lui. Enfin, désagréable n'était pas exactement le terme.

Il fit signe aux six gardes qui bloquaient la porte. Xandiar n'avait voulu courir aucun risque en triplant la garde. Ils le laissèrent passer.

Juste au moment où il franchissait la porte, Selenba laissa négligemment tomber : « Et bien sûr, en ce moment la forteresse grise se trouve près de Tivoul, une petite bourgade des marches du Nord. D'où est originaire l'ancien époux de l'Impératrice, Daril Kratus. Je crois qu'il appartient toujours à son frère, ce duché. »

Tous, y compris Safir, sursautèrent dans la pièce. Elle venait de leur livrer Magister !

Fébrilement, Xandiar murmura quelques mots dans son accréditation. Il ne se passa rien de très notable, mais Safir savait que, dans les entrailles du palais, des cohortes d'elfes et de Hauts Mages guerriers venaient d'être alertés et fonçaient déjà vers la Porte de transfert la plus proche afin de capturer l'insaisissable maître des sangraves.

Et aussi probablement de demander quelques explications musclées au frère de Daril Kratus, Genril, sur la présence de l'ennemi public numéro un sur son territoire.

C'était loin d'être tout. Selenba donnait des indications très précieuses apparemment, vu la tête que faisait Séné au fur et à mesure que la vampyr BSH dévoilait qui étaient les contacts les plus hauts placés de Magister à l'intérieur d'Omois même.

— Je sais que plusieurs des ministres de votre gouvernement ont travaillé ou travaillent encore avec Magister. Contre de l'argent, des faveurs ou d'autres choses, susurra Selenba. En revanche, comme ils venaient toujours masqués, il m'est difficile de savoir lesquels. D'autant que, sachant qu'il existe de nombreuses races capables de les reconnaître à l'odeur, ils utilisaient des sorts ou des potions qui neutralisaient la leur. Mais j'ai quelques indices.

Et elle égrena une liste de noms qui firent frémir Séné, Xandiar et Safir, tandis que les deux scriptes, impassibles, continuaient à noter tout ce qu'elle disait. Des scoops filmaient également ce qui se passait dans la pièce. Les petites caméras volantes étaient au nombre de quatre. Xandiar, de nouveau, ne laissait rien au hasard. Quoi qu'il arrive, il y aurait des traces écrites et visuelles.

— Bien sûr, fit Selenba en ralentissant le flot de ses révélations, mes révélations peuvent aussi être une façon de faire naître le soupçon sur certaines personnes clefs, détournant ainsi votre attention des véritables coupables dans le but de fomenter un complot qui vous détruira tous.

Un silence de mort salua sa déclaration, uniquement rompu par les flop flop flop des ailes des caméras.

— Oui, fit Séné calmement, c'est aussi ce que nous nous sommes dit. Les Diseurs de Vérité sont efficaces, mais pas à 100 % sur les Hauts Mages les plus puissants. Leur télépathie ne peut pas toujours franchir la barrière d'un Mage bien entraîné. Et accuser des gens aussi haut placés est au mieux une sorte de suicide politique que mon mari n'acceptera jamais de courir.

Selenba eut un sourire malicieux, qui s'effaça lorsque la jeune femme se plaça devant elle et planta ses yeux noirs dans ceux, si rouges, de la vampyr.

— Mais moi, dit-elle doucement, moi, je n'ai rien à perdre. Notre race est bien trop précieuse et rare pour qu'on donne mon boulot à quelqu'un d'autre si je froisse quelques susceptibilités. Alors, vampyr, si vous nous avez menti ou si vous avez tenté de nous tromper, vous ne survivrez pas suffisamment longtemps pour avoir le temps de le regretter.

Selenba n'aimait pas plus que Magister qu'on la menace. Elle réagit vivement.

— N'essaye pas d'avaler un trop gros morceau pour toi, petite fille, dit-elle dans une sifflement malveillant. Tu...

Safir ouvrit la porte et s'avança, avant que Selenba ait le temps de détailler ce qu'elle réservait à Séné.

— Pourquoi moi ? demanda-t-il. Pourquoi maintenant ? Cela a-t-il à voir avec les démons ?

Selenba le regarda. Pour la première fois depuis longtemps, il put voir de la surprise dans les yeux de la belle vampyr. Ah. Elle ne s'attendait pas à cette question.

— Les démons ? finit-elle par demander, après avoir réfléchi quelques fractions de seconde. Tu penses que ma reddition a un rapport avec l'arrivée des démons annoncée sur AutreMonde ?

Elle éclata de rire.

— Eh bien non. Cela n'a rien à voir. J'ai été parfaitement sincère. Je ne veux plus perdre mon temps. Et j'ai envie de retrouver une vie normale. Où rien ni personne ne va essayer de me tuer ou de me faire du mal juste pour me montrer qu'il est plus fort que moi.

Safir, ému, scruta les yeux rouges et vit la souffrance que l'orgueilleuse vampyr n'avait pas l'intention de dévoiler. Mais elle était là, tapie dans l'ombre. Et maintenant, il savait qu'elle avait mal. Il ne savait pas ce qui s'était passé entre elle et Magister et vu la réaction du sangrave, clairement, ce n'était pas un choix de sa part que Selenba le quitte...

Tout ceci était de plus en plus bizarre.

Soudain, avant qu'il n'ait le temps de la sonder plus avant, une des baies de la pièce, qui donnait sur l'un des jolis parcs plantés de fleurs de l'intérieur du palais de Tingapour, s'obscurcit et une plaine très différente, âpre et fouettée par les vents, apparut. Un elfe guerrier violet, un général d'après ses marques de poitrine, aux yeux de cristal lavande et aux longs cheveux mauves les regardait d'un air dépité.

— Par les crocs cariés de Gelisor ! cracha-t-il. On les a ratés de quelques minutes ! La Forteresse vient juste de disparaître sous nos yeux. On n'a même pas eu le temps d'accrocher des sorts traqueurs. Saletés de sangraves ! Ils ont dû se douter que la Traîtresse allait les dénoncer. Ils se sont enfuis, les lâches !

Safir pouvait comprendre les sangraves. Personne n'avait envie d'affronter les armées des elfes d'Omois. Soigneusement sélectionnés et sous contrat avec l'Empire, ils étaient considérés comme les meilleurs combattants d'AutreMonde. Sans boire de sang humain, même les meilleurs des vampyrs ne pourraient battre les elfes d'Omois.

Enfin, tout cela, c'était avant qu'on ne découvre que les loups-garous avaient été créés sur le Continent Interdit. Comme quoi, il existe toujours, quelque part, un ennemi plus fort que soi.

Selenba éclata de rire.

— Ah, mon Sombre Seigneur a dû trouver mon mot !

Tout le monde se tourna vers elle.

— Sombre Seigneur ? persifla Safir, agacé.

— Vous... vous lui aviez laissé un mot ? souffla Séné, ahurie.

— Je l'ai largué, précisa la vampyr joyeusement. Je sais que ce n'est pas super-correct de larguer son petit copain avec un mot, ni très courageux, mais bon, si je lui avais dit en face, je serais sans doute morte à l'heure qu'il est.

Elle se pencha comme si elle partageait une super-confidence.

— Je ne sais pas si vous avez remarqué, mais il n'aime pas beaucoup les contrariétés. Et perdre son Chasseur, là, oui, c'est sans aucun doute une contrariété.

Safir s'approcha d'elle et la dévisagea.

— C'est sans doute la raison pour laquelle il m'a appelé.

Selenba se crispa. Si elle jouait la comédie, il était prêt à lui donner tout de suite le Diamant de Cristalleo[1] de la meilleure comédienne d'AutreMonde.

— Il t'a appelé ?

— Oui.

— Comment ?

1. Équivalent des Oscars. Va souvent aux mêmes actrices elfes, vu qu'elles ne vieillissent que très lentement, ce qui agace beaucoup les jeunes qui voudraient bien la place. D'où, parfois, de mystérieuses et sanglantes disparitions desdites actrices.

— Par le vidéocristal. Il a d'ailleurs été immédiatement repéré par les services de sécurité du palais. C'était très... curieux, cet appel.

— Je n'ai pas précisé que je venais te retrouver, fit-elle pensivement. Et je ne pense pas que son service de renseignement soit efficace au point de lui avoir rapporté tout de suite que j'étais au palais de Tingapour. D'autant que je ne savais pas moi-même où je devais me rendre, puisque jusqu'au moment où j'ai appelé au Lancovit, je pensais que tu étais soit là-bas, soit en Krasalvie. Il est bon. Il a tout de suite deviné.

Safir n'aima pas le ton rêveur et admiratif de la vampyr.

— Génial, fit-il d'un ton froid. Maintenant non seulement il veut te tuer, mais moi aussi.

La vampyr le regarda.

— C'est ce qu'il a dit ?

— Que j'étais un vampyr mort, oui.

Selenba hocha la tête, peu compatissante.

— Il sur-réagit, c'est typique ! Ne t'inquiète pas, il a tellement de plans à mettre en œuvre pour tenter une énième fois de conquérir ce monde qu'il ne perdra certainement pas son temps à essayer de te tuer. Il a juste dit ça parce qu'il était de mauvaise humeur et...

C'est alors que deux des gardes ouvrirent le feu sur leurs collègues. En quelques secondes, sous les yeux stupéfaits des scriptes et du Diseur, ils les descendirent avant de braquer leurs broyettes sur la vitre.

Dix étages plus haut, Tara se figea, comme si on lui avait planté un couteau dans le ventre, sifflant de douleur.

Dix étages plus bas, Xandiar, Séné, Selenba et Safir firent tomber la table de bois massif après avoir incanté des boucliers dès que les gardes avaient commencé à ouvrir le feu. Mais ni les deux scriptes ni le Diseur ne possédaient le même instinct de survie parce qu'ils restèrent comme des andouilles, figés par la surprise, face à leur mort.

La gerbe de feu et d'acier jaillit, pulvérisant la vitre.

8

LE SCRIPTE

Ou comment échapper à une mort certaine et décider illico de se reconvertir dans un autre métier.

La gerbe de feu et d'acier s'arrêta juste devant la poitrine des scriptes et du Diseur. Xandiar et Séné avaient étendu leurs boucliers.

Juste à temps.

Quelques secondes de plus, et c'était de la bouillie de Diseur et de scriptes qu'ils ramassaient.

L'un des deux scriptes regarda la gerbe qui s'était écrasée à un tout petit millimètre de son torse. Ses yeux se révulsèrent et il tomba comme une masse en arrière, évanoui.

Avant que qui que ce soit d'autre ait le temps de réagir, Selenba s'était élancée, mortelle flèche de cuir rouge. Elle traversa la vitre détruite ; les assassins levèrent leurs broyettes mais trop tard, bien trop lentement. Deux torsions brutales et ils s'affaissaient, la nuque brisée.

— Par les entrailles de Brenduc, femme ! hurla Xandiar en se redressant, qui a dit que je ne les voulais pas vivants ?

— Ooopps, fit Selenba en se relevant avec un curieux petit engin dans la main. Désolée de vous avoir… de nous avoir tous… sauvé la vie.

Elle appuya sur un bouton et l'engin cessa de clignoter.

— Qu'est… qu'est-ce que c'est ? grelotta le second scripte, complètement sous le choc.

— Je n'en ai absolument aucune idée, répondit Selenba. Mais cela ressemble fichtrement à quelque chose qui était sur le point d'exploser… j'espère que j'ai appuyé sur le bon bouton…

Séné grimaça.

— Oui, vous avez eu de la chance, vampyr, si vous aviez appuyé sur l'autre, boum !

Selenba plissa les yeux, soupçonneuse.

— Vous savez ce que c'est ?

— Oui. C'est un prototype qui n'a absolument rien à faire ici. Un nouveau type de grenade que nos laboratoires sont en train de tester. S'ils l'avaient lancée contre nous, nous n'aurions rien pu faire, elle est manufacturée pour franchir les boucliers magiques, elle est très puissante, très létale.

— Ah ! fit Selenba. Vous vous amusez bien à Omois, les gars ! Donc si je n'avais pas sauté et… disons, éliminé la menace, nous serions tous de la pâtée pour mrrr en ce moment. C'est ça ?

— Oui.

— Intéressant…

Séné hocha la tête, perplexe.

— Magister doit vraiment vous en vouloir…

— C'est presque flatteur. Si je ne savais pas qu'il redoute juste que je ne sois précisément en train de faire ce que je suis en train de faire : révéler ses secrets.

La vampyr fit sauter la petite boule de métal dans sa main puis la lança au scripte qui faillit la rater, la fit involontairement rebondir et la rattrapa in extremis, le visage blanc de peur.

— Je l'ai, je l'ai ! fit-il, terrorisé. Qu'est-ce que je fais maintenant ?

Il tenait la grenade devant lui, n'osant plus bouger.

Xandiar tendit l'un de ses quatre bras pour la lui arracher sèchement.

— Donnez-moi ça !

Et sans se préoccuper de l'engin, il le glissa dans l'une des poches de son uniforme qui l'absorba.

Le scripte recula sur ses jambes flageolantes en se jurant de ne jamais se trouver à moins de trois ou quatre mètres du grand Chef des Gardes. Comme les poches des robes ou capes des sortceliers, les uniformes pouvaient contenir un univers entier si nécessaire, mais on ne savait jamais. Surtout avec les engins explosifs.

Xandiar se précipita avec Séné afin d'incanter des Reparus sur ses gardes abattus par les deux assassins. Hélas ! l'un d'entre eux était mort. Mais ils parvinrent à sauver les trois autres, en attendant les services médicaux qu'ils avaient appelés.

— Qu'est… qu'est-ce qui s'est passé ? fit le premier scripte qui s'était évanoui, en essayant de se redresser péniblement.

Son compagnon lui répondit en ne bougeant pas du mur où il s'était adossé, le plus loin possible de la vampyr, des trois gardes morts et de Xandiar et de sa grenade.

— Tu es tombé dans les miams[1]. Et…

Il n'eut pas le temps de préciser qu'une furie pourpre faisait irruption dans l'antichambre où gisaient les faux gardes.

— SELENBA ! hurla l'Impératrice en lançant un jet de magie presque noir, tant elle était en colère, sur la vampyr, et l'expédia contre le mur où se tapissait le pauvre scripte, je vais te réduire en morceaux ! Oser m'empoisonner, tu vas le payer !

Le premier scripte se réévanouit aussi sec. Affronter une vampyr transformée en boulet de canon *et* une Impératrice en fureur étaient bien trop pour lui. Celui qui était contre le mur et avait failli se manger 200 kilos de vampyr[2] dans la figure fila à quatre pattes sous la table que Xandiar avait remise d'aplomb, en se disant qu'il allait changer de métier et vite fait[3].

Puis un jet de magie cisailla le pouvoir de l'Impératrice et la vampyr tomba à terre, essayant de reprendre sa respiration.

---

1. Énormes cerises d'AutreMonde, de la taille d'un gros poing, très parfumées, très sucrées et juteuses. En revanche, impossible de savoir pourquoi tomber dans les pommes n'est pas utilisé sur AutreMonde, puisqu'il y a toutes sortes de pommes là-bas aussi et même des catégories qui n'existent pas sur Terre.

P.-S. : vu la taille des fruits et légumes sur AutreMonde, je vous dis pas la taille des vers…

2. Bien que plus maigre que les vampyrs disons… « normaux », comme les nains qui sont très denses, Selenba a un organisme modifié ce qui fait qu'elle pèse quatre fois plus lourd, pour une vitesse et une force également multipliées par 4. Elle est donc incroyablement dense, et lorsque Lisbeth la lance contre le mur, cela fait un énorme « baoum », d'où la réaction du scripte.

3. Curieusement il devint marin et gagna une réputation de courage incroyable, même face à des dangers inouïs comme des krakens et autres bestioles, disant en riant qu'il en avait vu bien d'autres.

P.-S. : ce qui prouve qu'il avait pas mal analysé le problème, parce que, entre un kraken et Selenba, y a quand même pas photo. Avec un kraken, on peut toujours négocier…

Safir Dragosh venait d'intervenir. Il ne broncha pas lorsque Lisbeth, cramoisie de rage, braqua ses mains sur lui. Il avait immédiatement éteint sa magie, montrant qu'il était inoffensif, ou du moins, vu qu'un vampyr était une arme mortelle en lui-même, qu'il n'avait pas l'intention de combattre qui que ce soit.

— Comment osez-vous ! vociféra l'Impératrice. Vous...

— Vous étiez en train de la tuer, fit paisiblement Safir. Et nous avons besoin d'elle. Elle vient de nous donner la forteresse de Magister. Rien ne nous prouve qu'elle ne va pas nous permettre de l'attraper, même si, ainsi que vous le savez certainement, nous l'avons raté cette fois-ci.

Lisbeth inspira profondément. On sentait que l'effort qu'elle menait pour se maîtriser était tout simplement titanesque. Mais on ne devient pas Impératrice d'Omois sans nerfs d'acier.

Au bout de longues secondes où Safir crut sincèrement qu'il allait terminer en vampyr grillé, Lisbeth finit par éteindre le brasillement furieux de sa magie. Xandiar et Séné se détendirent. Très légèrement.

Soudain, l'Impératrice réalisa qu'elle avait enjambé des corps pour arriver jusque dans la pièce et que tout était sens dessus dessous.

— Mais... que s'est-il passé ici ? s'exclama-t-elle.

Xandiar lui expliqua. Il avait la mine sombre. Que deux de ses gardes soient des traîtres lui était insupportable, même s'il savait très bien qu'avec autant de soldats sous ses ordres il était impossible d'éliminer toutes les brebis galeuses. Et qu'il existait toujours quelque chose, argent, avantages, positions, ou tout simplement chantage, capable de transformer les moins loyaux en espions ou en tueurs. Comme aujourd'hui. Mais le savoir n'enlevait pas l'amertume. Il venait de perdre deux assassins. Et deux amis.

L'Impératrice se mordit la lèvre. Elle aussi savait qu'elle ne pouvait demander l'impossible. Elle se contenta de diligenter une enquête afin de découvrir ce qui avait poussé les deux thugs à la trahir. Et recommanda de ne pas inquiéter les familles. Pas du tout par compassion, mais parce qu'il lui semblait inutile de créer des rancœurs. Cependant, elle ordonna de les placer sous surveillance. Elle voulait bien être diplomate, cela ne signifiait pas qu'elle était irréfléchie.

L'équipe de chamans débarqua enfin, poussant des exclamations inquiètes en voyant le carnage. Cela laissa du temps à l'Impératrice pour se ressaisir, tandis que Selenba reprenait prudemment place sur son sofa et que les enquêteurs nettoyaient la scène après avoir relevé tous les indices et pris au moins un demi-million de vidéos et de photos. L'Impératrice refusa de parler à Selenba tant que tout ne fut pas restauré, y compris la vitre brisée. Une fois les équipes parties, elle ordonna que les scriptes, les scoops et le Diseur les laissent un instant. Tout le monde obéit rapidement.

L'Impératrice d'Omois se plaça devant la vampyr, la dominant de toute sa taille. Comme Selenba, Lisbeth était incroyablement belle et, comme elle, l'Impératrice savait se montrer impitoyable et cruelle. Les deux adversaires étaient donc à égalité et la vampyr fit donc preuve d'une grande circonspection. Elle ne pouvait pas jouer avec Lisbeth comme elle l'avait fait avec Safir ou même Xandiar.

Pas sans y perdre une chose à laquelle elle tenait, comme un bout de sa personne ou même la vie.

— Très bien, gronda l'Impératrice, explique.

Selenba faillit hausser les épaules, mais un rapide coup d'œil sur le visage de l'Impératrice l'en dissuada.

— Chaque mois, je donnais un peu de mon sang et il était mélangé à vos aliments. Cela stoppait votre ovulation. Impossible pour vous de faire un enfant et parfaitement indétectable. À moins de savoir où chercher...

Elle allait ajouter un commentaire sarcastique, mais un simple regard sur les poings crispés de l'Impératrice, au point que ses ongles lui rentraient dans les paumes, fit renoncer la vampyr. Elle était peut-être téméraire, mais pas idiote.

— Pourquoi ? fut le simple mot qui sortit de la bouche de la jeune femme.

Cette fois-ci, Selenba haussa les épaules.

— Mon Sombre Sei... (Elle croisa le regard noir de Safir et rectifia :) Je veux dire Magister est un être extrêmement secret. Personne ne connaît ses plans en réalité. Il y a des choses si profondes, si complexes en lui, qu'il faudrait un sort d'Extirpus pour les faire sortir, et encore, je ne suis même pas sûre qu'on les comprendrait. Il joue sur les siècles, pas sur des années. J'ai même cru à un instant qu'il n'était pas humain tant il agissait comme un vampyr.

Elle ajouta avec un petit sourire narquois :

— Ou un dragon. Quoi qu'il en soit, il n'a jamais dit, en dépit de toutes mes questions, pourquoi il vous empoisonnait. Et la seule fois où j'ai insisté, il m'a fait fouetter. Et interdit de boire du sang pendant une longue, douloureuse et interminable semaine. Puis il m'a lâchée au milieu d'un groupe de gens qui l'ennuyaient.

Ses yeux rouges prirent un air rêveur.

— Le meilleur repas que j'ai jamais eu. Très caractéristique de sa façon d'agir. Il m'a punie, puis il a fait d'une pierre deux coups en se débarrassant d'ennemis gênants. (Elle revint au présent et soupira.) Alors, Votre Majesté Impériale, ma réponse ne peut être que subjective. Il ne veut pas que vous ayez d'enfants, sans doute parce qu'il veut le trône d'Omois. Pourquoi veut-il à ce point le trône d'Omois ? Là encore, aucune idée. Cela a sans doute à voir avec les dragons. Cela a *toujours* à voir avec les dragons.

L'Impératrice ouvrit la bouche. Puis ses yeux brillèrent d'un éclair fugace et elle la referma.

Puis sans un mot, elle quitta la pièce sous le regard stupéfait du petit groupe.

— Elle ne vous a pas carbonisée, vampyr, finit par dire Séné, encore surprise. En fait, je crois bien que vous venez de lui donner une idée...

La vampyr grimaça.

— Par les entrailles de Brenduc le Hideux, je sacrifierais volontiers mon bras gauche pour savoir ce qu'elle a trouvé ! J'ai horreur de partager des informations gratuitement sans en tirer le moindre avantage !

Séné éclata de rire.

Safir, lui, n'avait pas du tout envie de rire. Ce qu'il voulait, c'était comprendre pourquoi Selenba lui avait fait cette si étrange déclaration et surtout la sonder afin de savoir si elle était sincère ou pas.

Sauf qu'au moment où il allait l'interroger, une autre personne se matérialisa (enfin pas exactement, puisqu'elle se contenta d'ouvrir la porte) dans la pièce.

Tara Duncan.

La jeune fille avait l'air fatiguée. Elle avait sans doute refusé que la changeline la maquille et portait un simple jean et une chemise blanche juste frappée du symbole d'Omois sur les manches.

— Je viens d'apprendre ce qui s'est passé, dit-elle, épargnant à Xandiar d'avoir encore à répéter. C'est très étrange. (Inconsciemment, elle se frotta le ventre.) Vous avez été attaqué par vos propres gardes il y a une vingtaine de minutes, c'est ça ?

— Oui, confirma Xandiar en se demandant où voulait en venir Tara.

— Il y a vingt minutes, j'ai ressenti une violente douleur à l'abdomen. Le seul moment où j'ai éprouvé la même chose, c'était provoqué par la Reine Noire !

Elle ne précisa pas qu'elle était devenue bien plus sensible à l'aura de la magie démoniaque depuis qu'elle rendait visite à la Lance et à l'Armure une à deux fois par jour. Elle ne dit pas non plus qu'elle avait eu si peur d'avoir été possédée à son insu qu'il lui avait fallu dix minutes juste pour oser bouger et réaliser que ce n'était pas ça. Puis dix autres minutes pour remettre et son corps et son cerveau en état de marche, tellement elle avait été choquée.

Elle n'était pas la seule. Tout le monde se figea. AutreMonde en entier se souvenait de la terrifiante Reine Noire et d'à quel point elle avait failli tous les engloutir sous sa magie démoniaque. Si Tara montrait le plus petit signe de possession, Xandiar savait qu'il n'hésiterait pas un instant. Il la tuerait sur-le-champ et tant pis s'il était exécuté tout de suite après. Pas question de laisser cette folledingue recommencer à transformer les gens en monstres. Tara comprit leur inquiétude et eut un petit sourire désolé.

— Ça va, la Reine Noire ne reviendra pas[1]. Mais il semble qu'elle m'ait laissé un petit cadeau avant de partir.

1. Les héros disent toujours ça. « Tout ira très bien » juste avant de se faire massacrer/capturer/torturer, etc. Tara ne fait donc pas exception à la règle en supposant que la Reine Noire ne reviendra pas.

P.-S. : elle a tort.

Celui de ressentir la magie démoniaque lorsque celle-ci est utilisée en grande quantité. Et là, vue la douleur, je dirais qu'on a mis une double, voir une quadruple dose !

C'était aussi ce qu'elle avait ressenti lorsqu'elle avait affronté les objets démoniaques sur la Lune, au début, mais elle n'avait pas compris, elle avait cru que la douleur tenait au fait d'être face à autant de magie maléfique. Là, au moins, elle comprenait. C'était mieux qu'un signal d'alarme. Peut-être cette sorte de... détecteur était assez sensible pour repérer Magister ? Même lorsqu'il n'était pas en train d'utiliser la magie démoniaque ?

Xandiar risqua prudemment, plein d'espoir :

— Cela signifie-t-il que mes gardes sont honnêtes ? Qu'ils ont été manipulés par de la magie démoniaque ?

Tara hocha la tête avec circonspection.

— Je ne peux pas l'affirmer, après tout, peut-être était-ce uniquement une sorte de signal, mais oui, je pense qu'ils ont été envoûtés. Prendre possession de leurs corps et leur faire appuyer sur la détente n'était pas très difficile. Je parie que si vous aviez réussi à les capturer vivants, ils auraient été stupéfaits de leurs actes.

Xandiar foudroya Selenba du regard. Celle-ci ne broncha pas, mais pointa du doigt le truc qui ne collait pas.

— Je ne connais pas bien (en fait si, mais la vampyr n'avait pas l'intention de l'avouer) l'armement de vos soldats, mais je ne suis pas tout à fait sûre qu'une grenade anti-bouclier comme celle qu'ils allaient lancer fasse partie de l'équipement de base. Pas alors que chacun de ces petits bijoux vaudrait, si j'en crois ce que vient de dire Dame Senssass sur leurs caractéristiques, au moins dix mille crédits-muts d'or au marché noir.

Tara sifflota. C'était une rançon de roi. Avec dix crédits-muts d'or seulement, une famille pouvait vivre pendant plusieurs années sans s'inquiéter d'avoir à travailler. La vampyr avait raison. Il y avait préméditation. Xandiar ne dit rien, mais son dos s'affaissa légèrement. Il avait tellement voulu croire en l'innocence de ses thugs !

— Comment avez-vous recruté les gardes qui s'occupaient de la porte ? demanda Tara, le front plissé par la réflexion.

— Je les ai appelés. Je voulais les meilleurs, les plus rapides des thugs. Je leur ai expliqué ce qui se passait ; j'ai dit que j'avais besoin d'eux (il se frotta le visage, soudain immensément fatigué, lui aussi). Ils ont tous répondu à l'appel.

— Mais, fit Tara, qu'est-ce qu'ils faisaient avant ? Je veux dire lorsque vous les avez contactés ?

— Ils étaient de repos pour deux d'entre eux, quatre travaillaient au niveau des laboratoires et...

Soudain, son regard croisa celui, intense, de Tara. Il se précipita vers l'écran de cristal et hurla le numéro du labo. L'instant d'après, le visage circonspect d'un scientifique tatris à deux têtes apparut.

— Oui, Chef Xandiar, que pouvons-nous...

— ... faire pour vous ?

— Êtes-vous en train de travailler sur une grenade anti-bouclier ? Petite, puissante, qui clignote ?

Les deux visages se firent encore plus circonspects, si cela était possible.

— En fait, grogna celui de droite, nous...

— ... en avons... disons...

— ... justement égaré une. Nous allions...

— ... le signaler.

Xandiar soupira.

— Inutile, nous l'avons retrouvée.

Et avant que le tatris qui écarquillait de grands yeux stupéfaits ait le temps de poser d'autres questions, Xandiar fit signe à l'écran de couper la communication.

— S'ils ont été possédés au moment où ils étaient dans le laboratoire, fit gentiment Tara, il y a effectivement toutes les chances pour que la magie démoniaque les ait incités à s'emparer de la grenade. Elle ne vide pas l'esprit, vous savez. Elle ne fait que... que transformer les gens. Ils obéissent, mais ne perdent pas leur intelligence, c'est ce qui la rend si dangereuse. Les deux gardes infectés ont sans doute vu l'opportunité d'utiliser la grenade. Ils l'ont prise.

L'avant-bras de Tara bourdonna et l'image de Lisbeth s'afficha.

— Viens dans mon bureau, dit l'Impératrice à Tara. Tout de suite.

Si Tara fut un peu surprise du ton inquiet de Lisbeth, elle n'en obéit pas moins immédiatement. Il fut un temps où elle aurait posé des questions, mais elle avait appris à décrypter les différentes tonalités de la voix de sa tante. Il y avait : « Viens dans mon bureau tout de suite… je vais encore te gonfler avec mes histoires de prétendants et les avantages commerciaux » ; « Viens dans mon bureau tout de suite… j'ai besoin de ton avis sur un point juridique/technique/politique, histoire de voir si tu as bien appris tes leçons sur la gestion de 200 millions de personnes qui ne sont jamais d'accord sur rien » ; « Viens dans mon bureau tout de suite… j'ai un tas de ministres super-coincés et ennuyeux dont je veux me débarrasser sous prétexte que je dois parler avec mon Héritière avec un grand H et fichez-moi le camp » ; et enfin le : « Viens dans mon bureau, tout de suite, on a une crise majeure sur les bras et t'as intérêt à te magner les fesses fissa fissa. »

Tara se magna donc. Quelques minutes plus tard, un peu essoufflée, elle faisait irruption dans le bureau privé de l'Impératrice.

Qui l'arpentait d'un pas vigoureux devant l'Imperator.

Tara avait rarement l'occasion de voir son demi-oncle. Celui-ci était constamment en mission aux quatre coins d'AutreMonde. Elle se fit la réflexion qu'il avait l'air fatigué ; même si son port de tête restait orgueilleux et sa natte blonde de guerrier toujours aussi impeccablement tressée, elle sentit qu'il en avait plein les bottes et ce n'était pas une métaphore, parce qu'il était crotté jusqu'aux yeux.

— Bonjour Sandor, fit-elle plus chaleureusement qu'elle n'en avait eu l'intention (ces derniers temps, elle se sentait de grosses affinités avec les gens fatigués qui en avaient plein des bottes). Comment allez-vous ?

Sandor lui lança un regard intrigué. Il savait que Tara ne l'aimait pas beaucoup, même s'il trouvait son attitude irraisonnée, vu qu'il ne lui avait jamais rien fait. Mais il fut touché par sa sollicitude.

— Bien, merci, même si notre dernière mission a été un peu mouvementée. Mais nous avons fini par trouver les trafiquants de Bang-Bang dont nous ont parlé les Trolls et ils sont m… (il lui jeta un regard en coin et modifia sa phrase) mortifiés d'avoir été capturés. Ils ne devraient plus nous poser de problèmes.

Tara fit semblant de croire que c'était bien ce mot-là qu'il allait dire. La justice pour le moins expéditive d'Autre-Monde, grandement aidée par l'infaillibilité des Diseurs de Vérité, faisait que les coupables de ce genre de crime ne pourrissaient pas très longtemps en prison. En fait, ils pourrissaient sous terre très rapidement.

D'ailleurs, lorsqu'un garçon ou une fille tournait mal, on disait d'eux qu'ils étaient du futur engrais pour les vers[1].

Mais Lisbeth n'avait pas l'intention de leur laisser échanger des civilités. Elle s'assit brutalement derrière son bureau et explosa.

Verbalement, cette fois.

— Quel sale crouiccc, ce Magister ! Je sais pourquoi il ne voulait pas que j'aie des enfants !

Sandor se redressa dans son fauteuil, soudain plus du tout alangui.

— Qu'as-tu découvert ? fit-il, encore furieux de s'être vu reprocher quelques minutes plus tôt cette (énième) faille dans son système soi-disant infaillible de sécurité. Mais par les entrailles de Bendruc le Hideux ! Comment aurait-il pu imaginer que quelqu'un s'en prenait à sa demi-sœur à l'aide du foutu sang de foutue saleté de vampyr !

Lisbeth le fixa, puis lui fit signe d'attendre. Elle se pencha et appuya sous son bureau. Il y eut un clic derrière elle et l'un des murs s'illumina. Elle se leva, puis tapota sur le mur qui coulissa, dévoilant un Incadenassus dernier modèle. Le coffre-fort ouvrit ses cinq yeux dont plusieurs lumières émanèrent. Il scanna Lisbeth attentivement, tandis que les autres lumières faisaient... Tara ne savait pas très bien quoi. Elle pensa machinalement qu'elle devrait demander à Cal, puis eut un serrement de cœur en se souvenant qu'ils ne se parlaient quasiment plus. Les lumières virèrent au vert.

Elle se concentra sur sa tante. Celle-ci avait tout un tas de coffres-forts un peu partout dans le palais. Vu le prix des Incadenassus, elle n'en utilisait que lorsqu'elle devait ran-

1. Certains puristes sur AutreMonde disent « de l'engrais pour les T'sils », ce qui techniquement est faux, puisque les vers verts du Désert des salterens n'attaquent que ce qui est vivant.

ger des documents plus que confidentiels. Donc ceux qui reposaient ici devaient être carrément brûlants. Ensuite, le coffre darda une sorte de... langue pointue qui piqua l'index que tendait Lisbeth. Une goutte de sang rouge perla, qui fut analysée. Enfin, un genre de cornet captura sa respiration, puis se posa sur son œil. Qui fut également soigneusement étudié.

Enfin, il les scanna eux aussi, la lumière brillante passant sur eux comme une caresse. Si Lisbeth avait été sous contrainte, l'Incadenassus aurait essayé de le découvrir.

Ces étranges entités étaient vraiment très consciencieuses...

Satisfait, l'Incadenassus rétracta ses appendices puis ouvrit sa porte silencieusement. Lisbeth se pencha, attrapa le grimoire relié en peau d'animal écailleux et l'ouvrit avec précaution. Un nuage de poussière dorée s'en échappa. C'était la substance que les conservateurs utilisaient pour préserver les pages de papier fragiles. Ce document devait être vieux.

— Ceci, dit Lisbeth, est le traité que nous avons signé avec les dragons.

Tara écarquilla les yeux. D'accord. Très très vieux. Puis elle réalisa l'ampleur du document. Il était aussi épais qu'une encyclopédie !

Lisbeth vit son regard et eut un petit sourire amusé, même si elle n'avait aucune envie de rire.

— Il y a beaucoup de clauses, les dragons sont des gens très procéduriers. Tu devrais voir ce que Charm nous a fait parvenir comme conditions pour que tu aies le droit d'épouser Chem !

Tara fut frappée par la remarque.

— Eeehhh ! fit-elle, soudain étonnée, mais Chem n'est-il pas marié avec Charm ? Comment se fait-il qu'il m'ait demandée en mariage ?

— Les dragons ne sont pas monogames, s'ils sont investis de missions à long terme. Chem étant en mission, il a le droit d'épouser le nombre de dragonnes ou d'humaines qu'il désire. Avec la bénédiction de sa première épouse.

Tara avait une forte envie de faire la grimace, exactement comme Sandor, bien que celui-ci tente de masquer sa réaction à cette curieuse proposition.

— Je connais Charm, finit par dire Tara, tandis qu'ils méditaient sur les mœurs des dragons. Crois-moi si je te dis que « bénédiction » doit être certainement très loin de ce qu'elle a prononcé comme mot. À mon avis, ça a du plutôt être : « Tu devras me passer sur les écailles avant d'épouser quelqu'un d'autre que moi. »

Ils se regardèrent.

Personne ne prononça un mot pendant quelques secondes. Tous avaient en tête les crocs, vraiment très longs, de Charm. Et se les imaginaient très bien plantés dans le cou de Chem.

— Il est très courageux, dit enfin Lisbeth. Parce que te demander en mariage alors que sa femme – et sa reine – n'est pas d'accord...

— Euh, fit Tara, moi non plus je ne suis pas d'accord ! Quelqu'un peut-il me dire pourquoi je dois épouser un léza... un dragon ? Bon sang, il n'est même pas de la même race que moi ! C'est complètement ridicule !

— Mais justement, je viens enfin de comprendre la raison pour laquelle Magister tient tellement à s'emparer du trône d'Omois ! fit triomphalement Lisbeth.

Tara fut surprise.

— Magister ? Qu'est-ce que Magister a à voir avec le fait que je doive épouser un dragon... Enfin, à part le fait qu'il veut les réduire en bouillie pour chat ?

— Je ne parle pas de ton mariage, mais de ce traité, fit Lisbeth en posant le grimoire sur son bureau, tandis que son fauteuil se positionnait derrière elle afin de lui permettre de se rasseoir. À l'intérieur, il y a une clause. Oubliée. Poussiéreuse. Mais les dragons ne sont pas comme nous. Leur mémoire, leurs accords sont bien plus précieux pour eux que pour nous, éphémères. Eux qui sont presque immortels, ils n'oublient pas. Et ils respectent toujours ce qu'ils ont signé. Et là, ils ont signé une clause stipulant que quelles que soient les personnes occupant le trône d'Omois, descendants de Demiderus ou pas, si l'empereur ou l'impératrice d'Omois donne l'ordre aux dragons de quitter la planète – dans le cas, bien sûr, où leur propre planète ne serait pas détruite entre-temps par les démons –, alors, ils devraient obéir. Sans discussion, sans aucune condition. Et surtout sans délai. Si Magister prend le pouvoir, il pourra enfin chasser les dragons. Que ceux-ci ne reviennent plus jamais ni sur la Terre ni sur aucune des planètes liées par le traité. Cela isolerait totalement le Dranvouglispenchir... et les dragons n'auraient aucun autre choix que d'obtempérer.

Un silence de mort tomba sur la petite pièce.

— Je ne connaissais pas cette clause, grogna Sandor. Et pourtant, j'ai lu le traité comme tous les membres de notre famille, même si ce n'était pas ce livre-là que j'ai compulsé. Ce point spécifique n'y apparaît pas. J'en mettrais ma main à couper.

Tara était héritière depuis presque quatre ans et elle non plus ne connaissait pas cette clause. Et ce n'était pas faute d'avoir appris par cœur un nombre incalculable de lois, de traités, d'accords, de négociations entre Omois et tous les peuples, races, planètes qui commerçaient ou pas d'ailleurs avec l'Empire.

Lisbeth hocha la tête, contrite.

— C'est notre faute, à Mère et à moi. Nous avons gardé cela totalement secret et ensuite, à la mort d'Elseth, si brutale, dans l'incendie du palais, j'ai complètement oublié que la version officielle était expurgée. Nous entretenons très soigneusement le fait que seuls les descendants de Demiderus ont le droit de régner. Or Demiderus lui-même a fait établir cette clause. Ce qui signifie qu'il considérait comme possible que d'autres que ses descendants puissent monter sur le trône.

Ah. Tara se disait aussi depuis longtemps qu'elle trouvait cette obligation bizarre, d'autant que des sortceliers aussi puissants qu'elle étaient apparus, comme Jeremy, qui avait également été triturés génétiquement afin d'alimenter la machine de guerre du roi des dragons.

Lisbeth replaça soigneusement le traité dans l'Incadenassus. Mais en retirant sa main, elle heurta une cage dont les branches retenaient une petite sphère dorée. Les branches cassèrent et la sphère tomba puis roula jusqu'aux pieds de Tara. Instinctivement, Tara voulut la ramasser pour la rendre à Lisbeth, mais alors qu'elle allait toucher le métal, une main brutale immobilisa son bras, le lui broyant littéralement.

— Surtout, fit une voix à son oreille, surtout, ne bouge plus.

Tara se figea. La terreur dans la voix de l'Imperator valait tous les discours du monde. Le truc à ses pieds était horriblement dangereux.

— Maintenant, fit-il, nous allons reculer. Tout doucement. Si la chaleur de ta main ne l'a pas activée, tout ira bien.

Lentement, Tara, toujours tenue par Sandor, recula sa main. La boule dorée ne réagit pas. Ils reculèrent de quelques centimètres, puis d'un mètre. Il n'y eut aucune réaction.

Lisbeth aussi était figée, la main sur la bouche comme pour arrêter un cri d'effroi.

— Par mes ancêtres, murmura-t-elle, elle a corrodé les arches de son berceau.

— Tu l'as touchée avec ta peau nue, Lisbeth ? demanda sèchement Sandor.

— Non, les dieux soient loués, c'est la manche de ma robe qui l'a délogée. Les liens viennent de tomber en poussière. Slurk, je les avais changés il y a à peine six ans !

— Euh, signala Tara à Sandor, si vous me lâchiez, là, maintenant, je pourrais peut-être réutiliser ma main, un jour.

L'Imperator baissa les yeux sur ses doigts qui enserraient tellement le poignet de Tara qu'ils en étaient blancs.

— Oh, pardon, fit-il en reculant tandis que Tara poussait un soupir de soulagement en se massant pour rétablir la circulation.

— Je ne sais pas ce que c'est que cette chose, reprit la jeune fille blonde, une fois que ses doigts cessèrent de fourmiller avec le retour du sang, alors que son demi-oncle et sa tante contemplaient la sphère comme si c'était un serpent venimeux, mais j'ai l'impression que si ça vous fait peur à ce point, je ne vais pas aimer.

Dans le coffre, Lisbeth attrapa un gant matelassé et recouvert de métal, ainsi qu'une longue pince, puis elle prit une grande inspiration et répondit :

— C'est une sphère NA. La seule existant à ce jour.

— Une na ? Et ça fait quoi ?

— Pas une na. Une N. A. Principe Non Aristotélicien. Lorsqu'un savant terrien, Alfred Korzybski, réalisa que la science sémantique basée sur la pensée aristotélicienne ne fonctionnait plus au XXe siècle de la planète Terre, il dut trouver une réponse appropriée aux nouveaux défis qui attendaient l'homme. Cette sphère est la réponse ultime de la pensée non aristotélicienne.

Là, Lisbeth lui parlait chinois. Tara ne comprenait rien.

— OK. Et c'est quoi ?

— La mort, répondit Sandor. La mort ultime, la mort de tout.

Tara avait un peu de mal à assimiler l'inoffensive petite boule de métal doré avec la mort ultime.

— C'est une sorte de bombe ? Puissante ?

— Non, ce n'est pas une bombe. C'est... c'est... comment expliquer cela ? C'est une négation. Elle nie la vie. Elle la refuse et, comme elle la refuse, de fait, la vie ne peut pas exister dans son champ d'action. Elle... disparaît. Tout ce qui est vivant disparaît. Les plantes, les animaux, les insectes, tout.

L'horreur suintait de sa voix. Tara n'avait pas souvent vu Sandor avoir peur. Là, ce n'était pas de la peur, c'était le refus de quelque chose de si monstrueux qu'il dépassait l'entendement humain.

D'accord. Cela confirmait ce que pensait Tara. Elle n'aimait pas, mais alors pas du tout.

— Et qui a créé ce truc-là ?

— C'est récent. Une invention issue de notre science et de celle de la Terre, répondit Sandor. Nos savants ont utilisé les principes de physique quantique. Certains principes ne respectent ni le temps ni l'espace, un peu comme les Portes de transfert. Lorsque la sphère s'active, elle forme une sorte de... champ... Non ce n'est pas un champ, disons plutôt qu'elle envoie des milliards et des milliards de particules dont le comportement est totalement aléatoire. Ces particules annihilent la vie. Rien ne peut subsister sur leur passage et le fait est qu'une fois libérées, elles ne disparaissent pas. Elles continuent à s'étendre, puis, lorsque leur énergie est enfin épuisée, cela s'arrête.

— Et quelle est leur limite ?

Elle pensait en centaines de mètres, voire en kilomètres. Elle avait tort.

— Quinze années-lumière, répondit Sandor avec résignation.

Tara ouvrit la bouche, incrédule, mais la stupéfaction lui avait volé sa voix. Elle dut s'y reprendre à deux fois pour coasser :

— Qui… quinze années-lumière ? Mais c'est complètement fou !

— La sphère était destinée à la Terre, précisa Lisbeth.

Le cœur de Tara se serra.

— À cause des Failles ? Pour empêcher les démons d'envahir l'univers ?

Lisbeth hocha la tête.

— J'ai proposé à Lisbeth d'utiliser la NA contre les démons en l'envoyant chez eux, mentionna Sandor. Il suffisait de convoquer l'un d'entre eux, de lui faire croire que c'était un cadeau, de le renvoyer et le tour était joué. Mais elle a refusé.

Tara regarda son demi-oncle. Oui, c'était le genre d'atrocité qu'il était parfaitement capable d'imaginer. Un xénocide.

— C'était logique, renchérit Lisbeth.

Ah, quand même, tout le monde n'était pas assoiffé de sang, ici, finalement. Sauf que la suite fit vite déchanter Tara.

— Non pas parce que nous ne voulions pas nous débarrasser de cette menace ancestrale, mais tout simplement parce que nous ne connaissons pas la disposition des autres planètes dans leur univers. Si elles se trouvaient à plus de quinze années-lumière, n'en annihiler qu'une n'aurait pas changé le problème, bien au contraire.

D'accord. Ce n'était pas de tuer tout le monde qui lui posait problème, c'était de risquer de ne *pas* tuer tout le monde.

De la main qui ne tenait pas le gant, Lisbeth ouvrit un autre pan de mur et en sortit une sorte de cage, en métal doré elle aussi, avec un berceau en son centre, qui avait la forme exacte de la petite sphère.

— Maintenant, je vais la mettre dans une nouvelle cage. Écartez-vous et souvenez-vous qu'elle est activée par la chaleur d'une main ou de quelque chose de vivant. Si elle roule, surtout, évitez-la !

Pas de problème, si la boule ne faisait même que bouger d'un millimètre, Tara était prête à s'enfuir. Très loin.

Lisbeth s'approcha avec prudence. Elle posa la pince autour de la sphère et poussa un bouton. Des griffes surgirent, emprisonnant le mortel petit engin. Très délicatement, Lisbeth la déplaça jusque dans la cage qui se referma sur la sphère avec un petit clic clairement audible. Sur les côtés de la cage, il y avait des sortes de boules pleines. Lorsque Lisbeth appuya sur un bouton au sommet avec la pince, elles s'ouvrirent puis projetèrent une fine brume jaune qui vint se fixer sur la petite sphère, la recouvrant entièrement. Il se passa quelques secondes, mais comme Lisbeth ne bougeait pas, Tara ne bougea pas non plus, le souffle suspendu. Soudain, la cage fit pivoter la sphère. Les endroits qui n'avaient pas été atteints par la brume parce que recouverts par les fixations, furent eux aussi aspergés. L'opération se reproduisit plusieurs fois. À la fin, la sphère avait gagné quelques millimètres d'épaisseur, mais était entièrement scellée.

Lisbeth manipula la pince et celle-ci se déploya, enveloppant la cage. Elle la replaça dans l'Incadenassus, veillant à ce que rien ne touche le treillis métallique doré, puis, les mains un peu tremblantes, le referma.

Ils poussèrent tous les trois un soupir de soulagement lorsque la cloison se remit en place.

— Et tu passes tout ton temps à côté de ce truc-là ? demanda Tara. Ce n'est pas un peu dangereux ? Pourquoi tu ne l'as pas plutôt mis dans la salle du trésor ?

— Parce que la salle du trésor contient, comme son nom l'indique, beaucoup d'objets précieux, se trouve sous la garde du Premier ministre et qu'elle est régulièrement contrôlée et inventoriée, répondit Lisbeth en s'asseyant, les jambes encore mal assurées après la trouille qu'elle avait eue. Ici, je suis la seule à pouvoir ouvrir ce coffre-fort. Personne ne doit savoir que cette chose existe.

— Mais, dit Tara les sourcils froncés par la réflexion, les gens qui l'ont inventée savent forcément qu'elle existe et tu connais la suite. Un secret ne peut rester un secret que si une seule personne est au courant ; deux, c'est déjà trop.

Lisbeth fit non de la tête.

— Son inventeur est mort. C'était une sorte de génie solitaire, il ne supportait pas la présence des gens près de lui, à part son assistant effrit muet. À la base, il voulait créer quelque chose qui repousserait les êtres vivants afin d'être absolument seul. Le parfait misanthrope. Il a découvert les propriétés de ces particules, qu'il a logiquement baptisées les NA, tout à fait par hasard. Il m'avait fait parvenir une cristalleo me proposant de le rejoindre, m'expliquant ce qu'il avait créé et le fait qu'il avait trouvé le moyen d'emprisonner les NA dans une sphère de keltril doré.

Tara savait que la couleur du keltril était l'argent, elle ne connaissait pas le keltril doré.

— Là aussi, c'est une de ses inventions, répondit sa tante à son interrogation. C'est le métal le plus dur, le plus solide, le plus indestructible qui existe. Chaque gramme de keltril doré coûte des millions de crédits-muts à fabriquer, parce qu'il n'a pas laissé de mode d'emploi expliquant comment il avait fait pour en produire autant avec quasiment rien, nous avons dû travailler à partir des analyses et des bouts de notes griffonnées dans son laboratoire. Bref, je me suis précipitée et je l'ai trouvé mort ; plus précisément, il avait dû mourir quelques secondes auparavant, parce que, sous mes yeux, son cadavre s'est effrité, puis a disparu. Les NA l'avaient littéralement annihilé. Nous ignorons ce qu'il a voulu faire, parce que nous n'avons pas été détruits et qu'il n'y avait pas trace de quelque expérience que ce soit. La sphère était juste là, emprisonnée dans sa cage, le mode d'emploi posé devant. J'ai interdit aux gardes et à quiconque de rentrer dans la pièce, j'ai attrapé tout ce qui avait trait au keltril et aux NA, j'ai placé la sphère dans l'Incadenassus, puis j'ai détruit le laboratoire et tout ce qu'il contenait.

Son regard bleu se fit tourmenté.

— Pendant des jours, j'ai eu peur. Peur que quelqu'un d'autre n'ait lu les notes, peur qu'un autre savant ne trouve un moyen de reproduire les NA. Mais les dieux soient loués, le vieux fou avait tellement gardé ses recherches secrètes que tout le monde pensait qu'il n'avait travaillé que sur le keltril doré. J'ai donc pu dissimuler que cette horreur existait.

— Donc personne n'est au courant ? Et l'effrit ?

— Personne à part toi, Sandor, qui en tant qu'Imperator devait être tenu informé, et toi, maintenant. Quant à l'effrit, je pense qu'il a été détruit en même temps que son maître, parce qu'il n'a jamais réapparu.

Tara frissonna. Elle préférait la bienheureuse insouciance à la cruelle connaissance. Surtout lorsque celle-ci pouvait tout détruire sur quinze années-lumière.

— Tu en as peur, moi aussi, dit-elle. Alors pardon de te poser la question, mais pourquoi est-ce que tu ne l'as pas détruite ? Parce que personne, jamais, ne voudra utiliser cette chose.

— Tara, si j'avais pu la détruire, crois-moi, je l'aurais fait depuis longtemps. Mais même si on lance la sphère dans le soleil, cela ne fera que libérer les NA. La seule solution serait de l'envoyer dans l'espace dans un endroit où nous saurions avec une certitude absolue qu'il n'y a absolument rien de vivant sur quinze années-lumière et que nous la lâchions là. Sauf que d'une part nous ignorons si un tel endroit existe ; d'autre part, et si cela ne s'arrêtait pas ? Si la circonférence de destruction était plus grande ? Si, en fait, ces particules tuaient sur des milliers d'années-lumière et non pas une dizaine ? Non, je ne peux pas courir le risque.

L'Imperator opina. Lui non plus.

— Je suis contente que ce... truc soit solidement enfermé dans ton coffre, Lisbeth, dit Tara avec une immense sincérité. D'ailleurs, si c'était moi, je l'aurais carrément murée, genre dans du ciment bien solide, histoire que rien ni personne ne puisse jamais y avoir accès. Mais comme je vois que les NA corrodent aussi le métal au bout d'un certain temps, je suppose qu'il faut la recouvrir régulièrement de keltril, c'est ça ?

— La corrosion n'est qu'un effet secondaire, que le savant a mis au point afin de nous avertir lorsqu'il faut renforcer la coque, en fait, ce ne sont pas les NA qui en sont responsables.

— Hum, tu sais, tout à coup, je me dis que si vous expliquiez tout ça aux démons, ils arrêteraient tout de suite de vous chercher des poux dans la tête.

L'Impératrice et l'Imperator la regardèrent, interloqués.

— Le Traductus a bugué, fit Lisbeth, tu veux nous mettre de petits insectes suceurs de sang dans la tête ?

— C'est une expression terrienne, fit Tara en riant. Pardon, elles me reviennent encore spontanément. Je ne connais pas l'équivalent en omoisien, mais disons que si Archange savait que ce truc-là existe, il déciderait sans doute de rester dans son univers et de ne surtout pas poser un pied chez nous.

— Malheureusement, soupira l'Imperator, si le roi des démons savait que la sphère existe, il essayerait sans doute de s'en emparer, pour nettoyer le secteur avant de nous envahir.

Ah oui. Ça aussi.

Tara tenta, comme chaque fois, de convaincre l'Impératrice, et changea de sujet.

— Tu dois annuler le rendez-vous avec Archange, Lisbeth, écoute-moi. Tu as vu la Reine Noire, tu as vu ce que j'étais capable de faire sous l'emprise de la magie démoniaque. Penses-tu une seconde qu'Archange, qui a bien plus de puissance à sa disposition, va hésiter un seul instant à tenter de l'utiliser pour nous conquérir ? Lisbeth ! Je t'en prie !

L'Impératrice fronça son joli front blanc.

— Je croyais, dit-elle, ignorant le cri du cœur de Tara, avoir été claire sur ce point. Je ne veux pas en discuter de nouveau, Tara. La décision a été prise. Laissez-moi à présent, j'ai des rendez-vous.

Dégoûtée, Tara se ferma. Personne ne l'écoutait. Elle avait envie de hurler contre l'Impératrice (l'avait fait d'ailleurs), mais rien ne semblait fonctionner.

La personne que devait voir ensuite Lisbeth n'était autre que Safir Dragosh, accompagné de Selenba. En sortant dans l'antichambre où les deux vampyrs attendaient, Tara toisa la femme vampyr. Depuis qu'elle savait ce que Lisbeth cachait dans son Incadenassus, elle n'aimait pas trop voir le Chasseur de Magister rôder dans le coin. Elle se consola en pensant que Selenba ne pouvait pas connaître l'existence d'un coffre et encore moins ce qu'il y avait dedans. La vampyr s'était changée. Très habile. Elle avait quitté son uniforme de cuir rouge pour s'habiller d'une virginale robe blanche qui jurait affreusement avec son teint blafard et ses yeux rouges. Tara ne dit rien, mais pensa que la vampyr avait besoin de quelques conseils sur ses choix de couleurs.

Elle salua Safir et continua son chemin avec Sandor.

L'Imperator s'arrêta soudain et regarda Tara d'un œil aigu.

— Dis-moi, cela fait longtemps que je ne t'ai pas entraînée.

— Mais...

— Beaucoup trop longtemps.

— Mais...

— Nous allons réparer cela tout de suite.

Tara retint de justesse le nouveau « mais » horrifié qui allait franchir ses lèvres pour bifurquer vers une plausible excuse :

— Je n'ai pas le temps, les prétendants...

— Ne sont plus d'actualité. Ta tante a annulé tous tes rendez-vous, très diplomatiquement, afin d'épargner aux ambassadeurs d'avoir à le faire. Personne ne veut se mesurer à un roi des démons et à un futur roi des dragons. Tu vas donc avoir plein de temps libre. Du moins jusqu'à leur arrivée. Et je trouve que tu manques un peu de tonus.

Tara fit la grimace. Il racontait n'importe quoi. Tous les jours, en plus de son entraînement magique redoublé, elle combattait pendant deux à trois heures avec les gardes du palais, en s'interdisant absolument d'utiliser sa magie, même au prix de douloureuses corrections. Car le fait qu'elle soit l'Héritière ne l'empêchait pas de se manger régulièrement le sable de l'arène où elle combattait. Ils étaient sans pitié. Ils étaient conscients qu'ils étaient la dernière ligne de protection et que si cette ligne était brisée, Tara serait seule pour se défendre. Comme Cal, ils lui avaient donc appris tout ce qu'ils savaient, y compris des tas de coups particulièrement vicieux.

Mais l'Imperator n'en démordit pas. À contrecœur, Tara dut accepter, ne serait-ce que pour avoir la paix.

Un quart d'heure plus tard, après avoir modifié leurs vêtements (l'Imperator en avait profité pour prendre une douche et se débarrasser de la boue qui le maculait), short pour les deux, torse nu pour l'Imperator (mais quel frimeur, ce type ! OK, il était super bien fichu, corps musclé, doré, abdos impeccables et l'aspect d'un garçon de vingt-cinq ans à peine, m'enfin quand même ! Ah, ces Omoisiens !) et légère brassière dorée pour Tara, ils se saluèrent, au centre d'un cercle de gardes curieux. Tara ne comprenait pas très bien comment tous ces gens avaient appris qu'elle allait s'entraîner, mais elle aurait bien voulu qu'ils aillent voir ailleurs si elle y était. Heureusement, il n'y avait jamais de courtisans ou de scoops lorsqu'elle combattait. Inutile de montrer à de potentiels ennemis à quel point l'Héritière était capable de se défendre, même sans magie.

Au début, lorsqu'elle avait combattu dans cette curieuse arène où les gens pouvaient s'asseoir tout autour, elle avait été surprise de voir que le sable était rouge (pour masquer le sang ?). C'était un choix curieux, d'autant qu'en cas de glissade, s'il était sans doute plus doux qu'un tapis, il pouvait vite devenir abrasif. Mais bien sûr, comme toujours, elle avait oublié la présence constante de la magie. Lorsqu'on tombait, le sable amortissait la chute, et quand on glissait, il n'y avait aucune friction douloureuse. Lorsque les combattants se déplaçaient, il durcissait et se transformait en sol normal, sauf si la responsable de l'arène, une troll au regard vif qui rappelait Grr'ul à Tara, décidait de lui laisser sa consistance de sable. Bref, c'était l'aire de combat idéale. Qu'elle commençait à connaître un peu trop, d'ailleurs.

Sans prévenir, l'Imperator fonça. Mais Tara n'était déjà plus là. Légère, aérienne presque, elle avait esquivé.

Et l'Imperator, surpris, ressentit une douleur aux côtes, là où elle avait frappé.

Il la regarda avec respect. Attaqua de nouveau. Fut touché encore une fois, même si, au passage, il parvint à effleurer la cuisse de la jeune fille.

Elle ne broncha pas, encaissant la douleur sans montrer qu'elle avait senti quoi que ce soit. Lors de l'assaut suivant, l'Imperator observa comment elle esquivait ses attaques. Tara avait un style... En fait, n'avait pas de style. Elle avait piqué des trucs à tout le monde. À lui, l'Imperator, mais que, maligne, elle n'utilisait pas contre lui, puisqu'il les connaissait. Probablement à Sylver, qui était, aux yeux de Sandor, l'un des plus incroyables combattants qu'il ait jamais vu en action. Au petit Voleur aussi, certaines des roulades qu'elle effectuait avec aisance étaient bien de son style. Mais il pouvait aussi voir l'influence de Robin, le demi-elfe, dans la fulgurante rapidité de ses réactions. Elle n'utilisait pas la magie, pourtant elle était bien plus rapide et puissante qu'une jeune humaine normale. C'était très intéressant. Il se déconcentra et, avec une prescience inouïe, Tara le sentit. Elle attaqua, passa sous sa garde et, l'instant d'après, il se retrouvait par terre, à moitié assommé. Les gardes, ravis, hurlèrent leur joie.

Tara recula. Elle resta concentrée, ignorant les vivats. Bien. Elle savait qu'un combat n'était jamais vraiment terminé. Du moins pas avant que l'adversaire soit définitivement… achevé ou hors d'état de nuire.

L'Imperator se releva avec souplesse, adressa un sourire carnassier aux gardes qui se calmèrent illico et salua Tara, reconnaissant l'excellence du coup.

Une demi-heure plus tard, suants et épuisés, ils étaient à égalité. Sandor avait réussi à toucher Tara deux fois, mais au prix de gros efforts et jamais suffisamment pour que la jeune fille soit à terre.

La première règle que lui avaient apprise ses professeurs, c'était que face à un adversaire bien plus gros et grand qu'elle, elle ne devait jamais, jamais lui permettre de l'attraper ou de la toucher. Sa meilleure arme était donc l'esquive. Fatiguer son adversaire, et elle s'y employait à merveille, dosant ses coups afin de faire le plus mal possible. Si elle ne s'était pas retenue, elle lui aurait cassé l'épaule deux fois et les rotules au moins quatre fois. Il avait mal, mais il était content. La jeune fille était devenue une combattante puissante, bien plus que ne le laissait présager son apparence frêle et délicate.

Curieux de voir jusqu'où l'entraînement de Tara avait été poussé, l'Imperator lui fit prendre des couteaux de bois grossiers, qui ne risquaient pas de faire mal et laissaient une trace rouge sur la peau à chaque point d'impact. Il savait que Tara n'aimait pas les couteaux et les maîtrisait avec plus de difficulté, du fait de cette aversion.

Sauf que ça, c'était avant qu'elle ne commence vraiment à s'exercer avec ses gardes, dont certains étaient de vrais experts ès lames. Ils avaient vite corrigé ses mauvaises habitudes et sa répugnance envers tout ce qui coupait. Sans être aussi bonne qu'eux, elle était devenue suffisamment douée pour tenir tête à l'Imperator, comme il eut la désagréable surprise de le découvrir. Mais il lui restait supérieur à ce jeu-là. Bientôt, leurs corps furent maculés non seulement de sable rouge, mais aussi de traces laissées par les couteaux. De vrais zèbres, pensa Tara alors qu'ils marquaient une courte pause.

Enfin, au grand soulagement de Tara qui commençait à se sentir épuisée, l'Imperator rompit le combat.

— Tara, reconnut-il gravement en abaissant ses deux couteaux de bois, je suis très satisfait de tes progrès. C'est presque dommage que tu sois l'Héritière d'Omois, parce que tu ferais une formidable recrue pour mon armée.

Vu que les armées d'Omois étaient en grande partie composées d'elfes ultrarapides et bien plus coriaces que Tara, c'était là un énorme compliment.

Bien trop fatiguée pour répondre, Tara le salua respectueusement, puis, boitillant un peu (Sandor ne l'avait pas ratée avec ses coups en douce, aïe !), elle retourna dans sa suite prendre une bonne douche. Elle n'en avait pas vraiment besoin, parce que la changeline pouvait la nettoyer tout aussi bien, mais elle ne ressentait pas la même sensation de fraîcheur que lorsqu'elle se lavait réellement.

Quelques mois auparavant, lorsque Magister avait réussi à s'introduire dans le palais grâce à des souterrains secrets, Tara avait vu les plans du palais. Cela ne ressemblait pas à grand-chose, tellement c'était compliqué et alambiqué, mais elle s'était rendu compte que des tas de passages plus ou moins oubliés lui permettaient de se déplacer sans croiser les courtisans. Suivie par son escorte habituelle, elle se débrouilla donc pour éviter les couloirs bondés et fila directement dans sa suite.

Elle se sentait sale, échevelée, suante, et elle ne voulait même pas imaginer l'odeur qu'elle devait dégager. La porte de sa suite s'ouvrit avec obligeance et ce que la porte lui disait atteignit son cerveau juste au moment où elle se retrouva face à Cal.

Et Robin.

9

TARA

Ou comment se retrouver avec nettement plus de fiancés que la normale.

Tara avait souvent imaginé cette scène. Elle aurait été superbe… ou du moins nettement plus habillée qu'en ce moment et surtout beaucoup plus propre et moins zébrée. Argh.

Fafnir lui sauta au cou, puis recula, maculée de sable rouge.

— Que ton marteau sonne clair, Tara ! Dis donc, tu pues !

Tara éclata de rire, le moment de gêne balayé par le célèbre franc-parler de la naine guerrière. Celle-ci secoua sa chevelure si rousse, ses yeux verts étincelants de gaieté.

— Que ton enclume résonne, Fafnir, et tu as raison. Attendez-moi une seconde, fit Tara, refusant de regarder les deux garçons qui faisaient battre son cœur bien trop vite, je prends une douche et je reviens.

Elle fonça dans sa salle de bains. L'élémentaire d'eau, qui avait entendu, était déjà en train de faire couler la douche ; la changeline lui lava les cheveux et les sécha en un tour de main. Quelques minutes à peine après, fraîche et parfumée, discrètement maquillée, habillée d'un léger pantacourt crème, d'un top pourpre et or et chaussée de ballerines assorties aux couleurs d'Omois, Tara revenait dans le salon.

Heureusement, les architectes du palais, sachant qu'elle n'avait plus de rendez-vous avec les prétendants, avaient remis la décoration que Tara aimait, de sobres couleurs, des fresques de forêt qui couraient sur les murs et un lac paisible où des bllls et des bobelles évoluaient sans bruit, au milieu des rous multicolores et des ballorchidées.

Tara put embrasser ses amis. Lorsque Cal l'étreignit, elle sentit son odeur et, l'espace d'un instant, fut troublée. Ils avaient passé beaucoup de temps ensemble, notamment quand il lui avait sauvé la vie après l'invasion des fantômes, et le parfum discret qu'il utilisait lui était aussi familier que le sien.

Mais lorsque Robin l'embrassa, presque sur la commissure des lèvres, la scrutant de ses yeux de cristal, elle ne sut plus très bien où elle en était. Comme toujours, sa beauté de demi-elfe, ce qu'elle savait de sa loyauté et de la passion qu'il lui vouait, en dépit de toutes les incompréhensions qui les avaient séparés, tout cela la touchait.

Était-elle sans cœur, elle qui semblait plus ou moins amoureuse de deux garçons en même temps ? Parce que, maintenant qu'elle se trouvait devant les deux, il fallait bien qu'elle s'avoue ce qu'elle se cachait depuis des semaines. Cal lui mettait des papillons dans l'estomac et les genoux tremblants tout autant que Robin.

Et slurk !

Moineau se plaça devant elle et lui dit gravement :

— J'ai réuni le magicgang parce que nous te devons des excuses.

Tara ne pouvait pas lui dire que tout cela ne l'arrangeait pas du tout, mais elle joua le jeu et s'assit, les yeux ronds.

— Des excuses ? Pourquoi ?

— Parce que nous t'avons abandonnée. Pour de mauvaises raisons. Moi, parce que je me suis retrouvée prise dans une situation compliquée. Les autres... vont te dire pourquoi. Mais quelles que soient nos excuses, nous savions très bien que ta situation était difficile, que tu allais devoir affronter des moments pénibles. Et nous n'avons pas été là. J'espère que tu vas nous pardonner.

Tara était si surprise (d'autant que c'était elle qui les avait abandonnés, certainement pas le contraire) qu'elle sentit que ses yeux s'embuaient. Fafnir le perçut immédiatement et, comme elle avait horreur du sentimentalisme, elle ouvrit le feu.

— Oui, enfin bon, moi, j'avais une bonne raison. Il fallait que je fasse accepter Sylver par les autres nains et, croyez-moi, ça n'a pas été facile facile. J'ai dû rester collée au pauvre demi-dragon pendant des jours. À la fin, je crois bien qu'il aurait tout donné pour une bonne bagarre ou quelque chose du genre afin que je lui fiche la paix. Alors, le message de Moineau a été une bénédiction. Il doit régler des tas de choses avec les dragons, puisque, d'une certaine façon, il est l'héritier d'Amavachirouchiva, la princesse dragon.

— Il va aller au Dranvouglispenchir ? demanda Tara, stupéfaite, en s'essuyant les yeux, l'étonnement ayant étouffé efficacement son envie de pleurer. Mais c'est impossible, les dragons ne l'accepteront jamais, ils vont tout de suite essayer de le tuer, non ?

— Hou, il n'est pas fou ! Non, il a engagé des avocats qui sont en train de travailler sur son cas et il est allé à l'ambassade dragonienne du Lancovit. Comme elle dépend de Maître Chem et que nous savons qu'il est de notre côté, il va pouvoir accélérer la procédure. Et moi, ça va me faire des vacances… Bref, me voilà, et j'espère bien que tu vas vite déclencher une bonne catastrophe, parce que j'ai les deux haches qui me démangent !

Ils éclatèrent de rire. Tara sentit soudain l'invisible poids sur ses épaules, non pas disparaître – c'était impossible, les enjeux étaient trop terrifiants –, mais au moins, s'alléger un tout petit peu. Elle ne s'était pas rendu compte à quel point le choix qu'elle avait fait l'avait isolée. Ses amis étaient de retour !

— À mon tour, fit Fabrice en lui souriant.

Le grand Terrien blond, meilleur ami de Tara pendant des années semblait… apaisé. Comme s'il avait réussi à concilier sa peur d'AutreMonde et son étrange statut de loup-garou.

— Comme vous le savez (il fit une petite grimace à Moineau), je laisse souvent mes émotions prendre le pas sur ma raison. Lorsque j'ai peur, je la laisse m'envahir au lieu de la maîtriser ou de la vaincre. Lorsque j'aime, j'aime à la folie au point de faire n'importe quoi. Lorsque je suis maladroit, je blesse ceux qui m'entourent sans réaliser vraiment ce que je fais. Ces journées passées sur Terre, à travailler avec mon père afin de remettre les Portes de transfert au château de Besois-Giron plutôt qu'au Manoir de ta grand-mère, Tara, à son grand soulagement d'ailleurs, m'ont beaucoup appris, parce que j'ai pu enfin parler avec mon père et qu'il m'a ouvert les yeux sur beaucoup de choses. Et notamment sur une. Le danger existe partout (ah, il était temps qu'il s'en rende compte, Moineau, comme Tara, Cal ou Robin lui avaient répété la même chose sur à peu près tous les tons). Le nier ou l'ignorer est stupide (oui, ça aussi). Me retrancher derrière ce travail de routine sur Terre était certainement le moyen le plus sûr de me rendre dingue à plus ou moins long terme. Mon père était très fâché que je puisse penser qu'il ne pouvait plus s'occuper des Portes sous prétexte qu'il avait été blessé (il fit une autre grimace, douloureuse cette fois-ci). Il n'a pas la force d'un loup-garou, mais il a gardé une sacrée poigne, j'ai eu mal au dos pendant une semaine après qu'il m'a démontré qu'il n'avait besoin de personne pour sa sécurité. De plus, le Lancovit et Omois lui ont adjoint trois sortceliers, il est tout à fait protégé à présent. J'ai donc décidé de revenir ici. Le message de Moineau est arrivé juste au moment où j'allais l'appeler afin de l'en informer.

Moineau et lui échangèrent un sourire. Celui de Fabrice disait : « Je vais te reconquérir, paisiblement, sans cris, sans crises. » Celui de Moineau répondait : « J'aimerais bien voir ça mon coco. Tu m'en as fait baver, voyons ce que tu peux faire pour réparer. »

Le sourire de Fabrice se fit légèrement crispé.

— Bien sûr, j'étais aussi au courant que Moineau venait de se fiancer.

Sous-entendu : « Avec cet imbécile de Jeremy et il est hors de question que je laisse mon ex-petite copine épouser ledit imbécile. Pas sans lutter avant. »

— Fabrice ! s'exclama Tara. Contente de voir que son ami avait acquis une certaine maturité. Tu nous as beaucoup manqué !

— Pas autant que toi tu m'as manqué, Tara, répondit Fabrice. Tu es ma meilleure amie, on ne laisse pas tomber sa meilleure amie. Jamais.

Ils se sourirent et tout alla bien entre eux de nouveau.

— Pour ma part, j'étais en mission, se lança Cal en plongeant le regard de ses magnifiques yeux gris dans les yeux bleu marine de Tara qui se tourna vers lui. Donc j'ai une bonne excuse (élégamment, il ne mentionna pas tous ses appels, pmm, etc. restés sans effet depuis des semaines). D'autant que ma mission te concernait, Tara.

— Comment ça ?

— L'Impératrice m'a chargé de réunir tous les documents concernant la guerre des Failles, entre les démons et les dragons. Certains d'entre eux étaient détenus par des pays qui n'avaient aucune envie de les donner ou de les vendre à Omois, même si l'Impératrice a fait des offres très généreuses. Pour les récalcitrants, j'ai dû intervenir. Je n'ai pas encore terminé, mais j'ai remis la majeure partie de ce dont Lisbeth avait besoin ce matin. Le message de Moineau est arrivé juste avant que je ne rentre, mais j'avoue que je ne serais pas revenu, parce que je voulais avoir tout terminé avant qu'Archange n'arrive.

Ce fut ce qui passa dans les yeux de Cal qui surprit le plus Tara. Le jeune Voleur Patenté avait peur. Pas pour lui. Pour elle. Si peur qu'il n'avait pas pris le temps de lui expliquer ce qu'il était en train de faire. Bon, cela dit, elle n'avait pas tenté de se renseigner non plus.

Puis l'instant passa, et Cal sourit à Robin.

— Nous avons tout ra-tissé, sans rien rat-er, ni rafistolage.

— Oh, toi, ta goule, répliqua Robin.

Ils éclatèrent de rire tous les deux, sous le regard interloqué de leurs amis.

— J'étais en binôme avec Cal, finit par expliquer Robin (il rejeta ses superbes cheveux argentés d'un mouvement impatient de la tête), car Mère est probablement l'une des plus grandes spécialistes des vieux documents sur la guerre des Failles. Avec elle, nous avons recensé tous les endroits, y compris sur Terre, où ils pouvaient se trouver. Fabrice nous a beaucoup aidés pour cette phase-là. Et Cal a raison. Lisbeth nous a demandé, et non pas ordonné, de ne pas t'en parler. Elle a peur que des espions d'Archange mais aussi des dragons ne te surveillent. Les uns comme les autres peuvent posséder des technologies que nous ne connaissons pas forcément. Dans le doute, nous avons donc décidé de ne t'en parler que lorsque la mission serait terminée. Les deux derniers parchemins et livres que nous recherchons ne sont pas très importants, pas aussi difficiles à récupérer que les autres. Une autre équipe a été détachée afin de s'en occuper. Et si Cal parle de « ra-tisser » et autres histoires de rats, c'est qu'il m'a traité de rat de bibliothèque parce que mes lectures nous ont sauvés, et mon « Oh, toi, ta goule ! », était dû au fait que nous avons affronté un nombre déraisonnable de goules pour récupérer tout ça.

— Voilà, confirma Cal.

— Mais, reprit Moineau, ce n'était certainement pas une raison pour te laisser toute seule, surtout que, moi, je n'avais aucune excuse. Alors j'ai appelé tout le monde afin de faire le point. Et nous voici. J'espère juste que tu ne nous en voudras pas. Parce que toi aussi, tu nous as beaucoup manqué.

Tara se leva. Slurk, slurk et slurk. Si elle se montrait froide et distante, ses amis se douteraient tout de suite qu'elle préparait quelque chose, ils la connaissaient un peu trop pour se faire avoir. Si elle disait la vérité, ils refuseraient de la lâcher et mettraient tout le monde en danger, parce que, pour une fois, elle ne souffrait pas du tout du syndrome de l'héroïne-qui-est-la-seule-à-pouvoir-sauver-le-monde, c'était hélas ! exactement le cas.

Et si elle ne disait rien ? Oui, c'était ça. C'était ce qu'elle devait faire. C'était la meilleure solution. Affecter d'être triste et leur pardonner.

— Ça ne fait rien, dit Tara avec un gentil sourire. Vous ne m'avez pas vraiment abandonnée, et puis, après ce qui s'est passé, entre l'invasion des fantômes, l'Anneau, et la Reine Noire, j'avais aussi besoin de me reposer. Ces quelques semaines de calme ont été bienvenues (ça, c'était une pure tromperie, mais elle la prononça sans frémir, songeant au nombre de fois où la Lance et l'Armure avaient lancé des attaques conjointes contre elle afin de la détruire ou de la conquérir).

Soulagés par son mensonge, ses amis se réunirent autour de Tara et l'étreignirent, Fafnir râlant parce qu'elle n'était pas assez grande, mais compensant largement en écrasant tout ce qui passait à sa portée. Les familiers de ses amis leur firent la fête, Blondin, le renard de Cal, Sour, l'hydre de Robin, Sheeba, la panthère de Moineau, Bel, le chat rose de Fafnir, et enfin Galant le pégase de Tara.

Soudain, alors qu'ils se séparaient, émus et souriants, une puissante sonnerie de trompe les fit sursauter.

— Ah, fit Fafnir avec satisfaction, le magicgang est réuni et une catastrophe va sans doute se produire. J'aurais dû venir plus tôt.

— Qu'est-ce que c'est encore que ça ? s'exclama Tara tandis que son ordimagique s'allumait et que la silhouette de Dame Téodris, sa secrétaire particulière, se matérialisait devant eux.

— Pardon pour cette intrusion, fit la première tête d'un air pincé.

— ... mais nous avons pu constater que vous aviez, Votre Altesse Impériale, tendance à ignorer nos messages...

— ... sauf que vous aviez donné une priorité trois étoiles à celui-ci...

— ... donc il nous a semblé approprié d'attirer votre attention puisque...

— ... vous ne répondez pas à votre boule de cristal.

Le cœur encore battant, Tara leva les yeux au ciel.

— D'accord, la prochaine fois j'essayerai d'écouter vos messages. Allez-y, il se passe quoi, encore ?

— Sa Majesté nous a informés que suite à ses accords avec le roi Archange, celui-ci sera invoqué dans trois jours.

La tatris s'inclina et, satisfaite d'avoir réussi à surprendre ce qu'elle appelait en secret « l'infernale Héritière », coupa la communication.

Tara déglutit. Pourtant, elle savait que ce moment arriverait.

Elle se tourna vers ses amis et son regard était hanté.

— Trois jours, c'est horriblement court ! Trois mois... non, trois ans, voire trois siècles, ça m'aurait bien plu...

Robin et Moineau échangèrent un regard. Le demi-elfe s'éclaircit la gorge et se planta devant Tara.

— Justement, Tara, nous avons réfléchi avec Moineau et nous avons peut-être une solution à ton problème. Une solution qui pourrait être temporaire... ou définitive, en fonction de ce qui se passera alors. Après tout, beaucoup d'erreurs ont été commises, une grande incompréhension, probablement due à la différence de race...

— Tu brodes, fit gentiment Moineau, vas-y.

Robin avala sa salive avec difficulté et se lança :

— Tara, veux-tu me faire l'honneur de devenir ma femme ?

Tara ouvrit la bouche. Et la referma, incapable de parler. En fait, elle n'était pas sûre que ses oreilles aient bien entendu. Puis elle fronça les sourcils.

— Tu me demandes en… comment ça : « Vous en avez parlé avec Moineau » ?

— Oui, répondit le demi-elfe. Il n'était pas question que je recommence avec toi les erreurs qui nous ont éloignés. J'ai pu réfléchir très longuement à tout ce qui s'était passé entre nous depuis ces dernières années. Je t'ai aimée, je t'ai repoussée, tu m'as aimé, tu m'as repoussé. Et, chaque fois, c'était parce que nous ne nous comprenions pas. Ma nature de demi-elfe t'est étrangère et tes réactions de Terrienne me sont souvent incompréhensibles. Moineau te connaît bien, elle m'a donné de précieux conseils. Alors j'ai décidé d'être franc avec toi, de te dire clairement ce que je ressens. Je t'aime, je veux t'épouser, mais ce n'est pas la raison pour laquelle je te demande en mariage.

Tara arrondit les yeux, stupéfaite. C'était la demande en mariage la plus bizarre du monde. Bon, elle n'avait pas assisté à beaucoup de demandes en mariage, mais dans les films, en général, cela impliquait souvent un genou à terre, une bague et beaucoup de larmes… surtout si la fille disait non.

— Ah non ?

— Non. Je veux t'épouser pour te protéger d'Archange, mais aussi des dragons. Leur demande en mariage est, dans les deux cas, totalement monstrueuse, anormale. Je ne comprends même pas que ta tante ne le saisisse pas. Alors après avoir longuement réfléchi, pendant tout ce temps où j'étais loin de toi, ce qui me permettait d'examiner la situation sans être influencé par mon amour pour toi, j'ai pu mettre au point une solution. Avec ma mère, nous avons étudié les documents et les archives d'Omois. Pour ce qui est de choisir son conjoint, l'Héritier/Héritière d'Omois n'a, en aucun cas, l'obligation d'obéir à l'Empereur ou l'Impératrice. Demiderus a dû se douter que des pressions seraient exercées sur ses descendants, il a donc très clairement inclus cela dans la constitution d'Omois, lors de la création de l'Empire. Et ce n'est pas parce que tu as dix-huit ans que tu dois te marier. Lisbeth utilise le fait que tu ne connais pas bien les lois d'AutreMonde et particulièrement d'Omois afin de te manipuler. Sauf que tu peux dire non. Ou alors, afin d'éviter de froisser et les dragons et les démons, tu peux te marier avec quelqu'un, ce qui résoudrait le problème.

Tara avait le cœur battant, et l'impression, plus que jamais, que Robin ne la comprenait pas. Et ne comprenait pas la situation. Cette fois-ci, pas question de se sauver, de disparaître. Elle allait affronter tout cela de front.

Avec courage.

Oh là là, c'est où, la sortie de secours ?

— Le seul souci, fit Robin en plissant ses yeux de cristal, c'est que je suis un demi-elfe. Et que les Omoisiens ont toujours insisté sur le fait que la puissance de la magie des héritiers de Demiderus devait être renforcée par des mariages avec des sortceliers humains.

— Oh, fit alors une voix joyeuse, pas de problème, je vais pouvoir vous aider !

Ils se tournèrent tous vers Cal qui venait de parler et affichait un large sourire.

— Ben oui, fit-il devant leurs regards interrogatifs. C'est simple : épouse-moi, Tara !

OK, là, il fallait vraiment que Tara s'asseye. Un fauteuil se plaça obligeamment derrière elle lorsqu'elle se laissa tomber en arrière.

— Euuuh, bredouilla-t-elle d'une voix chevrotante, tu peux répéter, Cal, s'il te plaît ?

Toujours aussi hilare, Cal s'inclina en une extravagante révérence :

— À ton service, ton Altesse. Je disais donc que, puisque Robin n'est pas éligible, que tu as besoin d'un sortcelier pour te sauver des griffes des méchants et que je suis là, épouse-moi...

Les autres voyaient le rire et la dérision. Tara, elle, lorsqu'elle croisa le regard gris de Cal, y vit une grande tension. Et une profonde volonté. Argh. Les choses venaient de se compliquer.

— Mais tu es un Voleur Patenté, répliqua sèchement Robin, qui n'appréciait pas du tout l'humour de son ami. Je croyais que vous évitiez les relations à long terme, du fait des risques de votre métier ?

— Mon père et ma mère sont des ex-Voleurs tous les deux, répondit Cal en haussant les épaules, cela prouve qu'à un moment ou un autre les choses changent. Et puis, tu te rends compte ? J'épouse l'Héritière d'Omois et donc son trésor avec. Je peux directement prendre ma retraite !

Fabrice, Fafnir et Moineau éclatèrent de rire devant le ton gourmand de Cal. Robin, lui, ne rit pas du tout. Pas plus que Tara. Elle allait parler, lorsque Robin leva la main.

— Attends, fit-il. J'ai pu constater que souvent nous disions des choses que nous ne pensions pas réellement, juste en réaction, à chaud. Avant de me répondre (et il lança un regard incendiaire à Cal), je veux que tu réfléchisses. Nous nous verrons demain.

Il s'approcha de Tara, lui prit les deux mains.

Une fois qu'elle fut debout, il l'étreignit, fit sentir à Tara toute la force de son magnifique corps musclé, puis posa un chaste baiser sur sa joue.

— Nous nous reparlerons demain. Et n'oublie jamais : ce n'est qu'une proposition. Pour t'aider. Mais je t'aime et je t'aimerai toujours.

Puis il s'éloigna et sortit.

Tara avait les genoux flageolants. Elle avait oublié à quel point c'était bon d'être tenue dans les bras d'un garçon qui vous aimait.

Elle perçut une présence derrière elle. Se retourna. C'était Cal. Il se pencha et lui murmura au creux de l'oreille : « Pour toi. À jamais. » Puis avec son célèbre sourire en coin, il sortit lui aussi.

Fabrice, Moineau et Fafnir avaient cessé de rire. Bien qu'il ait murmuré, ils avaient entendu. Fabrice et Moineau parce qu'ils avaient, même sous leur forme humaine, une ouïe bien plus développée que la normale, et Fafnir parce qu'elle était près de Tara.

— Ça, par exemple, souffla Fabrice, je rêve ou Cal vient de te faire une déclaration ? Ah, je savais bien, dans cette stupide plaine où on ne pouvait pas mentir, qu'il se passait quelque chose entre vous.

Tara se rassit, encore bouleversée.

— Je… je crois que je vais me sentir mal, dit-elle d'une voix faible.

Fafnir fonça vers la salle de bains, revint à fond la caisse avec un verre d'eau et le balança à la figure de Tara.

Stupéfaite, trempée, Tara regarda la naine.

— Mais… mais qu'est-ce que tu fais ?

— Je t'ai empêchée de t'évanouir. Pas besoin de me remercier, c'est tout à fait normal.

Ah. Tara avait oublié que les nains n'étaient pas très à l'aise avec les métaphores. Elle soupira, sa changeline, tout aussi surprise qu'elle, l'épongea, tandis que Fabrice et Moineau se tordaient de rire derrière elle.

— Hou, fit Moineau en essuyant ses larmes, Fafnir, tu m'avais vraiment, vraiment manqué.

Fabrice tapota le dos de la naine, encore plié de rire. Celle-ci le regarda avec surprise, puis haussa les épaules. Les réactions des autres races n'étaient pas toujours claires pour elle. Bel, qui avait compris, émit un miaulement amusé. Le petit chat rose démoniaque, directement importé des Limbes, était inquiet, lui aussi. Il adorait sa sœur d'âme, depuis qu'il s'était lié avec elle. Et il redoutait ce que les démons pouvaient faire à cette jolie planète sur laquelle il avait dorénavant élu domicile. Aussi, et sans que Fafnir en ait conscience, il avait la très ferme intention de surveiller les agissements d'Archange.

Voire de les contrarier…

Le fait était que l'eau lancée par Fafnir avait sorti Tara de sa stupeur. Bon, c'était déjà ça de gagné. Elle regarda ses amis.

— Quelle galère !

Ils hochèrent la tête avec un bel ensemble. Tara décida de changer de sujet. Pour l'instant, ses relations avec Cal et Robin devraient attendre.

— Et avec tout ça, nous n'avons pas parlé de ton problème, Moineau, je suis désolée. Mais je crois bien que j'ai trouvé la solution. Voici ce que tu dois faire.

Elle exposa son plan. Tout d'abord, Moineau sembla confuse. Elle n'utilisait la Bête qu'avec parcimonie. Puis l'avantage de ce qu'avait imaginé Tara lui apparut, même si cela supposait un peu de mise en scène. Fabrice fit un clin d'œil à son amie d'enfance. Ce plan lui plaisait vraiment, mais alors vraiment beaucoup.

Moineau sauta au cou de Tara.

— Merci, merci, c'est une idée géniale, je n'y aurais jamais pensé ! Dis donc, j'aime bien que tu sois formée par une Impératrice machiavélique tu sais ! C'est tout à fait utile, finalement !

Ils éclatèrent tous les trois de rire.

— Bon, maintenant que nous avons réglé ce problème-là, du moins ébauché un plan pour le régler, il faut encore que je m'occupe de Selenba. Depuis qu'elle s'est rendue et a été emprisonnée au Pal…

— Quoi ? s'exclama Fabrice qui avait sursauté et perdu toute envie de rire, Selenba est ici ?

— Oui, elle s'est constituée prisonnière. Et elle veut que je la guérisse. Enfin d'après ce que j'ai compris. En échange de toutes les informations sur Magister qu'elle pourra nous donner. Il a d'ailleurs essayé de la tuer en envoûtant deux gardes. Elle n'a échappé à la mort que de très peu.

— C'est impossible ! fit Fabrice en arpentant le salon de long en large, très agité. Jamais Selenba ne le quitterait. J'ai travaillé avec lui, c'est l'être le plus tortueux, le plus compliqué, le plus sournois que j'aie jamais rencontré. Si Selenba est ici, c'est qu'il y a ici quelque chose qu'il veut et auquel il n'a pas accès sans elle.

Tara secoua la tête.

— Fabrice, cela fait longtemps que nous savons qu'au moins dix pour cent des courtisans sont des sangraves ou des sympathisants ou encore des gens que Magister tient d'une façon ou d'une autre. Crois-tu sincèrement que Selenba, qui va être sous surveillance 26 heures sur 26 serait plus capable qu'un complice inconnu de nous dérober quelque chose ? Je n'y crois pas un instant… Non, je pense qu'effectivement elle veut quelque chose. Peut-être la paix ? Peut-être qu'elle en a assez de se battre et de perdre ? Depuis des années, Magister essaye de prendre le pouvoir afin de détruire les dragons. Mais Selenba, elle, les dragons, elle s'en fiche. Et surtout, ce qui me convainc le plus, c'est qu'elle a demandé à être guérie. Elle ne veut plus être une buveuse de sang humain. Ce qui signifie clairement perdre sa force et sa supériorité, devenir une vampyr comme les autres. Bon, pour l'instant, j'avoue que Selenba est le cadet de mes soucis. Mon problème, c'est ma tante, Archange, les dragons, et la possibilité que les avances du nouveau roi des démons soient un plan tout aussi machiavélique que celui de Magister pour nous conquérir. C'est d'ailleurs la raison pour laquelle je vais refuser les propositions de Cal et de Robin.

Moineau la regarda avec surprise. Puis elle plissa les yeux et s'exclama :

— Tu le savais ! Tu savais que tu n'étais pas obligée de te marier si tu n'en avais pas envie.

Tara eut un petit sourire crispé.

— Robin oublie toujours que je suis peut-être une AutreMondienne élevée sur Terre, mais que, depuis trois ans, j'ai été entraînée par Lisbeth, qui est la plus tortueuse, la plus maligne et la plus implacable des dirigeantes. J'ai donc fouiné et très vite découvert ce qu'elle n'avait pas mentionné. Sauf que je suis d'accord avec elle ; j'ai joué le jeu des prétendants, en lui laissant croire que j'étais dupe. J'aurais préféré de loin qu'elle refuse de faire venir Archange ici, mais puisqu'elle est assez folle pour croire en la parole des démons, je dois absolument apprendre ce que veut Archange. Et si ces propositions de commercer paisiblement entre nos deux univers sont sincères, ou si c'est un horrible piège dans lequel nous allons sauter à pieds joints. Et mourir.

De nouveau, Moineau constata l'évolution de son amie. Tara qui avant, avait tendance à fuir les responsabilités avait profondément changé. Elle se sacrifiait, d'une certaine façon, pour le bien de la planète. Ce n'était pas la première fois, ce ne serait certainement pas la dernière. Moineau se sentit pleine de compassion. Pour rien au monde elle n'aurait voulu être à sa place.

Pas plus qu'à la place des deux garçons qui étaient, clairement, amoureux de Tara. Bien que, quelque part, sa situation soit à peu près identique, puisqu'elle était fiancée à Jeremy – enfin, pour l'instant –, en espérant que leur plan allait fonctionner.

Fabrice, lui, regardait Tara avec des yeux ronds. Lui aussi venait soudain de mesurer à quel point son amie d'enfance avait changé.

— Wahou, des complots derrière les complots ! Dis donc, elle est où, la copine naïve qui jouait avec Betty et moi dans les champs ?

— Elle est toujours là, répondit gentiment Tara. Sauf que maintenant, si elle veut survivre, elle doit utiliser son cerveau. Et souvent face à des gens bien plus intelligents qu'elle. Et d'ailleurs, je vais devoir vous demander de me laisser. Je pense que Robin, comme Cal, va vouloir me convaincre et, si vous êtes là, cela va compliquer leur tâche. On se reparle plus tard.

— Mais, protesta Moineau, pour Archange, on devrait peut-être réfléchir à un plan, non ?

— Pas pour l'instant, répliqua fermement Tara. Tant que nous ne saurons pas exactement ce qu'il veut, nous ne serons que dans la réaction, pas dans l'action. N'oublie pas que les démons ont terraformé toutes leurs planètes au point d'en faire exploser une, ce qui a réduit leur nombre à six au lieu de sept et transformé leurs soleils. Archange est l'héritier de toutes ces transformations, il est d'une inimaginable puissance, rien ne peut nous préparer à ce qu'il va tenter. Tous les plans du monde ne serviront à rien. La seule solution c'est de les empêcher de débarquer ici. Comme personne n'a l'air de le comprendre, il ne nous reste qu'à attendre. Et voir venir.

Moineau eut une moue dubitative, mais s'inclina. Avec Fabrice qui, lui, était plutôt content de pouvoir passer un peu de temps en tête à tête avec la jolie jeune fille, et Fafnir, qui devait aller saluer sa mère, venue avec la délégation naine pour l'arrivée d'Archange (la moitié d'AutreMonde devait assister à cette entrevue historique), ils quittèrent la suite de Tara.

Celle-ci soupira. Cela lui faisait mal de ne pas pouvoir partager ce qu'elle avait préparé avec ses amis. Mais à son insu, ils s'étaient de nouveau rapprochés d'elle, ce qui ne lui facilitait pas la tâche.

Galant se posa sur son épaule et partagea un moment de paix avec elle. Elle avait besoin de ces courts instants où son pégase la purgeait de sa peine et de ses doutes avec son amour inconditionnel.

Puis Tara soupira et se mit à compter. 10, 9, 8, 7, 6, 5, 4, 3, 2... pile à 1, sa porte lui annonça un visiteur. Sauf que le visage que lui retransmettait la scoop placée dehors n'était ni celui de Cal, comme elle le pensait, ni celui de Robin.

Mais celui d'un parfait inconnu.

10

CHEM

Ou comment arriver à fâcher tout le monde en essayant de bien faire et se dire que les femmes, quelle que soit leur race, dragonne ou humaine, vraiment, c'est super-compliqué.

— Je n'ai pas entendu son nom, fit Tara à la porte.

— C'est normal, répondit la bouche de bois, il ne l'a pas donné. Il a juste dit qu'il était un prétendant.

— Hum. Un prétendant qui ne veut pas donner son nom. Ça, c'est bizarre.

Prudente, elle dévisagea l'image qui lui faisait face, projetée par la scoop de la porte. C'était un beau garçon (évidemment !) aux épais cheveux noirs, qui attendait patiemment. Mais lorsque la scoop zooma sur les étranges yeux dorés à la pupille verticale, Tara comprit qui était son visiteur. Elle ordonna à l'ordimagique de transformer la décoration de sa chambre, puis se changea, ajouta une légère touche de magie sur Galant, qui émit un petit hennissement de protestation, et enfin autorisa la porte à s'ouvrir.

Maître Chem, car c'était lui sous sa forme de jeune adulte, pénétra dans la pièce avec un grand sourire. Il s'inclina très élégamment et ouvrit la bouche pour se présenter, mais Tara le prit de vitesse :

— Maître Chemnashaovirodaintrachivu, le salua-t-elle cérémonieusement avec une petite révérence, quel honneur de vous voir !

Le garçon fronça les sourcils.

— Comment m'as-tu reconnu, je n'ai pas donné mon nom à la porte ? J'ai juste dit que j'étais l'un des prétendants...

Tara haussa la voix tout en claquant des doigts.

— Ordinateur, miroirs sur les murs, s'il te plaît.

Immédiatement, tous les murs de la suite les reflétèrent. Le dragon regarda dans la glace et vit que ses yeux le trahissaient.

— Slurk ! jura-t-il.

— Oui, fit Tara d'une voix satisfaite. Comme vous dites.

— Je ne sais pas pourquoi c'est le plus difficile à transformer chez moi. Mes pupilles restent verticales, c'est agaçant.

Tara ne broncha pas. Elle, elle trouvait ça très bien. Elle ordonna aux miroirs de disparaître et l'imposante décoration reprit sa place.

— Le Dranvouglispenchir est en avance, déclara-t-elle. Je pensais que vous deviez arriver en même temps que la délégation démoniaque ?

Le dragon s'assit posément, arrangea ses habits bleu et argent (aux couleurs du Lancovit) et croisa les jambes.

— Tara, protesta-t-il, voilà une façon bien formelle de me recevoir !

— Vous avez formellement demandé à m'épouser. Je vous reçois donc comme tous les autres prétendants, de façon formelle...

Elle désigna la décoration de la main. Surpris, Chem regarda autour de lui.

Effectivement. La suite était toute d'or et de joyaux. Elle-même portait une magnifique robe longue et pourpre, lacée jusqu'au bas des reins à l'arrière, un chignon haut retenant une couronne incrustée de rubis et des talons qui la grandissaient encore. Sur son épaule, son pégase miniaturisé était lui aussi assorti, sa robe d'un or sombre et ses ailes pourpres. Très impressionnant. Même si on sentait que cela ne lui plaisait que très modérément d'être traité comme un accessoire de mode.

Le dragon écarquilla ses yeux dorés. Il avait tellement l'habitude de voir Tara comme une petite fille dont il devait constamment sauver la vie ou comme son élève, qu'il n'avait pas réalisé à quel point elle pouvait être majestueuse. Avec un certain malaise, il constata qu'elle ressemblait étrangement à son implacable tante, l'Impératrice d'Omois.

Et, comme sa tante, elle utilisait sa beauté avec une grande efficacité, pour impressionner ses interlocuteurs.

La partie n'allait pas être aussi facile que ce qu'il avait imaginé.

Tara s'assit dans un fauteuil qu'elle avait transformé avant que le dragon ne pénètre dans la suite et qui ressemblait beaucoup à une sorte de trône, légèrement surélevé. Le dragon salua mentalement l'ingéniosité de la jeune fille. Elle lui rappelait qu'ils ne jouaient pas d'égal à égale. En tant qu'Héritière, elle lui était supérieure en rang. Soit.

— Tu dois te demander pourquoi j'ai formulé cette demande, commença-t-il d'un ton doux, je vais t'expli…

— Non, répondit clairement Tara, qui avait eu amplement le temps de réfléchir. Je sais précisément pourquoi vous avez fait cette demande, Maître Chem. De même que vous présenter ici sous la forme d'un adolescent n'est pas seulement maladroit, mais presque insultant. Je sais que, sous votre forme de dragon, vous auriez l'équivalent d'une trentaine d'années, même si vous avez toujours affectionné la forme physique d'un vieux mage afin de gagner le respect que les humains accordent aux gens âgés. Merci donc de reprendre soit une forme qui correspond à l'équivalence chez les humains, soit votre forme de dragon originel, la suite est bien assez grande pour vous contenir en entier, il me suffit de demander aux meubles de se pousser.

Cela, c'était un discours de dirigeante, pas celui d'une jeune fille. Mal à l'aise, le dragon la regarda, puis, docile, se transforma. Pas en vieux mage, ni en dragon, d'ailleurs. Il n'était pas question de renoncer à son plan. Mais le jeune homme magnifique qui se tint soudain devant Tara aurait fait saliver la plus difficile des humaines. Et, cette fois-ci, il avait totalement transformé ses pupilles. Rien ne subsistait du dragon.

— Merci, fit froidement Tara. Et maintenant, la raison pour laquelle vous voulez vous marier avec moi, c'est pour les descendants, bien évidemment.

Maître Chem retint de justesse un grognement peu compatible avec sa dignité. Il avait cent mille ans, elle n'en avait que dix-huit, c'était quasiment un bébé et il trouvait agaçant cette manie qu'elle avait de le surprendre.

— Comment ? demanda-t-il.

— C'est évident. Vous avez été bouleversé lorsque vous avez découvert l'existence de Sylver, le fils d'Amavachirouchiva et de Magister. Cela prouvait que le croisement dragon/humain était possible. Lorsque vous avez affronté Demiderus, il y a cinq mille ans, et découvert que les frêles humains étaient plus puissants en magie que vous, et même que la totalité des autres peuples de notre univers, exactement comme le roi des dragons, vous avez vu une arme en nous...

— Non, l'interrompit-il.

Tara, qui était bien lancée, s'arrêta net.

— Non ?

— Non, cela fait longtemps que nous pensons au croisement dragon/humain, sauf que nous pensions plutôt dans le sens contraire, humain/dragonne (ah, elle voulait la jouer adulte, eh bien ils pouvaient jouer à deux), parce qu'il serait plus facile à une dragonne de porter un enfant hybride qu'à une humaine, ce qu'a réussi à réaliser Amavachirouchiva. Mais j'ai immédiatement repensé au croisement dragon/humaine lorsque je t'ai vue et que j'ai constaté l'incroyable puissance de ton pouvoir. J'avais des plans pour toi, Tara, depuis le début.

Tara le regarda, stupéfaite. Puis fronça les sourcils.

— Dit comme ça, pardon, mais je trouve ça un peu malsain... je n'avais que treize ans !

Cette fois-ci, ce fut au tour du dragon d'être surpris. Il se racla la gorge, réalisant ce qu'il venait de dire.

— Non, non ! s'exclama-t-il, je ne voyais que tes ovules...

Il s'étrangla devant le froncement de sourcils de Tara qui s'accentuait.

— Je... je veux dire que tu es très jolie... euh... pour une humaine...

— Merci !

Le dragon sentit que le ton était clairement ironique. Il déglutit. Il savait, avant de rentrer dans la pièce, que la partie ne serait pas facile, mais certainement pas qu'il se montrerait maladroit à ce point.

— Mais, s'embourba-t-il, je pouvais attendre que... que tu sois mature et...

Il leva un regard embarrassé vers Tara qui ne fit pas un geste pour l'aider. Il s'était mis dans la bouse de traduc et bien profond, à lui de s'en sortir.

— Tu comprends, Tara, s'excusa-t-il presque, il est primordial que nous puissions nous défendre contre les démons, tu n'as aucune idée de ce qu'ils nous ont fait, de ce qu'ils ont détruit et à quel point ils sont monstrueux.

— Si, je sais, répondit Tara en luttant pour maîtriser la magie qui montait en elle tellement elle était en colère contre Chem d'avoir voulu la manipuler, lui qu'elle considérait presque comme son père d'adoption. C'est la raison pour laquelle je ne vous ai pas transformé en crapaud à l'instant où vous êtes entré dans cette pièce. Parce que j'ai vu les vidéos, j'ai vu ce qu'ils ont fait à nos peuples, j'ai ressenti la violence et la cruauté de la Reine Noire. Je n'aurai aucune pitié pour eux, aucune compassion s'ils tentent de recommencer. Et aussi, je comprends votre volonté que notre puissance se mêle à la vôtre, à vos gènes. Des enfants mi-dragons, mi-sortceliers, surtout les miens, s'ils héritaient de mes pouvoirs, seraient de terribles armes.

Elle se pencha vers le dragon, indignée, et cracha en omettant son titre :

— Sauf que, Chem, je ne vous laisserai pas nous utiliser ainsi. Que ce soit clair. Vous seriez le dernier dragon, le dernier humain même de cet univers que je ne vous épouserais pas...

Dire de Maître Chem qu'il était stupéfait était trop faible. Il était bouche bée et sa mâchoire semblait sur le point de se décrocher. Cette version froide et venimeuse de Tara l'avait totalement déstabilisé. En fait, il réalisa avec une certaine angoisse qu'elle lui rappelait quelqu'un.

La Reine Noire.

Il se reprit avec difficulté tandis que Tara attendait, curieuse de voir comment le dragon allait s'en sortir.

— Tu as conscience que tu ne peux pas épouser Archange, n'est-ce pas ? Il veut sans doute exactement la même chose que nous. Sauf que nous, nous voulons la puissance des humains couplée avec celle des dragons afin d'anéantir les démons une bonne fois pour toutes ou couper toute communication entre leur univers et le nôtre, alors que les démons, eux, veulent vous conquérir.

Un instant, Tara pensa faire marcher Maître Chem avec un « Épouser Archange et apporter la paix, et pourquoi pas ? », mais, en dépit de ce qu'elle venait d'apprendre, elle éprouvait encore de l'affection pour le grand dragon bleu. Il avait été gentil et attentif avec elle, même lorsqu'il ne la considérait pas comme la potentielle mère de... de quoi, d'ailleurs, de ses œufs ? Elle grimaça à cette pensée et Chem crut que c'était à cause de lui.

— Bien évidemment, fit-il en se raidissant, si je ne suis pas assez séduisant pour toi, Tara, il te suffit de le dire, et je me transformerai en ce que tu voudras.

Tara caressa l'idée de le réincarner en l'un de ses acteurs préférés, mais préféra le décourager tout de suite et ne pas jouer avec lui.

Elle soupira. Et s'adoucit un peu. Être en guerre contre Chem n'allait rien lui apporter, même si elle avait eu vraiment envie de le transformer en saucisses de dragon. Bleues.

— En dépit du fait que Lisbeth qui baigne dans une sorte de brume de bonheur préconjugal s'obstine à me marier coûte que coûte, ainsi que la moitié de sa cour, ma priorité absolue est la protection de nos races et de notre univers. Je ne vais donc épouser personne, mais, en revanche, puisque personne ne veut écouter mon avis (elle savait qu'elle rabâchait, mais elle en avait trop sur le cœur pour ne pas le répéter *ad nauseam*) sur le fait que faire venir les démons ici est une hérésie, une folie, je vais donc devoir affronter Archange et essayer de comprendre ce qu'il veut réellement. Je ne crois pas une seconde qu'il vienne ici pour m'épouser. C'est juste un excellent prétexte pour se faire inviter ainsi que beaucoup trop de démons à mon goût (Six cent trois ! Dieux, c'était le plus grand nombre de démons jamais invoqués dans leur univers !). Je ne crois pas non plus qu'il veuille commercer avec nous. Il a six planètes qui lui appartiennent déjà, c'est un conquérant, du moins son père l'était. La seule chose qui parle en sa faveur, c'est qu'ils aient terraformé leurs planètes et les métabolismes de leurs habitants. Ils n'ont plus besoin de nous manger pour survivre dans notre univers. Et je ne pense pas que l'eau salée de la Terre fasse quoi que ce soit sur un organisme de type humanoïde[1]. Ils se sont donc directement retirés les deux raisons essentielles de leur première invasion. Lisbeth pense qu'elle ne peut pas refuser leurs offres de paix et de commerce sous prétexte que nos peuples ont failli s'exterminer mutuellement. Elle ne mesure juste pas la profondeur de la malfaisance de la magie démoniaque.

Sur AutreMonde comme sur Terre, Tara avait lu bien des exemples d'ex-ennemis qui avaient fini par faire la paix et commercer paisiblement ensemble. Sauf qu'ils n'étaient pas soumis à l'influence de millions d'âmes damnées qui ne rêvaient que de tout détruire sur leur passage.

Ébranlé, Chem voyait bien qu'il n'arriverait à rien avec Tara. Elle ne l'épouserait pas, bien trop concentrée sur Archange.

Ce en quoi, il devait l'avouer, elle avait raison.

Il se sentait un peu ridicule quand même. Mais soulagé. Charm avait été furieuse qu'il ose demander la main de Tara alors qu'ils étaient fiancés. Et elle était sa Reine. Rendre sa Reine furibonde était un excellent moyen de se pourrir la vie, ainsi qu'il l'avait rapidement découvert. Au moins, il avait fait son devoir. Il allait rester encore quelque temps avec Tara, juste histoire de voir si elle était inflexible dans sa décision, et aussi parce qu'il voulait voir Archange.

Tara fit involontairement écho à la pensée du dragon :

— Mais, pour l'instant, Archange n'est pas là et je dois me rendre auprès de Selenba afin de la transformer en vampyr ordinaire, comme elle l'a demandé. Elle...

Maître Chem tressaillit, tout comme Fabrice un peu plus tôt :

— Selenba ? Le Chasseur de Magister ?

— L'ex-Chasseur, précisa Tara avec un délicieux sourire (et hop, deux points pour elle, elle avait encore réussi à surprendre son ex-mentor). Elle s'est rendue.

L'information, bien évidemment, avait été tenue secrète.

1. Pour les démons, l'eau des océans de la Terre est l'équivalent du plus extraordinaire, du plus délicieux, du plus parfait des alcools. De plus, un tout petit verre suffit à les rendre totalement ivres. C'est en grande partie la raison pour laquelle l'invasion de la Terre a échoué, parce que, lorsqu'on voit deux ennemis alors qu'il n'y en a qu'un, ce n'est pas facile, facile de se battre... et articuler d'une voix pâteuse : « Hé, vous, les deux machins avec les quatre haches, arrêtez de bouger que je vous tue » est un excellent moyen de se prendre rapidement lesdites haches entre les deux yeux...

Rapidement, Tara expliqua à Chem ce qui s'était passé. Bien que Magister soit un souci bien moins important pour le dragon que les démons, Chem ne le sous-estimait pas pour autant.

— Puis-je venir avec toi, Tara ? demanda-t-il. J'aimerais parler à Selenba.

Tara se leva de son similitrône et acquiesça.

— Pas de souci, venez.

Soudain, alors qu'elle allait sortir, elle le regarda. Avec une lueur si spéculative dans le regard, qu'il se tortilla, mal à l'aise.

— Quoi ? finit-il par dire, curieux de connaître la raison de cette étrange attitude.

— Cette forme, fit Tara pensive, ce n'est pas une illusion, n'est-ce pas ? Sinon vous n'auriez pas pu franchir la porte, vu que vous faites presque six mètres de long et trois de haut ?

— Non, c'est ma forme humaine.

— Mais c'est magique ou juste organique ? insista Tara. Parce que si ce n'était que magique, Sal serait redevenu dragon depuis longtemps, non ?

Chem inclina sa tête élégante, intrigué.

— Non, ce n'est pas magique, disons que c'est une faculté que nous avons. Nous pouvons nous transformer physiquement à volonté, ce qui nous permet de rester sous n'importe quelle forme sans nous préoccuper de la magie. Seuls les changelins étaient capables de la même chose, mais les vampyrs se sont terriblement vengés en les exterminant quasiment, parce que s'ils parvenaient à nous démasquer, les changelins, eux, étaient totalement indétectables : lorsqu'ils prennent l'apparence de quelqu'un, il suffit qu'ils aient quelques gouttes de son sang pour qu'ils soient aussi capables de copier son ADN.

— Mais ils ont totalement disparu ?

— À ma connaissance, oui. Pourquoi cette question ?

— Parce que les protections du palais ne sont pas suffisantes. Il va falloir que je les renforce, la porte n'a pas détecté que vous n'étiez pas humain et les taludis non plus puisque ce n'était pas une illusion.

Elle se tourna vers la porte et haussa le ton :

— Porte ?

L'œil la toisa et la bouche lui sourit :

— Votre Altesse Impériale ?

— Serait-il possible que tu sois modifiée afin de prélever l'ADN de ceux qui voudront pénétrer dans ma suite afin d'être sûre qu'ils sont bien ce qu'ils disent qu'ils sont ?

Bon, dit comme cela, ça n'avait pas l'air super-clair, mais la Porte dut comprendre, parce qu'un sourcil apparut au-dessus de l'œil et se fronça.

— Oui, répondit-elle après quelques secondes d'échanges inaudibles avec les ingénieurs du palais. On peut me modifier afin d'ajouter cette fonction, aucun problème.

— Très bien, fit Tara. Que cela soit fait immédiatement. Et je veux que tu ne laisses passer personne qui ne soit pas parfaitement identifié, c'est compris ?

Si le bois avait pu s'incliner avec déférence, il l'aurait fait avec joie.

— Oui, Votre Altesse Impériale, j'ajouterai que je suis tout à fait ravie de cette nouvelle faculté. J'avoue qu'il m'était assez pénible de ne pas pouvoir procéder à des identifications plus approfondies. C'est une excellente idée, Votre Altesse Impériale.

Tara hocha la tête. Bon, au moins, elle s'était fait une copine. Ça, c'était original. Bah, après tout, l'une de ses meilleures amies était bien une pierre de quartz magique intelligent, pourquoi pas une porte, après tout ?

— Oui, fit Chem tandis que la porte s'ouvrait pour leur céder le passage. Elle a raison, c'est une excellente idée, Tara. Tu es vraiment une jeune fille très intelligente et très séduisante et…

— Stop, dit Tara avec un doux sourire. Vous venez de me faire plus de compliments en deux secondes que depuis quatre ans. Arrêtez ou je vais faire une overdose.

Le dragon grimaça, mais obéit. Comment s'y prendre pour la séduire s'il n'avait pas le droit de la complimenter ? Bon, même s'il n'avait pas vraiment envie de séduire qui que ce soit à part Charm.

Avant de partir, Tara vérifia où se trouvaient Safir et Selenba. Elle se doutait que l'audience avec l'Impératrice avait été courte, parce que Lisbeth ne supportait pas de se retrouver très longtemps devant celle qui l'avait empoisonnée. Elle avait raison, la vampyr avait déjà regagné sa cellule d'interrogatoire.

Dès qu'elle sortit, son escorte les entoura. Sur leur passage, les courtisans s'inclinaient avec plus de déférence que d'habitude. Tara le remarqua avec intérêt. Il était assez rare qu'elle soit aussi élégamment habillée, préférant des tenues plus simples. Mais les Omoisiens, eux, aimaient le spectaculaire. Et ils rendaient hommage à son effort vestimentaire avec enthousiasme et respect. Elle eut un petit sourire intérieur. Sa tante lui avait souvent reproché ses tenues et Tara savait qu'elle avait sans doute raison, mais ce fut néanmoins un plaisir, pour une fois, de voir qu'un murmure admiratif l'accompagnait. Cela la changeait agréablement des regards méfiants que son passage déclenchait souvent, genre : « OK, pour l'instant, elle est cool, mais si elle allume le bout de n'importe lequel de ses doigts, tous aux abris ! »

À un moment, elle vit Robin, qui hésitait devant une porte ouverte. Elle passa, leurs regards se croisèrent et les yeux de Tara s'agrandirent lorsque, à l'intérieur du petit salon joliment décoré, elle vit une beauté d'un roux incandescent qui souriait à Robin.

Puis la porte se referma sur le magnifique demi-elfe, dont le visage paraissait curieusement indécis, tandis qu'une obscure jalousie tordait soudain l'estomac de Tara. Elle s'efforça de chasser l'image de la rousse embrassant la joue de Robin, ce n'était plus son problème… n'est-ce pas ?

Avec Maître Chem, ils se rendirent dans la prison où Selenba venait de revenir de son audience avec l'Impératrice, continuant inlassablement à fournir des tas de renseignements sur les réseaux de Magister. Des messages partaient dans le monde entier afin de surveiller les gens qu'elle désignait. Certains étaient tellement haut placés qu'il était impossible de les arrêter sur simple allégation. Les services de renseignement d'Omois et des pays avec qui Omois travaillait allaient avoir des mois de recoupements et de vérifications à effectuer.

Mais, pour l'instant, Xandiar était satisfait. La teneur de ses soupçons sur certains des courtisans avait été non pas confirmée, parce que souvent Selenba n'avait pas vu les visages des gens et ne pouvait donc pas être catégorique, mais du moins très renforcée.

Safir était toujours là. Silencieux, il écoutait attentivement tout ce que disait Selenba. De temps en temps, elle levait un regard interrogatif vers lui et tous les tourments du monde passaient sur le visage de Safir d'ordinaire impassible.

Il n'y avait pas si longtemps, Tara aurait juré que le vampyr au visage glacial et aux longs cheveux noirs était son pire ennemi. Comme elle était la clef vers les objets démoniaques que voulait récupérer Magister, ce qui risquait d'ouvrir les portes entre les Limbes et la Terre, Safir avait clairement fait comprendre qu'il n'hésiterait pas à l'éliminer. Puis un respect prudent était né entre eux, les événements les ayant rapprochés. Respect d'autant plus accentué que Tara avait détruit ou balancé une bonne partie des objets démoniaques dans un point de l'univers totalement inconnu où ils dériveraient pour l'éternité, ce qui allait très bien à tout le monde.

À présent, Tara voyait à quel point le vampyr était déchiré entre l'espoir et le doute que Selenba ne soit là que pour les manipuler. Surtout lui.

— Est-ce que vous en avez terminé ? demanda Tara une fois le rapport de Xandiar achevé.

— Non, Votre Altesse Impériale, répondit Xandiar, mais si vous désirez remplir notre part de marché en guérissant notre prisonnière, je n'y vois pas d'inconvénient.

Ben voyons. Sa prisonnière ne serait ainsi plus super-rapide et super-puissante. Oui, Tara pouvait comprendre pourquoi il ne s'y opposait pas.

— Très bien, Selenba, allons-y, inutile de perdre du temps. Allongez-vous.

Encore plus pâle, Selenba s'allongea sur l'un des sofas qui meublait la pièce. Puis, tendue, ferma les yeux.

Tara s'assit confortablement puis ferma les yeux elle aussi. Son corps se mit à luire et, prudents, tout le monde s'écarta. La magie de Tara frappa le corps de Selenba comme un fouet et la jeune femme se cabra de douleur.

C'était bien pire que la première fois et elle ne put résister.

Elle hurla.

Mais Tara ne lâcha pas. Elle savait très bien que la vampyr souffrait, mais savait aussi que c'était un passage obligé. Même si elle était assez contente de ne pas avoir besoin de ressentir ce que ressentait sa... patiente.

Tara avait déjà guéri des centaines de vampyrs ; aussi, travailler sur Selenba fut étonnement facile. Elle reconvertit les cellules abîmées par le sang humain et leur rendit leur intégrité. La peau de Selenba se colora un peu, ses cheveux retrouvèrent le lustre argenté qui était le leur avant qu'elle ne se transforme. Ses muscles se détendirent, perdant leur aspect bosselé et rude. Sa taille s'épaissit, ses épaules diminuèrent. Bientôt, la mortelle buveuse de sang humain fit place à la vampyr délicate qu'elle avait été avant. Avant de rencontrer Magister.

Des larmes de sang avaient coulé sur ses joues, et Safir s'approcha et les essuya délicatement avec un mouchoir. Alors qu'il la touchait, Selenba ouvrit les yeux. Ils n'étaient plus rouges, mais d'un rose délicat et mystérieux. C'était déjà mieux que rouge, même si beaucoup de vampyrs ne buvant pas de sang humain avaient les yeux écarlates, donnant un étrange exotisme à la vampyr. Tara ne se souvenait pas que Satila, la sœur de Selenba, ait eu les yeux roses, cela l'aurait frappée. Et comme les deux jeunes femmes se ressemblaient d'une façon incroyable, Tara, qui savait que les vampyrs pouvaient changer de couleur de peau, de cheveux ou d'yeux à volonté, songea que Selenba avait dû imiter les doux yeux sombres de Satila la première fois qu'elle avait été guérie.

En dépit de la douleur qui se diffusait encore dans tout son organisme malmené, Selenba eut un petit sourire.

— Safir... fit-elle d'une voix hésitante. Merci.

— C'est l'Héritière d'Omois que tu dois remercier. Je n'ai rien fait, Selenba.

— Mais tu es là. Et j'ai beaucoup à me faire pardonner. J'espère que nous pourrons passer du temps ensemble, une fois que j'aurai terminé de tout révéler sur Magister et ses alliés. Merci aussi de m'avoir obtenu cette audience avec l'Impératrice. Je voulais lui exprimer encore à quel point j'étais désolée.

Safir retint un petit soupir. Il savait que cela n'allait pas arriver de sitôt. Xandiar tenait une proie de première catégorie, il ne l'abandonnerait pas comme ça.

— Merci, Tara, ajouta Selenba d'un ton étonnamment sincère.

Tara sentait que la jeune femme se réjouissait de ce qui venait de se passer en dépit de l'atroce douleur qu'elle avait endurée. Cela la surprit, tellement elle était persuadée que tout ceci était une sorte de piège bizarre.

— J'ai moi aussi des questions à vous poser, vampyr Selenba, grogna Maître Chem comme en écho des pensées de Tara.

Selenba, qui n'avait pas fait attention au dragon sous sa forme humaine, supposant qu'il faisait partie de l'escorte de Tara, lui jeta un regard interrogateur.

— Maître Chemnashaovirodaintrachivu, Dragon Bleu, se présenta le dragon d'un ton glacial, sans s'incliner, montrant bien à quel point il méprisait la prisonnière.

Immédiatement, la vampyr se raidit et une expression de méfiance envahit son visage. Pas plus que Magister elle n'aimait les dragons, même si elle n'avait pas les mêmes raisons que lui.

Tara laissa les deux s'affronter. Elle serait bien restée, mais elle avait encore un demi-milliard de choses à faire avant qu'Archange n'arrive.

Et même si Archange n'avait pas été programmé, d'ailleurs, son emploi du temps était, de toutes les façons, surchargé.

Safir l'arrêta au moment où elle quittait la cellule d'interrogatoire et que les portes se refermaient sur la prisonnière, empêchant cette dernière d'entendre ce qu'il allait dire :

— Selenba est venue me voir, fit gravement le vampyr inquiet, puis s'est fait capturer et vous l'avez guérie. Et Archange arrive bientôt. Je suis désolé, mais je ne peux m'empêcher de penser qu'il y a un lien, une corrélation entre tout ce qui se passe.

Tara écarquilla les yeux.

— Un lien ? Entre Magister et Archange ? Pourquoi ? Ils sont concurrents, tous deux veulent conquérir cette planète, pourquoi s'allieraient-ils ?

— Je ne sais pas, répondit sombrement Safir. Mais je vais surveiller Selenba de près. Je sens qu'il se passe quelque chose d'anormal. Même chez elle, quelque chose cloche. Et je ne sais pas ce que c'est...

Tara soupira.

— Si vous trouvez, utilisez la fréquence d'urgence. Nous avons besoin d'avoir tous les éléments en main et vite.

Ils se saluèrent et Tara retourna dans sa suite. Une équipe entière était en train de s'affairer sur sa porte, à l'intérieur et à l'extérieur de sa suite. Du coup, elle dut se réfugier dans sa chambre où, après avoir rendu son apparence normale à son pégase, elle demanda à la changeline de la débarrasser de tout son attirail d'Héritière. Elle poussa un soupir de soulagement lorsque sa robe disparut, puis laissa place à un jean, un tee-shirt et des ballerines, tandis que ses cheveux retombaient en vagues blondes, libérés de sa couronne. Délogé de son épaule, Galant se posa sur son perchoir favori, la reproduction d'un géant d'acier miniaturisé au sommet duquel les décorateurs avaient recréé le confortable nid d'un pégase, juste à côté du lit king size recouvert de soie crème ce jour-là, de Tara

— Wow ! fit une voix qui la fit sursauter, je ne savais pas qu'elle te déshabillait avant de te rhabiller. Désolé, Tara.

Et avant que la jeune fille dont le cœur s'était mis à battre à 200 pulsations-minute, n'ait le temps de hurler de surprise, Cal apparut le long du mur doré, portant Blondin dans ses bras.

Et il n'avait pas l'air désolé du tout. En fait, il arborait même un sourire ravi.

— Bon, ajouta-t-il, ce n'est pas comme si je ne t'avais pas vue sans rien sur toi. Lorsque tu as voulu mourir, je me suis occupé de toi. Mais, à ce moment-là, je n'étais pas amoureux de toi. Alors, bien sûr, là, ça change tout. Et désolé de m'être réfugié dans ta chambre, mais un demi-millier de personnes a fait irruption tout à l'heure pour bricoler un truc sur ta porte, je n'ai pas voulu qu'ils me repèrent.

— Cal ! s'exclama Tara, furieuse. Tu m'as fait la peur de ma vie ! Mais comment es-tu entré ? Et pourquoi étais-tu invisible ?

Elle réalisa soudain ce qu'il venait de dire et hoqueta :

— Comment ça tu m'as vue sans rien sur moi ?

Cal répondit en comptant sur ses doigts, l'un après l'autre :

— La porte m'a ouvert – tu nous as donné une autorisation illimitée d'accès à ta suite je te rappelle –, et le sort d'invisibilité est l'un de ceux qui nous sont enseignés en dernière année. Très difficile, très compliqué, j'ai juste voulu l'essayer. Et quant à ta tenue, tu n'avais jamais remarqué que pendant une fraction de seconde, la changeline te déshabillait complètement lorsque vous pensez que vous êtes seules toutes les deux ?

— Non, répondit sèchement Tara. Justement parce que nous sommes seules toutes les deux. Et qu'il n'y a pas de voyeur pour nous espionner.

Robin se serait excusé, très embarrassé. Cal, lui, sourit encore plus largement.

— Tu es magnifique, Tara, alors, pardon de te dire ça, mais je n'ai aucun regret. Et puis ce fut vraiment regrettablement fugitif.

Il lâcha Blondin qui se roula en boule dans un fauteuil. Il détestait lorsque son maître et ami le portait, ça lui hérissait le poil et il en avait pour des heures à le lisser de nouveau.

Tara se sentit rougir. Cal avait un côté à la fois séducteur et sûr de lui qui la déstabilisait totalement. Contrairement à Robin, il ne se laissait pas ébranler par les réactions de la jeune fille.

— Je croyais que tu ne devais venir me revoir que demain, dit-elle, encore agacée.

— Moi ? s'étonna-t-il avec un air carrément surpris, pas du tout. C'est Robin qui la joue preux chevalier. Moi, je suis un Voleur, je n'ai pas de règles, ni en amour ni à la guerre. Que le meilleur gagne.

— Je ne suis pas un trophée, répliqua Tara, vexée.

— Tu es Tara. Tu es incroyable. Tu as bouleversé nos vies, nos mondes, notre avenir. Tu n'es pas un trophée, tu es une galaxie et je suis prêt à tout pour te conquérir.

Il la regarda gravement. Sonnée par sa déclaration, Tara finit par demander, avant de se perdre complètement dans les yeux gris qui la fixaient.

— Qu'est-ce que tu veux de moi, Cal ?

— Ça, répondit Cal.

Et il l'embrassa.

Très doux au début, alors que les lèvres de Tara cédaient sous son insistance, son baiser se fit vite plus sauvage. Cela fit comme un feu d'artifice dans l'esprit de Tara. Il ne l'embrassait pas, il la dévorait. Comme on déguste une glace, il dégustait sa bouche et lui procurait des sensations incroyables.

Il pressait son corps contre le sien, comme une urgence, comme un besoin. Puis, avant de perdre totalement le contrôle, il la relâcha.

Étourdie, Tara vacilla. D'une main hésitante, elle toucha ses lèvres gonflées. C'était Cal. Et pourtant ce n'était pas le bon vieux Cal. Il avait laissé place à un individu dangereux et séduisant. Il était à présent plus grand qu'elle. Pendant ce mois où elle ne l'avait pas vu, il s'était encore étoffé, jusqu'à perdre cette apparente maigreur qui avait été la sienne jusqu'à présent.

Il n'était pas aussi beau que Robin ; peu de gens étaient aussi beaux que les elfes, fussent-ils demi. Mais il était séduisant, oh oui, avec son visage d'ange et ses magnifiques yeux gris aux longs cils sombres. Pourtant, Tara ne s'attachait pas à la beauté extérieure. Ce qu'elle savait de Cal participait à ce vertige qu'il avait provoqué chez elle. Il lui avait sauvé la vie de si nombreuses fois qu'elle avait arrêté de compter. Il était toujours de bonne humeur, et si fiable qu'elle savait pouvoir se reposer sur lui, quoi qu'il arrive.

Tout ceci chamboulait son cœur et son âme. Elle se sentait quelque peu perturbée. Et refusait absolument de penser qu'elle ne cédait que parce qu'elle n'avait pas encore digéré l'image de Robin rentrant dans la pièce où l'attendait la beauté rousse…

Cal la contemplait d'un air à la fois inquiet et ironique.

— Tu… dirent-ils en même temps.

Cal éclata de rire et Tara rougit de plus belle.

Il s'inclina.

— Vas-y. Honneur aux dames.

— J'allais dire que tu... que tu... je ne sais plus ce que je voulais dire, en fait.

Clairement, son cerveau échappait à tout contrôle.

Elle se reprit.

— Tu as l'air d'avoir l'habitude de... d'embrasser.

Le sous-entendu était clair. Le sourire de Cal illumina son visage. Il connaissait bien la jeune fille, lorsqu'elle était déstabilisée ou troublée, elle attaquait. Alors, fort de cette connaissance, de nouveau, il surprit Tara.

— Tara, comme toi, j'ai eu des petites copines. Suffisamment pour savoir assez rapidement ce que vous les filles, vous aimez. Mais t'embrasser, wahou, je n'avais jamais vécu ça. J'ai l'impression d'embrasser un feu vivant ! On recommence ?

Il avait mis tellement de culot dans sa voix, probablement pour la détendre, que cela marcha. Tara se mit à rire.

— Cal, dit-elle avec affection, tu es dingue, tu sais ça ? Un feu vivant ? Tu racontes n'importe quoi !

Il ne la laissa pas discuter. Il la fit taire en l'embrassant de nouveau. Et de nouveau Tara se sentit submergée par la sensualité du jeune homme.

Lorsqu'ils se séparèrent, ils étaient essoufflés tous les deux, les yeux brillants. Et Tara avait tout oublié. Archange, les démons, les dragons, Magister, les objets démoniaques. Cal avait ce pouvoir. Il l'emmenait ailleurs. Elle se sentait si bien tout à coup !

Elle décida d'être totalement franche. Il y avait eu trop de malentendus entre Robin et elle, elle n'avait pas envie que cela se reproduise avec Cal.

— Je ne suis pas amoureuse de toi, Cal, dit-elle calmement en dépit de son cœur qui battait avec appréhension en attendant la réponse de Cal. C'est trop court, trop soudain, je ne sais pas du tout où j'en suis. Je ne veux pas te...

— Bien sûr que tu es amoureuse de moi ! s'exclama Cal, très amusé. Une fille comme toi ne se laisse pas embrasser comme ça si elle ne ressent pas quelque chose pour celui qui l'embrasse, parce que, sinon, ça ferait longtemps que je serais un petit tas de cendre fumant sur ta moquette !

Tara en resta bouche bée. C'était... c'était crispant, de nouveau, il ne répondait pas du tout ce à quoi elle s'attendait.

— Ah… fit-elle, hésitante, tu as sans doute raison, mais ce que je voulais dire…

— Ce que tu voulais dire, c'est que tu ne sais pas très bien où tu en es parce que jamais tu n'as imaginé que j'allais tomber amoureux de toi. Et te le prouver. Encore et encore. J'étais d'accord pour mourir pour te sauver, Tara, je ne pense pas que beaucoup de gens peuvent en dire autant. Et je sais très bien que tu aurais fait exactement pareil pour moi.

Tara ne savait pas ce qu'elle préférait. Le Cal en mode sérieux qui venait de lui rappeler ce qu'il avait accompli par amour pour elle, ou le Cal facétieux qui la faisait tourner en bourrique.

Sans doute un peu des deux.

Il se rapprocha d'elle et plongea ses brillants yeux gris dans les yeux bleus de la jeune fille.

— Ton problème, c'est que tu réfléchis trop, que tu as été formatée pour trouver des échappatoires à tous les dangers qui peuvent te guetter et que tu appliques cette formation à tes relations avec tes petits copains. Au début, avec Robin, tout se passait très bien. Tu étais amoureuse, il était amoureux et ça baignait. Puis j'ai vu le changement qui s'est produit. Ta tante a commencé à te montrer les complots derrière les complots, les trahisons derrière les protestations d'amitié, le vrai visage des gens derrière les masques souriants. Tu as appliqué ton intelligence sur le schéma inconnu que représentait Robin, afin de l'analyser. Et comme le pauvre Robin est gentil et loyal, et moins malin que toi, il s'est fait piéger. Si cela n'avait pas été par la démone qui s'est fait passer pour toi – et entre nous, je me serais fait avoir aussi –, cela aurait été autre chose. Tu as simplement trouvé un moyen diplomatique de te débarrasser de lui.

— Ce n'est pas vrai ! s'écria instinctivement Tara, vexée.

Cal la regarda d'un air moqueur.

— Oh, si, c'est vrai. Tu as besoin d'un esprit perspicace à tes côtés. De quelqu'un qui saura exactement ce que tu veux dire, ce qu'il y a derrière les mots. Je ne sais pas si ce sera moi, parce que c'est une lourde tâche. Mais je suis tombé amoureux de toi et j'ai la ferme intention de te faire perdre la tête.

Tara allait lui demander pourquoi, soudainement, il était tombé amoureux d'elle, alors que le sort d'attirance n'avait pas fonctionné sur lui, lorsqu'elle réalisa qu'elle allait faire exactement ce qu'il venait de démontrer. Tenter d'analyser.

Argh.

Cal qui avait suivi facilement le cheminement de la pensée de la jeune fille blonde eut un autre sourire, tordu celui-là.

— D'ailleurs, poursuivit-il, si tu continues, tu vas finir par ne jamais réussir à garder un petit copain. Enfin, en dehors de moi, bien sûr, ce qui me va très bien.

Tara respira profondément. Cal la taquinait, comme toujours. Elle devait garder son calme, sinon elle perdrait.

Même cette pensée la fit réagir. Perdre quoi ? Ce n'était pas un jeu. Il n'y avait rien à perdre ou à gagner. Elle était sur AutreMonde depuis trop longtemps si elle commençait à considérer les rapports humains en termes de gains ou de pertes.

— Tu as raison, admit-elle calmement. J'ai beaucoup aimé Robin. Je l'aime toujours (Cal se renfrogna, mais Tara modéra :) d'une certaine façon. C'est difficile de ne plus éprouver quoi que ce soit lorsqu'on a aimé quelqu'un aussi fort.

— Oui, convint Cal, pensif, je sais. La mort d'Eleanora ne m'a pas empêché de continuer à l'aimer. Aujourd'hui, je garde une place dans mon cœur pour elle, comme tu gardes une place dans ton cœur pour Robin. Mais maintenant, il s'agit de nous, Tara, de toi et de moi. Vas-tu donner une chance à notre histoire ?

L'oreille attentive (malgré elle) de Tara détecta le soupçon d'inquiétude dans la voix de Cal.

Tara pencha la tête et dit :

— Laisse-moi vérifier quelque chose...

La jeune fille s'approcha de lui et l'embrassa à son tour. Cette fois-ci, elle avait réussi à surprendre le garçon et, bien qu'interloqué au début du baiser, il participa très vite avec enthousiasme. Le sang de Tara chanta à ses oreilles. Elle ne s'était pas trompée. Cal lui mettait bien le cœur à l'envers.

Sauf qu'elle réalisa très vite qu'il n'avait pas la prudence et les scrupules de Robin. Le demi-elfe avait si peur qu'elle le rejette à cause de son sang chaud d'elfe, qu'il n'avait pas osé aller très loin avec elle, au point de les rendre à moitié fous tous les deux à plusieurs reprises. Et ce d'autant qu'elle n'était pas prête.

Cal, lui, était absolument ravi et, en quelques minutes, Tara se retrouva à moitié déshabillée.

Si Robin était un feu, Cal était un ouragan.

Et ils étaient dans la chambre de la jeune fille…

Tara ne songeait pas à dire stop, elle n'était que sensations, sans réflexion. Hélas ! elle n'était pas une jeune fille ordinaire. Et la réalité se chargea de la rappeler à l'ordre.

La porte se manifesta par un discret « ding gue ling ». Un œil, une bouche et une oreille se formèrent sur la porte de la chambre, transférés par la Porte Principale. Voyant l'état dans lequel se trouvait Tara, l'œil disparut promptement. Les portes étaient réputées pour leur discrétion. Elles ne voyaient et n'entendaient que ce que leurs propriétaires voulaient qu'elles voient et entendent.

— Ne réponds pas, murmura Cal en faisant courir ses lèvres sur l'oreille de Tara, la faisant frissonner.

Tara soupira. Elle aurait adoré se fermer au monde extérieur, sauf que le monde extérieur en décidait souvent autrement. Et elle savait très bien qu'ignorer un problème ne faisait que le déplacer, voire l'amplifier.

— Je ne peux pas, grogna-t-elle en frémissant sous le souffle de Cal.

— Bien sûr que si. Répète après moi : « Je ne suis pas disponible. Que les enquiquineurs aillent voir ailleurs si j'y suis. »

Et il reprit la bouche de Tara, histoire de l'empêcher de résister. Sauf que ce n'était certainement pas le bon moyen pour faire céder Tara. Elle se raidit et Cal comprit qu'il avait perdu.

Mais là, il avait la sensation qu'il allait exploser sous la pression. Cela faisait longtemps qu'il n'avait pas eu de petite amie, en grande partie à cause de la Reine Noire d'abord, puis de la tante de Tara. À se demander si toutes ces femmes ne conspiraient pas afin de lui interdire d'avoir une vie à peu près normale.

— Je vais revenir cette nuit, gronda Cal, encore enflammé par la sensation du corps de Tara contre le sien, comme ça, personne ne nous dérangera.

Une part de Tara aurait adoré hurler « oh oui, oh oui ! » et l'autre avait tellement la trouille qu'elle était prête à s'enfuir en courant. Il allait vraiment très vite.

À regret, elle se dégagea, adressa un regard navré à Cal, baissa les yeux sur sa tenue et rougit.

Sentant sa gêne, la changeline, qui s'était désactivée pendant qu'ils s'embrassaient, réajusta ses vêtements. En quelques secondes, à part ses joues rouges et ses lèvres gonflées par les baisers de Cal, Tara était de nouveau impeccable.

Ils sortirent dans la suite, les ouvriers devaient avoir terminé… ce qu'ils avaient à faire, parce que personne ne triturait plus la porte qui était fermée.

Cal, renfrogné, se cala dans un fauteuil. Tara indiqua à la porte qu'elle l'écoutait.

— Son Altesse Impériale, votre sœur Mara, demande à vous voir, elle indique que c'est très urgent, indiqua la porte.

Tara réagit rapidement. Mara n'était pas du genre à la déranger pour rien.

Mais ce ne fut que lorsque Mara entra comme une trombe dans la pièce et s'arrêta net devant Cal que Tara se souvint d'un léger détail.

Sa petite sœur était raide dingue amoureuse de Cal.

11

MARA

Ou l'art d'éviter les chiens de garde et de partir discrètement avec le butin.

Curieusement, Mara paraissait échevelée, comme si elle avait été frappée par un vent violent. Mais elle ne fournit aucune explication.

— Salut Tara, fit joyeusement sa petite sœur en l'ignorant totalement, concentrée sur Cal. Cool, c'est justement toi que je cherchais, Cal. J'ai réussi !

Cal se leva et la salua en claquant son poing sur son cœur.

— Bravo, jeune Voleuse, vous avez gagné vos premiers galons de future Voleuse Patentée. Ça n'a pas été trop difficile ?

— Tu rigoles ? C'est un exercice pour enfant de deux ans ! J'aurais pu le faire les deux mains liées dans le dos ! Écoute ça...

Et Mara se lança dans la description détaillée de ce qu'elle avait fait.

Fascinée, Tara écouta le récit de sa sœur, qui ressemblait tellement à leur mère avec ses longs cheveux bruns bouclés et ses ravissants yeux noisette. Récit de ce qu'elle comprit être une sorte d'exercice d'entraînement impliquant des douves remplies de krakens, des sorts mortels, des gardes armés jusqu'aux dents et un manuscrit précieux à présent en sa possession.

Et Mara semblait avoir relevé le challenge, sans s'être fait repérer, ce qui était, bien sûr, le plus important.

Wahou, ils ne lésinaient pas sur les entraînements, chez les Voleurs ! Au point de reconstituer une forteresse entière ! Tara était impressionnée.

— Tu as eu le temps de prendre l'empreinte et de mettre un faux à la place ? demanda Cal.

La petite (plus si petite que ça d'ailleurs) plissa son joli nez, dégoûtée.

— Évidemment ! Je suis une pro, qu'est-ce que tu crois ? Ils ne se rendront jamais compte de la différence, sauf si les sorts de copie disparaissent. Et même si ma magie n'est pas aussi puissante que celle de Tara, cela prendra sans doute des années quand même !

Tara et elle échangèrent un sourire. Les premiers temps de leur relation avaient été houleux, surtout que Mara soutenait son frère jumeau, Jar, qui détestait Tara. Mais elle s'était améliorée, notamment parce que Mara avait rapidement réalisé que Tara les aimait vraiment et sans condition.

La mort de leur mère l'avait affectée, certes, mais pas autant que Tara, parce qu'elle ne l'avait pas bien connue, ses souvenirs d'enfant ayant été effacés par Magister. Aussi, avait-elle reporté son affection sur Tara.

Cérémonieusement, Mara tendit un cylindre d'acier à Cal.

— Il est dedans. Température, humidité, tout a été respecté. Il suffit de le lire, puis de le soumettre aux tests afin de voir s'il n'y a pas de textes cachés ou de sorts de dissimulation, et la mission sera terminée.

— Je suis fier de toi, s'exclama Cal en prenant le cylindre, nous allons l'apporter ensemble chez ta tante, ainsi elle verra que ma suggestion de t'utiliser comme équipe d'appoint était judicieuse.

— Quoi ? s'exclama Tara qui venait de comprendre qu'ils ne parlaient pas d'un exercice. Tu as fait tout cela réellement ?

Les deux Voleurs se retournèrent vers elle, perplexes.

— Euh, fit Mara, oui, pourquoi, tu pensais que c'était quoi ?

— Mais un entraînement ! s'indigna Tara, horrifiée. C'est ce que tu as dit : un exercice pour un enfant de deux ans !

— Hou, tu as passé du temps avec des nains, récemment, sœurette ? Parce que c'était juste une façon de parler, hein ?

— Mais tu aurais pu être tuée ! C'est insensé ! Et tout ça pour un parchemin ?

— Oh, fit Cal, tu sais, parfois, on nous envoie récupérer des choses bien plus simples que cela. Un jour, je suis même allé, au péril de ma vie, récupérer une carotte.

L'image était tellement absurde qu'elle sortit Tara de sa colère.

— Une carotte ?

— Oui, c'était un culte bizarre qui rendait hommage à un dieu kré-kré-kré. Celui-ci adorait les carottes et ils avaient trouvé la carotte la plus grosse du monde qu'ils avaient figée dans une stase et qu'ils adoraient tout en l'emplissant de pouvoir. Ce fichu machin était énorme, j'ai eu un mal fou à le voler.

— Mais pourquoi devais-tu le voler ? demanda Tara.

— Parce que les fidèles de cette secte avaient réussi à incarner leur dieu, et que si celui-ci avait mangé la carotte, il aurait été d'une puissance… disons d'une puissance suffisante pour inquiéter le Lancovit. Sans elle, il se contente de sautiller un peu partout dans son temple chaque fois qu'on lui donne des salades fraîches, et en fonction de ses bonds, ses fidèles interprètent l'avenir. Sans grand succès, je dois l'avouer.

Tara sentit que son cerveau pétillait. Rien à faire, Cal avait toujours le même effet sur elle. Il la faisait rire, même lorsqu'elle était fâchée contre lui.

— Mais ils n'ont pas essayé de remplir une autre carotte ? s'enquit-elle avec une certaine logique, même si sa logique n'était pas toujours logique sur AutreMonde.

— Non, ils avaient mis toute leur foi dans cette carotte-là, et la plus grande partie de leur énergie magique, il ne leur en restait plus suffisamment pour que leur dieu devienne puissant.

— Oh, je vois. Et la carotte ?

— Je crois qu'elle est encore enfermée quelque part dans les caves du Château Vivant du Lancovit.

Mara et Tara échangèrent un regard et éclatèrent de rire. Vite rejointes par Cal.

— Hou, finit par dire Tara, tu fais vraiment un métier bizarre, Cal. Bref, je trouve quand même que mêler ma petite sœur à notre quête des documents de la guerre des Failles, c'est horriblement dangereux.

— Tara, fit doucement Mara, ce que tu fais est bien plus dangereux. Alors si je peux aider, de quelque façon que ce soit, ce ne sont pas deux, trois krakens et des gardes qui vont m'en empêcher. Et puis c'était vraiment amusant, crois-moi.

Tara retint un gémissement. Tous ses amis semblaient (enfin à part Fabrice) ne rêver que de bagarres et de défis. Elle aurait bien voulu que sa famille s'abstienne s'ilvousplaît-merci. Elle avait déjà perdu son père, son grand-père et sa mère dans la bataille, si elle pouvait garder ses frère et sœur en vie, ce serait vraiment bien.

— D'ailleurs, Jar est sur Terre, il est en train de récupérer les documents que nous avons trouvés au musée du Caire. L'Égypte est vraiment un pays très intéressant sur Terre, tu sais ? C'est fou le nombre de documents magiques AutreMondiens qu'ils ont accumulés. Il devrait être là dans quelques heures.

Tara en eut le souffle coupé.

— Jar ? Mon frère ?

Mara eut un sourire amusé.

— Euh, à moins que tu ne connaisses un autre Jar, oui, *notre* frère.

— Il essaye de m'aider ? Mais je croyais que...

Tara s'interrompit en croisant le regard attentif de Mara. Les relations entre Jar et Tara avaient été très difficiles. Jar avait été, comme Mara, « dressé » par Magister. Et celui-ci leur avait bien appris que s'ils désiraient quelque chose, peu importait ce qu'il fallait faire pour l'obtenir. Mara grimaça, comprenant parfaitement la surprise de Tara. Elle non plus n'avait pas été spécialement gentille avec sa sœur au début. Mais elle s'était rattrapée depuis.

— Tu croyais qu'il te détestait, soupira-t-elle, et qu'il ne voulait qu'une seule chose, que tu meures afin de lui laisser la place d'Héritier, puisque je n'en veux pas plus que toi ? Oui, c'était le cas il n'y a pas très longtemps. Mais depuis qu'il mesure tout ce que tu as à subir en tant qu'Héritière, je crois que la place le tente beaucoup moins qu'avant. Surtout depuis que tu en es morte[1]. Et il n'oublie pas que nous avons été élevés par Magister (ça, il n'y avait aucun risque que Tara

1. Comme beaucoup de choses sur AutreMonde, mourir n'est pas forcément un état définitif. On dirait même que beaucoup de films d'horreur hollywoodiens se sont alignés sur le truc du « méchant-qu'on-croyait-carbonisé-et-qui-revient-vingt-fois », probablement inspirés par AutreMonde...

l'oublie !). Nous n'aimons pas les dragons, ce qui est logique vu qu'il les déteste, mais tout autant, nous n'aimons pas les démons. Magister, en dépit de l'aide qu'ils lui fournissent, s'en méfie terriblement. Alors Jar fera tout ce qui est nécessaire pour contrer les plans d'Archange, quels qu'ils soient.

Tara était abasourdie. Elle n'avait pas imaginé un instant que son frère et sa sœur seraient impliqués à ce point.

Cal jeta un regard de regret à Tara, puis lui fit signe qu'il l'appelait et suivit la petite qui babillait gaiement, toute contente de sa réussite.

La porte se referma derrière eux. Tara se mordit la lèvre. À un moment ou à un autre, il allait falloir qu'ils avouent à Mara qu'ils sortaient ensemble. Elle se mordit la lèvre un peu plus fort. Ça, c'était une scène qu'elle n'avait pas hâte du tout de vivre.

Quelques minutes plus tard, son hor vibra.

C'était Cal.

« Tro bon hate de t revoir. Ce soir ? »

Et pourquoi Cal utilisait des abréviations alors que la seule chose qu'ils avaient à faire c'était de dicter le message à leur boule de cristal ou comme dans le cas de Tara de son hor ?

Elle dicta la réponse.

« Trop bon oui. Pour ce soir, sais pas. Trop vite ? »

Le message s'afficha tout de suite en réponse.

« Jamais trop vite. Vie est longue mais parfois courte. Ne gâchons pas. »

Il allait vraiment falloir qu'il surmonte le traumatisme de la mort d'Eleanora. Parce que s'il pensait que Tara pouvait mourir d'une seconde à l'autre, leur relation prendrait un tour compliqué. Elle s'apprêtait à lui répondre lorsqu'il texta :

« Rentre dans bureau Impératrice. T'appelles après. Tu fais quoi ? »

Tara sourit. Il voulait déjà savoir ce qu'elle faisait. Définitivement, Cal ne ressemblait en rien à Robin. Elle mentit. Du moins sur la première partie de son emploi du temps.

— « Cours de danse et de maintien, entraînement avec les gardes, déj, étude des lois et de la politique, audience avec Lisbeth pour le point du jour, audience officielle avec les courtisans, dîner officiel avec les ambassadeurs et les rois venus pour l'arrivée d'Archange, midnuit[1], dodo.

« Trop de temps pour les autres, pas assez avec moi. Je viens à midnuit. »

Tara ne répondit pas. Cal était vraiment trop rapide. Elle ne s'était pas encore habituée à le voir comme un petit copain que déjà il voulait passer la nuit avec elle !

Malheureusement, elle ne pouvait pas se pencher sur tout cela, parce qu'elle avait un rendez-vous mortel à organiser.

Tara prévint ses gardes qu'elle partait, encore. Ceux-ci soupirèrent. Elle leur avait appris qu'essayer de l'en empêcher revenait à se retrouver douloureusement paralysés pendant des heures, vu la puissance de sa magie. S'ils ne voulaient pas être métamorphosés en statues, ils avaient intérêt à ne pas l'ennuyer. Ils obéirent donc, la mort dans l'âme pendant qu'elle préparait ce dont elle avait besoin pour sa mission.

Dont le plus important : sa combinaison spatiale, qu'elle fit rentrer dans les poches de sa robe de sortcelière.

Galant boudait, mais elle ne pouvait pas l'emmener. Elle aurait pu le miniaturiser encore plus et le garder dans sa combinaison, mais elle préférait ne pas s'inquiéter pour lui, alors qu'elle affrontait la magie démoniaque.

Quelques minutes et trois transferts plus tard, elle était sur la Lune terrienne. Les deux thugs de garde qui s'ennuyaient comme des rats morts furent contents de la voir, elle leur apportait tout le temps des friandises hors de prix qu'elle « empruntait » aux cuisines du palais. Ils pensaient qu'elle venait réfléchir (c'était ce qu'elle leur avait dit) dans un endroit tranquille en regardant la Terre. Contrairement à la Garde des Amazones sur Terre, ils ne savaient pas que deux objets démoniaques se trouvaient sur la Lune. Un Transmitus plus tard et elle se retrouvait devant les Gardiens. Qui lui demandèrent de se déshabiller.

1. Comme sur Terre, Midnuit indique le milieu de la nuit, sauf que pour nous, ce serait plus tard, puisque les jours d'AutreMonde ont 26 heures et non 24...

C'était une manie ou quoi ? Ils exigeaient la même chose chaque fois alors qu'ils savaient très bien que c'était elle. Elle ignorait si c'était parce qu'ils aimaient se rincer l'œil ou si, paranoïaques, ils vérifiaient si elle était vraiment elle. Elle incanta et le champ de magie l'enveloppa. Une fois satisfaits, les Gardiens la laissèrent passer. Elle frissonna et, pas parce qu'il faisait – 273,15° dehors, la température du zéro absolu. Mais bien parce que les fantômes griffus et pleins de crocs l'effrayaient. La dernière fois qu'elle était venue, elle leur avait fait une proposition. Elle espérait qu'ils accepteraient, comme ceux qui avaient protégé les objets démoniaques sur Terre et se trouvaient à présent sans travail.

Dans la caverne, à présent lumineuse et animée par les séries et les nouvelles défilant sur les écrans, qui abritait la Lance et l'Armure, elle fut surprise de voir que les figures sur le métal noir restaient curieusement immobiles. D'habitude, elles étaient furieuses, hurlaient et se débattaient. La jeune fille déglutit. Tout ce qui était changement était dangereux avec elles.

Un tentacule noir se forma devant elle, partant des deux armes. Les âmes avaient appris, depuis le temps, qu'il était inutile de tenter d'asservir Tara. Forte de son expérience avec la Reine Noire, elle était comme immunisée contre leur pouvoir. Le tentacule attendit poliment. Tara inspira profondément, puis le toucha. Immédiatement, les voix fusèrent dans sa tête. Mais cette fois-ci, ce n'était pas la cacophonie habituelle. Les âmes étaient presque calmes.

— *Nous voulons… nous voulons…* gémirent elles… *nous voulons mourir ! Mais pas… mais pas… disparaître… nous voulons, nous voulons… OutreMonde.*

Tara resta honnête en répondant mentalement.

— *OutreMonde reçoit les sortceliers. J'ignore où vous allez lorsque vous, vous mourez.*

Les âmes furent tout aussi honnêtes.

— *Nous essaierons, nous essaierons de trouver le chemin. Promets… promets de nous délivrer. De ne pas nous utiliser jusqu'à nous épuiser… promets !*

Tara imagina la tête d'Elseth voyant arriver des millions d'âmes démoniaques dans son OutreMonde. Et espéra très fort ne pas être en train de passer un pacte avec le diable.

— *Si vous m'aidez, je promets. Je ne vous épuiserai pas. Donnez-moi chacune un morceau de vous, pas suffisamment pour que vous disparaissiez, lorsque j'aurai besoin de votre aide. En échange, sans détruire les objets démoniaques, les savants et moi travaillerons à vous libérer sans que vous retourniez chez les démons. Avons-nous un accord ?*

Il y eut un silence pesant dans sa tête et Tara se demanda avec angoisse si les âmes tourmentées n'avaient pas sombré de nouveau dans la folie. Mais le tentacule se resserra, comme une poignée de main qui scellait l'union.

— *Un accord… oui, nous avons un accord. Appelle-nous. Nous écouterons.*

— *Non,* répondit fermement Tara. *Vous êtes trop loin d'AutreMonde sur cette lune. Je vais avoir besoin de vous près de moi afin de lutter contre ceux qui vous ont asservies. Je dois vous emporter avec moi.*

Les deux Objets restèrent de nouveau silencieux. Puis ils répondirent, leur élocution de plus en plus claire au fur et à mesure que les âmes gagnaient en rationalité :

— *Avec toi ? Dans le monde ? Ils essaieront de nous détruire ! Ou de nous utiliser !*

Mais Tara avait vu comment l'anneau de Kraetovir avait changé de couleur et de forme à son doigt afin de passer inaperçu. Il avait même réussi à faire se transformer la Culotte démoniaque, détenue par les dragons. De fer noir et sombre, sculpté de figures démoniques, il était devenu anneau d'argent orné de licornes. Très malin de sa part. Tara s'en inspira.

— *Pas s'ils ne vous reconnaissent pas,* précisa-t-elle.

Elle retransmit sa pensée et la façon dont, selon elle, l'Anneau avait opéré. Les deux Objets frémirent. Soudain la Lance fut parcourue d'éclairs noirs. C'était presque un oxymore, mais Tara ne voyait pas bien comment décrire mieux le phénomène. Elle rapetissa, rapetissa encore, au point de ressembler bientôt à une sorte de gros stylo. Les âmes durent capter la pensée de Tara, car l'instant d'après, la Lance se transforma et, reposant dans la poussière lunaire, il y eut soudain un gros stylo en laque noire luisante. Tara sourit. Pas si folles que ça, les âmes damnées.

L'Armure murmura dans son esprit. Elle pouvait aussi se réduire, mais le fer composant les différentes pièces de l'Armure qui emprisonnait les âmes ne pouvait se mélanger. Elle devait donc rester en plusieurs morceaux... Tara lui suggéra quelque chose et, l'instant suivant, l'Armure se transforma aussi. Un collier, des bracelets de main et de chevilles. Cette fois-ci Tara ne sourit pas. Cela lui rappelait un peu trop l'anneau de Kraetovir qui avait fini par presque la recouvrir de son métal toxique...

Elle refusa le collier. Elle n'oubliait pas que les Objets avaient essayé de la tuer. Porter un truc qui pouvait l'étrangler en deux secondes, très peu pour elle. Les âmes de l'Armure ne discutèrent pas. Elles voulaient juste que quelqu'un les délivre et comprenaient très bien que Tara n'ait pas confiance en elles. Le collier s'allongea en une fine chaîne de taille. Ce n'était pas encore idéal, mais cela pouvait aller.

Il restait un dernier point à régler avant qu'elle ne mette les objets démoniaques en contact avec sa peau nue.

— *Vous diffusez des ondes dangereuses pour nos organismes humains,* expliqua-t-elle aux âmes damnées. *Je vais devoir vous porter pendant un certain temps et de bien plus près que je ne le voudrais. Il faut absolument que vous arrêtiez de faire cela. Les dragons qui étudiaient la Culotte démoniaque ont été touchés et certains d'entre eux ont muté. Je n'ai pas du tout envie de me retrouver couverte d'écailles vertes.*

Elle faisait de l'humour, mais c'était très sérieux. Les âmes répondirent :

— *Personne... personne,* gémirent-elles, *ne nous a demandé, personne n'a dit « s'il vous plaît, aidez-moi et je vous aiderai ». C'était toujours nous consumer, nous utiliser. Nous avons lutté, à notre façon, pour nous venger. Nous ne te ferons rien, tu nous aides, nous te protégeons.* (Les âmes hésitèrent, cherchant le concept dans l'esprit de Tara.) *Nous sommes amies.*

Formidable. Voilà maintenant que Tara était copine avec une Lance et une Armure démoniaques.

Mais elle comprenait les âmes. Arrachées à leurs corps, sacrifiées sur l'autel de la conquête des Boulimi-Lema, dont beaucoup d'entre elles n'étaient même pas de la même race, d'après ce que Tara avait pu sentir, elles n'avaient jamais eu le choix. Les ancêtres de Tara avaient toujours vu les objets démoniaques comme des monstruosités qu'il fallait emprisonner ou détruire. Tara elle-même, avant d'avoir cette idée folle, n'avait pas eu de scrupules. D'autant que son expérience avec l'anneau de Kraetovir d'abord, puis avec la Reine Noire, l'avait convaincue que la magie démoniaque était horriblement destructrice. Avec une certaine honte, Tara réalisa que si Archange ne l'avait pas menacée de la sorte en imposant sa venue dans leur univers, jamais elle n'aurait songé à aider les âmes démoniaques. Elle se jura qu'elle allait faire tout ce qui était en son pouvoir pour les libérer, d'une façon ou d'une autre.

Elle tendit la main vers le stylo dans le sable. Lorsque sa peau l'effleura, celui-ci frémit légèrement, mais sans autre réaction.

C'était la première fois qu'elle touchait l'un des deux Objets depuis qu'elle avait commencé à leur rendre visite. Elle s'attendait à… elle ne savait pas très bien à quoi. Que le stylo essaye de la posséder ou de l'attaquer ; mais celui-ci resta soigneusement inerte dans la paume de sa main, ressortant étrangement sur la peau blanche. Tara demanda à la changeline de lui ouvrir une poche intérieure afin que personne ne le voie.

Ensuite, bien que toujours tendue, elle enfila les bracelets un à un, souleva son pull et posa la chaîne de taille. Contrairement à l'Anneau qui s'était paré d'argent, la Lance restait noire et l'Armure s'était transformée en or. Ce qui était logique, les bijoux que lui créait la changeline étant souvent en or et pierres précieuses. Là, point de pierres, mais cet or lourd et dense qu'aimaient tant les Omoisiens. C'était ingénieux et cela passerait totalement inaperçu, encore plus si Tara avait des manches longues.

Tara s'attendit à ressentir la rage anormale et vicieuse qui s'emparait d'elle lorsqu'elle était soumise à la magie démoniaque, mais les Objets avaient décidé de la préserver. Elle n'avait envie de conquérir personne, ni aucune planète, et n'avait pas plus envie de torturer des gens ou de faire couler le sang.

Bon. Le changement était bienvenu.

Tara demanda mentalement aux âmes si elles se sentaient bien. Elles furent surprises que la jeune fille blonde pose la question, mais répondirent que tout allait parfaitement et qu'elles étaient impatientes de trouver une solution pour être libérées de ce métal corrompu qui les emprisonnait et leur faisait mal.

Tara remit sa combinaison, salua les Gardiens.

Puis voulut partir.

Sauf que les Gardiens l'entourèrent et montrèrent les dents. Et dans leur cas, c'était parfaitement réel. Tara fut soudain entourée de tas de crocs. Elle se figea.

— Euh, oui ? fit-elle d'une toute petite voix. J'ai oublié quelque chose ? Merci ? À bientôt ? C'était cool de vous avoir revus ?

— La Lance, l'Armure ! Ils ne peuvent pas quitter le sanctuaire ! psalmodièrent les Gardiens, effrayés.

— OK, soupira Tara, reprenons depuis le début. Je suis ?

— Le sang de Demiderus, répondirent mécaniquement les Gardiens.

— Qui a... ?

— Placé les Objets sous notre garde.

— En précisant que... ?

— Seuls ceux qui sont de son sang ou de ceux des cinq Très Hauts Mages ont le droit d'y accéder.

— Et même... ?

Les Gardiens soupirèrent, mais ils étaient vaincus.

— Et même de les déplacer.

— Voilààààà. Et là, je fais quoi ?

— Le sang de Demiderus déplace les objets démoniaques.

— Donc il n'y a pas de problème. Vous avez ma proposition, si vous vous ennuyez trop, vous savez quoi faire. La balle est dans votre camp.

Il y eut un silence.

Puis les Gardiens répondirent.

— Quelle balle ?

Aïe. Tara avait encore oublié qu'il fallait éviter les métaphores avec tout un tas de peuples, dont, à l'évidence, celui des Gardiens.

— Je veux dire que c'est votre décision.

Il y eut un nouveau silence.

— Évidemment, Sang de Demiderus, que c'est notre décision, ce n'est pas la vôtre.

OKKKKK, il y avait du boulot pour arriver à communiquer là. Sagement, Tara décida de ne pas compliquer les choses. Elle garda le silence elle aussi. Les Gardiens la dévisagèrent une dernière fois, puis, lentement, à regret, lui cédèrent le passage.

Le cœur battant, elle se fraya un chemin au milieu de la foule de crocs et de griffes des terrifiants fantômes, mais ne respira vraiment que lorsqu'elle fut loin de la caverne. Un tentacule s'inséra timidement dans sa conscience. Les âmes étaient curieuses. Pendant tout le temps où Tara avait dû affronter les fantômes, dont elle savait pourtant qu'ils étaient des alliés, elle avait eu si peur qu'elle en avait oublié son aversion et sa crainte des objets démoniaques. Les âmes damnées voulaient donc savoir si les Gardiens étaient plus puissants qu'elles pour terroriser Tara à ce point.

Tara inspira et faillit rire, mais se retint. Elle ne savait pas comment les âmes pouvaient réagir.

— *En fait, vous m'effrayez tous les deux. Mais je dois focaliser mon esprit sur ce qui me menace dans l'immédiat, pas sur ce qui peut me menacer potentiellement. Et vous êtes mes alliées, je dois donc vous faire confiance, à un moment où à un autre.*

Satisfait, le tentacule se retira. Tara mesura à quel point sa relation avec la Lance et l'Armure était différente de ce qu'elle avait vécu avec l'Anneau ou la Reine Noire. Là, elle sentait un intérêt sincère et une soif de comprendre que l'Anneau ne possédait pas du tout. Il ne pensait qu'à détruire et conquérir.

Elle incanta un Transmitus jusqu'à la Porte de transfert lunaire, gardée par les deux thugs qui furent surpris de la voir revenir aussi vite, et qui conduisait sur Terre, puis de la Terre, retourna sur AutreMonde à Tingapour.

Tout de même sérieusement inquiète, alors qu'elle se positionnait au milieu des tapisseries qui allaient la dématérialiser et la rematérialiser des milliards de kilomètres – ou tatrolls comme disaient les AutreMondiens –, de la Terre, Tara se demanda si les détecteurs de magie démoniaque implantés dans les Portes intergalactiques, à la fois dans l'espoir que Magister se démasque, mais également pour empêcher les démons de se transférer à partir de la Terre, allaient fonctionner.

Mais les objets démoniaques avaient bien fait leur travail. Pas la plus petite onde ne vint alerter les alarmes et Tara passa sans l'ombre d'un problème.

Une fois de retour à Tingapour, elle se débarrassa de sa combinaison qu'elle dissimula dans sa chambre, puis se rendit à son prochain rendez-vous.

C'est alors que toute l'énormité de ce qu'elle avait entrepris depuis des semaines lui tomba dessus. Elle venait juste de convaincre deux des armes les plus dangereuses de la galaxie, voire de l'univers, d'être sympas avec elle et de lui venir en aide.

Et en plus, elle les portait sur elle.

Tara n'était pas prétentieuse, avait peu conscience de sa beauté, mais là, elle se sentit fière de ce qu'elle avait accompli. Enfin... fière pour l'instant, jusqu'au moment où les âmes se retourneraient contre elle, ce qui restait toujours possible.

La fin de la journée se passa avec ce gros point d'interrogation/épée de Damoclès au-dessus de la tête : quoi qu'elle fasse, elle se sondait constamment afin d'être sûre que les Objets ne la possédaient pas ou ne l'influençaient pas.

Elle fut inattentive au point que ses professeurs le lui firent remarquer. Elle faillit tuer l'un des gardes en laissant échapper sa magie parce qu'elle était distraite et répondit totalement de travers à l'un des ambassadeurs qui lui demandait ce qu'elle pensait d'Archange et à qui elle répondit « qui » ?

En plus, elle ne trouva pas un instant pour retourner à sa suite et bénit la changeline qui s'occupa de tout afin de la rendre belle pour la soirée. Bref, elle était totalement perturbée avec quelques raisons quand même, dont la moindre n'était pas qu'elle était censée retrouver Cal et passer la nuit avec lui.

Sauf que cela n'allait pas être possible, pas avec les objets démoniaques dans la tête.

Et sur le corps.

La pression ne se relâcha pas lors du dîner. Robin faisait partie de la délégation du Lancovit – il avait participé à la recherche des documents –, ainsi que Mévora, sa très jolie mère humaine, brune aux yeux bleus, et T'andilus, son père elfe.

Le jeune demi-elfe ne la quitta pas du regard pendant tout le dîner, son hydre étrangement calme autour du cou, et sous son œil attentif Tara finit par se sentit coupable. Heureusement, Cal, qui l'avait abreuvée de messages toute la journée, n'était pas là, sinon elle n'aurait rien pu avaler. Et même si elle essayait de se consoler en songeant à l'incandescente beauté que Robin avait rejointe, hélas ! cela ne déculpabilisait pas Tara, pour autant.

Comme pour Mara, il allait falloir qu'elle parle avec Robin. Et qu'elle lui avoue qu'elle sortait avec Cal. Avec une moue désabusée, elle réalisa que les histoires d'amour étaient sans doute la seule chose qui pouvait détruire leur petit groupe. Parce que, connaissant Robin, elle doutait fortement qu'il soit capable de pardonner à Cal lorsqu'il apprendrait la vérité. C'était comme un pansement sur une plaie. L'arracher ferait mal, mais ce serait une douleur brève.

Le laisser en place risquait d'infecter la plaie et la situation ne ferait qu'empirer.

Elle croisa le regard de Maître Chem, qui avait conservé sa forme d'homme séduisant de vingt-cinq, trente ans, et l'observait tout aussi attentivement que Robin.

Distraitement, elle se demanda si, comme les couleurs qui se fanaient sous le soleil, elle allait finir par se décolorer sous tous ces regards insistants.

Elle faillit rire toute seule de ses pensées étranges mais se retint, inutile que ses voisins s'interrogent sur sa santé mentale. Cela dit, elle n'était pas très inquiète. À sa droite, était placée la Première ministre, Dame Téoclis, dont les deux têtes, l'une blonde et l'autre brune, mangeaient peu et observaient les nombreux convives avec attention, tout en échangeant équitablement des propos à peu près avec tout le monde, sauf avec Tara dont elle respectait le silence ; et à sa gauche, le représentant des mercenaires de Vilains, patrie du futur mari de l'Impératrice, dont l'unique conversation se résumait à des grognements satisfaits alors qu'il mordait dans tous les plats qui passaient.

Tara inspira profondément au-dessus de son plat de côtelettes de drummm grillées. Le similipoisson ressemblait tellement à une vache paissant au fond des océans, qu'on ne disait pas des arêtes en parlant de ses os, mais des côtes. Accompagnées de pousses de brills des montagnes d'Hymlia et d'une délicate sauce à la crème de balboune, elles sentaient délicieusement bon, mais rien à faire, Tara n'avait pas faim. Tout ceci lui coupait l'appétit.

Dans l'immense salle de bal (en fait, dans l'une des immenses salles de bal), des dizaines de tables avaient été dressées. Elles flottaient au-dessus du sol ce soir-là, car les invités d'honneur étaient les représentants de Tadix et Madix, les deux mondes satellites qui gravitaient autour d'AutreMonde. De fait, sans la supprimer totalement, l'Impératrice avait fait modifier la gravité, et les invités avaient un peu de mal avec les aliments qui n'obéissaient pas forcément aux mêmes lois que d'habitude. Les pâles, frêles et très fragiles diplomates de Tadix et Madix avaient cependant préféré s'entourer de bulles afin d'atténuer plus encore les effets écrasants de la planète géante sur leurs os délicats. Tara en avait déjà vu, mais plus que jamais, ils lui évoquaient des fleurs blanches et ondulantes dans leurs vêtements flottants couleur crème, leurs longs bras qui touchaient le sol, leurs huit doigts à chaque main et l'espèce d'algue qui ondulait sur leurs têtes, verte pour les Tadixiens et rouge pour les Madixiens. On avait l'impression que si on en touchait un, il allait immédiatement se faner.

Ou se casser en deux.

Lisbeth se leva, juste avant que les serveurs n'apportent les nombreux desserts et, amplifiant sa voix afin que tout le monde dans l'immense salle puisse l'entendre, fit une annonce.

— Chers invités, chers amis (elle avait déjà salué tout le monde par son titre et n'avait donc pas besoin de répéter), ainsi que vous le savez, la menace millénaire des démons dévoreurs de chair qui pesait sur nous, va peut-être enfin être levée grâce à mon Héritière ici présente.

Elle leva son verre de cristal et d'or vers Tara qui esquissa un sourire modeste tout en n'en pensant pas moins. Elle n'y était absolument pour rien si le roi des démons, enfin l'ancien roi des démons, avait eu l'excellente idée de faire terraformer les planètes démoniaques et transformer tous les démons en ravissants pseudo-humains. Parce que, en dépit de tout ce qu'elle avait vu, Tara savait que les démons n'étaient pas plus humains que... disons des tigres.

À dents de sabre.

Mais l'Impératrice, en fine politique, récupérait allégrement tout ce qui pouvait servir sa cause. Un peu de pub ne faisait jamais de mal.

— Dans deux jours, nous allons volontairement invoquer la délégation des démons qui viennent nous voir en paix et dont le nouveau roi, Archange, a demandé la main de Tara.

Tous les invités se tournèrent vers la jeune fille. Beaucoup de regards étaient empreints de pitié. Mais certains la jaugeaient avec animosité. Si effectivement Tara parvenait à allier l'empire d'Omois avec les démons, cela donnerait un formidable avantage à Omois. Ce qui n'était pas forcément du goût de tout le monde.

Lisbeth le sentit et en habile diplomate modula son message.

— Sur cette partie, spécifiquement, mon Héritière, notre gouvernement et moi, n'avons pas encore répondu, car nous avons besoin de mieux connaître ces anciens ennemis et peut-être futurs alliés de notre monde... (elle jeta un rapide coup d'œil aux représentants et rectifia :) de *nos* mondes.

Vu les regards sceptiques qui s'échangeaient, beaucoup de gens pensaient que toute l'opération était suicidaire. Et Tara retint un soupir. On la jetait aux chatrix[1] et ils en avaient bien conscience.

— Cependant, en dépit de la volonté de nos gouvernements de montrer notre ouverture, nous avons décidé de ne pas inviter ces nouveaux visiteurs sur notre monde.

---

1. Contrairement à ce qu'on pourrait penser, jeter quelqu'un aux loups ou aux chatrix est une coutume terrienne, à la base. En effet, lorsqu'en Russie notamment, mais ce n'est pas le seul endroit où cela se faisait, les loups tentaient d'attaquer les traîneaux, si la situation était désespérée on balançait aux loups celui qui avait perdu à la courte paille. Le temps qu'ils le dévorent, et les autres étaient sauvés...

P.- S. : si on n'avait pas de courte paille ou même de longue, on balançait celui qui se trouvait le plus en arrière du traîneau, raison pour laquelle on regardait toujours avec beaucoup de suspicion le type qui vous disait avec un grand sourire : « Mettez-vous à l'arrière, c'est beaucoup plus confortable... »

La majorité ne réagit pas. Beaucoup des invités avaient participé à l'organisation de la réception des démons, ainsi que des lignes de défense mises en place, mais d'autres n'étaient pas au courant, et un murmure de surprise discret courut le long des tables. Cette fois-ci, Tara aussi haussa les sourcils. Qu'est-ce que sa tante avait encore inventé ? Bizarrement, elle n'avait pas été prévenue.

— Nous allons donc les recevoir sur Tadix.

Ah. Ça, c'était une sacrée nouvelle. Le murmure s'accentua jusqu'à devenir franchement excité. Tara tâcha de se souvenir de ce qu'elle avait lu sur Tadix. C'était une planète à faible gravité et à faible atmosphère au point que les gens devaient y vivre sous des dômes, même si la magie permettait de les étirer quasiment sur des dizaines de kilomètres. Ainsi les immeubles sur Tadix atteignaient des hauteurs inimaginables.

Même la ville-champignon des Spaniviens sur Terre (et en fait sous terre, ou plus précisément sous océan), accrochée près du faux soleil créé par Demiderus et les Hauts Mages, à un millier de mètres à peine de la surface, n'était pas, et de loin, la plus haute.

Tara en avait le vertige rien que d'y penser. Elle frissonna. Elle avait lu que l'atmosphère de Tadix était glaciale, en dépit de la présence des deux soleils, car trop ténue pour retenir la chaleur. Les Tadixiens s'y étaient habitués, au fur et à mesure des générations et à présent, s'y sentaient à l'aise. Ce qui expliquait sans doute le froid que semblaient diffuser leurs bulles anti-gravité.

Il y avait eu, quelques mois auparavant, un scandale sur Tadix, car le satellite avait une spécialité très... particulière.

Les Tadixiens étaient les plus redoutables joueurs de toutes les planètes. Ils étaient capables de parier sur absolument tout et n'importe quoi, depuis la couleur de la robe que porterait telle ou telle personnalité à telle ou telle occasion, jusqu'au temps qu'il ferait le lendemain, en passant bien sûr par tous les paris, sportifs ou pas. Les gens qui allaient sur Tadix ou en revenaient riches ou n'en revenaient pas du tout. Parce que si vous perdiez tout votre argent, il n'y avait pas d'échappatoire. Vous deveniez l'esclave des Tadixiens. Cela faisait partie du contrat que les gens signaient avant de se rendre sur le satellite.

Ce qui expliquait qu'on trouvait absolument toutes les races sur la grande lune d'AutreMonde. Les Madixiens, au contraire, détestaient absolument tout ce qui se rapportait de près ou de loin au jeu. Ils y étaient allergiques, tout comme ils étaient allergiques à leurs voisins, qu'ils accusaient de vice et de corruption.

Le plus bizarre était qu'ils n'étaient en rien physiquement différents des Tadixiens. Aussi, et parce qu'ils détestaient qu'on les confonde, ils avaient fait teindre leur espèce de chevelure flottante en rouge, contrairement à celle des Tadixiens qui était verte.

Tara avait appris toutes ces choses sur le satellite, en dehors des publicités qui fleurissaient un peu partout dans la ville et sur les écrans, parce qu'une mercenaire avait refusé de payer ce qu'elle avait perdu et tout dévasté lorsque les Tadixiens avaient tenté de l'arrêter. Cela avait été spectaculaire.

Une fois le flot d'informations tari, Tara écarquilla les yeux. Elle rêvait ou sa tante allait recevoir la délégation des dragons et des démons dans le plus grand casino de l'univers ? Elle avait un sens de l'humour pour le moins curieux !

— Une partie de notre Cour, précisait Lisbeth pendant que Tara absorbait les informations sur Tadix, ainsi que celles des représentants de tous les royaumes, principautés, comtés, républiques, etc. d'AutreMonde, mais également de Santivor, du Dranvouglispenchir, et autres, vont se déplacer sur Tadix dès demain soir. Nous allons préparer la venue de nos invités. Puis nous commencerons les négociations. J'espère que vous avez apprécié ce dîner, à présent, goûtons à ces délicieux desserts qui nous tendent les bras.

Et sans laisser le temps à qui que ce soit de poser des questions, Lisbeth se rassit majestueusement.

C'était du grand art. Tara imaginait très bien la séance pendant laquelle cette décision très particulière avait été prise. Tara supposait que Lisbeth n'avait pas dit aux autres gouvernants : « je propose que », parce que, sinon, tout le monde aurait opposé des tas d'arguments, et là, ils seraient encore en train de discuter du pourquoi du comment de la danse des anges sur une tête d'épingle[1]. Elle avait plus probablement dit « nous avons décidé », forte du fait qu'Archange avait spécifiquement désigné Tara comme sa promise. Mais bien sûr, même si la proposition avait sans doute été diplomatiquement proposée à tout le monde, Tara savait que les autres n'avaient pas le pouvoir de s'y opposer. Sa tante dirigeait l'empire le plus puissant d'AutreMonde. Sa parole avait, souvent, force de loi. Elle voyait bien pourquoi Lisbeth avait pris cette décision. Il suffirait de détruire les Portes de transfert entre Tadix et AutreMonde pour que les démons soient piégés sur le satellite. Mais connaissant Lisbeth, Tara subodorait qu'il y avait une demi-douzaine d'autres raisons pour justifier ce choix. Qu'elle allait vite découvrir en tirant les t'sils du nez de sa tante.

Elle sourit intérieurement. Plus le temps passait, et plus elle s'apercevait qu'elle utilisait des expressions AutreMondiennes. Quelques années plus tôt, elle aurait pensé « tirer les vers du nez ». Maintenant, spontanément, elle pensait aux redoutables t'sils verts.

Plus le dîner avançait et plus Tara se sentait fébrile. Comment allait-elle réagir ? Cal emplissait son cerveau et elle n'arrivait tout simplement pas à voir plus loin que minuit, comme dans Cendrillon. Le seul souci, c'était qu'elle se sentait plus dans la peau de la citrouille que dans celle de la princesse...

Et puis, c'était un si total revirement de tout ce qu'elle avait vécu jusqu'ici avec Robin, dont elle était persuadée qu'il était son grand amour, qu'elle avait un peu de mal à conceptualiser Cal en petit copain.

Rien à faire, son cerveau bloquait.

Cal en gamin farceur, oui, Cal en prodigieux Voleur, oui, Cal lui sauvant la vie un demi-millier de fois, oui... mais Cal l'embrassant... c'était plus dur à passer. Pourtant, lorsqu'il l'avait tenue dans ses bras, cela lui avait paru parfaitement naturel. Comme si leurs deux corps s'étaient reconnus.

---

1. Comme sur Terre, si on laisse les politiciens discuter, la plus petite décision peut prendre des années avant d'être appliquée. Ce doit être dans l'ADN du politique : « Point de décision tu ne prendras et chaque virgule tu discuteras. »

P.-S. : Vu les progrès en nanotechnologie, je dirais que l'estimation du nombre d'anges dansant sur une tête d'épingle est : beaucoup.

Sauf que dès que Cal était loin d'elle, tous ses doutes revenaient au grand galop. À croire qu'ils n'attendaient que ça pour la torturer. Comme si elle n'avait pas assez de soucis comme ça !

Elle se sentit presque soulagée lorsque Lisbeth, à la fin du banquet, lui fit signe de la suivre. Il n'était que minuit, l'équivalent de 10 heures du soir sur Terre, mais par égard pour les nombreuses races et surtout l'âge vénérable de certains invités, les dîners commençaient et se finissaient tôt.

Elles quittèrent la table dans le brouhaha des chaises qui se posaient doucement sur le sol.

Mais, fidèles à leur habitude, elles ne dirent rien, à part saluer les gens qui se trouvaient encore dans les couloirs, allées et parcs du palais en dépit – ou à cause – de l'heure tardive.

La nuit, la lumière était plus douce dans le palais, les contours plus mystérieux. Les deux lunes éclairaient au travers des toits que souvent les architectes et décorateurs du palais, rendaient transparents, ce qui baignait tout d'une délicate lueur argentée. Sous cette lumière flatteuse, le teint de l'Impératrice prenait une teinte parfaitement blanche, comme si elle était faite de porcelaine et non pas de chair et de sang.

Une fois dans sa chambre, qu'elle avait fait décorer d'argent ce soir-là, très raccord avec les deux lunes, Lisbeth se détendit pendant que Tara et Galant s'asseyaient sur l'un des canapés.

Dorés.

Oui, Tara aurait été étonnée qu'il n'y ait pas de l'or quelque part…

— Tu aurais pu me prévenir, fit remarquer la jeune fille blonde, alors que l'Impératrice se changeait pour enfiler un pyjama de soie crémeux et se faisait démaquiller par deux effrits qu'elle congédia rapidement afin qu'elles soient seules. J'ai failli avaler de travers lorsque tu as dit que nous allions sur Tadix. Je suppose que tu as choisi ce satellite parce que tu peux bloquer les Portes de transfert et ainsi contenir une éventuelle invasion sur Autre-Monde ?

Lisbeth la regarda puis déclara d'une voix grave :

— Pas tout à fait. Et si je t'annonçais que nous allons sur Tadix parce que c'est le seul endroit où je suis sûre que nous allons tous mourir ?

Tara en resta bouche bée. En fait de déclarations fracassantes, celle-ci méritait une médaille.

Lisbeth vit la tête de la jeune fille et éclata de rire.

— Enfin pas si je peux l'empêcher, mais disons que cela restera une option possible.

Les rouages du cerveau de Tara se remirent en route.

— Ah, fit-elle, tu veux dire que tu as organisé un piège là-bas, au cas où les intentions des démons seraient… hum… inamicales ? Tu… tu vas utiliser la NA ?

— Non, non ! répondit Lisbeth, horrifiée. Pas du tout ! Il nous faut quelque chose de moins radical quand même.

Tara souffla. Ouf, elle préférait ça.

— En convoquant autant d'entre eux d'une seule fois, nous ouvrons une sorte de faille artificielle entre leur univers et le nôtre, expliqua Lisbeth.

Tara grimaça. Oui, elle avait réfléchi à ce « détail », et c'était même une des choses qui la mettait le plus mal à l'aise.

— Même si je pense qu'il leur sera difficile de transformer cette unique ouverture en quelque chose de permanent, continua sa tante qui n'avait pas raté la réaction de son Héritière, je ne sous-estime pas l'avancée de leur technologie depuis cinq mille ans. Surtout pas après le rapport que tu as fait sur eux. Ils sont plus dangereux que jamais. Ce… cet Archange, il nous comprend un peu trop bien à mon goût. Et sa façon de gérer son univers me fait froid dans le dos. Sacrifier des milliards de vies afin de transformer leurs mondes et leurs soleils ? Je n'arrive même pas à trouver de mots suffisants pour exprimer à quel point je trouve cela monstrueux. Hélas ! pour cela, mais aussi pour d'autres raisons, nous n'avons pas vraiment le choix.

Tara haussa un sourcil surpris. Elle ne s'était pas rendu compte que sa tante avait été affectée à ce point par les décisions des démons. Elle en profita pour enfoncer le clou de sa désapprobation :

— C'est évident et je l'ai répété cent fois. Tu as raison. Ils sont horriblement dangereux. Alors pourquoi les inviter dans notre univers ? Tant que les Failles sont closes, ils ne peuvent rien contre nous !

Elle se pencha en avant et en même temps sentit que les âmes se faisaient attentives.

— Lisbeth, c'est de la folie. Tu...

Sa tante l'interrompit.

— Comme tu le sais, les dragons, les humains, les elfes, les vampyrs et tous les peuples qui ont combattu avec nous ont signé un traité de paix avec les démons.

— Parce que vous les avez battus, surtout.

— Parce que nous ne voulions plus de morts. Mais en réalité, nous nous sommes endormis sur nos lauriers, comme vous dites sur Terre. Nous n'avons que peu de renseignements sur eux, essentiellement les rapports que tu as faits, d'ailleurs.

— Tu veux qu'ils viennent pour qu'on puisse les « étudier » ? C'est un peu comme de rentrer dans la cage d'un vrrir pour mesurer la longueur de ses crocs, non ? On sait qu'on va se faire bouffer, mais on pourra mourir en disant : « Ils mesurent 20 centimètres... arghhhh. »

L'analogie fit sourire Lisbeth.

— C'est original comme explication, mais oui. Il est bien plus risqué de laisser des ennemis se préparer en secret, que de les obliger à se dévoiler. Même si j'admets que j'ai été surprise qu'Archange demande à t'épouser ; en revanche, je ne l'ai pas été par ses propositions de commerce. Je savais qu'ils voudraient revenir ici, d'une façon ou d'une autre.

Et elle ajouta, honnête :

— Si j'avais été à leur place et que je m'étais fait éjecter puis massacrer comme ils l'ont été, j'aurais moi aussi préparé ma revanche. D'une certaine façon, avant même de se transformer, ces démons sont très humains. Ils ressentent le besoin de vengeance.

Tara respira profondément afin de détendre son ventre qui se nouait.

— Je vois. Donc tu as piégé la plate-forme où ils vont arriver ?

— Non, répondit calmement Lisbeth, ils pourraient le détecter. Nous avons trouvé mieux : c'est toute la planète qui est piégée.

12

LISBETH

Ou comment se prendre pour Dark Vador en envisageant de faire exploser une planète... juste.

Tara en resta bouche bée.

— Tu... tu veux faire exploser une planète ?

— Non.

— Ah, je préf...

— On va la faire imploser.

Tara reperdit sa voix. C'était un peu trop pour elle d'un seul coup.

— Oui, précisa paisiblement Lisbeth. Tu comprends, si on la fait exploser, des morceaux vont percuter Madix et AutreMonde. Cela risque de nous détruire aussi. Donc, en la faisant imploser, ça va soulever pas mal de poussière, mais rien de bien dangereux pour nos deux mondes. Et la contraction ne devrait pas être intense au point que cela crée un trou noir comme avec une étoile.

Formidable. Expliqué comme ça, cela paraissait tout de suite nettement plus simple. Exploser, pas bien. Imploser, beaucoup plus propre, pas de vilain trou noir, juste des millions de gens morts flottant dans l'espace. Plus hygiénique. D'autant qu'un trou noir finirait par avaler le tout au bout d'un certain temps. Sans laisser de trace. Sauf qu'il avalerait les planètes aussi. Pas génial comme solution.

— Et les habitants de Tadix vont te laisser faire expl... imploser leur monde ? finit par réussir à articuler Tara, ahurie, en visualisant parfaitement la monstrueuse catastrophe[1].

— En fait, c'est eux qui l'ont proposé.

Tara trouvait la conversation totalement surréaliste.

— Ils sont fous ?

— Non, leur planète était piégée depuis des millénaires, c'était la dernière ligne de défense, avec Madix, contre les vaisseaux des démons. Car, en arrivant par les Failles, les démons ont aussi apporté leurs vaisseaux afin d'attaquer les autres planètes non connectées par les Failles, ne sachant pas qu'ils pouvaient passer par notre système de Portes. Nous n'avons jamais désamorcé les bombes. En fait, au fur et à mesure que le temps passait, nous avons amélioré l'armement de la planète qui peut se transformer en forteresse géante, exploser ou imploser à volonté. Tout dépend sur quel bouton on appuie.

Ah, ben, si c'était juste une question de bouton, tout allait bien alors, songea Tara avec ironie.

Ironie qu'elle se garda bien d'exprimer.

— Si nous perdons le contrôle, alors nous nous sacrifions, c'est bon, j'ai saisi. Mais dans ce cas, pourquoi envoies-tu autant de délégations sur Tadix ?

— Pas tant que ça. J'ai précisé que je ne voulais que des ambassadeurs, pour des raisons de sécurité, corvéables et sacrifiables, volontaires, de préférence célibataires et parfaitement bien payés pour cela, répondit dédaigneusement Lisbeth. Les gouvernements ne seront pas déstabilisés, quoi qu'il arrive. Et mon demi-frère, l'Imperator Sandor, dirigera Omois en mon absence. Il n'a pas aimé, parce qu'il voulait nous accompagner, mais je ne lui ai pas laissé le choix.

Tara grimaça. Même si elle avait peu d'atomes crochus avec Sandor, elle reconnaissait que c'était un sacré combattant. Pour une fois, elle aurait nettement préféré l'avoir avec elle.

— Tu aurais dû faire le contraire, grogna-t-elle, peu convaincue. Envoyer Sandor et rester à Tingapour !

Lisbeth éclata de rire.

— Le laisser négocier des conditions commerciales avec les démons ? Il sortirait son épée, la mettrait sur la gorge de

1. Au cinéma, finalement, il y a eu des tas d'explosions de planète. La planète Krypton dans *Superman*, la planète Alderaan dans *Star Wars*, donc grâce à Hollywood, Tara n'a aucun mal à imaginer comment cela va se passer.

leur roi au bout de dix minutes de discussion en lui expliquant calmement qu'il n'est pas d'accord avec les conditions financières. Non, moins diplomate que mon demi-frère, je ne connais pas. Autant éviter, si les démons sont sincères, d'irriter leur roi. Je n'ai pas envie de déclencher une guerre par maladresse.

Tara avait une dernière question.

— Pourquoi insistes-tu tellement sur les échanges commerciaux, Lisbeth ? demanda-t-elle avec précaution. Espionner les démons, OK, je comprends, même si je ne suis pas d'accord avec le principe. Mais j'ai l'impression qu'il y a bien plus que cela derrière, non ?

Lisbeth hocha la tête et incanta. Un document se déploya devant Tara.

Un document où il y avait beaucoup de zéros. Et des tas de moins. Depuis des années, on avait aussi formé Tara à la comptabilité. Ce qu'elle voyait devant elle était un bilan.

Et il était nettement déficitaire.

— Nos exportations restent positives, fit Lisbeth en voyant Tara grimacer devant les mauvais chiffres. Mais comme tu peux le voir, les caisses de l'État sont vides[1]. La population nonsos croît lentement mais sûrement. Et elle nous coûte cher. Car leurs besoins ne sont pas aussi faciles à satisfaire que ceux des sortceliers qui ont la magie pour les aider. Nous avons dû construire des ponts, des infrastructures, des tas de choses dont les sortceliers, eux, n'ont pas besoin. Mais les nonsos contribuent aussi au développement de notre pays, alors nous n'avons guère le choix. Même si, depuis quelque temps, nous constatons qu'il existe un fort courant d'émigration vers l'ex-Continent Interdit.

Ah bon ? Les gens allaient chez les loups-garous ? C'était euh… Tara n'arrivait pas à penser à un autre terme que « débile ».

— Lorsque les nonsos ont réalisé qu'ils ne pourraient jamais devenir des sortceliers, continua Lisbeth, ils se sont résignés et ont mis tous leurs efforts à développer aussi la science sur notre planète magique. Mais depuis qu'ils ont découvert qu'ils pouvaient devenir des loups-garous, bien plus puissants, sans utiliser la magie, cela a considérable-

1. Eh oui, c'est un mal récurrent à tous les États…

ment transformé notre société. Je crois bien que ton ami Fabrice a lancé une mode.

Tara ne rit pas. Elle avait déjà vu ces chiffres le matin même sur son écran d'ordimagique. Et elle ne les aimait pas.

Ils avaient perdu presque cinq cent mille personnes en l'espace de six mois. C'était beaucoup. Beaucoup trop. C'était incompréhensible ? Et comment T'eal, le président des loups-garous, faisait-il pour accueillir cet afflux massif ?

Pensive, elle regarda le visage de joueur de poker de sa tante et s'efforça de réfléchir en quatre dimensions parce qu'une seule, avec les Omoisiens, ce n'était pas du tout suffisant.

Elle se souvint de l'étrange campagne de pub qu'elle avait vue sur les écrans de vidéocristal, qui vantaient les mérites de la vie de loups-garous sur le continent de Tatûmalenchivar, ex-Continent Interdit.

Et soudain, elle comprit ce qui l'avait gênée :

— Bon sang, Lisbeth ! Tu te débarrasses des non-sortceliers qui te coûtent cher d'une part, et de l'autre tu mets en place une armée de garous quasiment invincibles pour contrer les démons, c'est ça ? C'est pour cela que je n'ai reçu ce dossier que ce matin. Tu as fait ça en douce !

Lisbeth hocha la tête avec une petite grimace.

— Je n'aurais pas forcément utilisé cette expression, mais c'est bien, tu comprends vite. Oui. J'ai aidé le président T'eal à absorber le surplus rapidement afin que tout soit prêt en temps et en heure. Mais je n'ai pas été la seule. J'ai fait passer le mot, et tous les autres pays ont fait de même. Nous allons avoir besoin de tout le monde, les non-sortceliers ne peuvent pas se contenter de compter sur nous pour les défendre. Ils ont ici une occasion unique de le faire eux-mêmes.

Tara faillit se taper la tête.

— Bien sûr, jamais Mourmur n'aurait pensé à se faire mordre tout seul. Tu es derrière tout cela ! Lisbeth, tu réalises qu'en créant autant de nouveaux loups-garous, tu es en train de modifier l'équilibre des pouvoirs de cette planète, n'est-ce pas ?

— Pas suffisamment, soupira Lisbeth. Il y a des milliards de démons sur leurs mondes et…

— Nous n'en savons rien, répondit Tara qui avait amplement le temps d'y réfléchir.

Lisbeth allait parler puis ce que Tara avait dit la frappa et elle ouvrit des yeux ronds.

— Par les crocs cariés de Gelisor, finit-elle par s'exclamer, mais tu as raison ! Nous n'avons aucune idée de leur nombre !

— Ils disent avoir sacrifié des millions d'entre eux pour avoir de la puissance et de ce que je sais, de ce que j'ai vu, ce sont des races agressives qui se tuent les uns les autres très facilement. Ce qui doit forcément limiter leur nombre. D'une certaine façon, ils me semblent bien plus jeunes que nous. Sur Terre, nous avons (Tara se reprit) ils ont, des milliards d'habitants, parce que les nonsos se reproduisent bien plus vite que les races plus anciennes, mais ici, sur Autre-Monde, dans le même laps de temps, nous sommes à peine 500 millions.

— Parce que la magie freine notre reproduction, fit lentement remarquer Lisbeth, le cerveau carburant à mille à l'heure.

— Certes, mais rien ne nous dit que, depuis cinq mille ans qu'ils pratiquent la magie démoniaque eux aussi, les démons ne souffrent pas du même problème, d'autant que leurs soleils étaient franchement nocifs. Donc, ils nous ont toujours parlé de milliards d'habitants. Mais moi je pense que c'est de la propagande. Pour nous faire peur, pour nous amadouer dans le cadre d'accords commerciaux ou pour nous appâter, je ne sais pas. Mais je ne les crois pas.

Tara ne précisa pas qu'elle avait, d'une certaine façon, communié avec la Reine Noire. Et qu'en utilisant la magie démoniaque, elle n'avait pas eu l'impression d'une incroyable et délectable multitude qu'elle aurait pu utiliser. Bien au contraire. Rien à voir avec l'énorme réservoir d'humains de la Terre si sacrifiables. Elle repoussa cette inconfortable pensée loin d'elle.

— Et si Archange vient avec des intentions pacifiques, ce que nous espérons tous...

— Alors, fit Lisbeth avec un sourire de requin, au lieu de les massacrer, nous leur vendrons tout ce qui est possible et imaginable.

Tara visionna de nouveau le bilan négatif. Hum.

— Tu comptes sur Archange pour nous renflouer ? demanda-t-elle, incrédule de voir sa tante passer du massacre au profit si facilement.

— Plus sur Archange, confirma Lisbeth, qui peut nous permettre d'exporter vers ses six planètes, que sur les dragons, qui n'en n'ont qu'une. Et le fait de te marier à lui nous ouvrira forcément d'énormes opportunités commerciales. Même si, dans ce cas-là, je préférerais qu'ils soient des milliards et des milliards.

Oui, évidemment, vu sous cet angle, Tara pouvait comprendre. Soudain, son hor vibra, la faisant tressaillir. Elle regarda. C'était Cal. Ce fut plus fort qu'elle, elle sourit. Sa tante la regarda avec suspicion, mais elle ne le vit pas, tout à ce qu'elle lisait.

« Suis dans ta suite », disait le message, « T où ? »

Elle répondit sans activer la fonction voix, en pianotant sur le clavier qu'elle fit apparaître. Elle n'avait pas forcément envie de partager sa vie avec sa tante.

« Avec L. J'arrive. »

En envoyant le message, elle réalisa que Cal devait être tout le temps avec des gens, raison pour laquelle il lui envoyait des textos abrégés. Elle apprécia qu'il reste discret sur leur relation. Elle n'avait pas trop envie que le truc éclate au grand jour, du moins pas avant qu'elle ne l'ai révélé à sa sœur et à Robin d'abord.

Tara avait le cœur battant. Ce qui était logique parce que s'il n'avait pas battu, elle serait raide morte. Mais elle comprenait très bien cette expression toute faite. Parce qu'elle avait vraiment l'impression que son cœur allait sortir de sa poitrine. Encore plus que lorsque sa tante lui avait dit qu'elle envisageait de faire sauter une planète. Comme quoi, chacun ses priorités.

La jeune fille blonde sourit à Lisbeth. Qui lui sourit en retour.

— Qui était-ce ? demanda innocemment l'Impératrice.

Aïe. Tara gomma vivement le stupide sourire sur son visage et changea de sujet.

— Rien d'important. J'espère sincèrement qu'Archange vient en paix, parce que tu sais quoi ? Même si mourir en même temps qu'un monde entier a quelque chose de grandiose, j'aimerais bien éviter...

Lisbeth rit doucement. Depuis qu'elle était fiancée et avait appris qu'elle n'était pas stérile, Tara trouvait que sa tante, en dépit de la crise qui s'annonçait, souriait et riait bien plus qu'avant. Évidemment, les gens n'avaient pas trop l'habitude et ils se demandaient ce que cachaient ces sourires. Prudents.

Parce que derrière un sourire impérial se dissimulait souvent des chaînes d'acier impérial et de keltril impérial avec des tas de prisons toutes aussi impériales. Cela dit, être capable de rire alors qu'on venait peut-être de signer son arrêt de mort, Tara trouvait ça incroyablement courageux. Mais les AutreMondiens étaient prêts à tout pour que leur univers ne tombe pas entre les mains des démons.

Même à se sacrifier.

— Regarde, Tara, fit Lisbeth en claquant dans ses mains, voici le plan de Madix.

Le satellite géant apparut devant elles. L'hologramme était tellement réaliste qu'on pouvait voir les véhicules se déplacer sur la surface, sous les dômes, lorsqu'on zoomait. La planète était grise et... multicolore. C'est-à-dire que les parties sous les dômes étaient soit bleues, recouvertes de l'herbe probablement originaire d'AutreMonde, soit de la couleur des dômes, rouge, doré, argenté, vert, comme des demi-perles étincelantes mesurant des centaines de tatrolls, posées sur le sol, tandis que les parties hors dômes étaient grises, recouvertes par une sorte de lichen sec, capable de survivre dans une atmosphère à faible teneur en oxygène et grosse teneur en gaz carbonique.

Comme la gravité était bien moins importante sur le satellite que sur AutreMonde, les lichens flottaient à moitié, uniquement retenus par de minces filaments. Lorsque des vents se levaient, les filaments se rompaient et les lichens étaient emportés ailleurs. Parfois, c'était tellement violent que les plantes fragiles se transformaient en lances destructrices qui dévastaient tout sur leur passage. C'était sans doute comme cela qu'ils avaient à peu près conquis toute la surface de la planète, essaimant partout, étouffant les autres formes de végétation, jusqu'à parvenir à recouvrir la totalité de leur monde. Enfin, jusqu'à l'arrivée des humanoïdes qui leur disputaient l'espace et le leur grignotaient année après année.

Les lichens avaient encore de belles heures devant eux, mais Tara savait qu'à un moment ou un autre, toute la surface serait recouverte de dômes et que les lichens ne seraient plus que des spécimens conservés en stase dans des laboratoires souterrains. Tout comme les seules autres formes de vie qui avaient réussi à survivre dans cet environnement hostile, les insectes. Des millions et des millions d'insectes, tous uniformément gris afin sans doute de se confondre avec leur environnement et qui se nourrissaient des lichens. Ou les uns des autres. Parfois, ils étaient si nombreux qu'on avait l'impression que le sol vivait, grouillant et ondulant en une bataille sans fin.

Tara réprima un frisson. Elle n'avait pas de grosses affinités avec les insectes...

Les villes étaient comme de brillantes étoiles dans la grisaille des paysages. Couleurs, vie et chaleur contrastaient singulièrement avec la morne austérité du satellite.

— Je n'arrive pas à croire qu'ils sont prêts à faire exploser leur monde juste pour pouvoir nous protéger, je trouve cela extraordinaire, s'exclama Tara, encore sous le choc.

En fait, extraordinaire n'était pas exactement le mot qu'elle avait en tête, mais elle avait appris, avec une certaine difficulté, la diplomatie.

Lisbeth haussa les épaules.

— Ils ne sont pas si nombreux, à peine un million. Nous avons commencé les évacuations, ils sont rapatriés sur AutreMonde, à part ceux qui restent pour faire fonctionner les systèmes de survie. Les casinos seront fermés et les touristes sont déjà détournés depuis des jours. Ce sera une lune quasi déserte que nous ferons imploser. Et tous ceux qui resteront sont des volontaires. Nous serons à peine trois mille. Les gardes, les Tadixiens qui nous reçoivent et les représentants des différents pays ainsi que leurs assistants.

Tara retint une grimace. Elle aurait bien voulu ne pas être volontaire. Pourquoi était-ce toujours elle qui se retrouvait avec la paille virtuelle la plus courte ? En fait, si elle y réfléchissait un peu, personne ne lui avait même présenté la moindre paille.

Lisbeth lui expliqua la totalité du plan et les endroits où se trouvaient les bombes. Elles auraient toutes les deux une télécommande intégrée à leur hor. Il suffirait à n'importe laquelle des deux d'appuyer pour que tout le satellite implose immédiatement. Personne ne pourrait survivre.

L'Impératrice avait soigneusement fait étudier ce que Tara avait rapporté de la résistance des démons, et particulièrement après avoir été l'une d'entre elles, lorsque Tara s'était réincarnée, bien involontairement, dans un corps de séduisante démone. Les ingénieurs d'Omois avaient donc une assez bonne idée de ce qu'il fallait faire grâce à elle.

Il était presque une heure du matin lorsqu'elle termina enfin la réunion avec sa tante. Elle avait dû recevoir une petite centaine de textos de Cal et avait la tête comme une citrouille à force de voir et de revoir dans sa tête les plans horriblement dangereux de Lisbeth.

Ce qui l'ennuyait aussi, c'était que les âmes avaient assisté aux plans secrets d'Omois. Si elles se retournaient contre eux, elles sauraient où et comment neutraliser les bombes. Elle haussa mentalement les épaules. Tant pis, de toutes les façons, elle n'avait pas vraiment le choix.

Enfin, Tara salua sa tante qui accepta de la lâcher à contrecœur et se dirigea vers sa suite. Elle dut échanger des mots avec les gens qu'elle croisait, parce qu'elle se souvint vaguement après d'avoir communiqué, sans avoir aucune idée de ce qu'elle avait bien pu dire. Parce que tout son être était focalisé sur Cal. D'accord, sur Cal et sur le fait qu'elle allait peut-être mourir dans quelques jours. Sans cesse, son esprit faisait la navette entre les deux. Et ce qui la gênait le plus, ce n'était pas de risquer sa vie, mais de ne pas comprendre pourquoi Cal lui faisait cet effet-là. Ce n'était pas normal.

Soudain, elle s'arrêta net, surprenant son escorte qui faillit bien lui rentrer dedans. La jeune fille avait les sourcils froncés et le front plissé. Poliment, ils attendirent que sa réflexion se termine. Et si Tara avait stoppé ainsi, c'était parce qu'une horrible pensée avait frappé son cerveau soupçonneux.

Et si Cal lui avait jeté un sort ? Il aimait bien Robin, mais il aimait au moins tout autant lui faire de vilaines blagues. Il trouvait Robin trop droit, trop honnête, un peu trop rigide aussi. Alors il s'efforçait de « l'assouplir » comme il disait. Tara ne savait pas si c'était très efficace, parce qu'on voyait plus souvent le demi-elfe raide de rage contre Cal, qu'« assoupli » par les attaques du Voleur Patenté. Enfin futur Voleur, car Cal n'avait pas encore tout à fait terminé ses études. D'autant que Tara avait appris par la bande que Cal s'était réinscrit pour quatre années supplémentaires en spécialisation. Spécialisation de quoi, ce n'était pas stipulé. Probablement de nouveaux trucs de Voleurs, pour le rendre encore plus redoutable, lui qui était déjà presque une légende...

Puis ce qui s'était passé alors qu'elle était la Reine Noire lui revint en mémoire. Non. Cal n'avait pas joué la comédie. Et si elle avait été envoûtée, elle s'en serait rendu compte. Là, ce n'était pas que de l'impatience qu'elle éprouvait. C'était aussi de l'appréhension. De la trouille, oui ! Cal et Robin étaient tellement différents ! Elle ignorait ce qui allait se passer cette nuit et, en fait, n'avait pas envie d'y penser. Sa vie était si constamment en danger. Dans deux jours, il était tout à fait probable qu'elle mourrait en même temps qu'une planète entière, alors, pour une fois, elle décida de ne pas s'angoisser à l'avance et de se laisser aller.

Sauf qu'elle n'allait pas aller bien loin puisque les Objets, bien involontairement, lui serviraient de chaperons.

Elle reprit son chemin. Ses gardes se consultèrent du regard. Cela n'arrivait pas souvent que Tara soit aussi distraite. Prudente, elle observait beaucoup son environnement, comme tous les souverains et leurs héritiers. Il y avait toujours des gens pour penser qu'ils seraient bien mieux sur les trônes que les actuels occupants. Ne pas être attentif égalait souvent être mort. Sauf que là, une arbalète aurait pu transpercer le cœur de Tara, qu'elle ne s'en serait aperçue que bien après que la flèche a traversé son corps.

Très vite, AutreMonde se chargea de lui rappeler où elle se trouvait. À sa grande surprise, le couloir où ils s'engageaient, celui où se trouvait sa suite, était plongé dans le noir. Il n'y avait aucune brillante. Comme si elles s'étaient enfuies. Les gardes se déployèrent immédiatement. X'orial, le commandant d'escorte, arrêta Tara.

— Votre Altesse Impériale, ceci n'est pas normal. Vous ne pouvez pas aller plus loin.

Tara se mordit les lèvres, puis, avant que X'orial n'ait le temps de réagir, elle incanta un Luminus.

Immédiatement, tout le couloir fut tellement lumineux que les yeux de tout le monde larmoyaient.

— Euh, merci beaucoup, Votre Altesse Impériale, fit X'orial en faisant apparaître une paire de lunettes de soleil militaires reliées par un fil, qu'il posa vivement sur son nez. Nous allons nous occuper de tout ceci. Pourriez-vous avoir l'amabilité de rester ici, pendant que nous investiguons ?

— J'attendais une visite, objecta Tara en s'efforçant de ne pas rougir, tout en pianotant frénétiquement sur son hor, angoissée parce que Cal ne répondait pas. Caliban Dal Salan. Il... il devait venir... venir pour... (Elle avait les idées qui s'embrouillaient. Pourquoi le couloir était noir ? Pourquoi se sentait-elle non pas en danger, mais comme si quelqu'un qu'elle aimait était mort ?) Euuh...

— Vous rendre visite, oui, répondit diplomatiquement X'orial sans quitter le couloir trop éclairé du regard, bien qu'il n'y ait absolument rien à voir. (Il éleva la voix.) X'marco ! X'polo !

Deux gardes thugs sortirent du rang. Ils étaient coiffés de taludis, ces étranges animaux aux trois grands yeux qui étaient capables d'enregistrer tout ce qu'ils voyaient, mais surtout, le plus important, étaient capables de voir au travers des illusions. D'ailleurs, Tara les voyait souvent tressaillir et se demandait ce que les taludis leur montraient à la place des chevelures luxuriantes et des corps sveltes de rigueur à la Cour.

— Est-ce que vous voyez quelque chose d'anormal ? Ou de dangereux ? Ou de menaçant ? demanda X'orial.

Les deux gardes s'avancèrent précautionneusement jusqu'à la porte de la suite de Tara, regardant aussi bien par terre que sur les côtés ou en l'air.

— Pour autant que ce que nous voyons est la réalité, fit X'marco, et que le couloir n'est pas sous le coup d'un sort trop puissant pour les taludis, ce qui peut arriver, il n'y a rien de spécial.

— Ça, ça me rassure vraiment, murmura ironiquement X'orial sans se rendre compte que Tara l'entendait très bien.

— Je peux rentrer dans ma suite maintenant ? demanda Tara qui sentait son anxiété monter de minute en minute d'autant que Cal ne donnait toujours aucun signe de vie.

— Non, répondit X'orial, nous irons tous ensemble, Votre Altesse Impériale. Hors de question que je vous laisse toute seule dans votre suite tant que nous n'aurons pas appris pourquoi les brillantes ont disparu, pourquoi l'éclairage de secours ne s'est pas mis en marche, et surtout, pourquoi j'ai l'impression que tout ceci est une sorte de piège.

C'était le boulot des gardes d'être paranoïaques, sinon ce n'étaient pas de bons gardes. Tara ne discuta pas.

Avec un million de précautions, au point d'avancer quasiment millimètre par millimètre, ce qui était horriblement crispant pour Tara, de plus en plus angoissée, ils parvinrent jusqu'à la magnifique double porte sculptée et dorée.

De chaque côté, les taludis incrustés dans la porte, couplés à des dispositifs de sécurité, les scannèrent.

Puis, à la grande surprise de Tara (mais apparemment pas de ses gardes qui ne bronchèrent pas), un vent violent se leva, faisant voler ses longs cheveux blonds.

— Mais… mais qu'est-ce que…

— Vous avez demandé à ce que la porte soit équipée d'un dispositif spécial, expliqua le garde. Ce courant d'air recueille des cellules mortes de tout votre corps, ce qui est bien plus difficile à contrefaire qu'une goutte de sang ou un seul échantillon. Ainsi, votre ADN et celui de tous les visiteurs sont analysés et s'ils ne correspondent pas, la Porte déclenche l'alarme.

— Oh, fit Tara, comprenant soudain pourquoi Mara avait eu l'air complètement échevelée lorsqu'elle était venue les voir. Je vois.

Une fois qu'elle fut sûre que leurs apparences n'étaient pas des illusions, la porte ouvrit un œil, une bouche se forma. Elle scruta Tara et écarta ses deux battants.

Ce fut l'odeur métallique qui la frappa en premier : « *Fer, chaud, danger* », avant même que son cerveau n'enregistre ce qu'elle voyait « *rouge, écarlate, violence* ».

Tara laissa échapper un cri et prenant ses gardes par surprise bondit en avant, les mains déjà illuminées d'un feu mortel.

Car le salon était dévasté.

Et un corps ensanglanté gisait au milieu d'une bien trop grande flaque de sang.

Cal.

13

CAL

Ou comment essayer non seulement d'avoir un petit ami, mais surtout de le conserver vivant, devient vraiment une mission compliquée.

Près de lui, Fabrice et Moineau, totalement désemparés, étaient en train d'activer leur magie. Lorsque Tara hurla en se précipitant vers Cal, ils sursautèrent. Au même moment, Robin, Fafnir et Mara déboulèrent dans la suite eux aussi. Mara cria à son tour.

Le cerveau gelé par la peur, Tara transforma sa magie, passant du Destructus qu'elle avait incanté au plus puissant des Reparus, lorsque X'orial, qui s'était agenouillé près du corps dévasté, l'en empêcha.

— Attendez, Votre Altesse Impériale. Il faut d'abord lui donner du sang, il en a perdu bien trop, ensuite lui envoyer un Regenerus, puis un Reparus. Et réaligner ses os, parce que je crois que sa colonne vertébrale est brisée en plusieurs morceaux et ses deux jambes sont cassées aussi.

Le cœur au bord des lèvres, Tara n'eut pas besoin d'interroger Moineau pour lui prélever du sang. Très vite, de fines lignes écarlates s'élevèrent dans les airs, y compris des veines de Tara, pour alimenter le corps de Cal. Elle ne pouvait pas utiliser le sang de Fabrice, de peur de contaminer Cal et d'en faire un loup-garou, ni celui de Robin, du fait de sa moitié elfe – même si elle aurait pu en le modifiant, elle n'en avait pas le temps –, ni celui de Fafnir parce qu'elle ne savait pas comment Cal pourrait réagir au sang des nains, bien plus épais et dense que celui des humains.

Elle fit tout cela sans penser une seconde qu'elle portait des objets démoniaques attirés par le sang et par la mort. Et qui, par une sorte de miracle, ne réagirent pas du tout.

La jeune fille, les lèvres blanchies par l'effort et l'angoisse, s'efforçait de ne pas voir le corps éventré qui restait horriblement immobile. Pendant qu'elle travaillait, sa magie bleue pulsant sur l'organisme de Cal, X'orial replaçait les chairs et les os brisés correctement. La seule indication que Cal vivait toujours était qu'il tressaillait, presque conscient, tandis que son corps se réparait lentement. Tara savait que la puissance de la magie contenue dans son sang allait l'aider. Elle arrêta de le transfuser dès que X'orial lui confirma que cela était suffisant. Tous les gardes prenaient des cours de premiers secours en dehors des classiques Reparus que tout le monde utilisait, et Tara, qui quelque part suivait le même entraînement, avait assisté à plusieurs de ces leçons. Le premier moment de panique passé, elle fut donc suffisamment confiante en son pouvoir pour savoir qu'elle allait le sauver.

Et elle avait raison, car, au bout de quelques minutes, Cal ouvrit ses yeux gris, la vit penchée sur lui, sans se rendre compte qu'il y avait beaucoup trop de gens dans la pièce et grimaça, de nouveau à moitié drogué par la magie de la jeune fille :

— Tu sais, je crois qu'il va vraiment falloir que je me cherche une petite amie un peu moins portée sur les ennemis sanguinaires qui s'obstinent à me découper en morceaux !

Il avait toutes les excuses du monde, il venait d'être grièvement blessé, ses intestins débordaient par terre quelques minutes plus tôt et il avait perdu suffisamment de sang pour nourrir toute une cantine de vampyrs pendant plusieurs jours.

Cependant, sa déclaration railleuse, bien qu'empâtée, figea tout le monde. Enfin pas les soldats qui s'en fichaient éperdument à partir du moment où personne n'essayait de tuer leur princesse, mais Robin et surtout Mara sursautèrent violemment, tandis que Moineau, Fafnir et Fabrice échangeaient un regard navré.

— Quoi ! s'exclama Mara en se relevant d'un seul coup et en foudroyant Cal du regard, tu sors avec Tara ?

Étrangement, Robin ne réagit pas. Il se contenta de regarder tout le monde comme s'il ne savait pas très bien ce qu'il faisait là.

Le cœur serré, Tara réalisa que Robin ne semblait pas du tout étonné, contrairement à Mara.

En prenant conscience qu'il y avait nettement plus de monde que ce qu'il pensait et qu'il venait de faire une énorme bourde, Cal ferma les yeux, incapable d'affronter la colère de ses amis.

— Ooppps, fit Fabrice très discrètement.

Pas suffisamment car, faute de pouvoir se décharger sur Cal qui venait tranquillement de s'évanouir, Robin réagit soudain et se tourna vers le jeune Terrien, apparemment furieux, au point de passer sa colère sur lui.

— Et toi, tu le savais !

— Wow ! fit Fabrice en levant les mains devant lui, on se calme, je ne l'ai appris que très récemment. Et cela ne me regarde pas. Si Cal et Tara n'ont pas voulu te le dire, c'est qu'ils avaient leurs raisons. Moineau et moi, nous ne nous mêlons pas des affaires de cœur des autres, nous avons déjà bien assez à faire avec les nôtres.

Moineau ne dit rien, terriblement embarrassée pour son amie Tara, qui restait immobile près du corps de Cal. Soudain, alors qu'elle n'avait pas incanté, Cal fut soulevé par son pouvoir et transporté dans l'une des chambres, contiguë à celle de Tara.

Tous tressaillirent. Cet aspect du pouvoir de Tara était le plus déconcertant, le fait que contrairement à eux, elle n'ait pas besoin de parler pour que sa magie s'exprime. Avec une infinie délicatesse, le flot bleu déposa le corps de Cal sur le lit recouvert d'une soie d'un blanc crémeux qu'on apercevait au travers de la porte transparente. Sur son ordre, les parois s'éclaircirent jusqu'à prendre la transparence du cristal elles aussi ; ainsi, elle pourrait continuer à surveiller Cal.

— Ordi, ordonna Tara en élevant la voix, dis au chaman Charme-des-Saule[1] de venir immédiatement. Cal a besoin d'être ausculté et peut-être de soins complémentaires. Explique au chaman qu'il a été gravement blessé et a reçu une grosse transfusion de nos sangs.

Mais à peine avait-elle terminé sa phrase que le chaman, vêtu de peaux finement tannées et brodées, aux traits nettement amérindiens, encore accentués par les plumes faucongyre (quelque peu malmenées par la soufflerie de la porte), qui retenaient ses cheveux très noirs, entrait déjà avec l'autorisation de celle-ci. X'orial sourit devant la surprise de la jeune fille.

— J'ai pris la liberté de l'appeler dès que j'ai vu le blessé, Votre Altesse Impériale. D'ailleurs, je trouve qu'il n'a pas été très rapide... ajouta-t-il d'un ton sévère en foudroyant le chaman du regard, ce que celui-ci ignora royalement en demandant où se trouvait son patient.

Tara allait lui signaler qu'il se trouvait derrière la paroi de verre mais le chaman l'avait déjà repéré et s'y précipitait, sortant déjà des tas de choses de ses poches de sortcelier.

Dès qu'elle fut sûre que Cal était entre de bonnes mains, bien que le chaman ait opacifié les parois de verre presque immédiatement, Tara se détendit vraiment.

— Merci, exprima-t-elle, reconnaissante, en songeant que, décidément, X'orial était un excellent choix pour sa garde rapprochée.

Il savait réfléchir, était prudent et organisé. Excellent.

Le garde s'inclina sans répondre, mais Tara put voir une lueur de satisfaction dans les yeux couleur d'ardoise.

Soudain, une pensée la frappa tandis qu'elle regardait ses amis.

— Encore merci à vous aussi de m'avoir aidée, mais qu'est-ce que vous faisiez dans ma suite ? demanda-t-elle, curieuse. Je n'attendais que Cal.

---

1. Celui qui était d'astreinte était choisi par roulement et, hélas ! pour le chaman, c'était lui qui était de garde ce jour-là. On ne le voit pas ici, mais la quantité de jurons qu'il exprima lorsqu'on lui dit qu'il y avait un grand blessé chez l'Héritière révéla qu'il espérait fermement ne pas faire partie, lui aussi, des dommages collatéraux.

P.-S. : oui, la réputation de Tara est mauvaise à ce point, du moins en ce qui concerne sa magie.

Elle se sentait trop mal pour rougir. Même si annoncer comme ça qu'elle avait rendez-vous avec Cal au milieu de la nuit n'était pas si facile.

— Nous avons reçu un texto de Robin, expliqua Moineau. Nous étions en pleine discussion, Fabrice et moi. Heureusement, parce que sinon nous aurions été en train de dormir. Il disait que c'était super-urgent, que nous devions le retrouver dans ta suite, qu'il avait des choses très importantes à nous dire et que, si nous ne venions pas, nous allions le regretter jusqu'à la fin de nos jours.

Tara se retint de lever les yeux au ciel. Ah, les elfes et leurs tonitruantes déclarations ! Décidément, Robin était moins humain qu'il ne voulait bien l'admettre. Elle tourna son regard vers Robin qui affichait un regard buté.

— Et tu as convoqué aussi Mara. Histoire de bien compliquer les choses ?

— Elle avait le droit d'être mise au courant, tout le monde sait qu'elle est folle amoureuse de Cal depuis des années. En me trahissant, tu as trahi aussi ta sœur, Tara !

Aïe. Il savait appuyer là où ça faisait mal. Pourtant, Tara n'arrivait pas à mettre le doigt sur ce qui la gênait dans le comportement de Robin, bien plus que ses fracassantes déclarations.

— Mara, fit fermement Tara en se détournant du demi-elfe afin de se concentrer sur l'essentiel, c'est arrivé aujourd'hui. Ce n'était pas prévu. Et ni Cal ni moi n'avions l'intention de te faire de la peine.

— Sale garce ! jura Mara, les poings serrés, ses yeux noisette presque noirs de colère, tu vas me le payer. Tu savais que j'aime Cal. Et tu me l'as volé !

— Je n'ai rien vol…

Mais Mara était au-delà de la colère. Si tout cela était arrivé entre eux trois, Tara et Cal auraient sans doute pu lui expliquer calmement ce qui se passait. Mara aurait sans doute été déçue, mais n'était pas stupide. Là, elle passait pour une idiote devant tout le monde. Le ressentiment parla pour elle.

— Tu as oublié qui m'a élevée ? siffla-t-elle comme un serpent. Magister m'a appris qu'il ne fallait pas avoir de pitié pour ses ennemis. Jar avait raison. Tu n'es plus ma sœur !

Et avant que Tara, bouche bée devant une telle explosion de rage et de malveillance, n'ait le temps de réagir, Mara fonça comme un boulet de canon et sortit de la pièce. Un silence pesant régna dans la salle.

— Bon, soupira Moineau, ça, c'est fait. Quelqu'un d'autre a quelque chose à reprocher à Tara ?

Robin croisa les bras devant sa poitrine, mais pinça les lèvres et ne dit rien. Il avait été ébranlé par l'attaque venimeuse de Mara à laquelle il ne s'attendait pas du tout. Et l'état dans lequel se trouvait Tara ne lui permettait pas de lui hurler dessus. Il avait quand même des principes. On ne tape pas un ennemi à terre. D'autant que Tara n'était pas un ennemi et qu'elle paraissait sur le point de s'évanouir.

Fafnir grogna, dépitée.

— J'aurais mieux fait de rester dormir dans ma chambre. Des histoires d'amour, pfeuh ! Je me fiche de savoir si Tara veut sortir avec un mammouth bleu, mais puisque j'ai raté une bonne bagarre et que Cal s'est fait à moitié déchiqueter, ce que je me demande, moi, c'est qui l'a agressé et surtout pourquoi.

Tara s'assit, soudain soufflée par la violence de ce qu'elle avait vécu depuis ces dernières minutes. Le fait qu'elle se sentait coupable, d'avoir donné autant de son sang et de sa magie n'était sans doute pas étranger non plus à sa faiblesse. Et puis, elle n'avait pas beaucoup mangé lors du dîner. Et elle réalisait qu'elle avait aussi sauté son déjeuner, trop préoccupée par sa préparation pour récupérer les objets démoniaques. Le chaman, qui sortait de la chambre où reposait Cal, vit la petite figure toute blanche de la jeune fille, son vacillement, et s'approcha vivement.

— Hum, fit-il en l'auscultant, je crois que je n'ai pas qu'un seul patient mais deux. Vous allez prendre ceci (il incanta et fit apparaître un verre de jus d'orange frais) et le boire tout de suite. Vous avez besoin de fluidifier votre sang et de reconstituer vos réserves. Ensuite, vous mangerez ceci (dans son autre main, un appétissant sandwich, même si Tara n'avait pas spécialement envie d'avaler quoi que ce soit).

Elle allait parler, mais il lui colla quasiment le jus d'orange sous le nez et elle fut bien obligée de boire, puis d'avaler quelques bouchées de son sandwich sous son regard sévère.

— Bien, fit-il d'un ton satisfait lorsqu'elle eut repris quelques couleurs. Maintenant, je veux que tout le monde aille se coucher. Je sais que les crises sont courantes dans ce palais, mais quelques heures de sommeil ne vous feront pas de mal.

— Mais nous devons trouver qui a agressé notre ami, répliqua Moineau sans se laisser décourager par le visage glacial du chaman.

— Votre ami est lucide. Il m'a déjà dit qui l'a agressé, mais bien sûr, vous pouvez aller le voir. Je vais prévenir les gardes afin qu'ils fassent le nécessaire pour arrêter le coupable.

Un peu surpris par son ton menaçant, les quatre amis filèrent vers la chambre, suivis par Tara, son gobelet vide et son sandwich à moitié mangé à la main, qu'elle posa sur une des tables de chevet. Elle fut frappée par le fait que Cal était bien plus grand, bien plus charpenté qu'avant. Et frissonna en pensant qu'elle avait failli le perdre.

Cal ouvrit les yeux et la vit. Il lui sourit. Un merveilleux sourire qui la fit sourire elle aussi. Puis le regard du jeune Voleur se posa sur Robin et son visage se ferma.

Puis il prononça la plus étrange des phrases :

— Est-ce que tu vas m'expliquer, maintenant, Robin, pourquoi tu as essayé de me tuer ?

Tout le monde regarda Robin qui eut l'air complètement stupéfait. Puis fronça les sourcils et jeta un mauvais regard sur Cal.

— Ah ah, fit-il, très drôle. Tu fais quoi, là ? Une nouvelle overdose de magie à cause du sang de Tara ? Une blague ? Parce que cela ne m'amuse pas du tout.

— Non, répondit Cal, mortellement sérieux. Je suis arrivé dans la suite ; il y avait ce nouveau système de sécurité qui m'a à moitié aveuglé et la porte s'est ouverte en me prévenant que tu étais déjà là, mais que Tara n'y était pas.

J'étais très surpris. J'ai cru que Tara t'avait demandé de venir, afin de t'annoncer que nous sortions ensemble. Je ne m'attendais pas que cela te rende fou de rage au point que tu me sautes dessus, que tu me fracasses avec ta magie contre le mur, puis que tu m'éventres avec ton couteau avant que je n'aie le temps de réagir.

Robin sortit le couteau qu'il avait à son côté et le posa sur le lit d'un air dédaigneux.

— Je suis arrivé après toi, pas avant. Et tu parles de ce couteau ? Que je n'ai pas utilisé sur un être vivant depuis une éternité ? Tu plaisantes n'est-ce...

Les mots s'étranglèrent dans sa gorge.

Car la lame du couteau, lentement, imbibait la couverture de soie.

De rouge.

Robin bondit et s'en saisit.

— C'est... c'est impossible, balbutia-t-il. Mais... mais ce n'est pas mon couteau ! Regardez ! Celui-ci est différent, le mien a deux fleurs de tatchoum sculptées sur le pommeau, celui-ci n'en a qu'une !

Le détail était si minuscule que seul un œil d'elfe était capable de voir les très fines ciselures.

Mais alors qu'il leur montrait le pommeau, X'orial incanta un Agrandissus. Et il y avait bien deux fleurs sculptées.

L'un des gardes arriva avec une scoop. Le petit objet volant se débattait un peu parce que l'une des quatre mains du garde était positionnée devant son œil et l'empêchait de filmer.

— C'est l'une des scoops de la porte, dit-il. Nous n'avons pas d'image de l'intérieur, puisque les scoops n'ont pas le droit de filmer (oui, Tara avait fermement refusé qu'on la filme chez elle, elle aurait eu l'impression d'être dans une mauvaise émission de télé réalité), mais on y voit bien plusieurs personnes rentrer dans la suite...

Il marqua une petite pause.

— Mais une seule rentre, ressort puis revient.

Sollicitée par le garde, la Scoop projeta ce qu'elle avait filmé.

Robin. Qui entrait dans la suite. Puis Cal. Puis Robin qui ressortait. Puis Fabrice et Moineau qui arrivaient...

Robin était tout blanc, incrédule.

— C'est impossible ! Ce n'était pas moi ! Je vous le jure, c'est impossible ! Je n'étais même pas dans la suite, j'étais avec...

Son regard tomba sur Tara et il termina, pitoyable :

— Avec une jeune fille. Rousse. Léna Vordavril. Elle se trouve dans la suite A 865. Demandez-lui. Elle vous confirmera !

Le visage de Tara s'assombrit.

— Le nouveau dispositif de prélèvement d'ADN est formel, fit sobrement le garde qui portait la scoop, ignorant les protestations du demi-elfe. Il a identifié Robin M'angil avant de le laisser pénétrer dans la suite de l'Héritière Impériale.

X'orial décida qu'il n'allait pas laisser un assassin potentiel rester près de celle qu'il devait protéger. Avant que le demi-elfe n'ait le temps de réagir, il le menotta de keltril tout en lui disant gravement :

— Robin M'angil de Selenda des elfes et du Lancovit, je vous arrête sous l'inculpation de tentative de meurtre sur la personne de Caliban Dal Salan, ressortissant du Lancovit. Vous allez être interrogé par un Diseur de Vérité afin que vérité soit faite.

— Non ! cria Tara en se levant, furieuse, ce n'est pas possible ! Robin !

— Je n'ai rien fait ! se débattit Robin, des larmes de rage et d'impuissance dans ses yeux de cristal. Rien fait du tout, je te le jure, Tara !

Tara avait l'impression de vivre un cauchemar. Elle ne comprenait plus rien. Elle savait profondément que jamais Robin n'aurait fait de mal à Cal. Et pourtant, les elfes étaient réputés pour leur violence, surtout lorsqu'une femme elfe était en jeu, elles qui étaient si rares à présent au sein de leur communauté. Car si un peuple avait souffert particulièrement des démons, c'était bien le peuple des elfes. Partis combattre contre les démons, ils avaient laissé leurs femmes et leurs enfants sur leur planète.

C'était alors que les démons avaient attaqué.

Et celle-ci avait été détruite.

Seules les guerrières, celles qui se battaient au côté de leurs compagnons et par conséquent se trouvaient dans l'espace à ce moment, avaient survécu. Ce qui expliquait aussi sans doute pourquoi ce peuple au départ peu belliqueux (et plutôt porté sur la danse, le chant et… les mauvais poèmes… selon Isabella Duncan) était aujourd'hui presque exclusivement composé de féroces guerriers. Qui hélas ! n'avaient pas abandonné leur goût pour les mauvais poèmes.

Depuis cinq mille ans, petit à petit, le peuple des elfes remontait la pente de la natalité féminine, mais du fait du peu de naissances, c'était horriblement lent. La nature n'avait pas prévu que la race à très longue vie était au bord de l'extinction et par conséquent le rythme des naissances n'avait pas beaucoup évolué.

La technologie n'avait pas, malheureusement, réussi à pallier ce problème. Les fécondations in vitro ne fonctionnaient tout simplement pas, comme s'il manquait un élément essentiel. C'était à cause de cela que les femmes elfes avaient le droit et même l'obligation d'avoir plusieurs époux. Et que les hommes elfes étaient d'une jalousie féroce et possessive, tant que l'élue de leur cœur n'avait pas clairement interdit qu'ils tuent leurs rivaux.

Sauf que Tara n'avait pas pensé une seconde au fait que Robin était un demi-elfe et pouvait trouver logique d'éliminer un dangereux rival. Elle lui attribuait constamment un comportement humain et constamment se prenait sa moitié elfe dans la figure.

Là, la situation venait de dramatiquement dégénérer, parce que, une fois de plus, elle s'était trompée sur Robin. Même si elle n'arrivait pas à le croire. Si cela avait été le cas, honorable et loyal comme il était, il aurait revendiqué la tentative de meurtre. Or là, il hurlait son innocence.

C'était un complot. Dirigé contre elle, clairement. Aussi, après avoir réagi instinctivement en se levant pour le défendre, fit-elle exactement le contraire de ce qu'elle aurait dû normalement, d'autant qu'une seconde pensée venait de faire irruption dans son cerveau survolté. Soudain, elle se détendit, se calma et, à la stupéfaction de ses amis qui croyaient qu'elle allait se ruer sur X'orial et le réduire en pâtée pour mrrr, elle s'assit près de Cal, ignorant les hurlements de Robin.

— Emmenez-le, dit-elle froidement à X'orial, qui, vu sa tête, s'attendait lui aussi à passer un mauvais moment. Qu'il soit interrogé. Nous devons faire toute la lumière sur cette affaire. Allez !

Robin fut tellement stupéfait qu'il en arrêta de hurler.

— Tara ? dit-il d'une voix éplorée. Tara ?

Tara contrôla strictement sa voix, sachant que les larmes qu'elle retenait ne devaient surtout pas faire trembler.

— X'orial, j'ai donné un ordre, il me semble.

X'orial sursauta. Puis fit sortir Robin, soudain silencieux, sous le choc.

Un silence pesant tomba sur le petit groupe tandis qu'ils la regardaient d'un air ébahi.

— Tu sais, Tara, finit par dire Cal, je connais bien Robin et je suis sûr qu'...

Ils furent tous surpris lorsqu'elle lança un Silencus. Personne ne pourrait les écouter à présent. Mais comme le Traductus en était banni, du coup, ils devraient utiliser les langues communes que Moineau leur avait inscrites dans le cerveau. Tara opta pour l'omoisien qu'ils connaissaient tous.

— ... qu'il est bien incapable de blesser l'un d'entre nous, termina Tara en finissant sa phrase à la place de Cal, oui, je sais, c'est évident. Mais il y a quelques heures, une espèce de magie démoniaque, probablement celle de Magister, même si je n'en sais rien, s'est emparée de deux gardes et les a fait assassiner leurs compagnons et tenter d'éliminer Selenba. Ce n'est ni la première fois ni la dernière que Magister ou nos ennemis essayent de nous séparer ou de vous tuer. Mais là, j'avoue que c'est un coup de maître. Faire assassiner Cal par Robin, deux d'un coup, j'admire.

Moineau s'affaissa un peu.

— Ouf, fit-elle, traduisant le sentiment général, tu m'as fait peur, l'espace d'un instant j'ai bien cru que tu pensais que Robin était coupable !

— La situation est compliquée, répondit Tara, se frottant le front d'un air las. Quel que soit le responsable de tout ceci, il nous connaît parfaitement bien. Il a fait de Mara mon ennemie, même si c'était sans doute involontaire, neutralisé Robin et grièvement blessé Cal. D'une pierre trois coups, je dirais. C'est impressionnant.

— Et tout cela alors que tu pars sur Tadix dans quelques heures, précisa Cal qui avait vu la retransmission de l'annonce de l'Impératrice. Cela aurait-il un rapport avec les démons ? Tu crois que tes ennemis veulent nous empêcher de t'accompagner ?

Aïe, cela allait être la partie la plus difficile. Elle inspira profondément.

— Non, je ne pense pas du tout que ce soit aussi simple. D'autant que vous ne venez pas avec moi, dit-elle doucement. Je suis désolée. C'est aussi la raison pour laquelle je n'ai pas tenté de soutenir Robin. En l'emprisonnant à Omois, je peux le protéger.

Ils la regardèrent comme si une nouvelle tête venait de lui pousser sur l'épaule.

— Quoi ? s'exclama Fafnir. Tu rigoles ?

— Pas du tout.

— Dis-moi, Tara, fit gentiment Moineau, qu'est-ce qu'on avait dit sur cette maladive habitude que tu as de vouloir tout le temps prendre le poids du monde sur tes épaules ? Tu as besoin de nous et tu le sais très bien.

— Mais je n'ai pas besoin de vous condamner à mort, et c'est ce qui vous attend si vous venez avec moi.

Cal voulut se redresser et renonça tout de suite en grimaçant. Son ventre venait de lui rappeler qu'il avait été ouvert en deux et que ses abdominaux n'avaient pas encore récupéré.

— Comment ça, condamner à mort ?

Tara eut un merveilleux sourire qui lui serra le cœur. Le jeune homme n'arrivait pas encore à croire qu'elle était à lui. Même si elle disait ne pas l'aimer, il savait au plus profond de lui qu'ils étaient liés.

— La planète tout entière est piégée, expliqua-t-elle après avoir testé son sort histoire d'être sûre que rien ne filtrerait. Si Archange décide de tenter une invasion à partir de cette invitation massive, Lisbeth fera tout exploser.

Un lourd silence tomba. Les yeux écarquillés de ses amis traduisaient mieux que des paroles leur profond malaise.

Puis Cal haussa les épaules.

— C'est stupide.

OK, ce n'était pas exactement ce à quoi s'attendait Tara. Il vit son regard interrogatif.

— Si la planète explose, tu es bien assez puissante pour te protéger dans une bulle de magie. Rien ni personne ne peut traverser ton pouvoir si tu ne veux pas. Tu es sans doute la personne la plus puissante de notre univers. Mais Archange est tout aussi puissant, gavé comme il est par la magie démoniaque. Alors, à part réduire une planète entière en poussière, à mon avis, son plan ne servira à rien. Enfin, à part tuer la moitié du gouvernement d'Omois, dont ta tante et certainement bon nombre de démons, mais pas assez et pas les bons.

Tara soupira. Hélas ! sa tante et ses services de recherche n'étaient pas idiots. Elle raconta ce qui s'était passé avec la grenade spéciale, capable de traverser n'importe quel champ magique. Les bombes placées sur Tadix avaient été modifiées. Certaines étaient des tueuses de planètes, mais la majorité projetait des shrapnels magiques qui déchiraient les pouvoirs. Ensuite, il suffisait de quelques éclats et le sortcelier se faisait déchiqueter. Ou écraser. Ou explosait. Bref, il n'en restait pas grand-chose. Idem pour les démons, même si leurs corps étaient plus résistants. Lisbeth le lui avait expliqué lorsqu'elle avait émis exactement la même objection.

Même une sortcelière aussi puissante que Tara ne pourrait pas résister à la nouvelle technologie.

Cal grogna. D'une part, il avait encore très mal, d'autre part, il n'aimait pas lorsque d'autres que lui avaient des idées encore plus tordues que les siennes...

— C'est donc une mission suicide, fit-il sèchement. Du genre « OSOVTM[1] »

Tara sourit. Il trouvait toujours quelque chose qui dédramatisait l'instant.

— Mais, demanda Fafnir, qu'est-ce qui vous fait croire que le joli garçon (Fafnir trouvait Archange super-mignon. D'accord, pas autant que Sylver, mais pas loin) ne veut pas jouer franc jeu ? Regardez Belzebuth (elle caressa son chat

1. « Oh Slurk On Va Tous Mourir », équivalent AutreMondien de « Oh Merde On Va Tous Mourir ».

rose avec affection), c'est un chat démoniaque et pourtant, il est de notre côté. Après tout, ce serait quoi, son intérêt, au roi Archange ? Commercer avec nous est bien plus intéressant que de nous envahir, non ?

— Tu as raison, Fafnir, confirma Moineau, il y a une chance sur deux que ce ne soit pas un piège. Donc, nous n'avons aucune raison de ne pas t'accompagner, Tara. Et si c'est un piège, je suis sûre que nous trouverons un moyen de nous en sortir, comme d'habitude. Nous avons échappé à Magister, au Prince Bandiou, au Ravageur d'Âme, au Dragon renégat, aux fantômes, à l'Anneau maléfique, à la Reine Noire, ce ne sont pas des démons de rien du tout qui vont nous faire peur quand même, non ? Tu dis sans cesse que tu veux nous protéger, n'est-ce pas ? Pourquoi ?

OK, ça non plus, Tara ne s'y attendait pas.

— Euh, pour vous sauver la vie ?

Moineau sourit.

— Hum, sans vouloir être prétentieuse, j'ai plutôt l'impression que c'est nous qui t'avons le plus souvent sauvé la vie que le contraire. Ce qui a fait qu'ensuite, tu nous as tous sauvés, ainsi que des mondes entiers. Ça me paraît plutôt équilibré, non ? Sauf que si tu meurs avant, tu ne peux plus nous sauver après. Nous sommes donc là pour la première phase et pour te laisser gérer la seconde.

Tara retint un soupir fatigué. Elle savait très bien que ses amis poseraient problème. Mais elle décida de ne pas s'en préoccuper. Elle verrait bien au moment de son départ pour Tadix, un problème à la fois sinon elle allait devenir dingue. Elle bâilla involontairement, ce qui fit rire Fabrice et dissipa un peu l'atmosphère trop tendue.

— Pardon, s'excusa-t-elle en rougissant, je suis désolée. Je suis un peu morte, là.

— Nous allons te laisser, dit Moineau. Cal et toi avez besoin de vous remettre et j'avoue que cette ponction de sang m'a fatiguée, moi aussi.

Tara releva vivement les yeux, elle avait oublié qu'elle avait aussi ponctionné Moineau.

— Oh, pardon, j'avais…

Moineau l'interrompit, agita la main en se levant, un petit sourire malin sur ses lèvres roses.

— Franchement, face à une invasion démoniaque, slash démolition de planète, slash conflit universel, crois-moi, te donner un peu de sang n'était vraiment rien. Peut-être qu'avec mon sang de sage jeune fille cette tête de mule de Voleur va se mettre un peu moins dans les problèmes !

Soudain, Cal écarquilla les yeux.

— Wow, je n'y avais pas pensé... En fait, je n'ai pensé à rien, parce que je n'étais pas conscient, je ne savais donc pas que vous aviez donné de votre sang toutes les deux, mais tu crois qu'il y a une chance que je me transforme en Bête ?

Moineau haussa un sourcil.

— Une chance ? Cal, tu veux devenir une Bête ?

— Ben, ça peut être pratique lorsque j'ai besoin de soulever des trucs lourds (sous-entendu « que je suis en train de voler ») sans avoir la possibilité d'utiliser la magie (sous-entendu « à cause des alarmes »).

Moineau éclata de rire.

— Non, seuls les descendants de la Belle et de la Bête subissent la malédiction. Tu pourrais prendre tout mon sang qu'il ne te pousserait pas la moindre petite griffe ou le plus petit poil. Mais si tu veux te transformer, tu sais, il suffit que Fabrice te morde et...

Cal agita une main faible.

— Nan, c'est pas la même chose, et cette histoire de loups alphas à qui tu dois obéir, ça ne me branche pas des masses. Mais merci quand même.

Tara leva le Silencus et, un à un, ses amis quittèrent la pièce. Tara les raccompagna à la porte. Avant de partir, Fafnir se mit devant elle et lui dit :

— Si j'avais fait un coup pareil à Sylver, de le faire emprisonner pour l'empêcher de m'aider, je pense qu'il me pendrait par la peau du cou et qu'il aurait raison. Ne laisse pas tes bonnes intentions te couper de Robin, Tara, surtout si, comme je le pense, tu l'aimes encore.

Et avant de laisser le temps à Tara de lui répondre, elle la serra dans ses bras, faisant craquer ses côtes, et sortit.

Tara, éberluée regarda la porte. Qui lui rendit son regard.

— Oui ? demanda docilement l'entité de bois, que puis-je faire pour vous, Votre Altesse Impériale ?

— M'expliquer pourquoi tout à coup une naine guerrière vient de s'improviser conseillère conjugale, grogna Tara.

L'œil de la porte s'écarquilla.

— Pardon ?

Tara soupira.

— Non, non, rien merci.

La jeune fille hésita. Elle savait qu'elle devrait aller voir Robin, mais elle était si épuisée qu'il fallait absolument qu'elle dorme. Heureusement, elle avait mis Cal dans la chambre d'amis… enfin, l'une des chambres d'amis de son immense suite, tellement grande que parfois elle se disait qu'elle devrait faire installer un tapis roulant pour passer d'une pièce à l'autre. Fichus Omoisiens avec leur manie du show off ! Elle retourna dans la chambre, regarda Cal pensivement. Il lui souriait de ce sourire mi-canaille mi-amoureux qui lui mettait les genoux en coton. Elle pressentit ce qu'il était en train de penser.

— J'avoue que je n'imaginais pas que notre première nuit ensemble se déroulerait de cette façon, lança-t-elle alors qu'il ouvrait la bouche.

Cela stoppa net le jeune homme qui la regarda d'un air de reproche :

— Tara ! s'exclama Cal, c'est le genre de phrase que je dis, moi, arrête de me voler mes répliques, s'il te plaît !

— Quand même, le taquina-t-elle, tu trouves de drôles de façons de m'obliger à te garder près de moi.

— Ab-so-lu-ment, fit gravement Cal, l'ironie dansant dans ses yeux gris. En fait, je me suis fait horriblement mutiler juste pour pouvoir passer la nuit avec toi. Sauf que je n'avais pas prévu que ce serait au point que même si je le voulais, je ne pourrais pas faire grand-chose, hélas !

Tara éclata de rire. Oui, elle pouvait comprendre la frustration du jeune homme, parce que, maintenant que la tension et le danger – OK, pas le danger… – étaient passés, elle ressentait exactement la même chose. D'ailleurs, à ce sujet :

— Au fait, dit-elle, surtout n'utilise pas ta magie.

— Ah bon ? demanda-t-il, déconcerté. Mais pourq… (Son cerveau agile comprit tout de suite.) Ah, je vois, ton sang, ta magie, les résultats risquent d'être légèrement plus puissants que d'habitude, c'est ça ?

Tara hocha la tête. Légèrement n'était pas exactement le bon mot.

— Disons que si tu pouvais éviter de faire exploser ma chambre, ce serait bien. Les gardes du palais font des crises cardiaques chaque fois que je... disons que mon pouvoir dérape et que les murs sautent. Ils ont horreur de ça.

— Tara, fit gentiment Cal, je n'ai pas du tout l'intention de faire exploser quoi que ce soit en fait ; simplement, l'idée de lever le petit doigt me semble insurmontable et crois-moi, le type qui te parle a horreur de passer plus de quelques instants immobile.

Le visage de Tara se rembrunit.

— Cal, je suis tellement désolée !

Le jeune homme la regarda d'un air surpris.

— Désolée ? Mais pourquoi ? Ce n'est rien à côté des risques que je prends tous les jours dans le cadre de mon métier, Tara, idem pour toi dans l'exercice du tien. Nous avons choisi, ou avons été choisis et nous l'avons assumé. Ne sois pas désolée, parce que tu n'y es pour rien, pas plus que Robin à mon avis. (Son ton changea radicalement.) Je peux avoir un baiser ? Non mais je demande parce que de toutes les façons si je bouge pour te le voler, j'ai quatre-vingts chances sur cent de rater ta bouche.

Tara rit de nouveau et se pencha vers le Voleur. Elle l'embrassa avec douceur et tendresse, même si très rapidement leur baiser devint nettement plus brûlant. Cal gémit lorsqu'elle s'appuya involontairement sur sa poitrine encore douloureuse et Tara sursauta, navrée.

— Oh là là, je suis désolée, je t'ai fait mal ?

— Certainement pas, répondit fermement Cal. Et arrête de t'excuser. Deux fois en dix minutes, c'est deux fois de trop. Va te coucher avant que je ne bousille tous les efforts du chaman pour me remettre sur pied. Tu es une tentation vivante, tu devrais être interdite !

Tara se leva avec un ravissant sourire après l'avoir embrassé une dernière fois. Elle aimait bien être une tentation vivante. Elle trouvait cela très amusant en fait.

Une fois dans sa chambre, elle se dirigea vers la salle de bains attenante. Immense et d'un bleu très clair, il y avait une piscine plus qu'une baignoire au centre, où se peignait une ravissante sirène illusoire. Tara soupira de bien-être et chantonna en se lavant les dents. Le miroir s'anima devant elle et soudain, à sa grande surprise, se mit à chantonner avec elle. Elle faillit en avaler son dentifrice.

— Mais qu'eche que tu faich ? marmonna-t-elle.

— Pardon ? demanda le miroir.

Tara se rinça la bouche et répéta.

— Je disais : « Mais qu'est-ce que tu fais ? »

— Je chante avec vous, Votre Altesse Impériale. J'aime bien l'air que vous fredonnez. Cela ne vous ennuie pas, j'espère ?

Allons bon, un miroir mélomane. Elle aurait vraiment tout vu. Depuis qu'il avait été fêlé, il avait un comportement bizarre…

— Euh, pas du tout, se reprit-elle, voyant que le miroir attendait poliment sa réponse, j'ai juste été surprise. Va, va, chantonne, pas de souci.

Elle nagea quelques instants pour se détendre. La changeline et un élémentaire d'air lui séchèrent les cheveux et, enfin, elle put se glisser dans son grand lit.

Elle prévint les Objets qu'elle allait les poser dans la table de nuit, près de son lit, mais qu'elle les gardait à portée. Elle leur fit également savoir qu'essayer de s'emparer d'elle pendant son sommeil ne servirait pas à grand-chose, sa magie la protégeant tout le temps, même lorsqu'elle dormait. Les âmes protestèrent qu'elles étaient « amies » et que posséder des « amis » ne se faisait pas. Elles lui signalèrent aussi qu'elles trouvaient très intéressantes les parades nuptiales de sa race.

Tara s'appliqua à ne pas rougir, mais ce ne fut pas facile.

Curieusement, savoir que Cal était juste à côté ne l'empêcha pas de dormir comme une souche. Ce fut son hor qui se chargea de la ramener au monde réel. Son cerveau avait bien travaillé pendant qu'elle dormait, parce qu'elle avait une demi-douzaine d'idées qu'elle voulait partager avec Cal.

Le jeune homme dormait encore. Tara ne voulut pas le réveiller. Après avoir remis les objets démoniaques, elle prit son petit déjeuner, lutta vaillamment contre l'envie absolue d'aller vérifier toutes les trente secondes si Cal ouvrait un œil, prit sa douche et fut prête sans qu'il ait bougé d'un cil. Elle fit la grimace, elle allait être obligée de le laisser tout seul et cela ne lui plaisait pas du...

Soudain elle se redressa, se traitant de sombre abrutie. Il y avait un millier... qu'est-ce qu'elle racontait : au moins dix milliers de gardes dans ce palais. Elle sortit en trombe, faisant sursauter ses soldats et demanda à l'un d'eux de bien vouloir jouer les baby-sitters.

Rien que de voir la tête de l'énorme et féroce thug aux quatre épées lorsqu'elle lui expliqua la signification du terme terrien qu'il ne connaissait pas, et que le Traductus peinait à traduire, valait son pesant d'or.

Une fois assurée qu'il avait bien compris les consignes : « *Protéger Cal au péril de votre vie, m'appeler s'il y avait le moindre problème, s'il a une égratignure quand je reviens je vous arrache les yeux... non, je plaisante. Non vraiment, je plaisantais, ne vous évanouissez pas. Voillllààààà, tout va bien, je veux juste être sûre que vous vous occuperez bien de lui, non non promis, je ne vous arracherai rien* », le cœur plus léger, même si elle aurait bien voulu parler à Cal avant d'aller en prison, Tara s'éloigna.

Tout en se disant qu'il n'y avait pas que les nains qui avaient du mal à comprendre les plaisanteries, puisque apparemment ses propres gardes avaient l'air de penser qu'elle était capable de choses atroces sans sourciller.

Ils étaient dingues, ces AutreMondiens. Ou alors Elseth ou Lisbeth avaient plus de choses à lui avouer qu'elle ne le pensait...

Tara connaissait bien les prisons du palais de Tingapour. Essentiellement pour en avoir été l'hôte involontaire à plusieurs reprises. De fait, après la dernière fois, elle avait demandé à ce que les cellules soient un peu plus confortables. À sa tante et au conseil, interloqués (« mais enfin, Tara, ce sont des prisons, pas des hôtels douze étoiles[1] ! »), elle avait expliqué que, vu sa propension à s'y retrouver régulièrement, elle aimerait bien un peu plus de commodités, s'ilvousplaîtmerci.

---

1. Comme toujours avec les AutreMondiens et spécialement les Omoisiens, plus il y en a, mieux c'est. Pour eux, nos cinq étoiles sont tout juste des hôtels très milieu de gamme.

Elle avait été écoutée en ce sens que les lits avaient été changés pour des literies plus moelleuses et que les prisonniers avaient vu également le niveau culinaire sérieusement rehaussé. Ce n'était pas, après tout, parce qu'on était en prison qu'on devait mal manger. Elle avait pris l'habitude, vu que chaque fois ou presque qu'elle se trouvait quelque part, à un moment où à un autre, elle visitait les prisons, de leur attribuer des étoiles. Celles du Lancovit étaient les meilleures pour l'instant, sans doute parce que le Château Vivant prenait aussi soin des prisonniers et qu'il avait horreur lorsque ses hôtes étaient mécontents. Celles de Tingapour étaient en voie d'amélioration.

Mais quoi qu'on fasse, cela restait des prisons, et son cœur se serra lorsqu'elle vit Robin, la tête entre les mains, bien réveillé, lui, et qui paraissait au comble du désespoir.

Lorsque les grilles claquèrent, il tressaillit et se releva. Son regard clair s'anima lorsqu'il vit que c'était Tara. Il ne s'approcha pourtant pas des grilles et Tara fronça les sourcils. Ici, impossible de faire de la magie, puisqu'une puissante statuette les en empêchait, histoire d'éviter que les sortceliers ne l'utilisent pour s'enfuir. Pourtant, le demi-elfe semblait ne pas vouloir toucher les barreaux, pourquoi ?

Elle eut vite la réponse lorsqu'elle réalisa qu'il s'en élevait un crépitement presque inaudible, dont elle ne prit conscience que lorsqu'il s'arrêta.

— Pas de magie, mais les barreaux sont électrifiés ? demanda-t-elle en omoisien, heureuse que les langues qu'elle avait apprises restent dans son cerveau même en l'absence totale de magie.

— Oui, répondit le garde qui lui avait ouvert. Cela permet d'éviter que les prisonniers ne s'en approchent trop. Comme ça, ils ne peuvent pas tenter de nous attraper sans s'évanouir. C'est une mesure de précaution.

Elle allait leur retirer l'étoile qu'elle leur avait ajoutée la dernière fois.

— Et qui a eu cette idée géniale ? demanda-t-elle sèchement.

— Votre demi-oncle, l'Imperator. Il a trouvé que c'était une bonne façon d'utiliser l'énergie des nouveaux générateurs à fusion que nos savants ont copiés sur ceux des nonsos, répondit le garde en claquant quasiment des talons, comme si l'Imperator était derrière lui.

— Je vois, grogna Tara. Une bien belle invention que l'électricité. Je n'entends plus le crépitement, tout est coupé maintenant ?

— Oui, répondit respectueusement le garde. Vous pouvez toucher les barreaux sans danger.

— Oh, mais je n'ai pas l'intention de toucher les barreaux, je veux interroger le prisonnier et j'ai besoin de ma magie pour cela, répondit dédaigneusement Tara. Veuillez le conduire dans l'une des salles d'interrogatoire des étages supérieurs.

Le garde parut sur le point de protester, croisa le regard bleu et froid de Tara, se souvint qu'elle était sa future Impératrice, calcula le temps qu'il lui restait à être garde et ses chances de promotion... et ouvrit la grille. Non sans avoir appelé trois autres soldats tenant des chatrix en laisse avant. Juste au cas où.

— J'avais dit que je ne voulais voir personne, gronda Robin, apparemment décidé à se complaire dans le rôle du martyr accusé à tort, son hydre sifflant désagréablement à son cou.

Avant qu'il n'ait le temps de continuer, Tara le toisa d'un air tellement glacial qu'il ravala son discours. Elle n'avait pas l'air d'avoir envie de discuter, pas maintenant du moins. Et il avait entendu ce qu'elle avait dit, ce qui lui fit réprimer un petit frisson d'inquiétude dans le bas de son dos. Elle voulait utiliser sa magie pour l'interroger ? Mais sa magie ne lui obéissait, au mieux, qu'une fois sur cinq ou six.

Et le pauvre Robin se demanda avec angoisse s'il allait réussir à terminer cet entretien sous la même forme que celle qu'il avait maintenant.

En silence, il fut conduit par les gardes à une grande salle dont plusieurs côtés étaient transparents, mais que Tara fit opacifier. Elle prévint qu'elle allait conduire l'interrogatoire seule et qu'elle ne voulait ni scoop, ni écoute. Elle fut promptement obéie, mais par mesure de précaution les enveloppa dans un rectangle de silence qu'elle opacifia également.

Robin resta sur ses gardes. Cela ne faisait pas si longtemps que cela qu'il n'avait pas vu Tara, mais cette nouvelle version froide et concentrée, lui faisait un drôle d'effet.

Soudain, elle se détendit et redevint cette bonne vieille Tara avec un sourire qui lui éclaira le visage.

— Ouf ! fit-elle dans un elfe parfait, j'ai bien cru qu'il allait refuser. Bon, allez, explique-moi ce qui s'est passé.

Robin en resta bouche bée. La transition avait été si brutale qu'elle l'avait pris au dépourvu, cassant son entêtement.

— Tu… tu me crois ? balbutia-t-il.

Tara fronça les sourcils, sincèrement intriguée.

— Évidemment que je te crois ! Si tu avais vraiment voulu tuer Cal, il serait mort, tu ne l'aurais pas éventré, tu lui aurais arraché le cœur ou séparé la tête du corps, sachant qu'il n'est pas si facile de tuer définitivement sur ce monde. Et puis je t'ai vu avec la fille rousse. Et tu as vu que je t'avais vu.

Robin avait l'air de réfléchir furieusement. Il la surprit en réagissant très vite avec logique. Et en ignorant totalement son sous-entendu.

— Quelle est la première chose que tu as faite en rentrant dans la pièce ?

Ah. Il avait tout de suite compris cette chose qu'elle avait mis nettement plus de temps à réaliser. Elle confirma l'intuition du demi-elfe :

— Exactement ce que voulait celui qui a agressé Cal sans le tuer.

Ils se regardèrent.

— Ton sang, fit fermement Robin. L'assassin voulait que tu donnes ton sang.

Il paraissait étonnamment perturbé, comme s'il se passait quelque chose auquel il ne s'attendait pas.

— Et en quantité suffisante pour affaiblir mon pouvoir, confirma Tara.

Robin se mit à marcher de long en large, bien que limité par la bulle de silence de Tara.

— Par les gnorks[1] de mes ancêtres, on s'est fait piéger ! Combien as-tu perdu ? Pour combien de temps ?

Bizarrement, dans le langage elfe qu'elle avait appris et qui était gravé dans son esprit ainsi qu'une vingtaine d'autres langues, le mot n'était pas répertorié. Elle trouva curieux que certains gros mots n'apparaissent pas dans sa mémoire. Bon,

1. Oui, c'est exactement ce que vous pensez, et non je ne préciserai pas pour ceux qui n'ont pas compris…

P.-S. : sinon, c'est pareil que les droufs de Tranlkur…

cela dit, vu le contexte, elle pouvait à peu près deviner ce que cela voulait dire.

— Environ vingt à vingt-cinq pour cent de ma puissance. Et il me faut deux à quatre jours pour tout récupérer d'après des tests que nous avons faits en labo.

Cela stoppa net le demi-elfe. Il la regarda avec incrédulité.

— On t'a vidée de ton sang en labo pour voir ce que tu perdais en magie ? Mais c'était...

— Indispensable, le coupa Tara, surprise par sa véhémence. Lorsque je suis blessée, j'ai besoin de savoir combien de puissance je perds avec mon sang. C'est moi qui ai demandé cette analyse, pas l'Empire. Et on a imposé un Mintus aux techniciens volontaires, ainsi, personne ne sait quelles sont mes limites. Tout le monde pense de toutes les façons que je suis tellement puissante que c'est presque inhumain.

L'amertume dans sa voix sembla toucher Robin. Il s'accroupit devant elle, qui était restée assise.

— Comment vas-tu, Tara ? Je... je ne parviens à... Les autres, ça va, mais toi... tu es opaque.

Opaque ? Qu'est-ce qu'il voulait dire par là, qu'il ne la comprenait plus ?

Le cœur de Tara s'emballa. Elle sortait avec Cal, même si elle n'était pas vraiment amoureuse de lui, mais lorsque Robin était tendre et attentif comme cela, cela la laissait sans défense devant les sentiments qu'elle éprouvait encore.

— Ça va, dit-elle. À part le fait que je vais peut-être mourir demain et que je ne sais plus du tout où j'en suis entre toi et Cal, je fais avec.

Sans la grâce légendaire des elfes, Robin aurait sans doute chu en arrière tellement il fut surpris. Par les deux déclarations d'ailleurs. Mais il releva surtout la première.

— Mourir ? s'exclama-t-il. Comment ça « mourir » ? Mais pourquoi ?

Tara lui expliqua ce que Lisbeth avait préparé. Le demi-elfe pâlit.

— Tu ne peux pas y aller, fit-il, complètement paniqué, c'est de la folie ! Ta tante n'a qu'à recevoir Archange toute seule là-haut, comme ça s'il se passe quelque chose, tu pourras prendre la tête des armées et défendre notre planète grâce à ton pouvoir. Te sacrifier, toi, notre meilleure arme ? C'est totalement stupide !

Soudain, il baissa la tête et recula. Tara se demanda pourquoi, mais il lui tourna le dos comme s'il essayait de retrouver son sang-froid. Son hydre siffla avec angoisse, comme si elle essayait de le calmer.

— Qu'est-ce qu'on fait alors ? dit-il avec précaution, toujours dos à Tara.

— On ne fait rien, répondit la jeune fille. Je ne veux pas que vous m'accompagniez, donc vous restez tous ici sur AutreMonde. Même si Fafnir pense que je suis idiote de t'emprisonner pour te sauver la vie.

— Fafnir ?

— Hmmm.

En dépit de la gravité de tout ce qui se passait, Robin eut un pâle sourire.

— Elle s'est instituée conseillère conjugale, avoua Tara qui ne s'en était toujours pas remise.

Robin écarquilla ses yeux de cristal.

— Fafnir ?

— Hmmmm.

Encore incrédule, Robin répéta, tandis que Sourv s'agitait à son cou, ses sept têtes sifflant à qui mieux mieux.

— Conseillère conju... mais nous ne sommes pas mariés !

Si Tara ne se trompait pas, c'était de la panique qu'il y avait dans sa voix.

— Ben, à moins que je n'aie un gros trou de mémoire, pas à ma connaissance, plaisanta Tara.

Robin caressa son hydre de la main pour la calmer, puis sembla réfléchir profondément. Tara resta silencieuse, respectant la méditation du demi-elfe.

— Eh bien Fafnir a tort, fit-il calmement, à l'immense surprise de Tara qui pensait qu'elle allait devoir lutter âprement. Je comprends tout à fait pourquoi tu m'as fait emprisonner. De toute façon, tout le monde pense que j'ai essayé d'assassiner Cal. Alors, autant que je reste ici. Si jamais Archange essaye bien d'envahir notre univers et qu'il ne meurt pas dans l'implosion ou que ses armées parviennent à passer, ils videront les prisons, parce que nous aurons besoin de tout le monde pour combattre. Bonne chance, Tara.

Et il l'embrassa fraternellement sur la joue.

Ce fut au tour de Tara d'écarquiller les yeux. Avant qu'elle n'ait le temps de réagir, il avait franchi le rectangle de silence opaque, était passé de l'autre côté, était sorti et s'était mis entre deux gardes, en précisant qu'il était prêt à rentrer en prison.

Tara n'eut pas le temps d'articuler un mot. Une fois la surprise passée, elle émit un très peu convenable grognement de déconvenue. Il lui semblait clair que Robin ne l'aimait plus et pour une raison qu'elle ne s'expliquait pas très bien, puisqu'après tout, c'était elle qui avait rompu et elle qui sortait avec Cal, cela ne lui plaisait pas du tout.

Elle fit disparaître le rectangle et soupira. Robin avait raison, même si elle n'aimait pas spécialement le Robin super-raisonnable qui venait de lui parler. Mais comme elle lui en voulait un peu, elle décida de ne pas le raccompagner dans sa cellule. Ça lui ferait les pieds.

De retour dans sa suite, Tara, encore ébranlée, se fit décoiffer par la porte, ce qui acheva de l'énerver, rentra dans le salon et se planta devant le grand soldat baby-sitter qui montait la garde devant la porte de sa chambre. Celui-ci se raidit en un impeccable garde-à-vous.

— Le priso... hrrmmm... le malade a pris son petit déjeuner, hurla-t-il alors que Tara n'était qu'à dix centimètres de lui, et il n'a aucune égratignure, Votre Altesse Impériale !

— Absolument, fit une voix joyeuse qui remonta considérablement le moral de Tara, j'ai juste dû éviter qu'il me borde et qu'il redresse mon oreiller toutes les trente secondes. Tara, tu l'as menacé de quels épouvantables sévices, celui-là ?

Tara entra dans la chambre et sourit à la vue de Cal, confortablement installé avec un plateau vide qui lévitait devant lui et dont, curieusement, les assiettes, tasse, reliefs de petit déjeuner, étaient posés sur une table au pied du lit.

— De lui arracher les yeux s'il t'arrivait la moindre bricole.

Cal fit une petite grimace.

— Ben, je te confirme qu'il t'a crue. C'est la nounou la plus épouvantablement protectrice que j'aie jamais eue.

Ils se regardèrent et éclatèrent de rire. Des bulles de bonheur pétillèrent dans le cerveau de Tara. Elle adorait rire et, de tous, Cal était celui qui parvenait le plus souvent à l'amuser.

— Comment te sens-tu ? demanda-t-elle en s'asseyant sur le lit.

— Mieux que lorsque j'ai découvert que tu m'avais abandonné et que j'étais tout seul avec un garde terrorisé, répondit Cal avec un sourire en coin.

— Mais tu n'as plus mal ? insista Tara.

Cal la regarda langoureusement et se pencha pour l'embrasser :

— Si tu veux savoir si je peux te faire l'am...

— Stop ! cria Tara en rougissant. Ne le dis pas. Le palais est toujours en alerte sur ces mots-là, je n'ai pas envie que la stupide sirène ne se mette à retentir partout.

Cal écarquilla ses yeux gris. Il n'aimait pas spécialement tout ce qui pouvait lui rappeler que Tara était sortie avec Robin avant de sortir avec lui. OK, c'était stupide, mais lui qui n'imaginait pas une seconde pouvoir être jaloux, l'était devenu du jour au lendemain.

Pathétique.

— Mince, grogna-t-il, tu veux dire que tu en es toujours à cette histoire d'autrechoser[1] ?

Tara fit la grimace.

— Oui, ma tante est vraiment nerveuse avec le déferlement des prétendants. D'ailleurs, plusieurs d'entre eux ont voulu préciser leur pensée en expliquant avec des détails dignes de certains livres interdits aux moins de dix-huit ans, ce que nous allions faire lorsque nous serions mariés, ce dont

---

1. L'Impératrice ne voulant pas que Tara se marie avec Robin, le demi-elfe sans pouvoir politique ni rien, au moment où ils sortaient ensemble, n'avait rien trouvé de mieux que de jeter un sort sur Tara qui, lorsqu'on parlait d'amour autour d'elle, déclenchait une alerte stridente et malvenue. Inutile de dire que Tara et Robin avaient vite trouvé la parade en utilisant des métaphores ou d'autres mots.

P.-S. : ce qui prouve que, depuis Roméo et Juliette et même bien avant, lorsque deux amoureux veulent vraiment quelque chose, toutes les précautions et interdictions du monde ne serviront à rien...

je me serais bien passée, pour être franche, et tout le palais a été au courant.

Elle ne dit pas à quel point cela l'avait mortifiée ni à quel point cela la rendait malade que sa tante la fasse surveiller comme cela.

— Je suis allée voir Robin, précisa-t-elle alors que Cal se rapprochait dangereusement d'elle.

Douché par la nouvelle, Cal recula pour se caler contre ses oreillers avec un petit gémissement, prouvant ainsi qu'il n'était pas en si bonne forme que cela.

— Qu'est-ce qu'il a dit ?

Tara invoqua un carré de silence autour d'eux.

— Que c'était un piège, fit-elle en lancovien, le langage maternel de Cal. Pour m'affaiblir lorsque je t'ai donné mon sang pour te sauver. Il a paru vraiment très troublé lorsque je lui ai dit à quel point cela avait affecté mon pouvoir.

Toute idée de séduction mise de côté pour l'instant, Cal cogita ce que Tara venait de lui dire.

— Mais ma magie à moi est bien plus puissante de fait. Même si je ne suis pas encore au top physiquement, regarde.

Et, d'une main, il fit s'envoler le plateau, d'un jet de magie étonnamment bleue, comme celle de Tara.

— Ta magie est dorée, habituellement, remarqua Tara la tête levée.

— Oui, mais là, non seulement, comme toi, je n'ai pas besoin d'incanter, mais en plus, cela fait plus d'une heure que je la teste et elle reste toujours aussi puissante.

Tara aperçut soudain des tas de traces d'impacts sur les murs, tout en haut. Ah, c'était pour ça qu'il avait débarrassé le plateau, pour faire des tests. Elle leva un sourcil inquisiteur, que ne manqua pas de remarquer Cal.

— Euh, fit-il un peu penaud en faisant redescendre le plateau qui se posa docilement sur une commode, bien que tu m'aies prévenu, je ne m'attendais pas à ce que ce soit aussi fort, j'ai un peu sous-estimé ta magie. Désolé. Je vais réparer ça.

Tara sourit.

— Non, non, laisse. J'ai fait bien pire et ça occupe les décorateurs du palais, ils râlent tout le temps en disant que je ne change pas la déco de ma chambre assez souvent... enfin sauf les fois où je fais exploser quelque chose, bien sûr.

Soudain, Cal releva la tête sur le carré de silence qui les entourait. Ses yeux s'écarquillèrent, puis il eut un sourire particulièrement sournois.

Avant que Tara n'ait le temps de réagir, il l'avait prise dans ses bras et l'embrassait fougueusement, puis lui murmurait des choses parfaitement torrides à l'oreille. Elle se raidit, croyant que l'alarme allait retentir, furieuse contre lui.

Mais, à sa grande surprise, il ne se passa rien.

— Espèce de spatchoune, souffla-t-il en lui caressant le visage, si tu crées un sort de silence, personne ne peut t'entendre et tu peux dire ce que tu veux !

Tara en resta bouche bée. Cal avait raison, non mais quelle spatchoune ! Bon, cela dit, à l'époque, sa magie n'était pas aussi efficace qu'aujourd'hui et fluctuait suffisamment pour que ses champs de silence s'évanouissent au plus mauvais moment. Elle se traita mentalement de cruche et répondit avec bonheur à ses baisers.

Le plateau s'envola tandis que Cal allongeait Tara contre lui et que... le garde tapait respectueusement à la porte de la chambre.

Cal soupira. Le plateau retomba bruyamment sur le sol.

— Dis, tu ne veux pas démissionner ? demanda-t-il très sérieusement. Au moins pendant quelques jours ? Qu'on parte quelque part tous les deux, où le reste de l'univers ne viendra pas nous interrompre toutes les trente secondes ?

Tara soupira aussi. Et se demanda si sa tante ne lui avait pas jeté un sort secondaire qui lui permettait d'intervenir lorsque les choses devenaient un peu trop... brûlantes.

Elle se redressa et cria :

— Quoi ?

D'accord, ce n'était pas très élégant, mais elle commençait à en avoir sérieusement assez.

— Votre Altesse Impériale, fit le garde, Sa Majesté demande à ce que vous la rejoigniez immédiatement.

— Qu'est-ce qui se passe encore ? grogna Tara en ordonnant à la porte de s'ouvrir sur le garde qui avait l'air un tantinet affolé.

— Votre prisonnier, Robin M'angil.

Tara se leva d'un coup, le cœur battant. Comment ça « *son* » prisonnier ? Le soldat reprit une profonde respiration comme pour se calmer, se mit au garde-à-vous et déclara :

— Il s'est évadé !

14

LISBETH

ou comment posséder un palais tellement grand, qu'on n'arrête pas d'y perdre des gens, ce qui est ennuyeux lorsque ceux-ci sont censés être prisonniers.

— Quoi ?

Fou de rage, Safir Dragosh empoigna le pauvre garde qui venait de lui annoncer l'horrible nouvelle.

Selenba avait disparu.

En même temps qu'un autre prisonnier, Robin M'angil.

— Mais comment est-ce possible ? rugit le vampyr, hors de lui. Elle était sous surveillance 26 heures sur 26 !

— Nous… nous l'avons mise pendant quelques heures en prison en bas, parce que les salles du haut ont été réquisitionnées.

Safir réalisa qu'il était en train de soulever le thug, dont le visage virait au rouge et les pieds ne touchaient plus terre. Le grand vampyr prit une profonde inspiration et reposa sa victime, puis recula, histoire de ne pas lui faire mal involontairement, vu que là, il sentait ses canines l'élancer tellement il avait envie de le mordre.

Le thug dut le sentir, parce qu'il déglutit nerveusement. Avec les copains, ils avaient tiré à pile ou face pour savoir lequel allait se dévouer. Pour une fois qu'il avait gagné, lui qui perdait tout le temps au jeu, il le regrettait vraiment amèrement. Foutue poisse. D'autant que la mâchoire du vampyr ressemblait à celle d'un krok-requin.

Safir réfléchissait. Il y avait des dizaines de salles d'interrogatoire. Et elles avaient toutes été réquisitionnées ? En même temps ? Ce n'était pas possible. Quelque chose clochait. Il se dirigea vers la porte et lança au pauvre soldat qui n'avait pas quitté son nerveux garde-à-vous :

— Montrez-moi.

— Euh, risqua le thug avec un courage inouï, vous devriez peut-être d'abord…

Et il désigna la mâchoire de Safir qui débordait de crocs partout.

Le vampyr comprit et les rétracta d'un air mauvais. Puis lui fit signe de passer devant lui.

Le thug obéit et précéda le vampyr en évitant soigneusement de le toucher. Il avait déjà vu un vampyr perdre son sang-froid (ah ah) et il n'avait pas du tout l'intention de revoir cette scène de nouveau, il avait fait assez de cauchemars comme ça, merci beaucoup.

Ils sortirent en trombe sous le regard plein de compassion des autres gardes qui étaient drôlement contents de ne pas être à sa place, les soupilutes[1].

Il ne leur fallut pas très longtemps pour arriver aux prisons où des tas de gens s'activaient afin d'essayer de comprendre comment quelqu'un leur avait piqué non pas un, mais deux prisonniers.

Même si Safir était fou de rage, il devait avouer qu'il n'avait pas du tout envie d'être à la place de l'Imperator, responsable des armées, certes, mais aussi de la sécurité du palais, et qui venait, plusieurs fois de suite, d'être pris en flagrant délit d'incompétence. Ce que bien sûr, personne ne lui dirait jamais en face. À moins d'avoir vraiment très envie d'aller faire un petit tour en OutreMonde…

Safir commença à chercher. Dans un coin, un type avec une grosse bosse à l'arrière de la tête, les yeux papillonnant, tentait tant bien que mal de répondre aux questions qu'on

---

1. Équivalent AutreMondien de « salopards ». « Espèce de soupilute » est très souvent employé, les soupilutes étant une tribu de guerriers des montagnes d'Hymlia, réputée pour le caractère sournois de ses membres. Sournois et poilus, les soupilutes tirent une grande fierté des énormes masses de poils couvrant leurs corps, mais qui curieusement laissent leurs têtes parfaitement chauves.

P.-S : Pour les soupilutes, « espèce de soupilute » est l'équivalent de « espèce d'incroyable guerrier au courage inouï et aux armes aiguisées », personne n'ayant jamais eu le courage de leur dire la vérité, ce qui fait qu'ils tirent une grande fierté d'être ainsi aussi souvent cités en exemple par toutes les autres races…

lui posait. Mais ce n'était pas lui qui intéressait Safir. Il sentait quelque chose. Comme une odeur étrange, qui réveillait des sensations bizarres en lui. Puis, à cette odeur s'en superposa soudain une autre, qu'il connaissait aussi bien que si c'était la sienne.

L'odeur du sang.

Pire. L'odeur du sang de Selenba.

Mort d'inquiétude, il se précipita dans la cellule où avait été enfermée son ex-fiancée. Oui, il y avait quelques taches de sang par terre. Pourtant, ce n'était pas de là que provenait l'odeur. Comme un chien de chasse, il se pencha et renifla. Là ! Il avait une piste !

À la grande surprise des gens qui le regardaient, il se métamorphosa en loup, bien que la statuette empêchant les prisonniers d'utiliser leur pouvoir ait été neutralisée de toutes les façons, cela ne l'aurait pas gêné, vu qu'il n'avait pas, comme les loups-garous, besoin de magie pour se transformer.

Immédiatement, l'odeur fut bien plus forte, et, relevant la tête, il hurla. Les gens se figèrent. Dans son cri, il y avait l'excitation de la chasse et l'avertissement destiné aux petits animaux à fourrure et sang chaud que la mort était en marche. D'un seul coup, une grande partie de ceux qui se trouvaient là ressentit clairement ce que devaient éprouver un kré-kré-kré ou un lapin ou tout autre petit animal poilu et tendre[1] en entendant ce cri.

Une peur absolue et paralysante.

Soudain, le grand loup noir bondit droit sur le mur de droite, tandis que tout le monde s'écartait précipitamment de son chemin. Il fonça à une telle vitesse que les gens, stupéfaits, crurent qu'il allait s'assommer contre les pierres, mais il franchit la muraille et… disparut !

Dès qu'il fut au-delà du mur – dont il n'avait pas détecté la partie illusoire, si petite et si basse que seule l'odeur du sang lui avait permis de repérer, parce qu'il avait été à quatre pattes ! –, la puissante présence de l'odeur fut nettement plus marquée. Ce n'était pas bon. Pour que cela sente aussi fort, c'était qu'il y avait beaucoup de sang. Il accéléra, en

1. OK, peut-être pas tous les petits animaux poilus et tendres d'Autre-Monde : un krakdent, petit animal poilu, tendre et rose, ne ferait qu'une bouchée de n'importe quel loup…

dépit du noir presque total, une légère luminescence lui permettant de se repérer. Quelques minutes plus tard, il distingua un corps avachi contre la pierre. Il bondit, le cœur au bord des babines.

C'était bien Selenba. La magnifique vampyr était en mauvais état, mais son cœur battait toujours, les dieux d'AutreMonde en soient loués. Il se retransforma avec précaution, histoire de ne pas s'assommer sur le plafond trop bas.

Il lança un Reparus. Il était largement assez loin de la statuette, même s'ils l'avaient remise en route pour une raison ou une autre, il pouvait, heureusement, utiliser sa magie.

Le sang se résorba, la grosse bosse aussi et la vampyr ouvrit des yeux papillonnants.

— Par mes ancêtres ! grogna-t-elle en se palpant la tête délicatement, je ne suis plus si sûre que ça de vouloir être normale. Si jamais j'attrape le crouiccc qui m'a assommée, je le réduis en chair à pâtée !

— Selenba, gronda Safir, le cœur battant encore à coups redoublés tellement il avait eu peur, que s'est-il passé ?

La vampyr le regarda d'un air égaré, puis cligna des yeux. Elle mit un certain temps à être capable de répondre.

— En fait, je n'en sais rien du tout, finit-elle par souffler. L'instant d'avant j'étais dans ma cellule, ce qui soit dit en passant n'était pas du tout dans nos accords, ce n'était absolument pas confortable, l'instant d'après quelqu'un me balançait quelque chose sur la tête et je me retrouvais ici. Alors, c'est plutôt à moi de te poser la question : que s'est-il passé ?

Safir la regarda. Puis il ferma les yeux et soupira. Elle mentait. Lorsqu'elle était buveuse de sang humain, il lui était absolument impossible de prédire ce qu'elle allait dire ou faire, mais là, il pouvait le voir si clairement. Elle mentait.

Il s'affaissa un peu. Ce qu'il craignait était en train de se produire. Elle l'avait piégé, elles les avaient tous piégés pour une très mystérieuse raison qui exigeait qu'elle soit au palais d'une part et qu'elle redevienne normale de l'autre. Il prit une grande inspiration et sourit gentiment, faisant taire son cœur blessé, encore une fois. Lui aussi pouvait jouer. Et n'allait pas s'en priver.

Galamment, il souleva Selenba dans ses bras en dépit du plafond trop bas, ce qui la fit glousser. Il faillit la laisser tomber. L'entendre glousser était tellement hors de la nature de Selenba qu'il se mordit la lèvre pour ne pas lui demander qui elle était en réalité. Mais elle passa ses deux bras autour de son cou et blottit sa tête blanche contre son épaule, avec un soupir de soulagement, et il décida que les explications pouvaient attendre.

Pour l'instant, il avait une mission.

La piéger.

15

ARCHANGE

Ou comment aller à un rendez-vous galant sans savoir si le type veut vous épouser ou vous assassiner... ce qui donne, indéniablement, un certain piment audit rendez-vous.

Toute idée de batifolage envolée, Tara dit à Cal qu'elle revenait très vite et fila comme un rominet. Sa tante l'attendait à la prison. Et ses vêtements, comme ses cheveux, étaient noir de nuit, noir d'encre, noir de suie, montrant très bien qu'elle n'était pas contente, mais alors pas contente du tout.

— Que s'est-il passé ? haleta Tara, qui, toute dignité enfuie, avait couru comme une dératée, en maudissant pour la énième fois l'inconcevable immensité du palais.

— C'est ce que j'aimerais bien savoir, répondit sa tante avec un certain agacement. D'abord on retrouve un assassin dans les poutres de mon plafond, ensuite un autre assassin se volatilise de mes prisons. Ce n'est plus un palais que j'ai, mais une véritable passoire !

À ses côtés, Xandiar sembla se ratatiner. Il était responsable de la sécurité, sous la supervision de l'Imperator. Il avait remis sa démission dix minutes plus tôt, démission qu'avait sèchement refusée l'Impératrice.

— Je sais que vous faites de votre mieux, avait-elle dit. Vous avez réussi à empêcher ou intercepter suffisamment de candidats à mon assassinat[1] pour que je vous fasse une totale confiance. Mais les temps changent, les technologies

1. Curieusement, des tas de gens se voyaient très bien Impératrice à la place de l'Impératrice... ou empereur. Sauf que la place étant déjà prise et les

évoluent, la magie se perfectionne. Il va falloir que vous travailliez plus en collaboration avec nos laboratoires afin que le palais soit encore mieux protégé.

Le grand garde avait opiné. Il œuvrait déjà en étroite collaboration avec les laboratoires, sauf que leurs machins ne fonctionnaient pas toujours si bien, et que Xandiar était très partisan de la bonne vieille méthode. Mettre des yeux et des oreilles bien humaines ou thugs ou elfes un peu partout. Jusqu'à preuve du contraire, les êtres conscients étaient encore, à ce jour, plus intelligents que les machines. Que les plus malins parvenaient très bien à tromper. Mais il pouvait comprendre l'Impératrice. Depuis qu'elle avait été possédée, deux fois, puis empoisonnée, elle était particulièrement sensible à tout ce qui pouvait menacer son environnement. D'autant plus qu'à présent, elle pouvait penser à sa descendance. Il frissonna. L'Impératrice était déjà implacable, il ne voulait pas imaginer ce que cela donnerait lorsqu'elle aurait des enfants à protéger...

— Lorsqu'il y a eu la relève de la garde, dit-il en évitant le regard froid de Lisbeth, nous avons constaté que les caméras ne fonctionnaient plus depuis plus de deux heures, sauf que les gardes qui surveillaient les moniteurs ne s'en sont pas rendu compte, parce que les images tournaient en boucle (autant pour les fameux laboratoires ! quand il disait que les machines, ce n'était pas fiable !). Et bien que les vêtements du prisonnier soient les mêmes, ce n'était plus lui.

Tara le regarda, méfiante.

— Comment ça, ce n'était plus lui ?

— Non, un parfait inconnu. Assommé. Qui n'a aucune idée de ce qui s'est passé, vu que la dernière chose dont il se souvient, c'est d'avoir marché dans la rue, d'avoir entendu un bruit, senti un grand choc et s'être réveillé avec des tas de

---

AutreMondiens, adeptes des solutions extrêmes, Xandiar devait donc déjouer une petite dizaine d'assassinats par an.

P.-S. : un peu moins depuis que Tara était entrée dans l'équation, la réputation de la jeune fille dissuadant les apprentis empereuricides (ce mot n'existe pas, merci d'éviter de le ressortir dans une rédaction en mettant « mais si, SAM l'a utilisé » cela ne marchera pas et non, tuer l'époux de sa sœur n'est pas un insecticide) pour le plus grand bonheur des gardes...

gens lui hurlant dessus pour savoir ce qu'il avait fait du prisonnier.

En dépit de son angoisse, Tara dut réprimer un sourire. Oui, elle pouvait très bien imaginer la panique du pauvre type.

— On a fait tous les tests possibles et imaginables, le type n'a rien à voir avec un elfe. Et vu la bosse qu'il a à l'arrière du crâne, on pense qu'effectivement il a été assommé, transporté, probablement à l'aide de l'un des souterrains de Magister que nous n'avons pas réussi à retrouver, qu'on a trafiqué les caméras et qu'on l'a mis à la place de Robin M'angil, le temps qu'ils s'enfuient. Le dispositif empêchant la magie était intact, nous ne l'avons neutralisé qu'après avoir fait sortir les prisonniers et les avoir transférés dans une autre partie des prisons. Donc, même si la magie est inactive en ce moment parce que nous venons de la couper afin de mener notre enquête, ils n'ont pas pu l'utiliser il y a deux heures. Nous avons tenté un Tempus afin que les murs restituent les images de ce qui s'était passé, mais hélas ! cela n'a pas fonctionné…

Une voix glaciale se fit entendre derrière eux, interrompant Xandiar.

— J'ai appris qu'on avait enlevé mon fils ? Alors qu'on ne m'a pas autorisé à le voir en dépit de mes nombreuses réclamations depuis qu'il a été enfermé ?

T'andilus M'angil se tenait derrière eux. Le magnifique elfe, chef des services secrets du Lancovit, était accompagné par Mévora, sa femme humaine. Celle-ci avait les yeux rouges d'avoir pleuré et semblait ne pas comprendre ce qui se passait, tant tout cela était loin de son activité de chercheuse.

— Et, chevrota-t-elle, vous venez de parler de Magister ? Ce monstre a-t-il quelque chose à voir avec l'enlèvement de mon fils ? Qui n'a jamais essayé d'assassiner qui que ce soit… (elle se reprit) du moins pas sans en avoir reçu l'ordre.

— Nous n'en savons rien, Dame M'angil, fit doucement l'Impératrice. Pour l'instant, nous ne pouvons que nous perdre en conjectures. Votre fils a été accusé de meurtre. Et nous sommes d'accord avec vous. Nous éprouvons également la plus grande peine à croire qu'il ait réellement tenté de tuer Caliban Dal Salan, même lors d'une crise de jalousie possessive elfe, ce qui expliquerait également la raison pour laquelle il a refusé de vous voir. Nous sentons qu'il y a là un complot et, comme nous partons pour Tadix d'ici quelques heures, nous craignons que tout ceci soit en corrélation avec l'arrivée du roi Archange, même si nous ne comprenons pas encore très bien ni comment ni pourquoi. Dans le doute, j'ai ordonné que vous soient ouverts, dans la mesure du possible, à Maître M'angil et à vous-même, tous les éléments de l'enquête afin que vous ajoutiez vos lumières et votre expérience à la recherche de la vérité.

Xandiar retint sa respiration. Ce n'était pas qu'il n'aimait pas l'elfe, mais c'était quand même le chef des services secrets d'un pays étranger, et le laisser fouiner dans ses petites affaires ne lui plaisait pas beaucoup. Cependant, son Impératrice venait de donner un ordre et il n'avait pas le choix. Il s'inclina devant T'andilus.

— Merci, Votre Majesté Impériale, répondit T'andilus, surpris par la générosité de Lisbeth.

— C'est votre fils, répondit l'Impératrice fermement. Nous devons protéger nos enfants. Retrouvez-le, Maître M'angil. Retrouvez-le et faites payer ceux qui complotent dans l'ombre.

— Qu'est-ce que nous faisons du prisonnier ? Enfin, de celui qui a remplacé notre prisonnier ? demanda Xandiar.

— Diligentez une enquête sur lui. S'il s'avère qu'il n'a rien à voir avec tout ceci et n'est qu'une victime, relâchez-le. Inutile que l'opinion publique s'énerve parce que nous gardons un innocent en prison. Les cristalistes m'en veulent déjà suffisamment parce que je n'ai accepté que très peu d'entre eux pour couvrir l'arrivée d'Archange, évitons qu'ils se vengent en montant cette histoire en épingle.

Tara vacilla. Elle se sentait l'estomac retourné. Si elle avait défendu Robin au lieu de le faire emprisonner afin qu'il reste sur AutreMonde et ne l'accompagne pas sur Tadix, il n'aurait pas été enlevé !

Sa pâleur alerta Lisbeth, mais l'Impératrice ne le montra pas. Elle avait suivi le même raisonnement que la jeune fille et comprenait son sentiment de culpabilité. Si les gens pouvaient revenir sur les erreurs qu'ils commettent, la moitié du monde se retrouverait à remonter le passé. Ce n'était hélas ! pas possible. Ils ne pouvaient qu'apprendre de leurs erreurs.

Tara refusa de pleurer. Il y avait trop de monde, elle devait juguler ses émotions. Elle se concentra sur sa tante et s'obligea à penser que toutes les actions de Lisbeth étaient calculées et passées au très fin tamis de sa réflexion politique. Elle se demanda si un jour, elle aussi, serait aussi machiavélique, faisant passer le bien-être du plus grand nombre avant celui d'une seule personne... quitte à la sacrifier si nécessaire.

Ce que, d'une certaine façon, elle venait de faire avec Robin.

Soudain, il y eut un grand remue-ménage et Safir Dragosh surgit du mur, tenant Selenba au creux de ses bras.

Lisbeth les regarda, stupéfaite.

— Mais qu'est-ce que...

Xandiar toussota légèrement.

— Ah oui, j'allais justement vous en parler au moment où Maître T'andilus et sa femme sont arrivés, Votre Majesté Impériale, en même temps que notre prisonnier, la prisonnière Selenba avait disparu. Elle avait été mise ici, mais il semble que cela ait été une sorte d'erreur, parce que, normalement, elle avait sa propre suite dans les quartiers sécurisés où nous l'interrogions.

Il expliqua ensuite comment Dragosh avait retrouvé Selenba.

— C'est son sang, gronda Safir. Si elle n'avait pas été blessée, je n'aurais sans doute pas réussi à la retrouver. Mais l'odeur de son sang m'a guidé jusqu'à elle.

— Robin ! soufflèrent en même temps Tara et Mévora, d'une petite voix tremblante.

Safir se tourna vers la mère de Robin et vers Tara.

— Aucun signe de lui, mais je n'ai pas exploré le tunnel jusqu'au bout, au cas où il y aurait eu des pièges. Selenba était blessée, je n'ai pas voulu courir le risque.

À voir la façon dont il serrait la jeune vampyr contre lui, il n'était pas difficile de comprendre combien, en dépit de ses crimes, elle lui était précieuse.

L'Impératrice serra les poings, exaspérée.

— Envoyez un détachement suivre ce souterrain. C'est probablement l'un de ceux que Magister a trouvés grâce aux anciennes cartes du palais que nous avons perdues… ou qu'il nous a dérobées. Tout ceci est extrêmement contrariant. Retrouvez-moi Robin M'angil. Je veux savoir comment il a fait pour s'évader, s'il l'a fait volontairement ou a été enlevé, et surtout, comment il se fait qu'il connaissait ce souterrain dans le premier cas.

Elle regarda Selenba que Safir venait de remettre sur ses pieds et qui vacillait légèrement, le regard encore trouble.

— Quant à vous, vampyr, si jamais je réalise que vous avez quoi que ce soit à voir dans cette évasion, votre exécution sera la première chose que j'ordonnerai à mon retour de Tadix, et à laquelle j'assisterai lors de mon petit déjeuner.

Selenba afficha une mine douloureuse. Elle semblait bien plus sur le point de vomir que de fomenter de sombres complots.

— Me faire assommer, moi, murmura-t-elle avec une grimace de dépit, mais quelle déchéance ! Et en plus j'ai mal au cœuuuuuur !

À un autre moment, cela aurait amusé Tara. Elle n'avait pas peur de la vampyr Selenba, seule la buveuse de sang humain qui se transformait en Chasseur la terrorisait, et là, franchement, elle l'agaçait.

— Interrogez-la, ordonna Lisbeth qui, pas plus que Tara, ne s'amusait. Extirpez-lui tout ce qu'elle sait et même plus, et je me fiche qu'elle soit blessée. Cela suffit !

Puis, majestueuse, elle fit signe à Tara de la suivre. Tous s'inclinèrent sur son passage, y compris Mévora et T'andilus, mais Tara vit bien que la mère et le père de Robin se moquaient éperdument de Selenba et ne pensaient qu'à retrouver leur fils.

Avant les soldats d'Omois.

Tara songea qu'elle ne serait pas super-surprise si, comme par hasard, Robin était discrètement retrouvé et exfiltré vers le Lancovit… Après tout, il était, aux yeux d'Omois, toujours accusé de tentative de meurtre. Mais du fond du cœur, elle espéra qu'il allait vite être retrouvé, soit par les troupes d'Omois, soit par ses parents, histoire qu'elle ne soit pas crucifiée par l'angoisse.

La jeune fille blonde suivit sa tante dans sa chambre. Chaque jour, la pièce changeait de décor ou de meubles ou des deux. Il semblait que Lisbeth ait décidé de s'accoutumer à la gravité réduite de Tadix, car les meubles flottaient un peu partout en agitant leurs petites pattes et que tout l'environnement était blanc et vert, comme les couleurs préférées des Tadixiens.

Lisbeth fit retomber et la gravité et les meubles. Elle n'était pas d'humeur à jouer, ce qui soulagea Tara qui n'avait pas envie que son estomac fasse des vagues en parlant avec sa tante, elle n'était pas très à l'aise en gravité réduite.

Elle voyait bien que Lisbeth était encore furieuse. L'Impératrice se posa malgré tout gracieusement sur l'un des grands canapés, prenant sur elle pour retrouver son calme et se concentrer sur Tara. Sa première question surprit d'ailleurs la jeune fille, qui pensait qu'elles parleraient de Robin, de Selenba, de l'évasion, du souterrain.

— Es-tu prête ? lui demanda Lisbeth. J'ai cru comprendre que ton cœur était préoccupé en ce moment ? Cela risque-t-il d'influencer tes émotions ?

OK, Lisbeth pensait au bien du plus grand nombre. Toujours. Mais l'incursion dans la vie privée de Tara avait néanmoins pris la jeune fille blonde par surprise. Même si elle savait bien que les gardes faisaient des rapports circonstanciés à leurs supérieurs, qui faisaient un rapport à Xandiar, qui faisait un rapport à l'Imperator, qui faisait un rapport à Lisbeth.

À la pensée qu'autant de gens puissent décortiquer ses relations avec ses petits amis, Tara serra les dents.

— Cal va rester ici, répondit-elle paisiblement en dépit de son cœur qui battait vite. Robin a disparu, et je ne peux rien y faire pour l'instant. Donc mes émotions ne seront influencées en rien.

— Mais, insista l'Impératrice, que se passera-t-il si Archange est sérieux ? S'il veut vraiment t'épouser, mettre en place un vrai commerce entre son univers et le nôtre ? Que feras-tu ?

Tara planta ses yeux bleu marine dans ceux, si semblables de sa tante. Sa réponse fut dictée autant par sa peur pour Robin que par sa colère et sa culpabilité.

— Je ne peux pas te répondre, Lisbeth. Voyons d'abord ce qu'il veut exactement. Je me poserai ensuite la question de ce que je veux moi.

— Mais...

— Lisbeth, la coupa fermement Tara, je sais qu'en tant qu'Impératrice tu as l'habitude qu'on réponde à tes questions, mais je ne répondrai pas à celle-ci, parce que comme je viens de te le dire, je n'ai pas de réponse. Je te rappelle que le garçon dont j'ai été très amoureuse a disparu. Que je suis inquiète. Pour lui. Pour moi. Pour AutreMonde. Nous verrons bien lorsque nous serons confrontées aux démons. Une crise à la fois, s'il te plaît.

Lisbeth n'insista pas. Elle avait été mariée contre son gré, avec un homme qu'elle n'aimait pas et la contrariait considérablement. Puis elle avait appris à apprécier, et finalement à aimer Daril Kratus, même si cela n'avait rien à voir avec l'amour passionné qu'elle portait dorénavant à Various. Aujourd'hui, elle voyait sa nièce se débattre exactement avec les mêmes problèmes et se demandait si Tara comprenait qu'elle n'avait pas le choix et que la paix de l'univers dépendrait sans doute de sa décision.

Si Archange lui laissait le temps d'en prendre une, bien sûr. Elle posa la main sur son ventre. Elle voulait tellement avoir des enfants et maintenant, partait pour une destination dont elle avait des chances de ne pas revenir. Elle regarda sa nièce qui se mordait les lèvres avec agitation et se demanda si elle devait lui parler de ce qu'étaient, en réalité, les bombes de Tadix.

Puis Lisbeth se souvint que Tara n'avait pas été élevée sur AutreMonde, qu'elle ne possédait pas encore son implacable pragmatisme. Elle ne comprendrait pas. Elle aurait pitié. Sa décision fut prise. Lisbeth ne lui en parlerait pas.

— Très bien, soupira-t-elle. Va te préparer.

Soudain, elle s'arrêta et eut un sourire malicieux. Tara plissa les yeux, soupçonneuse. Ce qui faisait rire sa tante avait peu de chance de faire rire les autres.

Elle n'avait pas tort. Son cerveau bloqua sur ce que venait de lui dire sa tante.

— Angelica, répéta-t-elle, la gorge serrée. Angelica ?

— Angelica Brandaud, répéta Lisbeth. Son père a imposé qu'elle soit présente. Et comme elle possède la main de lumière, bien qu'étant nettement moins puissante que toi, cela peut être un argument important si nous devons nous battre. J'ai donc accepté.

L'épouvante emplissait les yeux de Tara. Déjà que cette mission frôlait la catastrophe, là, elle était sûre que : Démons + Dragons + Angelica, ça allait être le cataclysme !

Elle essaya d'argumenter, mais sa tante avait déjà donné son accord.

— Et puis, assena-t-elle, je t'ai fait parvenir la liste de tous les invités afin que tu l'entérines, il ne me semble pas que tu aies barré son nom…

Tara fit la grimace. Sa tante venait de lui donner une leçon. Elle n'avait pas regardé la liste, parce qu'elle était furieuse que Lisbeth l'oblige à recevoir les prétendants. Petite vengeance dont elle était la victime à présent. Cela lui apprendrait à jouer au plus fin avec une nana qui dirigeait un empire alors qu'elle n'était même pas encore née.

Elle souffla, agacée, salua Lisbeth et tourna les talons. Se mettre en colère contre l'Impératrice était au mieux improductif, au pire dangereux.

Elle croisa Various, qui, cette fois-ci, n'était pas en costume de mariage bariolé de toutes les couleurs. Il avait repris ses vêtements noirs et paraissait absolument fou de rage.

— Tara ! s'exclama-t-il lorsqu'il la vit, tu dois convaincre ta tante de me laisser venir avec vous !

Houlà, certainement pas. Se mettre entre le marteau et l'enclume, même pas en rêve.

— Elle ne veut pas que tu l'accompagnes ? demanda innocemment Tara, voyant là une excellente façon de se venger de ce que Lisbeth avait fait avec la liste et Angelica.

— Non ! Elle va peut-être sauter avec une planète et elle refuse que je saute avec elle !

Il était tellement furieux qu'il ne se rendait même pas compte à quel point sa phrase était ridicule.

— Par les crocs de mes ancêtres, grogna-t-il, plus loup que jamais alors que Tara savait très bien qu'il n'y avait pas de loups-garous dans sa famille... Enfin, pour ce qu'ils en savaient... Cette femme va me rendre fou. À peine sommes-nous fiancés qu'elle veut aller affronter des démons. Et moi, elle croit que je suis quoi ? Un joujou ? Je suis un des meilleurs guerriers et mercenaires de Vilains. Comment pense-t-elle que j'ai conquis la plus grande partie de mon territoire ?

Ce qui était bien, c'était qu'il faisait à la fois les questions et les réponses, Tara n'avait qu'à hocher la tête au bon moment.

Enfin, il se tut, obligé de reprendre sa respiration, et Tara put glisser un très perfide :

— Tu sais, ma tante change souvent d'avis. Tu peux certainement la convaincre si tu t'y prends bien !

Various lui jeta un regard incrédule. Il avait déjà pu constater qu'il n'y avait pas tête plus dure que celle de l'Impératrice. Tara lui opposa un visage lisse et son sourire à fossettes numéro trois, celui qui lui donnait l'air le plus innocent. Various émit un « hrrmmm » peu évocateur et fonça dans la suite.

Tara s'éclipsa.

La jeune fille blonde et son pégase firent un crochet par la chambre de Mara, qui soit n'était pas là soit refusa de lui ouvrir. Désolée, Tara abandonna, elle avait donné rendez-vous à Moineau et à ses amis afin de leur dire au revoir... en fait, plutôt adieu, et elle ne voulait pas rater non plus l'occasion de passer encore un peu de temps avec Cal.

Sauf que lorsqu'elle arriva dans sa suite, il n'y avait plus personne.

Ni Cal ni ses amis.

Les sourcils froncés, elle chercha partout, puis finit par interroger la porte.

Qui attendait patiemment qu'elle ait fini de courir partout.

Parce qu'elle avait un message. Dont elle projeta l'image presque solide devant Tara.

C'était Cal.

— Tara, disait le garçon aux yeux gris qui faisait battre son cœur, je déteste les adieux et je sais que tu ne veux pas que nous venions sur Tadix. Bien évidemment, tu dois te douter que nous n'allons pas du tout obéir, tu nous connais.

Mais ta tante va probablement te surveiller de près et je peux imaginer qu'étant « promise » à des dragons et des démons, cela l'ennuie que tu t'amouraches d'un simple humain. Donc, nous n'allons pas lui donner l'occasion de te mettre dans l'embarras si elle te demande où nous sommes, tu pourras très sincèrement répondre que tu n'en as aucune idée.

Il lui lança un sourire si malin que Tara se retrouva bêtement en train de sourire à une image.

— En attendant, que tu le veuilles ou non, nous trouverons un moyen de te rejoindre. Fafnir (il fronça légèrement les sourcils, comme s'il doutait quelque peu du plan de la naine guerrière) dit qu'elle sait comment faire. Sa tribu exporte des tas de choses sur Tadix, où il n'y a quasiment pas de fer. Nous allons donc faire partie d'une livraison mais je ne te dis pas laquelle, comme ça tu ne pourras pas intervenir. De toute façon, nous devrions être déjà là-bas pendant que tu lis ce mot.

Tara soupira. Oui, elle se doutait bien qu'ils tenteraient un truc dans le genre.

Parce qu'elle était honnête, elle avait fait tout ce qui était en son pouvoir pour qu'ils ne meurent pas avec elle. Parce qu'elle était leur amie, elle était super-contente de voir qu'ils ne la laissaient pas tomber. Qu'ils la soutenaient. Encore une fois. Peut-être la dernière.

Et parce qu'elle avait un plan à elle et qu'ils étaient en train de tout foutre en l'air, elle était furieuse contre eux.

Cal avait dû se douter qu'elle cogiterait quelques secondes, parce qu'il avait marqué une légère pause. Son sourire s'accentua.

— De plus, il est hors de question que je te laisse partir vers une mort certaine sans avoir passé la nuit avec toi avant. Mourir dans tes bras, franchement, depuis vos Boréo et Muliette[1], on ne pourra pas faire mieux comme drame romantique.

Pendant que Tara riait, il redevint sérieux.

— Je t'aime, Tara. Je ne dis pas cela à la légère ou genre « salut je t'aime », comme le font beaucoup de mes amis. Je le pense. Je ne suis pas du tout doué pour les poèmes, donc je m'abstiendrai de me ridiculiser en t'écrivant

1. Roméo et Juliette bien sûr, Cal a un peu de mal à retenir les noms terriens…

ce que je ressens, je préfère te le dire. Enfin le dire à ta porte, ce qui est nettement moins romantique. Je t'aime et si je ne parviens pas à te rejoindre sur Tadix, je veux que tu gardes cette certitude dans ton cœur, pendant tout le temps où tu seras en présence de ce stupide démon.

Hum, à propos de démon, Tara voyait bien celui de la jalousie perché sur l'épaule de Cal. D'une étrange façon, cela la surprit. Cal était tellement sûr de lui, tellement à l'aise dans sa tête et dans son corps qu'elle ne l'imaginait pas jaloux.

Il mima un baiser, ce qui était assez étrange et disparut.

— Porte, dit-elle.

— Votre Altesse Impériale ?

— Efface et oublie le message que tu viens de me donner.

La Porte fronça son unique sourcil.

— Quel message ?

Tara allait lui répéter « celui que tu viens d'afficher » mais réalisa que Cal, toujours prévoyant, avait dû lancer un sort sur la porte pour qu'elle l'oublie dès qu'il serait « lu » ou plutôt « vu ». Dommage, même en ayant elle aussi donné l'ordre de l'effacer, elle aurait bien voulu le conserver.

Elle retenta de joindre Mara, qui refusait toujours de répondre à ses appels. Bon, de toutes les façons, elle la verrait lors de la cérémonie d'adieu. Peut-être que la regardant partir vers une mort quasi certaine, sa petite sœur lui pardonnerait.

Ouais, et il neigeait en enfer…

Tara programma son hor afin que les messages de Robin soient absolument prioritaires, même si elle dormait ou était occupée. Elle prévint aussi la Pierre Vivante. Les deux numéros étaient différents, bien sûr, seuls ses plus proches amis avaient le code de la Pierre Vivante et l'utilisaient pour la contacter.

Il ne lui restait plus qu'à prier pour que Robin l'appelle. Pendant quelques minutes, elle resta le regard fixé sur son hor, comme si, en pensant de toutes ses forces à lui, elle allait l'obliger à l'appeler. Hélas ! ce genre de chose ne fonctionnait pas, quel que soit l'endroit dans l'univers.

Elle soupira. Et dut se concentrer sur ce qu'elle devait organiser. Les Objets restaient très sages, très discrets. Il était rare que leurs tentacules viennent toquer à son cerveau pour demander des explications. Ils comprenaient tout aussi bien le concept de l'amour que celui de la haine – ils avaient été des peuples sexués, eux aussi – et que Tara soit triste et angoissée.

Ce qui étonna la jeune fille.

Faire les bagages pour Tadix n'était pas très compliqué, vu qu'à son grand soulagement la seule chose que Tara devait emporter c'était son corps, son cerveau (oui, ça c'était indispensable, compte tenu de ce qui l'attendait), son pégase et sa changeline.

En revanche, pour Mourmur, qui avait décidé, en dépit du danger qu'elle lui avait abondamment décrit et qu'il avait balayé d'un dédaigneux « Tu plaisantes, jeune Tara, faire exploser une planète et me demander de ne pas y assister ? Impossible », c'était une autre paire de manches. Tara n'imaginait même pas le nombre de tonnes que représentaient les innombrables appareils transportés par Mourmur. Et comme la plus grande partie de ces machines étaient mi-organiques mi-métalliques et *respiraient*, même si Tara ne voulait surtout pas savoir ni pourquoi ni comment, il ne pouvait pas les mettre dans les idéales poches sans fond de sa robe de sortcelier.

Donc, lorsque Tara arriva à la Porte de transfert, sa vue se trouva bouchée par des montagnes de choses plus bizarres les unes que les autres et dont certaines se déplaçaient toutes seules, ce qui n'arrangeait pas les affaires de Dame Kali, la thug en charge des Portes internationales. Qui, d'ailleurs, s'occupait également de l'intendance du palais sous les ordres de Dame Auxia, la brune et pâle cousine de l'Impératrice.

En dépit de l'encombrement, les thugs étaient efficaces, avec leurs quatre bras et leur force, d'autant qu'ils étaient secondés par des trolls sous la direction de l'une d'entre elles que Tara connaissait bien, son ex-garde du corps, Grr'ul. Les deux amies se saluèrent avec affection. Cela faisait longtemps que Tara n'avait pas vu Grr'ul. Succombant à la mode lancée par l'Impératrice, la grande troll verte avait dû démissionner, car elle avait décidé de profiter de son union prochaine avec Grr'ol, le troll qui les avait sauvées lors de leur voyage en Krasalvie. Chez les trolls, cela ne s'appelait pas un mariage, mais un « Groak vroum breuk ». Ce qui en gros signifiait : « T'as intérêt à bien t'occuper de moi pendant les X années à venir sinon tu vas vite te retrouver avec une massue entre les deux yeux. »

Tara trouva le concept fascinant.

Tout autant que le Groak lui-même, qui durait une bonne semaine chez les trolls. Mais lorsque les démons avaient fait leur demande, l'Impératrice avait demandé à Grr'ul de reprendre du service, au moins pendant quelque temps.

Elle les accompagnait sur Tadix. Tara fronça les sourcils.

— Mais, dit-elle précautionneusement, vous savez que…

— Oui, confirma Grr'ul, écartant une scoop indiscrète, je sais. Grr'ol aussi. Nous avons pris notre décision ensemble. Je suis là pour vous protéger, vous et l'Impératrice. Et je suis heureuse de le faire. Fin de la discussion.

Lorsqu'une troll disait « fin de la discussion », en général, on finissait la discussion.

L'arrivée très majestueuse de l'Impératrice stoppa les protestations de Tara. Parfois, la jeune fille pensait à un film qu'elle avait vu sur Terre, *Astérix et Cléopâtre*. Les arrivées de Lisbeth semblaient très proches de celles de Cléopâtre. Des tas de trompes, des tas de danseurs, de chanteurs, des pétales de fleurs, des gardes partout et l'Impératrice au milieu, sur un trône d'or et de rubis flottant au-dessus du sol, tiré par des pégases dorés.

Très impressionnant. Mais comme leur départ était diffusé sur toutes les chaînes de vidéocristal, ce que Tara avait un peu tendance à oublier, montrer l'Héritière en train de tailler une petite bavette avec une troll était bien moins intéressant que de montrer la puissance de l'Impératrice dans toute sa splendeur.

Du coup, la changeline, que Tara avait priée de l'habiller confortablement en prévision du voyage, s'aligna sur l'Impératrice. En l'espace que quelques secondes, Tara se retrouva juchée sur d'impressionnants talons, une somptueuse robe de dentelle grise, dorée et rouge moulant son corps pour s'évaser en une petite traîne à l'arrière, tandis qu'une couronne de rubis et de diamants venait retenir ses longs cheveux blonds.

Ben, ça allait être pratique pour voyager, tout ça.

Cela dit, ce n'était pas comme si elle devait prendre l'avion ou le train en trimbalant des valises avec elle. Le transfert était quasi instantané et elle n'avait pas de bagages.

Soudain, elle sentit un tiraillement sur son avant-bras. Surprise et un peu inquiète, elle regarda son hor.

Celle-ci venait d'être modifiée. Une nouvelle section, abritée par une pellicule translucide mais très solide, venait d'apparaître sur son bras. Elle était explicite. Elle portait une petite tête de mort rouge.

Le bouton pour faire imploser Tadix.

Les instructions étaient simples. Ordonner à l'hor de retirer la pellicule, puis toucher trois fois la tête rouge et pouf, plus de satellite. Si par hasard Tara était bâillonnée ou ne pouvait pas parler, poser la main pendant dix secondes sur la pellicule, puis, une fois celle-ci retirée, appuyer trois fois sur la tête rouge. Si Tara était bâillonnée *et* ligotée, frapper trois fois violemment l'avant-bras afin de briser la pellicule et, cette fois-ci, pas besoin de toucher la tête, le programme serait enclenché.

En soupirant (ils avaient vraiment prévu toutes les possibilités !), Tara obéit à sa tante et vint se placer à côté d'elle sur le trône, qui vacilla un peu lorsque l'énorme troll se positionna derrière elles. Heureusement, cette Porte de transfert était calibrée pour envoyer des vaisseaux spatiaux dans l'espace. Elle occupait donc une portion importante du palais, et le trône, pour imposant qu'il soit avec son attelage, paraissait tout petit au milieu de toute cette immensité. Les gardes entourèrent le trône d'un premier cercle défensif tandis que les Hauts Mages posaient leurs tapis autour, prêts à s'envoler à la moindre menace. Tara ne s'imaginait pas le taux d'anxiété du responsable de la sécurité de l'Impératrice sur Tadix, mais il devait frôler les limites supérieures.

Elle ne vit Various nulle part. Apparemment, il n'était pas venu à bout de sa tante. Tant mieux, il aurait au moins une chance de survivre, lui.

Les tapisseries qui entouraient la salle étaient aussi immenses que les murs. Elle devait bien faire deux cent mètres de haut et au moins un demi-kilomètre de long. De fait, le sceptre qui permettait le transport était tout aussi énorme et devait être placé grâce à des machines, et non pas dans la main, comme d'habitude.

Les courtisans, les ambassadeurs, les ministres qui avaient été désignés ou s'étaient portés volontaires étaient déjà passés, afin d'accueillir solennellement l'Impératrice d'Omois et son Héritière de l'autre côté.

En revanche, Mara, Jar et Sandor, que Lisbeth avait officiellement désigné comme tuteur de ses deux nièce et neveu et donc cohéritiers, se trouvaient derrière la vitre de la cabine. Ils avaient déjà dit au revoir à l'Impératrice quelques minutes plus tôt, avant que Tara ne se retrouve bloquée par les machines de Mourmur ; aussi les scoops ne purent retransmettre les adieux déchirants (qui n'avaient pas été déchirants pour Jar au moins, celui-ci s'étant contenté de froidement faire remarquer à Tara qu'elle n'avait pas intérêt à se planter cette fois-ci vu qu'il considérait que finalement le boulot d'empereur ne lui plaisait plus tant que ça).

Tara eut un pincement au cœur. Elle partait pour ce qui risquait bien d'être sa dernière aventure, elle ne savait pas du tout si ses amis allaient réussir à la rejoindre et vu le visage de Mara qui la dévisageait avec fureur, elle était loin d'avoir réglé tous ses problèmes avec sa petite sœur. Celle-ci lui avait tourné le dos lorsqu'elle avait tenté de lui demander pardon.

La jeune fille blonde se mordit la lèvre, comptant sur la douleur pour l'empêcher de verser une larme inopportune. Hors de question de se ridiculiser devant les scoops de la planète tout entière. De bien plus que la planète, d'ailleurs, puisque le reportage serait diffusé sur les autres planètes grâce aux Portes de transfert qui avaient été maintenues ouvertes un peu partout afin que l'arrivée des démons soit retransmise en temps réel.

Formidable, si ça tournait mal, des milliards de gens assisteraient au massacre de la famille impériale en direct.

Ça, ça valait toutes les téléréalités du monde, et Tara se demanda distraitement combien coûtait la minute de pub sur ce programme-là. Parce que pour les annonceurs, c'était un coup unique. Peu de chance que les survivants reviennent en deuxième semaine...

Sur un signe de l'Impératrice, Dame Kali, qui n'avait pas bonne mine et l'air angoissée, donna l'ordre du départ. Un bref clignement d'œil, la sensation d'être retournée sens dessus dessous et ils étaient... ailleurs.

Immédiatement, Tara ressentit la différence. La gravité avait été artificiellement augmentée de 50 % par rapport à celle de la petite planète, dans la Salle de transfert de Tadix, afin de permettre aux impériaux invités de s'habituer graduellement à voir leur poids diminué de 70 % dans les autres dômes. Ce n'était pas la première fois que Tara se retrouvait en gravité réduite, voire en pas de gravité du tout. Elle n'aimait pas cela, parce qu'elle avait constamment l'impression qu'elle allait tomber et une vague nausée, mais elle savait comment compenser. Aussi ce fut assez gracieusement que, s'effaçant devant sa tante, elle descendit/glissa/flotta du trône afin de venir saluer les officiels tadixiens qui s'inclinaient devant elles avec respect.

Le dôme était si haut que, paradoxalement, cela donnait le vertige. Les immeubles s'élevaient à des hauteurs impossibles à atteindre sous une gravité normale. Tout, les meubles, les sols, les colonnes, les vêtements, les bibelots, les statues, était douloureusement blanc, comme pour rehausser la crête verte presque fluorescente des Tadixiens. Du coup, les couleurs des courtisans, ambassadeurs et ministres ressortaient presque violemment sur toute cette neutralité froide.

Partout, dans le ciel, il y avait d'immenses lustres qui étincelaient de mille feux. À un point que Tara se demanda dans quelle matière ils étaient taillés, parce que jamais du cristal ne pourrait diffracter la lumière ainsi. Des éclairs bleus, jaunes, rouges, lançaient des touches de couleurs un peu partout. C'était absolument magnifique, d'autant que les lustres étaient suspendus sans aucune attache.

Sur les murs transparents et légèrement dorés des dômes, des images de Tadixiens défilaient, en train de faire des tas de choses, notamment s'incliner les uns vers les autres, comme de grandes fleurs gracieuses. Tara mit un certain temps à comprendre qu'elle voyait et entendait une sorte d'opéra, les Tadixiens étant littéralement fous de musique.

À ce sujet, heureusement qu'il y avait des Traductus sous le dôme de survie magique, parce que le langage de cette race étrange et fragile était composée de sons fluides et languissants qui ressemblaient plus à des sifflements et des chuintements qu'à une langue.

De plus, la structure de leur langage faisait qu'ils mettaient les verbes et les adjectifs à la fin de leurs phrases, si bien que Tara avait l'impression de parler avec Maître Yoda. Avant que le traducteur ne remette tout à l'endroit, cela donnait à peu près ça :

— Contents nous sommes, les Impératrice et Héritière immensément belles d'accueillir...

Du coup, cela provoquait une véritable distorsion entre le début de leur discours et la fin. Tara finit par s'y habituer, mais, au début, elle dut avoir constamment l'air un peu hébétée, parce qu'elle écoutait le Traductus essayer de retransmettre à l'endroit ce que les Tadixiens disaient à l'envers.

Elle trouva cela bizarre, que le Traductus ne soit pas capable de remettre les paroles à l'endroit dès le départ, mais comprit très vite que le problème venait de la magie. Bien que plus puissante que sur Terre, elle n'était pas aussi rapide et efficace que sur AutreMonde. Du coup, le Traductus buguait. C'était assez crispant. Elle jeta un regard nerveux au dôme doré qui les protégeait de l'atmosphère toxique du dehors. Elle avait vu suffisamment de films de science-fiction, dont notamment *Total Recall*, pour se méfier des dômes, surtout sur une planète où la magie était moins forte.

Mais lorsqu'elle posa discrètement la question à Mourmur qui regardait tout cela d'un air fasciné, celui-ci lui répondit qu'en cinq mille ans, il n'y avait eu que très peu de problèmes avec les dômes.

Connaissant le savant, Tara frissonna. Elle aurait préféré qu'il dise qu'il n'y avait jamais eu de problème.

— Mais il y en a eu. Que s'est-il passé ?

— Un des sorts a flanché, répondit distraitement le savant, en vérifiant du regard que personne n'abîmait ses précieuses machines. Les survivants ont voulu aller jusqu'au dôme suivant. Ils ont été submergés.

— Submergés ?

— Par les insectes. On ne sait pas très bien comment, en dépit des champs de protection, ils ont été dévorés vivants.

Tara déglutit. Sur AutreMonde, les t'sils faisaient la même chose. Ils saturaient les écrans de protection de telle façon que les sortceliers épuisés finissaient par céder. Et là, ils se faisaient infecter puis dévorer, eux aussi.

Finalement, elle aurait peut-être dû rester sur Autre-Monde.

Ah oui. Elle ne pouvait pas.

Dommage.

Tous les arrivants furent tous pris en hologrammes et un peu de sang leur fut prélevé. Tara ne comprit pas très bien pourquoi, mais cela semblait très important.

Les blablas durèrent un temps fou. Tout le monde s'inclinait et se redressait en chœur, afin de montrer à quel point ils étaient tous ivres de bonheur de voir l'Impératrice sur leur monde.

Au bout de deux heures de ce qui semblait être une sorte de poème fleuri coulant des lèvres blanches des cinquante officiels tadixiens, la cérémonie s'acheva enfin, au grand soulagement de la jeune fille. Ce n'était pas parce qu'elle avait mal aux pieds, sous gravité réduite, ce n'était vraiment pas le problème.

C'était plutôt parce qu'elle se demandait si Cal et les autres avaient réussi à appliquer le plan de Fafnir…

Avant de partir, elle avait prévenu les transports qu'ils devaient bloquer tout envoi des nains vers Tadix. Sauf qu'Omois n'avait rien à voir avec Hymlia, à part pour des échanges commerciaux, et que les Omoisiens ne pouvaient rien interdire du tout. D'autant que les nains commerçaient également avec les Tadixiens. Tara avait donc prévenu les Tadixiens, de ne pas accuser réception des livraisons des nains, mais elle avait eu la très nette sensation que l'officier tadixien qui avait pris son appel ne l'écoutait absolument pas, trop occupé à préparer la venue de l'Impératrice sur Tadix.

Slurk !

C'était bien la première fois de sa vie que Tara ne voulait pas que ses amis réussissent l'un de leurs plans pour lui venir en aide. Elle palpa machinalement la chaîne d'or autour de sa taille. Elle s'était surprise à faire ce geste à plusieurs reprises, puisant une sorte d'étrange réconfort en la présence des âmes damnées.

Ce qui prouvait quand même qu'elle était sérieusement atteinte.

Observant tous les invités avec attention, Tara remarqua qu'ils étaient tous bien moins gracieux et beaux que d'habitude, y compris l'Impératrice. Il ne lui fallut pas longtemps pour comprendre que Lisbeth, se méfiant des espions tout autant que des démons, avait interdit toute illusion de beauté. Les ministres n'avaient pas aimé, surtout ceux d'entre eux qui étaient gros et chauves...

Tout le monde était donc dans son état naturel ce qui, justement, ne leur était pas naturel. Il y avait autant de femmes que d'hommes dans les délégations et celles d'entre elles qui avaient l'habitude d'utiliser les artifices afin de paraître plus belles faisaient grise mine.

Tara avait envie de leur dire qu'elles allaient peut-être mourir dans quelques heures, alors que d'avoir une chevelure moins blonde ou moins noire ou une peau boutonneuse au lieu d'être parfaite n'avait pas une grande importance.

Mais au moins, personne, y compris ses amis, ne pourrait utiliser d'illusion afin de se cacher au milieu d'eux.

Elle jeta un coup d'œil à son hor. Elle avait des messages et des pmm. Mais rien de Cal, ni de Robin.

Elle soupira et espéra que ce qu'elle avait fait pour les empêcher de la rejoindre avait fonctionné, et qu'ils se trouvaient en sécurité sur AutreMonde.

16

LE MAGICGANG

Ou comment découvrir les joies de la vie de passagers clandestins... et regretter profondément de ne pas avoir payé son billet.

Hélas ! les souhaits de Tara n'allaient pas du tout être exaucés.

Cal et les autres n'étaient plus sur AutreMonde. Ils étaient déjà sur Tadix.

Dans des boules de fer géantes.

Évidées, avec des combinaisons spatiales, des pilules anti-nausées et l'impression d'être propulsés violemment dans un flipper géant où ils rebondissaient contre des bumpers toutes les deux minutes.

Bon, sans les ding ding ding, mais au milieu d'une sorte de grincement continu qui portait sur les nerfs.

Cal bénit la précaution qu'il avait prise de leur faire avaler les fameuses pilules avant de partir.

Sinon, son estomac aurait rendu depuis longtemps tout ce qu'il avait mangé. Il bénit également l'appareillage qui lui permettait de ne pas se cogner contre les parois de la boule, parce que, en plus du contenu de son estomac, en dépit du casque, c'est le contenu de son crâne qui tapisserait les parois.

Il gémit.

Une voix résonna dans son oreille.

— Arrête de râler. C'était une excellente idée.

— Fafnir, grogna-t-il dans le micro, je sais que je t'ai hypnotisée et convaincue que tu étais une chouette, ce qui fait que tu as essayé de voler, t'es lancée dans le vide et as failli terminer en crêpe mille mètres plus bas, mais franchement, te venger comme ça, je trouve ça petit.

La naine rousse eut un petit rire qui résonna dans le casque de Cal. Ils parlaient tous omoisien, concentrant leur magie sur autre chose qu'un Traductus.

— Je ne me venge pas, précisa-t-elle vertueusement dans le langage onctueux. C'était le moyen le plus sûr de partir sur Tadix. Avec la dernière livraison de fer. Je savais que mon peuple l'expédierait, même si les manutentionnaires n'étaient plus là, parce que pour nous, un contrat, c'est un contrat. Bon, OK, je ne pouvais pas deviner qu'ils allaient nous stocker dans… dans je ne sais pas très bien quoi d'ailleurs.

Le seul souci de ce plan génial, c'était qu'ils pensaient que le stock de fer serait entreposé sous un dôme. Et que là, clairement, ce n'était pas le cas, car lorsque Cal avait prudemment testé l'atmosphère au dehors à l'aide du petit capteur de particules qu'il avait fixé à l'extérieur de sa boule, il avait découvert que l'air était totalement toxique. Et les minuscules caméras qu'il avait également fixées à l'extérieur n'étaient pas d'une grande aide, vu qu'elles ne montraient quasiment rien, étant constamment recouvertes de… choses. Et encore, il avait été prévoyant, elles étaient à l'épreuve des chocs et surtout, de l'écrasement. Parce que vu ce qu'ils encaissaient, elles auraient été broyées depuis longtemps.

L'embarquement avait pourtant été étonnamment facile. À la grande surprise de Moineau, Fabrice et Cal qui s'apprêtaient à s'introduire secrètement dans l'entrepôt des nains à Hymlia, Fafnir ne s'était pas du tout cachée. Elle s'était juste plantée devant le responsable, lui avait calmement expliqué qu'elle devait partir sur Tadix et avait l'intention de le faire à l'aide de quatre boules qu'ils avaient préparées au préalable, strictement identiques aux deux cents autres de la commande, sauf qu'elles étaient creuses, tout en tapotant les manches de ses deux haches.

Le responsable était un nain raisonnable. Si la très inflammable Dame Fafnir disait qu'elle voulait aller quelque part, Dame Fafnir y allait. Il n'avait donc émis aucun commentaire, au grand désappointement de Cal qui pensait que cela serait nettement plus animé et dangereux que cela.

Sérieusement, ils se donnaient beaucoup de mal pour rien, parce que la tante de Tara n'avait jamais dit qu'ils ne pouvaient pas venir. Enfin si, d'une certaine façon. Elle aurait sans doute refusé que la fille des chefs du puissant clan Forgeafeux meure sur Tadix, et n'aurait pas plus accepté la nièce de la reine du Lancovit.

Dans le cas de Cal, elle l'aurait sans doute laissé venir, sauf que le Voleur se doutait que Lisbeth, qui avait des oreilles partout, savait qu'il était le petit copain de Tara. Le nouveau petit copain. Et puis tout AutreMonde avait pu voir qu'il avait sacrifié sa vie afin de sauver l'Héritière. Les gens avaient été frappés par le geste, les jourstaux en avaient tous parlé pendant des jours. C'était tellement romantique ! Donc, d'eux tous, seul Fabrice aurait pu passer tranquillement, mais ne voulant pas provoquer de curiosité s'il était parti seul, il avait décidé de les accompagner.

En revanche, si effectivement Lisbeth ne s'était pas préoccupée d'eux, Tara, elle, avait fait envoyer une note à Hymlia, prévenant que toute expédition vers Tadix devait être stoppée jusqu'à la fin des marchandages avec les démons. Ce qui apparemment n'avait fait ni chaud ni froid aux nains qui estimaient qu'ils n'avaient pas à obéir à Omois, non, mais alors, et puis quoi encore…

Donc, quelques instants après la très courte discussion entre Fafnir et le nain chargé des expéditions, ils étaient confortablement installés dans leurs boules (enfin, comme le fit remarquer Cal, confortablement était un bien grand mot), le manutentionnaire lançait la procédure de transfert et hop, ils se retrouvaient sur Tadix. Avec un excellent timing, peu après l'arrivée de Tara.

Le timing était bon. C'était la localisation qui posait problème.

Parce que Tara était à l'intérieur du dôme.

Et que eux se trouvaient dehors.

Comme Tara, le magicgang avait vu les insectes et leurs recherches rapides les avaient convaincus de ne pas tenter de sortir tant qu'ils ne seraient pas à l'abri. Et Cal, qui avait été infecté par les t'sils, frissonnait en entendant le crissement des mandibules des bestioles extra-AutreMondiennes sur le fer. Grâce à un sens mystérieux, les insectes avaient compris qu'il y avait des trucs à manger dans les boules et les roulaient dans tous les sens en essayant d'accéder à la nourriture.

Ladite nourriture commençant d'ailleurs à en avoir assez de se faire trimbaler comme ça.

Contrairement aux t'sils, les insectes qui grouillaient sur la surface du satellite étaient très différents les uns des autres. Certains appartenaient à des sortes de ruches dont on voyait les immenses pics transpercer les vapeurs toxiques, d'autres étaient des chasseurs solitaires, ou encore traquaient en groupe. Les rares fois où les boules avaient roulé sur suffisamment d'insectes pour les écraser et donc dégager les caméras, Cal avait pu voir que ceux qui essayaient de les dévorer avec le plus d'acharnement étaient des troupes entières de sortes de termites grisâtres géantes, avec des mandibules énormes, qui s'unissaient afin de les lancer en l'air, ce qui n'était pas très difficile compte tenu du peu de poids, et comptaient sans doute sur les chocs pour ouvrir enfin ce qu'ils prenaient sans doute pour des coquilles.

Avec des tas de trucs miam à l'intérieur.

Cal les trouvait désagréablement organisées pour des bestioles.

Grâce aux systèmes de fixation et à la magie, cela ne risquait pas d'arriver mais, en attendant, la situation était… rebondissante. Ils ne risquaient pas grand-chose à part de mourir terrassés par la nausée, ce que Cal préférait éviter.

La magie pouvait indéfiniment transformer les molécules de gaz carbonique en oxygène, donc ils ne risquaient pas de tomber à court d'air, même si Fafnir n'était pas emballée à l'idée d'être obligée d'utiliser ce qu'elle appelait son « maudit pouvoir ».

Sauf que rebondir sans fin n'allait pas les aider à entrer dans le dôme et à protéger Tara.

— Il va falloir utiliser la magie, dit-il. Nous n'avons pas trop le choix.

— Mais si nous utilisons la magie, les Tadixiens vont s'en rendre compte, objecta Moineau. Quatre boules qui se déplacent vers le dôme et tentent d'y rentrer, tu ne crois pas que ça va faire… ahhhahhahahahahah !

Le cri de Moineau aurait fait sursauter tout le monde, si Cal, Fabrice et Fafnir n'avaient pas été occupés eux aussi à hurler.

Car des pinces géantes venaient brutalement d'interrompre leurs rebonds pour les saisir et les soulever.

— Tout le monde est là ? demanda Cal, inquiet, une fois qu'il eut compris ce qui se passait.

— On a été attrapés par quelque chose, chevrota Moineau. Vous croyez que c'est une sorte de Reine Géante qui va ouvrir les coques et nous dévorer ?

— Moineau, fit fermement Fabrice, arrête de nous faire peur. Et de ce que je peux voir, ces pinces m'ont l'air métalliques. Attends, je fais un transfert sur les caméras arrière. (Il y eut un petit silence tendu.) OK, je peux vous voir maintenant qu'une partie des insectes ont été décrochés par le choc. Non, ce n'est pas une reine de ruche géante avide de ton sang, ce sont tout simplement des machines, qui, Tambouil[1] merci, sont en train de se diriger vers les dômes !

Des cris de joie saluèrent sa description. Petit à petit, les caméras des autres boules se dégagèrent aussi et ils purent tous voir le dôme immense qui se rapprochait lentement au rythme cahotant des engins. De grosses chenilles métalliques écrasaient impitoyablement les bestioles qui grouillaient mais ne cherchaient pas à se dégager, n'ayant pas encore compris que les monstres étaient mortels pour eux. Leurs boules n'étaient pas les seules qui avaient été saisies, des dizaines de machines faisaient le va-et-vient. Ils ne s'en étaient pas rendu compte parce que les insectes leur avaient bouché la vue et n'avaient cessé de les balancer en l'air comme de gros ballons.

Lorsqu'ils entrèrent dans un premier dôme, plutôt petit, le champ magique se referma sur eux et, soudain, ils furent engloutis dans une violente cataracte de liquide violet qui submergea absolument tout jusqu'au plafond de la bulle. Les insectes qui avaient pénétré dans le dôme avec les machines furent instantanément pris de soubresauts violents puis se désintégrèrent. Tout ce qui était organique fut impitoyablement détruit par le liquide. Pour le coup, Cal bénit l'étanchéité absolue de leurs capsules.

1. Dieu de la chance et, pour une mystérieuse raison, des cuisiniers. Quoiqu'on puisse dire que réussir un plat tient parfois d'un vrai miracle...

— Ça, c'est du nettoyage ! fit Fafnir, admirative. Ils sont efficaces, ces Tadixiens, dites donc ! Il nous faudrait de ce produit pour venir à bout des mites des mines ! Elles nous pourrissent les étais de nos mines et bouffent même l'écorce des géants d'acier !

Fabrice ricana :

— Euh, Fafnir, vu comme ce truc a l'air corrosif, excuse-moi de te dire ça, mais je pense que cela boufferait effectivement tes mites, mais aussi tes étais et probablement la moitié de ta mine !

Cal allait lancer une fine remarque lorsque le liquide s'évapora d'un seul coup et les pinces les ressaisirent sans précaution pour recommencer leur voyage. Une fois débarrassés de toute contamination, ils pénétrèrent enfin dans un des dômes principaux, reliés aux autres par des tas de tunnels à plusieurs niveaux.

— Bon, j'espère qu'ils vont nous stocker sous atmosphère respirable, soupira Moineau, fatiguée de se faire trimbaler à droite et à gauche, maintenant qu'ils nous ont débarrassés des bestioles, parce que nous devons trouver rapidement l'endroit où est Tara !

— Sauf que, fit très raisonnablement Fabrice, si on débarque trop tôt, elle va trouver toutes les excuses pour nous renvoyer, vous avez vu ? Elle a même pensé à envoyer un message à tes compatriotes, Fafnir, pour nous empêcher de la rejoindre. D'habitude, elle est plutôt contente que nous nous battions avec elle, c'est la première fois qu'elle réagit comme ça.

— Pfff, fit Moineau, je t'assure, cette manie qu'elle a de vouloir tout porter sur ses épaules, c'est à cause de sa magie. Si elle était moins puissante, Tara serait beaucoup plus prudente. Mais chaque fois, elle lui sauve la mise. Enfin sauf la fois où elle est morte. Mais du coup, elle n'a plus peur de mourir non plus, je pense que ça la rend imprudente.

— À moins, maugréa Cal, qu'elle ne veuille pas de m… de nous, parce qu'elle veut vraiment épouser Archange.

Un silence choqué salua sa remarque.

Le Voleur regarda son hor, au travers du tissu transparent de sa combinaison fluide.

— Slurk, la cérémonie d'arrivée a commencé depuis longtemps, ils ne vont pas tarder à ouvrir le vortex pour faire venir les démons, il faut absolument que nous sortions de ces boules !

Soudain, Fabrice, qui se trouvait le plus en tête, émit un petit hoquet alors que les machines bifurquaient vers un dôme secondaire.

— Fabrice, s'inquiéta tout de suite Moineau, que se passe-t-il ?

— Les gars, je crois qu'on a un gros, un très gros problème, fit Fabrice d'une voix étranglée.

— Quel problème ? demanda Cal tandis que les pinces l'alignaient à côté de Fabrice et que, du coup, il avait une vue plongeante sur ledit gros, très gros problème.

Un lac de lave en fusion. Dans lequel d'autres boules de fer disparaissaient une à une.

Les quatre amis hurlèrent.

Et les pinces les lâchèrent.

17

LE SAUVETAGE

Ou comment avoir une soudaine et très grosse envie de glace.

Tara commençait à se détendre. Elle connaissait plutôt bien ses amis et savait que s'ils avaient été là, ils auraient depuis longtemps surgi d'un recoin sombre – ou pas, d'ailleurs – en lui tapant dans le dos, genre : « Alors, tu as vu la bonne surprise qu'on vient de te faire ma vieille ! »

Sauf que là, personne ne lui tapait dans le dos et qu'ils n'étaient nulle part. Enfin, elle ne les voyait pas. Ce qui signifiait qu'elle était parvenue à les empêcher de venir sur Tadix. Pour une fois qu'elle contrait les plans de Cal, cela lui faisait plaisir de voir que le Voleur n'était pas si infaillible.

Elle soupira discrètement, attentive à ne pas offenser leurs hôtes qui parlaient depuis ce qui lui semblait être des heures.

Et toujours pas de nouvelles de Robin. C'était en train de la rendre folle. Cela et aussi le fait qu'aucun des Tadixiens ne manifestait d'inquiétude à propos des démons qui allaient bientôt débarquer. En revanche, tout le monde blablatait à propos des cérémonies, de leur organisation et des réceptions prévues. Le bateau coulait, mais ces gens-là ne pensaient qu'à faire la fête. La situation lui semblait incroyablement étrange.

Connectées à son esprit, les âmes damnées restaient toujours aussi discrètes. Tara avait dû raccourcir les manches de ses robes afin que les bracelets puissent voir leur environnement et la chaîne de taille s'était transformée en une ravissante ceinture dorée. Mais les âmes se contentaient de découvrir les humains contre qui elles avaient été forgées des millénaires plus tôt, et Tara les sentait intéressées mais calmes.

Cela l'inquiétait un peu. En quelques semaines de travail approfondi avec les âmes, il semblait que Tara ait réussi à les transformer afin qu'elles ne tuent plus rageusement tout ce qui passait à leur portée. Alors qu'avant, les âmes se débattaient dans le fer corrompu, rendues folles par la douleur et la pression, Tara sentait que si elles souffraient toujours, ce qui était le but des démons, elles passaient outre la douleur afin de ne se concentrer que sur leur nouvel environnement. Comme si cela leur permettait de s'ancrer dans la réalité. C'était très troublant.

Soudain, sa tante éleva la voix et Tara, sensible à sa soudaine irritation, se concentra sur ce qu'elle disait.

Lisbeth venait de découvrir que les Tadixiens avaient négligé d'informer un certain nombre de leurs propres invités du léger détail à propos de leur planète transformée en bombe. Notamment, ils avaient organisé un énorme concert en l'honneur des démons et plusieurs divas, compagnies de danse, théâtre, orchestres, etc., étaient arrivées sur Tadix.

L'Impératrice n'était pas contente. Elle le fit clairement savoir, mais les Tadixiens firent la sourde oreille. Tara constata pour la dixième fois que les exaspérantes créatures devenaient très opportunément sourdes lorsqu'on disait quelque chose qui ne leur plaisait pas.

L'Impératrice perdit. Le concert et ses réceptions annexes auraient lieu qu'elle le veuille ou non. Les Tadixiens étaient chez eux, ils faisaient ce qu'ils voulaient, d'autant que tout ce qui se passait sur Tadix pendant les six jours de réception était retransmis dans tout l'univers et que si personne ne les tuait, ils n'allaient pas passer à côté de cette formidable occasion gratuite de faire de la pub pour leur planète.

Lisbeth ne pouvait pas s'y opposer sans dévoiler ses plans ou s'aliéner ses alliés.

Vu la fureur dans son regard bleu marine, elle n'allait pas être facile à vivre pendant quelques heures.

Tara laissa errer son regard sur les personnes présentes. Les paisibles ambassadeurs habituels, forts en discussion mais peu portés sur la bagarre, avaient été remplacés par des guerriers. Dans la délégation des nains, uniquement des Implacables, reconnaissables à leurs sabres de guerre. Dans celle des Mercenaires de Vilains, ils avaient envoyé leurs plus monstrueux guerriers, tellement gros et grands que les étroites ouvertures des portes de certaines salles tadixiennes, habituellement réservées aux seuls habitants, avaient dû être modifiées et agrandies. Les belliqueux centaures étaient présents, leurs flancs arborant leurs couleurs de guerre, les licornes aussi, pourtant peu agressives, avaient envoyé leurs puissants étalons. Et les elfes violets de Selenda détaillaient tout le monde d'un air méfiant, ce que leur rendaient bien les loups-garous envoyés par T'eal, fascinés par les guerriers qu'ils ne connaissaient qu'au travers de légendes, encore quelques mois plus tôt.

Chez les loups, qui ne pratiquaient pas la magie, les mâles étaient plus forts, du fait de leur poids et de leur physique, que les femelles. Il n'y avait donc pas de femmes loups-garous dans leur délégation. Lorsqu'ils avaient vu Tara, ils s'étaient tous approchés et l'avaient reniflée avec délectation. Elle était et resterait à jamais leur héroïne, celle qui les avait délivrés d'un terrible esclavage. Le chef de leur délégation renouvela son serment. Ils étaient là pour la protéger, elle, précisément. Tara les remercia gracieusement. Elle comprenait leur gratitude, même si elle n'avait fait qu'essayer de sauver sa peau, et vu la situation, plus elle avait d'alliés dévoués, plutôt que des politiques, mieux c'était.

Tous les peuples étaient représentés, le Lancovit, Meus ou les autres. Les robes de sortceliers de toutes les couleurs se mêlaient, il y avait très peu de nonsos parmi eux. Même les gnomes et les lutins P'abo étaient présents, portant fièrement de petites épées grandes comme des dards, ainsi que différents représentants d'autres planètes, comme les Diseurs de Vérité. Tara reconnut son copain la Plante en Pot qui testait avec ravissement les différentes liqueurs proposées par les Tadixiens.

En le voyant frémir de toutes ses branches en arrosant ses racines de tous les alcools qu'il pouvait trouver, Tara soupira de nouveau.

La conférence se termina sur les détails techniques. Si les gens présents étaient presque tous des sortceliers, c'était pour une bonne raison. Et si Tara était là, c'était non seulement parce qu'elle était la « fiancée » officielle, mais aussi parce qu'elle allait devoir mettre son puissant pouvoir en résonance avec celui des autres afin de faire venir la délégation des démons.

En entier si possible.

Ils avaient d'ailleurs aussi discuté de cette option, surtout les dragons. « Une regrettable erreur en cours de translation. Ooppps, y a que la moitié de la délégation qui est arrivée. Euh non, pas la moitié du groupe, mais la moitié des gens, la moitié inférieure des gens en fait. Toutes nos excuses. On vous renvoie les jambes dès que possible. »

Bien sûr, cette passionnante option avait été écartée. Ils ne savaient pas vraiment ce que voulaient les démons, et assassiner les ambassadeurs d'une nation peut-être désireuse de paix, ce n'était pas possible.

Dommage.

Sous un autre dôme, proche de celui-ci, un immense pentagramme avait été dessiné. C'était, en quelque sorte, la « plate-forme » d'atterrissage des démons.

Jusqu'à ce jour, il avait été possible aux peuples de l'univers de Tara, d'invoquer les démons. Un par un au prix d'un effort terrible et d'un contresort qui retirait des années de vie au sortcelier.

Pas quelques années de vie, cela aurait été trop facile, et Demiderus connaissait bien les sortceliers, pour plus de pouvoirs, ils étaient capables de n'importe quoi. Alors le sort qu'il avait inventé avec les autres Hauts Mages, cinq mille ans plus tôt, absorbait 80 % de l'existence de l'invocateur. Soit presque quatre cents ans pour ceux qui étaient vraiment doués. Il fallait être au bout du rouleau pour tenter l'expérience. D'autant qu'il arrivait régulièrement que le démon, pas content qu'on l'invoque, trouve le moyen de sortir du cercle et fasse très chèrement regretter au sortcelier de l'avoir dérangé.

Parfois, le sortcelier survivait. Pas forcément en entier et la seule chose qu'on pouvait en tirer était « aaaahhhhhhhhh ».

Du coup, les invocations avaient été très peu nombreuses. À peine une ou deux réussies par an. On ne comptait pas celles qui avaient ratées, ne laissant que des sortceliers momifiés ou ratatinés et aucun démon en échange. Cependant, elles avaient été suffisantes pour que les démons aient une assez bonne idée des différentes civilisations, que ce soit de la Terre ou d'AutreMonde. Bien sûr, jamais les dragons n'avaient invoqué de démons, donc la seule planète qu'ils ne connaissaient pas du tout était le Dranvouglispenchir, la planète dragon.

D'ailleurs, à ce sujet, le beau plan de faire arriver la délégation dragon en même temps que la délégation démon était tombé à l'eau. À la grande surprise (et, de nouveau, fureur) de Lisbeth, les dragons étaient déjà là, graves et dignes, sous leurs formes originelles.

Muselés, derrière eux, se tenaient leurs dragons noirs de combat. Tara avait frissonné en les reconnaissant. Ils n'avaient pas l'intelligence de leurs congénères, machines de guerre et de serres, créées pour tuer.

Maître Chem, le dragon bleu, se tenait devant sa délégation, assis sur le tapis volant qui le portait sans effort. Distraitement, Tara se demanda combien d'aragnes avaient dû travailler afin de tisser le somptueux et surtout immense tapis aux couleurs chatoyantes.

Soudain, un visage bien connu fit tressaillir Tara. Par les entrailles de Bendruc le Hideux, mais qu'est-ce que Jeremy faisait ici ? Puis elle écarquilla les yeux lorsqu'elle vit qui se tenait derrière lui, le surplombant comme une grande ombre blonde et méfiante.

Jordan. Son frère adoptif, le Terrien, qui avait veillé sur Jeremy pendant toute son enfance, en échange de l'or des parents de Jeremy. Car, comme ceux de Tara, les gènes du jeune homme avaient été trafiqués par le roi dragon afin d'alimenter sa machine infernale destinée à détruire l'univers des Limbes, mais aussi la Terre au passage.

Jordan était un NM, un non-manipulable, insensible à la magie. La dernière fois qu'elle l'avait vu, il se trouvait sur Terre, dans sa ferme de Stonehenge, et ses parents venaient de se faire massacrer par des Harpies, à la recherche de son sortcelier de frère adoptif. Jordan n'avait aucune idée de ce qu'était AutreMonde, aussi le revoir ici, des mois plus tard, fit bizarre à Tara, d'autant qu'il paraissait très à l'aise dans l'environnement magique. Restait à savoir qui l'avait amené ici, à ce moment précis où il risquait de mourir. Et surtout pourquoi.

Soudain, Tara comprit en voyant l'un des lutins P'abo envoyer un jet de magie crochepatus à l'un des nonsos. Celui-ci le traversa comme s'il n'existait pas. Comme s'il ne le voyait même pas, en fait. Perplexe, le lutin essaya sur un autre lutin ; cela fonctionna, et l'autre lutin lui sauta dessus en couinant, furieux. La bagarre entre lutins se généralisa sans que les autres réagissent, à part par des hochements de tête amusés : les lutins étaient réputés pour leur caractère... instable.

Ainsi, Jordan n'était pas le seul nonso. Tara supposa que tous ceux présents étaient des non-manipulables. Totalement insensibles à la magie. Les sortceliers ne les aimaient pas beaucoup, raison pour laquelle il n'y en avait que très peu sur AutreMonde. Les enfants NM étaient presque systématiquement envoyés avec leurs familles sur Terre lorsque leur existence était découverte et un profond Mintus leur était appliqué afin qu'ils oublient tout d'AutreMonde et puissent vivre une vie paisible et heureuse. Raison aussi pour laquelle tous les habitants d'AutreMonde étaient testés à l'âge de treize ans, moment où leurs pouvoirs apparaissaient en règle générale.

Tara comprit le raisonnement des AutreMondiens. Ils avaient réuni ici les seules personnes capables de résister sans dommage à la magie démoniaque. Sauf que c'était un pari risqué. En fait, ils n'en savaient rien, et contre les démons, sans aucun pouvoir, les pauvres nonsos seraient singulièrement démunis.

Puis Tara détailla les NM et réalisa qu'ils étaient tous très lourdement armés. Ah. Pas si sans défense que cela après tout...

Le visage sombre, Jordan regardait tout autour de lui. La dernière image que Tara avait de lui était Jordan à genoux, faisant couler son sang en un sombre serment.

De retrouver le responsable du meurtre de ses parents et de le lui faire payer.

Tara espérait que Jeremy lui avait dit que le coupable avait effectivement payé, Robin avait tué le roi dragon. D'un coup de lance dans les deux cœurs.

Jeremy la salua discrètement. Bien. Le jeune dandy avait au moins appris les bonnes manières. Tara avait peu d'affinités avec lui. Il était très immature et après avoir été élevé dans une ferme anglaise, loin de tout, se retrouver sur Autre-Monde, héritier riche et fêté, lui avait tourné la tête. Soudain, le mot lui sauta aux yeux. *Héritier*. Moineau avait dit qu'elle était « piégée », le mot était revenu plusieurs fois dans ses phrases décousues. Mais piégée par Jeremy ou par quelque chose de plus grave ? Par un héritage ? Qui pourrait être intéressant pour le Lancovit ? Tara connaissait bien le roi. Même s'il était débonnaire et plutôt gentil, il restait le roi. Les intérêts de sa patrie avant celui des individus. Hum, elle allait devoir poser quelques questions. Aussi, bien qu'elle ne l'aime pas beaucoup, répondit-elle gracieusement au salut de Jeremy par un sourire amical.

Près d'eux, couvant le très beau Jordan des yeux, se tenait Angelica. Les deux ennemies s'étaient froidement saluées de la tête, puis la grande fille brune et glaciale était retournée à sa contemplation baveuse de Jordan. Avec un petit sourire intérieur, Tara lui souhaita bonne chance. Le garçon n'avait aucune idée du charme qu'il dégageait et prenait sa mission très au sérieux. En fait, il prenait absolument tout au sérieux. Cal avait dit de lui qu'il avait un balai dans le... disons dans le fondement, même si Cal avait été nettement plus explicite. La jolie peste brune qui détestait Tara allait probablement se prendre le râteau du siècle si elle tentait de flirter avec Jordan.

Même si Tara se doutait qu'elle n'était pas sur Tadix pour ce genre de chose.

Enfin, les mises en place et échanges furent terminés. Ils étaient prêts. On leur avait montré leurs suites, qui se trouvaient hélas ! au plus haut dans les tours. Tara, qui avait le vertige, avait également eu l'impression désagréable que les tours ployaient sous le vent, ce qui n'était d'ailleurs sans doute pas une impression et avait accentué son mal de cœur.

Lorsqu'elle était descendue, elle avait entendu les Tadixiens révéler qu'ils enfonçaient méticuleusement des milliers de tonnes de fer dans leur noyau en fusion afin d'alourdir la planète. Vu l'investissement que cela représentait, Tara ne voulait même pas imaginer la quantité dont ils auraient besoin juste pour gagner quelques grammes de pression magnétique.

Aussi sursauta-t-elle au point d'attirer le regard surpris des gens sur elle lorsque Galant lui envoya une image affolée. Belzebuth venait de lui envoyer un message désespéré, de familier à familier.

Ses amis étaient sur le point de se faire rôtir dans un magma de feu !

Tara n'eut pas le temps de réfléchir. Sa magie frappa, enveloppant tous les dômes alentour, fixant tout dans une immense nappe bleue.

Les gens se figèrent, l'Immobilisus les saisissant dans toutes les positions, l'un sur le point d'avancer, l'autre lévitant, et tous les objets furent suspendus.

Contrairement aux autres, la jeune fille n'était pas bloquée par sa propre magie et fonça vers l'endroit que lui montrait le pégase. Ce n'était pas très loin. Un dôme secondaire qui englobait une sorte de fontaine de magma en feu qui remontait du sol. Tara bénit les concepteurs qui avaient préféré conserver une atmosphère normale afin de permettre aux travailleurs de ne pas porter de combinaisons, mais en dépit des puissants climatiseurs, la chaleur était forte, au fur et à mesure qu'elle s'approchait des machines.

Soudain, Tara réalisa qu'elle se sentait nettement plus lourde. Ici, pour une mystérieuse et sans doute technique raison, la gravité était même bien supérieure à celle que l'on trouvait sur AutreMonde. Au point qu'elle peinait à mettre un pied devant l'autre.

Devant elle, le spectacle était horrifiant. Les pinces s'étaient ouvertes et les boules de fer étaient en suspension dans la magie bleue de Tara, à peine un mètre au-dessus du magma en fusion. De chaque boule partait une ligne de sauvetage de feu magique, rose pastel pour Moineau, gris fer pour Fafnir, dorée pour Cal et brune pour Fabrice, convergeant toutes vers le toit du dôme. Mais sans la magie de Tara, les sortceliers n'auraient jamais eu le temps d'amarrer leurs boules de fer, d'autant que le toit du dôme était exclusivement composé d'un champ magique qui ne devait pas autoriser beaucoup d'adhérence, et qu'avec la gravité renforcée ils n'auraient pas pu soulever leurs boules facilement.

Bref, ils auraient été carbonisés bien avant et Tara espérait qu'ils avaient pu se protéger de la chaleur.

Bon, là elle avait comme un problème. Sa magie avait été lancée dans le feu de l'action... oui, feu c'était le cas de le dire. Elle avait tout figé en bloc. Mais pour faire revenir les boules vers le quai ignifugé qui surplombait le lac, elle devait faire deux choses. Libérer les boules, les attraper avant qu'elles ne sombrent, puis les rapporter.

Elle déglutit. Sa confiance en sa magie était, au mieux, mitigée. Et c'était la vie de ses amis qu'elle mettait en jeu. Elle essuya ses paumes trempées sur sa robe, ce qui n'arrangea pas le tissu et fit grogner la changeline. Puis elle prit une grande inspiration, bénissant les aérateurs qui évacuaient les fumées toxiques et les remplaçaient par de l'air frais... enfin tiède, voire carrément chaud, et se lança.

D'une main, elle libéra les boules, tandis que, de l'autre, elle lançait un Saisissus. Les boules qui avaient commencé à tomber furent stoppées net par les quatre mains géantes que Tara avait imaginées pour les rattraper.

Avec beaucoup de précautions, parce qu'elles étaient lourdes et glissantes et difficiles à manipuler, Tara commença à les ramener sur la terre ferme.

Mais elle avait omis de libérer sa magie partout, ne visant que les boules, histoire de sauver ses amis discrètement sans que tout le monde se précipite afin de voir ce qui se passait. Le sort d'Immobilisus tirait donc sur son pouvoir pour continuer à bloquer tout dans les autres dômes. Et elle avait oublié qu'elle avait utilisé son sang pour aider Cal.

Sa magie faiblit. Les boules dégringolèrent d'un mètre, avant qu'elle ne les rattrape in extremis, tandis que les hurlements des familiers de ses amis retentissaient dans son esprit par le biais de Galant, tétanisé.

Elle joua le tout pour le tout. Elle libéra les gens, rompant l'Immobilisus, récupéra sa magie et la lança brutalement sur le lac de lave en un puissant Glacius, le plus froid qu'elle put imaginer. Au même moment, les boules chutèrent, lâchées par les mains géantes qui se dissipèrent.

Et atterrirent sur un lac dont la majeure partie était complètement gelée et noire. Comme la gravité était importante, le choc fut assez violent, cette fois-ci, pour que les boules s'ouvrent en deux, comme des œufs de Pâques géants. Sept corps roulèrent, très surpris de ne pas être en train de frire dans un bain de feu.

— Courez ! hurla Tara. Je ne vais pas pouvoir résister longtemps !

Ses amis et leurs familiers ne coururent pas. Ils bondirent. Rien de mieux pour vous convaincre d'aller vite que de voir une langue de feu dévorer le terrain sous vos yeux. Tara les aida à monter, surtout Fafnir, qui étant à la fois plus dense et plus petite n'arrivait pas du tout à escalader le rebord du quai. Une fois tout le monde en sécurité, haletant et suant, elle relâcha son pouvoir sur le lac de feu.

La partie gelée se disloqua, avalant les moitiés de boules de fer et quelques secondes après il ne restait rien de leur moyen de transport.

— Argh, finit par dire Fafnir. La prochaine fois, on passera par les Portes de transfert classiques, OK ? Là, c'était vraiment un peu trop chaud pour moi, et c'est une naine forgeronne qui aime la chaleur qui vous dit ça.

Tara, le visage sévère, ne montra pas son amusement, tandis que ses amis faisaient disparaître leurs combinaisons.

Ce n'était pas cool du tout qu'ils soient là. Même si pour une fois, c'était elle qui les sauvait et pas le contraire. D'une certaine et absurde façon, elle eut l'impression de rembourser la très lourde dette qu'elle avait contractée depuis que Cal s'était fait embrocher pour la sauver.

Était-ce aussi pour cela qu'elle était sortie avec lui ? Parce qu'elle s'en voulait et qu'elle n'avait trouvé que cela pour le remercier ? Du fond du cœur, elle espéra que non.

Ils la remercièrent tous. Dans l'autre dôme, les gens étaient en train de se rendre compte qu'il s'était passé quelque chose de bizarre, notamment que l'Héritière avait disparu, et commençaient à s'affoler.

— Qu'est-ce que vous n'avez pas compris lorsque je vous ai dit : « Ne me suivez pas sur Tadix » ! gronda Tara. Ça me paraissait pourtant très clair comme phrase, à moi ! Et Robin n'est pas avec vous ?

Cal se renfrogna.

— Non, aucune nouvelle, répondit-il sèchement.

— Et pour répondre à ton autre question, on avait bien compris, mais on ne pouvait pas te laisser avec tous ces jolis garçons toute seule ! précisa Fafnir en rajustant ses haches un peu ébranlées par sa course folle, tandis que Bel miaulait avec mauvaise humeur sur son épaule, tout couvert de suie.

D'ailleurs, il n'était pas le seul ; ils étaient tous noirs de suie pour avoir roulé sur le lac de lave gelée par Tara.

— Des jolis garçons ? Bon sang, Fafnir, ce sont des démons ! Vous ne pouvez pas plus vous opposer à eux que moi à la Reine Noire. Vous n'avez rien à faire ici !

— C'est une mauvaise comparaison, persifla Moineau, puisque tu as vaincu la Reine Noire. Écoute, nous avons compris, tu ne voulais pas de nous et blablabla. Mais nous sommes là et si tu veux nous faire repasser par les Portes de transfert, il va falloir que tu nous arrêtes et que tu nous réexpédies de force. Et je te rappelle que je suis quand même citoyenne du Lancovit tout comme Cal, Fafnir appartient à Hymlia et Fabrice est terrien. Tu n'as légalement aucun droit de nous donner des ordres, nous ne sommes pas tes sujets, TON ALTESSE !

Tara en resta bouche bée. C'était exactement ce qu'elle avait eu l'intention de faire, tous les envelopper dans un cocon et les balancer dans une Porte de transfert. Mais où était passée la très timide Moineau qui bégayait dès qu'elle était le centre d'attention ? Cette Moineau-là ne se laissait pas marcher sur les pieds. Et elle opposait de solides arguments. Contre lesquels Tara ne pouvait pas grand-chose, parce que, malheureusement, Moineau avait parfaitement raison.

— Et ne nous demande pas de rentrer par amitié pour toi. Des amis ne laissent pas tomber leurs amis. N'y compte pas.

— Slurk, jura Tara, vaincue. Vous ne me facilitez pas la tâche, mais je ne vais pas employer ma magie contre vous. (Cal se détendit, parce que oui, il avait pensé à cette option-là et il était soulagé que Tara ne l'utilise pas.) Parce que je vais avoir besoin de toutes mes forces tout à l'heure. Alors, allez m'attendre dans ma suite. Cela me donnera le délai nécessaire pour assister à la fin de la cérémonie, sans affoler tout le monde (elle leur remit un plan du dôme afin qu'ils puissent s'y rendre facilement).

Bien que plus petite que sa suite sur AutreMonde où le palais disposait de toute la place pour s'étendre, ce qui n'était pas le cas de Tadix, la suite de Tara s'élevait néanmoins sur plusieurs étages et disposait d'une demi-douzaine de chambres et salles de bains attenantes.

Ils obéirent, non sans que Cal ne lui vole un baiser au passage, ce qui la fit sourire, puis Grr'ul, à la tête d'une petite délégation, se secouant encore ses grosses mains fourmillantes d'avoir été immobilisées pendant ces quelques minutes, fit alors irruption dans le dôme, tandis que ses amis disparaissaient dans un couloir secondaire.

Tara expliqua calmement que ses amis l'avaient rejointe et qu'il y avait eu une sorte d'incident qui avait fait qu'elle avait dû utiliser sa magie, afin de les aider.

La jeune fille voyait bien que personne ne la croyait et qu'ils pensaient qu'elle avait encore perdu le contrôle de son pouvoir et avait trouvé une explication vaseuse pour s'en sortir. Tara aurait sans doute pu les convaincre mais elle n'avait pas de temps ni d'énergie à perdre, et fit donc semblant d'ignorer les commentaires perfides. Seules sa tante et Grr'ul qui la connaissaient bien, la regardèrent avec suspicion. D'autant que Grr'ul n'aimait pas les sorts d'Immobilisus et encore moins lorsque c'était celle qu'elle était censée protéger qui les lançaient.

Tout le monde rejoignit sa chambre ou son bureau ou un lieu pour se changer, se reposer ou se laver. Ils avaient rendez-vous une heure plus tard pour invoquer les démons.

Lorsqu'elle arriva devant sa chambre, Tara se souvint soudain que si elle avait pensé à interdire les scoops aux alentours de sa suite, elle ne se trouvait plus sur AutreMonde, et que ses amis n'avaient pas dû pouvoir y accéder, puisqu'ici les portes en bois vivant n'existaient pas. C'étaient des portes normales, dont l'ouverture était contrôlée par un ordinateur central, et Tara avait bêtement oublié de leur donner une clef.

Sauf que ce n'était pas ses amis qui tapotaient impatiemment du pied devant sa porte.

Mais une ennemie.

Angelica.

Cela faisait longtemps qu'elles ne s'étaient pas parlé. Pas depuis qu'Angelica avait trahi tout le monde en s'enfuyant avec la machine anti-fantômes. D'une certaine façon, elle avait sauvé la vie de Tara, car lorsque l'esclave utilisé par son père l'avait activée, la machine l'avait désintégré, tout comme elle avait détruit les âmes des fantômes envahisseurs.

Cela n'excusait rien. Puisqu'à ce moment personne n'en savait rien. De plus, lors de cette aventure, la grande fille brune avait découvert qu'elle possédait la Main de Lumière. Une arme très puissante qui lui permettait lorsqu'elle l'activait de tout raser sur son passage, sans même avoir besoin d'invoquer sa magie.

Alors, lorsque Tara se retrouva face à elle, son visage se ferma.

Angelica la toisa. Plus vieille que l'Héritière, jusqu'à présent, elle avait toujours été plus grande qu'elle. Mais Tara avait quasiment terminé sa croissance et, de fait, était maintenant légèrement plus grande qu'Angelica. Voyant que son ennemie n'aimait pas cela, Tara sourit intérieurement et paria que lors de leur prochaine rencontre, Angelica porterait les talons les plus hauts possible. Ce qui, sous cette gravité, était fortement déconseillé.

Oui, se tordre une cheville par arrogance était bien dans le style d'Angelica.

Tara ne prit pas de gants. Il était fini le temps où elle avait peur d'Angelica et restait plus ou moins aimable avec elle.

— Qu'est-ce que tu veux, Angelica ? lança-t-elle abruptement, faisant hoqueter les Tadixiens qui l'accompagnaient.

Eux qui n'imaginaient pas saluer leurs compagnons sans un interminable cérémonial n'arrivaient pas à se faire aux manières des AutreMondiens qui n'avaient pas de temps à perdre.

Angelica eut un mauvais sourire.

— Quoi ? s'exclama-t-elle, pas de « Bonjour » ni de « Je suis contente de te voir, Angelica, toi qui m'as sauvé la vie ? ».

— Te voir ne me fait certainement pas qualifier ce jour de bon, répliqua Tara, acerbe. Je ne suis pas contente de te voir et tu as plus souvent essayé de me tuer ou de me nuire que de me sauver. Donc je répète : qu'est-ce que tu veux ?

Angelica désigna les spectateurs curieux autour d'eux.

— Te parler de choses qui ne regardent pas les gens.

Tara fronça les sourcils. Qu'est-ce qu'Angelica avait encore inventé ?

— Je n'ai rien à cacher à nos hôtes, précisa la jeune fille blonde avec aplomb et quoi que tu aies à dire, cela n'a pas une grande importance. Nous allons devoir affronter les démons d'ici quelques heures, Angelica, tes petits jeux de pouvoir sont un peu hors sujet, tu ne crois pas ?

La fureur flamba dans les yeux noirs. Angelica était belle et utilisait souvent sa beauté et sa cruauté, ainsi que le pouvoir politique de sa famille, afin d'obtenir ce qu'elle voulait. Du fait de ce dangereux et séduisant mélange, on ne lui disait pas souvent non.

Sauf Tara. De tous les gens qu'elle haïssait le plus, la jeune fille à la mèche blanche venait en tête. Parce que Tara était plus puissante qu'Angelica bien que moins belle, parce qu'elle était l'Héritière d'un empire et se comportait comme si cela n'avait pas d'importance ou comme si elle n'aimait pas cela. Parce qu'en tout elle était l'opposé d'Angelica.

Pour toutes ces raisons, Angelica prit la mauvaise décision.

Elle foudroya Tara du regard, puis, sans un mot de plus, se fraya un passage au milieu des courtisans étonnés.

Tara retint un soupir de soulagement.

— Non ! dit-elle fermement, lorsque les Tadixiens voulurent l'accompagner dans sa suite, c'est très gentil, mais j'ai un certain nombre de détails à régler avant l'arrivée de mon prétendant. Je désire rester seule avec mes amis. Grr'ul ?

— Votre Altesse Impériale ?

— Veille à ce que personne ne me dérange, s'il te plaît. Oh, et préviens-moi dix minutes avant la cérémonie, je vais peut-être aussi essayer de me reposer un peu, l'effort sera sans doute épuisant.

Voilà, en quelques mots, elle venait de s'assurer que tout le monde la laisserait en paix, d'autant qu'elle avait dit la vérité. L'effort serait épuisant.

Tous s'inclinèrent. Derrière Grr'ul, les gardes se mirent en position, sombres et graves. Ils avaient tous été volontaires, mais Tara sentait leur tension. Elle les comprenait, elle ressentait la même chose.

La porte s'effaça en coulissant dans le sol, offrant ainsi une large vue sur le magnifique salon.

Tara entra dans la suite et ordonna à la porte de se refermer puis de se sceller afin que personne n'entre. La machine électronique obéit avec un chuintement glacé.

Forcer la porte avait dû être un jeu d'enfant pour un cambrioleur de génie comme Cal, et n'avait pas dû lui prendre plus de quelques secondes.

Pourtant, à sa grande surprise, la salle était vide.

Ses amis n'étaient pas là.

18

ARCHANGE

Ou comment savoir soigner son entrée pour séduire sa dulcinée.

Le cœur battant, Tara fonça au second étage où se trouvaient les chambres. Elle ouvrit violemment la première, qui donnait sur sa suite privée, et fit sursauter Cal, Moineau, Fabrice et Fafnir qui étaient affalés sur les lits.

— Tara ! cria Cal en bondissant sur ses pieds.

— Hééé́é, ça va pas d'ouvrir la porte comme ça ! gronda Fafnir. Tu m'as fait peur ! Enfin peur, pas exactement, mais tu as failli te prendre une hache entre les deux yeux !

Cal s'approcha de Tara et avant qu'elle n'ait le temps de réagir, s'empara de sa bouche en un baiser passionné qui fit siffler Fabrice. Étourdie, Tara se laissa aller contre le large torse du Voleur.

Cal garda ses yeux gris plongés dans ceux de Tara.

— Tu n'as plus mal ? demanda la jeune fille en voulant s'écarter, de peur de faire pression sur les blessures de Cal.

— Non, plus du tout, répliqua-t-il en la serrant de plus belle contre lui.

Tara avait l'impression de sombrer. Elle reconnaissait la passion qui transpirait des paroles de Cal. Sauf que si son cœur s'emballait, ce n'était pas... ce n'était pas comme si elle perdait la tête. Elle trouvait cela formidablement agréable.

Mais elle n'était pas amoureuse.

Slurk !

Elle recula un peu. La confusion voila un instant le regard de Cal, puis il la lâcha.

Tara sourit à tout le monde, puis s'affala (ses genoux n'étaient pas si forts que ça pour résister à l'émotion), ou du moins se laissa doucement couler sur l'un des coussins blancs qui jonchaient sa suite tout aussi blanche. Il n'y avait nulle part d'angle droit, tout était ou rond ou moelleux ou les deux. C'était un peu écœurant toute cette douceur blanche. Là aussi, les Tadixiens, très aimablement, avaient accentué la gravité afin que les invités ne soient pas trop mal à l'aise, mais on se sentait quand même désagréablement léger. Des sortes de plantes duveteuses blanches ornaient les murs arrondis, des plumes géantes dans des pots ronds s'agitaient dans les courants d'air des climatiseurs. Tout cela donnait l'impression d'une sorte de mouvement lent et perpétuel, assez agaçant. Comme si on se déplaçait dans une sorte de liquide invisible et visqueux. Tara frissonna.

Les Tadixiens lui paraissaient insupportablement étrangers. Elle ne comprenait pas leur esprit, pas plus qu'elle n'appréciait leurs coutumes. Pour eux, se nourrir en public n'était pas, comme sur AutreMonde, une occasion de plaisir et de partage. C'étaient de graves cérémonies, où chaque geste avait une signification, où chaque inflexion, chaque gorgée était codée et minutée. Et gare à celui ou celle qui en ratait les plus infimes détails. Il ou elle était impitoyablement exclu de l'assemblée.

Pour les crimes plus graves qu'un simple manquement à l'étiquette, les Tadixiens ne tuaient pas les contrevenants. Ils les plaçaient en stase, pendant des centaines d'années, puis, lorsque tous les repères avaient changé et que la société était transformée, ils les relâchaient et les ex-prisonniers devaient recommencer au bas de l'échelle, brisés, isolés, ne connaissant plus rien ni personne. On murmurait à propos de la société tadixienne que beaucoup préféraient se suicider plutôt que d'avoir à affronter ce néant affectif.

— On ne t'avait pas entendue, dit Fabrice. Très bien insonorisées, ces pièces. Tout va bien ? Ils ne t'ont pas posé trop de questions sur ce qui s'est passé ? Et aussi, je vais te paraître bizarre, mais tu es la seule qui ne voulait pas que nous venions, l'Impératrice s'en fiche, enfin s'en fichera maintenant que nous sommes ici, alors, je n'ai pas posé la question tout à l'heure parce que tu avais l'air super-stressée, mais re-explique-moi : pourquoi est-ce que tu as tenté si fort de nous empêcher de venir ? Parce que nous sommes au courant pour les bombes, que nous risquons de mourir, et tout et tout, et que nous sommes pourtant là. Donc ?

Tara hésita. Devait-elle leur parler des âmes damnées ? Elle redoutait qu'ils ne la prennent pour une folle ou qu'ils pensent qu'elle avait été corrompue ou asservie. Mais d'un autre côté, elle avait aussi envie qu'ils partent, histoire qu'elle n'ait pas leur mort sur la conscience pendant les très courtes secondes avant l'implosion de la planète.

Elle écarta les mains, peinant à expliquer ses sentiments contradictoires.

— Vous êtes mon point faible, dit-elle sèchement.

Ses amis se figèrent, choqués, et Bel miaula avec désapprobation.

— Vous avez été asservis par la Reine Noire. (Elle claqua dans ses doigts). Paf, en une seconde. Ensuite, elle vous a utilisés contre moi, d'une certaine façon. La magie démoniaque est terriblement... (elle marqua un temps d'arrêt et regarda ses bracelets et sa ceinture, sentant aussi le stylo contre ses côtes, attentive à ne pas froisser ses nouveaux alliés qui devaient écouter de toutes leurs oreilles de métal) oppressive. Elle ne laisse aucun choix. Avoir près de moi les gens que j'aime, c'est un peu comme si j'amenais des otages. Jusqu'à présent, nous avons combattu des ennemis contre qui vous aviez une chance, vous, même sans ma présence. Là, ce n'est pas du tout le cas. Contre les démons, vous n'avez aucune chance. Pas depuis qu'ils ont changé. Pas depuis qu'ils ont évolué. J'ai vu leur puissance, j'ai senti leur magie. J'ai peur. Pour vous, mais aussi pour moi. C'est pour cela que je voudrais que vous repartiez. Maintenant ! Afin qu'ils ne puissent pas, en plus, vous utiliser contre moi.

Pourtant, elle aurait préféré avoir un autre choix. Sans ses amis, elle se sentait déséquilibrée, comme s'il lui manquait quelque chose.

— Soyez raisonnables, reprit-elle. Il suffit que vous traversiez les Portes de transfert avant que Lisbeth ne les scelle, dix minutes avant l'arrivée programmée des démons.

Elle leur donnait, une dernière fois, le choix.

— Non ! gronda Cal en croisant les bras sur son torse. Certainement pas. Et arrête ta comédie de « Je suis la seule à pouvoir affronter les démons. » Les humains et les dragons l'ont fait bien avant toi et cesse de rabaisser nos qualités de sortceliers. Nous sommes des premiers sortceliers. Nous serons bientôt des Hauts Mages. Nous avons combattu des dizaines de fois, sauvé le monde ou la galaxie tout autant. C'est un nouveau défi, et comme toujours nous allons le relever, ensemble. Tu dis que la Reine Noire nous a asservis ? Mais elle ne nous a pas vaincus. Et pour terminer, nous avons réussi à l'anéantir. Tous ensemble. C'est le Mot magique, Tara. Ensemble !

— Et donc, nous n'allons reprendre aucune porte pour aller nulle part, fulmina Fafnir. Nous avons failli terminer grillés pour parvenir à te rejoindre, ce n'est certainement pas pour partir maintenant. Et puis, ces démons nous ont causé des tas de problèmes, depuis des milliers d'années. Ça fait longtemps que je n'ai fendu personne en deux. J'ai envie de voir ce qui va se passer. Pas vous ?

Elle s'adressait aux autres qui opinèrent.

— Mais c'est gentil de le proposer, sourit Fabrice. Bon, il se passe quoi, maintenant qu'on a réglé ce point-là ?

Tara s'affaissa un peu. Quelles têtes de mule ! Elle repassa vivement les options dans sa tête. Les endormir ? Tara ne voulait pas combattre ses amis, et dès qu'elle activerait sa magie, ils seraient sur leurs gardes. Les garder avec elle ? Tôt ou tard, ils allaient se rendre compte de ce qu'elle avait fait avec les objets démoniaques et elle deviendrait un objet de méfiance.

— Très bien, fit-elle, vous avez décidé de me compliquer la tâche, je vais donc faire avec. Et voici pourquoi je ne voulais pas de vous ici.

Elle dégagea ses mains et posa les bracelets, puis la ceinture et le stylo devant elle.

Ses amis la regardèrent comme si elle était devenue dingue.

— Euuuh, oui ? Hésita Moineau. Ce sont des bijoux, une ceinture dorée et un gros stylo noir. J'avoue que je ne vois pas bien en quoi ils sont la raison pour laquelle tu as essayé de nous empêcher de venir ici.

— Lance, Armure, ordonna Tara, reprenez votre forme !

La Lance grandit et grossit, tandis que l'Armure laissait réapparaitre le métal noir des ses différentes pièces.

Cal, Fafnir et Moineau reculèrent d'un bond tandis que Fabrice qui n'avait aucune idée de ce que c'était se contenta de regarder d'un air ahuri.

— Par la barbe de mes ancêtres ! balbutia Fafnir, ses deux haches dans la main alors qu'elle ne se souvenait même pas de les avoir attrapées, mais c'est la Lance de R'aor et l'Armure de Vrons, deux objets démoniaques ! Où les as-tu trouvés ?

Tara leur expliqua ce qu'elle avait fait, tandis que ses amis regardaient les deux Objets comme deux scorpions mortellement dangereux.

Cal avait pâli. Surtout lorsqu'il réalisa qu'il avait embrassé Tara alors qu'elle portait les objets démoniaques sur elle.

— Tu dis qu'elles n'ont pas essayé de te posséder ? demanda-t-il d'un ton inquiet.

— Non, rectifia Tara, j'ai dit qu'elles avaient essayé de me tuer, de me posséder, de me transpercer, etc. Mais j'ai aussi dit qu'elles n'y étaient pas parvenues. Que j'avais réussi à leur résister. Et qu'ensuite nous étions parvenues à communiquer.

— Mais, balbutia Moineau, c'est horriblement dangereux. Tu as vu ce que les Objets ont fait aux dragons, ils ont muté et ils...

— Non, répliqua fermement Tara, ennuyée de voir que ses amis réagissaient exactement comme elle l'avait prévue. Les ondes que les âmes généraient étaient une façon pour elles de se venger, que ce soit des démons ou des dragons. Le fer dans lequel on a emprisonné les âmes originelles était corrompu afin de leur faire le plus mal possible, d'amplifier leur haine et leur douleur. J'ai tenté d'atténuer cette douleur. Je n'ai pas exigé, je n'ai pas tenté de les détruire, je n'ai pas essayé de les utiliser. J'ai tout simplement fait ce que personne n'avait tenté avant, sans doute parce que personne n'était assez désespéré pour cela. Je leur ai demandé leur aide.

Frappés par son calme, ses amis se ressaisirent un peu.

— Dis donc, finit par dire Fafnir avec une certaine ironie en rengainant ses haches d'un geste souple, je pensais qu'on avait célébré le courage des nains et des humains dans des tas de ballades et de chansons, mais là, après ce que tu viens d'accomplir, c'est un opéra qu'on va te dédier.

Avant que les autres n'aient le temps de l'arrêter, la naine ouvrait la bouche et se mettait à chan... à hurler, d'une voix horriblement dissonante :

Arméééééé de son couraaaaage
Même si ce n'est pas saaaggge
Tara a affrontéééééééé
Seule les âmes damnéeeeeees
Pour s'en faire des amieeeeees
Et tuer tous ses ennemiiiiiis

Dans mille ans encooooore
On chantera dans les mooooondes
Celle qui sans un sooooort
Enfin vainquit les immondes

Et les bardes scand...

— Wooooow, hurla Cal, les mains sur les oreilles. Arrête, Fafnir, tu vas...

Malheureusement, il était trop tard. Ils entendirent un grand bruit en bas. Tara n'eut que le temps d'invoquer un drap qui recouvrit la Lance et l'Armure. Quelques secondes plus tard, les gardes, accompagnés de Grr'ul, débarquaient dans la chambre, armes aux poings.

— Que se passe-t-il ? Que se passe-t-il ? cria Grr'ul, les senseurs ont signalé une explosion sonore de force 4 dans la pièce, tout va bien ? Vous avez été attaqués ?

— Tout va bien, Grr'ul, la rassura Tara en essayant de ne pas rire. C'était juste Fafnir qui vient de composer une ode en mon honneur.

— Une explosion sonore de force 4 ? s'exclama la naine, horriblement vexée. Ces stupides machines ne savent pas différencier un chant nain d'une explosion ?

— C'était un chant ? s'exclama Grr'ul, incrédule.

— Oui, répondit Fafnir en posant les mains sur ses haches, histoire de bien montrer que la première qui douterait de ses capacités artistiques, fût-elle une troll verte géante, risquait de se retrouver beaucoup plus petite au niveau des genoux.

Les gardes échangèrent des regards, puis s'excusèrent et quittèrent la pièce un à un.

Soudain, Grr'ul réalisa qui se trouvait dans la pièce.

— Le magicgang ! s'exclama-t-elle. La princesse avait dit que vous étiez arrivés. Bienvenue pour mourir avec nous !

— Euh, merci, mais si nous pouvions éviter, ce serait bien, précisa Cal. En fait, nous sommes plutôt venus pour essayer de sauver tout le monde.

Il regarda les autres et ils ajoutèrent tous en chœur :

— Encore !

— Hum, renifla la troll en jetant un regard encore empreint d'ironie sur la petite naine capable de produire des sons si puissants… et destructeurs. Croyez-moi, si vous chantez pour les démons, ils vont repartir d'où ils viennent aussitôt ! Je vous laisse. Je vous préviendrai dès que ce sera l'heure.

On distinguait le sous-entendu dans sa voix du genre : « Et là, je vais aller me chercher des trucs à mettre dans les oreilles au cas où. »

— Pfff, béotiens, cracha Fafnir dès que la porte se referma sur les gardes et la troll. Savent pas apprécier le grand art !

Tara ne put s'empêcher de glousser. L'annonce fracassante qu'elle avait rapporté des armes terrifiantes avec elle avait été grandement amortie par le chant de Fafnir. Et parfois, Tara se demandait si la naine n'était pas bien plus maline qu'elle le laissait paraître, même si pour l'instant la seule chose qu'on pouvait lire dans ses grands yeux verts, c'était une sincère indignation. Tara fit disparaître le drap qui recouvrait les objets démoniaques. Eux aussi étaient malins ; entre-temps, ils avaient repris leur forme inoffensive de bracelets, de ceinture et de stylo. Dans un silence pesant, Tara les remit.

Soudain, prenant ses amis par surprise, elle éclata de rire. Voyant qu'ils la dévisageaient sans comprendre, elle sourit.

— Les objets démoniaques voulaient savoir si le son qu'ils avaient entendu était utilisé lors des batailles contre des ennemis. Ils ont trouvé cela très efficace, magnifiquement sonore.

— Ah, fit Fafnir avec satisfaction, voilà des connaisseurs. Dis à ces... choses que je les remercie, et oui, effectivement, les nains se battent toujours en chantant.

— Ils te parlent ? demanda Moineau, de nouveau horrifiée. Comme le faisait la Reine Noire ou l'Anneau ? (Elle déglutit.) Tu... tu crois qu'ils risquent de faire pareil pour nous ?

— Non, pas exactement, répondit Tara. Ils n'envahissent pas mon esprit sans ma permission. Ils me demandent et nous communiquons, idem pour moi, lorsque j'ai besoin de leur parler, je le leur demande. Nous sommes très polis les uns envers les autres, d'autant que nous savons tous que nous pouvons nous détruire mutuellement, mais que moi j'irais en OutreMonde, alors qu'eux se retrouveraient de nouveau esclaves des démons. Tu ne risques rien. Vous ne risquez rien. Enfin... pour l'instant.

Cela intriguait Cal.

— Mais ce ne sont pas des démons ?

— Si, mais de ce que j'ai pu comprendre d'après ce que m'ont dit les âmes damnées, la plus grande partie d'entre eux était d'inoffensifs agriculteurs, des ouvriers, des boulangers, des maçons, des gens simples et travailleurs. Puis un jour, ils ont été envahis par les Boulimi-Lema qui ont fait quelque chose à leur soleil. Puis les ont massacrés. Pour les emprisonner dans les objets démoniaques et utiliser leur énergie, eux qui n'avaient pas, comme nous, de magie. N'oubliez pas qu'ils avaient sept planètes avant d'en faire exploser une, mais que comme sur Terre, ou sur AutreMonde, ils avaient des tas de peuples et de races. Les Boulimi-Lema les ont toutes conquises à part la septième, qui était trop puissante pour eux, avec qui ils n'ont pu passer que des alliances martiales et la troisième, celle des effrits, qui les a trahis et depuis, travaillent pour nous. Dans le pacte que nous avons passé avec eux, ils ont dû accepter de ne pas se venger sur les effrits en détruisant leur planète. Les âmes ne savent pas pourquoi ils ne l'ont pas fait, parce que les accords, franchement les Boulimi-Lema s'en balancent totalement, cela les as surpris, ce qui me fait penser que les Boulimi-Lema ont dû passer un second accord avec les effrits. Ils ne les détruisaient pas, en échange de quoi, les effrits espionnaient pour eux.

Le silence tomba sur la pièce.

— Personne ne fait attention aux effrits, remarqua Moineau, pensive. Ils sont utilisés pour la circulation et pour les différents travaux d'entretiens, on en voit partout. De parfaits espions. Sauf qu'ils n'ont jamais montré aucune activité contre nous.

Tara opina.

— Jusqu'à présent, du moins. Archange était bien trop renseigné sur nous pour n'avoir eu ses renseignements que de Magister. Je l'ai noté dans mon rapport et ma tante a renforcé la sécurité depuis. Bref. Pour se transformer en ce qu'ils sont maintenant, les Boulimi-Lema se sont beaucoup inspirés de la race monstrueuse qui habitait sur la septième planète. Tentacules, griffes, crocs, difformités, cette race-là cumule tout. J'ai expliqué aux âmes ce qu'avaient fait les démons en créant toute une génération d'humains démoniaques. Elles sont surprises, parce que la force physique était la première chose que recherchaient les démons.

— Et c'est avec ce Boulimi-Lema que tu veux te marier ? gronda Cal avec désapprobation et, soyons francs, une grosse louche de jalousie.

— Tout ce dont je te parle est arrivé il y a des milliers d'années. Sans vouloir le défendre, puisqu'il a essayé de nous capturer, Archange n'est pas responsable des crimes de son père, pas plus que je ne le suis des crimes du mien, rétorqua Tara. Mais tu as raison. Ils ont recommencé, ils ont annihilé des peuples afin de transformer leurs noirs soleils de nouveau. Rien que pour cela, c'est inacceptable, et leur magie est réellement démoniaque, parce que pratiquée aux dépens d'âmes innocentes. C'est pour cela que les âmes damnées ont accepté de m'aider. Afin de se venger des Boulimi-Lema si ceux-ci fomentent un sale coup…

Moineau secoua la tête.

— Elles ne sont plus innocentes.

— Pardon ?

— Ces âmes que tu portes sur toi, elles ont été contraintes, emprisonnées. Mais depuis des milliers d'années, les démons utilisent de la mauvaise magie, qui ne veut que les détruire. Leurs âmes à eux ont été corrompues, raison pour laquelle, non, elles ne sont plus innocentes. Ce que nous avons vu dans les Limbes (elle frissonna), ce monstrueux château, ces démons hurlants, déchiquetant tout ce qui se trouvait à leur portée, le juge, puis la transformation. C'est pour cela qu'Archange veut tellement récupérer ses objets démoniaques. Non seulement parce que le temps a apporté une énorme puissance aux Objets, mais également parce que les âmes sont innocentes.

— Et j'irai même plus loin, fit Fabrice gravement. Sur AutreMonde, sur Terre, il y a des millions, des milliards d'âmes innocentes qui peuvent être emprisonnées et utilisées. Même si les démons ne nous envahissent plus pour nous dévorer, puisqu'ils se sont transformés et n'en ont plus besoin pour subsister ici, un tel réservoir de magie ne peut pas les laisser indifférents. Tara, les enjeux viennent tout à coup de doubler, tu sais ?

Tara soupira. Oui, elle savait.

— Bien, cela dit, à propos de la Lance et de l'Armure, si tu es sûre de toi et que tu ne vas pas te transformer en un être monstrueux et avide de sang, c'est bon pour moi, Tara, sourit Fabrice.

Le grand Terrien blond aux yeux noirs semblait singulièrement paisible tandis que ses autres amis lui confirmaient eux aussi qu'ils étaient d'accord pour qu'elle porte les objets démoniaques. Cela n'aurait rien changé s'ils avaient refusé, mais Tara se garda bien de le leur dire.

Soudain, elle ne sut pas très bien pourquoi, parce que ce n'était pas vraiment le sujet, Tara se souvint que Jeremy était aussi sur Tadix.

Argh. Jeremy + Moineau + Fabrice le loup-garou, c'était presque aussi mauvais que démons + dragons + Angelica.

L'espace d'un instant, Tara se demanda si Magister et Selenba se trouvaient aussi sur la petite planète. Comme ça, elle pourrait traiter la moitié de ses problèmes d'un seul coup. Mais bon, c'était sans doute trop demander. Magister devait prudemment être planqué quelque part sur AutreMonde. Il n'avait pas trop d'affinités avec le nouveau roi des démons, qu'il trouvait un peu trop malin et humain à son goût. Et puis si tout le monde se faisait massacrer, il restait un formidable ennemi à vaincre. Il n'était pas idiot, il devait bien se douter que Lisbeth avait couvert ses arrières. Oui, il serait sur AutreMonde, prêt à affronter les démons... et à devenir empereur sur les ruines de son monde ou à mourir en essayant, plutôt que d'être prisonnier et utilisé comme un vulgaire récipient d'âme.

À propos de prisonnier, Tara se répéta en demandant s'ils avaient des nouvelles de Robin, elle avait tant espéré qu'il serait avec eux.

— Non seulement il a réussi à s'évader des prisons du palais de Tingapour, grogna Cal, incrédule, mais en plus aucune police n'a pu le retrouver. J'avoue que je suis un peu jaloux. Moi aussi, je me suis évadé, mais grâce aux gnomes bleus qui m'ont libéré. Comment Robin qui n'y connaît rien en techniques d'évasion a réussi ce coup-là ?

— Tu exagères, fit Moineau, volant loyalement au secours de Robin. C'est un demi-elfe, mais il est surtout le fils du chef des services secrets du Lancovit. Son père l'a forcément entraîné à se sortir de ce genre de situation !

— Non, répondit fermement Cal. Impossible. Les prisons du palais sont catégorie 10. La plus haute. À moins de bénéficier d'un soutien logistique extérieur, il est juste impossible de s'en échapper.

— Donc tu crois que son père l'a aidé ? demanda Tara, sautant tout de suite aux conclusions.

— Je n'en sais rien, grimaça Cal, mais si c'est le cas, c'est tout aussi étrange, parce qu'une évasion comme celle-ci, ça se prépare. On ne « découvre » pas les plans d'un tunnel secret en claquant des doigts. Seuls les architectes qui sont morts depuis longtemps, un maniaque comme Magister, qui est l'ennemi numéro un et a donc préparé une éventuelle évasion en cas de capture, et les...

Il s'arrêta brusquement. Et, en dépit des questions pressantes de ses compagnons, refusa d'en dire davantage. L'idée qui venait de lui traverser l'esprit était si étrange qu'il préférait vérifier avant d'en dire plus. D'autant que pour l'instant, ils ne savaient pas si Robin s'était enfui, ou s'il avait été enlevé.

— Et pour revenir à cette histoire d'objets démoniaques, si cela ne t'ennuie pas, retire-les lorsque je t'embrasserai, je n'ai pas envie de penser que des tas de gens nous regardent à ce moment-là.

Sa remarque fit rire Tara. Ils avaient finalement pris les choses mieux qu'elle ne le pensait au début. Elle sentait encore une certaine méfiance, mais lorsqu'elle effleura la main de Cal il ne broncha pas, pas plus que lorsqu'elle le toucha avec l'un des bracelets. Elle vit dans son regard qu'il n'était pas dupe mais prenait sur lui pour lui faire plaisir.

Puisqu'ils étaient là et décidés à rester, Tara accepta d'évoquer les options choisies et ils discutèrent des différents plans de l'Impératrice jusqu'au moment où Tara dut commencer à se préparer. Elle se leva. La changeline lui composa une magnifique robe de cérémonie blanche, rehaussée de broderies d'argent et d'or. La couronne sur sa tête s'alourdit et un trait noir assombrit ses grands yeux bleu marine, tandis que la changeline lui relevait les cheveux. Tara refusa de porter des talons et chaussa, sous la robe, des bottes de combat renforcées de keltril. Sur ses cuisses, elle plaça des couteaux, dont Aiguille, la dague que lui avait offerte un nain au moment où Robin avait été « adopté » par l'arc de Llillandril, plusieurs années auparavant.

Les nains avaient raison. La magie, c'était bien, mais parfois, quelques pouces d'acier dans l'œil de son adversaire résolvaient aussi très bien les problèmes.

Cal la regarda, puis écarta la fente de la robe de Tara, la remontant pour dénuder sa cuisse nue, ses mains chaudes autour de l'attache de la dague. Tara eut un peu de mal à respirer, mais qu'est-ce qu'il...

Cal la relâcha et jeta un coup d'œil intéressé à Fafnir.

— Dis donc, dis donc, siffla-t-il, c'est une dague d'assassin, ça, une OS si je ne m'abuse. Elle est « préparée » ?

Fafnir hocha la tête.

— Oui, mais Tara ne l'a jamais utilisée, du moins pas comme ça.

Ils échangèrent un coup d'œil complice.

— OK, les gars, soupira Tara, si vous pouviez expliquer aux simples néophytes que nous sommes, ce serait bien.

— Ouais, grogna Fabrice, et à moi, faut me préciser en plus ce que c'est qu'un ou une néophyte.

— Un néophyte, commença doctement Moineau, c'est un débutant, quelqu'un qui est ignorant, ne connaît pas les règles. En informatique, on appelle ça un noob.

— Et une OS, c'est une arme d'assassin, continua Cal. Parce que la seule chose qu'on peut dire c'est « Oh Slurk ! » juste avant de la recevoir dans le cœur et de mourir[1].

Tara jeta un regard soupçonneux à Fafnir.

— Et qu'est-ce que tu veux dire par « elle a été préparée » ? Le nain qui me l'a offerte sur le marché après que Robin a conquis l'arc de Llillandril m'a dit qu'elle n'était pas magique ni rien ?

Fafnir rosit un peu. Elle allait révéler un secret qui en réalité n'en était pas un, vu que beaucoup de gens dans des bureaux fermés à clef avec de gros classeurs cadenassés dedans étaient au courant, mais il embarrassait les nains lorsqu'on le leur faisait remarquer.

— Tu sais que nous, les nains, nous détestons la magie, précisa-t-elle.

— Oui, j'avais cru remarquer. D'ailleurs, en général, tu en parles comme de la « foutue » magie.

— Hum. Oui. Bref. Pourtant, lorsque nous forgeons, il semble que même involontairement y compris pour ceux d'entre nous qui n'ont aucun pouvoir de sortceliers, puisque jusqu'à présent nous bannissions tous ceux qui en présentaient les signes, nous pratiquons une sorte de magie. Nos armes sont plus puissantes, plus résistantes, plus solides que les mêmes armes forgées par d'autres comme les elfes ou les humains. Et certains d'entre nous font des... disons des armes spéciales. Je... hrrmmm... je n'aimais pas que tu portes une arme forgée par un autre nain que moi, je t'ai donc « emprunté » l'autre et je l'ai remplacée par celle-ci. Comme tu ne l'utilises que pour couper des choses mais jamais pour te battre, tu ne t'es pas rendu compte de la différence.

Tara ne comprenait rien.

— Des armes spéciales ?

Fafnir se tortilla en hochant la tête, sans répondre. Apparemment, elle n'aimait pas du tout parler de ça. Cal eut pitié de la naine.

— Fafnir veut dire que les nains fabriquent aussi des armes pour les assassins ou les gouvernements. Mais pas en grande quantité, parce que c'est très difficile. Ce qu'a fait

1. Bien sûr, sur Terre, ce serait une OM.

Fafnir pour toi est très particulier ; d'ailleurs, elle aurait dû t'en parler. Une arme comme celle-ci, que ce soit une flèche, un couteau ou une hache, ne rate jamais sa cible si tu la lances. Elle ira se ficher directement dans le ou les cœurs de celui que tu vises ou dans son cou si le cœur est trop bien protégé, ou dans son œil, si le cou est caché, etc., bref, quoi qu'il se passe, elle trouvera le moyen de tuer. C'est une combien de coups, Fafnir ?

— Une trente coups, précisa la naine, toujours aussi gênée.

Cal siffla de nouveau.

— Une OS à trente coups ? Bel exploit, bravo ! Je suis impressionné.

— Formidable, fit Tara d'un ton sarcastique, parce qu'elle ne comprenait toujours rien. Et ça veut dire quoi ?

Cal se mit à rire.

— Cela veut dire que lorsque tu visualises plusieurs ennemis, mais que tu ne lances l'OS que sur un, elle poignarde aussi tous les autres.

Oh ? Ça, c'était intéressant. Avec les gants en melacier destructor qu'elle lui avait offerts pour son quatorzième anniversaire, Tara comprit que son amie naine estimait qu'elle avait besoin de protections exceptionnelles. Bon, cela dit, elle n'avait pas tout à fait tort. Elle remercia abondamment Fafnir qui évacua sa gêne par un grommelant « ne t'en sers que si tu es cernée par des ennemis, la dague ne fera pas de différence avec tes amis ».

Oh. Oui, c'était effectivement mieux avec le mode d'emploi.

Ses amis aussi se préparèrent. Ils transformèrent leurs robes de sortceliers en armures de combat, y compris Fafnir à qui Sylver avait, en cadeau de fiançailles, forgé une magnifique armure de keltril, d'une souplesse parfaite, qui la transformait, vu qu'elle était aussi large que haute, en une sorte de… boîte de conserve brillante très haut de gamme, comme le fit remarquer Cal.

Fafnir lui sauta dessus.

Tara dut les séparer en riant tellement qu'elle faillit faire craquer sa robe.

Ce n'était pas très gentil, mais c'était assez exact. Peut-être à cause du casque, dont le haut légèrement carré accentuait la similitude.

Fafnir grogna qu'elle était sûrement dans une boîte de conserve, mais que ladite boîte de conserve avait pour but de la « conserver » vivante pendant qu'elle hachait tout autour d'elle.

Mauvaise idée. Cal s'exclama immédiatement qu'elle avait raison et qu'il lui présentait ses excuses.

Fafnir, surprise, n'eut pas le temps de les accepter, qu'il continuait en ajoutant :

— Bien sûr, tu as raison, en fait, avec tes haches, tu es un mixer brillant métallique caractériel haut de gamme !

Bon, si Cal avait vraiment envie de risquer sa vie, après tout, c'était son problème. Tara décida de ne pas s'en mêler, même lorsqu'une hache passa dangereusement près de son oreille droite, ratant le Voleur, qui sautait au-dessus des coussins en riant comme un fou, de quelques millimètres. Tara admira le geste, sachant très bien que Fafnir avait fait exprès de le rater.

Fabrice finit par se transformer en loup-garou afin d'attraper la petite naine écumante.

Un coup discret à la porte les figea. Fabrice reposa Fafnir. Ils descendirent dans le salon de la suite et Tara ordonna à la porte de s'ouvrir, ce que fit celle-ci en disparaissant dans le sol. Tara n'arrivait pas à s'y habituer.

Grr'ul se trouvait sur le seuil. Elle eut l'air de tendre l'oreille, ce qui fit se renfrogner Fafnir, elle huma l'air, hocha la tête et se contenta de dire :

— Dans dix minutes, Votre Altesse Impériale.

Tara sentit son cœur battre plus vite et les objets démoniaques, cette fois-ci, réagirent à son émotion. Ils furent parcourus d'une lente pulsation. La troll dut le percevoir parce qu'elle fronça ses sourcils vert feuille mais ne fit pas de commentaire.

— Merci, Grr'ul, répondit Tara dignement, j'arrive.

En réalité, l'arrivée des démons devait avoir lieu vingt minutes après le rassemblement, mais sachant à quel point les sortceliers pouvaient être distraits, l'Impératrice avait décidé de réunir tout le monde au moins dix minutes plus tôt.

Tara décida d'être en retard. Ils fermeraient les Portes de transfert dix minutes avant l'arrivée des démons, si bien que les transmissions des scoops allaient à ce moment se faire non plus par le biais des portes mais par le biais des satellites, ralentissant la diffusion d'information. Pas de beaucoup, parce que Tadix, tout comme la lune terrienne, n'était pas très éloignée de la planète autour de laquelle elle orbitait. En moyenne 512 627 tatrolls.

Cela décalerait les transmissions, pour l'image, de presque deux secondes ; pour le son, d'un peu plus.

Grr'ul frappa poliment à la porte au bout de dix minutes, heure à laquelle Tara était censée se trouver en bas, dans la salle de réception où ils avaient dessiné l'immense pentagramme.

La jeune fille blonde l'ignora, elle attendait... Il y eut un choc sourd et ils comprirent que les Portes de transfert venaient d'être scellées.

Avec un petit sourire malicieux, Tara décida de faire une entrée un peu théâtrale afin d'inquiéter ces gens qui l'avaient jetée en pâture aussi bien aux démons qu'aux dragons. Elle demanda à Cal de venir à son bras droit et à Fabrice à son bras gauche. Accompagnés par Blondin, le renard de Cal et par Galant, ils sortirent tous les trois de la suite de Tara.

Grr'ul en resta bouche bée. Puis comprit ce que faisait Tara et approuva de la tête. La jeune fille avait raison. Elle ne devait pas laisser croire aux gens qu'elle était une poupée prête à obéir. Qu'elle gardait son indépendance et son libre arbitre.

Grr'ul se figea dans un garde-à-vous et salua la princesse du Lancovit, Gloria D'aavil, dite Moineau, ainsi que Fafnir Forgeafeux, Fabrice de Besois-Giron et Caliban Dal Salan, qui se pavanaient aux bras de Tara.

Ils étaient tous en vêtements de combat. Y compris Tara dont Grr'ul aperçut les bottes renforcées sous la robe délicate.

Avec étonnement, la grande troll réalisa soudain qu'elle se sentait... contente. Comme si le fait que les amis de l'Héritière soient là était rassurant. Elle secoua sa grosse tête verte. Elle devenait sénile en vieillissant ; si les démons les attaquaient, le magicgang ne ferait sans doute pas la différence.

Tara, elle, ne se sentait pas du tout rassurée. Pas à cause de sa tante qui se ficherait sans doute parfaitement de la présence de ces invités indésirables (même si Tara savait qu'elle ne serait pas ravie de voir Moineau et Fafnir, deux représentantes importantes des précieux alliés d'Omois qu'étaient le Lancovit et Hymlia), mais parce qu'elle savait que dans quelques instants elle allait de nouveau se retrouver face à Archange et qu'elle ne comprenait pas pourquoi elle était aussi impatiente. Sans doute parce qu'enfin le suspense serait levé. C'était l'attente qui était insupportable.

Cal lui serra légèrement le bras. De son côté, Fabrice le lui broyait littéralement et elle dut lui chuchoter gentiment qu'elle allait en avoir besoin pour se battre et que donc ce serait bien qu'il ne lui arrache pas avant.

Avec un sourire navré, Fabrice relâcha la pression.

Soudain, Cal s'arrêta net, le regard fixé sur les lustres qui se trouvaient absolument partout dans les dômes.

— Par le sang de mes ancêtres ! balbutia-t-il, mais qu'est-ce qu'ils ont fait aux lustres ?

Tara leva la tête.

— Euh, ils les ont éclairés ? Remarque, c'est assez logique pour des lustres, non ?

Le Voleur s'étranglait. Fabrice lui tapa dans le dos.

— Ils sont fous ! hoqueta Cal.

— Cal, il y a beaucoup de monde qui nous attend, là, alors, si tu pouvais partager ce qui t'inquiète avec nous, ce serait bien, persifla Moineau.

Cal se tourna vers la jolie brune aux longs cheveux bouclés.

— Tu ne comprends pas ! Ce ne sont pas des cristaux qu'ils ont utilisés pour leurs lustres. Ce sont des diamants !

Tara leva les yeux, tout aussi stupéfaite que Cal. Mais il y avait des milliers et des milliers de lustres !

Le Voleur était tout pâle.

— Ça, c'est la démonstration de richesse la plus écœurante que j'aie jamais vue, grogna-t-il. S'ils mettent ces diamants sur le marché, ils vont faire s'écrouler les prix ! Bon sang, mais où ont-ils trouvé autant de pierres et surtout, aussi parfaites ? Et pourquoi personne n'en a jamais entendu parler ?

— Ce ne pourrait pas être des pierres synthétiques ? demanda Fabrice qui n'y connaissait rien.

— Si, bien sûr. Mais même. Cela coûterait une fortune d'en créer autant. Ah ! Je sens que je vais détester cet endroit. Autant de diamants, ils devraient être dans des coffres, pas dans des lustres !

Tara ne put s'empêcher de rire, tant le Voleur se montrait frustré.

Sur leur chemin, les gens qui se rendaient aussi à la cérémonie chuchotaient. Ils avaient remarqué tardivement sa parade aux bras de deux beaux garçons.

Parfait. Pour une fois que la politique ne gâchait pas ses plus amusantes idées. Pourtant, avec un soupir, elle se dégagea. Cal et Fabrice la laissèrent sans broncher. Elle devait affronter ce qui l'attendait. Ce fut donc seule, même si elle était entourée de dizaines de gens, de gardes et d'une énorme troll verte, que Tara s'avança, son pégase miniaturisé sur l'épaule, vers l'énorme pentagramme tracé dans le dôme adjacent au dôme principal.

Lisbeth la salua d'un très acerbe :

— Je vois que nous avons des invités inattendus ? Savent-ils ?

— Oui, ma tante.

— Hum. Bon, il est trop tard pour les renvoyer, grogna l'Impératrice en foudroyant Fafnir et Moineau du regard. Au moins, leur magie nous sera utile. Fais-les enregistrer, tout de suite.

Cal et les autres furent hologrammés et leur sang prélevé. Moineau lança un regard surpris vers Tara, mais celle-ci haussa les épaules. Elle ne savait pas.

Une fois cette formalité terminée, Lisbeth indiqua le pentagramme.

— Commençons, voulez-vous ?

La bouche sèche, Tara obéit à son geste et alla se placer à l'une des pointes de l'étoile du pentagramme. À sa grande surprise, Maître Chem se plaça sur une autre branche, Lisbeth sur une troisième, son oncle Mourmur, dans sa fameuse combinaison bleue, entouré de mystérieuses machines couronnées d'un gros œil vert qui encerclèrent l'étoile et plantèrent leurs crampons profondément dans le marbre blanc, faisant gémir les Tadixiens, horrifiés qu'on abîme ainsi leur joli sol, et enfin Jeremy, dont la puissance magique était presque l'égale de celle de Tara.

Soudain, la jeune fille blonde entendit un grognement sourd derrière elle.

Ah. Fabrice venait de voir Jeremy. Et vu la menace dans son grognement, il était à un petit poil de loup de lui sauter dessus. Une voix sèche la fit sursauter.

— Fabrice ! Ce n'est pas le moment.

Moineau venait d'intervenir. À son regard soudain inquiet, Tara vit que Jeremy venait de réaliser que le jeune Terrien était là lui aussi. Il pâlit et sans avoir besoin de se retourner, Tara devina que Fabrice s'était transformé. En un énorme loup-garou de plus de deux mètres de haut, aux griffes et crocs capables de transpercer le métal.

Jeremy respira profondément. Puis, avec un effort, reporta son attention sur Lisbeth qui terminait les derniers préparatifs.

Sur AutreMonde, le Très Haut Mage qui avait défié et vaincu les démons, Demiderus, avait été réveillé, ou plus précisément, extrait du Temps Gris où il restait en stase afin de pouvoir être consulté en cas d'invasion démoniaque. C'était lui qui, après des jours et des jours de tractations (Lisbeth avait beaucoup crié), avait fini par accepter de leur expliquer comment désamorcer le sort volant leurs vies aux sortceliers qui invoquaient des démons. Il l'avait fait à contrecœur, persuadé que tout ceci n'était qu'une mascarade des démons dans le but d'envahir l'univers. Mais comme Lisbeth et les autres gouvernements, en bon homme politique il avait estimé que cela valait le coup de tenter sa chance.

Donc, tout le monde n'allait pas perdre 80 % de sa vie dans les prochaines minutes parce qu'ils allaient invoquer des démons. Cool. Bon si les démons attaquaient, c'était 100 % de leurs vies qui s'envoleraient, mais cela, c'était une autre histoire.

Lisbeth commença son incantation pile au moment où un effrit frappa un énorme gong. Tara grimaça. Ils vivaient dans un empire à la fois technologique et magique, franchement un gong, ce que ça faisait cliché !

— Viens à nous, Archange, roi des démons, psalmodia l'Impératrice, tout-puissant conquérant, nous t'invitons dans notre univers, en paix et de notre plein gré. Rejoins-nous ainsi que les six cent trois guerriers, servants et diplomates de ta suite (ils s'étaient mis d'accord sur le nombre exact de démons qu'Archange amènerait avec lui et Tara s'était toujours demandé pourquoi six cent trois et pas six cents tout court). Viens à nous, Archange, roi des démons…

Tara répéta docilement l'incantation tout en puisant dans sa magie. Elle s'illumina d'un bleu flamboyant et les gens reculèrent un peu, tandis qu'elle projetait la magie au centre du pentagramme. Puis, petit à petit, les centaines de sortceliers présents, quelle que soit leur race, ajoutèrent leur magie au vortex qui commençait doucement à se former.

Cela n'était pas facile, car l'effort ne pouvait être bref. Créer un couloir aussi énorme afin de permettre aux démons d'arriver en entier était long et compliqué, car au départ Demiderus ne permettait que d'invoquer un seul démon à la fois, jamais plus. Seul Magister avait failli réussir à faire venir bien plus en utilisant la magie démoniaque du trône de Silur que Tara avait détruit dans l'opération, refermant la Faille.

En dépit des climatiseurs, la sueur dégoulinait sur les visages et poissait pelages, plumes et cheveux. Le vortex ne grossissait pas, mais la magie s'engouffrait en son milieu pour tisser une trame invisible au travers de l'espace vers ceux qui attendaient.

Ils n'avaient pas calculé combien de temps cela allait prendre, tout simplement parce que l'opération n'avait encore jamais été menée. Même Mourmur n'avait pas été capable de dire plus que « longtemps ». Et il avait raison. Cela faisait déjà deux heures qu'ils travaillaient et Tara ne sentait pas le tiraillement qui annonçait le…

Soudain, il y eut une sorte de gros « plop » au milieu du vortex et devant eux apparut l'être le plus repoussant, le plus hideux, le plus monstrueux et contrefait, dont ce qui lui servait de ventre était transparent, montrant une pénible digestion de quelque chose qui avait l'air encore vivant et hurlait de douleur alors qu'il était lentement dévoré par les sucs digestifs.

Tous les voyants des machines de Mourmur virèrent au rouge. Une bonne partie des gens crièrent.

Pas Tara, parce qu'elle avait perdu sa voix.

Ben ça, Archange avait drôlement changé depuis la dernière fois qu'elle l'avait vu. Et ils voulaient la marier à cette… chose ?

— Telfluc grandilo vantricular specul ?

Le Traductus fit entendre un sifflement aigu. Il était incapable de traduire ce langage inconnu.

— Par mes entrailles ! gronda la chose en omoisien parfait après avoir regardé l'Impératrice et apparemment deviné sa nationalité, mais qu'est-ce que je fais là ?

Lisbeth ne se démonta pas et cria :

— Vous n'êtes pas le roi des démons, Archange ?

La chose arqua une sorte de sourcil pelé au-dessus de ses cinq yeux bouffis.

— Nan, moi, c'est Bendruc le Hideux. Enchanté. Et vous êtes ?

Un silence stupéfait tomba sur l'assemblée.

Ils n'avaient pas invoqué un démon.

Ils avaient invoqué un dieu. Enfin, un dieu démon, ce qui était pire.

Comme un seul homme, la moitié des participants se mit à genoux ou sur ce qui lui servait de genoux, terrifiée. L'autre, dont faisait partie Tara, était bien trop stupéfaite pour bouger un cil.

Bendruc méritait amplement son surnom. Hideux n'était pas suffisant pour le décrire. On avait l'impression qu'il avait été écorché vif et que les plaies s'étaient infectées et suintaient encore, le pus touchant le sol en grésillant légèrement. En plus de ses bras, il avait des tentacules un peu partout, et son corps semblait formé de grosses mottes de terre jaune et graisseuse qu'un enfant peu soigneux aurait collé au petit bonheur la chance. Sur ses quatre jambes, deux étaient trop courtes, ce qui faisait qu'il penchait d'un côté. Cela lui aurait donné un petit air comique s'il n'avait pas été aussi terrifiant. Et on voyait vraiment très bien les crocs de sa bouche gigantesque.

Lisbeth déglutit péniblement. Jeremy semblait sur le point de vomir ou de s'évanouir, comme s'il ne savait pas très bien lequel des deux faire en premier. Tara ne se sentait pas super-vaillante non plus.

— Je suis l'Impératrice d'Omois, d'AutreMonde, répondit Lisbeth.

— Omois, oui, ça, j'avais deviné, avec tous ces délicieux oiseaux[1] brodés partout sur votre robe. Et vous m'avez appelé pour quoi ? s'enquit le dieu aimablement. Non, mais, parce que, là, j'étais en train de dîner avec des copains, alors c'est pas que je ne suis pas content d'être parmi vous, mais j'ai vraiment des trucs à faire ce soir.

— Ce fut une regrettable erreur, couina Lisbeth, nous sommes désolés, Dieu Bendruc nous allons...

Le dieu tendit un tentacule vers Lisbeth qui dut prendre sur elle-même lorsque le membre caoutchouteux la frôla, pour ne pas reculer brutalement.

— Attendez. Vous m'avez appelé comment, là ?

— Dieu Bendruc ?

L'être la regarda. Puis avec une brusquerie qui faillit flanquer une crise cardiaque aux plus âgés d'entre eux (bon et même à une bonne partie des plus jeunes), il éclata d'un rire tonitruant.

— Waaaahh waaaaahh waaaaah ! Dieu Bendruc ! Ah ça, c'est la meilleure ! Dieu Bendruc ! Non ! Énorme ! Vous croyez en moi ?

Lisbeth reprit un peu son sang-froid. L'Impératrice n'aimait pas trop qu'on se moque d'elle.

— C'est difficile de ne pas croire en vous lorsque vous nous apparaissez, Di... euh, Bendruc.

— Et vous en avez d'autres, des dieux, comme moi ?

— Beaucoup, répondit froidement Lisbeth. Gelisor aux crocs cariés et...

Elle ne put continuer, Bendruc se plia de nouveau en deux de rire.

Il s'essuya les yeux, ce qui, vu leur nombre, prit un peu de temps, et lui sourit. Cela aurait pu être un sourire amical, mais vu le nombre de crocs qu'il avait, mal plantés et plus ou moins pourris, on avait l'impression d'être face à un requin qui n'avait pas entretenu sa dentition.

— Nous ne sommes pas des dieux, petite humaine. Mais ça nous fait plaisir de voir que votre race n'a pas oublié ce

1. Bendruc avait déjà mangé du paon pourpre aux cent yeux d'or, emblème d'Omois, qu'il avait trouvé sympathique comme goût, mais un peu bourratif. Il faut dire que personne ne lui avait dit qu'avant de le déguster, il fallait retirer les plumes.

que nous avons fait. Je parie que vous jurez beaucoup lorsque vous nous invoquez. Un conseil : ne faites pas trop référence à nous. Nous pourrions revenir, et croyez-moi, cela ne vous plairait pas.

— Vous n'êtes pas un dieu, vous êtes un démon. Nous vous avons combattu, vous pouvez mourir, fit une voix froide derrière lui.

L'ex-dieu se retourna avec une vivacité étonnante pour un être aussi massif. Et se retrouva nez à museau avec Maître Chem qui le regardait d'un air hostile.

— Nous sommes les habitants de la septième planète, les Zavor. Les Boulimi-Lema nous ont demandé de leur donner un coup de main, Dragon, lorsque vous leur avez flanqué une raclée. Nous trouvions cela amusant, mais vous avez raison, Dragon, pas mal d'entre nous ont été tués dans les affrontements. Vous comprenez, nous sommes à peu près immortels, alors, se faire dégommer, comme ça, cela a fini par nous ennuyer. Nous nous sommes retirés de ce conflit absurde. Depuis, les Boulimi-Lema nous fichent la paix, ce qui vaut mieux pour tout le monde. Je vous conseille de faire de même.

Puis, sans que les sortceliers n'aient fait la moindre chose, Bendruc disparut. Pouf ! Comme ça. Seul un peu de pus resta par terre, gluante démonstration qu'ils n'avaient pas rêvé.

Les yeux des machines de Mourmur redevinrent verts.

Lisbeth inspira et expira, histoire de relâcher le stress. Depuis cinq mille ans les gens juraient sur les noms de Bendruc, Gelisor and Co. Curieusement, personne n'avait pensé qu'ils étaient vivants. L'une des assistantes de Lisbeth se précipita avec un chiffon et nettoya le pus. Il n'était pas besoin de retracer les lignes du pentagramme, car elles avaient été incrustées dans le sol de marbre blanc.

Les Tadixiens grimacèrent. Le pus avait laissé des marques noires sur leur joli sol nettement moins immaculé. En fait, avec les crampons des machines de Mourmur, il commençait à être un peu ruiné.

Lisbeth se concentra.

— Je pense qu'il serait prudent de nous focaliser sur l'image d'Archange lors de notre incantation. La voici.

Au centre du pentagramme, l'hologramme d'un magnifique jeune homme aux épais et très longs cheveux noirs et aux sublimes yeux verts apparut.

Personne à part le magicgang n'avait jamais vu Archange en chair et en os, mais comme Moineau avait tout enregistré de leur passage dans les Limbes et qu'ils avaient aussi pu récupérer la bande lorsqu'Archange avait détruit le prototype de l'anneau de Kraetovir et délivré Tara, ils avaient des films et des photos très précises, y compris de nombreux démons qu'ils avaient pu croiser dans le palais d'Archange. Cela dit, seule Lisbeth les avait vus et un murmure de surprise salua la beauté du jeune homme. Tara serra les dents. Oui, les AutreMondiens aimaient la beauté. En cela, l'objectif des démons était parfaitement rempli.

Elle se concentra. Sa magie d'un bleu presque noir bondit, puissante, impérieuse, se mêlant à celle des autres. Cette fois-ci, ils utilisèrent l'image afin d'ancrer Archange dans leur réalité, au travers des milliards d'années-lumière qui séparaient les deux univers.

Sur Terre, un savant, Stephen Hawking, avait émis l'hypothèse que des milliards d'univers et au moins onze dimensions avaient été créés au moment du big-bang. Tara songea que s'il avait été avec eux, le savant paralysé aurait été aux anges. Parce que sa théorie était parfaitement confirmée.

L'effort devint épuisant. Ils avaient déjà ouvert la brèche en réussissant à faire venir Bendruc, même si ce n'était pas le but : maintenant, ils devaient parvenir à rematérialiser des centaines de fois la masse du faux dieu.

Les centaures, qui étaient ceux dont la magie était la plus faible, furent les premiers à céder. Puis les licornes, qui comme les centaures exploitaient plus leurs capacités de combat physiques que leur magie offensive ou défensive. Puis les tatris, les elfes, les dragons à part Chem et enfin les sortceliers humains. Contrairement à Fafnir, les nains n'avaient pas participé, et ne pouvaient pas s'empêcher de jeter des regards désapprobateurs à la jolie naine, qui s'en fichait comme de sa première hachette.

Les uns après les autres, les pouvoirs s'éteignirent, même si la magie resta active. Tant que les sortceliers seraient vivants, leur pouvoir continuerait d'exister dans cette sorte de bulle emprisonnée par le pentagramme. Lisbeth, à bout, finit par arrêter, elle aussi. Chem céda quelques minutes après.

Ne restaient que Tara et Jeremy. Tara ne faisait pas la compétition avec le jeune homme. D'une part parce qu'elle se sentait encore faible d'avoir donné autant de sang à Cal, d'autre part parce qu'elle voulait s'économiser. Voyant que Jeremy grimaçait et donnait tout ce qu'il avait afin de la battre en restant le dernier, elle sourit.

Et céda. Sa magie cessa d'alimenter le cercle.

Jeremy lui lança un sourire vainqueur.

Cela avait été suffisant. Tara avait cédé parce qu'elle avait senti que le portail s'ouvrait. Elle avait raison. Un peu comme dans *Star Trek*, soudain, de nulle part, dans un halo éblouissant, tandis que les machines viraient au rouge, des centaines de personnes se matérialisèrent devant eux.

Archange venait d'arriver.

Et ses séduisants démons étaient avec lui.

Il se passa alors quelque chose de très étrange.

Les dragons noirs, ceux qui n'avaient pas de conscience, ceux qui avaient été élevés et désignés pour devenir des armes vivantes, se dressèrent.

Et ils hurlèrent comme si on leur arrachait et les ailes et les griffes.

Les démons tombèrent à genoux en une impossible et parfaite chorégraphie et dégainèrent de curieuses armes noires au museau camus.

Tout le monde se figea.

19

AUTREMONDE

Ou comment rater une rencontre historique parce qu'on a d'autres choses à faire, des trucs à voler notamment.

Toutes les scoops, tout l'univers quasiment, enfin à part la Terre qui vivait dans une bienheureuse inconscience, étaient braquées sur Tadix.

Lorsque les Portes de transfert se fermèrent et que les satellites prirent la relève, tout le monde eut un halètement d'inquiétude.

Tout le monde sauf Mara.

Et le zombie.

On ne savait pas très bien pourquoi un sortcelier se transformait en zombie après sa mort. Raison pour laquelle la dilution était le mode de cérémonie le plus prisé, parce que sinon AutreMonde serait littéralement peuplé de morts-vivants. Mais il arrivait que l'esprit de certains sortceliers ne parte pas en OutreMonde et reste dans leurs corps en dépit de leur mort. Ce n'était pas un sort très enviable. Condamnés à un pourrissement perpétuel, qu'une sorte de magie morbide contenait plus ou moins, les morceaux que perdaient les zombies finissaient toujours par réintégrer leur corps d'origine. Cela dit, les zombies les plus âgés préféraient souvent la dilution afin de libérer leur âme lorsqu'ils étaient fatigués de traîner leurs corps décomposés.

Celui qui faisait face à Mara était un assez vieux zombie, étonnamment bien conservé pour son âge. Mara s'approcha suffisamment pour sentir le froid glacial qui émanait de lui. Ah, il avait sans doute trouvé un moyen de ralentir la décomposition en s'entourant d'un sort de Refroidissus. Intelligent.

— Très Haut Mage Vandour, dit-elle avec prudence et respect. Merci de nous avoir accordé votre aide.

Si Demiderus avait été avec eux dans la ravissante pièce où le zombie ressortait comme une vilaine verrue sur une joue de jeune fille, il aurait été stupéfait. Il y avait cinq Très Hauts Mages. À part Demiderus qui s'était enfermé dans le Temps Gris, ils étaient tous morts. Enfin, pas complètement.

Le zombie vieux de cinq mille ans haussa très prudemment les épaules, histoire de ne pas les perdre.

— Je ne vous aide que parce que l'Impératrice est une imbécile. Demiderus, les autres et moi avons tout fait pour que les démons ne puissent pas revenir et maintenant elle veut commercer avec eux ? Elle va se faire bouffer toute crue.

— Pourtant le Très Haut Mage Demiderus a donné non seulement son accord, mais aussi son aide à ce projet.

— Il est devenu sénile à force d'attendre en stase dans le Temps Gris, c'est n'importe quoi, cracha le zombie avec tellement de force qu'il faillit, littéralement, en perdre sa langue. Il la rattrapa de justesse avant qu'elle ne glisse de ce qui lui restait de bouche.

Mara se sentait mal à l'aise. Pas coupable, non, juste mal à l'aise. Et cela n'avait rien à voir avec l'aspect horrible du zombie.

Elle avait fait quelque chose de… comment pourrait-elle qualifier cela… de terrible ? Non. D'indigne ? Non plus. De dangereux ? Oui, ça c'était le bon mot. De très dangereux.

Personne ne le savait, mais bien qu'ils aient été, Jar et elle, désinfectés de la magie démoniaque, ils avaient toujours su comment contacter Magister. Il suffisait de penser suffisamment fort à lui et un numéro de cristal s'imprimait dans leur cerveau. Mara ignorait comment Magister avait fait pour que les Hauts Mages ne repèrent pas ce sortilège, il ne permettait jamais de savoir exactement où se trouvait le maître des sangraves, mais il était possible de lui parler.

Mais pas d'*en* parler.

Le sortilège ne leur autorisait pas de le mentionner. Ce qui ne gênait pas les deux jumeaux qui gardaient cette option dans leur manche au cas où.

Mara savait que Jar avait utilisé ce numéro. Au moins une fois. Lorsque le corps de leur mère avait été enlevé par Magister après sa première mort. Elle ne savait pas ce que Magister et Jar s'étaient dit, mais son frère avait été pâle et désagréable... enfin plus que d'habitude, pendant des jours après leur entretien. Ils avaient été soulagés tous les deux lorsqu'ils avaient appris que leur mère était vraiment morte. Et qu'elle était en OutreMonde. Avides, ils avaient passé du temps avec Tara afin que celle-ci leur raconte ce que leur père et leur mère faisaient là-bas. Après cela, Jar avait été comme... apaisé. Et Mara se demandait quel service avait bien pu demander Magister pour que son frère soit perturbé à ce point.

Après ce qui s'était passé avec Cal et Tara, Mara était furieuse.

Si furieuse qu'elle aussi avait contacté Magister.

Elle voulait se venger. Tara ne comprenait pas. Quelques mois avec de gentils agneaux ne vous transformaient pas en agneau. Mara avait été élevée par un loup. Si on lui faisait du mal, elle mordait.

Elle avait tremblé, tout en le dissimulant soigneusement, en parlant avec celui qui s'était fait passer pour son père pendant si longtemps. Elle ne l'aimait pas. Il l'avait fait fouetter pour la moindre erreur. C'était un maître impitoyable et brutal. Mais il obtenait des résultats, c'était indéniable. Jamais elle n'aurait été aussi forte si elle avait été élevée autrement. Ses professeurs de l'université étaient toujours surpris de voir à quel point elle était capable de se concentrer et d'ignorer la douleur.

Elle avait donc dû prendre sur elle pour parler froidement, exposer ce qu'elle désirait.

Mais les choses ne s'étaient pas du tout passées comme elle s'y attendait. Elle aurait dû le savoir, Magister avait cette étrange capacité à déstabiliser les gens suffisamment habilement pour qu'ils fassent ce que lui voulait et non plus ce que eux voulaient.

Il refusait de tuer Tara Duncan.

Mara avait clairement exprimé que c'était la condition de leur accord. La disparition définitive de sa sœur.

Magister, avec une curieuse tristesse, lui avait répondu que, de toute façon, Tara était sans doute condamnée. Il n'avait aucune confiance dans les démons, pas plus que dans les dragons, les deux étant des ennemis à ses yeux. Elle devait donc se concentrer non pas sur une pathétique vengeance (elle avait serré les poings lorsqu'il l'avait fouettée avec ses mots cruels) mais sur la survie de la planète.

— Tu dois empêcher l'Imperator de prendre le pouvoir, avait précisé Magister. C'est toi qui seras la nouvelle Impératrice, certainement pas ce guerrier de pacotille. Il conduirait la planète à sa perte avec son manque de subtilité, et que « je te passe tout le monde au fil de l'épée avant de discuter ».

Mara s'était rebellée. Si Tara et l'Impératrice mouraient, elle ne voyait pas très bien pourquoi elle rendrait service à Magister. Si Tara s'en sortait, si l'Impératrice s'en sortait, elle lui aurait également rendu service pour rien.

C'était alors que Magister lui avait expliqué pourquoi Mara allait l'aider.

Parce que Cal se trouvait également sur Tadix.

Et qu'il allait y mourir avec Tara, sauf si Magister intervenait et l'obligeait à revenir sur AutreMonde.

Le cœur de Mara s'était glacé lorsqu'elle avait réalisé que Cal était parti. Elle croyait qu'il était trop faible et malade pour se déplacer ! Elle ne demanda pas comment Magister le savait. Puis la rage de s'être fait manipuler, plus la tristesse de savoir que Cal avait préféré mourir avec Tara plutôt que de rester sur AutreMonde avec elle, Mara, la submergea.

— Les Portes de transfert seront closes dans quelques heures, avait-elle grondé face au masque doré de Magister. Il va mourir !

Le masque de Magister se colora d'un bleu satisfait.

— Non. J'ai prévu un… disons une sortie de secours. Un petit vaisseau spatial, prêt à décoller pour Tadix, discrètement, et de rester en orbite jusqu'à nouvel ordre, protégé par un champ d'invisibilité. Avec toi à son bord si nécessaire. Mes agents qui sont présents sur Tadix n'attendent qu'un ordre de moi pour intervenir.

Mara ne comprenait pas.

— Pour intervenir ?

— Je pense hélas ! que cela ne servira à rien, mais je voudrais quand même essayer de sauver Tara et l'Impératrice. Mes agents ont donc pour ordre de les faire monter à bord, si cela est possible, juste avant l'explosion de la planète. Nous aurons besoin de Tara dans notre lutte contre les démons, je trouve totalement stupide qu'elle soit sacrifiée si Lisbeth fait tout sauter. Le martyre, c'est bien, mais il faut laisser ça aux autres.

Il se pencha au point que Mara eut l'impression que son image allait la toucher.

— Il y a suffisamment de place pour prendre ton grand amour avec eux. Caliban Dal Salan peut survivre... si tu m'obéis.

C'était alors que Magister lui avait expliqué ce qu'il attendait d'elle.

S'emparer d'un vieux grimoire dans le bureau de l'Impératrice.

Et tuer Selenba.

OK, cette dernière requête avait surpris Mara. Comme tout le monde, elle pensait que Selenba avait été envoyée par Magister pour accomplir une mission. Sauf que personne ne voyait comment Selenba pouvait faire quoi que ce soit vu qu'elle était redevenue une vampyr normale d'une part et que d'autre part elle était surveillée 26 heures sur 26. Le fait que Magister lui demande de tuer Selenba était donc la preuve que la vampyr avait bien quitté son ancien maître. Alors ça, c'était un énorme scoop. Dommage que Selenba doive en mourir.

Mara se concentra sur celui que lui avait envoyé Magister afin de l'aider dans sa tâche. En tant qu'héritière de l'Héritière, elle avait bien sûr accès au bureau de l'Impératrice à volonté. Comme Tara, elle recevait une éducation impériale. Elle avait souvent travaillé dans ce bureau avec Lisbeth, écoutant patiemment ce que disait sa tante à ses ministres ou à ses ambassadeurs. Elle avait beaucoup appris, tout comme Tara, même si son éducation était un peu plus « légère », ce qui ne voulait pas dire grand-chose parce que Mara, en plus, suivait des cours de Voleuse Patentée. Sauf que là, le système de protection du bureau de Lisbeth était pour un niveau 10, celui de Cal, et non pour un niveau 3, celui de Mara. Elle était douée, c'était sûr. Mais il lui manquait des années de pratique. Alors Magister avait réglé le problème, comme toujours. Le zombie tout décrépit de cinq mille ans avait été introduit par les gardes dans le bureau sans même qu'on lui pose la moindre question.

Parce qu'en fait il avait une excellente raison d'être là.

Ce qu'il avait fait était si malin que Mara avait décidé de le prendre en exemple la prochaine fois qu'elle aurait un plan vraiment à long terme. Elle reprit la conversation :

— Pourquoi n'avez-vous jamais dit que vous étiez vivant ?

Voyant le regard ironique du zombie, elle rectifia :

— Je veux dire, encore parmi nous ?

Le zombie ouvrit la bouche, une dent tomba. En craquant de toutes les coutures, il se pencha et la refixa avec soin, mais le crissement de la dent perçant l'os fit frissonner Mara. Quelle horrible mort… enfin vie… enfin les deux. Enfin, il répondit :

— J'ai été assassiné. Par les démons. Il m'a fallu très longtemps avant de comprendre ce qui s'était passé exactement. J'ai compris que, pour me venger, la seule solution était de surveiller ce que développaient les laboratoires des différents pays en matière d'armes. Pour ce faire, j'ai acheté des centaines de compagnies afin d'être prêt le jour venu. Et notamment la compagnie qui construit les Incadenassus, il y a environ six cents ans, et j'en ai fait, grâce à ma science de la magie, la puissante compagnie que l'on connaît maintenant. Incadenassus Inc. Cela m'a ouvert toutes les portes de tous les palais du monde entier, y compris de leur sécurité. Et comme mes coffres sont quasiment infaillibles et que je suis d'une honnêteté absolue, tout le monde me fait confiance. J'ai pris l'identité de Lord Jalawin, le zombie. Il était seul, il était aussi décomposé que moi, si ce n'est plus, et en avait assez. Nous avons passé un accord. Je le détruisais sans qu'il souffre et, en échange, je prenais sa place. Il a passé quelques mois à m'apprendre tout sur lui et tout s'est passé comme prévu.

Mara savait qu'on pouvait assez facilement détruire un zombie. Il suffisait de lui couper la tête, ou de la lui broyer.

Dès que le cerveau était déconnecté, le corps pourrissait très vite. Parfois, comme pour le zombie qui avait été tué dans la bibliothèque du palais, le corps ne se décomposait pas tout de suite ; parfois, il tombait en poussière. Mara était assez curieuse, peut-être que cela dépendait aussi de la façon dont on s'y prenait.

Elle savait tout cela parce que la formation de Voleuse Patentée n'était pas la seule formation qu'elle suivait. Elle prenait également des cours avec la Guilde des assassins. Elle se doutait que Lisbeth était au courant, peu de choses échappaient au regard acéré de l'Impératrice d'Omois, mais jusqu'à présent, elle n'avait pas semblé s'en préoccuper. Pensant sans doute que Mara cherchait simplement à se perfectionner afin de déjouer d'éventuels pièges contre elle.

Elle avait tort. Tout ce que Mara apprenait lui était très utile. Elle avait réussi à empoisonner discrètement la moitié du palais en faisant passer cela pour une grosse crise de lavette[1]. Et ce en dépit des contre-sorts et des protections. À son grand regret, ni Lisbeth ni les ministres n'avaient été malades, trop bien protégés. Mais elle avait pu voir jusqu'où les protections étaient efficaces et cela avait été un test très intéressant.

Le zombie regarda la jeune fille brune à la mèche blanche avec acuité, interrompant sa réflexion.

— Lorsque votre maître m'a contacté afin de me proposer de me procurer une arme sans égale contre mon aide en vue d'obtenir un certain document, j'avoue que j'ai été très surpris. Comment avait-il appris mon existence et surtout, comment était-il aussi renseigné sur mon compte ? Comment savait-il que j'étais capable de tout donner en échange d'une arme capable de détruire les démons ? Et qu'est-ce que c'est que cette sphère NA dont il m'a parlé ? Personne n'a jamais mentionné cette arme, jamais, nulle part. J'ai fait une petite enquête. Effectivement, il y a bien eu un incident et un savant est mort. Mais cela n'a fait l'objet d'aucun commentaire particulier. Alors j'ai creusé, vraiment profond. J'ai appris que l'Impératrice était venue en personne, puis que le laboratoire avait sauté juste après, détruisant tout ce que le

1. Comme une gastro sur Terre, mais pire. Porte ce nom parce que la seule chose à faire c'est de se mettre dans une douche et d'attendre que ça passe.

savant avait créé. Cela m'a intrigué. J'ai donc essayé de savoir sur quoi il travaillait. Et ce que j'ai trouvé m'a convaincu que votre maître m'avait dit la vérité. Une arme terrible a été créée. Et cette arme va me permettre de détruire les démons. Même si je me demande comment votre maître est au courant de ce qui me paraît être un secret impérial.

Mara secoua ses longs cheveux bruns bouclés d'un air dubitatif.

— Magister sait des choses que les autres ne connaissent pas, c'est ce qui fait sa force. Je ne sais pas comment. Je sais juste qu'il ne se trompe jamais, du moins en ce qui concerne ces informations. Je suis ici pour un grimoire dont il a besoin. Vous êtes ici pour la Sphère. Êtes-vous prêt ?

Le zombie lui sourit, ce dont Mara se serait bien passé. Il tapota le bureau de l'Impératrice et le mur du fond coulissa, révélant un imposant Incadenassus dernière génération.

L'Incadenassus braqua ses rayons sur le zombie qui s'était avancé. Immédiatement, ils virèrent au vert et le coffre-fort vivant réclama un mot de passe.

— Ouvre-toi, répondit le zombie.

Incrédule, Mara vit l'Incadenassus obéir et la porte s'ouvrir docilement.

— Le mot de passe c'est « ouvre-toi » ? s'exclama-t-elle.

— C'est facile à retenir et c'est le même pour tous les Incadenassus dès qu'ils m'ont reconnu. Je peux ainsi ouvrir tous mes coffres sans passer par les précautions habituelles, prise d'ADN and Co (il avisa une petite sphère dorée dans une cage toute aussi dorée). Ah, je crois que voici ce que je cherchais. Y a-t-il des précautions particulières à prendre ?

— Vous êtes vivant, mais mort en même temps, répondit Mara, je ne sais pas, mais il devrait y avoir des gants spéciaux pour prendre la cage, d'après mes informations. Bien qu'il semble que seules la chaleur et la vie activent l'arme. Cela dit, je ne vois pas l'intérêt de courir des risques.

Très content, le zombie se pencha pour attraper les gants. Il avait les deux mains occupées, il ne vit donc pas Mara se positionner derrière lui, une fine lame entre les mains.

Il ne sentit pas sa tête se détacher. Lorsque cela se produisait, le zombie mettait un peu de temps avant que son cerveau ne commence à se déliter. Il resta donc conscient. Perturbé, essayant d'envoyer des ordres à son corps pour qu'il réunisse sa tête à son cou, mais sans aucun résultat.

Car Mara ne se contenta pas de les séparer. Elle posa à terre un petit coffret qu'elle avait sorti de sa poche, suffisamment grand pour contenir la tête du zombie qui clignait furieusement des yeux tout en essayant de parler, mais n'ayant plus l'air de ses poumons, il ne pouvait même pas crier. Le zombie se retrouva dans le coffret. Qui se mit à luire. Le zombie eut à peine le temps de penser « slurk » que le coffret le désintégrait. Son âme s'envola vers OutreMonde. Soudain privé de magie, son corps se décomposa et se dispersa en une poussière fine qui fut aspirée par le système de nettoyage de l'air. Mara n'eut même pas besoin d'ouvrir les fenêtres, qu'elle avait opacifiées par prudence.

Ah, donc le processus de décomposition dépendait bien de la façon dont la tête disparaissait. Intéressant. Elle fit une petite grimace à la pensée de cinq mille ans d'expérience gâchés par une vengeance stérile, avant de se regarder avec ironie dans la grande glace dorée. Elle, au moins, faisait cela pour sauver l'amour de sa vie. Elle arrangea ses longs cheveux bouclés, haussa un sourcil d'un air impérial et dit :

— Je déclare le zombie coupable de... d'imbécillité. Qu'il soit exécuté, par ordre de l'Impératrice.

Elle s'empara du grimoire qu'elle plaça dans sa poche de robe de sortcelière qu'elle avait enfilée au-dessus de sa tenue noire de Voleuse Patentée. Puis elle regarda la petite sphère dorée. Si jolie.

Si tentante.

Magister lui avait dit de ne pas s'en approcher. Il avait dit que c'était horriblement dangereux.

Mara trouvait que les choses dangereuses étaient bien plus amusantes que les choses qui ne l'étaient pas.

Elle prit un autre coffret dans sa poche. Parfaitement étanche, il pouvait même contenir du radium sans laisser échapper quoi que ce soit. Elle prit les gants, comme l'avait conseillé Magister au zombie, posa délicatement la boîte dans le coffret, puis le coffret dans sa poche.

Là. C'était bien. Elle tenait de quoi faire chanter Magister et même probablement la moitié d'AutreMonde.

Elle referma l'Incadenassus. Le coffre-fort avait été programmé pour vérifier qui l'ouvrait, pas qui le fermait. C'était là-dessus que Magister comptait après lui avoir ordonné de détruire le zombie, mais Mara n'était pas tranquille. Ce fut avec un ouf de soulagement qu'elle vit la porte se refermer sur les trésors contenus dans le coffre, qu'elle aurait bien exploré un peu plus, mais elle ne voulait pas que ses gardes commencent à s'inquiéter, vu qu'elle avait précisé qu'elle passait juste prendre quelques documents.

Elle referma le panneau coulissant, vérifia qu'il n'y avait aucune trace de son intervention, puis sortit du bureau. Si l'Impératrice et Tara survivaient, elle serait bien sûr interrogée, comme les très rares personnes ayant accès au bureau de l'Impératrice en son absence. Mais Mara savait très bien jouer les innocentes. Elle l'avait fait suffisamment pour savoir que les agneaux aimaient bien croire à l'innocence, même si tous les indices leur criaient le contraire.

Ils étaient amusants, ces agneaux. Décidément, elle se plaisait de plus en plus dans cette ville…

Elle sortit du bureau d'un pas nonchalant. Avoir éliminé le zombie avait été amusant, bien qu'un peu répugnant. Elle n'aimait pas plus les zombies que les vampyrs, en dépit du fait qu'elle avait vécu avec Selenba la plus grande partie de sa vie.

À ce sujet, maintenant qu'elle avait rempli la première partie de sa mission, il allait falloir qu'elle réfléchisse comment se débarrasser de Selenba. Elle fit une petite grimace. Même si la vampyr était devenue plus faible, elle restait une adversaire coriace et, surtout, impitoyable. Si Mara ratait son coup, elle mourrait.

Elle allait donc devoir être maligne. Le poison ? Il fallait qu'il soit vraiment foudroyant, le métabolisme des vampyrs était très résistant. Il n'existait que très peu de molécules capables de les tuer suffisamment vite pour que personne ne puisse les guérir. Une flèche ? Mara était douée, oui, mais cela demandait trop de précision. Une arbalète aussi. Les gardes qui avaient attaqué Selenba avaient des broyettes et ils étaient quand même morts.

Hum. L'équation était compliquée. Elle devrait réfléchir et...

Soudain, elle réalisa qu'elle allait devoir appliquer exactement ce qu'étaient en train de lui apprendre les assassins.

Étudier sa proie.

Ça tombait bien, Selenba était dans le palais, même si tout le monde, y compris Mara, se demandait pourquoi la vampyr s'était rendue et transformée. Mara décida de trouver le point faible de la vampyr, ce qui lui permettrait à la fois de la tuer, mais, le plus important, de ne jamais être soupçonnée. Si elle commettait un meurtre, qu'elle soit l'héritière de l'Héritière ou pas, elle n'échapperait pas à la prison.

Et une fois sa tâche accomplie, à ce moment-là, elle ferait exactement ce que faisait toujours Magister. Il prenait ce qu'il voulait.

Elle prendrait ce qu'elle voulait.

Elle prendrait Cal.

Il ne lui fallut pas très longtemps pour arriver jusqu'aux appartements de Selenba. La vampyr était toujours sous surveillance 26 heures sur 26, mais à présent qu'elle avait livré une grande partie de ce qu'elle savait et dévoilé de nombreux secrets de Magister – ce qui, Xandiar l'espérait, allait amener à une rapide dissolution de ses réseaux à l'intérieur du palais –, elle n'était plus assignée dans une cellule spéciale.

Même si des gardes vigilants patientaient devant sa porte. Mara laissa ses propres gardes avec eux, en dépit de leurs protestations. Ils avaient encore peur de Selenba, mais Mara leur fit valoir que Selenba n'était plus le terrifiant Chasseur, mais une vampyr comme les autres. Elle n'avait pas peur d'elle. Elle voulait donc y aller seule. Ils cédèrent à contrecœur.

Selenba était en train de regarder la vidéocristal, comme à peu près tout le monde. Près d'elle, Safir, lui, regardait Selenba. Mara retint un petit soupir agacé. Elle avait espéré trouver la vampyr seule. Selenba avait troqué son habituel costume de cuir rouge contre une robe blanche qui n'allait pas du tout à son teint encore blafard. Mara, qui adorait la mode, faillit lui faire une réflexion désagréable, mais se mordit la lèvre. Elle était ici pour apprendre comment se débarrasser de la vampyr, pas pour discuter coupes et couleurs avec elle.

— Bonjour, Maître Dragosh, fit la jeune fille d'une voix claire, pardon de vous déranger, mais j'ai besoin de parler avec Dame Bravish.

Les deux vampyrs tournèrent leurs yeux vers elle, puis se levèrent poliment afin de la saluer. Mara frissonna légèrement. Contrairement à la majorité des gens, elle voyait très bien les prédateurs sous les masques policés. Puis Selenba sourit, cachant ses crocs plus pointus que ceux des autres vampyrs, sans doute une résurgence de l'état dans lequel elle venait de passer ses dernières vingt années.

— Bonjour, Mara. Je suis contente de te voir. Comment vas-tu ?

Selenba et Mara se connaissaient bien.

La vampyr avait fouetté Mara. Plusieurs fois. Bien sûr, c'était sur l'ordre de Magister, lorsque Mara n'obéissait pas assez vite, se rebellait ou faisait quelque chose qui ne plaisait pas à l'impitoyable maître des sangraves, mais Mara savait très bien que Selenba y avait pris plaisir. Pourtant, aucune rancune n'apparut sur le visage lisse de la jeune fille brune. Et ses yeux noisette restèrent chaleureux, ce qui ne manqua pas de surprendre Selenba qui se raidit un peu.

Qu'est-ce que l'Héritière de l'Héritière lui voulait ?

Safir n'était pas un diplomate aguerri pour rien. Il leva un sourcil intéressé, mais ne protesta pas. Il quitta rapidement la chambre, non sans avoir lancé un regard d'avertissement vers Selenba. Du type : « Ne lui fais pas de mal sinon tu en répondras devant moi. » Selenba répliqua par une mine angélique : « Qui, moi ? »

Safir ne fut pas dupe, mais sortit quand même. Selenba se tourna vers Mara.

— Que puis-je faire pour toi, jeune Mara ?

Mara s'assit et la dévisagea.

— Je viens d'aider Magister à s'emparer d'un truc dont il avait besoin. Mais il ne m'a pas dit pourquoi tu étais ici. En fait, il ne m'a même pas parlé de toi.

Les vampyrs étaient capables d'entendre les battements de cœur de leurs proies, aussi Mara s'appliqua-t-elle à conserver un ton calme et une respiration posée, tandis qu'elle sortait son mensonge.

Mais la réaction de Selenba la surprit. La vampyr se rassit sur le sofa et se recroquevilla, comme si elle avait froid. Elle attira à elle la magnifique couverture en laine de traduc qui y traînait et s'en enveloppa. Mara fronça les sourcils. Les vampyrs pouvaient avoir froid ? Cela, c'était quelque chose qu'elle découvrait, elle pensait qu'ils étaient capables de réguler leur température interne. Selenba surprit sa mimique et expliqua :

— Depuis que j'ai été retransformée, mon corps ne s'est pas encore habitué. J'ai tout le temps ou trop froid ou trop chaud, c'est vraiment très pénible. (Elle releva ses étranges yeux roses sur Mara et ajouta :) Je trouve bizarre que Magister n'ait pas parlé de moi. La dernière fois qu'il a parlé à Safir, il lui a dit qu'il était un vampyr mort et moi aussi. T'a-t-il chargée de m'éliminer, jeune Mara ? Est-ce la raison pour laquelle tu voulais me voir ? Afin d'évaluer mes points faibles ?

Mara maîtrisa à grand-peine sa respiration et l'emballement de son cœur. Slurk ! Elle avait sous-estimé la paranoïa de la vampyr. Celle-ci lui sourit tristement.

— Ce n'est que mon corps qui est transformé, jeune fille, pas mon cerveau. Et ne crains rien, je ne vais pas me venger sur toi, même si, comme tu peux l'imaginer, je ne vais certainement pas te faciliter la tâche. Qu'est-ce qu'il t'a promis en échange de ma mort ? Cela doit être gros, parce que m'affronter, même si je ne suis plus aussi forte, ce n'est pas une partie de plaisir.

Elle parlait sans se vanter, c'était une simple constatation, et d'une certaine façon c'était pire.

— Ta vie. Contre celle de Cal. Qui se trouve sur Tadix. Magister a un vaisseau prêt à partir sur place et à intervenir si les choses tournent mal. Il a proposé d'exfiltrer Cal. De lui sauver la vie.

La vampyr éclata de rire.

— Il t'a promis ça ? Et tu l'as cru ? Mara, Mara, je pensais pourtant que Magister et moi t'avions un peu mieux élevée que cela !

Mara réprima l'envie de sauter sur la vampyr. D'une part parce que celle-ci était plus forte qu'elle, même dans son état actuel ; d'autre part, parce que Mara apprenait le self control, avec beaucoup de difficulté, mais avec persévérance. Pour montrer à Cal… enfin, avant d'avoir appris qu'il l'avait trahie… qu'elle était capable de réfléchir avec froideur, même lorsqu'elle était provoquée ou en danger.

— Un échange, fit-elle à Selenba.

— Pardon ?

— Tu me dis ce que tu fais ici et ce que tu ferais pour sauver Cal et je te dis ce que Magister m'a fait voler.

Elle pensait avoir une information de valeur. Selenba agita la main.

— Je n'ai pas besoin d'échange et je me fiche de ce que veut Magister (ah oui ? Slurk, ça n'arrangeait pas du tout Mara), j'en ai fini avec tout cela. Je suis ici parce que je voulais une vie normale en échange de tout ce que je savais sur lui. Parce qu'il est temps pour moi de me poser avec quelqu'un qui n'a pas envie de devenir le maître du monde toutes les cinq minutes. Cela m'a amusée pendant des années, disons que maintenant j'ai d'autres priorités. Donc garde ton information pour toi, et la mienne est gratuite. Je n'ai aucun plan machiavélique, je ne suis pas un sous-marin envoyé par Magister afin de comploter d'inimaginables intrigues et la seule chose que je veux, c'est passer du temps avec Safir, laisser l'adrénaline pour quelqu'un de fiable, quelqu'un sur qui je peux compter, quelqu'un qui ne m'abandonnera pas sous prétexte que cela l'arrange.

Dans toutes les choses que Mara avait apprises avec Magister, mais aussi l'Impératrice, les assassins ou même les Voleurs, se trouvaient bien sûr des techniques afin de savoir si la personne en face d'elle mentait ou non. Elle les appliquait depuis qu'elle était entrée dans la pièce, jaugeant les expressions, les réactions involontaires, les petits tics ou crispations qui pouvaient trahir un conflit entre le corps et ce que Selenba disait.

À son grand désappointement, elle n'en percevait aucun. Selenba disait la vérité. Ou du moins était tellement bonne que Mara percevait ces paroles comme la vérité. Mais Mara sentait, profondément, que la vampyr était sincère. Elle voyait bien que la femme qui lui faisait face avait renoncé, était fatiguée et avait envie d'autre chose. Au milieu de toute sa rage, sa colère et sa soif de vengeance, Mara s'aperçut avec horreur que la gentillesse de Tara et de Selena avait quand même déteint sur elle. Même pour sauver Cal, elle était incapable de tuer Selenba.

Sans un mot, elle se leva.

— Mais si je peux t'aider, jeune Mara, dis-le-moi. Je le ferai bien volontiers, même si je n'ai pas une grande liberté ici. Oh !

Le regard de la vampyr était brièvement passé sur l'écran de cristal dont elle avait éteint le son lorsque Mara était entrée, et c'était ce qu'elle avait vu qui lui avait arraché ce hoquet de surprise. Mara regarda ce qui avait déconcerté Selenba et retint un cri elle aussi.

Sur l'écran qui retransmettait la cérémonie de réception d'Archange, les démons, accroupis, s'apprêtaient à tirer.

20

ARCHANGE

Ou comment découvrir que son futur potentiel peut-être petit copain voire fiancé est sans doute un serial killer.

Si quelqu'un avait fait le moindre mouvement à ce moment précis, cela aurait été un massacre. Mais Archange se contenta de dire, en omoisien, aux démons de ne pas bouger.

Un silence crispé succéda à son ordre. Il attendit un instant, histoire de vérifier que personne n'allait faire un truc bien stupide, puis, voyant que ses soldats, comme ceux d'AutreMonde, montraient un calme d'acier, il se redressa lentement.

Puis s'adressa aux dragons.

— Je vous prie de nous excuser. Nous avons été surpris par l'accueil de vos animaux. Vous devriez faire attention, Dragons, ce n'est pas exactement le moment pour créer de semblables surprises.

Les dragons paraissaient un peu déçus qu'Archange et ses démons n'aient pas ouvert le feu sur eux. Maître Chem dit quelque chose et les dragons forcèrent les dragons noirs à se coucher de nouveau. Archange donna un ordre et toutes les armes disparurent.

En même temps.

Si ça ce n'était pas de la discipline militaire, Tara ne savait pas ce que c'était. Elle ne dit rien, mais admira la manœuvre des dragons. Ils avaient piégé les démons afin de voir comment ils réagiraient. Tara pouvait parier qu'ils avaient déjà tiré des tas d'enseignements sur la façon dont les démons s'étaient comportés.

Comme une armée de métier. Ils s'étaient couverts mutuellement et avaient attendu les ordres.

Les démons se détendirent, puis saluèrent la foule qui les attendait.

Une fois la surprise et la peur passées, un murmure admiratif salua les créatures magnifiques, les mains chargées non plus d'armes, mais de cadeaux. Tara les balaya du regard. Ah, Archange était malin. Il n'avait emmené aucun de ses démons non transformés en humains. Il ne tenait pas à rappeler à quel point, sous leur forme native, les démons étaient monstrueux.

Là, tout n'était que crinières luisantes, dents blanches, lèvres pulpeuses, pommettes hautes, corps dénudés, abdos impeccables, poitrines avantageuses.

Tara ne savait pas comment ils avaient fait, mais ils étaient tous habillés à la pointe de la mode. Couleurs parfaites, coupes luxueuses, matières nobles. Robes courtes, longues, fendues, sages, audacieuses et colorées pour les filles, costumes civils, pantalons bien coupés ou jeans moulants pour les garçons.

Seul Archange portait une sorte d'uniforme gris et rouge, très élégant, qui, curieusement, rappela le costume d'Albator, un vieux dessin animé terrien, à Tara. Bon, une fois passée la première impression, c'était légèrement ringard et, méfiante, Tara se demanda si c'était voulu. On prenait moins au sérieux un adversaire ridicule sans doute.

Aucun n'avait plus d'armes apparentes. Et vu la façon dont les tissus moulaient les corps ou les dénudaient, c'était flagrant. Cela signifiait qu'ils avaient, comme les sortceliers, des poches dans lesquelles on pouvait quasiment mettre un univers entier, dans lesquelles ils avaient peut-être dissimulé des chars et des vaisseaux de combat. Aucun pli ne viendrait déranger ce gracieux ordonnancement vestimentaire.

Ils avaient tous entre dix-huit et vingt-cinq ans, car le programme de transformation des démons en humains n'avait pas débuté depuis longtemps. Ils étaient l'élite des démons. Tara se fit la réflexion que, comme pour les vampyrs, on ne voyait que la beauté, pas la bête à crocs derrière.

Curieusement, une vingtaine d'entre eux étaient montés sur des pégases d'un noir de nuit, aux yeux et aux pointes des ailes d'argent. Là aussi, c'était superbe.

L'avisant, Archange lui envoya un sourire ravageur.

— Tara ! s'exclama-t-il tandis que le cœur de la jeune fille s'emballait. Je suis content de te voir, tu m'as manquée !

Il sortit du pentagramme sans se préoccuper de Lisbeth, ce qui fit quelque peu grincer des dents l'Impératrice, peu habituée à passer en second. Mais Archange paraissait tellement heureux de voir Tara que Lisbeth ne manifesta aucune mauvaise humeur. Il saisit les mains de la jeune fille blonde, avec douceur et respect.

— Euh, moi aussi, balbutia Tara, décontenancée par la joie d'Archange et surtout par l'étrange grognement qu'elle venait d'entendre derrière elle.

Elle crut que c'était Fabrice, mais cette fois-ci ce n'était pas le loup-garou.

C'était Cal.

C'était si inattendu que Tara faillit en perdre sa concentration. Elle n'avait pas pensé une seconde qu'avoir Cal à ses côtés alors qu'elle était censée être la peut-être promise d'Archange pouvait être un sérieux problème.

Fafnir écrasa le pied de Cal, ce qui le fit sursauter. Il jeta un regard blessé à la naine, qui le lui rendit froidement, haussant ses sourcils roux d'un air de dire : « Eh bien quoi ? Tu veux vraiment tout faire rater ? »

Cal eut un rictus penaud. Il n'avait pas l'habitude d'être amoureux. Ou plus précisément, il avait été follement amoureux d'Eleanora, l'avait perdue, était retombé plus ou moins amoureux d'un tas de jolies filles, mais avec Tara, c'était autre chose. Il s'apercevait avec horreur qu'il était horriblement jaloux. Si ce type posait ses sales pattes sur Tara, il allait vite s'apercevoir que ce n'était pas facile de manger sans ses mains.

Il se sentait l'âme d'un homme de Cro-Magnon. À moi ! À moi ! En fait, il aurait bien attrapé Tara pour l'emmener dans sa caverne.

Sauf que, pour l'instant, Tara avait l'air littéralement hypnotisée par le bellâtre. Elle le regardait comme s'ils étaient seuls au monde. Cal espéra très fort que c'était du cinéma. Qu'elle n'oubliait pas que ce… truc était un monstre sous ce corps trop parfait.

En fait, si Cal avait été dans les pensées de Tara, il aurait été encore plus inquiet. Parce que lorsque Archange avait plongé ses yeux verts dans les yeux bleu marine de Tara, la jeune fille avait senti… quelque chose. Comme si elle était attirée par Archange. Un peu comme ce qu'elle ressentait… avait ressenti pour Robin, lorsqu'elle était folle amoureuse du demi-elfe.

Sauf qu'elle ne se méfiait pas de Robin dont elle savait l'amour sincère. Alors que le presque humain devant elle restait un terrible ennemi. Même s'il lui avait sauvé la vie.

Elle réalisa qu'elle avait aussi oublié à quel point ses yeux étaient beaux avec leurs cinq nuances de vert. Trois cercles extérieurs, comme l'eau verte d'une émeraude, d'un jade et d'un bourgeon, l'iris comme une pousse tendre du printemps, et la pupille d'un vert sombre et mystérieux. Dangereux, oui, ces yeux-là étaient dangereux.

Bizarrement, la seule chose qu'elle trouva à dire fut :

— Tu as coupé tes cheveux ?

Archange lui lança un sourire à trois mille volts.

— Je me demandais si tu le noterais. Oui, j'avais envie d'une coupe plus structurée. Tu aimes ?

Tara se mordit la lèvre. Mais pourquoi elle avait posé cette question débile ? Décidément, Archange la déstabilisait toujours autant.

— Oui, répondit-elle faiblement, c'est… c'est très bien.

En fait, cela rendait Archange encore plus beau, si c'était possible. Coupés plus courts, ses cheveux formaient une masse qui encadrait son visage parfait et faisait encore plus ressortir l'émeraude de ses yeux. Tara songea un instant que, vêtu comme cela, avec son sourire et son charme, il représentait à lui seul la quintessence du prince charmant.

OK. Du prince charmant démoniaque.

La moitié des démons forma une sorte de triangle devant Lisbeth tandis que l'autre moitié se tenait devant Tara, Archange à sa tête. À regret, le garçon lâcha Tara et se plaça entre les deux triangles, puis tapa dans ses mains. Doucement, afin de ne pas affoler les gens.

À son signal, les autres démons commencèrent à sortir des tas de cadeaux de leurs poches. Ah, c'était bien ce que Tara pensait. Eux aussi avaient maîtrisé cette faculté d'envoyer des objets… ailleurs, sans que leur poids ou leur quantité leur pèsent.

Les démons avaient bien étudié les Omoisiens. Ils savaient ce qui allait plaire à Lisbeth. Tout n'était qu'or et joyaux étonnants, pierres extraites de leurs planètes, nouvelles couleurs, nouvelles textures, étoffes soyeuses rebrodées d'animaux improbables. Tara ne put s'empêcher d'être surprise. Elle ne savait pas pourquoi mais elle avait du mal à imaginer que les démons avaient un tel sens artistique. Mais elle comprenait très bien ce qu'ils faisaient. « Regardez, nous ne sommes pas différents de vous, nous aimons les mêmes choses, nous avons le sens de la beauté, soyons amis. »

C'était incroyablement habile. D'ailleurs, tout autour d'elle, elle sentait que les gens se détendaient.

Impériale, Lisbeth acceptait tout ce qui lui était présenté avec élégance. Puis, une fois le flot coloré enfin tari, elle ordonna à ses servants de déposer devant Archange, ce qu'elle avait préparé.

Car elle aussi avait des présents pour les démons. Après en avoir longuement discuté avec Tara, elle avait opté pour une approche très différente.

Elle leur offrit de précieuses semences, des blés résistant aux maladies, des pousses d'arbres fruitiers en stase prêtes à être plantées, des embryons d'animaux, un millier environ, des objets et gadgets fabriqués par ses usines et ses savants. Elle montrait l'étendue de ce qu'AutreMonde et Omois pouvaient apporter aux nouvelles planètes. Les machines mi-mécaniques mi-magiques, des systèmes de communication (elle avait la ferme intention d'inonder ce nouveau et juteux marché avec ses plaquettes de cristalphone super-sophistiquées avec projection holographique des appelants, mémoire de plusieurs milliers de TMO[1] etc.), des connaissances médicales aussi, des sorts de Reparus automatiques très coûteux et complexes, puisqu'on ne pouvait pas se guérir soi-même, ou encore de merveilleux parfums, des onguents onctueux et adoucissants, bref, un panel très varié dans lequel leurs futurs partenaires commerciaux allaient pouvoir choisir ce qui leur serait utile.

---

1. Tétra Magic Octet. De quoi stocker des centaines d'années de photos, vidéos, etc. vue la longue vie des sortceliers, c'était la première fonction sur laquelle avaient travaillé les ingénieurs.

C'était aussi intelligent que ce qu'avaient fait les démons. Archange l'admit d'un hochement de tête admiratif. Un point partout. De fait, avec ses coffres regorgeant de joyaux et d'étoffes, il paraissait un peu futile, quoi que très luxueux, alors que l'Impératrice montrait sa volonté de commercer. D'accord. Le point était pour Lisbeth. Il tourna son regard vers Tara. La jeune fille l'avait certainement conseillée. Il ne devait pas, jamais, sous-estimer l'intelligence de la jeune humaine.

Après tout, en dehors du fait qu'il avait la ferme intention d'utiliser Tara, il devait avouer qu'il se sentait sincèrement attiré par elle. Pas parce qu'elle était jolie, les démones autour de lui étaient parfaites. Pas parce qu'elle était puissante. Avec la magie démoniaque, seule la Reine Noire était plus puissante que lui et, grâce au service de renseignement qu'il avait établi sur AutreMonde, par l'intermédiaire des traîtres effrits, il savait que Tara l'avait fait disparaître au terme d'une terrible lutte.

Mais tout simplement parce qu'elle était une combinaison unique d'intelligence, de pouvoir et d'humanité. Tout ce dont il avait besoin pour mieux comprendre cette race étrange qui avait réussi à battre les siens, il y avait de cela cinq mille ans, et avait donc, très involontairement, présidé à sa création, à lui, Archange. Si les Boulimi-Lema n'avaient pas été vaincus, jamais ils n'auraient terraformé leurs planètes et mis en place leur programme de création de nouveaux Boulimi-Lema humains.

Archange aimait ce qu'il était. Il n'était pas aussi puissant physiquement que les anciens démons, bêtes vicieuses et dévorantes. En revanche, il utilisait nettement plus son cerveau et n'était pas esclave des mêmes appétits.

Il sourit à Tara. La jeune fille lui rendit un sourire incertain. Il voyait bien qu'elle ne savait pas très bien comment le prendre. Parfait.

— C'est vraiment très aimable à vous, nos anciens ennemis, de nous avoir reçus, s'exclama-t-il benoitement, même si j'aurais préféré pouvoir visiter votre si jolie planète, AutreMonde.

L'Impératrice ne se démonta pas devant le reproche inexprimé.

— Nous aurons tout le temps de visiter les autres planètes, répondit-elle avec aisance, voici déjà celle-ci, l'un de nos deux satellites. Une planète de plaisirs et de divertissements, afin de vous recevoir au mieux, le temps de discuter de nos futurs accords.

Archange s'inclina.

— Nous sommes ravis. Et prêts à négocier dès que vous serez disposés. Maintenant que nous avons échangé nos cadeaux, quelle est la suite de notre planning ?

Il était charmant. Il était charmeur. Tara vit bien que Lisbeth avait du mal à résister au sourire à fossettes d'Archange. Elle ne savait pas quel démon avait créé le jeune homme, mais il avait fait du bon… non, de l'excellent boulot.

Il paraissait très à l'aise en dépit de la gravité réduite. Il évoluait avec la gracieuse insouciance d'un grand chat. Bien sûr, les elfes et les vampyrs étaient tout aussi gracieux et beaucoup d'humains sortceliers ne s'en sortaient pas si mal. Mais Archange paraissait différent, comme s'il possédait quelque chose de plus.

D'ailleurs, pour autant que Tara le savait, c'était peut-être le cas. On lui avait greffé le gène de l'équilibre ? De la beauté ? De l'intelligence ? Elle espérait surtout qu'on avait oublié au passage celui de la cruauté.

Le responsable de cérémonie tadixien énuméra ce qui allait suivre. Tout d'abord, les goûteurs démons devaient se rendre aux cuisines afin de vérifier ce qui pouvait leur convenir. Inutile de risquer d'empoisonner bêtement leurs invités. Ensuite, une fois déterminé ce qu'ils aimaient ou pas, ou ce qui éventuellement pouvait les rendre allergique, un grand dîner serait donné en leur honneur, dans la salle de théâtre avec un concert de plusieurs divas ainsi que d'orchestres et de troupes. Puis, le lendemain, les discussions commenceraient. Jusqu'à un accord.

Ou la guerre.

Mais cela, le délégué tadixien ne le précisa pas. Et Archange fit comme s'il n'y pensait même pas. Après tout, la contrainte restait la même. Pour l'instant, les démons ne pouvaient pas envahir l'univers parce que les Failles étaient fermées et qu'ils ne possédaient pas suffisamment de pouvoir pour les rouvrir. C'était, du moins, ce que tout le monde espérait très fort.

— Merci, répondit gentiment Archange, cela me convient tout à fait.

Il salua poliment tout le monde.

Ce qui fut impressionnant, c'est que, de nouveau, tous les démons saluèrent exactement en même temps. L'estomac de Tara se tordit. Quoi ? Ils étaient connectés mentalement aussi ? Elle allait devoir enquêter et vite fait. Une armée de démons, c'était déjà compliqué à gérer. Une armée de démons qui seraient capables de savoir exactement ce qui se passait à chaque moment en communiquant mentalement les uns avec les autres, c'était presque une arme invincible. Pour avoir pratiqué de nombreuses batailles fictives avec ou contre l'Imperator, Tara savait à quel point la communication était absolument primordiale pour une victoire.

Le Tadixien dut se faire la même réflexion, car ses cheveux verts s'agitèrent nerveusement. Cependant, son organisation était sans faille et bien rodée, même si son chef tremblait de peur. Tous les démons furent pris en charge et il fut convenu qu'ils allaient se reposer ou déambuler dans les différents dômes sans restriction, jusqu'à l'heure de la grande réception du soir.

La partie « déambuler sans restriction » fit tiquer les services de sécurité.

Mais l'Impératrice, comme Archange, savait que la moitié des accords et compromis se négociaient en dehors des salles de conférences, entre petites mains, entre assistants, ceux qui parlaient les uns avec les autres afin de faire passer des messages que diplomatiquement les « Grands » ne pouvaient pas toujours présenter « officiellement ». On ne réalisait pas l'importance des couloirs dans les grandes réunions. Immédiatement, chaque démon fut accompagné par un AutreMondien. Les dragons, en revanche, restèrent loin des démons. L'Impératrice avait été inflexible. Elle ne voulait aucun incident diplomatique, aucun démon inciné par un hoquet intempestif...

Du type : « Oh, désolé, mince, on a carbonisé le roi des démons... Quel dommmagggge ! »

Dès qu'Archange et ses courtisans eurent disparu, Tara se tourna vers Cal. Celui-ci la dévisageait intensément, un monde d'émotions réprimées dans ses magnifiques yeux gris.

— Je ne l'aime pas, répondit Tara à la question inexprimée. Il me fait peur et je me méfie. Ne t'inquiète pas.

Le Voleur hocha la tête et posa un masque inexpressif sur son visage. Mais Tara sentit qu'il n'était pas convaincu.

— Les bracelets, le stylo et la ceinture n'ont pas réagi ? demanda-t-il.

Tara ne les avait pas oubliés, bien sûr. Mais ils n'avaient absolument pas bronché lors de l'arrivée des démons. Tant mieux. Les démons non plus ne semblaient pas les avoir détectés, mais Tara avait noté que lorsque Archange avait pris ses mains, les bracelets étaient restés loin de son contact. Prudents.

— Ça va, confirma-t-elle. La Lance et l'Armure attendent sans doute de voir ce qui va se passer. Comme nous tous. Mais si les démons veulent faire de cette base l'avant-poste de leur invasion, les âmes m'ont dit qu'elles étaient prêtes.

— Qu'est-ce qu'on fait maintenant ? demanda Fafnir qui baissa ses haches, un peu déçue que les démons ne se soient pas jetés sur tout le monde en hurlant.

— Vous avez des suites qui vous ont été préparées lorsque nous avons réalisé que nous avions de nouveaux invités, précisa une voix frêle derrière eux. Nous espérons qu'elles seront à votre convenance.

Fafnir pivota en brandissant ses haches, ce qui coupa littéralement la respiration du fragile Tadixien qui venait de parler.

— Gueuh, fit-il, face à l'acier mêlé de keltril.

Fafnir eut une grimace et rangea ses haches.

— Pardon, dit-elle, j'ai été surprise. Je ne vous ai rien tranché j'espère.

Le Tadixien s'assura que non, de ses longues mains blanches et tremblantes. Distraitement, Fabrice, toujours sous sa forme de loup-garou en caleçon, ce qui, il devait bien l'admettre, n'était pas au top de la dignité – d'autant qu'il n'avait trouvé que celui-ci au fond de son tiroir de linge propre et qui arborait de petits dauphins sautant dans une mer turquoise –, se demanda ce que cela provoquerait de faire couler le sang de l'étrange être si fragile. Serait-il blanc ? Ou transparent ? Puis avec un soupir, il se transforma en humain. Lorsqu'il avait ce genre de pensée, c'était soit qu'il avait faim, ce qui n'était pas le cas, son estomac ne gargouillait pas, soit qu'il était affecté par sa nature de loup-garou qui le poussait à mordre ou à s'énerver facilement.

Soit, possibilité bien plus sinistre, parce qu'il réagissait à la magie démoniaque dégagée par les démons. Cela dit, il avait été surpris. Il pensait qu'Archange et les siens dégageraient bien plus de magie démoniaque que ce qu'il avait senti. Là, c'était presque imperceptible. Comme Magister, il semblait que les démons aient réussi eux aussi à dissimuler leur magie.

Pas bon.

Jeremy resta soigneusement éloigné d'eux, se pressant presque afin de fendre au plus vite la foule qui s'écoulait lentement et sortir de la salle. Il était visible qu'il n'avait qu'une seule envie : se trouver le plus loin possible de Fabrice. Celui-ci eut un sourire aiguisé, bien que ses crocs imposants aient disparu. Bien, si le jeune garçon avait peur de lui, peut-être qu'il ficherait la paix à Moineau.

Dont Fabrice était hélas ! toujours fou amoureux.

Mais ce ne fut pas Jeremy qui s'approcha. Un garçon à l'étrange peau bleue s'inclina devant Moineau avec qui il parla familièrement. Il était clair qu'ils se connaissaient et que Moineau avait l'air de l'apprécier. Fabrice soupira. Moineau était ravissante et ne s'en rendait absolument pas compte, rongée par son double statut d'humaine et de Bête. Elle aussi, comme Tara, attirait les garçons comme un aimant.

Elle leur présenta son ami bleu. Il était nettement plus pâle que les nav'is d'Avatar ou que des Schtroumpfs. Nettement plus petit pour les uns et nettement plus grand pour les autres. Il portait un nom ridicule. Glubl. On avait l'impression d'avaler de travers en le prononçant. Comme Sylver, il était une sorte d'hybride. Une création artificielle voulue par un sortcelier qui désirait que des humains, et non plus des gnomes, soient capables de communiquer avec les Santivoriens. Il avait donc mélangé les ADN, mis les produits dans le ventre de plusieurs mères porteuses humaines, puis attendu de voir ce qui allait en sortir. La majorité des infortunés frères et sœurs de Glubl étaient morts ou étaient nés si déformés que la mort aurait été préférable. Fort heureusement, le sortcelier en question avait fini par être démasqué et emprisonné. Glubl avait été confié à des parents humains, mais, très jeune, avait manifesté de grandes capacités télépathiques. Dès qu'un Diseur se promenait à proximité, le jeune garçon était capable de percevoir ce qu'il disait.

D'une certaine façon, le sortcelier avait donc réussi ce qu'il désirait. Il avait créé une nouvelle race qui allait permettre aux humains de parler avec les Diseurs de Vérité, voire, à terme, de devenir eux-mêmes Diseurs de Vérité. De véritables télépathes.

Voyant le regard consterné des gens autour de lui, Glubl leur assura qu'il en était bien loin. Il ne pouvait pas du tout lire dans leur esprit, uniquement communiquer avec les Diseurs, et encore, seulement lorsque ceux-ci envoyaient directement leurs messages dans son cerveau.

Tara trouva le concept fascinant. Mais il commençait à être tard, ils étaient tous épuisés d'avoir utilisé leur magie pendant aussi longtemps et Tara n'arrêtait pas de bâiller. Il fallait absolument qu'elle dorme pendant une demi-heure avant la grande soirée, sinon elle allait s'endormir pendant le spectacle alors qu'elle avait besoin de toute son intelligence et de son attention.

Sans compter que ronfler lors d'un dîner diplomatique était peu recommandé.

Mourmur les attendait près de l'entrée du couloir alors qu'ils se dirigeaient vers leurs chambres.

— Ces machines, lui demanda Fabrice, curieux, en montrant le cercle qui clignotait vert tout autour du pentagramme, à quoi servent-elles exactement ?

— L'Impératrice ne fait pas confiance aux démons (ça, elle n'était pas la seule !). Elle pense qu'ils vont peut-être tenter d'utiliser leur magie démoniaque afin de faire venir d'autres démons, maintenant qu'autant d'entre eux sont ici. Mes petits bijoux sont là pour les en empêcher. Ils bloquent le flux du pentagramme, on ne peut pas l'utiliser, et si on passe les défenses de mes machines, elles émettent tout de suite un signal d'alarme qui réveillerait un mort. Elles passent aussi du vert au rouge dès qu'un vortex est ouvert dans un rayon de cent tatrolls. Grâce à ma présence dans le cercle, j'ai pu mesurer tout ce dont j'avais besoin pour nous protéger et surtout pour les calibrer. Pardon si cela a pris autant de temps, mais j'ai dû utiliser une partie de la magie que vous envoyiez dans le vortex afin de les rendre compatibles avec.

Le vieux savant avait l'air très satisfait de lui. Tara comprenait à présent un peu mieux pourquoi il avait fait partie de l'étoile du pentagramme, alors qu'il était le plus faible d'entre eux en magie, et de loin, mais aussi pourquoi il avait été si long et si compliqué de faire venir les démons.

— Évidemment, précisa Mourmur en frottant ses cheveux blancs ébouriffés, je n'avais pas prévu la venue de Bendruc le Hideux. Brrrr, quel horrible monstre !

Ils hochèrent tous la tête d'un air très convaincu.

Tara aperçut du coin de l'œil une silhouette qu'elle connaissait bien.

Angelica.

La peste parlait avec un démon qui semblait l'écouter avec passion.

Tara serra les lèvres. Qu'est-ce que son ennemie était en train de manigancer encore ?

À la fin de la discussion entre Angelica et le démon, alors que Mourmur continuait à expliquer ce qu'il avait mis en place pour les protéger, Tara faillit avaler de travers. Angelica venait de poser la main sur le torse musclé du démon, moulé par une fine chemise bleue. C'était un geste très intime pour quelqu'un qu'elle avait dû rencontrer deux minutes plus tôt ! Le démon sourit et ils partirent ensemble.

— Et toi, Tara, qu'est-ce que tu en penses ?

— Hein ? dit Tara qui n'avait pas écouté un mot.

— Deux, répondit Cal, moqueur. Nous nous demandions si tu pensais que les démons étaient aussi inoffensifs qu'ils s'appliquent à le paraître ou bien des bêtes assoiffées de sang. Pour l'instant, les bêtes assoiffées de sang mènent cinq voix contre une, notre amie Fafnir s'obstinant à les trouver « mignons ».

— Ben quoi ? grommela la naine. Ils sont mignons ! Surtout le super-mignon, là, Archange. Il a l'air de vraiment t'aimer beaucoup, Tara !

— Je ne sais pas, répondit sincèrement Tara. Et à cause du fait que j'ai passé du temps avec Archange, comme vous tous, d'ailleurs, j'ai l'impression que les gens me prennent comme une espèce de spécialiste des démons. Sauf que je n'ai aucune idée de ce qu'ils veulent et de ce qu'ils vont faire, ils me sont tout aussi étrangers qu'au reste de la galaxie !

Cal haussa les épaules.

— De toutes les façons, nous allons très vite être fixés. Qu'est-ce qu'elle lui voulait, Angelica, au démon, à ton avis ?

Ah. Tara aurait dû se douter que le Voleur ne laisserait rien échapper. Elle soupira.

— Aucune idée. Entrer dans l'esprit d'Angelica, ce que je ne voudrais pour rien au monde d'ailleurs, revient à entrer dans l'esprit d'un démon. Ils me sont aussi incompréhensibles l'un que l'autre.

Mais Cal et elle échangèrent un regard. Qui disait qu'ils allaient tous les deux surveiller de très près l'ambitieuse jeune fille brune qui avait déjà tenté de les tuer à plusieurs reprises. D'autant que maintenant qu'Angelica possédait la puissante Main de Lumière, elle était devenue une force dangereuse à ignorer.

Mourmur sursauta lorsque son hor se mit à sonner. Il était apparemment en retard pour faire quelque chose quelque part avec les Tadixiens. Tara espéra juste que quelqu'un avait prévenu les Tadixiens qu'il valait mieux éviter de laisser le vieux savant à proximité du bouton commandant la destruction de la planète. Il serait bien trop tenté d'appuyer dessus, juste pour voir ce que ça allait faire…

Alors que Tara s'apprêtait proposer à ses amis de venir dormir dans sa suite, une délégation de Tadixiens très polis et très affairés l'interrompit. L'Impératrice avait donné des ordres. Des suites venaient de leur être préparées.

Loin de celle de Tara.

Cal fit la grimace, mais Tara savait que c'était plus sage. Maintenant qu'Archange venait d'arriver, elle ne pourrait plus passer de temps seule avec Cal. Et vu la saveur de ses brûlants baisers, elle était bien la première à le regretter.

Tara rentra donc seule dans sa suite toute blanche et prit une douche pour délasser ses épaules fatiguées par la charge de magie. Les sièges, perchés sur de fragiles tiges d'acier, robots animés et non pas magiques, s'écartaient sur son chemin. La première fois qu'elle s'était assise sur l'un d'eux, elle avait eu peur que son poids ne le fasse basculer ou ne le casse, mais le siège avait tenu le choc. Puis, d'une voix métallique, lui avait signalé qu'elle pouvait se laisser aller, qu'il était inutile qu'elle se tienne sur la pointe des pieds afin de répartir son poids et qu'il avait été fabriqué pour supporter une masse de deux tonnes. Tara avait fait la grimace, ces robots étaient un peu trop malins à son goût. Elle préférait les bons vieux fauteuils de bois confortables animés sur AutreMonde.

Au moins, eux ne parlaient pas. Enfin, pas encore.

La changeline lui créa un pyjama moelleux et frissonnante, parce que la température était un peu fraîche dans sa chambre, Tara se glissa avec Galant à ses côtés dans le grand lit tout aussi blanc. Elle posa les Objets près d'elle, les sangles se resserrèrent afin de l'empêcher de s'envoler pendant son repos et sombra dans un sommeil sans rêve, tandis que son pégase l'enveloppait de ses ailes duveteuses.

Le lit la réveilla une heure plus tard, tandis que les sangles se rétractaient et qu'une douce lumière commençait lentement à éclairer la chambre.

Tara sourit en réalisant qu'elle était surprise. D'habitude, soit on l'enlevait, soit quelqu'un s'introduisait dans sa chambre, soit il se passait quelque chose de bizarre ou d'étrange. Et là, rien. Comme si on lui donnait un petit répit avant que les choses vraiment sérieuses ne commencent. Elle s'étira et commença à se lever.

Puis se figea lorsqu'une voix bien connue murmura doucement.

— Tara ?

21

ROBIN

Ou comment l'histoire du concombre prit tout son sens.

La magie de Tara s'activa sans qu'elle en ait conscience et la jeune fille mal réveillée, écarquilla les yeux pendant que la luminosité de la chambre s'accentuait encore. Galant s'envola, prêt à intervenir si nécessaire.

La jeune fille blonde leva la tête vers celui qui, obéissant à la logique qu'elle venait d'évoquer, s'était glissé dans sa chambre. Son cerveau était encore un peu endormi, ce qui fit qu'il fallut que deux neurones réagissent suffisamment pour identifier l'intrus. Lesdits deux neurones lui permirent enfin de mettre un nom sur le beau visage qui lui faisait face, après avoir transmis au passage l'information à sa langue qui articula avec hésitation :

— Robin ?

Le demi-elfe ne lui sourit pas. Il avait l'air fatigué et angoissé.

— Tu cours un terrible danger, lui dit-il. Je dois t'avertir que…

Tara sauta au bas de son lit et se précipita sur lui, l'étreignant avec une force à la mesure de son inquiétude.

Elle faillit le carboniser au passage, parce qu'elle avait oublié d'éteindre sa magie.

Robin la serra brièvement contre lui puis recula. Tara reprit vite ses esprits, même si mille questions se bousculaient dans sa tête :

— Robin ! J'ai eu la peur de… mais comment as-tu fait pour… tu es toujours recherché !

Ça commençait à bien faire tous ses amis qui non seulement ne lui obéissaient pas alors qu'elle essayait de leur sauver la vie, mais en plus s'introduisaient partout comme dans un moulin. Même si, pour une fois, elle était très contente. Et soulagée.

— Ça n'a pas d'importance de savoir comment j'ai fait pour venir ici, répliqua-t-il. Et oui, je sais, je suis toujours recherché, même si je n'ai rien fait à Cal. Écoute, ça, c'est bien plus important, comme je te le disais…

— Bon sang ! l'interrompit brutalement Tara qui elle, aurait bien voulu savoir comment il s'était échappé des prisons de Tingapour et s'était débrouillé pour arriver sur Tadix qui devait être l'endroit le plus surveillé de la galaxie pour l'instant. Nous sommes morts d'inquiétude pour toi depuis des heures ! Alors je répète : comment as-tu fait pour t'échapper ? Comment as-tu fait pour arriver jusqu'ici ? Pourquoi tu ne nous as pas donné signe de vie avant ? Tu es en mission ? Lisbeth t'a fait évader volontairement ? Est-ce que c'est une sorte de complot ou de plan bizarre que le Lancovit et Omois ont créé ensemble ?

Robin agita vigoureusement la tête sous le flot de paroles.

— Pas exactement, je ne pense pas que cela vienne du Lancovit ou d'Omois. Et oui, complot est bien le mot, j'ai eu vent d'une chose terrible. D'une conspiration abominable visant à nous tuer tous les deux ! fit le grand demi-elfe solennellement. Juste avant ton mariage avec Archange. Un assassin a été engagé et il doit te tuer.

Tara s'assit sur le bord de son lit, les jambes coupées. Galant se posa à ses côtés. Tara ne l'avait pas miniaturisé autant que d'habitude, sur les conseils de sa tante, afin d'impressionner et les Tadixiens et les démons. De fait il ne pouvait pas atterrir sur l'épaule de la jeune fille. Mais il voyait ce qui se passait, il était inquiet et lui retransmit son sentiment. Un assassin ? De la Guilde des assassins ? Pas bon, ça. Pas bon du tout.

Tara était tout à fait d'accord. La jeune fille blonde avait étudié cette étrange Guilde, dont elle n'arrivait pas à comprendre pourquoi Lisbeth laissait ses membres vivre sur son territoire. Après tout, les assassins étaient censés être condamnés pour leurs crimes non ? Mais Lisbeth lui avait toujours répondu que les assassins lui étaient utiles. Tara, dont le sens moral avait du mal avec les Omoisiens un peu trop pragmatiques à son goût, trouvait sa réponse bien trop élusive.

Mais le résultat, c'était que, si une cible était visée par les assassins, il y avait très peu de chances qu'elle survive. Sauf que Tara ne comprenait pas. Elle savait qu'elle était une arme contre les dém…

Elle pâlit.

— Robin. Tu crois qu'un démon a engagé un assassin afin de nous éliminer parce que nous serions trop dangereux pour eux ?

Robin hocha la tête.

— Nous ? Non. Toi ? Oui. Je ne vois pas d'autre solution. Tu es l'arme la plus redoutable que nous ayons contre eux, et ils le savent très bien. De plus, maintenant qu'ils ne peuvent plus avoir accès aux objets démoniaques, du moins ceux qui étaient conservés sur Terre, ils sont probablement plus faibles que prévu. Sur un échiquier, c'est la Reine qui est la plus puissante. Tu es la Reine Noire…

— Blanche, corrigea vivement Tara avec un petit frisson, je suis la Reine Blanche…

Robin rectifia.

— La Reine Blanche. T'éliminer revient presque à gagner la partie tout de suite.

— D'accord, donc là, non seulement je dois me méfier des démons, mais en plus je dois me méfier d'un assassin. Formidable, ma vie n'était pas assez compliquée comme ça…

Robin s'assit dans un fauteuil impeccablement blanc en poussant un soupir fatigué.

— J'ai tellement de choses à régler, souffla-t-il, c'est épuisant cette pression.

Mais Tara était surtout curieuse de savoir comment le demi-elfe avait fait pour entendre parler d'un tel complot alors qu'il était emprisonné dans les geôles du palais d'Omois – s'il avait été au courant avant, il lui en aurait parlé. Elle lui posa donc la question.

— J'étais en prison à côté d'un type, répondit Robin en lissant sa longue chevelure d'argent d'une main nerveuse. Un assassin qui avait été engagé pour assassiner Mourmur Duncan (ah, oui, Tara voyait très bien de qui il s'agissait). Dieux, c'était le type le plus bavard du monde. Moi je voulais juste avoir la paix pour essayer de comprendre qui m'avait piégé et s'en était pris à Cal, et l'assassin, lui, il voulait raconter sa vie. Il a parlé d'une rumeur. D'un contrat fabuleux. Plus que tout ce qui avait jamais été versé pour l'assassinat de qui que ce soit. Il a dit que j'avais de la chance d'avoir été emprisonné. Parce que sinon je serais mort. Il ne m'a pas fallu très longtemps pour comprendre que le fabuleux contrat dont il parlait, c'était toi, mais que cela me concernait aussi. J'ai réussi à l'attraper alors que nous faisions notre promenade dans le parc de l'Impératrice. Les gardes ont cru que nous luttions amicalement, mais je l'ai menacé de lui briser la nuque s'il ne m'en disait pas plus sur cet assassinat. C'est alors qu'il m'a avoué que la rumeur parlait de l'Héritière. Et du petit copain de l'Héritière. Sauf que celui qui avait passé cette double commande ignorait apparemment que nous n'étions plus ensemble...

Tara grimaça. Elle ne croyait pas trop en l'action d'un *Deus Ex Machina* invisible qui manipulerait les choses et les gens selon son bon vouloir. La grande question n'était donc pas : pourquoi vouloir l'assassiner ? Mais plutôt : Qui et à qui le crime profiterait ? Elle avait l'impression tout à coup de se retrouver dans un film de détective à la Agatha Christie. Ce qui était dommage, parce qu'elle ne trouvait jamais le coupable dans les livres.

Puis elle plissa les yeux, remarquant quelque chose.

— Où est Sourv ?

Robin ne remarqua pas qu'elle était sur la défensive soudain.

— Je l'ai laissée devant la porte afin qu'elle m'avertisse mentalement si quelqu'un arrivait. Pourquoi ?

Tara se détendit. Robin était bien Robin. Seuls les familiers pouvaient se connecter mentalement avec leurs frères et sœurs d'âme, ce n'était donc ni un espion, ni Archange ni qui que ce soit d'autre.

— Pour rien, je me demandais, c'est tout.

Le demi-elfe paraissait moins beau que d'habitude. Ses vêtements étaient froissés et ne lui allaient pas très bien.

Ceux qui l'avaient enlevé n'avaient pas trouvé de vêtements à sa taille ? C'était bizarre.

Soudain, Robin parut réaliser qu'il se trouvait dans la même chambre que sa petite amie, même si celle-ci ne se considérait plus comme sa petite amie et eut un étrange sourire.

Avant que Tara ait le temps de réaliser, il se jetait sur elle comme un loup.

Pourtant, son baiser fut d'une étrange douceur, comme s'il la découvrait, comme s'il l'explorait. Tendrement, délicatement. Puis tout aussi rapidement, il recula, avant que la jeune fille, choquée, n'ait le temps de réagir.

Celle-ci eut un délicieux sourire, puis sa fossette s'accentua et elle lança :

— Au moins, lorsque tu m'embrasses, je sais que je n'ai pas besoin de concombre !

Une lueur de surprise passa dans le regard de cristal du demi-elfe.

— De con... commença-t-il avant de s'interrompre, stupéfait.

Devant lui, Tara venait de se dresser. La changeline lui avait forgé une armure étincelante dorée et rouge, ses cheveux étaient tressés en une natte de combat, et ses mains brillaient d'une terrible lueur bleu-noir. Il n'eut pas le temps de réagir qu'une violente décharge de magie le clouait au mur, lui coupant le souffle.

— OK, fit Tara, d'une voix glaciale, maintenant, fini de jouer. Qui êtes-vous ?

Le demi-elfe essaya de parler, mais la magie pressait tant sur sa cage thoracique qu'il n'y arrivait pas. Tara relâcha un peu la pression, mais ne lui permit pas de libérer ses mains. Il resta collé au mur.

— Tara ! gémit-il, mais qu'est-ce que tu fais ? C'est moi ! Robin !

— Non, vous n'avez rien à voir avec Robin. Vous n'embrassez pas comme lui, vous ne connaissez pas notre code et surtout, vous me prenez pour une imbécile. J'ai horreur qu'on me prenne pour une imbécile. En fait, toutes les dernières personnes qui se sont risquées à me prendre pour une imbécile sont ou mortes ou en prison. Donc, je répète ma question. Qui êtes-vous ?

Robin gémit et se débattit de plus belle, suppliant Tara de le croire, mais la jeune fille fut inflexible.

— Je peux maintenir ma magie indéfiniment, mentionna-t-elle d'un ton détaché. Cela ne me demande aucun effort. Je peux même accentuer la pression, tout aussi indéfiniment.

La cage thoracique de Robin craqua soudain alors que la magie pesait de plus en plus lourd sur lui. Le demi-elfe croisa le regard de Tara. Elle était absolument sûre de ce qu'elle avançait. Il n'y avait aucune faille, rien qui puisse lui permettre de la tromper ou de la faire fléchir. Il s'affaissa un peu, dégoûté. Cela n'allait pas arranger ses affaires.

— Arrête ! cria-t-il, ça va ! Je me rends !

— Excusez-moi, persifla Tara, mais il est inutile de vous rendre, puisque vous êtes déjà mon prisonnier, Monsieur... ?

— Appelle-moi Monsieur X, grogna Robin d'un ton acariâtre. Et réduis ta foutue magie avant que mon corps ne craque. Bon sang, on ne devrait pas laisser autant de pouvoir entre les mains d'une gamine !

Tara ne releva pas, tout en allégeant un peu la force de sa magie. Ce n'était ni la première ni la dernière fois qu'un imbécile ferait ce genre de remarque, comme si le fait d'être jeune ou féminine était des handicaps majeurs pour posséder une grande puissance.

Tara trouvait souvent les gens bizarres.

Impression qui lui fut confirmée lorsque le visage de Robin glissa, comme de la cire qui fond, ce qui lui retourna le cœur, afin de se reconfigurer en un visage banal et passe-partout, qu'on oubliait quelques secondes à peine l'avoir vu.

— Des Gnorks, c'est quoi ? demanda-t-elle soudain pour chasser l'image horrible de ce qu'elle venait de voir.

L'inconnu sur son mur fut si surpris qu'il en perdit la voix pendant quelques secondes. Puis il répondit d'une voix incrédule.

— Ce sont les organes reproducteurs, c'est un juron de mon peuple, mais où, Troiku[1] me ravage, as-tu entendu ca ?

— Vous avez prononcé ce mot lorsque je vous ai interrogé à Tingapour. J'ai consulté les bases de données elfes depuis, mais je n'ai jamais trouvé ce mot. C'est à partir de ce moment que j'ai commencé à me poser des questions. Mais Robin aurait pu entendre ce juron quelque part et le répéter. Ensuite, lorsque vous m'avez embrassée, j'ai compris que vous n'étiez pas Robin, c'était bien trop différent. (Elle n'expliqua pas l'histoire du concombre, cela fonctionnait bien, et Cal avait raison, le cucurbitacée n'avait aucune chance de se retrouver dans une conversation amoureuse, ce qui était bien pratique pour démasquer les imposteurs comme elle venait de le faire. Elle se posta une petite note mentale « remercier Cal ».) Mais vous auriez pu m'avoir. Vous avez dit que Sourv était en faction devant la porte, je ne me suis donc pas méfiée. Il vous suffisait de ne pas me toucher, alors ma seconde question est : Pourquoi m'avez-vous embrassée ?

L'homme eut la plus étrange des réponses.

— Parce que tu es opaque. Un vrai phénomène. J'ai cru qu'en te touchant j'allais passer la barrière, mais rien à faire. Le seul autre être que je n'ai pas pu « lire », c'est un gamin. Ah, et ces saloperies de démons, en plus des Diseurs. Vous avez tous développé une sorte d'immunité contre nous ou quoi ?

Tara pouvait parier son bras droit que le « gamin » était Jeremy. Le Dragon Renégat, qui avait manipulé leurs gènes à tous les deux, devait avoir aussi inclus des petites améliorations du genre « imperméable aux fouineurs mentaux ». Les Diseurs, eux-mêmes télépathes, devaient avoir une protection naturelle, quant aux démons… Tara pouvait imaginer qu'ils avaient étudié en profondeur la société AutreMondienne et connaissaient donc certainement l'existence des Diseurs. Ils devaient s'être équipés d'une sorte de barrière mentale afin que personne ne puisse venir fouiner dans leurs cerveaux. Dommage.

1. Divinité pourvue d'un nombre désagréable de crochets et griffes divers, ayant la très mauvaise habitude de retourner comme un gant les gens qu'elle n'aime pas.

P.-S. : comme quoi, chacun a le passe-temps qu'il peut…

Par déduction, le type en face d'elle était donc une sorte de télépathe, si elle avait bien compris ce qu'il venait de lui dire. Et elle se maudit. Elle aurait dû se méfier, il l'avait déjà finalement dit lorsqu'elle l'avait interrogé. Emprisonné sous la forme de Robin dans les cellules d'Omois, il lui avait dit qu'il ne comprenait pas, qu'elle était « opaque », terme qu'il venait de répéter. Elle avait cru que Robin parlait de ses sentiments, mais bien sûr, cela n'avait rien à voir. Elle formula ses pensées :

— Vous êtes télépathe, c'est ça ?

L'homme hocha la tête.

— Plus ou moins. Nous arrivons à capter les idées les plus importantes, surtout lorsque les gens se méfient inconsciemment parce que nous avons fait ou dit quelque chose que notre modèle n'aurait pas fait ou dit. Grâce à ce don, nous pouvons les rassurer.

— Les tromper, plutôt ! gronda Tara. Alors ? Où est le véritable Robin ? Pourquoi avez-vous agressé Cal et qu'est-ce que vous me voulez, à la fin ?

L'homme la regarda puis fit poliment, en la vouvoyant :

— Je vais répondre à toutes vos questions, mais j'aimerais, s'il vous plaît, que vous me fassiez descendre. Je commence à avoir mal aux jambes. Je ne tenterai rien contre vous. Vous m'avez démasqué, ce qui n'était pas arrivé depuis des années. Je m'incline devant votre sens de l'observation. Bravo.

— Je veux bien vous permettre de vous asseoir dans un fauteuil, mais ma magie restera autour de vous. N'essayez pas de tenter quoi que ce soit, ce serait inutile.

— Je vous donne ma parole, répondit l'étrange individu.

Quelques secondes plus tard, il posait ses pieds par terre avec soulagement, puis sagement, s'asseyait. Il fit mine d'ignorer le voile de magie bleue qui l'entourait. Tara se fichait de la parole du type comme de son premier bavoir. Elle n'avait pas confiance, elle ne lui laisserait aucune chance de la surprendre.

Mais le type avait d'autres préoccupations.

— Si cela ne vous ennuie pas, je vais d'abord répondre à votre dernière question. C'est moi.

Tara leva un sourcil.

— C'est moi quoi ?

— Celui dont je vous parlais tout à l'heure.

— J'ai besoin d'un peu plus de précisions, là. Celui dont vous parliez tout à l'heure quoi ? s'énerva Tara.

L'homme obéit vivement.

— L'assassin. Le contrat. C'est moi. Je suis venu ici pour vous assassiner.

Tara ne broncha pas. Du moins extérieurement. Si le type avait voulu la tuer, il aurait tenté sa chance alors qu'elle était endormie. Il aurait eu une très mauvaise surprise, vu que la magie surpuissante de Tara avait une forte tendance à carboniser tout ce qui essayait de la toucher, même pendant son sommeil, mais il ne s'y était même pas risqué. Cela signifiait donc qu'il n'allait pas l'assassiner. Elle attendit patiemment.

Un peu déçu de voir que sa déclaration n'amenait aucune réaction, Monsieur X poursuivit. Il expliqua comment il avait été contacté, la somme versée (Tara souffla doucement, c'était un paiement... impérial !), précisa qu'il n'avait aucune idée de l'identité du commanditaire, même s'il pouvait la subodorer, et donna les termes et conditions. Enlever Robin. Se faire passer pour lui. Blesser Cal, même s'il n'avait pu comprendre pourquoi qu'ensuite, accompagner Tara sur Tadix, tuer Tara au moment de son mariage avec Archange.

Tara se raidit. De tout cela, ce qu'elle avait surtout retenu c'était « enlever Robin ». Soudain, le champ magique se resserra autour de Monsieur X et il se trouva à court d'air.

— Qu'est-ce que vous avez fait de Robin ? gronda Tara, folle de rage. Dites-moi tout de suite où il se trouve ou je vous écrabouille comme la sombre crapule que vous êtes.

L'assassin avait le visage rouge et luisant lorsque Tara relâcha sa prise. Il hoqueta bruyamment à plusieurs reprises afin de retrouver son souffle.

— Ceci était inutile, finit-il par dire lorsqu'il put parler. J'allais vous dire que votre ami était sur AutreMonde. Je l'ai emprisonné dans un endroit connu de moi seul muni d'une minuterie qui se déclenchera dans trois jours, en plus de deux gardes qui s'occupent de lui, au cas où ils seraient neutralisés. Si je ne suis pas rentré d'ici là, il mourra.

Tara pâlit. Monsieur X n'était pas un idiot. Il venait de lui lier les mains. Que cela soit vrai ou pas, elle ne pouvait plus le tuer. Même si, contrairement aux sanguinaires AutreMondiens, en dépit de sa réputation, Tara ne tuait personne, du moins, pas si elle n'y était pas obligée, en général pour sauver sa vie d'ailleurs.

Il lui restait une option, très « magisterienne ». Elle resserra le champ sur l'homme qui se figea, apeuré.

— Je ne peux peut-être pas vous tuer, fit la jeune fille d'une voix mortellement douce. Mais je peux vous faire mal. Vous faire tellement mal que vous me supplierez de vous écouter lorsque vous me direz exactement où se trouve Robin et comment le délivrer. Ce champ peut vous écorcher vif, très lentement. Je peux aussi le faire chauffer.

Elle joignit le geste à la parole et la peur envahit le visage de Monsieur X, lorsque, soudain, la température du champ augmenta, tandis qu'il devenait rugueux au point qu'en bougeant légèrement l'homme s'entailla la peau de la main.

— Je ne suis pas votre ennemi, Tara Duncan, dit-il rapidement. Nous libérerons Robin, ensemble, là n'est pas la question. Et il est inutile de me torturer, parce que je suis venu ici pour vous aider. Et vous sauver tous les deux. Et AutreMonde aussi si possible !

Tara relâcha un peu le champ, lui rendit sa forme et sa consistance normales. Elle fixa Monsieur X et celui-ci lut dans le regard bleu impitoyable qui lui faisait face qu'elle n'hésiterait pas une seconde à recommencer si cela était nécessaire. Ignorant le sang qui coulait de sa main, il commença :

— Au début, j'ai cru que le commanditaire était un AutreMondien. Vous avez gêné les plans de nombreuses personnes, et toutes aussi nombreux sont les gens qui ont peur de vous et de votre pouvoir. Mais au fur et à mesure que le commanditaire m'expliquait ce qu'il voulait que je fasse, je commençais à me demander si je ne m'étais pas trompé, si tout ceci était bien plus vaste qu'un simple assassinat. J'ai pensé refuser, mais je ne suis pas le seul assassin sur AutreMonde. Il y en a d'autres. Je ne pouvais pas courir le risque qu'il engage quelqu'un de suffisamment compétent pour vous tuer. J'ai donc accepté le contrat.

— Et vous avez enlevé Robin.

— C'était la première condition.

Tara serra les mâchoires.

— Et ensuite ?

— J'ai revêtu son identité.

— Ces formes, que vous pouvez adopter, ne sont pas des illusions, sinon vous ne seriez jamais passé. Comment avez-vous trompé ma porte ? Elle prélève l'ADN des gens. À moins qu'il n'y ait un sort qui soit capable de modifier l'ADN, ce qui, je l'imagine, est toujours possible, je ne vois pas comment vous avez procédé.

Le prisonnier s'agita.

— Je vais vous donner le nom de ma race, mais il faut absolument que vous me juriez que jamais, jamais, et particulièrement à des vampyrs, vous ne révélerez ce que je suis.

Tara se raidit.

— Je ne jure rien du tout. Si je vois qu'il y a une bonne raison, je ne le ferai pas, c'est tout. Mais m'engager alors que je ne sais pas à quoi est hors de question. Alors cessez d'essayer de gagner du temps et dites-moi tout !

Le prisonnier eut la tentation d'insister, mais il vit sur le visage de la jeune fille qu'elle était à bout de patience. Et s'il était carbonisé, qu'elle dise qui il était n'aurait plus grande importance pour lui.

— Je suis un changelin, avoua-t-il comme s'il s'agissait du plus grand secret au monde.

— Et ? fit Tara.

Il la regarda, un peu vexé.

— Et les vampyrs nous ont exterminés parce que nous nous sommes opposés à eux lorsqu'ils ont tenté de conquérir AutreMonde. Ils ne nous ont jamais pardonné. Encore aujourd'hui, dès qu'ils démasquent l'un d'entre nous, ils le tuent.

— Excusez-moi, fit Tara, acerbe, mais vous êtes un assassin. Je peux comprendre que les vampyrs assassinent les assassins. Bref, en quoi le fait d'être un changelin, comme vous dites, vous a permis de tromper la porte ?

Si le changelin avait escompté la moindre compassion, il s'était lourdement trompé. Avoir enlevé et menacé Robin n'était pas un bon moyen de se faire une amie de Tara. La jeune fille avait tellement envie de voler au secours du demi-elfe qu'elle en tremblait presque. Même en sachant que pour l'instant elle ne pouvait rien faire, parce que les Portes de transfert étaient fermées.

— Nous copions totalement nos doubles, répondit le changelin. Il n'est pas possible de nous discerner physiquement. Il suffit que nous mangions un petit bout de vous, que ce soit un cheveu, un poil, un morceau de peau, pour vous reconstituer totalement. (Il marqua une petite pause.) À part les cicatrices, malheureusement, ce qui fait que nous devons nous en infliger lorsque ceux que nous imitons en ont. Heureusement, avec les Reparus et les crèmes de beauté magiques, rares sont les AutreMondiens qui en portent.

Tara se pencha vers lui, sa magie luisant dangereusement sur ses poings soudain serrés.

— Et en nous embrassant ? Ça fonctionnerait aussi ?

— Oui, répondit le changelin. Mais il faudrait un baiser bien plus appuyé que celui que je vous ai donné. Là je voulais juste savoir si je pouvais passer votre espèce de barrière mentale, je ne tentais pas de vous copier. De toutes les façons, si j'essayais de le faire, il me suffirait de vous voler un cheveu.

— Et cette forme volée, vous pouvez la conserver longtemps ?

— À jamais, si nous le désirons, répondit le changelin. Mais nous évitons. Nous préférons retrouver notre véritable apparence le plus souvent possible.

Tara désigna le corps du prisonnier.

— C'est cela ? C'est votre vrai visage ?

Le changelin eut un sourire sournois.

— Non. Nous ne dévoilons jamais notre véritable apparence. Sauf lorsque nous sommes en famille. Ma femme et mon bébé savent à quoi je ressemble, bien sûr.

Tara le regarda attentivement. Mais le type n'essayait pas de l'attendrir, il avait dit cela spontanément, sans y prêter attention. Il passait d'ailleurs à autre chose.

— Bref. Nous faisons, bien entendu, de formidables espions et assassins. Mais nous sommes si peu nombreux et les vampyrs sont partout, alors nous sommes obligés de faire profil bas. Un certain nombre d'entre nous ont émigré sur Terre, où les vampyrs ne vont guère. C'est là où j'ai été élevé. Je suis ensuite venu sur AutreMonde et j'ai fait l'université de la Guilde des scriptes.

Tara était surprise. Un scripte ?

— Ensuite, j'ai réalisé que j'aimais l'argent, mais plus encore le frisson de l'excitation, le plaisir de la traque, la mise à mort étant la partie la plus déplaisante, je le concède. J'ai donc décidé de faire partie de la Guilde des assassins, interrompant ma formation de scripte. J'ai dû rembourser ce qu'ils avaient déjà dépensé pour me former. Ensuite, je me suis appliqué à devenir le meilleur. Ce qui est le cas maintenant. Mais c'est la première fois que je dois rompre un contrat en sauvant la vie de ma cible !

À voir sa tête, on réalisait qu'il n'arrivait pas à y croire lui-même.

— Bon, ensuite, vous avez à moitié tué Cal.

— C'était ce que précisait le contrat. Les maîtres de la Guilde n'aiment pas organiser d'opérations où ils ne comprennent ni les tenants ni les aboutissants des contrats. Mais là, la somme versée était tellement fabuleuse qu'ils n'ont pas cherché plus loin. Moi non plus d'ailleurs, jusqu'au moment où j'ai appris cette histoire de sang. Que vous perdiez de la puissance en donnant votre sang. Soudain, tout ce que je trouvais étrange prenait du sens. Quelqu'un voulait vous affaiblir, sans doute pour vous amener à faire quelque chose qui ne serait pas possible si vous étiez au faîte de votre puissance. Ensuite, il se débarrassait de vous en vous faisant tuer.

— Mais, dans ce cas, opposa très logiquement Tara, pourquoi ne pas me faire tuer tout de suite ? Alors que j'étais affaiblie justement ?

— C'est aussi le point qui m'ennuie, concéda le changelin. Je ne comprends pas cette seconde clause. Donc j'ai blessé Cal et vous l'avez soigné. Et c'est là que leur plan a dérapé. Vous auriez dû me défendre, ne pas croire une seconde que j'avais agressé Cal et m'emmener avec vous sur Tadix. Or non seulement vous ne m'avez pas défendu, mais en plus, vous m'avez fait emprisonner.

— Je voulais préserver la vie de Robin ! gronda Tara. Comment avez-vous fait pour vous échapper ?

— Nous échapper est très facile, répondit le changelin avec dédain. Nous pouvons adopter toutes les formes que nous voulons, de la simple puce au draco-tyrannosaure sans utiliser de magie ! Mais j'avais encore plus simple. Il me suffisait d'une petite mise en scène, me transformer en mouche, sortir de la cage, voler jusqu'aux caméras, me transformer en brillante, puisque j'allais avoir besoin de mains, les débrancher, retourner dans la cage et changer de visage. Il suffisait ensuite de m'assommer tout seul pour avoir un parfait alibi. Sauf qu'alors que j'allais reprendre forme humaine, les gardes ont amené la vampyr, Selenba.

Il déglutit, il avait l'air terrorisé soudain.

— Avec elle dans la même pièce il était hors de question que je redescende. Je suis donc resté sur la caméra débranchée, frissonnant à l'idée que Selenba puisse me détecter. C'est alors qu'il s'est produit un truc de dingue. Une sorte de passage s'est ouvert. Un type avec un masque en est sorti, il a ouvert la cage alors que Selenba tentait de lui échapper, l'a assommée, l'a jetée sur son épaule, puis est reparti dans le passage.

Tara en resta bouche bée. Un sangrave ? Magister avait envoyé un sangrave récupérer Selenba ? Et pas avec son accord apparemment, bien qu'elle se soit bien gardée de dire ce qui s'était passé. Elle était donc bien là contre l'avis de Magister ? Cela changeait beaucoup de choses. Tara devait absolument le dire à Safir...

— Je me suis dépêché de redescendre, termina Monsieur X, de me retransformer puis de m'allonger sur le sol, à moitié assommé. L'alerte a été donnée, le vampyr a tout de suite senti ce qui s'était passé. Pour lui échapper, je pense que le sangrave a dû abandonner Selenba, parce que le vampyr est revenu avec celle-ci dans ses bras.

— Mais pourquoi a-t-elle menti ? murmura Tara, songeuse. Selenba a dit qu'elle n'avait pas vu celui qui l'avait assommée. Il lui suffisait de dire la vérité, je ne comprends pas.

Le changelin ignora son intervention, il ne savait pas pourquoi la vampyr avait menti et s'en fichait.

— Ensuite, les gardes m'ont libéré, après avoir fait une enquête, mais le marchand dont j'avais pris l'identité est un gars sans histoire qui est en vacances à Arcadia, près de la mer des Brumes depuis un mois et demi, le veinard. Ils ne pouvaient donc rien trouver, à part que j'étais tranquille et parfaitement normal. Ils m'ont laissé partir. Je suis retourné au palais, j'ai emprisonné l'un des lutins P'abo qui devait se rendre sur Tadix et j'ai pris son identité. Ensuite, j'ai attendu que vous soyez seule. Et à présent, me voici. Mon idée sur le commanditaire, c'est qu'un autre démon qu'Archange n'a pas du tout envie que vous deveniez son épouse !

Tara approuva. Depuis qu'il parlait, elle réfléchissait furieusement. Elle savait déjà qu'il y avait plusieurs factions chez les démons, dont notamment La Faction bleue, dirigée par feu le démon Diablo, assassiné depuis et qui prônait le retour aux sources, et la Faction jaune, qui militait pour la terraformation et la transformation physique des démons. Les deux s'affrontaient assez violemment, d'après ce que Tara avait pu voir. Elle comprenait très bien que pour les puristes bleus, engager des alliances et même un mariage avec des humains était un point de non-retour.

Elle avait aussi vu à quel point les quasi-humains démons étaient arrogants avec les démons. Lorsqu'on était une race jeune, on avait au moins la prudence de rentrer la tête et d'être polie avec ses aînés.

Il fallait qu'elle parle avec Lisbeth. Pire, il allait aussi falloir qu'elle parle avec Archange. Parce que si quelqu'un de son peuple avait fomenté ce double assassinat, ce serait encore plus parfait si Archange y passait en même temps. Or Lisbeth n'aurait qu'un reflexe si Tara était assassinée sous ses yeux. L'Impératrice appuierait sur le bouton et tout le monde se retrouverait en OutreMonde.

Tara avait retiré les objets démoniaques avant de se coucher, mais elle sentit qu'ils frémissaient. L'explosion les détruirait aussi, les libérant pour mieux les emprisonner de nouveau. Ils ne voulaient pas de cela, à aucun prix. Elle les remit, se demandant avec un certain étonnement à quel moment elle avait cessé de les considérer comme des ennemis.

Puis, prenant le prisonnier par surprise, elle activa son hor. Les échanges entre Lisbeth et Tara étaient cryptés. Pas de risque que les Tadixiens ou des oreilles étrangères n'interceptent ou ne comprennent ce qu'elles allaient se dire. L'image grandeur nature de Lisbeth s'anima devant Tara. La magnifique Impératrice était sur le point de sortir de sa propre suite, accompagnée par ses suivantes, ministres, gardes et autres courtisans. Tara savait qu'elle n'aurait pas l'occasion de lui parler en privé plus tard. Elle fut donc précise.

— Code violet, fit-elle.

Lisbeth se raidit lorsqu'elle vit que Tara était en armure de combat. D'un geste, elle ordonna à tout le monde de sortir, ignorant le murmure étonné et inquiet de ses courtisans.

— Code violet, murmura-t-elle lorsqu'elle fut seule, la main sur son hor, danger de mort immédiat. Archange a attaqué ? Dois-je activer le bouton ?

— Non, non ! cria Tara. Laisse ce bouton tranquille ! Nous avons un problème autre, mais tout aussi grave.

En quelques mots la jeune fille blonde lui expliqua ce qui s'était passé, ne dévoilant que le strict minimum et passant sous silence la race de l'étrange bonhomme. Lisbeth, les traits tirés par l'inquiétude, écouta, tout en posant de temps en temps des questions précises.

— Tu as raison, dit-elle, il va falloir que nous parlions avec Archange. Il nous sera sans doute reconnaissant de lui avoir sauvé la vie. Enfin, espérons. Le dîner et le concert ne vont pas tarder à commencer. Rejoins-moi vite, Tara. (Lisbeth fixa le prisonnier derrière Tara). Y a-t-il un risque qu'il s'échappe, as-tu besoin d'aide pour le garder ?

Mais Tara s'était fait une opinion sur l'assassin.

— Je crois qu'il est de notre côté. Enfin du côté de la survie. Je vais le laisser libre, avec pour mission de veiller sur nous. S'il se fond dans la foule, puisque c'est son métier, il pourra surveiller de loin, c'est encore mieux.

Lisbeth conserva son air méfiant, mais céda.

— Très bien, je te laisse gérer ceci. À tout de suite.

Puis elle coupa la communication. Tara fit de même. Le prisonnier lui jeta un regard plein d'espoir.

— Vous allez vraiment me libérer ?

— C'est ce que je viens de dire, non ? s'étonna Tara. (Il était sourd ou quoi ?)

— Oh, mais vous auriez pu mentir à l'Impératrice, puis me tuer afin qu'elle puisse ensuite dire qu'elle n'était pas au courant. C'est habituel, dans les gouvernements. Plausible dénégation, qu'ils disent…

Tara soupira. Elle avait oublié la bonne vieille paranoïa des AutreMondiens. Elle coupa sa magie mentalement, sans incanter, ce qui impressionna beaucoup Monsieur X, puis lui lança un Reparus. Il sursauta lorsque la magie le toucha et guérit sa main. À son visage, Tara comprit qu'il avait cru qu'elle avait lancé un Destructus.

— Peut-être que votre commanditaire tentera de reprendre contact avec vous, ne serait-ce que pour s'assurer que vous êtes bien en place. Il est primordial que nous sachions qui est le démon derrière tout ceci. Il a été convenu avec les dragons comme avec les démons que, si une alliance était passée, un premier mariage aurait lieu sur Tadix puis un second sur la planète de la mariée et un troisième sur la planète du marié, quel que soit le marié. Le commanditaire sait donc que vous pourrez agir ici. Trouvez-le, démasquez-le.

— Comptez sur moi, l'assura gravement le changelin.

— Vous pouvez devenir l'un d'entre eux ? demanda Tara qui venait d'être traversée par l'idée.

— Oui, je pourrais. Mais ils sont opaques, ce qui fait qu'ils risquent de me démasquer très vite. Et puis, ils utilisent cette étrange magie noire. Chaque fois que j'ai essayé de toucher leurs esprits, ils m'ont opposé cette barrière et croyez-moi, ce n'était pas agréable. S'ils me demandent de faire de la magie, même en ayant copié un démon, je serais incapable d'utiliser cette… cette chose. Je préfère donc ne pas tenter le coup.

— Oh, fit Tara, mais lorsque je disais l'un d'entre eux, je ne pensais pas forcément à un bipède. En fait je pensais plutôt à un quadrupède. Rose, avec de grands yeux attendrissants et une fourrure à caresser.

Le changelin écarquilla les yeux.

— Vous pensez à leurs chatons démoniaques ?

— Absolument. Belzebuth communique avec Fafnir, mais les autres ne sont pas des familiers, ils ne sont pas télépathes, donc ils ne pourront pas vous démasquer…

Le changelin eut un sourire tordu.

— C'est une excellente idée vous savez, finit-il par concéder.

Tara retint un soupir. Pour une très étrange raison, le fait qu'elle soit blonde et plutôt jolie faisait que les gens, surtout les gens nettement plus âgés qu'elle, avaient tendance à penser qu'elle n'avait pas de cerveau.

Elle durcit et ses traits et sa voix. Venait un dernier point, nettement plus déplaisant :

— Maintenant, reste une dernière question. Il y a très peu de chances que tout ceci soit possible en trois jours. Que se passera-t-il si vous ne revenez pas, pour une raison ou pour une autre, mais que je n'y sois pour rien ? Je veux récupérer Robin sain et sauf, ceci n'est pas négociable.

— Je suis en communication satellite avec ma base, répondit sereinement Monsieur X. Je les appelle tous les jours à heure fixe afin de les rassurer. Tant que je les appelle, le prisonnier est nourri et soigné. Si je ne les appelle pas à temps, alors, à compter de trois jours après mon appel, la minuterie entrera en action et il sera exécuté. Que les gardes soient là ou pas n'y changera plus rien.

Tara serra les dents.

— Vous avez intérêt à ne pas mourir, cracha-t-elle. Parce que si je meurs aussi, je vous rechercherai dans tout OutreMonde, que je connais bien pour y avoir passé un mois, et je ferai de votre outrevie un véritable enfer !

Le changelin eut l'air légèrement inquiet, puis se leva avec précaution en grimaçant un peu. Même si le Reparus avait effacé les douleurs de sa main, son corps ressentait encore l'effet de l'écrasement qu'il avait subi.

— Vous avez vraiment Sourv avec vous ? demanda Tara.

Le changelin hésita.

— Non, répondit-il. C'est un sort solide. Mais je ne peux pas la faire bouger beaucoup.

Ah, cela expliquait pourquoi la turbulente hydre à sept têtes de Robin était aussi calme chaque fois que Tara l'avait vue au cou de Robin.

Tara ordonna à la changeline de lui créer une tenue de cérémonie. La changeline fit disparaître son armure et lui créa une magnifique robe noir et blanc qui lui dénudait le dos et les épaules, sculptant son corps, son ventre plat et ses cuisses fines comme une statue. Monsieur X écarquilla les yeux, siffla doucement, hommage respectueux à la beauté de la jeune fille, puis se transforma lui aussi. L'instant d'après, il était nettement plus petit et vert, s'étant changé en lutin P'abo.

Monsieur X sortit précautionneusement de la chambre. Il se faufila entre les jambes des gardes et disparut tandis que Tara retenait leur attention.

Tara respira un grand coup et releva la tête. Le concert allait commencer.

D'une certaine façon, il était aussi temps pour elle de faire le show.

22

MARA

Ou comment faire du vaisseau spatial-stop.

Mara essuya son poignard. Devant elle, le cadavre de Selenba gisait, dans une mare de sang.

Elle releva la tête vers la silhouette holographique ténébreuse de Magister qui la regardait en silence.

La jeune fille était détendue. Elle avait fait exactement ce que voulait Magister. Elle désigna le corps de son couteau et demanda dédaigneusement :

— Voulez-vous que je lui tranche la tête et que je vous la rapporte ? Ce sera salissant, mais ça ne me gêne pas.

Magister semblait surpris.

— Comment as-tu fait ? fit-il de sa voix de velours liquide.

— Selenba a été transformée en vampyr normale, elle n'était plus le Chasseur, répondit Mara en dévoilant son bras cassé qui pendait et l'énorme entaille souillée de sang sur son ventre. Elle a commencé à m'expliquer qu'elle voulait avoir une vie « normale » et blablabla, elle n'a pas vu en moi l'assassin, elle n'a vu que l'Héritière, même si elle s'attendait à ce que je l'attaque après lui avoir dit que j'avais volé quelque chose pour vous et que vous m'aviez demandé de la tuer en échange. Pour sauver Cal.

Magister se raidit.

— Tu lui as dit la vérité ?

Mara haussa les épaules, oubliant que son bras était cassé et le regretta aussitôt.

— Les vampyrs sont capables de détecter les mensonges. Il était plus simple de lui faire croire que j'étais de son côté. Elle m'a dit qu'il suffisait que je loue un vaisseau pour me rendre sur Tadix, que je n'avais pas besoin de vous. Sauf que, d'une part, tous les vaisseaux sont cloués au sol et personne n'acceptera de s'approcher de la planète maintenant que les démons sont là, et que, d'autre part, je n'ai pas d'agents sur place afin de faire venir Cal dans le vaisseau. J'ai fait comme si je me ralliais à son idée. Elle ne s'attendait donc pas à ce que je l'attaque, mais, brolk de slurk, quelle magnifique combattante, même affaiblie ! Elle s'est défendue. Heureusement que j'ai réussi à lui planter la dague dans le cœur tout de suite, sinon elle m'aurait eue.

Elle eut une grimace de douleur et vacilla un peu. Magister vit qu'elle était au bord de l'évanouissement.

— Très bien, Mara Duncan, dit-il d'un ton étrangement cérémonieux, tu as rempli ton contrat. Apporte-moi ce que tu as volé, voici les coordonnées et tu pourras partir sur le vaisseau. Mes agents agiront selon tes ordres.

Il coupa la communication. Mara regarda un instant le corps, puis activa un Transmitus. Elle n'avait pas envie d'être là lorsque Safir découvrirait le cadavre de Selenba.

Elle se trouvait en direction des Portes de transfert lorsque l'alarme se mit à sonner. Elle avait laissé ses gardes devant la porte de la suite et imaginait très bien leur angoisse de voir l'Héritière de l'Héritière envolée et une vampyr morte à la place.

Une fois à la Porte, elle entra les coordonnées que lui avait données Magister. La seconde Porte était automatique et la renvoya sur d'autres Portes jusqu'à ce qu'elle n'ait absolument aucune idée de l'endroit de l'univers dans lequel elle se trouvait. Un sangrave se tenait devant elle, ce n'était pas Magister, il n'en avait ni la carrure ni le charisme. Sans un mot, il tendit la main et Mara lui remit le grimoire. Puis il incanta un Reparus pour guérir la jeune fille, entra de nouvelles coordonnées et Mara se retrouva dans la Salle de transfert d'un vaisseau.

Une femme aux yeux clairs et froids vint la chercher, lui montra sa chambre minuscule, grise, munie d'une petite douche, d'un lit bas et d'une unique lampe, puis la prévint qu'ils allaient décoller d'ici quelques minutes.

Mara opina et la suivit dans la salle de contrôle. Le vaisseau en forme de bloc carré, très *2001 l'Odyssée de l'Espace*, aurait dit Tara ou Fabrice – sauf qu'il était gris et non noir – bondit dans le ciel d'AutreMonde. D'ici deux heures au grand maximum, ils seraient en orbite. Elle ouvrit la vidéocristal. Les scoops étaient en train de filmer Tara se rendant au concert. Mara sourit. Et s'installa confortablement pour suivre les événements.

23

LE CONCERT

Ou comment réaliser qu'en art musical tout est une question d'interprétation... dans tous les sens du terme.

Traqués par les scoops, en chemin, Tara et ses gardes récupérèrent les autres membres du magicgang. Tout le monde était en grande tenue de soirée, ils étaient très élégants, y compris Fafnir qui avait étrenné une époustouflante robe de cuir blanc qui faisait ressortir ses tresses rouges et son teint perpétuellement bronzé maintenant qu'elle passait bien plus de temps dehors que sous terre.

Mais Cal perdit son sourire étincelant et admiratif lorsque Tara lui glissa à l'oreille qu'elle avait eu des nouvelles de Robin et qu'il était prisonnier. Elle ne pouvait pas lui en dire beaucoup plus, mais l'inquiétude brilla dans les grands yeux gris du Voleur.

Ils rejoignirent l'Impératrice et, à son grand regret, Tara fut séparée du magicgang. La gravité était normale dans la salle de concert, enfin normale pour Tadix, c'est-à-dire bien trop faible pour les AutreMondiens dont beaucoup avaient du mal à s'adapter. Les Tadixiens avaient distribué des tas de pilules afin que personne ne soit malade, mais à voir le visage verdâtre de certains, cela ne fonctionnait pas tout de suite. De nouveau, Tara bénit sa robuste constitution.

Un murmure salua l'entrée des démons. L'Impératrice avait fait distribuer les codes pour la soirée, noir, blanc et or. Ils étaient tout aussi élégants que les AutreMondiens, parfaits, superbes, une grande majorité en smoking, mode qui avait bien pris sur AutreMonde. Ils s'installèrent tout autour de la salle, là où les placeurs tadixiens leur indiquaient les numéros de leurs sièges. Les fauteuils et les tables volantes ne nécessitaient pas beaucoup de magie, puisque la gravité était faible et les serveurs qui commencèrent à apporter les apéritifs faisaient des bonds extravagants afin de présenter les plateaux aux invités.

La salle était immense, d'un gris opaque afin que la lumière des étoiles ne gêne pas le spectacle. Les sièges étaient moelleux et la vue sur la salle parfaite, car un sort permettait de montrer les acteurs comme s'ils étaient devant soi. Grâce à un Grossissus, Tara put repérer Jeremy, Jordan à ses côtés, toujours aussi morose, Glubl, aux côtés de l'ambassadeur la Plante en Pot et Angelica qui discutait, encore, avec un démon aux curieux cheveux blanc et violet et... Tara sursauta, Archange ? Qu'est-ce que la peste faisait avec le roi des démons ? Elle était magnifique comme toujours, grande fille brune au corps impeccable, moulée dans une robe de dentelle noire particulièrement transparente et qui laissait peu de place à l'imagination.

Archange termina sa conversation tandis qu'Angelica faisait une petite moue déçue en rejetant en arrière sa superbe chevelure brune.

Il était habillé, lui aussi, en smoking noir à revers gansés de satin noir, nœud papillon blanc et ceinture blanche. Il leva les yeux vers Tara, lui sourit, puis monta sur un tapis qui l'amena jusqu'à elle. Son siège se trouvait à la gauche de la jeune fille.

— Qu'est-ce que te voulait Angelica ? demanda Tara d'un air détaché tandis qu'Archange la complimentait sur sa tenue.

Archange eut rictus ennuyé.

— En fait, je ne sais pas très bien. Elle fait des allusions... très difficiles à comprendre, cette jeune humaine.

La respiration de Tara se bloqua. Qu'est-ce qu'Angelica était en train de manigancer ? Comme son père, Angelica était avide de pouvoir. Et, indéniablement, Archange représentait énormément de pouvoir. Le siège vide qui attendait à sa droite fut vite occupé par Maître Chem, qui avait considérablement amélioré son apparence, notamment au niveau des yeux. À présent, le dragon était aussi séduisant que le démon, et bien que Tara garde un visage impassible, elle soupira intérieurement.

Ils étaient en compétition et elle avait l'impression d'être le lot accroché tout en haut du poteau enduit de savon noir…

Maître Chem la salua avec affection. Il utilisait l'amitié qui les liait afin d'exclure Archange de la conversation. Il lui demanda des nouvelles de sa grand-mère, de la famille, de ses amis, lui rappela des anecdotes amusantes. Si elle n'avait pas été en danger de mort, Tara aurait sans doute apprécié ce moment, car le dragon était assez habile et avait suffisamment d'humour pour la faire éclater de rire. Les premiers plats arrivèrent et l'Impératrice se leva, un verre en main. On lui avait déjà apporté des nouvelles intéressantes. Les démons n'étaient plus aqualic. Cela avait sans doute été lié à leur transformation d'avant, parce que, quand ils avaient goûté l'eau de mer spécialement importée à grands frais de la Terre par les Tadixiens, ils avaient poliment remarqué que c'était de l'eau salée et reposé leurs verres. En revanche, ils avaient beaucoup apprécié la majorité des plats qui leur avaient été présentés. À part certains dégoûts culturels (curieusement, dès que les légumes étaient verts, les démons semblaient avoir beaucoup de mal à les avaler, quelle que soit leur saveur) et deux ou trois désastreuses expériences (les démons avaient aussi du mal avec certaines des épices d'AutreMonde, dont au moins l'une les rendait sérieusement malades), il fut assez rapide de dresser la liste de ce qui leur était possible manger de ce qui leur était dangereux. Donc, ce que Lisbeth tenait dans sa main était une bête coupe de bullage, boisson gazeuse et dorée, délicieuse, très appréciée sur AutreMonde.

Tous les sièges se tournèrent vers l'Impératrice qui se trouvait un peu plus haut, dominant la salle.

— Je lève mon verre, fit la jeune femme, elle aussi moulée dans une superbe robe de satin de soie noire rebrodée d'or, ses longs cheveux blonds, bouclés pour l'occasion, et retenus par une tiare dorée aux diamants noirs, à nos invités, en espérant que ce toast soit porté pour une éternité de paix et de commerce. Bienvenue aux Boulimi-Lema !

Tout le monde, y compris Tara, mais pas Maître Chem qui serrait les lèvres avec émotion, reprit le toast.

Archange inclina la tête, but une gorgée délicate, qu'il salua d'un petit son approbateur, puis, le sort d'Amplificatus portant sa voix partout, il répondit :

— Merci aux AutreMondiens et aux peuples de cet Univers. Nous nous efforcerons de ne pas vous décevoir. À vous !

Il fit mine de ne pas remarquer que les dragons ne portaient pas de toast, mais Tara vit passer de l'agacement dans les yeux verts. Il n'aimait pas qu'on le rejette, le démon ?

— Et à propos de notre nom, comme vous avez pu le constater, nous avons changé d'apparence, nous avons donc décidé de changer de nom. Notre race se nommait les Boulimi-Lema. Ce qui dans notre langue signifiait « Les peuples des Soleils Noirs ». Mais nos soleils aussi ont changé, et nous avons décidé de nous rebaptiser les Xranks. Ce qui signifie « les amis », car notre but est de devenir vos amis, vos alliés. (Il se tourna vers Tara et la regarda tendrement, puis ajouta :) Vos conjoints.

Un tonnerre d'applaudissements salua son speech. Tara fit poliment semblant de boire mais n'avala pas une goutte. Elle n'avait l'intention d'épouser personne et avait vu ce que le bullage avait fait à Moineau.

Archange se rassit et les sièges se retournèrent vers la scène tandis que les lumières baissaient. Les serveurs commencèrent à disposer les plats tandis que les divas se mettaient en place, ainsi que l'orchestre.

Les décors étaient pilotés par des machines, mais, cette fois-ci, les AutreMondiens avaient aussi mis leur patte magique dans la conception du spectacle. L'immense amphithéâtre qui comptait cent mille places (et encore, ils n'avaient pas pris le plus grand, qui comptait plus de cinq cent mille places) se remplit lentement de brume, tandis que, sourds, sournois, angoissants, les grands tambours se mirent à battre au rythme d'un cœur énorme. Boum boum. Boum boum. La tension commença à monter tandis que d'énormes rochers roulaient sur la scène qui faisait presque la moitié de l'amphithéâtre. Les sortceliers n'étant pas limités par des problèmes de distance, puisque chacun pouvait voir les acteurs, danseurs, chanteurs comme s'il l'avait devant lui, ils avaient carrément reproduit une mini-île de l'Atlantide, au milieu d'un lac d'eau censé figurer l'Océan sur Terre.

Tara savait que les aragnes jouaient. Plusieurs des plus fameux groupes de rock sur AutreMonde étaient des groupes d'aragnes. Mais jusqu'à présent, sans doute parce que la majorité des habitants d'AutreMonde étaient des bipèdes et que tout le monde détestait instinctivement les araignées (et encore plus les araignées géantes intelligentes à queue de scorpion qui avaient la mauvaise habitude culinaire de dévorer ceux qui se risquaient dans leurs forêts et ne déchiffraient pas leurs charades), les aragnes, pas stupides, avaient toujours privilégié des chanteurs humains, elfes ou vampyrs pour les accompagner.

Or cette fois-ci, à sa grande surprise, elle vit une énorme aragne prendre place sur la scène. Les démons se penchèrent, impressionnés. Ils connaissaient les aragnes, bien sûr, qui avaient pris part à la guerre des Failles, mais entre les voir sur des images d'archives et en avoir une en face de soi, immense, avec ses huit yeux verts brillants d'intelligence et ses mandibules pleines de poison, ce n'était tout de même pas tout à fait la même chose.

Afin de s'échauffer, l'aragne, commença une note qui se mit à monter, monter. Un silence respectueux se fit au fur et à mesure que l'artiste, sans reprendre sa respiration, continuait, interrompant toutes les conversations, montant vers des hauteurs inouïes pour terminer dans une explosion finale.

Transportés, les gens se levèrent, hurlant d'enthousiasme afin d'applaudir ce tour de force incroyable. Un peu étonnés par la réaction des AutreMondiens, les démons allaient applaudir aussi, lorsque soudain, l'une des démones leva son beau visage vers les spectateurs et commença à chanter, elle aussi, une note unique. Comme l'aragne, elle commença très bas. Tara savait que les humains ne pouvaient atteindre que cinq octaves, 90 % des gens n'en possédant que deux.

Apparemment, personne n'avait expliqué ce point technique à la démone, parce que sa voix filait, pure et claire, vers les mêmes hauteurs impossibles que l'aragne. Qui ne se laissa pas marcher sur les pattes et fila une note qui vint s'emmêler et virevolter autour de la voix de la démone. Elles luttèrent amicalement pendant un instant, coupant le souffle des spectateurs jusqu'à terminer, toutes les deux, exactement au même moment.

Un silence stupéfait suivit l'impossible performance et soudain, le théâtre entra en éruption. Les gens bouleversés firent une véritable ovation à l'aragne et à la démone. Tara applaudissait à tout rompre, d'autant plus impressionnée qu'elle chantait à peu près aussi faux qu'une casserole. L'émotion mit un peu de temps à retomber, tandis que l'aragne et la démone saluaient gracieusement les fans enthousiastes.

C'était très intelligent de la part d'Archange, et Tara échangea un regard avec lui. En une seconde, les démons venaient de passer de : terrifiants ennemis, à : délicieux mélomanes. Les seules à n'avoir pas apprécié plus que cela étaient les autres divas, notamment humaines, qui faisaient grise mine en prenant place sur la scène, réalisant avec angoisse qu'elles allaient avoir du mal à rivaliser avec ce qui venait de se produire.

Ce fut peut-être ce qui motiva le chef d'orchestre, un thug à six bras, comme Kali, qui tenait quatre baguettes afin de diriger les quatre sections de l'orchestre, à lancer sans préavis, dans une explosion de cuivres, de corde et de cors, le célèbre *Opéra de la guerre de la Faille*, tandis que les divas entamaient un long cri d'alarme et que des jets de lumière fusaient vers les spectateurs, les touchant avec des grésillements funestes.

Tout le monde connaissait cet opéra.

Sauf les démons, apparemment.

Probablement plus à cause des jets de lumière qui imitaient les sorts destructeurs des sortceliers qu'à cause de la musique, les démons crurent qu'on les attaquait.

Comme un seul homme ils se dressèrent comme des ressorts, sortirent des armes d'un geste fluide et se mirent à tirer sur la scène.

Ce fut une hécatombe.

24

LA FACTION CACHÉE

Ou comment réaliser que ce n'est pas parce qu'on est un démon qu'on n'a pas de problèmes.

Archange, qui s'était mis les mains sur les oreilles avec une grimace stupéfaite lorsque l'orchestre avait entamé le morceau, hurla. L'aragne, touchée par plusieurs rayons s'écroula, s'emmêlant les pattes et s'écrasant sur un quart de l'orchestre. Heureusement, contrairement aux camhboums, leurs cousins, les tazboums, qui ressemblaient aux yeux de Tara à de grosses mottes de beurre coniques à tentacules et pupilles rouges, n'explosaient pas sous la pression d'émotions extrêmes, sinon les trois quarts de l'orchestre seraient morts de saisissement. Cependant, ils n'en demeuraient pas moins fragiles, parce qu'ils se déplaçaient lentement et constituaient des cibles faciles à abattre.

Ce dont les démons ne se privèrent pas.

Les corps tombèrent dans l'eau, dans la fosse, un peu partout.

Le service de sécurité, voyant qu'on décimait les musiciens et les chanteurs qui couraient dans tous les sens afin d'essayer d'échapper aux tirs destructeurs, répondit soudain aux tireurs. Des rayons partirent dans tous les sens et les spectateurs hurlèrent lorsqu'ils furent touchés à leur tour par les tirs de riposte.

Archange invoqua la magie démoniaque et Tara le sentit. Les Objets sur son corps réagirent, mais pas suffisamment pour que les démons puissent s'en rendre compte. La magie du roi démon frappa, non pas, comme Tara s'y attendait, les gardes, mais ses propres démons. Ils furent littéralement paralysés.

Voyant qu'ils ne répliquaient plus, les gardes se redressèrent lentement, au milieu de dizaines de corps inanimés. Tout le monde se précipita afin de sortir les artistes qui étaient juste en train de se noyer.

Archange, le visage blanc, fit disparaître la magie qui paralysait ses troupes avant de tourner son siège vers l'Impératrice, que les Hauts Mages avaient enveloppée dans une bulle de protection.

— Je suis profondément désolé, Votre Altesse Impériale d'Omois, ils ont été surpris, veuillez accepter toutes mes excuses !

Tara n'en revenait pas de la façon dont il avait réussi à neutraliser ses démons. Tous les six cents n'avaient pas dégainé et beaucoup s'étaient contentés de s'abriter derrière les tables ou les fauteuils, mais quand même, il avait gelé au moins trois cents d'entre eux d'un seul geste. Et les avait libérés tout aussi aisément. C'était impressionnant. À voir la tête de l'Impératrice et de ses mages, eux aussi trouvaient cela impressionnant.

Lisbeth fit signe aux mages de dissiper le champ de protection.

— Vos excuses ne ramèneront pas ceux que vos démons ont tués, rétorqua-t-elle, glaciale.

Archange la regarda d'un air étonné, mais Tara, mystérieusement, sentit qu'il s'amusait.

Comme un fou.

— Tués, répéta-t-il. Mais nous n'avons tué personne !

Lisbeth fronça les sourcils, désignant les corps éparpillés sur la scène.

— Et cela, c'est quoi ?

À ce moment, les chamans qui s'étaient précipités afin de soigner les blessés relevèrent la tête, la confusion inscrite sur leurs traits.

— Ils ne sont pas morts ! cria l'un d'entre eux. Ils sont juste endormis !

Lisbeth regarda Archange. Celui-ci lui sourit.

— Nous ne sommes plus la race belliqueuse que vous avez connue, expliqua-t-il avec délices. J'ai ordonné à mes sujets de ne jamais répliquer avec des armes létales. On n'assassine pas les gens avec qui on veut devenir amis. Toutes nos armes sont réglées sur « Étourdissement ». Elles endorment. Elles ne tuent pas. Et ils ont l'interdiction d'utiliser la magie, afin de ne pas risquer de vous blesser, si elle leur échappait.

Tous les chamans confirmèrent, au grand soulagement de Tara. Elle pouvait imaginer la confusion qui devait régner sur AutreMonde où les gens vivaient les événements en décalé.

— En revanche, fit Archange tandis que les démons dégageaient trois corps immobiles, je crois que vous, vous avez tué mes compagnons.

Lisbeth eut un sourire froid.

— C'est curieux, mais nos gardes avaient reçu les mêmes consignes. Nous n'utilisons que très peu les armes sur AutreMonde, nous estimons que les sorts sont plus précis. Ce ne sont pas des Destructus ou des Carbonisus que mes gardes ont lancés. Mais de simples Paralysus. Principe de précaution. Je vois que nous avons eu le même réflexe.

Effectivement, les démons qui avaient été touchés commençaient à bouger ou à secouer la tête, encore sonnés.

Archange se mordit la lèvre, désolé de ne pas pouvoir utiliser ce levier d'une éventuelle culpabilité afin de faire pression sur Lisbeth. De nouveau, il avait sous-estimé la prudence des humains, qu'il considérait pourtant comme suffisamment belliqueux pour tomber dans ses pièges. Il fit contre mauvaise fortune bon cœur. Tant pis. Ceci n'était que les premiers tests. Il aurait l'occasion de piéger l'Impératrice, il en était sûr.

Les divas furent évacuées, l'orchestre ranimé, et prié d'éviter les musiques trop bruyantes ou discordantes, les démons dégelés, et tout reprit son cours normal.

Le spectacle fut magnifique, mais Tara était bien trop tendue pour apprécier les superbes arabesques et contorsions des artistes, leur envol au-dessus des têtes des spectateurs ; aidés par la faible gravité, les danseurs accomplissaient des prouesses inouïes sur les chants et la musique majestueuse. Elle sentait intensément la présence chaude d'Archange à ses côtés, qui avait trouvé des tas de prétextes pour rapprocher son fauteuil du sien. Il y avait trop d'oreilles qui les écoutaient, aussi Tara décida de prendre l'initiative. Elle agita un éventail qu'elle avait demandé à la changeline de lui créer et murmura à l'oreille d'Archange :

— J'ai un peu chaud, Seigneur Démon, accepteriez-vous de faire quelques pas avec moi dans un endroit plus frais ?

Tara savait que la moitié de la salle avait probablement incanté un Grossissus, histoire de vérifier ce qu'elle était en train de faire. Et lorsqu'elle se leva, accompagnée par ses gardes et Grr'ul, la majorité des invités la regardèrent. Et encore plus lorsque Archange, au grand dépit de Chem qui n'avait pas été invité à les accompagner, descendit avec Tara, un large sourire vainqueur aux lèvres.

Tara les dirigea vers un parc imposant qui jouxtait la salle de spectacle. Elle fit signe à ses gardes et à la troll de s'éloigner, tandis qu'Archange faisait de même avec les siens. Dans le parc, les arbres étaient immenses et frêles, presque plus des fleurs géantes, de toutes les couleurs et de toutes les formes, que des arbres. Le plus curieux, c'était que des fleurs poussaient sur les fleurs et même dans les fleurs. Tara ne savait pas si c'étaient des plantes parasites qui se nourrissaient de leurs hôtes ou les fleurs-arbres qui les produisaient.

D'étranges oiseaux brillants, dont les ailes paraissaient plus leur servir d'ailerons, se déplaçaient en émettant des trilles et des sifflements, en dépit du fait que l'éclairage avait été baissé afin d'imiter la nuit. Le dôme doré était presque transparent, laissant voir les étoiles et la masse majestueuse d'AutreMonde qui roulait dans l'espace. C'était à la fois beau, agencé comme si la nature s'était développée toute seule alors que Tara savait que la moindre plante avait été placée afin de donner une impression d'harmonie, et paisible car, à part les oiseaux et le sifflement doux de l'air pulsé, il n'y avait aucun bruit.

Ils marchaient prudemment, pas plus habitués l'un que l'autre à la gravité réduite. Soudain, Archange donna un grand coup de pied et s'envola, arrachant un petit hoquet de surprise à Tara. Très vite, il redescendit avec une fleur magnifique, rose, énorme et qui sentait délicieusement bon. Il s'inclina devant Tara et la lui offrit. Celle-ci le remercia, c'était très gentil, mais en fait, elle préférait laisser vivre les fleurs plutôt que les voir se faner devant elle. Ce qu'elle se garda bien de dire, se contentant d'incliner son visage afin de respirer le parfum suave.

Une musique douce plongeait le parc dans une atmosphère très romantique. Hé ! Une minute. Une musique douce ?

Tara plissa les yeux d'un air suspicieux. Et d'où il y avait de la musique romantique dans les parcs de Tadix maintenant ? Sa suspicion fut confirmée lorsqu'elle vit deux serviteurs qui se cachèrent derrière un arbre-fleur afin de dissimuler la sono qu'ils venaient d'installer.

Tara leva les yeux au ciel. Sa tante en faisait un peu trop là quand même ! Elle lança un coup d'œil à Archange, mais le beau démon était plongé dans ses pensées et n'avait pas fait attention.

Ils s'arrêtèrent devant une jolie nacelle blanche qui permettait de se balancer à volonté. Elle était recouverte d'un dais brodé qui protégeait de l'humidité et des regards des curieux.

Tara se fit la réflexion acerbe que les charpentiers de sa tante avaient dû la poser dix minutes plus tôt…

Archange s'assit avec Tara et lui fit face, plongeant ses magnifiques yeux verts dans les yeux bleu marine.

— Tara, dit-il doucement en prenant sa main et en la caressant tendrement, je vois que tu es préoccupée ma douce, que se passe-t-il ?

— Il se passe, chuchota Tara en retirant sa main tout en posant la fleur qu'elle avait dans son autre main, que quelqu'un a engagé un assassin pour me tuer ! Et que ce quelqu'un fait sans doute partie de ta suite…

Archange tressaillit. Puis il eut un sourire amer.

— Pourquoi ai-je pensé que tu voulais un rendez-vous romantique avec moi ? Quel idiot !

Ce fut au tour de Tara de tressaillir. Surtout au souvenir du regard profondément blessé de Cal lorsqu'elle était partie avec Archange.

— Non, répondit-elle. Pas de rendez-vous romantique. Je ne te connais pas. Je ne sais presque rien de toi. Et je te rappelle que la dernière fois tu as essayé de me garder prisonnière.

— Non, rectifia paisiblement Archange avec sa maudite fossette sur la joue, la dernière fois, je t'ai sauvé la vie et j'ai détruit ton ennemi, l'anneau de Kraetovir. Et je t'aime vraiment beaucoup, Tara. Nous sommes aussi humains que vous et, comme vous, nous tombons amoureux. Et, dans mon cas, il semble que je sois tombé amoureux d'une femme qui ne m'aimera jamais.

Il laissa passer un instant, attendant sans doute une protestation.

Qui ne vint pas. Résigné, il reprit :

— Tara, pourquoi crois-tu que je suis ici ?

— Justement, répondit Tara, c'est une excellente question. Pourquoi es-tu ici, Archange ? Toutes les déclarations d'amour du monde ne me convaincront jamais que tu es ici parce que tu es amoureux de moi. Pas avec toutes ces filles magnifiques qui vivent autour de toi et sont de la même race que toi. Je n'y crois pas un seul instant.

— Et tu aurais tort, répondit clairement Archange. Tu es la première raison de ma présence ici.

Tara ne lâcha pas.

— Et la seconde est ?

— La volonté de mon peuple de commercer avec le tien et d'enterrer ce conflit absurde et inutile. N'allez pas chercher plus loin, ton Impératrice et toi. Nous venons en paix. Et nous repartirons en paix.

— Eh bien, tout le monde n'est apparemment pas du même avis pacifique que toi. Parce que la mission de l'assassin engagé par un mystérieux commanditaire pour une somme parfaitement indécente est de tuer Robin, ce qui est curieux parce qu'il n'est plus mon petit ami depuis longtemps et de m'assassiner juste avant mon mariage avec toi.

Le regard vert se troubla.

— Comment l'as-tu appris ? Et pourquoi penses-tu que nous avons quoi que ce soit à voir avec cela ?

Tara faillit lui expliquer, mais se retint à temps.

— Nous avons un excellent service de renseignement, répondit-elle à la place de la vérité. Peu de contrats, surtout avec des montants aussi importants, échappent à notre surveillance. D'autant que la rumeur disait que j'étais visée. Nous avons effectué les recoupements nécessaires. Nous avons retourné l'assassin.

Archange la regarda d'un air dégoûté.

— Et vous nous traitez de barbares ! C'est horrible, comme torture !

Tara comprit qu'il avait pris sa phrase littéralement.

— Non ! s'écria-t-elle. C'est une métaphore, cela signifie que nous l'avons persuadé de travailler pour nous plutôt que pour le mystérieux commanditaire !

— Oh, fit Archange en rougissant légèrement, pardon, j'avais cru que...

Tara l'interrompit d'un geste.

— Pas grave. Donc, je disais qu'en creusant un peu et en réfléchissant, nous avons fini par nous demander si la Faction bleue n'était pas derrière tout cela.

Elle vit dans les yeux d'Archange qu'elle l'avait surpris.

— La Faction bleue ! s'exclama-t-il. C'est...

Il s'interrompit, parut réfléchir intensément puis soupira.

— Par Bendruc le Hideux, j'aimerais vraiment que ce soit cela, car ils nous ont causé beaucoup de soucis, ces derniers temps...

D'accord. Tara ne comprenait pas. Il aurait aimé que ce soit bien la Faction bleue la coupable parce qu'ils lui avaient posé plein de problèmes ? C'était totalement illogique.

— Ils veulent que nous revenions à notre ancien système, celui qui existait avant que nous nous transformions avec la magie démoniaque, il y a des milliers d'années. Ils veulent que nous leur restituions les Soleils Noirs, sans se rendre compte que c'est impossible, d'autant que, du fait de nos différentes manipulations, au cours des siècles, nos étoiles sont terriblement instables, les maintenir dans leur nouvel état est un effort magique de tous les instants, qui consume nos réserves de pouvoir à une vitesse effarante.

Il tourna un regard soudain hanté vers Tara.

— J'espère, murmura-t-il, que nous allons y parvenir. Sinon notre système risque bien de devenir totalement incontrôlable et ce serait la catastrophe !

Tara se préoccupait plus de la trahison que des problèmes d'Archange avec ses petits jeux d'apprenti-sortcelier.

Il avait joué avec le feu et s'étonnait que cela le brûle à présent ? Les gens étaient tous les mêmes, quel que soit l'univers.

— Hélas ! reprit Archange, je ne pense pas que ce soit la Faction bleue. Ils n'ont ni les ressources ni les contacts pour mettre en place un complot aussi compliqué. Et je le regrette, parce que, eux, je sais comment les affronter. Alors que je suis sans recours contre mon véritable ennemi.

Tara soupira. Et allez hop, un opposant mystérieux, dont Archange avait peur. Youpeh.

Son cœur et son esprit étaient fatigués. C'était pourtant un sentiment qu'elle n'aurait pas dû éprouver, à dix-sept ans et demi. Ce fut sans doute ce qui la poussa à la franchise. Ça et le fait qu'Archange n'avait pas eu l'air si surpris que cela.

— Archange, la politique, les relations avec ton peuple, tout cela nous pousse à mentir. Nous voulons commercer avec vous, parce que nous aimons l'idée d'échanger avec six nouvelles planètes. Nous ne voulons pas faire la guerre, pourtant nous gardons à l'esprit que c'est peut-être ce que vous, vous voulez, parce que c'est inscrit dans votre histoire. Et je n'ai que dix-sept ans et demi, Archange, je ne veux épouser personne. Je veux juste vivre ma vie, ce que je suis, découvrir pour quoi je suis faite, et non pas obéir et me couler dans le moule qui a été préparé pour moi. Je ne sais pas si tu peux comprendre cela, toi qui es le roi des démons à présent et as la responsabilité de milliers de peuples. Tu dois sans doute me trouver naïve de me confier ainsi à quelqu'un qui est peut-être mon pire ennemi, mais c'est ce que je suis. Alors si tu as des renseignements qui pourraient nous permettre de vivre en paix et de nous entendre, je pense que c'est vraiment le moment de me les donner.

Archange avait les yeux écarquillés. Effectivement, il ne s'attendait pas du tout à une telle franchise.

— Tu ne veux pas m'épouser ?

— Non.

— Mais alors pourquoi as-tu accepté ce rendez-vous ? Et celui du dragon ? Ou des autres prétendants ?

— Parce que ma tante l'a ordonné. Et que je suis censée obéir à ma tante qui est aussi mon Impératrice. Et parce que, comme je te l'ai dit, nous voulons commercer avec vous. J'ai dit non à tous les prétendants, y compris Maître Chem.

Archange avait l'air tourmenté.

— Tu n'es pas la seule, murmura-t-il. Moi aussi.

— Toi aussi quoi ?

Archange la dévisagea, puis soudain se détendit. Il allongea ses longues jambes gainées d'un impeccable smoking noir devant lui.

— Moi aussi ou plutôt moi non plus. Moi non plus je ne suis pas libre et moi aussi je dois obéir. Vous avez, je crois, une expression sur AutreMonde… « se rouler dans la bouse de traduc » ?

Tara ne put s'empêcher de rire.

— Être dans la bouse de traduc plutôt, ce qui signifie qu'on est dans les ennuis et bien profond.

— C'est ça. Je t'aime vraiment, Tara. Tout en toi me fascine. Mais je n'avais pas spécialement envie de t'épouser, moi non plus. Je suis jeune. Je commence tout juste ma vie, j'ai envie d'avoir plein de petites copines, de découvrir comment les choses fonctionnent, aussi bien dans ton univers que dans le mien. Le problème, c'est que j'ai gagné le pari contre mon père. Qui, en fait, ne voulait pas gagner. Il m'a très astucieusement manipulé afin que je devienne le roi des démons, ce qui correspond, plus ou moins, à l'équivalent d'une sorte de chef de guerre.

Tara se raidit.

— Guerre ?

— Puisque tu as été franche, Tara, je vais être franc moi aussi. Il n'y a pas que les Factions bleue et jaune. Il existe aussi une faction, qui s'appelle Faction O. O comme Origine. Ce sont tous des vieux militaires, un groupe qui reste dans l'ombre et a œuvré afin d'endurcir notre race, de la préparer pour la reprise des conquêtes. Ils ont aussi travaillé afin que ce fameux programme d'eugénisme soit mis au point. Ils sont derrière notre terraformation, bien plus que mon père, qui aimait bien le statu quo dans lequel nous étions. C'est d'ailleurs la raison pour laquelle mon père a volontairement perdu son pari avec moi et a tout fait pour que je prenne sa place. Afin d'avoir plus de liberté de manœuvre et de forcer ceux qui poussent à la guerre à se démasquer. Pour l'instant, cela a l'air de fonctionner, puisque tu viens de m'apprendre qu'ils ont décidé d'agir, enfin. Ils me craignent moins qu'ils ne craignaient mon père ; ils méprisent les humains, tout comme ils nous méprisent.

Son visage se durcit.

— Ils ont tort.

Tara regarda discrètement son hor. Le temps passait trop vite, ils allaient devoir retourner dans la salle.

— Merci de m'avoir prévenu, continua Archange qui toucha la joue de Tara de sa grande main chaude, ce qui la fit frissonner. J'espère que je vais ainsi pouvoir démasquer dans ma suite celui qui cherche à t'éliminer et remonter ainsi jusqu'aux commanditaires.

— Vous savez que ce sont de vieux militaires mais vous ne savez pas qui il sont ? s'étonna Tara.

— Non. Nous ne connaissons que ceux avec qui nous parlons, ceux qui dirigent leur politique au grand jour, enfin d'une certaine façon. Mais nous savons que plusieurs de ceux qui apparemment sont avec nous font en réalité partie de leur groupe. Et là, nous ne savons pas lesquels. Ce qui complique beaucoup mon travail. La dernière fois, lorsque tu es venue sur notre planète, tu as dit que vos peuples avaient beaucoup fait la guerre, sur Terre, mais aussi sur Autre-Monde. Notre peuple est pareil. Nous sommes loin d'être unifiés, preuve en est avec les effrits qui nous ont trahis pour s'allier avec vous lorsqu'ils ont vu que vous nous teniez tête victorieusement.

— C'est la Faction O qui a fait éliminer les descendants des Très Hauts Mages ?

— Oui, répondit le démon. Ils nous ont fait commettre beaucoup d'erreurs. Se venger sur les Hauts Mages et leur descendance était particulièrement stupide.

Tara était bien d'accord.

— Ensuite, une fois que tu es réapparue, toi dont ils ignoraient l'existence, puisque l'Impératrice était hors de leur portée, ils ont tout fait pour t'aider à détruire les objets démoniaques afin de récupérer la magie primaire qui nous est indispensable, par le biais de Magister qui, chaque fois qu'il nous rendait visite, ne s'en rendait pas compte, mais subissait l'influence de la Faction O.

Tara frissonna de nouveau, mais ce n'était pas pour la même raison, et la changeline enveloppa ses épaules nues d'une moelleuse étole en cachemire noir.

— Puis tu es venue nous voir et j'ai enfin pu te rencontrer. Tu as volé mon cœur et mon âme et j'ai été trop content de pouvoir t'aider lorsque le faux Anneau a tenté de te manipuler puis de te tuer. Hélas ! c'est le moment où tu as compris que la magie revenait vers nous lorsque les Objets étaient détruits. Nous avons appris ce que tu avais fait avec l'épée de Grouig et l'anneau de Kraetovir. Les envoyer dans l'espace où personne ne peut les retrouver, ça, c'était un coup de génie. La Faction O n'a pas du tout aimé...

Et voilà, tout allait encore être la faute de Tara.

— Et puis ta tante a annoncé que tu étais officiellement disponible pour épouser un prétendant. La Faction O a donc décidé que je serai ce prétendant.

— Dans ce cas, fit Tara, très logiquement, pour quelle raison, s'ils veulent que tu m'épouses, auraient-ils engagé un assassin infaillible afin de se débarrasser de moi ? Et peut-être de toi aussi par la même occasion ?

Il sursauta, frappé par son raisonnement.

— Un coup d'État, murmura-t-il. Encore.

Tara ne dit pas un mot. Elle attendit la suite. Parfois, le silence était la meilleure des incitations à vider son sac.

Soudain, Archange se leva et lui tendit la main afin de l'aider à se lever. Tara obéit, espérant qu'il allait lui parler, mais il se contenta de prendre le chemin du retour vers la salle de spectacle. Slurk, le coup du silence n'avait pas fonctionné. Elle attrapa la grosse fleur rose qu'il lui avait offerte et le suivit.

— Encore ? risqua-t-elle alors qu'ils rejoignaient leurs gardes respectifs qui avaient patiemment attendu dans le noir.

La sono s'arrêta net avec un « couic » qui fit sourire Tara, tandis qu'ils sortaient du parc et marchaient ou plutôt flottaient presque, dans l'allée de pierres blanches ornées d'étoiles et de symboles délicats.

— Nous avions réglé le problème, répondit prudemment Archange. Un groupe de personnes qui ont cru qu'elles allaient pouvoir prendre la place de mon père. Elles ont échoué. Mais elles ont aussi été l'une des raisons pour lesquelles celui-ci s'est retiré. Elles l'ont mis en position de faiblesse et, dans notre peuple, ce n'est jamais un bon signe.

— Hum, fit Tara, la loi du plus fort, hein ? Je comprends un peu mieux pourquoi vous vous entendez si bien avec Magister.

Archange laissa échapper un petit rire. Au moins, le démon avait le sens de l'humour. Tara apprécia à sa juste valeur.

— Une dernière question, avant de rentrer, demanda-t-elle. L'assassin était censé agir lorsque nous nous marierons. Qu'est-ce qui va se passer lorsque nous allons annoncer que nous n'avons pas l'intention de nous marier ?

— Là est toute la question, Tara, répondit le démon tout en l'enveloppant dans une étreinte chaleureuse afin qu'on ne les entende pas. Peut-être que, pour piéger le commanditaire, il serait judicieux d'annoncer notre mariage ? Puis d'attendre qu'il contacte l'assassin ? Qu'en penses-tu ?

Pour une fois, Tara décida d'être prudente. Ses précédentes expériences lui avaient au moins appris cela.

— Laisse-moi en parler à ma tante. Ensuite, après vos négociations commerciales, demain soir, revoyons-nous pour en discuter, d'accord ?

— C'est parfait. Merci pour ta franchise, Tara, tu viens peut-être de sauver nos deux univers d'une guerre inutile et sanglante.

Il lui embrassa la main avec passion, lui prit le bras et ils entrèrent dans la salle de spectacle d'un pas harmonieux.

— Je crois qu'ils vont rater un bout du spectacle s'ils continuent à nous regarder ainsi, dit-il du coin de la bouche en désignant les spectateurs qui ne s'intéressaient plus du tout à ce qui se passait devant autour ou au-dessus d'eux, braquant leurs Opticus ou leurs Grossissus sur le couple formé par le beau démon et l'Héritière d'Omois, tandis que les scoops fonçaient comme un essaim d'abeilles afin de les prendre en gros plan. Tu crois que nous devrions nous mettre sur scène pour leur mimer ce que nous avons fait dans le parc, histoire qu'ils ne ratent rien de notre supposée idylle ?

Ce fut plus fort qu'elle, Tara éclata de rire.

Ils reprirent leurs places. L'Impératrice interrogea Tara du regard, mais selon un code qu'elles avaient mis au point, Tara cliqua sur son hor deux fois, ce qui signifiait qu'elle lui parlerait plus tard.

Le reste du concert se passa sans incident particulier. Les démons et les AutreMondiens partirent se coucher, tandis que les Tadixiens et leurs serviteurs s'affairaient pour tout préparer pour les premières réunions du lendemain. Tara, le magicgang et Grr'ul prirent le chemin de la suite de la jeune fille. Des flèches lumineuses apparurent afin de leur indiquer le chemin. Apparemment, l'une des sections qui se trouvait près des Portes de transfert fuyait, l'accès en était donc interdit. Ils prirent docilement le chemin qui contournait le problème. Sous les dômes, les Tadixiens avaient créé des bâtiments compliqués, pleins de tours et de détours, dont tous les couloirs blancs et uniformes se ressemblaient. Les flèches lumineuses n'en étaient que plus appréciables.

Cal, très élégant dans son costume noir de Voleur Patenté, la serra de près et lui dit d'un ton quelque peu grincheux :

— Je ne suis pas jaloux.

— Ah non ? s'étonna Fabrice, mort de rire, parce que c'est bizarre, mais là, tu as la figure toute verte.

Cal lui jeta un regard sanglant et Fabrice gloussa. Pour une fois que c'était lui qui pouvait se moquer de l'impudent Voleur, c'était un vrai bonheur.

— Ce que je veux dire, précisa Cal d'un air hautain, c'est que je comprends que Tara ait des obligations liées à son statut. Donc, en fait, je n'ai pas le droit d'être jaloux.

Fabrice avait raison. Cal était jaloux et cela se voyait sur son visage crispé et dans ses yeux gris. Le jeune homme avait très mal vécu le départ de Tara et d'Archange pendant le spectacle. Et encore moins leur retour, où ils paraissaient désagréablement proches l'un de l'autre. Archange avait dit quelque chose qui avait fait rire Tara.

Cal détestait ça.

Il espérait pouvoir parler tranquillement avec Tara, après le show, mais en voyant les gardes en grand uniforme pourpre qui attendaient devant leur suite, il sut immédiatement que ce ne serait pas pour maintenant.

Effectivement, Lisbeth les attendait. Elle ne s'était pas encore changée et portait toujours sa robe moulante de satin de soie noire, spectaculairement rebrodée du paon pourpre aux cent yeux d'or, qui pour une fois n'était qu'en or, pas une once de pourpre, juste les deux couleurs qui s'affrontaient, le noir et l'or.

Tara fit son rapport. Sa tante était déjà au courant, mais ses amis furent stupéfaits d'apprendre ce qui était arrivé à Robin. Et tous furent décontenancés par ce qu'avait dit Archange.

— Nous sommes des imbéciles, murmura Lisbeth.

— Oui, alors là, je pense qu'elle parle juste pour elle, grogna Cal en aparté, encore ulcéré de ne pas avoir Tara pour lui tout seul.

— Nous n'avons pas pensé qu'il pouvait y avoir plusieurs factions, exactement comme sur AutreMonde. Chez les dragons aussi, il y a eu des luttes de pouvoir, qui ont failli déclencher une guerre avec nous, pourquoi pas chez les démons ? Comme chez nous, ils peuvent avoir aussi l'équivalent d'un Magister !

L'ombre du maître des sangraves plana un instant au-dessus d'eux.

— Mais s'il n'y avait pas de Magister démon ? fit Cal en se levant nerveusement, inquiet pour son ami Robin. Archange a déjà fait croire à Tara qu'il était de son côté, en pariant avec son père qu'il la convaincrait de voir en lui un humain et non pas un démon. Il l'a trompée une fois. Comment croire une seconde qu'il est sincère en avouant qu'il y a des dissensions dans son peuple ?

— En fait, argumenta Tara en s'asseyant sur un siège robot perché sur une fragile tige d'acier brillant, il ne l'aurait pas avoué si je ne lui avais pas parlé de l'assassin.

Lisbeth lui jeta un regard intéressé.

— Ah, je me demandais comment tu l'avais amené à cette confession. Tu réalises que si c'est lui le coupable ou si simplement il est au courant et approuve, tu viens de lui remettre la vie de ton assassin entre les mains ? Et par conséquent la vie de Robin ?

Tara hésita. Comment pouvait-elle décrire une intuition ? C'était toujours très compliqué à expliquer. Elle sentait qu'Archange était parfaitement sincère lorsqu'il disait qu'il voulait l'aider et qu'il avait des problèmes avec des membres de son peuple.

— L'assassin est… eh bien, un assassin, fit-elle en haussant les épaules, il n'a pas choisi un métier où on fait de vieux os. Il connaissait les risques, il les assume. Et puis, c'est lui qui a proposé son aide, si cela peut éviter que nous entrions en guerre contre les démons ou que nous nous fassions assassiner par la mystérieuse Faction O, alors, moi je suis prête à prendre le risque.

Lisbeth hocha la tête. Oui, elle aurait fait la même chose.

Elle se leva.

— Nous allons donc aider Archange en priant nos dieux pour que tout ceci ne soit pas un horrible complot. Venez, laissons Tara tranquille. Même si je peux imaginer qu'elle ne va pas épouser Archange demain matin, je veux que la réputation de mon Héritière soit préservée. Archange a raison. Si nous voulons attraper le commanditaire, nous allons devoir annoncer ton mariage avec le roi des démons.

En disant cela d'un ton ferme, elle fixait Cal qui laissa le regard glacial le traverser comme si de rien n'était. Il comprenait. Il n'aimait pas, mais il comprenait. Il embrassa tendrement Tara, ignorant le tressaillement de l'Impératrice, puis la suivit. Fafnir, Moineau, Fabrice, saluèrent Tara.

Annoncer officiellement qu'elle allait épouser Archange ? La jeune fille blonde fit la grimace dès que la porte se referma en chuintant.

Elle ferait des cauchemars toute la nuit, c'était sûr. Elle se sentait piégée.

Parce que, tout au fond, elle se demandait si cela n'était pas qu'une façon pour Archange de les manipuler tous et de les amener à faire exactement ce qu'il voulait…

Il était plus puissant qu'elle avec sa magie démoniaque, elle avait bien fait de s'allier avec les objets démoniaques, afin de devenir aussi puissante que lui, en espérant que comme Moineau qui se transformait en Bête sous la pression, Tara n'allait pas, encore, se transformer en Reine Noire.

Soudain, alors qu'elle pensait à Moineau et à ses transformations, elle comprit quelque chose au sujet de la jeune princesse du Lancovit. Ce qui la plongea soudain dans un abîme de perplexité et de réflexion.

Avec la tête aussi encombrée, évidemment, sa nuit ne fut pas calme. Il s'était passé trop d'événements pendant cette mémorable journée et elle eut l'impression d'avoir passé la nuit à essayer de fuir Bendruc le Hideux qui voulait absolument la dévorer pour montrer à ses copains comment elle se décomposait dans son ventre.

Elle fut presque contente lorsque la sonnerie douce du lit la réveilla.

Une douche et un petit déjeuner après, et elle se sentait presque humaine. La changeline l'habilla d'un élégant tailleur bleu sur une blouse blanche, parce que les Tadixiens s'obstinaient à conserver une température assez basse. Elle lui fit également un gros chignon qui lui tirait un peu sur la nuque, vu la longueur de ses cheveux, mais dégageait son visage et ses magnifiques yeux bleu marine, qu'elle maquilla légèrement. Une touche de rouge sur les lèvres, assorti à la semelle de ses chaussures bleues, très Louboutin, et elle était prête.

Tara décida de dé-miniaturiser Galant pour une fois, les couloirs étaient immenses et les salles aussi, les dragons se baladaient bien sous leur forme naturelle, un énorme pégase n'y changerait pas grand-chose. L'étalon hennit avec reconnaissance. Les superbes pégases noir et argent qui étaient arrivés hier étaient surtout des filles. Il était content de pouvoir les impressionner par sa taille imposante.

— Frimeur, le taquina Tara.

Galant émit un petit reniflement. Puis envoya une image à Tara. Ce n'était pas parce qu'elle subissait une abstinence imposée qu'il devait faire de même. Ce fut au tour de Tara de renifler. Son pégase était un sacré dragueur et elle ne comptait pas le nombre de fois où elle avait dû rompre précipitamment le lien qui les unissait.

Fafnir vint taper à sa porte dès que Tara émit le signal disant qu'elle était prête. La jeune naine voulait parler à son amie. Elle aussi était en bleu, mais plus clair, en cuir et ses bras musculeux étaient nus, puisque les températures, qu'elles soient chaudes ou froides, ne l'affectaient que très peu. Belzebuth sur son épaule miaula afin que Fafnir le pose par terre. Il se mit à renifler un peu partout, avant de stopper devant Tara et de lui faire les yeux doux pour qu'elle le prenne et le caresse, ce que Tara fit machinalement.

— Voilà, Tara, dit Fafnir en se tortillant un peu. Je voudrais que tu fasses quelque chose pour moi.

— Bien sûr, dis-moi ?

— Si cette planète implose, tu seras sans doute la seule capable d'y résister. Si mon corps n'est pas entièrement détruit mais que je suis morte, pourrais-tu couper mes tresses et les rapporter à ma mère ? Elles rejoindront l'héritage de notre famille. Ainsi, un petit bout de moi reposera avec mes ancêtres.

Tara sentit une grosse boule dans sa gorge. Elle cessa de caresser Bel et le petit chat lui donna un léger coup de tête dans la main pour qu'elle recommence.

— Oui, bien sûr, fit-elle, mais…

— Merci, l'interrompit la naine qui n'avait pas envie de céder à l'émotion. Ah, et j'ai eu Sylver. Il te salue. Il dit qu'il est curieux de savoir qui tu vas choisir, mais qu'entre un démon et un dragon, le dragon, c'est mieux.

Elle se pencha vers Tara et chuchota :

— Surtout, ne lui dis pas, mais, entre nous, j'aime pas les dragons, enfin à part Sylver bien sûr, alors moi ça ne me dérange pas si tu choisis le démon. Qui est quand même super-super-mignon.

Tara éclata de rire.

— Je crois que si Sylver n'était pas là, je te laisserais draguer Archange, comme ça je n'aurais plus de soucis !

Fafnir sourit joyeusement, s'assit et commença à sortir son armure de ses poches de sortcelière (on ne savait jamais, elle espérait bien qu'il y aurait une bagarre à un moment ou à un autre, la veille, elle n'avait pu trancher personne parce que le démon avait paralysé tout le monde avant qu'elle n'ait le temps de réagir, hélas !). À deux cent cinquante ans, même si elle était encore considérée comme une adolescente par son peuple, elle avait découvert les joies d'avoir un petit ami. Elle ne l'avouerait pour rien au monde, mais elle trouvait que Sylver n'avait pas d'égal. Cela dit, ce n'était pas parce qu'elle était au régime qu'elle ne pouvait pas regarder le menu. Et Archange était quand même fichtrement appétissant…

Leurs amis arrivèrent petit à petit, et Tara rendit son chaton démoniaque à son amie naine. Lorsque Cal, surpris de voir que Fafnir était arrivée si tôt avant eux, lui demanda pourquoi, elle lui expliqua ce qu'elle avait demandé à Tara. Cal hocha la tête, ému lui aussi. S'il mourait, sa famille n'aurait plus rien de lui.

Cela frappa les deux autres également. Du coup, quelques secondes plus tard, Tara, effarée, se retrouvait en train de jurer que oui, elle scalperait tout le monde pour rapporter leurs cheveux sur AutreMonde…

Tara n'osa pas faire remarquer qu'elle trouvait tout cela parfaitement ridicule.

Et surtout, qu'ils étaient bien optimistes de penser que l'un d'entre eux survivrait si Lisbeth déclenchait les bombes.

Cal l'embrassa à lui faire perdre le souffle, tandis que les autres détournaient pudiquement le regard (enfin pas Fafnir, qui les regarda en ricanant et en faisant remarquer que Sylver, lui, savait embrasser et que c'était autre chose que ces petits bécots de fillette).

Rouge et essoufflée, Tara ne savait pas si elle avait envie de taper sur la naine ou de recommencer à embrasser Cal. Elle fut sortie de son dilemme par la sonnerie de la porte robotisée qui annonça le Tadixien chargé de les accompagner à la salle de conférences.

Beaucoup de gens étaient déjà là, curieux de savoir comment les choses allaient se passer. Lisbeth n'était pas la seule à négocier, bien sûr, chaque pays était représenté, mais elle avait une sorte de mandat afin de trancher lorsque les propositions étaient trop nationales et pas assez internationales.

Ils prirent place dans la salle immense, qui possédait son propre dôme de protection. Les sièges s'étageaient tout le long des parois, mais il y avait aussi des tapis pour les dragons, ainsi que pour les centaures ou les licornes. Les « Travailleurs volontaires » des Tadixiens, pauvres joueurs qui avaient tout perdu et payaient leur ticket de retour sur AutreMonde en travaillant pour leurs créanciers, circulaient un peu partout avec des boissons et de la nourriture.

Les démons étaient, curieusement, venus avec leurs pégases noirs aux ailes d'argent. S'ils étaient apparus avec leurs chatons démoniaques, Tara aurait pu comprendre, mais pourquoi des pégases ?

Les animaux étaient bien dressés et ne bronchaient pas, passant d'une jambe sur l'autre comme s'ils dormaient à moitié. Tara remarqua, chose curieuse, qu'ils avaient tous la crinière rasée et la queue soigneusement nattée. Cela lui rappelait quelque chose, mais elle ne parvenait pas à se souvenir de quoi exactement.

Elle était mal placée pour protester, vu qu'elle était accompagnée par Galant, qui était absolument ravi de constater qu'il était bien plus grand que le plus grand des pégases noirs. Son hennissement de défi sonna comme une trompette et les juments des démons s'agitèrent nerveusement tandis que les étalons renâclaient.

Les dragons, eux, étaient venus avec leurs dragons de combat. Qui n'aimaient pas la magie démoniaque et le faisaient savoir à grands coups de hurlements brefs, sonores et stridents. Au bout d'un moment, Lisbeth leur ordonna d'évacuer les animaux, ce qui déplut profondément aux dragons. Archange ne dit rien, mais tout le monde sentit son amusement. Pour l'instant, les démons se tenaient bien mieux que les dragons, qui se comportaient d'une manière agressive et déplaisante. Archange avait parfaitement compris que les vieux ennemis de sa race le provoquaient et il s'obligeait à une exquise politesse, même si, de temps en temps, Tara le voyait serrer les dents.

Maître Chem, lui, faisait comme Archange. Il laissait les autres dragons vitupérer et s'opposer aux accords, tandis que, paisiblement, il observait. Il n'avait pas renouvelé son absurde proposition de mariage, même s'il avait passé à Tara un message où Charm la saluait et lui faisait comprendre, à l'aide de tas de circonvolutions (elle était la reine des dragons quand même) qu'elle la remerciait de ne pas lui piquer son petit copain.

Cela avait fait rire Tara. Elle lui laissait le dragon bleu, avec plaisir.

Le dôme s'opacifia, jusqu'à devenir blanc, comme les meubles et le plancher. Heureusement que les dragons étaient de toutes les couleurs, comme les tapis, parce que Tara commençait à en avoir assez de toute cette blancheur.

Archange ne devait pas aimer plus que cela, lui non plus, car il était habillé d'un élégant costume bleu, parfaitement assorti à celui de Tara.

Les délégués cliquèrent sur les panneaux devant eux, indiquant ainsi qu'ils étaient prêts et les premières propositions s'affichèrent au centre de la salle, en un hologramme brillant couvert de chiffres et de schémas, tandis que la lumière baissait un peu.

Ce fut une journée passionnante, même si Fabrice, contrairement à Moineau, s'ennuyait comme un rat mort. Alors, pour s'amuser, de temps en temps, il lançait des regards sanglants à Jeremy qui avait l'air de s'ennuyer tout autant et tressaillait chaque fois que son regard croisait celui du loup-garou.

Les démons n'étaient pas prêts à tout. Ils voulaient commercer, certes, mais posaient suffisamment de conditions pour que cela ne soit pas si facile. Cela conforta Tara dans sa sensation qu'Archange jouait franc jeu. S'il était là pour conquérir AutreMonde, la Terre et les autres planètes, il lui aurait suffi de dire oui à tout ce que proposaient les AutreMondiens. Mais là, ses diplomates, ses ministres et lui-même marchandaient férocement. Lisbeth aussi se réjouissait, ayant fait le même raisonnement que Tara. Au bout d'un moment, la jeune fille commença à discerner une sorte de... schéma.

Dans l'entourage d'Archange, il y avait un autre jeune homme, tout aussi beau qu'Archange, aux superbes cheveux blanc et violet. Celui qui parlait la veille avec Angelica. Tara ne le remarqua pas tout de suite, car il était aussi intelligent qu'habile, mais il était la petite note discordante dans le concert. Celui qui mettait le poil à gratter là où il fallait afin que les choses n'avancent pas aussi vite et bien qu'elles le devraient. Il n'intervenait pas sur chaque proposition, afin d'éviter d'apparaître comme un contradicteur trop évident, mais Tara se mit à le surveiller de près et finit par comprendre comment il opérait. Oh, c'était vraiment subtil. Il fallait être extérieur pour se rendre compte de la façon dont il agissait. Mais c'était efficace.

Au début, Tara crut qu'il était celui sur qui se reposait Archange afin d'obtenir de meilleures conditions. Mais aux froncements de sourcils et à l'attitude du roi des démons, elle comprit vite que ce n'était pas le cas. Le type créait plus de problèmes qu'il ne trouvait de solutions, et mettait tout aussi souvent les démons dans l'embarras que les AutreMondiens.

À un moment, il leva son regard sur Tara et elle en eut le souffle coupé. Ses yeux étaient violets. Quatre sortes de violet, cercles et pointes dorés, c'était magnifique. Mais elle ne pouvait lire qu'une pure hostilité dans le regard pervenche, qu'il masqua vivement lorsqu'il réalisa qu'elle le dévisageait.

Tara sourit intérieurement. Elle tenait un début de piste. Discrètement, elle demanda à un officiel tadixien comment se nommait le garçon. Quelques secondes de pianotage sur son hor et le Tadixien avait la réponse.

Gabriel.

Tara se demanda pourquoi les démons avaient choisi des noms d'archanges terriens pour se prénommer, elle trouva cela étrange. Ils voulaient vraiment faire oublier leur ancien statut de démons.

En dehors des entremets qui circulaient, un déjeuner plus copieux fut servi, mais ils n'arrêtèrent pas les négociations. Toutes les planètes, fascinées, assistaient par scoops interposées aux échanges et, sur les hors des participants, les réactions des nombreux médias faisaient échos à ce qu'ils étaient en train de construire. Tout le monde était euphorique. Même s'il restait des grincheux (surtout les militaires, toujours prudents), sur le qui-vive, la majorité estimait qu'ils étaient en train de vivre un moment historique.

Tara n'avait pas vécu toute sa vie sous la menace de voir son univers dévasté et ses amis dévorés. À constater le soulagement des gens, elle mesurait à présent à quel point les humains et les autres races avaient souffert de cette menace, qui en dépit des siècles écoulés, était restée bien réelle dans leur esprit.

Les festivités du soir avaient été allégées, les Tadixiens sachant que les gens seraient fatigués après une journée entière de négociations ; ils avaient juste préparé une soirée casino. Chaque joueur se voyait offrir un stock de jetons qu'il pouvait dépenser à sa guise. Toute somme supérieure à ce stock lui restait acquise. Les démons étaient suffisamment humains pour aimer jouer et Tara, après avoir pris une douche et s'être changée, se retrouva happée dans un joyeux tourbillon de joueurs. Le FDM (Tara l'avait nommé ainsi, parce que c'était un fouteur de merde, ce n'était pas très bien élevé, mais la réalité), le fameux Gabriel avait l'air de particulièrement apprécier le jeu. Les Tadixiens, ravis, ne demandaient pas mieux que de satisfaire tous ses désirs.

Des senseurs anti-magie étaient posés un peu partout dans le casino, si bien que personne ne pouvait utiliser sa magie sans que les Tadixiens le repèrent tout de suite. À la grande surprise et au désappointement des démons qui, tout autant que les humains, préféraient gagner que perdre, ils ne pouvaient pas plus utiliser la magie démoniaque que les sortceliers la magie normale. Dès que l'un des démons voulut influencer la petite bille d'ivoire qui tournait à la roulette, des alarmes se mirent à sonner partout. Archange fit sortir le fautif par les oreilles, ce qui servit de leçon à tout le monde.

Gabriel, lui, semblait avoir compris comment les choses fonctionnaient et profitait à fond du système. Les Tadixiens firent grise mine lorsqu'il commença, lentement, mais sûrement, à gagner aux dés, puis au Black Jack et à la Tronçonneuse[1]. Mais il perdait suffisamment souvent pour que les Tadixiens ne puissent pas l'accuser de tricher. Pourtant Tara avait l'intime conviction qu'il manipulait les cartes. Comment ? Ça, elle n'en avait aucune idée.

La jeune fille n'aimait pas le jeu, elle risquait déjà bien assez sa vie comme ça. Mais, en se baladant dans la salle, près d'Archange qui ne la quittait plus, elle fut amusée de voir avec quelle ardeur Mourmur dépensait ses jetons.

Le vieux savant avait passé sa journée à mesurer l'activité démoniaque des démons. Elle était assez contente qu'il ne braque pas ses instruments sur elle, parce qu'il aurait sans doute eu un choc en la découvrant recouverte de magie démoniaque. Les objets démoniaques aussi s'étaient intéressés à ce qui s'était passé pendant la journée. Un tentacule léger avait posé des questions à Tara. La Lance, comme l'Armure, étaient surprises de voir à quel point les démons avaient changé. À leur époque, ils auraient débarqué comme des gros sauvages, tout dévasté sur leur passage et dévoré le reste.

Qu'Archange et ses pairs soient aussi bien élevés, gracieux et avenants déconcertaient les Objets. Mais ils sentaient lorsque les démons utilisaient la magie démoniaque et cela les faisait souffrir. Même si Archange avait

1. Jeu AutreMondien, où, lorsqu'on perd, une mini-tronçonneuse surgit de la table et déchiquette les cartes...

explicitement demandé que les démons n'en fassent pas usage, ou le moins possible, ces derniers l'invoquaient souvent machinalement. Pour rectifier une coiffure ou une robe, refroidir une boisson ou obtenir quelque chose dont ils avaient besoin. Cela rendait les Objets fous furieux. La Lance faillit regrossir dans la poche de Tara et la jeune fille blonde dut utiliser toute sa puissance mentale pour l'empêcher d'embrocher la jolie démone qui venait d'utiliser le quart d'une âme afin de faire apparaître un bijou qu'elle avait oublié dans sa chambre.

Les gens lui jetèrent des regards curieux alors qu'elle sortait précipitamment de la salle et filait vers les toilettes. Ceux qui la croisèrent durent se demander pourquoi elle chuchotait furieusement vers sa poche. Il lui fallut presque dix minutes pour calmer la Lance et seule la menace de la laisser dans la chambre parvint à la ramener à la raison.

— Tara, fit la voix de Cal qui s'inquiétait de ne pas la voir revenir, tout va bien ?

Tara sortit de la cabine dans laquelle elle s'était réfugiée. Les toilettes étaient grandes, blanches, avec évidemment les inévitables lustres de diamants au-dessus de leurs têtes et des tas de machines à désinfecter un peu partout.

— Euh, ce sont les toilettes des filles, Cal.

— Et alors ?

— Ben, jusqu'à preuve du contraire, tu n'es pas une f...

Elle n'eut pas le temps de terminer sa phrase qu'il l'embrassait tout en lui murmurant des choses dingues et douces entre deux baisers et notamment à quel point ça le rendait fou qu'Archange ne la lâche pas d'une semelle. Tara oublia ce qu'elle était pendant quelques instants. C'était... c'était wahou ! Elle aimait vraiment beaucoup quand Cal l'embrassait. Mais elle aimait aussi beaucoup quand Robin l'embrassait.

Était-elle folle ou anormale d'aimer deux garçons en même temps tout en étant promise à un troisième ?

Elle finit par reculer, à regret, en entendant le son de talons aiguilles sur le marbre.

Cal sourit, s'enveloppa d'invisibilité et disparut avec son renard. L'instant d'après, Angelica ouvrait la porte et dévisageait Tara.

— Ah, fit-elle, vu la vitesse avec laquelle tu as filé, j'ai cru que tu étais malade.

Dans sa voix, on entendait « j'ai espéré que tu étais malade, voire au bord de l'agonie ».

— Non, répondit sobrement Tara en passant ses mains sous le désinfectant qui émit un blip sonore lorsque la lumière bleue eut fini de la nettoyer.

Angelica, vêtue d'un ensemble gris très femme d'affaires, mais suffisamment moulant pour souligner son corps longiligne, perchée sur des talons de quatorze centimètres, comme s'en doutait Tara, la regarda de haut, commença à la dépasser lorsque Tara reprit :

— Qu'est-ce que tu fais avec ce type, Gabriel ?

Tara fixait la glace où la grande fille brune se reflétait. Elle vit donc parfaitement l'air ennuyé d'Angelica. Que la peste effaça prestement de son visage en se retournant.

— Comme dit ta stupide copine naine, je le trouve mignon, ce démon, répondit-elle négligemment.

Tara s'adossa au mur mais garda les mains disponibles, au cas où.

— Un peu plus que mignon. Tu sembles très proche de lui, je trouve.

— Disons, fit toujours aussi négligemment Angelica, affichant un air d'ennui suprême, que Gabriel représente un courant alternatif à celui d'Archange. Nous n'avons pas forcément d'intérêts communs, mais des envies communes, oui, cela c'est sûr.

Un courant alternatif, hein ? Le plan B de la Faction O ?

Angelica passa une pointe de langue rouge sur ses lèvres pour les humidifier, montrant ainsi quels étaient leurs intérêts communs.

— Mais bien sûr, toi, tu ne peux pas comprendre cela, Mademoiselle la Vierge de Glace.

Tara écarquilla les yeux.

Angelica ne rata pas sa réaction.

— Oh, tu ne savais pas ? C'est ton surnom. Tout le monde sait que tu n'as pas franchi le pas, ni avec le demi-elfe, qui s'en est plaint dans toutes les tavernes d'Autre-Monde, ni avec personne d'autre. Alors il y a de très gros paris pour savoir qui, le premier, va entrer dans ton lit...

D'accord. Elle n'aimait déjà pas beaucoup Angelica, mais là, Tara était absolument sûre de la détester. Surtout en sachant que Cal était juste à côté d'elle, n'en perdant pas une miette. La jeune fille blonde inspira pour se calmer.

— Ainsi, AutreMonde s'intéresse à ma sexualité ? laissa-t-elle tomber d'une voix traînante tout en se dirigeant vers la porte (elle se retourna et sourit, mettant une grosse louche de miel bardée de barbelés dans son ton). Il est vrai qu'en ce qui concerne la tienne, personne ne se pose de questions.

Et sur cette flèche de Parthe, elle sortit dignement des toilettes. Mais ses mains tremblaient de fureur, et elle se dit que c'était vraiment bien que Robin ne soit pas sur Tadix, parce que l'assassin n'aurait pas eu besoin de s'occuper de lui, Tara aurait carbonisé le demi-elfe bien avant !

Un rire retentit à côté d'elle et Cal réapparut, essoufflé d'avoir couru. Il avait un sourire qui lui mangeait la moitié du visage.

— Hou, elle n'a pas aimé ta réponse, fit-il, hilare, je crois bien qu'elle a saccagé la moitié des toilettes. Il faut dire qu'en la voyant arriver j'ai retiré en douce tous les rouleaux de papier...

Tara pensait qu'il allait se moquer d'elle, mais il riait de bon cœur en évoquant sa farce à Angelica. Il suffirait sans doute à la grande fille brune d'invoquer un rouleau, mais c'était amusant quand même.

— C'est vrai, dit Tara d'une voix fermement contrôlée, ce qu'elle a dit ? Sur mon surnom ?

— Tu n'as pas que celui-là, rétorqua Cal. On t'appelle aussi la Catastrophe ambulante, la Sauveuse de mondes, la Supernova, Celle-qu'il-faut-éviter, la Faiseuse d'ennuis, la Tueuse de tyrans, la Libératrice (ça, c'est les loups-garous, ils t'adorent), Celle-qui-ne-contrôle-pas-sa-magie, la Transformatrice (ça, c'est quand tu as transformé la moitié de Tingapour en grenouilles), la Reine Noire (ça va te rester encore un bout de temps, elle a fait forte impression sur AutreMonde, celle-là) et oui, la Vierge de Glace, mais bon, ceux qui t'appellent par ce dernier surnom ne sont pas très nombreux.

Tara le regarda, bouche bée. Elle n'avait aucune idée de tout cela, n'ayant pas vraiment le temps de lire la presse, ou alors, les services de sécurité du palais avaient censuré l'information, et elle irait les voir pour leur expliquer gentiment qu'elle n'aimait pas ça, mais alors pas ça du tout. Cal reprit son explication :

— J'avais pourtant dit à Robin que ce n'était pas une bonne idée de boire comme ça. C'était au moment où vous avez rompu. Il était furieux, déconcerté, perdu, il savait qu'il avait commis des tas d'erreurs avec toi et ne savait pas comment réparer. Il s'est vengé sur la boisson et crois-moi, un demi-elfe ivre, c'est vraiment, mais vraiment pénible. Parce qu'il croit qu'il est toujours aussi agile et qu'en fait il ne l'est pas. Il a voulu nous faire une démonstration en marchant sur une table. Sauf qu'il n'a pas vu le bout de ladite table…

Tara se mit à rire.

— Non ? Il est tombé ?

— Si cela avait été de l'eau, ça aurait fait un beau plat. Mais là il est tombé sur un groupe de nains. Qui, certes, ont amorti sa chute, mais n'ont pas aimé pour autant. Fafnir aurait adoré, la bagarre a duré au moins vingt minutes. En fait, essentiellement parce que les nains étaient aussi saouls que Robin et l'ont beaucoup raté…

Et voilà. Quelques secondes plus tôt, Tara se sentait mortifiée et malheureuse, et Cal, en un tour de main, avait réussi à le lui faire oublier. Et à la faire rire. Elle adressa un sourire reconnaissant au Voleur qui ajouta :

— Ah, et j'oubliais de te dire : tu es superbe dans ce tailleur.

D'accord. Cal était parfait.

— Ça te moule les fesses, c'est génial.

OK. Presque parfait.

Elle ne put s'empêcher de glousser de nouveau. Et elle avait un grand sourire lorsqu'elle entra dans la salle.

Ils allèrent tous se coucher et Tara put passer une nuit paisible, même si, pour une fois, elle aurait bien voulu que l'assassin l'interrompe en venant lui faire un rapport avec si possible le nom, voire la tête de celui qui avait essayé de la tuer.

Bon, elle pouvait toujours rêver…

La journée suivante fut en tout point identique. Discussions, contestations, et le FDM qui semblait de plus en plus irrité chaque fois qu'Archange acceptait un point, quel qu'il soit. À la fin de la dernière session, ils avaient bien débroussaillé le terrain. Les juristes allaient sans doute bosser toute la nuit sur les propositions, et les négociations allaient se poursuivre le lendemain. Mais hélas ! pas que le lendemain.

Tara savait que l'assassin veillait à prévenir régulièrement ses gardes de maintenir Robin en vie, et heureusement parce qu'à la fin de cette seconde journée, Lisbeth et Archange, satisfaits, annoncèrent de concert qu'il leur faudrait encore au moins une dizaine de jours pour terminer tout ce qui avait été mis en place entre les deux univers. Tara n'avait pas réalisé, mais ils devaient créer en quelques jours l'équivalent de ce qu'AutreMonde avait mis en place depuis des siècles, depuis les échanges commerciaux, en passant par les échanges économiques ou politiques (quid des criminels ? Extradition ? Des réfugiés politiques ? Et le Tourisme ? Dans les deux sens ? Respect des lois ? Service après-vente des produits ?), la liste semblait sans fin.

Alors qu'ils allaient se lever, le FDM Gabriel prit la parole, surprenant l'assistance.

— Sur mon monde, dit-il, je suis un joueur de polo céleste. Nous avons constitué une équipe et nous aimerions vraiment nous mesurer à vos meilleurs joueurs.

— Avec plaisir, répondit gracieusement Lisbeth, lorsque tout sera entériné, d'ici quelques mois nous pourrons...

Gabriel la regarda comme si elle était un insecte nuisible qu'il venait de découvrir sous sa chaussure.

— Non. Pas dans quelques mois. Maintenant. Nous voulons organiser un grand match !

25

TARA

Ou lorsque son avenir est en jeu, il vaut vraiment mieux assister aux négociations, vraiment.

Les scoops se braquèrent sur l'étrange démon aux cheveux blanc et violet et aux yeux de myosotis, presque hypnotisant, qui venait de faire cette incroyable déclaration. Il avait un visage blanc et glacial, presque aussi pâle que celui d'un vampyr. Et en dépit de leur magnifique couleur, Tara ne voyait aucune vie, aucune joie dans ces yeux-là.

Et elle venait de comprendre pourquoi les pégases noir et argent lui paraissaient si familiers. Bien sûr, il n'y avait qu'une seule sorte de pégases qui avaient les crinières rasées afin de ne pas s'emmêler dans les maillets et dont les queues étaient soigneusement nattées. Ces pégases démons étaient des pégases de polo céleste !

Archange se leva, l'agacement peint sur son beau visage. Il était toujours aussi magnifique, mais, curieusement, à côté du flamboyant Gabriel, il paraissait soudain moins beau, moins parfait.

— Ah, soupira-t-il, je me demandais aussi pourquoi tu avais tellement insisté pour emmener ton équipe de polo et leurs pégases. Toujours cette manie de jouer, hein ?

Immédiatement, en réaction, les scoops projetèrent autour d'eux, en grandeur réelle, des images enregistrées l'avant-veille, de Gabriel en train de jouer au casino, les démones et les démons autour de lui, les yeux brillants d'excitation, leurs verres de bullage doré à la main. Le beau démon éclata de rire.

— Très amusantes ces petites machines volantes. On ne peut rien faire sans être surveillé ici. (Il effaça tout sourire de son visage.) Et oui, j'aime bien les défis. Un match amical. Pas d'enjeu, bien sûr. Juste pour nous amuser. Nous allons passer dix jours au moins sur ce caillou prodigieusement ennuyeux. Nous divertir me semble la moindre des choses, n'est-ce pas ? Hier soir nous n'avons eu droit qu'à un dîner, c'était telllllement rasoir…

Il défiait ouvertement Archange. Ce dont celui-ci paraissait parfaitement conscient. Pourtant, le roi des démons ne perdit pas son calme. Il sourit à son adversaire, sans rien dire, jusqu'à ce qu'une lueur d'inquiétude pointe dans les yeux violets. Gabriel savait très bien ce dont Archange était capable, il pensait qu'il allait refuser sèchement. Aussi fut-il très surpris lorsque Archange se tourna vers Lisbeth et demanda :

— Votre Majesté Impériale, pensez-vous que cela serait possible ?

— Nous n'avons pas de… commença le délégué tadixien, tellement troublé qu'il en coupa la parole à l'Impératrice qui ouvrait la bouche pour répondre.

Il fut immédiatement interrompu par Gabriel. Dont la voix se durcit légèrement.

— Nous avons pu acquérir, par le biais des sortceliers qui nous ont invoqués en dépit du prix physique que cela leur coûtait, plusieurs vidéocristaux de matchs, dont certains se sont déroulés en gravité réduite, ici, sur Tadix, nous savons donc que vous avez un terrain de polo ici même.

Ah. Il ne laissait pas la possibilité au Tadixien de mentir. Celui-ci en frémit de douleur. Les Tadixiens aimaient bien marchander, discuter, et surtout, enrober leurs adversaires dans de telles couches de casuistique, qu'ensuite, les pauvres pigeons ne savaient plus distinguer le haut du bas, le bleu du rouge. Sauf que là, il n'avait pas affaire à un pigeon.

Mais à un oiseau prédateur prêt à le lacérer de ses serres. Et qui ne s'en priva pas.

— Bien sûr, ajouta Gabriel dont la voix vogua vers l'inflexible, nous pouvons très bien comprendre que vous ne vouliez pas nous affronter, après tout, vous savez que nous vous sommes supérieurs physiquement. Mais cet avantage devrait être gommé du fait de la gravité moindre. Nous serions à égalité.

Tara, qui connaissait bien sa tante, sut que celle-ci grimaçait intérieurement.

C'était dangereux. Elles en avaient conscience toutes les deux. Cela allait l'obliger à rouvrir les Portes de transfert vers AutreMonde, ce qui ne lui plaisait pas du tout. De plus, cela l'obligeait aussi à faire venir des gens qui n'avaient pas forcément signé pour être désintégrés si les choses tournaient mal.

La jeune fille s'employa à envoyer un message subliminal à Lisbeth : *Refuse, refuse, refuse, il te manipule, refuse !*

Mais Lisbeth était curieuse. Et parfois, même si on voyait très bien le piège, il pouvait s'avérer plus facile de plonger dedans pour le désamorcer.

Ce fut le choix de l'Impératrice. Elle plongea.

— Avec plaisir, répondit-elle aimablement avant que le Tadixien n'ait le temps d'inventer un mensonge créatif du type « le terrain a été inondé » ou « les installations sont trop vétustes, le terrain est en réparation » ou encore « mince alors, un ver géant a mangé le gazon la semaine dernière ». Nous allons prévenir les équipes de se tenir prêtes. Nous les transférons demain pour organiser le match après-demain. Ainsi tout le monde aura l'occasion de s'entraîner en gravité réduite.

Tara garda un visage impassible, mais ce fut à son tour de grimacer intérieurement. Elle avait assisté à de nombreux matchs, car c'était l'un des sports préférés des Omoisiens. La jeune fille blonde y avait même joué souvent et s'était beaucoup amusée.

Jusqu'au moment où elle avait été éliminée.

Pour avoir triché.

Sauf que bien sûr, elle n'avait pas triché. Il se trouvait juste qu'elle possédait un avantage parfaitement injuste grâce à Galant. Celui-ci étant nettement plus intelligent que les autres pégases, qui possédaient une intelligence égale à celle d'un chimpanzé sur Terre, il pouvait déduire des stratégies et des angles d'attaque sans même qu'elle ait besoin de le guider, ce qui leur donnait quelques fractions de seconde d'avance. Suffisantes pour qu'elle puisse gagner assez facilement, vu qu'elle avait une bonne coordination œil/main à force de s'entraîner aux arts martiaux et à l'épée.

Taper dans une balle dure de huit centimètres et demi avec un maillet de un mètre vingt-sept n'avait rien de bien sorcier lorsqu'on était athlétique et qu'on avait un bon sens spatial.

Tara avait été très triste de devoir renoncer, parce qu'elle aimait être traitée exactement comme les autres qui se fichaient qu'elle soit l'Héritière du moment qu'elle jouait bien. Elle n'était pas épargnée et était revenue à de nombreuses reprises couverte de bleus. De plus, elle adorait son équipe, l'équipe impériale, les Paons d'Omois, qui le lui rendait bien. Hélas ! en dépit d'entraînements féroces pour la mettre à niveau, ils n'avaient jamais pu disputer de matchs officiels, parce qu'elle avait été éliminée bien avant. Mais Tara savait qu'à l'époque, leur entraîneur, Maître Paturon, avait placé beaucoup d'espoirs en elle. Tout autant que Maître Chanfrein au Lancovit, avant lui.

Le seul autre problème, c'était que les joueurs changeaient de pégase toutes les périodes, qui duraient 7 minutes 30, comme sur Terre, (bien que les minutes Autre-Mondiennes, et donc tadixiennes, soient plus longues que les minutes terriennes), tant l'effort demandé aux animaux était grand. Tara, elle, ne pouvait pas. Elle n'imaginait pas un instant monter un autre pégase que Galant. Du coup, cela la pénalisait, parce qu'à un moment, tout puissant qu'il était, Galant finissait par se fatiguer.

C'était du moins l'argument qu'avait exposé Maître Paturon afin de la garder dans l'équipe. Cela n'avait pas marché. La fédération de polo céleste avait refusé. Tara soupçonnait que sa tante était intervenue. L'idée que son héritière se montre en spectacle comme ça devant tout le monde, et pire, risque de perdre devant tout le monde, ou de se blesser ou carrément de se rompre le cou, ce qui n'était pas mieux, ne devait pas lui plaire beaucoup.

Gabriel interrompit ses pensées en s'inclinant devant elle. Un magnifique pégase, dont la selle et la bride rouges à pompons d'argent se détachaient sur son pelage d'un noir de nuit, se tenait à ses côtés, patient, parfaitement dressé. Galant fronça les naseaux et souffla à l'attention du pégase noir. Celui-ci coucha ses oreilles en arrière. Il était nettement plus petit que Galant. Elle caressa la tête blanche de son pégase avec affection.

— J'ai cru comprendre que vous aimiez jouer, Héritière d'Omois, Altesse Impériale, dit Gabriel avec un sourire faux. Peut-être que nous pourrions jouer ensemble ? Cela vous plairait de vous dépenser un peu physiquement avec moi ?

Tara fronça les sourcils. À propos de jeu, à quoi diable jouait Gabriel ? Il voulait quelque chose, elle le voyait bien, mais quoi ? Et puis, elle n'avait pas aimé le sous-entendu libidineux qu'il avait mis dans sa dernière phrase.

Elle répondit posément :

— Je ne suis pas totalement novice au polo céleste. Mais je n'atteins pas le niveau d'une équipe nationale, loin de là. Mon pégase est mon familier, j'ai été éliminée des équipes car la fédération a trouvé que j'étais injustement avantagée. Je ne suis donc pas une très bonne joueuse, faute d'avoir pu disputer de véritables compétitions.

Gabriel secoua la tête.

— Ce n'est pas ce que j'ai entendu. Je crois même savoir que vous êtes plutôt bonne. Alllllez, soyez sympa, quoi ! Faites-moi plaisir !

Tara en resta bouche bée. Il avait laissé traîner sa voix comme celle d'un adolescent taquinant une bonne copine. On était loin du terrifiant démon mangeur d'humains. Sauf que Tara voyait très bien le manipulateur qui tirait les ficelles derrière la façade du jeune adulte facétieux. Puisqu'ils étaient déjà dans le piège, autant y aller à fond et, comme sa tante, Tara était curieuse. Apparemment, le piège nécessitait qu'elle en fasse partie. Elle décida de jouer, elle aussi. Elle n'aimait pas Gabriel. Elle allait lui montrer à quel point. Et lui tendit une perche.

— C'est un match amical ? Parce qu'à cause de moi l'équipe qui m'intégrera (elle insista sur le neutre de l'équipe) aura peu de chance de gagner, je ne serai pas un atout.

— Amical. Absolument, confirma Gabriel. On se fiche de qui va gagner. Ce qui est important, c'est de jouer ensemble. Cela va nous permettre de mieux nous connaître. D'ailleurs, si vous voulez, on peut même vous inclure dans notre équipe et donner l'un des nôtres à la vôtre.

Ah. Il avait saisi la perche. Bien. Tara fit comme si elle s'inclinait de mauvaise grâce.

— Très bien. Je jouerai. Avec vous. C'est ridicule, parce que je vais sans doute gêner vos joueurs, mais je jouerai. Et si nous perdons à cause de moi, ce qui sera sans doute le cas, j'espère que tous les gens de votre planète ne vont pas m'en vouloir à mort.

Voilà, au moins, elle l'avait dit devant les scoops, comme ça elle couvrait ses arrières.

Archange secoua la tête. Tout son corps tendu vers elle criait qu'elle aurait dû refuser. Mais Gabriel et les autres démons les fixaient et il n'eut pas le choix. Lui aussi dut s'incliner.

— Très bien, fit-il sèchement. Puisqu'au milieu d'une aussi importante négociation tu éprouves le besoin de t'amuser, Gabriel, nous allons nous amuser. Va avec ton équipe pour t'exercer, tu ne participeras pas à la soirée, afin de ne pas être fatigué, ni aux négociations, aucune personne de ton entourage d'ailleurs, je préfère que vous soyez tous concentrés sur ce match que tu viens de réclamer. Vous allez rencontrer les meilleurs joueurs d'AutreMonde, vous avez besoin d'entraînement ne serait-ce que pour éviter de les blesser. Exécution !

Gabriel pinça les lèvres, devenant tout de suite nettement moins beau et beaucoup plus dangereux. Archange venait de le prendre à son propre piège et l'avait écarté très habilement des négociations.

— Et Tara ? Elle doit aussi apprendre à travailler avec nous, lança-t-il.

« Tara », hein ? Il était bien familier. Archange ne le rata pas.

— Son Altesse Impériale viendra lorsque cela lui conviendra. Elle n'est pas à l'origine de cette idée, elle n'a pas à en subir les conséquences. Et si vous perdez, ce sera entièrement ta faute.

Gabriel, contré dans ses plans, quels qu'ils soient, jeta un regard mauvais à Archange, puis céda et s'inclina. Son entourage et ses pégases quittèrent la pièce. Archange garda un visage impassible, mais Tara pouvait sentir sa contrariété. Il se tourna vers Lisbeth, sanglée dans un strict tailleur noir, très couture, ses longs cheveux blonds tressés en une natte épaisse, dégageant, comme Tara, la magnifique ossature de son beau visage.

— Merci, Votre Majesté Impériale, lui dit-il en incluant les scoops dans son discours, s'adressant ainsi aux planètes qui écoutaient. C'est un merveilleux cadeau que vous nous faites de nous permettre de partager vos traditions. J'espère que cette amicale compétition rapprochera nos peuples.

Lisbeth hocha la tête.

— J'allais vous faire la même réflexion, Seigneur Roi. Mais que cela ne nous prenne pas trop de temps, le plus important est de signer ce pacte entre nos planètes, afin d'apporter à nos deux univers paix et prospérité. Et j'avoue que je n'aime guère que mon héritière pratique ce jeu, que je trouve dangereux.

Archange opina, bien d'accord avec elle. Mais déjà ses ministres et ses adjoints l'appelaient afin de discuter de ce qu'ils avaient conclu pour la journée, et alors qu'il aurait voulu discuter avec Tara, la mort dans l'âme, il fut obligé de les suivre.

Il ne fut pas le seul. Tout le monde se sépara afin de prendre une douche avant le dîner. Les odeurs d'autant d'espèces différentes enfermées ensemble dans un espace confiné, en dépit des échanges d'air avec les autres parties du dôme, étaient assez renversantes.

Très troublée par tout cela, Tara se tourna vers Cal et ses amis dès qu'Archange et sa suite eurent disparu dans le couloir.

— Un match ! s'exclama Fabrice qui était devenu un vrai fan des Anges du Lancovit, l'une des équipes de ligue 1 de polo céleste d'AutreMonde. Avec toi dans une équipe dont vous ne savez rien ? C'est moi ou vous avez tous pété un plomb, mais grave ?

— S'il n'avait pas proposé de m'intégrer dans son équipe, j'aurais dit que c'était probablement une question d'image, précisa Tara. Je te parie que ces types-là sont surentraînés. Qu'ils vont mettre une raclée aux AutreMondiens. Juste pour nous montrer qu'ils ont peut-être été vaincus, mais qu'ils sont toujours les meilleurs. Et quoi de mieux que le polo céleste pour nous infliger notre première défaite contre eux depuis des millénaires ? Du coup, ce que je ne comprends pas, c'est pourquoi il me veut dans son équipe si son but est de nous coller une raclée.

— Peut-être qu'ils ne sont pas si bons que ça, fit Fabrice. Et qu'ils savent que sans toi ils ne peuvent pas gagner ?

— Ben il y a un moyen simple de nous rendre compte tout de suite de leur niveau, dit Fafnir qui allait toujours droit au but, il suffit d'aller les voir s'entraîner !

Les autres la regardèrent comme si elle venait de se faire pousser des ailes.

— Et alors, quoi ? s'exclama la naine.

— Mais c'est une idée géniale, Fafnir, s'écria Cal comme s'il n'arrivait pas à croire que quoi que ce soit d'utile puisse sortir du crâne épais de la naine.

Fafnir lui décocha un regard agacé. Ce n'était pas parce qu'elle aimait hacher les gens qu'elle était stupide. Et elle trouvait crispante cette manie de ses amis de la regarder comme si elle avait inventé l'eau tiède chaque fois qu'elle avait une bonne idée.

Après avoir consulté les plans sur leurs hors, ils constatèrent que le terrain d'entraînement n'était pas très loin, à peine deux dômes de distance. Ils prirent le métro souterrain qui reliait tous les dômes entre eux et, en quelques minutes, furent arrivés. Ce dôme-là était d'un bleu-violet, reprenant le ciel d'AutreMonde. Plus grand, mais dépourvu d'habitations, il était surtout remarquable par la végétation colorée qui le composait. Un peu partout, il y avait des piscines, des chutes d'eau artificielles qui tombaient paresseusement du fait du manque de gravité, mais aussi de tous les terrains de sports possibles et imaginables, terriens, AutreMondiens, etc.

Au centre, se trouvait la discipline reine : le terrain de polo céleste. Gazon bleu impeccable, seize poteaux, huit en bas et huit en l'air. La superficie avait été doublée, car les pégases volaient bien plus vite que les chevaux ne couraient. Le terrain faisait donc six cents mètres de long au lieu de deux cent soixante-quinze, et quatre cents mètres de large, au lieu de cent quarante-cinq. Pour corser le jeu, il était également possible pour les joueurs de marquer des points sur les côtés. Ces points, appelés kers, n'étaient pas des buts en soi, mais apportaient des bonus. Il y avait cinq kers : 1) changement de pégases et de cavaliers une fois en cours de jeu, 2) annulation de sanctions, 3) arrêt du jeu pendant cinq minutes en faveur de celui qui possédait le ker, 4) prolongation du jeu de quatre minutes supplémentaires en fonction du nombre de kers qu'on avait, et enfin 5) tir devant les buts de l'adversaire. Avoir cinq kers autorisait soit d'utiliser le tir devant les buts, soit une annulation de sanction qui valait deux kers, plus un arrêt de jeu de cinq minutes qui en valait trois. Un seul ker ne permettait que de changer de pégase et/ou de cavalier une fois lors d'un jeu. Savoir bien maîtriser les kers permettait d'accumuler des avantages.

Les plus puristes des joueurs ne marquaient pas de kers. Ils préféraient ne frapper que vers les buts. Mais dans chaque équipe, un joueur, en général le plus mauvais, était chargé d'intercepter la balle et de frapper des kers, afin d'accumuler des avantages.

Tara ne doutait pas que ce serait son rôle, dans cette fameuse partie.

Le reste des règles était le même. Chaque jeu durait de quatre à huit périodes, appelées chukka. Les arbitres, les umpires, étaient au nombre de quatre et non pas de deux comme sur Terre, parce que le jeu se faisait aussi bien en l'air que sur le gazon. Le but était de marquer en lançant la balle entre les deux poteaux des buts adverses, sur le gazon ou en l'air. Dans le cas du polo céleste, qui se déroulait sur deux niveaux, dès que la balle atteignait dix mètres de hauteur, elle passait en automatique et roulait comme si elle se trouvait sur une surface invisible. Ainsi, les joueurs pouvaient voler et la pousser exactement comme si elle reposait sur du gazon. Sinon, les interdits étaient les mêmes : ne pas couper la trajectoire de la balle ou d'un autre cheval s'il y avait un danger de collision. En revanche, accrocher le maillet d'un adversaire ou le gêner en le bousculant épaule contre épaule était autorisé, et les équipes ne s'en privaient pas.

Les démons étaient bien en train de s'entraîner. Tara et ses amis s'assirent dans les fauteuils confortables qui surplombaient le terrain. À peine étaient-ils assis, que des pop-corn, des hot-dogs, des sandwichs et des boissons apparaissaient devant eux. Apparemment, les Tadixiens incluaient la nourriture dans le spectacle. Même s'ils n'avaient pas très faim, ils apprécièrent l'attention à sa juste valeur.

Tara s'était entraînée avec une équipe nationale, elle était donc à même, bien plus que ses amis, d'évaluer la pertinence du jeu des démons. Au bout de quelques minutes, elle siffla tout bas.

— Ils sont si bons que ça ? demanda Fafnir qui ne s'était jamais intéressée à un truc où il fallait monter sur un animal pour pouvoir jouer, et loin du sol en plus.

— Encore meilleurs, répondit Tara, littéralement hypnotisée par la grâce et l'efficacité des joueurs.

Ils étaient bons. Slurk ! Ils étaient même excellents. Quatre filles et quatre garçons s'affrontaient, dans des équipes mixtes, l'une d'entre elles dirigée par Gabriel, et Tara était bien en peine de dire laquelle était la plus habile. En revanche, ce qu'elle constatait, c'était qu'ils étaient très largement au niveau des meilleurs joueurs mondiaux d'AutreMonde. Voire même au-dessus.

— Ils vont nous mettre la pâtée ? demanda Fabrice en frottant ses cheveux blonds qui lui tombaient dans les yeux, d'un air dégoûté par ce qu'il voyait.

— S'ils jouent comme ça après-demain, oui, c'est sûr, précisa Tara. Notre ego va en prendre un coup. Enfin, pas le mien, parce que si je joue avec eux, toute mauvaise que je suis, nous allons gagner, ça, c'est sûr.

C'était magnifique. Les ailes noires et argent des pégases claquaient, les muscles se tendaient, la balle volait. Dans cette faible gravité, elle allait bien plus haut que sur une planète normale, et atteindre les dix mètres nécessaires au passage en seconde position dans les airs était presque facile.

Enfin, cela avait l'air facile vu d'en bas, tranquillement assis dans un fauteuil.

Les pégases étaient magnifiquement dressés. Au début, en dépit de toute leur agilité, ce ne fut pas très facile pour eux de compenser le manque de gravité. Ils avaient l'habitude de donner des coups d'ailes puissants afin de décoller et plusieurs fois se retrouvèrent collés contre la paroi du dôme, leurs cavaliers tentant désespérément de ne pas se faire assommer. Heureusement qu'ils avaient des casques.

Cela fit beaucoup rire Tara et ses amis.

Mais très vite, les pégases comprirent comment fonctionner et réduisirent leurs mouvements afin de profiter de la liberté que leur donnait ce nouvel environnement. Tara vit que des tas de scoops filmaient, preuve que les membres du magicgang n'étaient pas les seuls à avoir eu l'idée d'espionner les démons.

Les films devaient déjà tourner en boucle chez l'entraîneur de l'équipe sélectionnée probablement en ce moment par Lisbeth. Et Tara pariait que ledit entraîneur devait s'arracher les cheveux et se lamenter en voyant ce qu'il allait devoir affronter. Petit à petit, des tas de spectateurs vinrent s'ajouter aux cinq amis et les fauteuils se remplirent.

—Je ne suis pas trop adepte de ce genre de plan malsain, fit Fabrice d'une voix traînante, mais tu ne peux pas envisager de perdre... volontairement ?

Tara soupira. Fabrice ne comprenait pas. Pourtant, cela lui semblait évident.

— Non, expliqua-t-elle, au contraire. Il va falloir que j'essaye à tout prix de faire gagner mon équipe, qu'elle soit démoniaque ou pas. C'est un sport, c'est un jeu. Triche pendant un sport ou un jeu et ta réputation est morte pour le reste de ta vie. Les Boulimi-Lema (elle n'arrivait pas à se souvenir de leur nouveau nom) le savent très bien. Ils nous ont étudiés. Pour l'instant, je pense que Gabriel veut juste me discréditer, pas me tuer.

— Te tuer ? s'exclama Fabrice, bouleversé.

— Oui. Il est peut-être le commanditaire qui a ordonné mon assassinat. Il me voit sûrement comme l'une des puissances qui pourrait l'empêcher d'envahir AutreMonde et la Terre, ce qui expliquerait qu'il ait demandé à l'assassin de m'affaiblir. Je pense qu'il va se passer quelque chose, demain. Parce que d'après les tests que nous avons faits, je me régénère entre deux et quatre jours après avoir versé mon sang, en fonction de la quantité. Et là, j'en ai donné vraiment beaucoup pour sauver Cal. Plus que lors des tests. Demain, je ne serai pas encore à pleine puissance. Après-demain, pour le match, en revanche, j'aurai tout récupéré. C'est la raison pour laquelle, demain, je ne vais pas assister aux négociations et m'entraîner avec eux.

Moineau fut la première à retrouver la parole.

— Mais tu vas donner l'occasion à Gabriel de te tuer, si c'est ce qu'il essaye de faire. Tara ! Tu recommences avec ta manie de toujours vouloir régler les problèmes toute seule ! Il n'est pas question de te laisser faire ! T'exposer, comme ça, lors d'un entraînement aussi violent ? Nous avons tous vu des matchs de polo céleste. Nous savons que les cavaliers, comme les pégases font de leur mieux pour éviter les collisions, mais cela arrive ! Rappelle-toi, ce cavalier qui est mort, l'année dernière, le cou rompu, parce que sous la violence du choc entre son pégase et le poteau contre lequel il a été projeté, ses sangles se sont rompues et il est tombé. Et son pégase est mort aussi, le pauvre avait eu le dos brisé, les Reparus n'ont pas réussi à le sauver lui non plus. C'est à cela que tu veux t'exposer ? Alors que tu es notre arme la plus précieuse ? Sans compter que tu es ma meilleure amie et que je t'aime comme une sœur ?

Moineau était tellement furieuse que des poils lui poussaient sur la figure tandis que ses mains s'allongeaient devenaient griffues.

— Wow, fit Tara, impressionnée, calme-toi ! Tu oublies un léger détail. Galant est bien plus intelligent que ces pégases, fussent-ils démoniaques. Et je n'ai pas peur d'eux. La changeline me protégera si je tombe, ils ne peuvent pas utiliser de magie démoniaque contre moi parce que les Objets me protégeront aussi et j'ai ma propre magie pour les contrer, si vraiment, ils ont envie de jouer avec moi. Crois-moi, je ne risque pas grand-chose à part quelques bleus. Et puis je dois savoir si Gabriel est avec Archange et si tout ceci n'est que de la poudre aux yeux, ou si, effectivement, Gabriel est en conflit avec lui. Et dans ce cas, comment utiliser cela contre lui afin d'aider Archange.

Moineau examina les arguments et petit à petit s'apaisa. Tara avait mûrement réfléchi à toutes les options. Effectivement, elle n'y allait pas les mains dans les poches.

— Excuse-moi, dit la jeune fille aux longs cheveux bouclés, contrite, reprenant son visage habituel. J'ai eu peur, j'ai réagi un peu trop énergiquement.

Tara se leva, inspira profondément et se tourna vers Moineau et Fabrice.

— D'ailleurs, à ce sujet, je crois que je commence à saisir comment vous fonctionnez, tous les deux.

Moineau comme Fabrice regardèrent Tara sans comprendre.

Tara pointa un doigt impérieux vers Moineau.

— J'ai compris ce qui n'allait pas en discutant avec Archange.

Les sourcils de Moineau se haussèrent. Elle avait du mal à voir le rapport entre elle et le démon.

— Tu es super-super-gentille, assena Tara. Du coup, lorsque tu laisses le tempérament sauvage de Bête prendre le dessus, sans que cela se voie parce que tu ne te transformes pas, les gens sont déstabilisés : tu restes physiquement Moineau, mais que tu deviens nettement moins gentille et carrément agressive. C'est ta Bête qui s'exprime mais c'est toi qu'on voit. Chaque fois, Fabrice se fait avoir, car il réagit à cette agressivité. Ensuite, il culpabilise parce qu'il a l'impression de ne pas être gentil avec toi. Comme il ne sait pas comment agir, il prend des décisions stupides, tout seul dans son coin, ce qui fait que ça t'énerve encore plus et que tu lui tombes dessus. Mais en fait, ça se voit comme le nez au milieu du visage. Vous êtes faits l'un pour l'autre. Vous vous aimez. Lorsque Fabrice a voulu obtenir plus de pouvoir, que ce soit au travers de ses études ou avec Magister, c'était juste parce qu'il voulait être plus fort que toi, afin de te protéger et non pas l'inverse. Petit à petit, il a fini par réaliser qu'en étant un loup-garou, il pouvait être au moins ton égal. Il parlait tout le temps de peur, de pouvoir, de chaos. Mais en fait, ce n'était que toi, Moineau, et toi uniquement. Il a fait tout cela pour toi. Il est ici, aujourd'hui, sur cette planète qu'il n'aime pas, parce qu'il ne veut pas te perdre, qu'il ne peut même pas imaginer de te voir dans les bras d'un autre. Et s'il voulait que tu viennes sur Terre, c'était non pas pour te couper des tiens, mais parce que sur Terre, ta magie est affaiblie, ce qui l'amène au niveau de la sienne. J'ai remarqué que Fabrice ne voyait pas la qualité de sa magie se dégrader autant que les vôtres, sans doute car lui et moi sommes terriens, du moins élevés sur Terre, nous avons appris à compenser dans un monde moins magique.

C'était un long discours et Tara dut reprendre son souffle. Moineau en profita.

— Mais je sais !

Tara, qui allait continuer son long monologue en marchant de long en large, sur fond de démons en train de jouer, s'arrêta net.

— Comment ça, tu sais ?

— Ça fait longtemps que j'ai compris pourquoi Fabrice était aussi maladroit avec moi. J'ai essayé de lui expliquer, mais il est têtu comme un traduc[1]. Ma mère m'a dit qu'il était parfois plus facile de laisser les gens faire leurs expériences, commettre leurs erreurs et en tirer les leçons, plutôt que d'essayer de leur transférer. Parce que rien ne vaut le vécu. C'est pour ça que j'ai refusé de l'accompagner sur Terre, c'est pour ça que je l'ai quitté. Pour qu'il se rende compte qu'il commettait une erreur. Et s'il ne s'en était pas rendu compte, eh bien, cela aurait signifié qu'il n'était pas capable d'apprendre et que j'avais bien fait.

Fabrice se tourna vers elle, les sourcils froncés, digérant ce qu'elle venait de dire. Puis son visage s'éclaira.

— Attends : ça veut dire que tu me pardonnes, que tu veux bien qu'on se remette ensemble ?

Moineau le fit souffrir un peu. Puis un ravissant sourire fleurit sur son visage et elle dit :

— Mais bien sûr, espèce d'andouille !

Fabrice l'attrapa et l'embrassa passionnément, tandis que Tara grimaçait, puis, comme ça durait, durait, durait, décidait de s'occuper à autre chose. Tout en se demandant si elle avait l'air aussi débile lorsqu'elle était dans les bras d'un garçon. Yerk.

Cal se tenait prudemment loin de Tara… enfin à un fauteuil d'intervalle, afin de ne pas donner prise aux commentaires malveillants. Il lui adressa un clin d'œil. Il était content que Moineau et Fabrice soient ensemble. De nouveau. Et il espérait que cette fois-ci ce serait pour de bon, parce que recoller les morceaux de cœurs brisés, ça allait bien un moment…

---

1. En dehors du fait qu'il pue terriblement, le traduc est têtu. Le faire bouger lorsqu'il n'en a pas envie implique l'utilisation de grues, poulies et d'un grand nombre de jurons.

P.-S. : surtout lorsque, mécontent qu'on le bouge, il en profite pour crotter sur tout le monde…

P.-P.-S : Et là au moins c'est l'égalité la plus totale. Tout le monde pue.

Ils regardèrent le match tandis que Moineau et Fabrice, décidés à fêter dignement leurs retrouvailles, se levaient, la main dans la main... pour se séparer soudain.

Tara se demandait pourquoi lorsqu'elle vit Jeremy et Jordan qui venaient, eux aussi, assister à l'entraînement. Maintenant qu'elle avait le temps de l'observer, puisque qu'il n'était pas en train d'ouvrir un vortex pour faire venir les démons, Tara constata que Jeremy avait changé. Le garçon brun aux yeux noirs avait grandi lui aussi et s'était étoffé, mais Tara remarqua qu'il avait grossi et qu'une petite bouée commençait à se former autour de ses hanches. Il allait falloir qu'il y aille un peu plus doucement sur le bullage s'il voulait rester mince.

Jeremy les salua et, ignorant Fabrice pour une fois, s'approcha de Moineau.

— Salut, ma jolie fiancée, fit-il d'un ton badin. Je ne te vois pas beaucoup en ce moment !

Moineau se raidit lorsqu'il déposa un baiser sur sa bouche. Fabrice se mit à grogner. Jeremy le regarda comme on regarde un insecte.

— Ça va le loup, couché ! Si tu m'ennuies, je te signale que la moitié des armes de Jordan sont trempées dans l'argent. Il te tranchera la gorge sans hésitation.

Fabrice se figea, médusé que Jeremy ose le menacer. Moineau allait parler lorsque, soudain, elle fut prise de tremblements.

— Slurk ! jura Fabrice en luttant pour empêcher ses dents et ses griffes de pousser, Tara, tu as ses pilules ?

Les tremblements de Moineau s'accentuèrent et elle se mit à baver. Bon, là elle en faisait un peu trop quand même.

— Non, fit mine de s'affoler Tara, je pensais que vous en aviez tout le temps sur vous !

— Non ! Elle devait avoir au moins deux ou trois heures devant elle depuis la prise de la dernière !

— Il va falloir la tenir pour qu'elle n'avale pas sa langue ! cria Fafnir.

Tara lui jeta un regard noir. La naine aussi en faisait beaucoup trop.

Les tremblements étaient en train de se transformer en convulsions, si violentes qu'on avait l'impression que Moineau allait se briser le dos. Tara, Cal et Fabrice la maintinrent solidement au sol, tâchant de la maîtriser. En dépit de leur force, ce ne fut pas facile. À aucun moment Moineau ne se transforma, heureusement, sinon ils n'auraient pas été capables de l'immobiliser très longtemps. Enfin, alors que Jeremy, très impressionné, avait appelé un chaman, la crise commença à s'atténuer. Au bout de quelques secondes, Moineau ouvrit un œil égaré. Vit ses amis autour d'elle et soupira, détendant ses muscles tétanisés.

— Slurk, murmura-t-elle faiblement, j'ai refait une crise ?

— Oui, confirma Tara, en inventant à toute vitesse. C'est la troisième depuis que nous sommes arrivés, Moineau.

Jeremy les regardait, tandis que le chaman arrivait rapidement. Il ausculta la jeune fille, sans rien trouver de particulier, à part un niveau extrêmement élevé de stress et bien sûr, le fait qu'elle était sous le coup d'une malédiction jetée à son ancêtre qui les obligeait à se transformer en Bête féroce sous le coup de l'émotion. De fait, personne ne connaissait vraiment les effets de la malédiction. Soudain, Jeremy réalisa qu'il ne se fiançait pas juste à une jolie fille, proche du trône du Lancovit. Il se fiançait à une jolie fille qui pouvait le déchiqueter en deux morceaux et se curer les dents avec ses os.

— Cette malédiction, dit-il, va-t-elle se transmettre à ses… à nos enfants ?

Le chaman hocha la tête.

— Sans doute, puisqu'elle se transmet de père en fils (il jeta un coup d'œil à Moineau) et de mère en fille apparemment.

Jeremy se redressa.

— Et ces crises, demanda-t-il, elles durent depuis longtemps ? Tu n'en as pas eues alors que tu étais avec moi !

— Je prenais mes pilules, avoua Moineau. Elles me permettent de tenir suffisamment longtemps sans en avoir. Mais je dois laisser mon corps s'exprimer de temps en temps, surtout lorsque je ne me transforme pas en Bête assez souvent. D'où les crises.

C'était super-malin. Tara avait toujours considéré Moineau comme une jeune fille très honnête, mais la facilité avec laquelle elle mentait la fit la considérer d'un autre œil.

Le chaman avait l'air bien embêté.

— Je ne peux pas faire grand-chose, puisque je ne connais pas les tenants et les aboutissants de cette malédiction, même un Reparus risque de vous faire plus de mal que de bien, jeune fille. Donc je vous prescris du repos et d'éviter toute émotion trop brutale. L'atmosphère tendue ici, du fait des démons, ne doit pas favoriser le calme. J'aimerais bien, puisque nous devons ouvrir les Portes pour faire venir les équipes de polo céleste demain matin, que vous repartiez sur AutreMonde. Ce serait plus sage.

— Non, trancha Moineau. Je dois rester. Tara peut avoir besoin de moi. Mais je vais me reposer aujourd'hui. Fabrice, toi qui es un loup-garou, tu es fort, peux-tu me porter jusqu'à ma chambre s'il te plaît ?

Le visage de Jeremy se plissa, mais il n'intervint pas. Il suivit le couple qui s'éloignait, la fragile Moineau au creux des bras du grand Terrien qui la portait sans effort.

Jeremy se pencha vers Jordan.

— Je ne vais pas pouvoir l'épouser, grogna-t-il. Son sang n'est pas bon. Mes parents sont idiots ! Ce n'est pas une bonne alliance.

Il ne parlait pas très fort, mais Tara, comme Cal, avaient une très bonne ouïe. Ils s'adressèrent un regard amusé. Mais Tara s'appliqua à conserver un air très grave et sérieux lorsque Jeremy se tourna vers elle.

— Je vais rompre mes fiançailles avec Gloria D'aavil, annonça-t-il comme s'il allait enterrer toute sa famille. Le Dragon Renégat a fait de nous de puissantes armes afin de contrer les démons, je dois rechercher celle qui saura perpétuer cet héritage. Si Moineau est malade, je ne peux pas courir ce risque, même si je l'aime beaucoup. Tu es sa meilleure amie, je ne veux pas la blesser. Peux-tu lui expliquer ? Que bien sûr, nous resterons en relation, qu'elle est une fille fantastique, mais que ce n'est pas possible. Je compte sur toi pour rester auprès d'elle, cela va sans doute lui faire un choc terrible, elle était si contente de nos fiançailles !

Tara se mordit les lèvres pour ne pas éclater de rire. Et assura gravement qu'elle allait consoler Moineau.

Qui devait être en train de fêter ses retrouvailles avec Fabrice. Tara, du fond du cœur, leur souhaita beaucoup de bonheur.

Soudain, les écrans entourant le dôme s'illuminèrent, surprenant les joueurs qui faillirent se percuter. Les deux équipes atterrirent et tout le monde leva la tête. L'image géante de Lisbeth et d'Archange apparut.

Ils souriaient tous les deux. Tara s'agita nerveusement. Qu'est-ce que les deux avaient encore manigancé pendant qu'elle regardait le match et sauvait sa meilleure amie d'un mariage raté ?

Elle ne fut pas déçue.

— J'ai le plaisir, annonça Lisbeth, de déclarer que la demande en mariage du roi des démons a été acceptée par Omois. Demain matin, avant l'ouverture des Portes de transfert, nous célébrerons le mariage de mon Héritière, Tara'tylanhnem Duncan et d'Archange, afin de sceller, encore plus profondément, l'union entre nos deux univers !

Cal se tourna vers Tara et, encore stupéfait par l'annonce fracassante, exprima leur sentiment commun.

— Ben, on est pas dans la bouse de traduc, là…

26

LA TRAHISON

Ou comment voir débarquer des invités indésirables à sa soirée et n'avoir aucune idée de comment s'en débarrasser.

Tara déboula comme une furie dans la suite de sa tante. Bien évidemment Archange était là, Tara avait vu, au décor, qu'ils avaient fait leur stupide annonce commune à partir du salon privé de Lisbeth.

— Non, mais ça va pas ? hurla-t-elle dès qu'elle fut en face des deux fautifs. Qu'est-ce qui vous a pris ? Il faut annuler cette annonce !

Elle avait mis un peu de temps à arriver jusqu'à la suite. Sa boule de cristal n'avait pas arrêté de sonner, ainsi que son hor, et tous les gens qu'elle avait croisés l'avaient félicitée, l'obligeant à s'immobiliser tous les deux mètres en dépit de la fureur qui bouillonnait en elle. Cela dit, le fait que ses yeux soient entièrement bleus et que ses mains crépitent de magie avaient avantageusement écourté les compliments, les personnes les plus obtuses finissant par percuter que la jeune fille était sous le coup d'une monstrueuse colère.

Au point que les flèches lumineuses qui la guidaient jusqu'à la suite de sa tante prirent une teinte rouge, très en accord avec son humeur. Cal et Fafnir qui avaient galopé derrière elle, à présent, se tenaient contre le mur, essayant de passer le plus inaperçu possible, tout en regardant des points invisibles dans l'espace d'un air inspiré.

Le sourire s'effaça du visage de l'Impératrice.

— Tara, peux-tu avoir l'extrême obligeance de ne pas te présenter armée devant moi, s'il te plaît ?

Mais qu'est-ce qu'elle racontait ?

— Armée ? hurla Tara en montrant ses mains vides… et d'un bleu brasillant, je ne suis pas armée ! Mais peut-être que je devrais ! Vu que vous êtes en train de bousiller ma vie et que je ne vais pas vous laisser faire !

Sa magie dut penser qu'elle était en danger, car, sans prévenir, un flot bleu-noir jaillit de ses mains et ne rata Lisbeth et Archange que de quelques millimètres.

Essentiellement parce qu'ils s'étaient baissés juste à temps.

Tara, encore furieuse, comprit ce que voulait dire sa tante. Effectivement, elle était armée, d'une certaine façon. À regret et surtout avec difficulté, elle rengaina sa magie, ses mains et ses yeux cessèrent d'irradier.

Archange et Lisbeth se relevèrent prudemment.

— Tu sais, ma douce, fit le roi démon en observant pensivement les deux grosses taches noires derrière lui, je pense que nos scènes de ménage vont prendre une dimension intéressante.

Ils ne surent pas ce que Tara allait répliquer, car un dragon bleu fou de rage, à peu près autant que Tara quelques minutes plus tôt, fit irruption dans la suite, deux gardes accrochés à ses flancs tentant en vain de l'empêcher d'entrer.

— Mais ça ne va pas, la tête ! hurla Maître Chem en se débarrassant des deux gardes comme s'ils n'étaient que deux puces agaçantes. Annoncer le mariage de Tara avec ce… avec ce démon ! Lisbeth, vous ne méritez pas le titre d'Impératrice, mais d'entremetteuse ! Vendre une petite fille à un monstre, c'est… c'est monstrueux ! Et tout ça pour faire de l'argent ! Votre âme est bien plus vile même que celle de ces gens !

Tout le monde resta bouche bée. D'abord parce que personne n'avait jamais balancé ses quatre vérités à Lisbeth comme ça… Du moins pas depuis que son premier mari était mort. Ensuite parce que jamais Tara n'aurait imaginé que Maître Chem puisse avoir ses intérêts autant à cœur.

Les yeux de Lisbeth s'étrécissent et sa magie l'enveloppa d'une aura ténébreuse.

— Qu'est-ce que vous venez de dire, *Dragon* ?

— Je viens de dire que vous vous comportez comme une vieille mère maquerelle, quel est le bout de la phrase que vous n'avez pas entendu, *Humaine* ?

Il y avait tellement de fiel dans sa voix que s'il s'était matérialisé physiquement, Lisbeth aurait ressemblé à un squelette, rongé jusqu'à la moelle. Cal n'en perdait pas une miette. S'il avait pu, il se serait assis afin de profiter encore mieux du spectacle. Là, il se contenta de s'avancer et d'enlacer Tara tout en la faisant reculer loin du probable champ de bataille, profitant de la sensation délicieuse de son corps svelte contre le sien. Même s'il trouvait que l'armure n'était pas ce qui seyait le mieux à Tara.

Il sentit un frisson secouer Tara et mit quelques secondes pour comprendre qu'elle n'avait pas froid, mais se retenait de toutes ses forces pour ne pas rire. Il dut la lâcher pour ne pas mécontenter Archange et le fit à regret.

À partir de ce moment-là, les choses dégénérèrent. Sous le regard fasciné d'Archange et des autres, Lisbeth et le dragon commencèrent à s'envoyer des jurons, plus effroyables les uns que les autres.

Au bout d'un moment, Tara décida qu'elle en avait assez entendu. Elle se glissa sur le côté et, suivie par Fafnir et Cal, elle sortit discrètement. Archange leur jeta un regard éperdu, mourant clairement d'envie de les suivre, mais serra les dents et resta sur le champ de bataille.

Tout le monde avait les yeux écarquillés.

— Par la barbe de mes ancêtres, moi qui n'aime pas les dragons, finit par avouer Fafnir, qui avait un peu de mal à se remettre du choc, j'avoue que pour une fois, celui-ci, je l'aurais presque embrassé !

— Bah, fit Cal, il ne fait que dire tout haut ce que tout le monde pense tout bas !

Ah, encore un truc que les services de censure du palais avaient caché à Tara apparemment. À partir de ce jour, elle décida de mettre sur pied son propre service d'espionnage. Ça commençait à bien faire, cette rétention d'informations…

— Comment ça ? demanda-t-elle, impatiente d'apprendre ce qu'on lui avait encore dissimulé.

— Contrairement à ce que dit ta tante, faire venir les démons ici, te proposer en mariage alors que tu es si jeune, tout cela n'est pas du goût de tout le monde. Le Lancovit a élevé une sérieuse protestation à ce sujet. Mais comme tu as passé, d'après ce que tu nous as dit, beaucoup de temps sur la Lune terrienne, tu ne t'en es pas rendue compte. La reine Titania, particulièrement, n'a pas du tout aimé ce que faisait Lisbeth.

Tara eut un sourire attendri. La reine Titania était très maternelle. Mais, pour une fois, Tara dut prendre la défense de Lisbeth.

— Ma tante essaye de faire ce qui est le mieux pour Omois. Même si faire venir les démons n'était pas un choix que j'aurais fait à sa place.

— Pour Omois, peut-être. Pour AutreMonde, je n'en suis pas si sûr, souligna Cal. Bref. Le vote a été contraire à la motion de refus du Lancovit et les démons ont été invités. Mais ce n'est pas passé loin. Ta tante a dû sortir pas mal de squelettes de pas mal de placards afin de parvenir à ce qu'elle voulait. Pour l'instant, tout se passe bien. Mais si les démons nous attaquent et, pire, nous envahissent, les autres peuples demanderont la tête de ta tante. Et l'obtiendront probablement.

Tara pâlit. Elle savait que, pour le coup, ce n'était pas une métaphore. Et le pire, c'était qu'elle comprenait Lisbeth. Elle n'aurait sans doute pas agi de la même façon, mais elle la comprenait. Diriger un pays n'était pas si facile, les responsabilités étaient écrasantes, la moralité douteuse et seuls comptaient les résultats.

Elle ferma les yeux. Comme toujours, elle se retrouvait prise entre le marteau et l'enclume.

— Parfois, dit-elle, j'aimerais redevenir une petite fille. Sans responsabilités, sans terreur, sans dilemme.

Elle rouvrit les yeux et rencontra le regard brillant de Cal. Qui n'était pas d'accord.

— Moi, je te préfère en grande fille, dit-il avec tout un monde de sous-entendus dans sa voix. Beaucoup, beaucoup plus intéressant. Quoique, j'avoue, j'aimerais bien jouer à la poupée avec toi. Ou au docteur ? Non ? Ça ne t'intéresserait pas ?

Tara ne put s'empêcher de rire. Il arrivait toujours à désamorcer son angoisse. Ce devait être une sorte de don.

— Bon sang, grommela Fafnir, trouvez-vous une chambre et qu'on en finisse avec cette tension sexuelle entre vous, ça commence à me faire friser les cheveux, tout ça !

Tara ne pouvait pas embrasser Cal devant tout le monde, mais elle fit passer tout ce qu'elle ressentait dans son regard.

Cal lui sourit. Il avait compris.

L'annonce du mariage ayant été faite, Tara ne pouvait pas grand-chose pour l'instant, à part aller se terrer dans sa chambre, ce qu'elle fit, sans Cal, hélas ! Elle ignora et les appels et les gens à sa porte, qu'elle avait verrouillée non pas électroniquement mais magiquement. Personne, à part peut-être Jeremy, et encore, et Archange, ne pouvait franchir le seuil de sa porte si elle ne le voulait pas. Son seul regret, c'était qu'elle aurait bien voulu passer la nuit avec Cal, parce que ce surnom de Vierge de Glace l'ennuyait bien plus qu'elle ne le laissait voir.

Elle n'assista donc pas aux festivités. Et curieusement, dormit très bien. Après son petit déjeuner et sa toilette, elle accepta enfin de lire et d'écouter les messages.

Wow, il y en avait des milliers. Dont une bonne partie émanant de sa tante. Mais Tara n'avait pas l'intention de l'affronter et savait très bien comment l'éviter. Pour Galant et elle, elle incanta un Transmitus, après avoir revêtu une tenue de polo. Et quelques secondes plus tard, se retrouva sur le terrain de jeu. Cal, Fafnir, Moineau et Fabrice (qui avaient été mis au courant de ce qui s'était passé par les deux premiers, parce qu'ils avaient passé la nuit absorbés l'un par l'autre et n'avaient pas vu les nouvelles) étaient là, comme prévu. Tara leur avait demandé de ne pas venir la chercher, mais d'aller directement au stade.

Les démons étaient déjà là, eux aussi. Gabriel l'accueillit avec un sourire neutre. Ce matin, le FDM n'avait pas l'air aussi sûr de lui et agressif que la veille. Tara avait horreur de penser cela, mais le fait qu'Archange ait annoncé son mariage avec elle venait sans doute de lui assurer une certaine protection.

Si Cal avait été présent, il aurait pu expliquer à Archange qu'elle n'avait besoin d'aucune protection. Le démon n'y fit, curieusement, aucune allusion.

— Votre Altesse Impériale, dit Gabriel, permettez-moi de vous présenter Uriel, Ariel, vos deux coéquipier et coéquipière avec moi. Dans l'équipe adverse, vous avez Etriel, Moriel, Loriel et Caviel.

Ariel, Etriel et Moriel étaient de magnifiques démones, blondes aux yeux d'un bleu transparent pour les deux premières, rousse aux yeux verts pour la troisième. Uriel, Loriel et Caviel étaient bruns aux yeux bleus et châtain clair aux yeux marron. Tous étaient beaux, bien évidemment. Les démons et démones la saluèrent gentiment. Comme elle, ils étaient en jodhpurs et bottes d'équitation. Elle avait pris l'équipement de polo qui avait été déposé dans sa suite pendant qu'elle était en train de regarder leur entraînement la veille.

Gabriel était le capitaine de leur équipe. Caviel était celui de l'équipe adverse. Ils révisèrent rapidement les règles afin de s'assurer que Tara les connaissait bien. Gabriel sembla soulagé lorsqu'il constata que la jeune fille maîtrisait cet aspect important du jeu. Il lui montra ensuite les schémas d'attaque et de défense qu'il avait préparés. Ce n'était pas très différent de ce qu'elle avait fait avec l'équipe nationale d'Omois et, là aussi, il fut satisfait de voir qu'elle savait de quoi il parlait.

Il leur fit effectuer un tour de galop puis de vol afin de jauger l'assiette de Tara. Elle était une excellente cavalière. Il lui fit manier le maillet et là aussi, fut satisfait. Effectivement, elle n'était pas au niveau de ses joueurs, mais elle était loin d'être mauvaise. Elle ne serait pas le boulet qu'il craignait de traîner, bien au contraire. Il remarqua qu'elle n'avait pas voulu raser la crinière de son pégase, la tressant afin qu'elle ne risque pas de se prendre dans le maillet ou dans ses mains. C'était bien fait. Il hocha la tête, approbateur.

Enfin, il la fit jouer et, là, comprit pourquoi elle avait été éliminée des compétitions d'AutreMonde. Son pégase et elle agissaient comme une seule entité. Aucun de leurs pégases ne pouvait rivaliser avec Galant. Tara était toujours au bon endroit, évaluait immédiatement la situation et n'avait pas besoin de donner des ordres avec ses mains, son assiette ou ses jambes pour inciter son pégase à obéir. Il réagissait exactement en même temps qu'elle. C'était impressionnant.

Il sourit, ravi. C'était parfait. Toutes les scoops étaient braquées sur l'Héritière en train de jouer avec les démons.

Et de plus en plus de monde arrivait sur le terrain. Au point qu'à midi, moment de la pause des négociations, mais également celui où les Portes de transfert allaient être ouvertes pour accueillir les équipes de polo céleste AutreMondienne, tout le monde était au stade, y compris l'Impératrice, ses gardes, les dragons qui avaient laissé leurs dragons de combat sous un autre dôme, afin de ne pas perturber les pégases et la presque totalité des Tadixiens.

Tara s'éclatait. Elle avait tout oublié. Les enjeux, la politique, ses multiples petits amis, ses problèmes. L'univers s'était soudain limité à une balle, un maillet, deux poteaux et c'était tout. Elle n'avait pas réalisé à quel point tout ceci lui avait manqué... c'était grisant. Sentir la masse puissante de son pégase réagir entre ses jambes, sentir l'effort faire trembler ses jambes et son bras droit. Plonger, s'envoler, virevolter, esquiver.

Elle était le quatrième de l'équipe ce qui faisait qu'elle n'était pas en position de marquer, pourtant, à un moment, les pégases se déplacèrent de telle sorte qu'elle vit une ouverture au moment où la balle fusait vers le haut, passant les dix mètres pour s'immobiliser après avoir roulé en l'air, ce qui la positionna pour les buts supérieurs. Par ses yeux, Galant la vit aussi et fonça. Il était plus puissant et plus rapide, même s'il voltait ou tournait moins vite que les autres pégases, mais en ligne droite, aucun d'entre eux ne pouvait le rattraper. En une fraction de seconde, ils étaient en l'air, sur la balle que Tara frappa avec force et adresse. Une dizaine de foulées au grand galop, ou plutôt ailes déployées au maximum, tandis que les pégases adverses se précipitaient, un dernier *off side forehand* et c'était le goal ! La balle fila entre les deux poteaux suspendus.

Le stade entra en délire. Tout le monde était debout et sifflait, hurlait, acclamait à qui mieux mieux. Gabriel galopa vers Tara et lui tapa dans la main lorsqu'elle passa à côté de lui. Uriel et Ariel, un grand sourire aux lèvres, firent de même, et l'espace d'un instant, tout le monde fut uni, démons et AutreMondiens, dans l'euphorie d'un beau jeu.

Ce fut alors que les Portes de transfert s'ouvrirent.

Et que l'enfer se déchaîna.

Une série d'explosions secoua les dômes et les gens se mirent à hurler. Les démons s'envolèrent et filèrent comme des oiseaux noirs avant que qui que ce soit n'ait le temps de réagir. Simultanément, les machines de Mourmur se mirent à vagir tandis que les alarmes se déclenchaient. Tara regarda partout, mais Archange, comme les autres démons, avait disparu.

Elle atterrit à côté de Cal et de ses amis.

— Vous avez une idée de ce qui se passe ? cria-t-elle.

— Aucune ! répondit Cal en criant aussi. Il y a eu plusieurs explosions, je crois que l'une d'entre elles provient de la zone qui a été isolée parce qu'il y avait des fuites, celle qui se trouve près de la Porte de transfert, j'espère que le dôme n'a pas cédé, sinon tous ceux qui étaient dans la salle doivent être en danger de mort en ce moment !

— Incantez des masques, ordonna Tara.

Ils obéirent, y compris en protégeant leurs familiers.

Les gens se dirigeaient vers la sortie, mais Tara préférait aller plus vite. Elle incanta un Transmitus.

Se matérialisa dans la Salle de transfert.

Au milieu de l'apocalypse.

Les démons les attaquèrent instantanément.

Heureusement, Tara avait incanté en même temps un bouclier extrêmement solide sur lequel les rayons des deux démons qui les avaient repérés ricochèrent.

Instinctivement, Tara répliqua et sa magie traversa les boucliers des démons comme s'ils n'existaient pas. Ils s'effondrèrent.

Ça tirait dans tous les coins.

Il n'y avait pas autant de gardes qu'il y aurait dû dans la salle. Si le match d'entraînement n'avait pas eu lieu, ils auraient été avec l'Impératrice en train d'accueillir les équipes de polo. Qui essayaient tant bien que mal de se protéger pendant que des démons étaient en train d'installer quelque chose tout en tirant sur tout ce qui bougeait.

Le match organisé par Gabriel n'avait été qu'une diversion. Ils s'étaient bien fait avoir.

Et en voyant le trou dans le corps d'un des gardes, Tara comprit que, cette fois-ci, ce n'étaient pas d'inoffensifs rayons paralysants.

Les démons tiraient pour tuer.

— Brolk de slurk, murmura Tara, je crois malheureusement que j'avais raison.

Comme ils s'étaient matérialisés dans un coin de l'immense hangar et avaient tout de suite neutralisé les démons qui les avaient repérés, les autres démons ne s'intéressèrent pas à eux. Ils étaient bien trop occupés à positionner la chose, quelle qu'elle soit, au centre de la Porte de transfert, tout en connectant les tapisseries, la console de transfert et le sceptre à l'aide de longs câbles d'un vert noirâtre.

Tara et ses amis coururent cependant s'abriter derrière le char dans lequel l'Impératrice était arrivée.

L'engin sur lequel les démons travaillaient était une immense machine noire, alimentée par un second engin d'où Tara sentait l'horrible émanation de la magie démoniaque. Mais une magie ultrapuissante, comme concentrée. Elle contacta les objets démoniaques mentalement.

— *Vous voyez cette machine,* dit-elle mentalement en sortant la lance-stylo et en remontant sa manche, *qu'est-ce que vous pouvez me dire à son sujet ?*

— *C'est de la magie démoniaque,* fit sobrement l'Armure.

— *Très puissante,* renchérit la Lance.

— *Mais moins que nous,* précisa l'Armure avec satisfaction.

Tara roula des yeux et s'abstint de répliquer que tout ça, elle l'avait déjà deviné.

— *Ce que je veux dire,* précisa-t-elle, *est-ce que vous savez à quoi cela sert ?*

— *La technologie a évolué depuis notre époque,* gémit l'Armure.

— *Cependant, cela ressemble aux machines de transport de troupes.*

Le cœur de Tara cessa de battre. Enfin, il continua, mais Tara aurait juré qu'il avait raté au moins un ou deux battements.

— *De transport de troupes ?*

— *Oui,* confirma l'Armure, *je suis d'accord avec Lance. Les Boulimi-Lema utilisaient ces machines près des sources d'énergie, afin de les pomper et d'utiliser l'énergie volée afin de faire venir leurs troupes de l'autre univers. Ils ont fait aussi cela lorsqu'ils nous ont conquis… et massacrés.*

Tara avait du mal à respirer. Les démons étaient bel et bien en train de les envahir.

Ce n'était pas ici qu'elle devait aller. Elle incanta à toute vitesse, sans avoir le temps de prévenir ses amis.

L'instant d'après, ils étaient dans le dôme principal, celui où se trouvait le pentagramme.

Tout autour, les démons, probablement cinq cents au moins, se pressaient. Les machines de Mourmur gisaient un peu partout, comme les corps des gardes, les uns et les autres fracassés.

À leur place, entourant le cercle, les mêmes machines que celles que Tara venait de voir dans la Salle de transfert, également connectées à des câbles, qui, Tara aurait pu le parier, avaient été tirés entre les deux dômes.

Les démons étaient en train d'incanter, consumant leur magie démoniaque d'une façon effarante. Mais une centaine d'entre eux avaient été répartis dans la salle afin d'empêcher les gardes AutreMondiens ou tadixiens d'entrer.

Dès que Tara et ses amis apparurent, ils furent la cible d'un déluge de tirs. Heureusement que Tara avait conservé son bouclier ; sinon ils auraient été carbonisés sur place.

— C'est impossible ! hurla l'un des gardes. Personne ne peut se rematérialiser ici par magie ! Nous avions tout bloqué !

C'était donc la raison pour laquelle il n'y avait aucun défenseur, aucun dragon ! Ils étaient seuls !

Il se fit taper dessus par son officier. Qui avait l'air de considérer que si Tara et ses amis avaient réussi à se rematérialiser en dépit de leurs efforts, c'était forcément la faute de quelqu'un. Et qui passa sa rage sur son subordonné.

Tara ne savait pas comment elle avait fait, mais elle était bien contente d'avoir réussi. Enfin, pour l'instant. Évidemment, s'ils se faisaient capturer et/ou tuer, elle serait bien moins contente d'avoir réussi.

En bloc, toujours protégés par son bouclier, ils reculèrent afin de se mettre à l'abri derrière les bancs, les fontaines, les statues, tout ce qui pourrait les soustraire aux rayons destructeurs que tiraient les démons.

Tara poussa sa magie et, soudain, se mit à luire comme une petite nova ; mais les démons n'interrompirent pas leurs incantations. Curieusement, ce n'était pas au centre du pentagramme qu'une masse grise était en train de se matérialiser, mais bien au-dessus du dôme. Bondissant au-dessus de son abri, de toute la force de sa puissance et de sa fureur d'avoir été manipulée par Archange et par Gabriel, Tara lança sa magie sur l'immense cercle formé par les démons et les machines.

Et celle-ci rebondit.

Les démons redoublèrent d'énergie pour les atteindre. Tara et ses amis répliquèrent et découvrirent avec bonheur que si les démons autour du pentagramme étaient trop protégés, en revanche, ceux qui leur tiraient dessus comptaient plutôt sur leur agilité et leur rapidité pour échapper aux attaques.

Ils avaient tort. La magie de Tara, Cal, Moineau, Fabrice et les haches de Fafnir ne firent pas de quartier.

De nouveau à l'abri derrière le bloc de marbre titanesque représentant un draco-tyrannosaure, Tara s'interrogeait, balançant un jet de magie de temps en temps pour stopper ceux des démons qui s'approchaient d'un peu trop près. Elle voyait très bien ce qu'ils faisaient. Ils les clouaient au sol afin de les empêcher d'attaquer les démons en train d'incanter. Et le pire, c'était que cela marchait. Sa magie était si puissante qu'elle aurait dû être capable de traverser le bouclier comme un couteau chauffé au rouge traverse du beurre. Et pourtant, celui-ci résistait. Elle ne pouvait pas toucher les démons du cercle.

Qu'à cela ne tienne. Il y avait d'autres solutions.

Furieuse, elle braqua sa magie sur le sol. Mais les démons avaient également prévu cela et le sol était protégé. Elle recommença, encore et encore, illuminant le dôme de sa magie, aidée par Cal, Fabrice, Moineau et même Fafnir pour une fois. Mais rien à faire. La magie démoniaque était plus puissante que la leur. Tara serra les dents. Elle n'aimait pas cette alternative, mais là, elle n'avait plus le choix.

— *Lance ! Armure ! J'ai besoin de vous !*

— *N'oublie pas que tu as promis,* dirent les deux objets démoniaques. *Ne nous épuise pas !*

— J'ai promis, répondit Tara. Je tiendrai. (Elle ajouta à voix haute :) Pierre Vivante ?

— Belle Tara, jolie Tara, répondit son amie en sortant de sa poche.

— J'ai besoin de ta puissance pour briser un bouclier.

— Pouvoir tu veux, pouvoir je te donne.

— Mais je vais devoir me mettre à découvert. Peux-tu nous protéger ?

— Je nous protège. Laisse juste passer magie de jolie Tara, comme à l'entraînement.

— Génial ! Merci, Pierre Vivante !

La Pierre Vivante se plaça au-dessus de la tête de Tara et celle-ci se mit à briller de pouvoir contenu, ses yeux devinrent entièrement bleus.

À sa magie bleu-noir, se mêla la magie noire démoniaque. Ses amis ne pouvaient pas savoir ce qu'elle faisait, mais ils sentirent qu'il se passait quelque chose. Tara ne pouvait qu'espérer que les démons n'aient pas prévu qu'elle aurait l'idée bizarre d'utiliser leur propre magie contre eux.

Elle décolla. Immédiatement, les démons gardes, sentant le danger, la prirent pour cible, mais la Pierre faisait du bon travail, rien ne passa.

— Pierre ! Maintenant ! hurla Tara en tendant les deux poings.

Sa salve destructrice jaillit de ses mains et traversa le bouclier du cercle comme s'il n'avait jamais existé. Une demi-douzaine de démons disparurent, littéralement désintégrés. La monstrueuse forme grise au-dessus d'eux, vacilla.

— Ouaiiiiis ! hurla Cal. Vas-y Tara, bousille-les !

Un déluge de feu s'abattit sur eux, Tara bénit les Tadixiens qui, sachant que le marbre des statues était fragile, l'avaient modifié afin d'en faire une pierre bien plus solide que du diamant. C'était ce qui sauvait ses amis pour l'instant.

— Oops, fit Fafnir en terminant d'ajuster son armure qu'elle avait tranquillement mise pendant qu'on leur tirait dessus, je crois que tu les as énervés. Bon, à trois, tu exploses leur bouclier et moi je termine le travail. Tu es prête ?

— Fafnir, répondit Tara, les dents serrées pour contenir l'assaut des démons, tu es sûre ?

— Tu rigoles ? Je m'ennuie comme un tak mort depuis que nous sommes ici. Entre vos mamours et ceux de Fabrice et Moineau, mon Sylver me manque horriblement. Au moins là, je vais enfin voir une occasion de m'amuser.

— Ils sont cinq cents !

— Tant pis pour eux !

Tara secoua la tête. Son amie était incorrigible. À ses côtés, la silhouette de Moineau se brouilla et celle de Fabrice aussi. L'instant d'après, la terrible Bête du Lancovit ainsi que le loup-garou se tenaient près d'elle.

— À trois, dit Fabrice, on y va !

— Cal, ordonna Tara, tu es le seul qui soit vraiment vulnérable, reste avec moi… enfin au-dessous de moi pour l'instant.

Cal fit flamboyer sa magie et hocha la tête puis lui fit un clin d'œil.

— J'adore être en dessous. Je te couvre avec la Pierre !

— Pfff. À trois ! Un. Deux. Trois !

Protégée par le bouclier de Cal et de la Pierre Vivante, Tara lança sa magie mêlée à celle des objets démoniaques, mais cette fois-ci en touchant le bouclier partout où il était posé. Le rugissement de la magie bleu-noir et celui de la magie démoniaque, qui semblaient entrer en fusion, monta crescendo. À un moment ou à un autre, quelque chose devrait céder. Tara ou le bouclier. Tara, au bord de la rupture, intensifia encore sa puissance, ce qui avait paru impossible, sa magie se mit à rugir comme si elle était véritablement vivante.

Il y eut comme une explosion et, sous les yeux effarés des démons, leur bouclier céda. Tara hurla de joie, tandis que la Bête, le loup et la naine bondissaient.

Les démons ne se défendaient pas. Seuls ceux qui avaient agressé Tara et étaient armés tentaient de les tuer. Les autres se contentaient de psalmodier afin de terminer ce qu'ils étaient en train de faire. La Bête, le loup et la naine les fauchèrent comme des blés, tandis que Tara frappait implacablement ceux qui les visaient. En quelques minutes, déjà vingt étaient à terre. Mais ils étaient très nombreux ! Les démons qui défendaient l'accès de la salle commencèrent à donner des signes de faiblesse, ce qui signifiait que les Autre-Mondiens qui se trouvaient de l'autre côté du couloir d'accès bloqué, étaient en train de tenter d'entrer. Tara vit comme ses amis que les dragons étaient de la partie, car des gerbes de feu flamboyaient de temps en temps au travers des portes.

Hélas ! Tara et ses amis avaient compris trop tard. Avec un fracas de fin du monde, broyant le dôme et tout ce qui se trouvait autour, un immense vaisseau spatial se matérialisa, non pas au sol mais au-dessus d'eux. Immédiatement suivi par des dizaines d'autres. Des soldats en descendirent comme autant de semis vénéneux, cuirassés de fer, crachant le feu.

Tara incanta.

Ils disparurent.

27

GABRIEL ET ARCHANGE

Ou lorsque la notion de paix n'est pas exactement la même pour tout le monde... Enfin, surtout pour celui des deux qui a une arme. Chargée.

L'instant d'après, ils se rematérialisaient dans le dôme du polo céleste. Ils pouvaient voir les vaisseaux qui se concentraient autour du dôme principal. Ils étaient effroyablement nombreux.

— Ils sont en train de nous envahir, grogna la Bête folle de rage. Tara, pourquoi tu nous as translocalisés ? Avec les renforts, on aurait pu les avoir !

Mais Fabrice, loup au pelage crème, à ses côtés, secoua sa grosse tête velue.

— Nos griffes et nos crocs contre des armures blindées ? Non. Ils nous auraient massacrés. Tara a eu raison.

Fabrice se retransforma, incantant pour que ses vêtements le recouvrent en même temps. Mécontente, la Bête fit de même et, bientôt, Moineau se tenait devant eux, toujours grognon.

Ils écarquillèrent les yeux et Cal les ferma.

— Euh, signala-t-il galamment, je te signale que tu es toute nue, Moineau. Pas que je n'apprécie pas, mais je voudrais éviter que Fabrice m'arrache les yeux, alors ça m'arrangerait que tu te couvres, hein ?

Moineau baissa les yeux et rougit comme une pivoine. Sa robe de sortcelière la recouvrit aussitôt.

— Oh là là, fit-elle d'une petite voix, parfois la Bête prend tellement le dessus que j'oublie que je n'ai naturellement pas de fourrure. Pardon.

— Pas de souci, répondit gaiement Cal. Je peux rouvrir les yeux maintenant ?

— Oui, oui, bien sûr !

Tara observait le manège des vaisseaux dans le ciel. Elle contacta sa tante. Celle-ci apparut devant elle, son hologramme semblait quelque peu affolé. Comme Tara, elle était en armure de combat, noire, en keltril mélangé à du carbone, et ornée du paon pourpre aux cent yeux d'or sur la poitrine.

— Tara, les dieux d'AutreMonde soient loués, tu es sauve ! Je te cherchais partout ! Pourquoi ton hor ne répondait pas ?

Tara ne s'était même pas rendu compte que son hor avait sonné.

— J'étais en train de combattre les démons pour les empêcher de faire venir leurs vaisseaux, et toi ?

— Moi, je suis dans l'un des dômes adjacents. Nous avons tenté d'avoir accès à la Porte de transfert, mais les démons avaient bien préparé leur coup. Tu sais, la fuite de dôme que les Tadixiens ne pouvaient pas expliquer ?

— Oui ?

— Ce sont les démons qui l'ont provoquée, afin d'empêcher les gens de venir voir ce qu'ils trafiquaient. Ils avaient tout préparé afin de nous obliger à ouvrir la Porte de transfert. Et maintenant, ils en sont maîtres ! Ils ont aussi fait exploser le dôme où se trouvaient les dragons de combat. Ces derniers sont tous morts. Et ceux qui n'ont été que blessés par l'explosion ont été dévorés par les insectes.

Tara ferma les yeux. Elle se doutait bien de quelque chose dans ce genre, depuis qu'elle avait vu les étranges machines autour de la Porte. Mais elle avait de plus mauvaises nouvelles :

— Ils ont ouvert un vortex entre leur monde et le nôtre. Ils utilisent notre propre énergie mélangée à la leur afin de faire venir leurs vaisseaux ici.

Lisbeth semblait avoir pris dix ans. Elle vacilla un instant.

— Je voulais tellement y croire, murmura-t-elle. Archange paraissait... c'était trop beau, j'aurais dû m'en douter. Mais il fallait que nous essayions, c'était trop important.

— Tu sais où sont Archange et Gabriel ? demanda Tara.

— Non, je n'ai vu aucun des deux. Ils n'étaient pas dans le grand dôme ?

— Non.

Un Tadixien affolé tendit un message à Lisbeth.

— Votre Majesté Impériale. Les démons sont en train de prendre le contrôle de Tadix.

— Pas pour longtemps ! gronda Lisbeth, furieuse. Les vaisseaux sur AutreMonde sont prêts à décoller, ce qu'ils doivent être en train de faire en ce moment, puisque les scoops ont dû retransmettre tout ce qui s'est passé. Ils seront là dans deux heures au plus.

— Avons-nous une chance de reprendre les commandes si les démons parviennent à détruire nos vaisseaux ? demanda Tara.

— Je ne sais pas, répondit Lisbeth, une vraie angoisse inscrite sur le visage. Nous n'imaginions pas qu'ils feraient venir des vaisseaux ! Mais, dans ce cas, tu sais ce qu'il nous restera à faire, n'est-ce pas ? Laissons-nous trois heures afin d'y voir plus clair. À partir de ce moment-là, chacune décidera en fonction de la situation.

Tara regarda son hor, sur laquelle palpitait la petite tête de mort rouge. Oui, elle savait ce qu'elle devait faire.

— Très bien, accepta-t-elle, la gorge serrée.

À ce moment, tout autour d'eux, les écrans qui ponctuaient la cité s'allumèrent, tout comme ceux du terrain de polo.

C'était Gabriel.

Et Angelica se tenait à ses côtés.

Gabriel était en armure noir et gris, étonnant contraste avec ses cheveux blanc et violet.

Et sa première phrase fut vraiment étonnante.

— Nous venons en paix, dit-il.

La mâchoire de Tara se décrocha. Ils avaient une curieuse notion de la paix, les démons !

— Nous ne sommes plus les monstres que vous avez combattus il y a des millénaires, mais vous vous obstinez à nous considérer comme de dangereux envahisseurs.

Avec raison, il était en train de faire quoi, au juste, là ?

— Notre ancien roi, Archange…

Attendez, attendez… il venait de dire « ancien » ?

— … ne faisait que mendier, au lieu de vous traiter d'égal à égal. Notre faction estime que cela n'est pas juste. Nous voulons bien commercer avec vous, travailler avec vous, mais à nos conditions, pas aux vôtres. C'est la raison pour laquelle nous avons décidé de faire venir nos vaisseaux. Juste afin de vous montrer que nous ne sommes pas en position de faiblesse. À présent, si Sa Majesté Impériale veut bien se rendre sous le dôme central, elle est la bienvenue, nous aimerions sincèrement que les négociations reprennent.

Tara avait repéré un mot. Quelque chose qui n'allait pas dans la phrase. Il avait dit « mendier ». Mais mendier, c'était lorsqu'on était dans une situation désespérée, qu'on n'avait aucun autre choix. Qui avait bien pu obliger les démons à « mendier » et pourquoi ?

Gabriel sourit à la scoop qui le filmait et ajouta :

— Nous vous attendons ainsi que la jolie Tara qui a si bien joué dans mon équipe et pour qui j'ai la plus sincère considération. Ah, et dites à vos alliés, les dragons, de cesser d'attaquer nos soldats ou nous les réduirons en… comment vous dites, déjà ? Ah oui, en sac à main ou en ceinture, s'ils continuent.

Et son image s'éteignit.

Pour se rallumer aussitôt, les faisant sursauter.

— Ah, ajouta-t-il d'un ton patelin, j'allais oublier. Si vous comptez sur AutreMonde pour vous venir en aide, c'est raté. Voici ce que les scoops sont en train de montrer en ce moment…

Effarés, ils réalisèrent que les démons les avaient filmés tout le temps. Grâce à d'astucieux montages, personne n'avait vu ce qui s'était passé sur Tadix. Apparemment, tout se passait bien, les négociations continuaient, les gens vaquaient paisiblement à leurs occupations, Tara se vit même à plusieurs reprises.

Ils avaient tout prévu. Sauf une certaine petite tête rouge qui clignotait comme un œil maléfique et sanglant à son poignet et à celui de l'Impératrice.

L'hologramme de la jeune femme se tourna vers Tara.

— Je vais m'y rendre, dit-elle à son Héritière. Si Gabriel est sincère, nous avons peut-être une petite chance de réparer ce fiasco. Et de toute façon, il ne lui sera pas très compliqué de me capturer, vu sa supériorité numérique et le fait que nous n'avons aucun moyen d'avoir accès à AutreMonde pour les prévenir, donc pas de renforts à espérer. En revanche, toi, je veux que tu fasses profil bas, tu m'entends, Tara ? Essaye de rester hors de sa portée le plus longtemps possible. Et n'aie pas confiance. En personne. Je t'aime.

Et elle éteignit son hor. Tara avait horreur de ça. Que quelqu'un lui dise « je t'aime » comme un adieu. La dernière fois, elle avait perdu sa mère à ce petit jeu.

Cal la prit dans ses bras pour la réconforter.

— Ça va aller. Tu te souviens, avec les fantômes ? On a réussi à s'en sortir, non ? Avec les démons aussi. On va organiser la résistance et renvoyer ces inhumains chez eux à grands coups de pied aux fesses.

— Pour ça, vous allez avoir besoin d'aide ! fit une voix grave derrière lui.

Ils se retournèrent d'un bloc et se pétrifièrent. Ils connaissaient bien le jeune homme qui se tenait devant eux.

Archange.

Le magnifique démon leva les mains pour montrer qu'il ne tenait pas d'arme. Ce qui, le concernant, ne voulait pas dire grand-chose vu qu'il était littéralement imprégné de magie démoniaque. Ses vêtements étaient déchirés et il était blessé.

— Je crois, dit-il d'une voix faible, que je viens d'être victime d'un coup d'État.

Ses yeux se révulsèrent et il s'évanouit.

Lorsqu'il reprit connaissance, la première chose qu'il vit, ce fut le magnifique visage de Tara au-dessus de lui.

— Je suis en OutreMonde, c'est ça ? Au paradis des sortceliers ?

— Pour l'instant, ce serait plutôt l'enfer, grogna Tara en plissant les yeux. Parce que je ne sais pas très bien ce que c'était que ton plan, mais tu viens de te faire doubler, et grave !

— Je ne m'étais jamais évanoui, fit songeusement Archange. Je me suis fait assommer, notamment par toi, d'ailleurs, j'ai pris des chocs, des coups, mais jamais je ne me suis évanoui. C'est très désagréable comme sensation.

— Certes. Mais maintenant que tu es réveillé, si tu pouvais m'expliquer ça, ce serait bien.

Archange leva les yeux vers ce que désignait le doigt tendu de Tara. Une dizaine d'énormes vaisseaux qui stationnaient au-dessus du dôme principal.

— Ce sont des vaisseaux de transport de troupes, dit-il docilement.

Tara laissa échapper un petit reniflement exaspéré.

— Oui, merci, ça je sais très bien. Ce que je veux dire, c'est pourquoi ? Comment ? Qu'est-ce qui se passe ? Et ne me dis pas que tu n'es pas au courant, parce que tous les démons de ta suite y ont participé.

Archange ne nia pas.

— Mes fidèles, grogna-t-il, ne me sont apparemment pas aussi fidèles que je le croyais. Ils ont été... comment tu as dit déjà ? Retournés.

— Tous ? persifla une autre voix qu'Archange aimait nettement moins. Excuse-moi, démon, mais c'est un peu difficile à croire, ça.

L'énorme tête du dragon bleu et argent surmonta celle de Tara. La vision était beaucoup moins exquise soudain. Les yeux jaunes de serpent le dévisagèrent froidement.

— Certainement pas tous, répliqua Archange. Mes gardes ont été abattus, ce qui signifie qu'ils m'étaient fidèles. Et je sais qu'il y a eu d'autres victimes, qui n'ont pas été tuées par vos gardes. Mais peu ont dû s'échapper. Leur plan était magnifiquement préparé.

Il y avait de l'amertume et beaucoup de rage dans sa voix.

— Et qui nous dit que vous êtes une victime ? demanda le dragon. Après tout, vous pourriez très bien être leur complice.

Archange haussa un sourcil.

— Mes compagnons sont maîtres de cette lune. Vous n'avez aucun moyen de prévenir les AutreMondiens de ce qui se passe. Les scoops ont été manipulées et toutes les communications sont monitorées par les miens. Ce n'est qu'une question d'heures, voire de minutes, pour que vous soyez capturés. Expliquez-moi à quoi servirait que je sois le complice de... de quoi au juste ? Gabriel a très bien joué. Il a fait venir tout le monde au stade parce qu'il savait que vous seriez attirés par le match. Ce faisant, vous avez dégarni vos lignes de défense autour de la Porte de transfert. Il s'est débarrassé des armes les plus dangereuses, les dragons de combat. Il vous a empêchés de rallier vos renforts. Et maintenant, il a en main toutes les cartes pour négocier au mieux avec l'Impératrice d'Omois, qui représente, ainsi qu'elle l'a dit et répété, les races d'AutreMonde. Je suis hors jeu. Il est le nouveau roi des démons. Et je suis donc, de facto, son sujet.

Tara soupira et se frotta le front. Des cernes jouaient sous sa peau fine de blonde. Archange n'avait pas remarqué, mais elle avait quelques taches de rousseur sur le nez. Il ne put s'empêcher de trouver cela ravissant. Mais se garda bien de le dire.

— Alors, demanda la voix de Cal qui devait se trouver tout près, hélas !, qu'est-ce qu'on fait maintenant ? On essaye de reprendre la Porte avec les dragons pour rentrer sur AutreMonde et prévenir tout le monde qu'on a un gros problème ?

Depuis qu'Archange s'était évanoui, ils étaient passés dans un autre dôme, plus éloigné, et avaient élu domicile dans l'un des nouveaux immeubles que les Tadixiens étaient en train de construire. C'était un futur casino, avec des tas de coins et de recoins où ils avaient pu se cacher. Ils avaient tous essayé leurs hors ainsi que la Pierre Vivante de Tara. S'ils pouvaient toujours, pour l'instant, échanger entre eux sur le réseau local, impossible d'établir la communication avec AutreMonde. Les démons avaient bel et bien réussi à brouiller les relations extra-planétaires.

Ils n'avaient aucun moyen d'alerter AutreMonde.

En passant dans le parc, tout à l'heure, alors qu'elle regardait les fleurs, Tara avait eu un flash et soudain, cela lui revint.

Elle sourit. Et son sourire était si tordu, si malin qu'Archange la regarda soudain d'un autre œil. Elle fila vers Moineau à qui elle expliqua quelque chose. Le visage de la princesse se fit sceptique au fur et à mesure que Tara parlait. Puis, bizarrement, elle utilisa son hor, parla à quelqu'un, embrassa Tara, se transforma en Bête et, accompagnée de Fabrice, fila à toute vitesse. Archange se demanda où elle allait comme ça.

Puis Tara leur dit qu'ils allaient devoir se battre.

Et tenir le plus longtemps possible.

En dépit de ses efforts, Archange ne parvint pas à faire dire à Tara ce qu'elle avait imaginé, mais se doutait bien qu'elle avait un plan.

Malheureusement, entre dire qu'on veut se battre et avoir l'occasion de le faire, il y a une grande différence.

Surtout sur une lune où seuls des dômes s'interposent entre vous et une mort atroce. Les démons, qui n'avaient pas envie qu'une résistance s'organise, commencèrent les recherches très rapidement. Aussi, à peine au bout d'une heure, Tara, Cal, Fafnir, Archange et Chem durent commencer à jouer au chat et à la souris avec les soldats. Ce n'était pas très facile à l'extérieur. Avec toute cette blancheur, plus la manie des Tadixiens de donner dans le minimalisme à partir du moment où on ne se trouvait pas à l'intérieur d'un casino, il devenait un peu compliqué de se cacher. En revanche, dans les casinos, les Tadixiens avaient carrément donné dans le rococo. Des dorures partout, des coins, des recoins et encore des recoins. Des scènes, des sous-sols, des tuyaux. Encore mieux que dans un jeu vidéo.

Ils se dissimulaient le plus possible derrière du métal, car les démons avaient des détecteurs de chaleur qui « voyaient » leurs proies au travers des murs de pierre.

Dans ces conditions, la seule solution était le combat souterrain.

Pour avoir étudié la guérilla, Tara, comme Cal, savait qu'ils avaient plus de chances de maîtriser leurs ennemis dans un environnement étroit d'où ils ne pourraient pas être pris à revers. Comme ils n'étaient pas les seuls à se battre contre les envahisseurs, heureusement, leur capture fut un peu compliquée par les nombreux combats qui se déroulaient un peu partout.

Maître Chem conserva son corps de dragon, mais le fit plus petit afin de pouvoir se faufiler avec les humains. Cela dit, ses crocs et ses griffes étaient tout à fait efficaces.

Mais il leur annonça qu'il n'allait pas rester avec eux. Il préférait veiller sur l'Impératrice et lui venir en aide si nécessaire. Il savait que Tara, comme ses amis, était une combattante émérite, bien plus que l'Impératrice. Il les quitta très vite et se fondit dans les ombres.

Tara se transforma en vampyr buveuse de sang, ainsi que Cal. Archange ne dit rien, mais son regard montrait à quel point il trouvait Tara fascinante sous ce nouvel aspect.

Elle fit de même avec Bel… enfin, elle ne le transforma pas en chat vampyr, mais en une féroce panthère rose de deux mètres au garrot, ce qui rendit Fafnir totalement extatique. En dehors de la couleur (rien à faire, Fafnir avait du mal avec le rose), le nouvel aspect féroce de son chaton redorait ses couleurs de guerrière.

Après un petit temps d'adaptation pendant lequel il se fit roussir les moustaches, ce qui l'indigna grandement, Bel trouva extrêmement amusant de « jouer » avec les soldats. Sans compter que sa faculté de régénération n'avait pas disparu et qu'il était donc quasiment impossible à tuer.

L'un des soldats de Gabriel en fit la désagréable expérience. La dernière de sa vie d'ailleurs, qu'il termina sur les mots : « Ça y est, j'ai eu cette saloperie de chat r… argh. »

Apparemment, cela ne gênait pas du tout le chat de se débarrasser de ses anciens maîtres. Fafnir et lui étaient en train de s'éclater. Tout autant que Cal qui, lorsqu'il se transformait en vampyr, combiné avec son expérience des combats, devenait tout simplement effrayant.

Mais les crocs et les griffes, c'était bien joli, moins lorsqu'on se retrouvait face à un char blindé.

La changeline de Tara fournit des broyettes ainsi que des tas d'armes aussi bruyantes qu'efficaces. Le premier groupe de soldats démons qui se prit une roquette dans la tourelle eut l'air vraiment surpris lorsqu'ils sortirent du véhicule en toussant et suffoquant.

Après cela, les démons furent nettement plus prudents.

La magie de Tara frappait tout autant que les balles et les griffes. Sous sa forme de vampyr, elle était brutale et efficace. En fait, le plus difficile pour elle était de maîtriser son envie de transformer les démons qu'elle assommait, en dîner. Ils sentaient vraiment bon et, gorgé d'adrénaline, leur sang devait être chaud et délicieux. Dans les yeux sanglants de Cal, elle vit qu'il ressentait la même chose.

À un moment, ils abattirent deux soldats cuirassés exactement en même temps. Cal ne put résister. Il bondit, embrassa sauvagement Tara puis sauta sur un autre soldat. Tara le suivit en riant, exaltée par l'excitation de la chasse. Car la vampyr en elle ne voyait pas les soldats comme des prédateurs, mais comme des proies.

Archange, lui, se contentait, autant que faire se peut, d'assommer ses adversaires à l'aide de sa magie démoniaque bien plus puissante que leurs armes. Il voulait bien combattre ses compatriotes, mais les éliminer, pas question.

Dès qu'elle avait un peu de répit, Tara regardait son hor. Le temps passait et elle voyait bien que les poches de résistance se réduisaient peu à peu.

Et les soldats n'utilisaient quasiment jamais la magie démoniaque. Uniquement leurs armes. Pour économiser les âmes ? C'était curieux. Mais du coup, les NM n'étaient pas d'une grande utilité, parce que les rayons paralysants fonctionnaient très bien sur eux.

Sur la lune de Tadix, ainsi que l'avait expliqué Lisbeth avant leur départ, il n'y avait que peu de monde, les touristes et les Tadixiens ayant été évacués, il ne restait que les esclaves qui avaient accepté de servir en échange d'une extinction de leur dette, et les volontaires, environ trois mille personnes en tout, y compris les dragons.

Si les démons avaient coupé les communications avec AutreMonde, ils ne l'avaient pas fait avec les hors des Tadixiens qui dépendaient de leur réseau local et sur lequel les hors des touristes et nouveaux venus se branchaient automatiquement. Mais au bout d'une heure, Tara réalisa que le voyant réseau de son hor était éteint.

Les démons avaient sans doute voulu éviter que les résistants communiquent entre eux.

Et Moineau non plus, du coup, ne pouvait lui faire de compte rendu. Tara l'avait prévu, mais néanmoins, elle aurait vraiment voulu savoir ce que faisait son amie.

Se faufilant dans les sous-sols, ils n'émergeaient que pour voir de plus en plus de groupes les mains/tentacules/pattes sur la tête, tenus en joue par des soldats démons.

Qui leur tendirent une embuscade.

Ils avançaient précautionneusement lorsqu'un groupe de soldats démons, dissimulé en dessous ou derrière les gravats, leur sauta dessus.

Et s'emparèrent de Tara qui progressait en tête, l'immobilisant, tandis que ses amis se dispersaient.

Tara n'eut pas le temps de réfléchir, elle était fatiguée. Avec la main que ne tenait pas le commando qui la menaçait de son arme, elle dégaina son poignard et le plongea dans la cuisse du démon.

Elle avait juste oublié un petit détail.

Ce n'était pas un poignard qu'elle avait dégainé, c'était son OS. La lame hurla de joie, se dégagea de la cuisse du soldat qui hurlait, lui ouvrit la gorge puis se précipita sur les soldats. Qui ne comprirent absolument pas ce qui leur arriva, à part qu'une sorte de truc brillant et ultrarapide perçait toutes les ouvertures de leurs armures et les blessait au point qu'ils furent tous à terre en quelques secondes. Cal et les autres attendirent prudemment que la lame ait terminé le travail et se soit rangée d'elle-même dans l'étui de cuisse de Tara, avant de foncer désarmer et neutraliser ceux qui respiraient encore.

Tara regarda sa cuisse avec appréhension.

— Mince, j'avais oublié. (Elle rencontra le regard de Fafnir et se reprit :) Fafnir, merci pour cette dague. Elle est… euh, très efficace… tellement, d'ailleurs, qu'elle me flanque carrément la trouille !

Fafnir regarda le carnage avec satisfaction.

— Parfait. Elle a bien travaillé. Ces démons sauront, à présent, ce que vaut le travail d'une naine !

— Ouais, marmonna Cal en tirant les corps trop lourds pour les dissimuler. À mon avis, vu qu'ils sont tous ou morts ou en passe de l'être, personne ne saura rien du tout !

Rendus prudents par l'embuscade, ils progressèrent plus lentement.

Au bout d'un certain temps, ils réalisèrent que tous les groupes convergeaient vers le même endroit. Une immense place en plein air, encerclée par les machines et les soldats. Le groupe des divas, qui s'était bien battu, fut amené et brutalement menotté. L'aragne était là, aussi, garrottée à tel point qu'elle ne pouvait plus bouger d'un poil.

Pour autant que Tara pouvait en juger, les gens étaient traités en fonction de la résistance qu'ils avaient opposé. Elle pouvait donc en déduire que l'aragne s'était vaillamment défendue. Cela dit, beaucoup portaient des traces de brûlure et étaient blessés. Les chamans survivants travaillaient le plus vite possible et les meilleurs sortceliers incantaient des Reparus à tours de bras. Les énormes soldats que Tara avait vus descendre des vaisseaux étaient là, gardes silencieux et bardés de métal.

Un masque mangeait leur visage et pour une obscure raison, Tara eut soudain l'impression de se retrouver dans *Star Wars*, bien que leur cuirasse soit noir et gris. Il ne manquait plus que Dark Vador apparaissant devant eux pour que l'illusion soit parfaite.

Ils étaient brièvement sortis afin d'évaluer la situation et se tenaient derrière une énorme statue de draco-tyrannosaure. Ils avaient incanté de discrets Grossissus. Tara vit que Mourmur avait été capturé, sa combinaison bleue déchirée et souillée. Il était menotté et couvert de suie ; Tara en déduisit que lui aussi s'était battu. Probablement en faisant exploser quelques soldats. Jordan et Jeremy étaient là aussi. Jordan semblait grièvement blessé et Jeremy, toute morgue enfuie, se tenait au-dessus de lui, pleurant à chaudes larmes. Jordan était un NM. La magie ne pouvait pas le guérir.

— Pourquoi regroupent-ils tout le monde au même endroit ? chuchota Fafnir. C'est compliqué de surveiller autant de gens en même temps, non ?

— C'est sans doute un piège, répondit Cal tout aussi doucement. Ils voudraient que nous les attaquions afin de nous capturer. Mais ce n'est pas ce que nous allons faire, n'est-ce pas, Tara ?

Mais l'attention de Tara était ailleurs. Le cœur serré, elle vit deux autres personnes qu'elle avait bien espéré saines et sauves mais qui hélas ! avaient été capturées.

Fabrice et Moineau.

Ils étaient sous leurs formes humaines, enveloppés dans un cocon de liens, exactement comme l'aragne.

Soudain, elle leva les yeux. Tout à l'heure, lorsqu'elle avait montré les vaisseaux à Archange, quelque chose l'avait surprise, mais elle était trop occupée pour y songer entre-temps. Maintenant qu'elle les voyait de nouveau, elle blêmit.

— Cal, fit-elle d'une petite voix, combien de vaisseaux tu vois, là ?

— Il y en a neuf, répondit précisément Cal. Je pense que deux sont des croiseurs et les autres des transports de troupes, pourquoi ?

— Et combien y en avait-il lorsqu'ils sont arrivés ?

— Je ne sais pas... une vingtaine au m...

Cal leva les yeux et cracha un juron.

— Oui, confirma Tara. Il en manque au moins une dizaine. Quoi que les démons aient à faire, c'est en train de se produire en ce moment. Tu crois qu'ils ont essayé de d'attaquer AutreMonde ?

— Avec onze vaisseaux spatiaux ? Non, aucune chance. Leur seule option possible serait d'attaquer un seul lieu, se poser, détruire ce qu'ils ont à détruire ou prendre ce qu'ils veulent prendre, et redécoller aussi sec, parce que s'ils restent trop longtemps, ils vont se faire réduire en bouillie par nos Hauts Mages !

Tara rejeta ses longs cheveux et fixa Cal de ses yeux rouges.

— Donc faire exploser Tadix ne servirait à rien, je suppose.

Archange, derrière eux, s'étouffa.

— Quoi ? s'exclama-t-il.

Cal et Tara se regardèrent. Ils avaient oublié qu'Archange n'était pas forcément du même bord qu'eux.

— Oui, fit Cal en haussant nonchalamment les épaules, c'est... c'était, l'une des options.

Archange avait les yeux exorbités.

— Faire exploser votre lune ? Enfin l'une de vos lunes ? Mais vous êtes fous ? Comment ?

— Pas exploser, imploser, précisa Tara en tapotant son hor où on voyait la petite tête de mort rouge, Lisbeth a la même. Double précaution. Et vu votre comportement agressif, je ne vois pas en quoi c'est fou. Si c'est le seul moyen de vous empêcher de nous conquérir, pourquoi pas ?

— Parce que, répondit Archange, ce n'est pas notre but ! Pas du tout !

Cal désigna les vaisseaux.

— Excusez-moi, mais j'ai un peu de mal à vous croire, là.

Archange se mordit la lèvre jusqu'au sang. Tara le fixa soudain comme s'il était une friandise et il s'essuya prudemment, prenant soin de remettre le mouchoir dans sa poche. Ce n'était pas parce qu'il était mordu de la jeune fille qu'il allait la laisser planter ses crocs dans son cou.

Et puis, il n'aimait pas trop avoir peur d'elle et, sous son aspect vampyrique, il trouvait qu'elle ressemblait un peu trop à la Reine Noire à son goût...

— Si seulement, murmura Archange, si seulement je pouvais vous expliquer.

Il n'eut pas le temps de dire quoi que ce soit, parce qu'un hurlement retentit qui les fit sursauter. En bas, un garde avait voulu vérifier que les liens de Moineau étaient bien attachés et avait rudoyé la jeune fille. Le seul problème, c'était que Moineau n'était pas seule dans son corps. La Bête y habitait aussi. Et la Bête n'aimait pas du tout qu'on lui manque de respect. Dans une explosion de cordes et de poils, Moineau se transforma et, d'un mouvement de patte, balança le garde. Fabrice s'était transformé au moment où le garde avait giflé Moineau, et sautant par-dessus les autres soldats, il trancha les liens de l'aragne d'un grand coup de griffe.

Les prisonniers se mirent à hurler lorsque le combat s'engagea entre les gardes qui tentaient de maîtriser la situation et la Bête, l'aragne et le loup-garou qui décimaient tout sur leur passage. S'ils avaient eu affaire à des véritables animaux, juste munis de griffes et de crocs, les gardes n'auraient pas eu de mal à les maîtriser. Mais la première chose que Moineau et Fabrice avaient faite avait été de récupérer les armes des gardes abattus. Et l'aragne avait carrément arraché la tourelle de tir de l'un des véhicules blindés, qu'elle avait posée sur sa tête et avec laquelle elle arrosait les soldats suffisamment stupides pour ne pas s'abriter.

Tara activa sa magie. Le soldat qui allait frapper Moineau dans le dos ne sut jamais ce qui lui était arrivé. Il se retrouva petit, vert et très amateur de mouches. Ainsi que la majorité des prisonniers autour de lui, la magie de Tara n'ayant pas fait dans la précision, comme d'habitude. Tara n'eut pas le temps de jurer que les soldats les prenaient pour cible.

— On se replie ! cria-t-elle, on les attire dans le souterrain, Cal, essaye de délivrer les prisonniers avec Archange, libère l'aragne et que tout le monde s'enfuie, le temps qu'ils les recapturent, c'est toujours ça de gagné !

C'est alors que tout autour d'eux, les soldats camouflés se dévoilèrent.

Ils tirèrent. Fafnir hurla et tomba, touchée au ventre. Cal cria à son tour et s'écroula. Pour les sauver, Tara comprit qu'elle n'avait pas beaucoup de temps. Elle tapa du pied, se protégeant des rayons qui ricochaient sur elle, après avoir ordonné à Galant de protéger Cal et Fafnir et, avec sa magie plus la faible gravité, s'envola, gracieuse, radieuse, vivante émanation de la magie. La Pierre Vivante et les objets démoniaques lui prêtèrent leurs forces et elle lança son pouvoir, comme une onde de choc.

Archange hurla quelque chose, tandis que, au-dessus d'eux, soudain, un énorme vaisseau apparaissait.

Elle n'avait pas le temps de faire dans la dentelle. Jusqu'à présent, elle avait dû retenir son pouvoir, parce qu'elle avait peur de faire sauter le champ du dôme. À présent, si elle voulait que Lisbeth ne fasse pas exploser cette planète avec tout le monde dessus, elle devait neutraliser les démons.

Elle frappa.

Il était toujours difficile de décrire la magie de Tara lorsqu'elle la libérait totalement. C'était une force irrésistible et très peu contrôlée. Qui cette fois-ci était rouge. Autant que ses yeux de vampyr.

Tara assomma tout le monde. Ses amis, les prisonniers, les soldats. Les seules exceptions furent Gabriel. Et Archange.

Ils étaient protégés par leur magie démoniaque, bien plus puissante que celle des soldats. Gabriel s'élança dans les airs, pulsant de pouvoir, exactement comme Tara, sauf que le sien était d'un noir d'encre. Archange aussi.

— Alors, mon frère ? hurla Gabriel. Qu'est-ce que ça te fait de voir tous tes plans s'écrouler ?

Tara faillit en tomber de surprise. Ce qui, vu la hauteur à laquelle elle se trouvait, aurait fait mal. Son frère ? Comment ça, son frère ? Archange avait un frère ?

— C'est exactement ce que j'allais te dire ! hurla Archange en retour, ses yeux verts étincelant de colère. Je t'avais dit d'attendre, je t'avais dit que j'allais les convaincre ! Il me fallait plus de temps !

— Mais nous n'en avons pas ! Je t'observais, tu mendiais, tu t'agenouillais ! C'était pitoyable !

— Qui t'a donné l'autorisation de tout bousiller ? La Faction O ? cria Archange.

— Notre père ! rit Gabriel, c'est notre père qui m'a donné l'autorisation !

Il aurait frappé Archange que cela n'aurait pas été plus efficace. Le visage du jeune démon pâlit.

— Quoi ? Tu mens !

— Petit frère... petit demi-frère, plutôt, non, je ne mens pas. Tu pourras lui poser la question lorsque tu le verras. Il est très content de ce qui a été mis en place.

Tara assistait, bouche bée, à l'affrontement. Mais qu'est-ce que c'était encore que cette histoire ? Cependant, elle n'avait pas du tout envie de s'immiscer entre les deux demi-frères (raison pour laquelle Gabriel ne ressemblait pas du tout à Archange), d'autant que le plan qu'elle avait inventé n'avait apparemment pas fonctionné.

Insensiblement, elle commença à perdre de l'altitude. Si elle avait assommé tout le monde dans ce dôme-ci, il restait des tas de soldats dans l'autre, mais comme c'était dans celui-ci que se trouvait la Porte de transfert, autant profiter de l'occasion pour essayer de filer et de prévenir Autre-Monde.

Sans compter qu'elle avait vu Fafnir et Cal blessés et qu'elle voulait les soigner. Maintenant.

Elle avait déjà perdu presque cinq mètres et descendait encore lorsqu'elle entendit son nom. Slurk ! Les deux demi-frères avaient cessé de s'invectiver et la regardaient. Elle eut un sourire hésitant.

— Euh, oui ?

— Tu essayais de nous fausser compagnie ? sourit Gabriel, ses incroyables yeux violets scintillant de bonne humeur.

— Pas du tout, mentit Tara en atterrissant rapidement. Mais vous étiez en pleine discussion et planer comme ça, c'est un peu fatiguant à la longue. Je voulais juste me poser en attendant.

Gabriel fit comme s'il la croyait.

— Tu t'es transformée en vampyr, la complimenta-t-il, magnifique, j'adore !

Tara ne réagit pas.

Aux côtés de Gabriel, Archange paraissait abattu et vaincu. Tara comprit qu'il avait compté sur son père pour le soutenir. Le fait d'avoir été désavoué semblait lui avoir retiré toute combativité. Soudain, un hologramme s'afficha devant Gabriel. Un soldat démon se tenait devant lui, en armure souillée et maculée d'impacts de sorts. Tara, le cœur soudain serré, reconnu l'endroit où il se trouvait.

Sur AutreMonde. Plus précisément dans le bureau de l'Impératrice. L'Incadenassus fumait encore. Il avait été littéralement démantelé. Des corps gisaient un peu partout, prouvant que la défense du palais de Tingapour et de l'Incadenassus n'avait pas été vaine.

Tara savait déjà ce que les démons étaient venus chercher.

C'était une catastrophe. Mais comment ? Soudain ce qu'avait dit Lisbeth lui revint à l'esprit. L'effrit, bien sûr ! Celui qui avait travaillé avec le savant qui avait créé la mortelle petite sphère NA. C'était un mercenaire, comme tous les effrits, se vendant au plus offrant. Il n'avait pas été désintégré. Il était juste retourné chez lui. Et il avait dû parler de la NA aux démons.

Et ceux-ci avaient préparé une invasion juste pour faire diversion et pouvoir s'en emparer.

Ils étaient morts. Tout l'univers allait payer leur folie.

— Au rapport ! ordonna Gabriel un grand sourire aux lèvres.

Le type humecta ses lèvres sèches et marmonna quelque chose. Gabriel gronda :

— Plus fort ! Je ne comprends pas.

— Nous ne l'avons pas.

Gabriel sursauta. Ce qui, alors qu'il était en train de flotter dans les airs, était un exploit.

— Quoi ?

— Ça y était. Ça n'y est plus. Depuis très récemment, d'après les relevés d'émissions.

— Retrouvez-le ! hurla Gabriel. Tout en dépend !

Le soldat salua, de la sueur sur le front. On sentait qu'il avait intérêt à réussir sa mission s'il voulait en avoir encore un, de front... son image disparut.

Grimaçant, Gabriel se posa devant Tara et la dévisagea.

— Qu'est-ce que vous en avez fait ?

Tara fit comme si elle ne comprenait pas du tout de quoi il parlait. D'ailleurs, c'était à moitié le cas. Lisbeth avait quitté le palais en même temps qu'elle. Elle aurait déplacé la sphère avant ? Quelque chose clochait.

— Qu'est-ce que nous avons fait de quoi ? demanda-t-elle innocemment.

Elle se doutait qu'il n'aimerait pas sa réponse, ce fut la raison pour laquelle, ce n'était pas le visage du démon que regardait Tara, c'était ses épaules. Elle avait pu voir que Gabriel était assez impulsif. Ce fut le cas. Il lança sa main afin de la frapper, mais elle esquiva, passa sous son bras et lui cogna les côtes. Il se plia en deux. Il avait oublié que sous sa forme de vampyr, Tara était bien plus forte qu'une fille humaine. Et beaucoup plus rapide.

— Saleté ! jura-t-il. Attends un peu, je vais te montrer, moi.

Il lança sa magie noire, mais Tara était prête. Elle l'esquiva en bondissant, profitant de la faible gravité, exactement comme Archange quelques heures plus tôt, lorsqu'il lui avait offert sa fleur rose.

Elle ne resta pas en l'air où elle était trop vulnérable. Gabriel était tellement furieux qu'il bombardait Tara de toutes ses forces, tandis que la jeune fille reculait, abritée derrière son bouclier, qui encaissait les chocs sans broncher.

Elle n'était pas invulnérable. Si la magie noire traversait son bouclier, elle pouvait en mourir. Alors elle bondissait, esquivait, mettant à profit tout ce qu'elle avait appris et que son corps très entraîné avait mémorisé. Gabriel était rapide. Mais pas plus rapide que Tara en dépit de son corps amélioré. Soudain, il s'arrêta. Sa magie ricochait sur le bouclier lorsqu'il touchait Tara, et elle avait réussi à le blesser deux fois, si bien qu'il souffrait le martyre alors qu'elle restait indemne, ce qui, pour son orgueil, n'était pas génial.

Comme dans la plupart des cas, lorsqu'on prend une décision par orgueil, le résultat n'est pas toujours celui qu'on espérait.

Il tendit la main vers Archange.

Et lui vola sa magie.

Archange ne réagit pas. Il laissa son demi-frère le dépouiller de son pouvoir. Il était anéanti. Non seulement parce que Tara lui plaisait vraiment et qu'il savait très bien qu'il était en train de tomber amoureux, mais en plus parce qu'il avait espéré parvenir à une solution pacifique entre les différents peuples des deux galaxies. Mais son frère n'avait pas autant de patience que lui. Pourtant, Archange avait insisté pour qu'il reste dans les Limbes. Sauf que Gabriel était le petit chouchou de leur père, comme auraient dit les humains.

Et qu'il avait fâcheusement hérité du caractère des anciens Boulimi-Lema.

Lorsqu'il voyait quelque chose qu'il aimait, il le prenait.

Gabriel commença à resplendir comme une mini-nova bouillonnante et noire, la magie l'entourant comme une fumée vivante. Tara déglutit.

Il pointa son doigt vers elle avec un mauvais sourire. Elle était seule, tout le monde était inconscient.

Elle savait déjà que son pouvoir serait moins puissant que celui de Gabriel. Elle allait se battre, parce qu'elle était incapable d'abandonner, mais elle connaissait la vérité.

Elle avait perdu. Et avec elle, sans doute tout Autre-Monde.

Il lança sa magie.

Et le vaisseau au-dessus de leurs têtes explosa.

28

GLUBL

Ou quand l'alcool joue un rôle bien plus important que prévu dans la bataille.

Moineau et Fabrice s'étaient transformés lorsqu'ils avaient quitté Tara après avoir parlé avec leur cible.

Ils réalisèrent assez rapidement que ce n'était pas une bonne idée. Les soldats les mitraillaient systématiquement, percevant très bien la menace d'un loup garou et d'une Bête géante, alors qu'ils se contentaient d'attraper et d'attacher les simples humains. Au bout de la troisième rue et de la troisième fusillade, Moineau se retransforma. Ils iraient moins vite, mais se feraient moins tirer dessus. Ceci compenserait cela.

— Au contraire, fit Fabrice avec un sourire aux lèvres, moi quand on me tire dessus, ça m'incite plutôt à aller vite !

Moineau éclata de rire. Depuis que Fabrice et elle s'étaient réconciliés, elle avait retrouvé la joie de vivre qui la caractérisait.

Ils avaient passé une nuit incroyable. Leur première nuit. Cela avait été tendre, et doux et magique. Moineau n'avait qu'une seule envie, raconter tout à Tara, mais bon, pas forcément au milieu d'une guerre.

Elle planta un baiser brûlant sur les lèvres de Fabrice et lui sourit.

— Je t'aime, mon loulou.

Fabrice plissa les yeux d'un air chagrin.

— Euuh, Moineau ?

— Oui ?

— Si on pouvait éviter le « mon loulou », ce serait cool. Je t'assure.

Moineau éclata de rire, puis se mit vivement la main sur la bouche pour étouffer son rire, mais ses yeux noisette éclatés de vert riaient pour elle. Près d'elle, Sheeba soupira. Depuis hier, elle avait coupé le lien mental avec sa maîtresse et la trouvait soudain d'une sentimentalité écœurante. Au moins, chez les panthères, les choses étaient nettement plus simples. On se trouvait un mâle, on restait avec lui jusqu'à ce qu'on ait un bébé, ou pas d'ailleurs, et ensuite, hop, on reprenait le courant de sa vie, avec le bébé, mais sans le mâle. Là, elle sentait qu'elle allait devoir supporter Fabrice pendant un paquet d'années.

Soudain, elle rétablit le lien, passa au travers des couches de nuages roses qui tapissaient le crâne de sa sœur d'âme et lui signala une escouade de soldats puants. Elle les repérait souvent à l'odeur. Leur cuirasse de métal reniflait autant que des bouches d'égout à ses narines sensibles de panthère.

Immédiatement, Moineau se raidit. Fit signe à Fabrice puis déploya ses doigts. 5 et 1. Il hocha la tête en silence. Pigé. Il était prêt.

Ils n'avaient pas l'intention de combattre, pas sous leurs formes humaines. Ils se redressèrent lentement et mirent les mains sur la tête.

Dès qu'ils les virent, les soldats démons les mirent en joue. Moineau et Fabrice firent de leur mieux pour avoir l'air le plus inoffensif possible. Ils savaient qu'il fallait qu'ils soient vigilants, parce que leurs images avaient largement été diffusées sur la planète des Limbes. S'ils étaient reconnus...

Mais heureusement, les soldats étaient trop nerveux pour faire attention à leurs visages. Ils s'approchèrent afin de les menotter.

Une fois que Fabrice et Moineau, très dociles et qui faisaient semblant d'être apeurés, furent neutralisés, les soldats se détendirent.

Grosse erreur.

Avec un rugissement qui les paralysa, Moineau comme Fabrice se transformèrent, brisèrent les menottes comme si elles n'existaient pas et se jetèrent sur les soldats, retournant leurs armes contre eux. Les six soldats, en dépit de leurs organismes modifiés, n'eurent aucune chance contre eux trois, Sheeba ne boudant pas son plaisir.

Ils dissimulèrent les corps et reprirent leur apparence d'inoffensifs humains.

Ils souriaient tous les deux.

— On s'amuse bien, hein ? dit Fabrice, totalement détendu depuis qu'il avait dépassé sa peur d'être moins fort que Moineau et de ne pas la mériter.

Moineau hocha la tête et l'humour fit pétiller ses yeux.

— Je n'arrive pas à croire ce que je vais dire, fit-elle en lui prenant la main, mais là, alors qu'on risque de mourir toutes les cinq secondes, oui, je m'amuse beaucoup. Merci, Fabrice.

— Merci à toi.

Il l'embrassa avec tant de passion qu'elle en frissonna.

Sheeba leur intima de se dépêcher, genre : « Bon les gars, c'est bien gentil, les mamours, mais on a une mission, là ! ».

Moineau retransmit la pensée ironique de la panthère à Fabrice et cela le fit rire.

— Elle a raison. Merci aussi à toi, Sheeba. Tu veux que je t'embrasse aussi ?

La tête horrifiée de la panthère les fit hurler de rire pendant la moitié du chemin. Ce fut sans doute la raison pour laquelle ils parvinrent facilement, d'une certaine façon, à trouver celui qu'ils cherchaient, car les soldats ne se méfièrent à aucun moment de ce jeune couple visiblement amoureux qui déambulait main dans la main en souriant (bon, la majorité des soldats pensèrent surtout qu'ils étaient totalement débiles de se balader comme ça alors que ça pétait de partout, mais ils gardèrent leurs pensées pour eux, jusqu'au moment où la Bête et le loup leur tombèrent dessus et où ils finirent leur vie sur un : « Ah, je me disais aussi ! » dégoûté).

Glubl était dans le troisième dôme, celui qui protégeait les industries se trouvant sur Tadix. À cet endroit, probablement le dôme le plus grand du satellite, tout était automatisé. Les robots fabriquaient, il y avait peu d'êtres vivants pour les superviser, et la production était continue pour alimenter toute la planète et ses hordes de touristes. Pour l'instant, les soldats de Gabriel n'avaient pas arrêté les chaînes d'assemblages et les Diseurs de Vérité, prudents, avaient préféré se réfugier ici, où il leur serait plus facile de détecter ceux qui les traquaient, qu'au milieu d'une foule de gens qui n'arrêtaient pas de penser et brouillaient leurs perceptions.

Coup de chance, les démons n'avaient pas interrompu tout de suite les communications locales. Lorsque Tara avait dit à Moineau qu'elle devait appeler Glubl tout de suite et aller le voir afin de ne pas révéler son plan sur les ondes au cas où les démons auraient mis les hors sur écoute, celle-ci avait obéi, mais sans bien savoir si cela fonctionnerait. Elle allait vite être fixée.

— Ouf, quelle histoire ! fit le jeune homme aux reflets bleus. Vous allez bien ? Vous saignez !

Ils n'avaient pas eu le temps de se nettoyer après leur dernier affrontement et étaient couverts de sang.

— Ça ? Oh, ce n'est pas le nôtre, répondit négligemment Moineau. Fabrice, tu fais le guet pendant que je vois Son Excellence l'Ambassadeur ?

Fabrice hocha la tête et se transforma. Glubl lui jeta un regard respectueux, puis l'énorme loup bondit silencieusement et se fondit dans les ombres.

— J'avais, fit prudemment Glubl, l'intention de vous séduire, mais je crois que, finalement, je vais renoncer.

Surprise, Moineau le regarda, puis émit un petit rire.

— Merci, répondit-elle, c'est très flatteur, mais, effectivement, c'est mon petit ami et je l'aime totalement.

— Ça, soupira Glubl, c'est bien plus difficile à affronter que la longueur de ses dents, pas de chance pour moi. Je vous souhaite tout le bonheur du monde.

— En fait, rattrapa judicieusement Moineau, mon bonheur dépend de Son Excellence.

Glubl se raidit, comme s'il parlait à quelqu'un dans le vide et reposa très vite ses yeux sur elle.

— Il arrive, précisa-t-il.

Effectivement, quelques secondes plus tard, la Plante en Pot qui avait découvert les joies de l'alcool faisait irruption dans la petite salle où ils s'étaient réfugiés. Elle bruissa à l'égard de Moineau et la jeune fille brune eut l'impression qu'elle était contente de la voir. Ce que Glubl lui confirma quelques fractions de secondes plus tard.

— Son Excellence est très heureuse que vous ayez pris la peine de venir le voir, il est très préoccupé par la situation et aimerait qu'on lui explique un peu mieux ce qui s'est passé. Il capte de grandes images de confusion et de terreur. Qu'est-ce que font les démons ?

— Il ne parvient pas à les « entendre », eux ? demanda Moineau, curieuse.

— Non, répondit l'Ambassadeur par l'intermédiaire de Glubl. Les démons nous sont hermétiques, hélas ! Leur code génétique a été modifié afin de protéger leurs ennemis contre des intrusions télépathiques. C'est très perturbant pour nous.

— Justement, c'est à cause du « nous » que je viens vous voir. Nous avons besoin de votre « nous ».

C'était ce que lui avait demandé Tara. Lorsqu'ils avaient découvert que chaque Diseur était capable de partager ce qu'il ressentait avec les autres, voire de communiquer en dépit de la distance, y compris de planète à planète, Tara avait rangé l'information dans un coin de son cerveau. Puis, lorsque les démons avaient coupé les communications afin d'empêcher les Tadixiens de prévenir les AutreMondiens de l'invasion, la jeune fille blonde s'était demandé comment parvenir à prévenir la planète qu'il y avait un gros problème du côté des lunes. C'est alors qu'elle s'était souvenue de l'histoire de l'alcool et de la Plante en Pot. Moineau fut plus diplomate, elle n'évoqua pas l'épisode. Elle demanda simplement à l'Ambassadeur s'il pouvait prévenir les AutreMondiens.

La Plante en Pot frémit. En fait, comme l'hor de Glubl semblait fonctionner, ils n'avaient pas pensé que les communications intersidérales ne marchaient pas. Ils n'avaient pas tenté de joindre la planète, préférant attendre de voir ce qui se passait.

— En êtes-vous capable ? demanda Moineau. De joindre d'autres Diseurs de Vérité sur AutreMonde ? Afin de prévenir nos peuples que nous sommes en guerre contre les démons ?

La Plante en pot frissonna.

— Il dit, retransmit Glubl, que faire partager des émotions et des impressions est facile. Mais moduler un message du genre : « SOS, on est envahis, venez à notre secours ! », ça, cela risque d'être plus compliqué.

— Mais il va essayer ? insista Moineau, se voyant déjà revenir bredouille auprès de Tara.

Glubl eut un joli sourire.

— Bien sûr qu'il va essayer ! Qui serait assez fort pour résister à l'envie d'être celui qui aurait sauvé AutreMonde ! (il ajouta, railleur :) Et puis, vous êtes leur plus gros client aussi…

La Plante en Pot s'inclina. Moineau s'inclina aussi. Puis la Plante en Pot se posa dans un coin et se mit à frémir.

Au bout d'un moment, Moineau demanda à Glubl tout doucement :

— Comment cela se passe-t-il ?

Glubl haussa les sourcils.

— Aucune idée. Comme c'est très difficile, il m'a demandé de ne pas le contacter ou de l'écouter pendant qu'il tentait de transmettre.

À part frissonner, la Plante ne faisait pas grand-chose, ce qui était assez frustrant pour les observateurs.

Cela dura plus de deux heures, pendant lesquelles les démons coupèrent définitivement les communications. Moineau s'en rendit compte lorsque son hor s'éteignit. En attendant, Glubl lui demanda de raconter ce qui s'était passé et Moineau fit un rapport, tandis que lui racontait comment ils s'étaient réfugiés dans le dôme des usines sur l'idée de l'Ambassadeur qui l'avait visitée la veille, avec la délégation des démons et les représentants tadixiens.

Soudain, un énorme loup revint au galop.

Avec tout un tas de soldats qui tiraient derrière lui.

Glubl disparut dans les ombres, tandis que la Plante en Pot s'immobilisait tout à fait.

Si les soldats savaient que la Plante était un être conscient, ils la captureraient. Restait à espérer que les démons ne les avaient pas avertis des caractéristiques physiques de tous les invités.

Moineau fila pour faire diversion, mimant la petite fille paniquée. Cela fonctionna. Les soldats ne firent pas attention au Diseur de Vérité, le prenant pour une simple décoration et coursèrent Moineau. Vive et légère, elle les entraîna suffisamment loin pour laisser du temps au Diseur. Il était essentiel, elle devait absolument le protéger.

Ils l'encerclèrent. Elle dissimula un sourire et tendit docilement ses mains. Fabrice surgit et la mort frappa lorsque la Bête émergea à son tour.

Malheureusement, cette fois-ci, l'escouade était nettement plus nombreuse.

Et l'espace était plus réduit, laissant peu de place aux deux combattants pour échapper aux rayons paralysants. En dépit de leur force et de leur résistance, ils furent touchés par plusieurs rayons et s'immobilisèrent enfin. Furieux, les soldats les emballèrent dans un cocon de cordes très solides qui rétrécissaient si le prisonnier bougeait. Bientôt, ni Moineau ni Fabrice ne purent remuer plus d'un cil. Ce qui ne changeait pas grand-chose vu qu'ils étaient paralysés pour l'instant.

Ils furent emmenés sur une place où les soldats les déposèrent sans ménagement. Les prisonniers les plus dangereux étaient emmaillotés comme eux, dont notamment l'aragne qui avait chanté au concert.

À un moment, un soldat qui avait été blessé par les griffes de la Bête vint vérifier si ses liens n'étaient pas détendus maintenant que Moineau, qui avait eu envie de hurler lorsque la paralysie s'était dissipée, pour tester leur résilience, s'était retransformée. Hélas ! les liens avaient rétrécis en même temps que sa forme bestiale énorme laissait la place à sa forme humaine fragile.

Le soldat n'était pas content et il était mesquin. Il en profita pour palper Moineau d'une façon qui la rendit nerveuse, elle lui jeta un regard glacial et soudain, sans aucune provocation de la part de la jeune fille, il la gifla. Violemment. Deux fois.

Moineau, légèrement sonnée, allait réagir lorsque, fou de rage, Fabrice fit éclater les cordes pourtant résistantes. Ah, s'il avait réussi, elle devrait y arriver, elle aussi. L'instant d'après, la Bête rugissante faisait regretter au soldat de n'être pas resté dans son lit, dans son univers, ce matin-là.

Ils se battirent avec férocité, sachant très bien qu'ils étaient en infériorité numérique. Fabrice libéra l'aragne et Moineau sut que Tara était dans les parages lorsqu'un soldat qui allait la poignarder dans le dos tomba brusquement, auréolé de magie bleu-noir. Elle sourit en direction d'où venait le jet de magie et se remit à la tâche, nettement réconfortée. Si Tara était là, tout allait bien se passer.

Le coup la frappa sans qu'elle réalise très bien ce qui se passait. Quelques instants plus tard, Moineau ouvrit les yeux pour constater que tout le monde autour d'elle avait été assommé. Dans les airs, il y avait trois personnes qui flottaient. Archange, Gabriel et Tara.

Et au-dessus d'eux, menaçant et terrible, un vaisseau gris, ses canons pointés sur le dôme.

Tara se posa, Gabriel essaya clairement de la frapper et, n'y parvenant pas, fit quelque chose qui l'auréola de noir et pointa un doigt vers Tara.

Et le vaisseau explosa.

Le capitaine du petit vaisseau où se trouvait Mara jura. En quatre langues. Ils étaient en orbite autour du satellite lorsque soudain, surgis de nulle part, d'énormes vaisseaux gris s'étaient matérialisés sur la Lune et tout autour.

— Brolk de Slurk ! hurla-t-il, mais qu'est-ce que c'est que ça !

Les yeux écarquillés, Mara se précipita.

— Les démons, murmura-t-elle, la gorge serrée par la peur. Ils sont en train d'envahir Tadix !

Le capitaine jura encore.

— Il faut qu'on se barre d'ici, grogna-t-il. Je veux bien obéir aux ordres, sauf qu'on ne m'a jamais parlé de vaisseaux spatiaux !

— Est-ce qu'ils peuvent nous voir ?

— Non, à moins qu'ils ne scannent l'espace en nous cherchant et je ne vois pas pourquoi ils le feraient, vu que personne ne sait que nous sommes ici.

Mara réfléchit.

— Nous devons prévenir AutreMonde. Si j'étais un envahisseur, la première chose que je ferais serait de couper les communications intersidérales.

Le capitaine secoua la tête.

— Non. Si nous envoyons un message, ces vaisseaux vont tout de suite nous repérer. Je ne vais pas risquer ma peau !

Ils étaient trois dans le petit navire. Un pilote, un copilote et une canonnière. La canonnière était enfermée dans son cockpit depuis qu'ils étaient arrivés, prête à tirer sur tout ce qui s'approcherait de trop près.

Mara lança un Paralysus sur le copilote d'une main, tandis que de l'autre, elle sortait un petit pistolet au museau camus. Et visait le pilote.

Bouche bée, le pilote la regarda tandis que le copilote s'affaissait en gémissant.

— Je suis une excellente tireuse, fit calmement Mara. Je suis peut-être amoureuse d'un garçon qui ne sait pas encore qu'il m'aime, mais je ne suis pas une lâcheuse. J'aime bien ce monde, nous allons donc faire ce qu'il faut pour le sauver. On ne peut pas passer en vitesse subluminique en moins de deux heures, soit un peu moins de six cent mille tatrolls, ce qui signifie que les vaisseaux AutreMondiens auront besoin d'au moins deux heures pour arriver jusqu'ici. Nous allons envoyer ce message. Maintenant. Ensuite nous nous enfuirons.

Le capitaine en avait les mains qui tremblaient tellement il était furieux.

— Ils vont nous repérer tout de suite ! Ils vont nous désintégrer en quelques secondes, c'est tout ce que vous allez arriver à gagner ! Laissez-moi au moins m'éloigner un peu pour envoyer le message.

— Non, répondit Mara, inflexible. Nous n'avons pas de temps à perdre. J'ai l'amour de ma vie là-bas, il est en danger, il a besoin d'aide. Envoyez le message !

Le capitaine n'avait pas le choix. Il envoya le message. Presque aussitôt, un crépitement intense retentit dans la cabine.

— Qu'est-ce que c'est que ça ? demanda Mara.

— Ils nous ont brouillés. Leurs robots ont repéré notre signal et ils l'ont perturbé immédiatement.

— Mais le message est passé ?

Le capitaine fit une horrible grimace.

— J'en sais rien. Maintenant je vais essayer de sauver nos fesses, si ça ne vous ennuie pas. Et sans mon copilote en plus.

Devant eux, deux vaisseaux se mirent à virer lentement.

Ils se dirigeaient vers eux. Précédés par une salve d'avertissement, qui tonna en secouant le petit navire.

— Ils ne nous ont pas visés, expliqua le capitaine à Mara qui avait blanchi et s'était vivement assise et attachée. Maintenant, on va voir s'ils sont aussi rapides que nous. Priez pour que ce ne soit pas le cas.

La canonnière répliqua par une salve qui s'écrasa sur les boucliers des vaisseaux.

Sans leur faire le moindre mal. Mara pouvait même imaginer les servants du vaisseau, pliés de rire.

À partir de là, ce fut une longue course-poursuite. Effectivement, le petit navire était plus rapide. Il esquivait tout ce qu'on envoyait contre lui. Le copilote avait fini par se réveiller et ils étaient deux à lutter contre les mastodontes. Le seul souci, c'était qu'ils étaient plus rapides. Mais pas assez. Les deux vaisseaux les talonnaient et surtout leur tiraient dessus. La moindre erreur de jugement et ils étaient morts.

Au bout de deux heures une salve trop bien placée abîma l'un des deux moteurs arrière, blessant la canonnière. Il devint évident qu'ils n'allaient pas s'en sortir et allaient devoir se rendre.

Ils éteignirent leurs moteurs afin de montrer qu'ils étaient vaincus.

Le pilote fit pivoter son fauteuil et regarda Mara.

— Voilà. Reste plus qu'à espérer qu'on les a pas trop énervés.

Le vaisseau s'approcha, s'approcha encore, prêt à les engloutir et, soudain, il se passa une chose incroyable.

Le vaisseau explosa.

29

LA GUERRE DES MONDES

Ou comment pousser l'art d'impressionner sa future petite amie à un niveau jamais égalé.

Lorsque Tara rabaissa les yeux vers Gabriel et Archange, prête à se battre, après avoir contemplé, bouche bée, le vaisseau se consumer sous les rayons destructeurs des attaquants, les deux démons avaient disparu. Tara ne se lança pas à leur poursuite. Elle fonça vers les prisonniers, vit que Moineau était réveillée et se précipita pour aider son amie. Fabrice, Cal et Fafnir étaient encore groggy, mais, comme les prisonniers et les soldats, commençaient à bouger.

Dans les airs, la bataille faisait rage. Surgis de nulle part, les vaisseaux de la fédération d'AutreMonde étaient en train d'attaquer les vaisseaux des démons. Très vite, les capitaines démons comprirent qu'ils ne résisteraient pas contre des centaines de vaisseaux. Ils s'enfuirent. D'autant qu'avec les AutreMondiens, il y avait également les escadrilles des dragons.

Car s'il fallait deux heures pour parvenir à prendre suffisamment de distance et de vélocité afin d'atteindre une vitesse supérieure à la lumière, ensuite il ne fallait que très peu de temps pour parcourir la moitié de la galaxie. Une poignée de secondes, en fait.

L'un d'eux se posa près du dôme. Un couloir métallique en sortit et vint se fixer comme une ventouse contre la voûte. L'instant d'après, le dôme s'ouvrait et des centaines de soldats loups, de dragons et de chimères en armes fonçaient sur les soldats ennemis encore groggy.

Dès que les soldats loups se furent assurés que la voie était libre et sécurisée, et les démons sous surveillance, désarmés et désemparés, les gros bonnets arrivèrent. La reine dragon Charmamnichirachiva en tête, qui salua gracieusement Tara. Sandor, qui menait l'escouade, envoya immédiatement ses soldats elfes à la recherche de Lisbeth, histoire d'éviter qu'elle ne fasse exploser le monde alors qu'ils étaient sauvés.

À côté de Sandor, se tenait quelqu'un que Tara connaissait bien, même si elle se demandait ce qu'elle faisait ici. Elle se précipita et l'étreignit.

Mara se débattit un instant, mais finit par se laisser faire, de mauvaise grâce.

— Je crois que nous sommes arrivés juste à temps, sourit Sandor.

Tara lui sauta au cou. Un instant surpris, le sévère Imperator finit par sourire et lui rendit son étreinte.

— Pffifiut, souffla-t-elle en essuyant une larme de joie, vous ne savez pas à quel point. On a vécu un vrai psychodrame ici ! Avec trahison, retournement de situation et tout et tout ! L'Ambassadeur a donc fini par transmettre le message ?

— Oui, confirma Sandor. Au début, nous n'avons pas très bien compris ce que disait le gnome bleu qui servait de traducteur. Il insistait en disant qu'il y avait un gros problème sur la lune alors que nous recevions des images parfaitement normales. Et puis nous avons reçu un message de Mara. Elle disait qu'une vingtaine de vaisseaux ennemis avaient attaqué Tadix et qu'il s'agissait sans doute des démons. Nous avons embarqué, les vaisseaux ont décollé, l'Ambassadeur n'a pas voulu se déconnecter du Diseur qui était avec nous, il nous a informés de ce qui se passait au fur et à mesure (ah, c'était pour cela que l'Ambassadeur était resté en transe ?) en divisant son cerveau en deux. D'une part, il écoutait les sortceliers et ainsi nous envoyait de précieuses informations, d'autre part, il restait en contact avec ses compatriotes. Le gnome bleu nous a dit que c'était un exploit incroyable. En arrivant, nous avons détecté une dizaine, et non une vingtaine, de vaisseaux inconnus patrouillant autour de Tadix et un petit vaisseau soigneusement camouflé qui jouait à cache-cache avec eux. Nous l'avons sauvé juste au moment où ils allaient le capturer. Imagine notre surprise lorsque nous avons découvert qui était à l'intérieur.

Il se pencha vers Mara et dit :

— D'ailleurs, jeune fille, je serais vraiment curieux d'entendre votre histoire…

Mara fit la moue. Mais son visage s'éclaira dès qu'elle vit Cal qui émergeait de derrière la statue du draco-tyrannosaure, les yeux encore papillonnants. Elle se précipita et passa sa tête sous le bras du Voleur, l'aidant à marcher. Cal l'arrêta, mit quelque chose de rouge et brillant dans sa poche puis incanta un Levitus. Fafnir, inanimée, apparut derrière lui. La naine était trop dense pour qu'il la porte. Il l'avait déjà soignée, mais elle avait perdu beaucoup de sang et ne se réveillait pas. Tara lui trouva un aspect bizarre, sans bien savoir quoi exactement. Les chamans la prirent en charge tout de suite. Cal, toujours aidé par Mara se rapprocha de Tara. Et elle lut dans ses yeux à quel point il était heureux de la voir.

Elle les retransforma tous les deux. Ils retrouvèrent leur forme normale avec soulagement, le dôme sentait un peu trop le sang pour qu'ils soient à l'aise avec l'envie de se nourrir qui montait en eux.

Fabrice et Moineau s'aidaient mutuellement. Maître Chem apparut, avec l'Impératrice à ses côtés, soutenu par Grr'ul. Le dragon était blessé et cette fois-ci ce fut au tour de Charm de se précipiter.

— Il faut partir ! cria Lisbeth. Tout de suite !

L'urgence dans sa voix les fit tressaillir. Tara faillit soupirer. Mais ça n'arrêtait donc jamais ?

— Partir ? Mais pourquoi ? demanda Sandor, déjà prêt à foncer.

— Gabriel ! Il allait me tuer lorsque Archange lui a dit que mon hor déclenchait les bombes de Tadix. Ça l'a fait beaucoup rire et il a décidé d'utiliser ça pour vous détruire. Il a usé de sa magie démoniaque pour m'arracher mon hor (elle montra son avant-bras encore ensanglanté). Il m'a enfermée afin que je ne puisse pas vous prévenir, après m'avoir annoncé qu'il ne me tuait pas tout de suite parce qu'il préférait me laisser mourir dans l'explosion de mon stupide satellite et de mes stupides vaisseaux en même temps. Mais Archange, en partant, a mal crocheté la porte, j'ai pu m'échapper.

Sur l'avant-bras de Tara, la petite tête rouge se mit soudain à clignoter.

— Vite ! cria Tara, ils ont activé les bombes. Sandor, quel est le vaisseau qui pourra tous nous contenir ?

Sandor leva le doigt vers un énorme vaisseau doré qui se trouvait au-dessus du dôme, mais paraissait tout petit à cette distance.

— Celui-ci, pourquoi ?

Tara n'eut pas le temps d'expliquer aux gens ce qu'elle voulait faire. Elle reprit sa forme de vampyr, ainsi, même à des dômes de distance, lorsqu'elle étendait sa perception avec sa magie, elle pouvait sentir la vie. Palpitante, riche. Elle sentait les milliers d'êtres vivants, démons, centaures, licornes, Diseurs, humains, elfes, loups, chatons roses, mais aussi les animaux dans les parcs, les oiseaux, les papillons, les grenouilles, tout le monde. Avec l'aide des objets démoniaques et de la Pierre Vivante, elle les engloba tous (enfin pas les insectes de la planète, ça elle ne pouvait pas, trop risqué).

Et les dématérialisa.

L'instant d'après, des dizaines de gens de l'équipage hurlaient de surprise en voyant arriver sur le pont d'envol des navettes de combat du navire amiral, le seul assez grand pour tous les accueillir, les trois mille délégués, les démons capturés et les soldats loups du premier vaisseau, ainsi que des tas de bestioles totalement affolées, dans le vaisseau amiral.

Sandor hurla encore plus fort dans son hor, ordonnant aux engins de s'éloigner du satellite tout de suite.

Lentement, le vaisseau amiral vira de bord, tandis que celui qui était encore posé à la surface décollait précipitamment.

Ils commencèrent à s'éloigner.

— Boucliers sur l'arrière ! cria Sandor dans son hor alors qu'ils montaient à toute vitesse dans l'ascenseur vers le centre de pilotage.

Ils arrivèrent juste à temps pour que les scoops arrière leur transmettent l'image.

Le satellite explosa.

Ce fut une étrange explosion, comme une boule qui se dilate vers l'extérieur puis vers l'intérieur immédiatement après.

Ce fut sans doute ce qui leur sauva momentanément la vie. Car peu de débris échappèrent à l'implosion ; ceux qui les frappèrent secouèrent les vaisseaux, arrachèrent une partie de l'arrière de celui qui se trouvait le plus près de la planète (que le vaisseau-mère tracta immédiatement), sans les détruire pour autant.

Ils allaient crier de joie lorsque le processus d'implosion prit de l'ampleur. Et commença à attirer les vaisseaux vers le satellite. Seuls deux étaient en danger, les autres étant restés éloignés afin d'affronter les navires ennemis et les détruire. Ceux-ci purent donc échapper à l'infernale attraction.

Mais pas le leur et celui qu'ils étaient en train de tracter. Le commandant ordonna une poussée arrière maximale. Dans un gémissement de métal torturé, leur vaisseau tenta d'échapper à l'attraction fatale. Sous leurs yeux, l'autre commença reculer.

— Commandant ! hurla Tara. À mon top, lâchez le navire !

— Mais l'équipage ? protesta le commandant. Il va...

— Je m'en occupe ! Faites-le ou nous sommes tous morts !

Elle se concentra, la magie illuminant son corps au point que les gens s'écartèrent d'elle. Sauf Cal.

Cal resta à ses côtés. Avec tant d'amour, d'admiration et de parfaite sérénité dans ses yeux gris, que cela brisa le cœur de Mara. Ce fut à ce moment qu'elle comprit. Cal aimait tellement Tara que mourir à ses côtés ne le préoccupait pas. Ce qu'il voulait, c'était être avec elle. Et c'était tout. Mara mesura à quel point elle avait été ridicule, mesquine, jalouse et stupide. Elle laissa couler une larme. Et se jura qu'un jour, elle trouverait un garçon qui l'aimerait et la regarderait exactement comme Cal regardait Tara en ce moment.

La jeune fille aux cheveux blancs de vampyr fit libérer un espace devant eux – elle ne pouvait pas matérialiser les gens sur le pont d'envol, ils étaient trop nombreux.

— Top ! hurla-t-elle.

Le responsable du tractage lâcha le navire abîmé. Le vaisseau amiral bondit en avant et, en même temps, une centaine de personnes encore en train de crier parce que se voyant plonger vers une mort certaine maintenant que leur sauveur les avait lâchés se matérialisa devant eux.

Beaucoup s'évanouirent de soulagement. Les autres, comprenant qu'ils étaient sauvés, acclamèrent Tara, qui luisait encore de magie.

Mais ils n'étaient pas encore sortis d'affaire. Le vaisseau abîmé s'écrasa dans le trou bouillonnant qui se formait au centre du satellite.

— Je croyais que cela ne créerait pas de trou noir ? murmura Tara, encore épuisée par les deux énormes efforts qu'elle venait de fournir, en se retransformant.

— Normalement non, répondit Lisbeth, les yeux écarquillés. Prie. Fort.

Tara n'allait pas prier, non, elle allait faire mieux.

— Jeremy ! cria-t-elle. Jeremy'lenvir Bal dregus !

— Tara ?

La foule anxieuse laissa passer Jeremy. Il avait encore le sang de son frère sur les mains.

— Active ta magie et touche-moi, fit Tara. Vite !

Cal haussa les sourcils, mais Jeremy obéit.

À l'instant où ils se touchèrent, leur magie fusionna exactement comme à Stonehenge. Le Dragon Renégat les avait créés pour cela. Pour qu'ensemble ils soient la force la plus puissante de l'univers. Sous la direction de Tara, ils se dématérialisèrent du vaisseau.

Et plongèrent dans le trou noir en formation.

Cal hurla. Mara se boucha les oreilles tant le cri lui déchira les oreilles.

Le trou sembla hésiter. Le bouillonnement qui tournait de plus en plus vite en son centre ralentit. Encore. Et encore. Jusqu'à se stabiliser. L'attraction se réduisit.

Tara et Jeremy réapparurent, la main dans la main, flottant devant eux. Ils avaient les yeux clos.

Et ils souriaient.

Ils se posèrent. Rouvrirent les yeux. Tara vit Cal et se précipita dans ses bras. Cela apaisa le Voleur qui venait d'avoir la peur de sa jeune vie.

— Jamais, tu m'entends, fit-il d'une voix tremblante, jamais tu ne recommences un truc pareil. Je n'ai pas envie de faire une crise cardiaque à mon âge, sérieux.

— Le satellite ne s'est pas transformé en trou noir, nota le responsable des radiations, imperturbable. La rotation est stable. Je pense que nous sommes hors de danger.

Tout le monde explosa en cris et en larmes. Tout le monde s'embrassa, y compris les prisonniers qui criaient tout aussi fort que les autres leur bonheur d'avoir échappé à une mort atroce.

À ce sujet, justement, les vaisseaux ennemis étaient désormais hors de portée des navires AutreMondiens, ce qui fit grincer les dents de Sandor. Mais, au moins, ils ne les avaient pas attaqués alors qu'ils étaient vulnérables.

Ils étaient en train de crier leur joie d'avoir échappé à l'annihilation lorsque les écrans s'éclairèrent. L'officier des transmissions annonça :

— Message holographique en provenance du vaisseau amiral ennemi, Imperator.

— Affichez-le sur le grand écran, ordonna Sandor.

L'Impératrice et Tara se placèrent autour de lui.

L'image holographique se précisa et, bientôt, le beau visage d'Archange, Gabriel derrière lui, s'afficha devant eux. Mais tout le monde sursauta lorsqu'un troisième visage, impassible, les fixa gravement.

Angelica. Tara réalisa qu'effectivement elle ne l'avait pas vue lorsqu'elle avait transféré tout le monde. Et elle était bel et bien derrière Gabriel lors de la première allocution du démon.

Toute la question était donc : otage ou complice ?

Ils n'eurent pas le loisir de se poser la question, car Archange s'adressait à eux.

— Je désire vous présenter mes plus profondes excuses, dit-il, les traits marqués. Nous avons vécu une grave divergence d'opinion au sein de mon peuple, mais comme vous avez si intelligemment déjoué le plan de mon demi-frère, à ma grande satisfaction, car j'avoue qu'annihiler des planètes entières sous prétexte de les conquérir est un acte inqualifiable, j'ai donc pu reprendre les rênes.

Tout le vaisseau le regarda sans comprendre. Tara, elle, avait une petite idée de ce dont il parlait.

— Comment avez-vous su ? grinça Gabriel. Comment avez-vous fait pour changer de place la sphère NA juste avant que je n'envoie mes commandos s'en emparer ?

Lisbeth ouvrit une bouche stupéfaite et répondit sans réfléchir, trop choquée.

— La sphère NA ? Mais elle est dans mon bureau !

Gabriel la regarda comme si elle était l'abrutie la plus totale qu'il ait jamais eu la malchance de croiser.

— L'effrit qui travaillait avec le savant nous a contactés. Il avait localisé la sphère NA avec précision ; les émanations qu'elle dégage étant très caractéristiques, nous savions exactement où elle se trouvait. Nous avons posé six vaisseaux sur votre ville. Nous avons perdu des milliers de soldats, nous avons pris d'assaut votre palais, juste pour récupérer cette sphère. (Il martela les mots :) Elle n'était pas dans votre bureau !

— Mais... mais... bafouilla Lisbeth, totalement perdue. Qu'est-ce que...

Elle fut interrompue par une petite voix qui disait.

— Hrrmm, hrmm, c'est ça que vous cherchez ?

Mara tendait une petite sphère de métal dorée emprisonnée dans une cage, qu'elle portait prudemment avec des gants renforcés.

Lisbeth, Sandor et Tara reculèrent. Sandor dit d'une voix tendue :

— D'accord, Mara, pose cette chose sur le sol, tout de suite, et éloigne-toi. Elle réagit à la chaleur vivante. Si tu la tiens trop longtemps, même si tu ne la touches pas directement, tu es déjà trop près.

Docile, un peu effrayée par la terreur qu'elle sentait dans l'assistance, Mara obéit. L'Imperator sortit des gants rembourrés d'acier et prit la sphère.

— Qu'est-ce que c'est ? demanda Fabrice. Une grenade ?

— Pas exactement. C'est une arme mortelle qui détruit toute vie sans exception dans un rayon de quinze années-lumière.

Fabrice déglutit bruyamment. Puis devint tout pâle. Un silence de mort tomba sur le navire. Les gens reculèrent, instinctivement.

— Tu viens juste de tous nous sauver, ajouta Sandor à Mara. Commandant ?

— Imperator ?

— Votre Incadenassus privé. Tout de suite.

Le commandant se leva vivement et ils quittèrent la pièce.

Gabriel se pencha vers eux. Son hologramme bouillait de rage.

— Comment… comment as-tu su ? Tu es la sœur de Tara Duncan. C'est elle qui l'a dissimulée ? (Il se tourna vers Archange et grinça :) C'est toi qui l'as contactée ? Es-tu un traître à notre race, Archange ?

Archange, outragé par l'accusation, allait répondre lorsque Mara prit la parole :

— Ça n'a rien à voir avec vous. J'étais furieuse parce que Cal était pris au piège sur cette lune où il risquait de mourir. Et que moi, je suis… j'étais amoureuse de Cal. J'ai voulu le sauver. Magister (elle ignora le sursaut de Tara) m'a dit qu'il me prêtait un vaisseau et un équipage si je volais un grimoire pour lui dans le bureau de Lisbeth et que je tuais Selenba. Ce que j'ai fait.

— Tu as tué Selenba ? fit Lisbeth.

— Non. J'ai fait semblant pour que Magister me croie. C'était une mise en scène. Selenba va très bien, ce n'est pas une traîtresse, et là, en ce moment, elle est sans doute en train de faire plein de petits bébés avec Safir Dragosh. Berk. Bref, dans l'Incandenassus, j'ai vu cette sphère, je savais que c'était une arme, je l'ai prise, et c'est tout.

Il y eut un silence stupéfait.

Archange fronça les sourcils.

— Attends, tu veux dire que les plans machiavéliques de mon demi-frère pour conquérir cet univers ont été mis en échec par une gamine amoureuse ?

Mara grimaça mais hocha la tête.

Archange éclata de rire.

Un bon vrai gros rire. Qui se transforma très vite en fou rire. Il riait tellement qu'il en devenait rouge, les larmes lui coulant des yeux.

Gabriel, écarlate lui aussi, mais de rage, disparut de l'image. Angelica les fixa une dernière fois, puis disparut également.

Dans le vaisseau, certaines personnes commencèrent à glousser nerveusement au fur et à mesure qu'ils réalisaient à quoi ils avaient échappé. Puis à rire avec Archange. Bientôt, tout le navire était plié en deux. Tara riait tellement qu'elle en avait mal aux abdos. Sandor en sanglotait, Lisbeth aussi.

Il fallut longtemps pour que le calme revienne. Enfin, Archange inspira profondément. Il s'essuya les yeux, le visage, et avala un peu d'eau.

— Ouf ! fit-il. Ça fait du bien. Tara ?

La jeune fille blonde le regarda. Il était son ennemi et pourtant, elle voyait bien qu'il possédait un curieux code de l'honneur. C'était bizarre, mais d'une certaine façon, elle l'aimait bien.

— Oui, Archange.

— Je veux juste te dire que je suis vraiment désolé. Rien de tout ceci n'aurait dû arriver. Mon demi-frère, par orgueil, par stupidité, a ruiné les chances que nous avions de nous entendre. Je suis vraiment, vraiment très triste de tout ceci. À présent, nous allons retourner dans notre univers. J'espère... oui, j'espère que les choses s'arrangeront.

— Attends, fit Tara, je voudrais savoir : comme je te l'ai dit, quelqu'un a engagé un assassin. Afin de me tuer, ainsi que Robin, juste avant mon mariage avec toi. As-tu découvert qui c'était ?

Archange secoua la tête, l'air encore plus désolé.

— J'ai plusieurs frères mais aussi des sœurs. Pour une très mystérieuse raison, elles ont décidé qu'elles voulaient m'aider à te conquérir.

Tara ouvrit la bouche, très surprise.

— Euh, oui ?

— À leur décharge, nous avons beaucoup importé ces films et ces séries que vous affectionnez sur Terre et sur AutreMonde.

Tara ne voyait pas le rapport.

Archange termina :

— Dans ces séries, le héros sauve la vie de l'héroïne et elle lui tombe dans les bras.

Tara commençait soudain à avoir une petite idée de ce qui s'était passé. Elle balbutia :

— Attends une minute. Tu veux dire qu'elles voulaient à la fois se débarrasser de Robin et de Cal, puis faire croire que j'étais visée, juste pour que tu tues l'assassin, et me sauver la vie pour que je tombe dans tes bras ? Tout ceci n'était pas un complot pour m'affaiblir avant votre venue ?

— Je suis désolé, répéta Archange. Toxi a une vision très romantique des choses (une image apparut à ses côtés, une ravissante démone aux cheveux roses la salua d'un air mutin puis disparut). Elles allaient me l'avouer juste avant notre mariage afin que je puisse te sauver. Que puis-je te dire de plus à part que j'ai une famille... compliquée.

Tara qui sentait l'amusement pétiller dans son cerveau lui sourit franchement.

— Bienvenue au club, répondit-elle. Et crois-moi, à propos de famille compliquée, je te comprends.

Ils se saluèrent comme deux adversaires courageux qui se sont mesurés à leur juste valeur.

— Et pour le reste, dit-il en s'adressant à Tara, comme s'ils étaient soudain seuls au monde, je te demande à l'avance de me pardonner. Mais je n'avais pas le choix.

La formulation était curieuse. Tara allait poser d'autres questions lorsque l'écran s'éteignit. L'un après l'autre, les spots représentant les vaisseaux s'effacèrent. Les démons venaient de quitter leur univers.

Soudain Tara réalisa qu'elle avait complètement oublié Robin dans l'affaire. Et que si elle ne faisait pas très vite, elle allait le perdre.

Elle fit face à la foule.

— Monsieur X ? Êtes-vous là ? Il faut prévenir vos gardes pour Robin !

L'un des chamans s'approcha d'elle, une boule de cristal à la main.

— L'un des soldats démons m'a dit de vous remettre ceci s'il mourait, expliqua-t-il, sincèrement intrigué, si vous demandiez après un certain Monsieur X. Malheureusement, il était terriblement touché, ensuite, lorsque j'ai voulu terminer de le soigner, il avait disparu.

Tremblante, Tara afficha l'hologramme. C'était bien le changelin.

— Si vous lisez ceci, Tara Duncan, c'est que je suis mort. Donc votre Robin va mourir aussi, d'autant que cela fait deux jours que nous n'avons plus de communication avec AutreMonde et que mes gardes ont dû déclencher le minuteur qui va tuer Robin M'angil, et quitter la maison. J'ai espionné les démons. Gabriel est le plus dangereux. Moi, à votre place, je mettrais un contrat sur sa tête. J'ai également laissé un message à votre propos à notre Guilde, avec mon compte rendu, prononcez le mot « concombre » et vous serez bien reçue. (Il lui adressa un clin d'œil, beau joueur.) Bref, voici le plan afin de pénétrer dans la maison. Soyez prudente. Et ne vous inquiétez pas pour ma femme et mon fils. Ils sont à l'abri du besoin.

Il sourit à la scoop qui le filmait, puis éteignit l'appareil.

Tara n'eut pas besoin de parler. Sandor donna l'ordre de pousser les moteurs au maximum pour rentrer sur AutreMonde.

— Qu'est-ce que c'est que cette histoire de Monsieur X ? demanda Lisbeth. Et est-ce que quelqu'un peut m'expliquer pourquoi un concombre ?

En dépit de son inquiétude pour Robin, vu que pour l'instant elle ne pouvait pas faire grand-chose, Tara faillit repartir dans son fou rire et dut tout expliquer. À ses côtés, Cal, un sourire ironique aux lèvres, n'arrêtait pas de tâter quelque chose dans sa poche. Au point qu'après que tout le monde eut terminé de raconter ce qui lui était arrivé et qu'ils eurent fait les recoupements, après qu'ils eurent fêté et acclamé l'Ambassadeur pour son incroyable exploit, Tara, curieuse, finit par lui demander ce qu'il avait.

Le sourire de Cal disparut.

— Je crois que j'ai fait une énorme bêtise, dit-il, penaud.

Et il sortit deux magnifiques tresses rousses de sa poche. Bouche bée, Tara les regarda un instant sans comprendre.

Puis elle mit sa main sur sa bouche, ses yeux bleus pétillant de tous leurs feux.

— Non, glousse-t-elle, ne me dis pas que c'est ce que je crois ?

— Si, soupira Cal. J'avais pris un coup sur la tête et dans la jambe. Fafnir était là, le ventre ouvert, les soldats nous tiraient dessus, enfin surtout sur toi et tout paraissait perdu. J'ai cru qu'elle était morte. J'étais amoché, mais en meilleur état. J'ai voulu respecter son vœu. Ramener ses tresses à sa mère.

Tara aurait bien voulu empêcher le gloussement qui montait à sa gorge de sortir, mais Moineau partit d'une crise de fou rire homérique, vite suivie par Fabrice. Tara ne put résister.

— Ahhhh ahhhh ahhh, tu as coupé les cheveux de Fafnir ? Sa plus grande fierté. Elle a mis deux cent cinquante ans à les faire pousser, elle les entretient au moins une heure par semaine ! Qu'est-ce que je raconte, par jour ! Elle va te tuer !

Mais l'apothéose arriva cinq minutes plus tard, lorsqu'une Fafnir enragée et scalpée fit irruption dans la salle de navigation, ses deux haches dans la main, et vit Cal, tenant ses tresses.

Le hurlement d'horreur qu'elle poussa fit se retourner tout le monde. Cal jeta les tresses dans les bras de Tara et fila plus vite qu'un rominet. Fafnir se lança à sa poursuite, son chat rose, Bel, redevenu mignon et petit désespérément accroché à son épaule.

Il fallut beaucoup de temps et de patience pour faire lâcher ses haches à Fafnir. Elle avait réussi à acculer Cal dans une cabine dont il avait refermé la porte et elle s'employait méticuleusement à réduire le métal en lanières. Seule la promesse de Tara de lui recoller ses cheveux magiquement, plus le fait que Cal avait voulu bien faire, l'empêchèrent de faire la même chose que ce que Cal lui avait fait. Sauf qu'elle n'avait pas l'intention de lui retirer ses cheveux. Elle aurait retiré la tête qui allait avec...

L'opération « recollage » eut lieu sous la supervision de Moineau. À la fin, les tresses de Fafnir avaient retrouvé leur place initiale et ne semblaient pas avoir trop souffert de leur bref retrait.

En dépit de cela, la naine grommela beaucoup. Notamment à propos du fait que ses cheveux lui paraissaient bien moins brillants. Pendant tout le reste du voyage, Cal se fit tout petit.

Le vaisseau amiral ne pouvait pas se poser dans la capitale, il était bien trop gros. On affréta donc une navette et deux pilotes pour Tara et ses amis.

Le quartier avait été évacué sur l'ordre de l'Impératrice et le vaisseau se posa dans un grand parc, non sans avoir rasé deux petits immeubles, hélas ! placés au mauvais endroit.

Tara se précipita, suivi du magicgang. Foulant le sol de la planète pour la première fois depuis plusieurs jours, elle réalisa soudain à quel point ses jambes lui paraissaient lourdes après avoir vécu dans un environnement en faible gravité, mais elle força. D'après le message du changelin, il y avait un code. Dès qu'elle fut devant la jolie maison privée jaune et bleue qui abritait le changelin et où Robin était caché, elle tapa la combinaison de chiffres, ce qui lui permit d'accéder au salon, puis au sous-sol sans problème.

Dès que les assistants du changelin avaient cessé de recevoir des nouvelles, ils avaient abandonné la maison. Elle était donc vide. Tara désamorça les trois pièges mentionnés sur le document.

Ce qui l'inquiétait le plus était la phrase finale. Le changelin avait noté : « Je suis désolé, mais le dernier piège, celui qui prendra la vie de Robin M'angil ne peut être désamorcé. Il va falloir être créative, car même la magie ne peut le sauver. Il y a un puissant annulateur de magie à l'intérieur et, de l'extérieur, ça déclenche les mécanismes. Bonne chance. »

« Les » mécanismes ? Comment ça, « les » ? Parce qu'il y en avait plusieurs ?

Tara imaginait le pire. C'était d'ailleurs la raison pour laquelle elle n'avait pas envoyé l'équipe des démineurs de Tingapour. Elle ne voulait courir aucun risque.

Elle ne fut pas déçue.

Lorsqu'elle ouvrit très, très doucement et délicatement la porte, après que Cal eut glissé des senseurs non magiques sous la porte afin d'être sûr qu'il n'y avait pas de piège aussi pour les visiteurs indésirables, celle-ci dévoila une vision terrible.

Robin, amaigri, rageur, un bandeau sur les yeux et sur la bouche, était immobilisé par des chaînes au centre d'une pièce ronde. Tout autour de lui, se trouvaient une cinquantaine d'arbalètes.

Et les cinquante carreaux, dont les pointes aiguisées de métal luisaient férocement, étaient braqués sur lui.

Le sol tout autour était piégé de lignes lumineuses, prêtes à déclencher le piège. Impossible de s'approcher. Ils levèrent la tête, mais en l'air aussi, des lignes très visibles n'attendaient que d'être brisées afin de libérer les carreaux d'arbalètes.

Peut-être qu'on ne pouvait pas utiliser la magie dans la pièce, mais clairement les senseurs étaient magiques.

Ils reculèrent et voulurent inspecter le sous-sol.

Sauf qu'il n'y avait pas de sous-sol.

La pièce était de plain-pied.

Si Tara tentait d'utiliser sa magie, les senseurs le sentiraient et les carreaux partiraient. À si courte distance, impossible de parvenir à les arrêter. Pas avec la puissance de perforation de ces redoutables petites armes.

— Slurkslurkslurk ! chuchota Tara au cas où les senseurs seraient aussi sensibles au son. On est mal ! L'un d'entre vous a une idée ? Cal ?

Vu qu'il était le grand spécialiste de ce genre de choses, Cal était le plus indiqué pour sortir Robin de la mouise.

— J'ai beau imaginer que Robin est un coffre-fort au milieu des arbalètes, répondit Cal, en temps normal, si le coffre-fort se prend des décharges de broyettes ou des flèches ou quoi que ce soit, je m'en fiche, mais là... Tara, nous avons un vrai problème !

Fafnir les regarda et soupira.

— Et moi ? Je suis quoi ? fit-elle.

Ils la regardèrent avec surprise.

— Euh, tu es une fille, précisa Fabrice. Une naine. Très jolie naine. Guerrière ? Avec de magnifiques tresses rousses.

Fafnir leva ses yeux verts au ciel d'un air impatient.

— Une naine, oui. Qui creuse des tunnels et a donc un...

Cal claqua des doigts, un énorme sourire aux lèvres.

— Ton pouvoir d'infiltration ! Mais bien sûr ! Il n'implique pas de magie et dès que tu auras posé la main sur Robin, il passera au travers de ses liens !

— Exactement, confirma Fafnir. OK, attendez-moi, je reviens avec le demi-elfe.

Le cœur serré, ils la regardèrent s'enfoncer dans le sol. Cal réprima un haut-le-cœur. Il ne savait pas pourquoi, mais voir la naine s'immiscer dans la pierre ou la terre comme ça le retournait complètement. Tara rouvrit la porte tout doucement afin de voir ce qui se passait.

Robin dut sentir l'appel d'air, car il commença à remuer sur son siège. Les arbalètes émirent un petit cliquetis étouffé et il se figea.

Soudain, il commença à s'enfoncer, y compris au travers de ses chaînes, de ses vêtements, de son fauteuil et surtout de ses bandeaux. Il fut tellement surpris qu'il hurla d'angoisse, sans doute persuadé que ses ravisseurs avaient trouvé une façon originale de le faire disparaître.

Tara ne sut jamais si ce fut le son de sa voix ou le fait qu'il bouge comme un fou pour échapper à ce qui lui arrivait, mais les arbalètes se déclenchèrent.

Et cinquante pointes d'acier convergèrent vers le demi-elfe.

Tara hurla à son tour. Mais Fafnir avait déjà dématérialisé Robin et les carreaux passèrent au travers de son corps comme s'il n'était pas là. Quelques secondes plus tard, Robin disparaissait complètement. L'image était saisissante et Tara ne put s'empêcher de penser à des sables mouvants. Elle demanda à la changeline de lui préparer une cape pour envelopper le demi-elfe.

Quelques minutes de plus et Fafnir émergea du sol devant eux, portant Robin, complètement nu. Une fois qu'ils furent totalement sortis, Tara se précipita. Robin respirait trop fort et son visage était d'une pâleur de mort.

Il sourit à Tara alors qu'elle l'enveloppait dans la cape, tandis que Fabrice, qui s'était transformé en loup-garou au cas où, le soutenait.

— Les gars, souffla le demi-elfe, ça fait des jours que je vous attends, qu'est-ce qui vous a retenu comme ça ?

— Une guerre avec des démons, répondit Cal d'une voix joviale. Pourquoi ? On t'a manqué ?

— Plus que je ne saurais le dire, répondit Robin.

Et il tourna de l'œil. Fabrice le prit dans ses bras. Tara incanta et, quelques secondes plus tard, ils étaient dans le palais. Ils prirent les portes intérieures afin de se rendre dans les appartements de Tara.

Mara était descendue avec une autre navette et se trouvait déjà là. La jeune fille évitait le regard de Cal. Elle était parfaitement consciente d'avoir complètement vrillé et ne savait pas très bien comment s'en sortir. Cal la toisa sans animosité mais avec une certaine prudence. Elle allait en baver un peu avant qu'il ne lui pardonne. Tara, elle, trop occupée par Robin, la salua d'un baiser amical. Elle ne lui en voulait pas. L'amour faisait faire des tas de bêtises, depuis que l'humanité existait.

Ils étendirent Robin sur un sofa. Le chaman appelé dès qu'ils étaient arrivés vint ausculter le demi-elfe. Il allait bien, mais était très déshydraté et fatigué. Le chaman lui posa une perfusion, après lui avoir administré plusieurs Renforcissus. Il dit qu'il reviendrait le lendemain afin de voir comment se portait Robin, mais ne montrait aucun signe d'inquiétude, ce qui rassura Tara.

Soudain les vidéocristaux de son salon s'allumèrent. Ils levèrent tous les yeux vers la carte de la galaxie qui venait de s'afficher devant eux.

Ils mirent plusieurs secondes à comprendre, tandis que les commentaires fusaient si vite qu'on avait du mal à saisir ce que disaient les cristalistes affolés.

Puis un grand soupir incrédule monta de leur groupe lorsque l'image fut parfaitement claire.

— Par la barbe de mes ancêtres ! souffla Fafnir, médusée. Mais qu'est-ce que c'est que ça ?

— Ça, grogna Cal, le cœur battant à toute vitesse, ce sont les démons. Ils sont revenus !

Mais Archange n'était pas exactement tout seul. Les rapports paniqués et les images spatiales montraient toutes la même chose.

À présent, ils savaient ce que les démons avaient fait dans l'espace avec les vaisseaux manquants. Ils avaient monté des sortes de Portes de transfert géantes, capables de faire passer tout ce qu'ils voulaient d'un univers à l'autre.

Car là où il y avait quatre planètes gravitant autour des deux soleils d'AutreMonde, il y en avait dorénavant six de plus.

Archange venait d'accomplir le plus grand exploit technologique et magique jamais réalisé. Il avait importé ses peuples dans l'univers de Tara. Y compris la fameuse planète de Bendruc le Hideux et ses copains. Qui n'allaient pas être contents.

— Ben ça, murmura Cal d'une voix mal assurée, là où moi je gare mon tapis de course super-profilé, lui il gare ses six planètes. Je vais avoir du mal à le challenger, ce gars-là...

Tara glissa ses doigts dans les siens, effrayée.

Il n'y avait plus qu'une seule issue à ce geste fou.

La guerre des Mondes venait de commencer...

Fin

Lexique détaillé d'AutreMonde
(et d'Ailleurs)

L'étonnante AutreMonde

AutreMonde est une planète sur laquelle la magie est très présente. D'une superficie d'environ une fois et demie celle de la Terre, AutreMonde effectue sa rotation autour de son soleil en 14 mois ; les jours y durent 26 heures et l'année compte 454 jours. Deux lunes satellites, Madix et Tadix, gravitent autour d'AutreMonde et provoquent d'importantes marées lors des équinoxes.

Les montagnes d'AutreMonde sont bien plus hautes que celles de la Terre, et les métaux qu'on y exploite sont parfois dangereux à extraire du fait des explosions magiques. Les mers sont moins importantes que sur Terre (il y a une proportion de 45 % de terre pour 55 % d'eau) et deux d'entre elles sont des mers d'eau douce.

La magie qui règne sur AutreMonde conditionne aussi bien la faune, la flore que le climat. Les saisons sont, de ce fait, très difficiles à prévoir (AutreMonde peut se retrouver en été sous un mètre de neige !). Pour une année dite « normale », il n'y a pas moins de sept saisons. Saisons d'AutreMonde : Kaillos saison 1 (temps très froid, pouvant aller jusqu'à – 30 à – 50 °C selon les régions d'AutreMonde), Botant saison 2 (début de la saison tempérée équivalant au printemps terrien), Trebo saison 3, Faitcho saison 4, Plucho saison 5, Moincho saison 6, Saltan (saison des pluies).

De nombreux peuples vivent sur AutreMonde, dont les principaux sont les humains, les nains, les géants, les trolls/ogres, les vampyrs, les gnomes, les lutins, les elfes, les licornes, les chimères, les tatris, les salterens et les dragons.

Les pays d'AutreMonde

Omois • Capitale : Tingapour. Emblème : le paon pourpre aux cent yeux d'or. Habitants : humains et divers. Omois est dirigé par l'Impératrice Lisbeth'tylanhnem T'al Barmi Ab Santa Ab Maru et son demi-frère l'Imperator Sandor T'al Barmi Ab March Ab Brevis. Il comporte environ 200 millions d'habitants. Il commerce avec les autres pays et entretient la plus grosse armée d'elfes à part celle de Selenda.

Lancovit • Capitale : Travia. Emblème : licorne blanche à corne dorée, dominée par le croissant de lune d'argent. Habitants : humains et divers. Le Lancovit est dirigé par le roi Bear et sa femme Titania. Il possède environ 80 millions d'habitants. Le Lancovit est l'un des rares pays à accepter les vampyrs, avec qui le pays a noué des liens ancestraux.

Gandis • Capitale : Géopole. Emblème : mur de pierres « masksorts », surmonté du soleil d'AutreMonde. Gandis est dirigé par la puissante famille des Groars. C'est à Gandis que se trouvent l'île des Roses Noires et les Marais de la Désolation.

Hymlia • Capitale : Minat. Emblème : enclume et marteau de guerre sur fond de mine ouverte. Habitants : nains. Hymlia est dirigé par le clan des Forgeafeux. Robustes, souvent aussi hauts que larges, les nains sont les mineurs et forgerons d'AutreMonde et ce sont également d'excellents métallurgistes et joailliers. Ils sont aussi connus pour leur très mauvais caractère, leur détestation de la magie et leur goût pour les chants longs et compliqués. Ils possèdent un don précieux, que curieusement ils ne considèrent pas comme de la magie, qui leur permet de passer à travers la pierre ou de la liquéfier à la main pour dégager leurs mines.

Krankar • Capitale : Kria. Emblème : arbre surmonté d'une massue. Habitants : trolls, ogres, orcs, gobelins. Les trolls sont énormes, poilus, verts avec d'énormes dents plates, et sont végétariens. Ils ont mauvaise réputation car, pour se nourrir, ils déciment les arbres (ce qui horripile les elfes), et ont tendance à perdre facilement patience, écrasant alors tout sur leur passage. Ceux des trolls qui avalent de la viande, par hasard ou volontairement se transforment en ogres, à longues dents et gros appétit. Ils sont alors chassés du Krankar et doivent vivre parmi les autres peuples, qui les acceptent… tant qu'ils ne leur servent pas de dîner. Certains d'entre eux refusent de partir et forment des bandes composées d'ogres, d'orcs et de gobelins qui rendent le Krankar peu sûr.

La Krasalvie • Capitale : Urla. Emblème : astrolabe surmonté d'une étoile et du symbole de l'infini (un huit couché). Habitants : vampyrs. Les vampyrs sont des sages. Patients et cultivés, ils passent la majeure partie de leur très longue existence en méditation et se consacrent à des activités mathématiques et astronomiques. Ils recherchent le sens de la vie. Se nourrissant uniquement de sang, ils élèvent du bétail : des brrraaas, des mooouuus, des chevaux, des chèvres – importées de Terre –, des moutons, etc. Cependant, certains sangs leur sont interdits : le sang de licorne ou d'humain les rend fous, diminue leur espérance de vie de moitié et déclenche une allergie mortelle à la lumière solaire ; leur morsure devient alors empoisonnée et leur permet d'asservir les humains qu'ils mordent. De plus, il paraît que si leurs victimes sont contaminées par ce sang vicié, celles-ci deviennent à leur tour des vampyrs, mais des vampyrs corrompus et mauvais. Cela dit, les cas d'humains ou d'elfes transformés en vampyrs sont tellement rares qu'on pense que c'est juste une légende. Les vampyrs victimes de cette malédiction sont impitoyablement pourchassés par leurs congénères (les célèbres et redoutées Brigades Noires), ainsi que par tous les peuples d'AutreMonde. S'ils sont capturés, ils sont emprisonnés dans des prisons spéciales et meurent alors d'inanition.

Le Mentalir • Vastes plaines de l'Est sur le continent de Vou. Habitants : licornes et centaures. Pas d'emblème. Les vastes plaines de l'Est sont le pays des licornes et des centaures. Les licornes sont de petits chevaux à corne spiralée et unique (qui peut se dévisser), elles ont des sabots fendus et une robe blanche. Si certaines licornes n'ont pas d'intelligence, d'autres sont de véritables sages, dont l'intellect peut rivaliser avec celui des dragons. Cette particularité fait qu'il est difficile de les classifier dans la rubrique peuple ou dans la rubrique faune.

Les centaures sont des êtres moitié homme (ou moitié femme) moitié cheval ; il existe deux sortes de centaures : les centaures dont la partie supérieure est humaine et la partie inférieure cheval, et ceux dont la partie supérieure du corps est cheval et la partie inférieure humaine. On ignore de quelle manipulation magique résultent les centaures, mais c'est un peuple complexe qui ne veut pas se mêler aux autres, sinon pour obtenir les produits de première nécessité, comme le sel ou les onguents. Farouches et sauvages, ils n'hésitent pas à larder de flèches tout étranger désirant passer sur leurs terres.

On dit dans les plaines que les chamans des tribus des centaures attrapent les pllops, grenouilles blanc et bleu très venimeuses, et lèchent leur dos pour avoir des visions du futur. Le fait que les centaures aient été pratiquement exterminés par les elfes durant la Grande Guerre des Étourneaux peut faire penser que cette méthode n'est pas très efficace.

Selenda • Capitale : Seborn. Emblème : lune d'argent pleine au-dessus de deux arcs opposés, flèches d'or encochées. Habitants : elfes. Les elfes sont, comme les sortceliers, doués pour la magie. D'apparence humaine, ils ont les oreilles pointues et des yeux très clairs à la pupille verticale, comme celle des chats. Les elfes habitent les forêts et les plaines d'AutreMonde et sont de redoutables chasseurs. Ils adorent aussi les combats, les luttes et tous les jeux impliquant un adversaire, c'est pourquoi ils sont souvent employés dans la police ou les forces de Surveillance, afin d'utiliser judicieusement leur énergie. Mais quand les elfes commencent à cultiver le maïs ou l'orge enchanté, les peuples d'AutreMonde s'inquiètent : cela signifie qu'ils vont partir en guerre. En effet, n'ayant plus le temps de chasser en temps de guerre, les elfes se mettent alors à cultiver et à élever du bétail ; ils reviennent à leur mode de vie ancestral une fois la guerre terminée.

Autres particularités des elfes : ce sont les elfes mâles qui portent les bébés dans de petites poches sur le ventre – comme les marsupiaux – jusqu'à ce que les petits sachent marcher. Enfin, une elfe n'a pas droit à plus de cinq maris !

Smallcountry • Capitale : Small. Emblème : globe stylisé entourant une fleur, un oiseau et une aragne. Habitants : gnomes, lutins P'abo, fées et gobelins. Petits, râblés, dotés d'une houppette orange, les gnomes se nourrissent de pierres et sont, comme les nains, des mineurs. Leur houppette est un détecteur de gaz très efficace : tant qu'elle est dressée, tout va bien, mais dès qu'elle s'affaisse, les gnomes savent qu'il y a du gaz dans la mine et s'enfuient. Ce sont également, pour une inexplicable raison, les seuls à pouvoir communiquer avec les Diseurs de Vérité.

Les P'abo, les petits lutins bruns très farceurs de Smallcountry, sont les créateurs des fameuses sucettes Kidikoi. Capables de projeter des illusions ou de se rendre provisoirement invisibles, ils adorent l'or qu'ils gardent dans une bourse cachée. Celui qui parvient à trouver la bourse peut faire deux vœux que le lutin aura l'obligation d'accomplir afin de récupérer son précieux or. Cependant, il est toujours dangereux de demander un vœu à un lutin car ils ont une grande faculté de « désinterprétation »... et les résultats peuvent être inattendus.

Les fées s'occupent des fleurs et lancent des sorts minuscules mais efficaces, les gobelins essayent de manger les fées et en général tout ce qui bouge.

Salterens • Capitale : Sala. Emblème : grand ver dressé tenant un cristal de sel bleu dans ses dents. Habitants : salterens. Les salterens sont les esclavagistes d'AutreMonde. Terrés dans leur impénétrable désert, mélange bipède de lion et de guépard, ce sont des pillards et des brigands qui exploitent les mines de sel magique (à la fois condiment et ingrédient magique). Ils sont dirigés par le Grand Cacha et par son Grand Vizir, Ilpabon, et divisés en plusieurs puissantes tribus.

Tatran • Capitale : Cityville. Emblème : équerre, compas et boule de cristal sur fond de parchemin. Habitants : tatris, camhboums, tatzboums. Les tatris ont la particularité d'avoir deux têtes. Ce sont de très bons organisateurs (ils ont souvent des emplois d'administrateurs ou travaillent dans les plus hautes sphères des gouvernements, tant par goût que grâce à leur particularité physique). Ils n'ont aucune fantaisie, estimant que seul le travail est important.

Ils sont l'une des cibles préférées des P'abo, les lutins farceurs, qui n'arrivent pas à imaginer un peuple totalement dénué d'humour et tentent désespérément de faire rire les tatris depuis des siècles. D'ailleurs, les P'abo ont même créé un prix qui récompensera celui d'entre eux qui sera le premier à réussir cet exploit.

Les camhboums, sortes de grosses mottes jaunes aux yeux rouges et tentacules, sont également des administratifs, souvent bibliothécaires. Les tatzboums sont en général des musiciens et jouent des mélodies extraordinaires grâce à leurs tentacules.

Les autres planètes

Dranvouglispenchir • Planète des dragons. Énormes reptiles intelligents, les dragons sont doués de magie et capables de prendre n'importe quelle forme, le plus souvent humaine. Pour s'opposer aux démons qui leur disputent la domination des univers, ils ont conquis tous les mondes connus, jusqu'au moment où ils se sont heurtés aux sortceliers terriens. Après la bataille, ils ont décidé qu'il était plus intéressant de s'en faire des alliés que des ennemis, d'autant qu'ils devaient toujours lutter contre les démons. Abandonnant alors leur projet de dominer la Terre, les dragons ont cependant refusé que les sortceliers la dirigent mais les ont invités sur AutreMonde, pour les former et les éduquer. Après plusieurs années de méfiance, les sortceliers ont fini par accepter et se sont installés sur AutreMonde. Les dragons vivent sur de nombreuses planètes, sur Terre, sur AutreMonde, sur Madix et Tadix, sur leur planète bien sûr, le Dranvouglispenchir, et s'obstinent à fourrer leur museau dans toutes les affaires humaines qui les amusent beaucoup. Leurs plus terribles ennemis sont les habitants des Limbes, les démons. Ils n'ont pas d'emblème.

Les Limbes • Univers démoniaque, le domaine des démons. Les Limbes sont divisés en différents mondes, appelés cercles, et, selon le cercle, les démons sont plus ou moins puissants, plus ou moins civilisés. Les démons des cercles 1, 2 et 3 sont sauvages et très dangereux ; ceux des cercles 4, 5 et 6 sont souvent invoqués par les sortceliers dans le cadre d'échanges de services (les sortceliers pouvant obtenir des démons des choses dont ils ont besoin et vice-versa). Le cercle 7 est le cercle où règne le roi des démons. Les démons vivant dans les Limbes se nourrissent de l'énergie démoniaque fournie par les soleils maléfiques. S'ils sortent des Limbes pour se rendre sur les autres mondes, ils doivent se nourrir de la chair et de l'esprit d'êtres intelligents pour survivre. Ils avaient commencé à envahir l'univers jusqu'au jour où les dragons sont apparus et les ont vaincus lors d'une mémorable bataille. Depuis, les démons sont prisonniers des Limbes et ne peuvent aller sur les autres planètes que sur invocation expresse d'un sortcelier ou de tout être doué de magie. Les démons supportent très mal cette restriction de leurs activités et cherchent un moyen de se libérer.

L'unique raison pour laquelle les démons voulaient envahir la Terre est qu'ils sont aqualics. L'eau de mer agit sur eux comme de l'alcool et il n'en existe nulle part dans leur univers. Ils adorent le goût de nos océans. Leur credo est « massacrer tout le monde en buvant de l'eau salée ».

Santivor • Planète glaciale des Diseurs de Vérité, végétaux intelligents et télépathes.

FAUNE, FLORE ET PROVERBES D'AUTREMONDE

Aiglelong • Prédateur volant qui se nourrit des faucongyres.

Aragne • Originaires de Smallcountry, comme les spalendítals, les aragnes sont aussi utilisées comme montures par les gnomes et leur soie est réputée pour sa solidité. Dotées de huit pattes et de huit yeux, elles ont la particularité de posséder une queue, comme celle des scorpions, munie d'un dard empoisonné. Les aragnes sont extrêmement intelligentes et adorent poser des charades à leurs futures proies.

Astophèle • Les astophèles sont des petites fleurs roses qui ont la propriété de neutraliser l'odorat pendant quelques jours. Les animaux évitent soigneusement les champs d'astophèles, ce qui convient parfaitement aux plantes, qui ont développé cette étrange faculté pour échapper aux brouteurs de toutes sortes. Les humains devant s'occuper des traducs, dont la chair est délicieuse mais la puanteur légendaire, utilisent le baume d'astophèle pour neutraliser leur odorat.

Balboune • Immenses baleines, les balbounes sont rouges et deux fois plus grandes que les baleines terrestres. Leur lait, extrêmement riche, fait l'objet d'un commerce entre les liquidiens, tritons et sirènes et les solidiens, habitants de terre ferme. Le beurre et la crème de balboune sont des aliments délicats et très recherchés. Les baleines d'AutreMonde chantent des mélodies inoubliables. « Chanter comme une balboune » est un compliment extraordinaire.

Ballorchidée • Magnifiques fleurs, les ballorchidées doivent leur nom aux boules jaunes et vertes qui les contiennent avant qu'elles n'éclosent. Plantes parasites, elles poussent extrêmement vite. Elles peuvent faire mourir un arbre en quelques saisons puis, en déplaçant leurs racines, s'attaquer à un autre arbre. Les arbres d'AutreMonde luttent contre les ballorchidées en sécrétant des substances corrosives afin de les dissuader de s'attacher à eux.

Bang-bang • Plantes rouges dont les extraits cristallins donnent une euphorie totale qui conduit à l'extase puis à la mort pour les humains. Les trolls, eux, s'en servent contre le mal de dents.

Bééé • Moutons à la belle laine blanche, les bééés se sont adaptés aux saisons très variables de la planète magique et peuvent perdre leur toison ou la faire repousser en quelques heures. Les éleveurs utilisent d'ailleurs cette particularité au moment de la tonte : ils font croire aux bééés (sur AutreMonde, on dit « crédule comme un bééé ») qu'il fait brutalement très chaud et ceux-ci se débarrassent alors immédiatement de leur toison.

Bendruc le Hideux • Divinité des Limbes démoniaques, Bendruc est si laid que même les autres dieux démons éprouvent un certain respect pour son aspect terrifiant. Ses entrailles ne sont pas dans son corps, mais en dehors, ce qui, lorsqu'il mange, permet à ses adorateurs de regarder avec intérêt le processus de digestion en direct.

Bizzz • Grosses abeilles rouge et jaune, les bizzz, contrairement aux abeilles terriennes, n'ont pas de dard. Leur unique moyen de défense, à part leur ressemblance avec les saccats, est de sécréter une substance toxique qui empoisonne tout prédateur voulant les manger. Le miel qu'elles produisent à partir des fleurs magiques d'AutreMonde a un goût incomparable. On dit souvent sur AutreMonde « doux comme du miel de bizzz ».

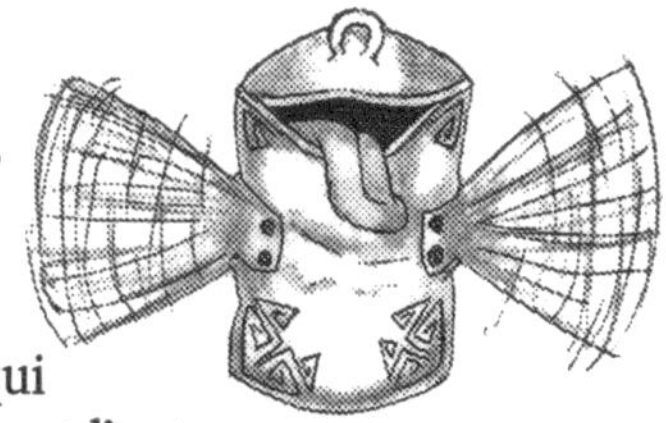

Blaz • Équivalent des pouf-pouf nettoyeurs, mais volants, les blaz sont la terreur des araignées d'AutreMonde qu'ils traquent sans pitié.

Blll • Les bllls sont des poissons ailés qui passent une partie de leur temps dans l'eau et l'autre, lorsqu'ils doivent se reproduire, en dehors. Très gracieux et magnifiques par leurs couleurs chatoyantes, ils sont souvent utilisés en décoration, dans de ravissantes piscines.

Blour • Petites fleurs très rouges qui ont un parfum si puissant qu'il pourrait déboucher le nez du plus enrhumé des nains. Elles sont beaucoup utilisées en hiver, car, comme beaucoup de fleurs sur AutreMonde, grâce à la magie, elles fleurissent toute l'année. De plus, elles attirent les papillons, si bien qu'il n'est pas rare de voir la barbe des nains recouverte de dizaines de papillons, ce qu'ils adorent. Un grand concours annuel a d'ailleurs été créé et le nain qui attire le plus grand nombre de papillons gagne le prix.

Blurps • Étonnante preuve de l'inventivité de la magie sur AutreMonde, les blurps sont des plantes insectoïdes. Dissimulées sous la terre, ressemblant à de gros sacs de cuir rougeâtre, une partie dans l'eau et l'autre sur terre, elles s'ouvrent pour avaler l'imprudent. Les petites blurps ressemblent à des termites, et s'occupent d'approvisionner la plante mère en victimes en les rabattant vers elle. Une fois grandes, elles s'éloignent du nid et plantent leurs racines, s'enfonçant dans la terre, et le processus se répète. On dit souvent sur AutreMonde « égaré dans un nid de blurps » pour désigner quelqu'un qui n'a aucune chance de s'en sortir.

Bobelle • Splendide oiseau d'AutreMonde un peu semblable à un perroquet. Les bobelles se nourrissent de magie pure et sont donc très attirés par les sortceliers.

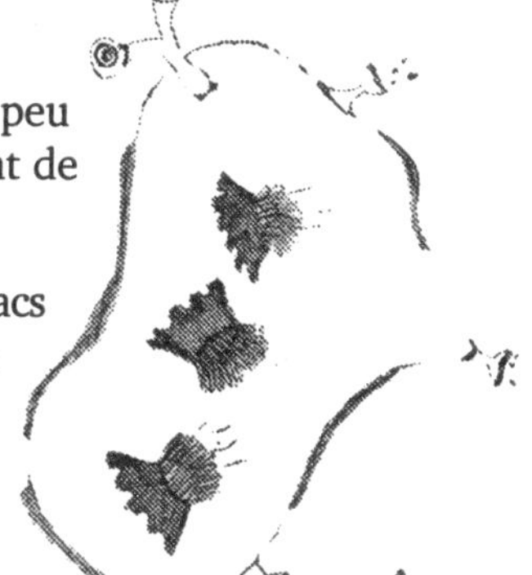

Boudule filtreur • Gros organismes ressemblant à des sacs bleus qui se nourrissent des déchets dans les ports d'eau salée d'AutreMonde, gardant ainsi l'eau claire et pure.

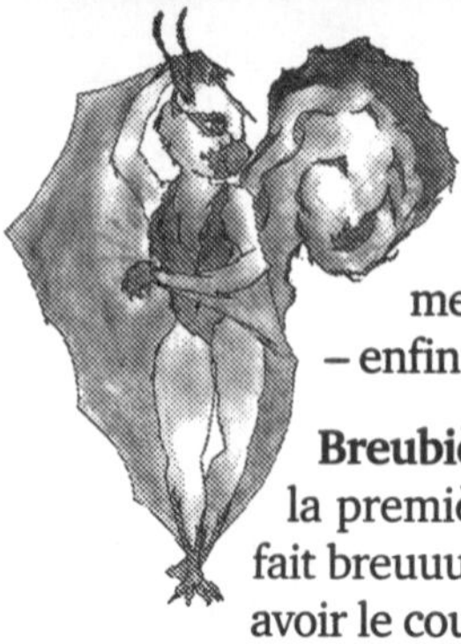

Boulvis • Petits écureuils gris et violets d'AutreMonde, à la fourrure soyeuse, qui possèdent une membrane entre les membres, qu'ils utilisent afin de « voler » de branche en branche – enfin « planer » serait plus juste.

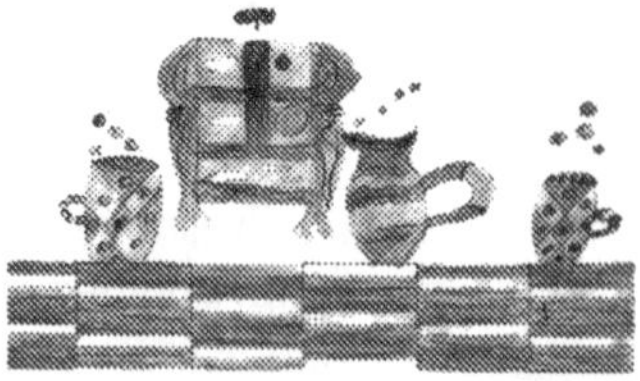

Breubière • Ainsi nommée parce qu'à la première gorgée on frissonne et on fait breuuu et qu'on se demande si on va avoir le courage de boire la seconde…

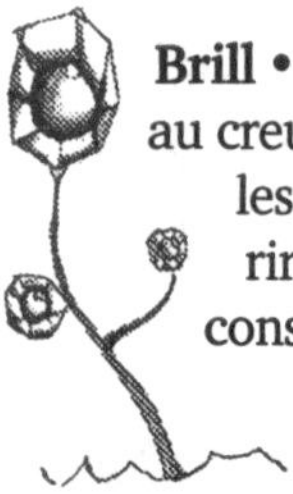

Brill • Mets très recherché sur AutreMonde, les pousses de brill se nichent au creux des montagnes magiques d'Hymlia et les nains, qui les récoltent, les vendent très cher aux commerçants d'AutreMonde. Ce qui fait bien rire les nains (qui n'en consomment pas) car à Hymlia, les brills sont considérés comme de la mauvaise herbe.

Brillante • Lointaines cousines des fées, les brillantes sont les luminaires d'AutreMonde. Elles peuvent adopter plusieurs formes, soit de jolies petites fées miniatures et lumineuses avec des ailes, soit des serpents ailés et lumineux eux aussi, selon les continents. Elles font leurs nids sur les réverbères et partout où les AutreMondiens les attirent. Très lumineuses, une seule brillante peut éclairer toute une pièce.

Brolk • Bordel. Soit **Brolk de Slurk** • Bordel de merde.

Brolvure • Injure naine. Assez intraduisible en fait. Le plus proche serait « résidu glaireux/morveux du plus grand lâche de l'univers ». Les nains méprisent la lâcheté… et ont horreur d'être enrhumés, parce qu'éternuer au mauvais moment dans une mine peut avoir pour conséquence de se prendre des centaines de tonnes de rocs sur la tête. Ceci est donc leur plus mortelle insulte.

Broux • Lézard se nourrissant exclusivement de crottes de draco-tyrannosaure. Faites-moi confiance, vous ne voulez pas savoir à quoi peut ressembler l'odeur de ses entrailles… certaines armes biologiques sont moins dangereuses.

Brrraaa • Énorme bœuf au poil très fourni dont les géants utilisent la laine pour leurs vêtements. Les brrraaas sont très agressifs et chargent tout ce qui bouge, ce qui fait qu'on rencontre souvent des brrraaas épuisés d'avoir poursuivi leur ombre. On dit souvent « têtu comme un brrraaa ».

Brumm • Variété de gros navets à la chair rose et délicate très appréciés sur AutreMonde.

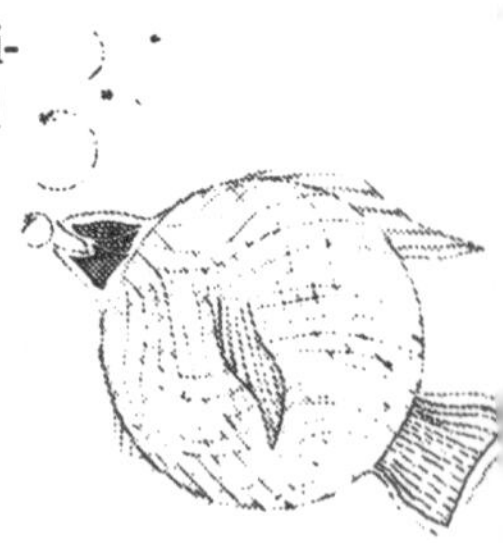

Bulle-sardine • La bulle-sardine est un poisson qui a la particularité de se dilater lorsqu'elle est attaquée ; sa peau se tend au point qu'il est pratiquement impossible de la couper. Ne dit-on pas sur AutreMonde « indestructible comme une bulle-sardine » ?

Camélin • Le camélin, qui tient son nom de sa faculté à changer de couleur selon son environnement, est une plante assez rare. Dans les plaines du Mentalir, sa couleur dominante sera le bleu, dans le désert de Salterens, il deviendra blond ou blanc, etc. Il conserve cette faculté une fois cueilli et tissé. On en fait un tissu précieux qui, selon son environnement, change de couleur.

Camelle brune • Plante en forme de cœur, dont les feuilles sont comestibles. Beaucoup de voyageurs ont pu survivre sans aucune autre alimentation que des feuilles de camelle. La plante peut arborer différentes couleurs selon les saisons et les endroits. On l'appelle aussi « plante du voyageur ». Son goût ressemble un peu à celui d'un sandwich au fromage dont elle a d'ailleurs la consistance vaguement spongieuse.

Cantaloup • Plante carnivore, agressive et vorace, la cantaloup se nourrit d'insectes et de petits rongeurs. Ses pétales, aux couleurs variables mais toujours criardes, sont munis d'épines acérées qui « harponnent » leurs proies. De la taille d'un gros chien, les cantaloups sont difficiles à cueillir et constituent un mets de choix sur AutreMonde.

Chaman • Ce sont les guérisseurs, les médecins d'AutreMonde. Car si tous les sortceliers peuvent appliquer des Reparus, il est de nombreuses maladies qui ne peuvent pas être soignées grâce à ce sort si pratique. Les chamans sont également les maîtres des herbes et des potions.

Chapotte • Sorte de biche à grands yeux dont la principale caractéristique est d'attendrir tellement les chasseurs qu'ils n'osent pas lui tirer dessus, se mettent à pleurer pour un oui ou pour un non et en général renoncent définitivement à chasser. On dit d'une personne très charmeuse qu'elle est une chapotte.

Chatrix • Les chatrix sont des sortes de grosses hyènes noires, très agressives, aux dents empoisonnées, qui ne chassent que la nuit. On peut les apprivoiser et les dresser, et elles sont parfois utilisées comme gardiennes par l'empire d'Omois.

Chimère • Souvent conseillère des souverains d'AutreMonde, la chimère est composée d'une tête de lion, d'un corps de chèvre et d'une queue de dragon.

Clac-cacahuète • Les clac-cacahuètes tiennent leur nom du bruit très caractéristique qu'elles font quand on les ouvre. On en tire une huile parfumée, très utilisée en cuisine par les grands chefs d'AutreMonde… et les ménagères avisées.

Crochiens • Chacals verts du désert du Salterens, les crochiens chassent en meute.

Crogroseille • Le jus de crogroseille est désaltérant et rafraîchissant. Légèrement pétillant, il est l'une des boissons favorites des AutreMondiens.

Crouiccc • Gros mammifère omnivore bleu aux défenses rouges, les crouicccs, connus pour leur très mauvais caractère, sont élevés pour leur chair savoureuse. Une troupe de crouicccs sauvages peut dévaster un champ en quelques heures : c'est la raison pour laquelle les agriculteurs d'AutreMonde utilisent des sorts anticrouiccc pour protéger leurs cultures.

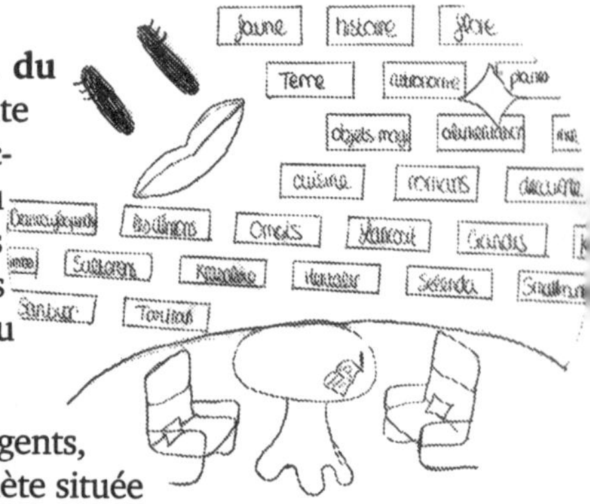

Discutarium / Devisatoire (en fonction du peuple qui l'emploie) • Entité intelligente recensant tous les livres, films et autres productions artistiques de la Terre, d'AutreMonde, du Dranvouglispenchir mais également des Limbes démoniaques. Il n'existe quasiment pas de question à laquelle la Voix, émanation du discutarium, n'ait la réponse.

Diseurs de Vérité • Végétaux intelligents, originaires de Santivor, glaciale planète située près d'AutreMonde. Les Diseurs sont télépathes et capables de déceler le moindre mensonge. Muets, ils communiquent grâce aux gnomes bleus, seuls capables d'entendre leurs pensées.

Draco-tyrannosaure • Cousins des dragons, mais n'ayant pas leur intelligence, les draco-tyrannosaures ont de petites ailes, mais ne peuvent pas voler. Redoutables prédateurs, ils mangent tout ce qui bouge et même tout ce qui ne bouge pas. Vivant dans les forêts humides et chaudes d'Omois, ils rendent cette partie de la planète particulièrement inappropriée au développement touristique.

Droufs de Tranlkur • Ceci étant un livre familial, disons que les droufs sont un attribut spécifiquement masculin. Et que Tranlkur est un dieu particulièrement apprécié des déesses…

Drummm • Gros poissons ressemblant à des vaches, paissant au fond des mers, dont les arêtes sont si épaisses qu'on dit des côtelettes de drummm. Son goût est délicat et sa saveur proche de celle du thon rouge.

Effrit • Race de démons qui s'est alliée aux humains contre les autres démons lors de la grande bataille de la Faille. Pour les remercier, ils ont reçu de la part de Demiderus l'autorisation de venir dans notre univers sur simple convocation d'un sortcelier. Ils ont décidé d'utiliser leurs pouvoirs pour aider les humains sur AutreMonde. Les moins puissants d'entre eux sont utilisés comme serviteurs, messagers, policiers, etc.

Élémentaire • Il existe plusieurs sortes d'Élémentaires : de feu, d'eau, de terre et d'air. Ils sont en général amicaux, sauf les Élémentaires de feu qui ont assez mauvais caractère, et aident volontiers les AutreMondiens dans leurs travaux ménagers quotidiens.

Faucongyre • Prédateur d'AutreMonde qui, du fait de son incroyable faculté de virer sur l'aile, semble comme monté sur un gyroscope, d'où son nom.

Gambole • La gambole est un animal couramment utilisé en sorcellerie. Petit rongeur aux dents bleues, il fouit très profondément le sol d'AutreMonde, au point que sa chair et son sang sont imprégnés de magie. Une fois séché, et donc « racorni », puis réduit en poudre, le « racorni de gambole » permet les opérations magiques les plus difficiles. Certains sortceliers utilisent également le racorni de gambole pour leur consommation personnelle car la poudre procure des visions hallucinatoires. Cette pratique est strictement interdite sur AutreMonde et les accros au racorni sont sévèrement punis.

Gandari • Plante proche de la rhubarbe, avec un léger goût de miel.

Gazz • Petit quadrupède au poil lisse et rouge (ou vert chez les trolls), couronné de bois.

Géant d'Acier • Arbre gigantesque d'AutreMonde, le Géant d'Acier peut atteindre deux cents mètres de haut et la circonférence de son tronc peut aller jusqu'à cinquante mètres ! Les pégases utilisent souvent les Géants d'Acier pour nicher, mettant ainsi leur progéniture à l'abri des prédateurs.

G'ele d'Arctique • Minuscule animal à fourrure très blanche, capable de survivre à des températures de moins quatre-vingts grâce à un sang antigel. Sa fourrure est très recherchée, car les g'ele meurent au bout de deux printemps, le 1er de Plucho exactement. Les chasseurs de g'ele vont alors en Arctique où la température remonte à un confortable moins vingt et cherchent les g'ele. Le seul problème étant que l'animal se cache dans un trou pour mourir et que, sa fourrure étant parfaitement blanche, elle est difficile à repérer. Et mettre la main dans tous les trous n'est pas une bonne idée, du fait des krokras, sortes de phoques qui se cachent sous la banquise et mangent tous ceux qui s'aventurent près de leurs trous.

Gélisor • Divinité mineure des Limbes démoniaques dont l'haleine est si violente que ses adorateurs ne peuvent entrer dans son temple que le museau/gueule/visage couvert par un linge aromatisé. Même les mouches ne peuvent survivre dans le temple de Gélisor. Et lors des réunions avec les autres dieux, il est prié de se laver les crocs avant de venir, histoire que la réunion soit un minimum supportable. Il est également interdit de fumer à proximité de Gélisor.

Gliir • Le gliir des marais puants est un oiseau incapable de voler qui, pour échapper à ses prédateurs, a adopté la même technique de survie que les traducs, puer autant qu'il le peut, en ingérant la yerk, une plante à l'odeur capable de repousser la plus coriace des mouches à sang.

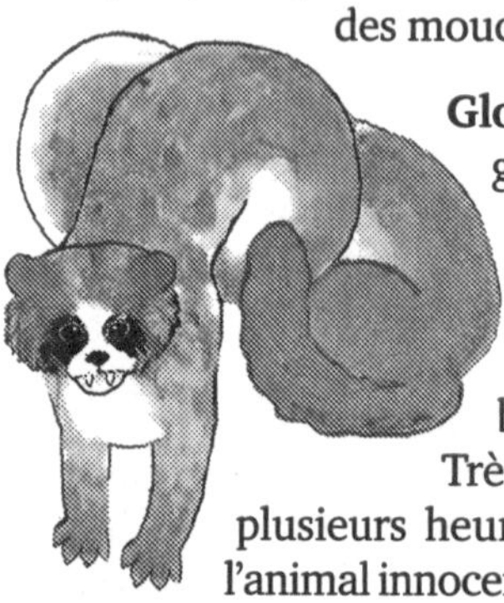

Glouton étrangleur • Comme son nom l'indique, le glouton étrangleur est un animal velu et allongé qui utilise son corps comme une corde pour étrangler ses victimes.

Glurps • Sauriens à la tête fine, vert et brun, ils vivent dans les lacs et les marais. Très voraces, ils sont capables de passer plusieurs heures sous l'eau sans respirer pour attraper l'animal innocent venu se désaltérer. Ils construisent leurs nids dans des caches au bord de l'eau et dissimulent leurs proies dans des trous au fond des lacs.

Graox • Curieux animal d'AutreMonde, ressemblant à un gros cochon violet au groin aplati capable de se transformer en haut-parleur et possédant un énorme goitre qui lui sert de caisse de résonance. À la saison des amours, en Kaillos, le graox, pour attirer les femelles, pousse des hurlements assourdissants, tellement violents qu'ils rendent sourds tous ceux qui se trouvent autour de lui. Il est la cause de la migration d'une grande partie des animaux d'AutreMonde pendant cette période du mois. Tout le reste du temps, il est totalement muet, invisible et discret. Les scientifiques pensent que les femelles se précipitent vers eux non pas attirées par leurs cris, mais pour les faire taire…

Harpie • Femme-oiseau d'AutreMonde qui ne communique qu'avec des injures. Les harpies sont crasseuses. Ce sont des mercenaires qui vivent principalement dans les montagnes. Leurs griffes sont venimeuses et, comme il n'existe pas d'antidote, leur venin est très recherché. Elles en font commerce.

Hop-hop • Petit animal très curieux d'AutreMonde. Il ne progresse que par bonds, un peu comme les kangourous sur Terre, sauf que lui saute partout et sans cesse. De fait, il rend

la tâche assez difficile à ses prédateurs (ce qui est le but) parce qu'il est impossible de savoir dans quelle direction il va bondir, quand et surtout pourquoi. Sur AutreMonde, lorsque quelqu'un est très agité, on dit de lui qu'il est « dérangé comme un hop-hop ».

Hydre • À trois, cinq ou sept têtes, les hydres d'AutreMonde vivent souvent dans les fleuves et dans les lacs.

Jourstal (pl. : jourstaux) • Journaux d'AutreMonde que les sortceliers et nonsos reçoivent sur leurs boules, écrans, portables de cristal (enfin, s'ils sont abonnés...).

Kalorna • Ravissantes fleurs des bois, les kalornas sont composées de pétales rose et blanc légèrement sucrés qui en font des mets de choix pour les herbivores et omnivores d'AutreMonde. Pour éviter l'extinction, les kalornas ont développé trois pétales capables de percevoir l'approche d'un prédateur. Ces pétales, en forme de gros yeux, leur permettent de se dissimuler très rapidement. Malheureusement, les kalornas sont également extrêmement curieuses, et elles repointent le bout de leurs pétales souvent trop vite pour pouvoir échapper aux cueilleurs. Ne dit-on pas « curieux comme une kalorna » ?

Kax • Utilisée en tisane, cette herbe est connue pour ses vertus relaxantes. Si relaxantes d'ailleurs qu'il est conseillé de n'en consommer que dans son lit. Sur AutreMonde, on l'appelle aussi la molmol, en référence à son action sur les muscles. Et il existe une expression qui dit : « Toi t'es un vrai kax ! » ou « Oh le molmol ! » pour qualifier quelqu'un de très mou.

Keltril • Métal lumineux et argenté utilisé par les elfes pour leurs cuirasses et protections. À la fois léger et très résistant, le keltril est quasiment indestructible.

Kévilia • Pierres lumineuses et transparentes, proches du diamant mais bien plus étincelantes, de couleur si forte qu'elles peuvent illuminer une pièce, bleue, verte, rose, jaune ou rouge, les kévilias sont très rares et sont les pierres les plus précieuses d'AutreMonde. Pour préciser que quelque chose a une grande valeur, sur AutreMonde on dit : « Il pèse son poids de Kévilia ».

Kidikoi • Sucettes créées par les P'abo, les lutins farceurs. Une fois qu'on en a mangé l'enrobage, une prédiction apparaît en son cœur. Cette prédiction se réalise toujours, même si le plus souvent celui à qui elle est destinée ne la comprend pas. Des Hauts Mages de toutes les nations se sont penchés sur les mystérieuses Kidikoi pour essayer d'en comprendre le fonctionnement, mais ils n'ont réussi qu'à récolter des caries et des kilos en trop. Le secret des P'abo reste bien gardé.

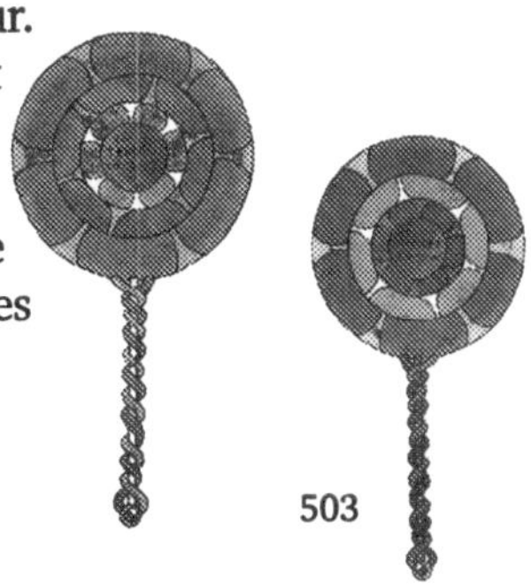

Krakdent • Animaux originaires du Krankar, les krakdents ressemblent à une peluche rose mais sont extrêmement dangereux, car leur bouche extensible peut quintupler de volume et leur permet d'avaler à peu près n'importe quoi. Beaucoup de touristes sur AutreMonde ont terminé leur vie en prononçant la phrase : « Regarde comme il est mign... »

Kraken • Gigantesque pieuvre aux tentacules noirs, on la retrouve, du fait de sa taille, dans les mers d'AutreMonde, mais elle peut également survivre en eau douce. Les krakens représentent un danger bien connu des navigateurs.

Kré-kré-kré • Petits rongeurs au pelage jaune citron ressemblant au lapin, les kré-kré-kré, du fait de l'environnement très coloré d'AutreMonde, échappent assez facilement à leurs prédateurs. Bien que leur chair soit plutôt fade, elle nourrit le voyageur affamé ou le chasseur patient. Sur AutreMonde, les kré-kré-kré sont également élevés en captivité.

Krel doré • Arbres sensitifs d'AutreMonde, ils reflètent en d'impressionnantes débauches de couleur les sentiments des animaux ou des gens qui les frôlent ou les traversent.

Kri-kri • Sorte de sauterelles violet et jaune dont les centaures font une consommation effrénée mais dont le cri cri cri strident dans les hautes herbes peut aussi rendre fou celui qui tente de dormir.

Kroa ou croa • Grenouille bicolore, la kroa constitue le principal menu des glurps qui les repèrent aisément à cause de leur chant particulièrement agaçant.

Krok-requin • Le krok-requin est un prédateur des mers d'AutreMonde. Énorme animal aux dents acérées, il n'hésite pas à s'attaquer au célèbre kraken et, avec ce dernier, rend les mers d'AutreMonde peu sûres aux marins.

Krouse • Sorte de grosses roses sauvages de toutes les couleurs délicieusement parfumées.

Krruc • Ressemble vaguement à un croisement entre un homard et un crabe, mais avec dix pinces. Ce qui en fait un mets très recherché sur AutreMonde.

Licorne • Petit cheval aux pieds fourchus et à la corne unique. Les licornes sont de sages penseurs grâce à l'herbe de la Connaissance du Mentalir.

Loup-garou • Peuple Anazasi, enlevé par le roi des dragons et placé sur le Continent Interdit, ses membres ont été transformés en loups-garous. Humains capables de se transformer en loups à volonté et dont la force, la rapidité et l'agilité sont extrêmes, même sous leur forme humaine. Un loup-garou peut contaminer un humain en le mordant, mais exclusivement sous sa forme lupine. Contrairement aux loups-garous terriens, les loups-garous d'AutreMonde ne dépendent pas de la pleine lune et peuvent se transformer à volonté. Délivrés par Tara Duncan, le peuple des loups inquiète beaucoup les AutreMondiens du fait de leur force et de leur agressivité, d'autant que le seul métal qui peut réellement les blesser est l'argent. La seule autre méthode pour tuer un loup-garou est la décapitation. Sachant que le loup-garou en question a de grandes chances d'être trois à quatre fois plus fort que vous, cette dernière méthode est à déconseiller. Les loups sont dirigés par des Alphas.

Mangeur de Boue • Habitants des Marais de la Désolation à Gandis, les Mangeurs de Boue sont de grosses boules de poils qui se nourrissent des éléments nutritifs contenus dans la boue, d'insectes et de nénuphars. Les tribus primitives des Mangeurs de Boue ont peu de contact avec les autres habitants d'AutreMonde.

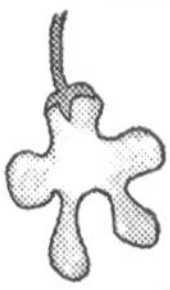

Manuril • Les pousses de manuril, blanches et juteuses, forment un accompagnement très prisé des habitants d'AutreMonde.

Miam • Sorte de grosse cerise rouge de la taille d'une pêche.

Mooouuu • Ce sont des élans sans corne à deux têtes. Quand une tête mange, l'autre reste vigilante pour surveiller les prédateurs. Pour se déplacer, les mooouuus font des bonds gigantesques de côté, comme des crabes.

Mouche à sang • C'est une mouche dont la piqûre est très douloureuse. Nombreux sont les animaux qui ont développé de longues queues pour tuer les mouches à sang.

Mouchtique • Plus grosses que les mouches à sang, les mouchtiques se posent discrètement sur les traducs et autres brrraaas et s'enfouissent dans leur chair, provoquant de petits nodules, qu'il faut entailler pour les en faire sortir, car elles sécrètent des toxines qui peuvent tuer le bétail.

Mrmoum • Fruits très difficiles à cueillir, car les mrmoumiers sont d'énormes plantes animées qui couvrent parfois la superficie d'une petite forêt. Dès qu'un prédateur s'approche, les mrmoumiers s'enfoncent dans le sol avec ce bruit caractéristique qui leur a donné leur nom. Ce qui fait qu'il peut être très surprenant de se promener sur AutreMonde et, tout à coup, voir une forêt entière de mrmoumiers disparaître, ne laissant qu'une plaine nue.

Nonsos • Les nonsos (contraction de « non-sortceliers ») sont des humains ne possédant pas le pouvoir de sortcelier.

Œufs de Splouf • Le splouf est un oiseau argenté à crête rouge des forêts de Selenda, patrie des elfes. La raison de son nom, c'est que ses œufs, délicieux au demeurant, sont si fragiles que dès qu'ont les effleurent ils se brisent, souvent dans un grand « splouf ». Comme l'oiseau ne peut se domestiquer, il est difficile d'obtenir ses œufs, qui sont donc très prisés.

Oiseau de feu • Curieuse forme de vie sur AutreMonde dont les plumes flambent continuellement et se renouvellent. Les oiseaux de feu nichent sur les igniteurs, les seuls arbres ignifugés d'AutreMonde, qui peuvent supporter leurs nids. Totalement hydrophobes, la moindre goutte d'eau peut les tuer.

Oiseau Roc • L'oiseau Roc est un volatile géant. Bon, on vous dit « volatile géant », et vous vous imaginez une sorte de gros aigle, au pire un condor. Pas du tout. L'oiseau Roc fait la taille d'une fusée Ariane, d'ailleurs, l'animal magique est capable de vivre dans l'espace, et est utilisé par les sortceliers pour mettre les satellites en orbite. Fort heureusement, l'oiseau se nourrit de la lumière des deux soleils d'AutreMonde et n'a pas besoin d'éliminer. Sinon, vous imaginez la taille des fientes ?

Pégase • Chevaux ailés, leur intelligence est proche de celle du chien. Ils n'ont pas de sabots, mais des griffes pour pouvoir se percher facilement et font souvent leur nid en haut des Géants d'Acier.

Pierre de Bonder • Pierre d'AutreMonde qui a la particularité de réverbérer les sons au point qu'il est inutile d'utiliser un micro.

Piqqq • Comme leur nom l'indique, les piqqqs sont des insectes d'AutreMonde qui, comme les mouches à sang, se nourrissent du sang de leurs victimes. La différence, c'est qu'ils injectent un venin puissant pour fluidifier le sang de leurs proies et que de nombreux traducs, mooouuus ou bééés se sont littéralement vidés de leur sang après avoir été attaqués par des piqqqs. Heureusement, ils se tiennent surtout aux alentours des marais où ils pondent leurs œufs.

Pllop • Grenouille blanc et bleu très venimeuse, utilisée par les centaures qui lèchent son dos pour avoir des visions du futur.

Pouf-pouf • Petites boîtes sur pattes avec un gros couvercle qui avale tous les déchets qui tombent par terre. Il est conseillé sur AutreMonde de faire attention à ce qu'on lâche involontairement, sous peine de devoir aller le rechercher dans la gueule d'une pouf-pouf. Les chercheurs qui ont inventé les pouf-pouf (c'est un organisme mi-magique mi-technologique) les ont programmées afin que les déchets qu'elles

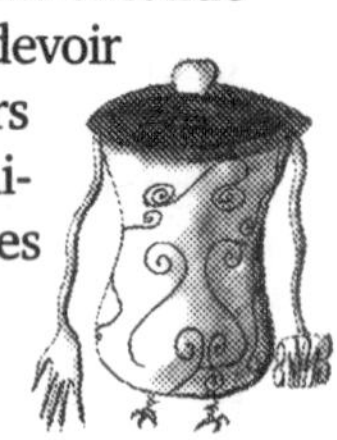

ne peuvent pas utiliser nutritionnellement soient transférés automatiquement par mini-Portes de transfert intégrées dans un trou noir de la galaxie d'Andromède.

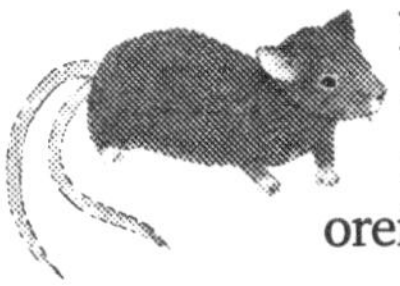

Pouic • Petite souris rouge capable de se téléporter physiquement d'un endroit à un autre et munie de deux queues. Son ennemi naturel est le mrrr, sorte de gros chat orange à oreilles vertes qui bénéficie de la même capacité.

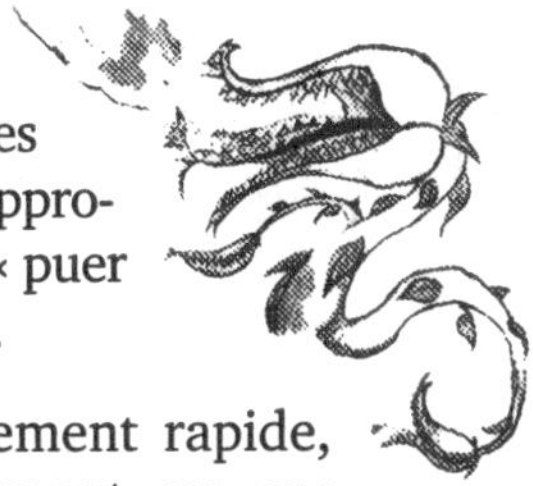

Prroutt • Plante carnivore d'AutreMonde d'un jaune morveux, elle exhale un fort parfum de charogne pourrie pour attirer les charognards et les prédateurs. Qu'elle engloutit dès qu'ils s'approchent à portée de ses tentacules. Sur AutreMonde, l'insulte « puer comme une prroutt » rivalise avec « puer comme un traduc ».

Rominet • Animal le plus rapide d'AutreMonde. Tellement rapide, d'ailleurs, qu'on n'est même pas sûr qu'il existe réellement, vu que personne n'a jamais réussi à le photographier ou à le filmer... dès qu'on voit filer du coin de l'œil une ombre vaguement poilue, on dit : « Oh, je crois bien que j'ai vu un rominet ! » (P.-S. : la légende dit que seule la race des titis, des canaris jaunes légèrement hystériques, peut voir les rominets...)

Rouge-banane • Équivalent de nos bananes, sauf pour la couleur et leur taille plus importante.

Rous • Sorte d'énorme rose au parfum délicat qui a la particularité de fleurir tout le temps, que ce soit en hiver ou en été. Lorsqu'elle est cueillie, elle peut rester fraîche pendant plusieurs mois, voire plusieurs années. On dit que la fameuse rous qui se trouve dans l'emblème personnel de la famille de la reine Titania, vient de la rous qui fut donnée à son ancêtre, la fameuse Bête, à qui il fut prédit que s'il ne trouvait pas l'amour sous sa forme de Bête avant que la rous ne se fane, il resterait sous cette forme à jamais. Coup de bol pour lui, la sortcelière qui l'envoûta avait choisi une rous d'Omois, dont la variété est particulièrement résistante. Sinon, Moineau n'aurait jamais vu le jour...

Saccat • Gros insecte volant communautaire rouge et jaune, venimeux et très agressif, producteur d'un miel particulièrement apprécié sur AutreMonde. Seuls les nains peuvent consommer les larves de saccat dont ils sont très friands, tous les autres risquant de se retrouver bêtement avec un essaim dans le ventre, la carapace des larves ne pouvant pas être dissoute par le suc digestif des humains ou des elfes.

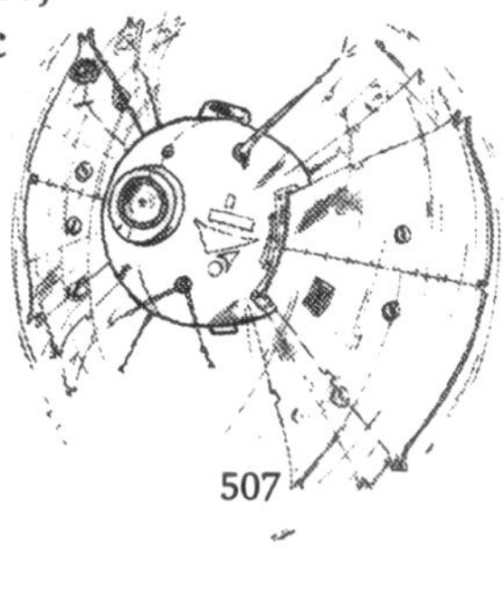

Scoop • Petite caméra ailée, produit de la technologie d'AutreMonde. Semi-intelligente, la scoop ne vit que pour filmer et transmettre ses images à son cristalliste.

Scrogneupluf • Petit animal particulièrement stupide dont l'espèce ne doit sa survie qu'au fait qu'il se reproduit rapidement. Ressemble à un croisement entre un ragondin et un lapin sous anxiolytiques. « Scrogneupluf » est un juron fréquent sur AutreMonde pour désigner quelqu'un ou quelque chose de vraiment stupide.

Sèche-corps • Entités immatérielles, sous-Élémentaires de vent, les sèche-corps sont utilisés dans les salles de bains, mais également en navigation sur AutreMonde où ils se nomment alors « souffle-vent ».

Sensitive • Arbre empathique aux magnifiques feuilles dorées et aux troncs blancs qui reflète les sentiments profonds des gens, raison pour laquelle il n'y en avait habituellement pas dans les villes... Ils mouraient trop vite.

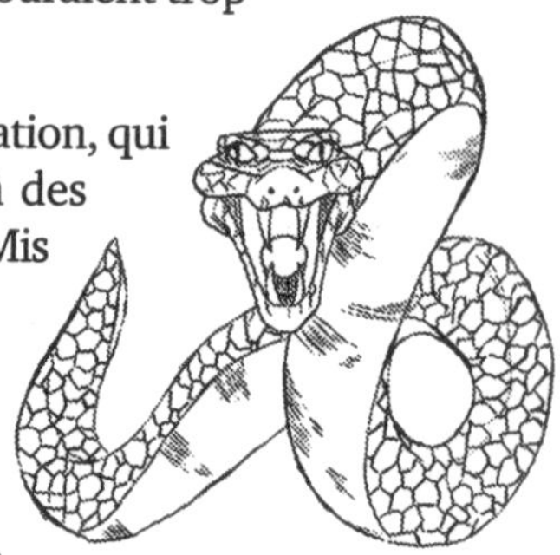

Serpent milière • Serpent des Marais de la Désolation, qui se déplace exclusivement dans la boue, grâce à des sortes de minuscules écailles aplaties sur les côtés. Mis dans l'eau, le milière coule.

Slurp • Le jus de slurp, plante originaire des plaines du Mentalir, a étrangement le goût d'un fond de bœuf délicatement poivré. La plante a reproduit cette saveur carnée afin d'échapper aux troupeaux de licornes, farouchement herbivores. Cependant, les habitants d'AutreMonde, ayant découvert la caractéristique gustative du slurp, ont pris l'habitude d'accommoder leurs plats avec du jus de slurp. Ce qui n'est pas de chance pour les slurps...

Snuffy rôdeur • Ressemblant à un renard bipède, vêtu le plus souvent de haillons, un grand sac sur le côté, le snuffy rôdeur est un pilleur de poulailler et de spatchounier, ce qui fait qu'il n'est pas très aimé des fermiers d'AutreMonde. Il a la particularité, peu connue, de pouvoir se dédoubler, ce qui lui permet de se libérer lui-même des prisons où il est souvent enfermé.

Sopor • Plante pourvue de grosses fleurs odorantes, elle piège les insectes et les animaux avec son pollen soporifique. Une fois l'insecte ou l'animal endormi, elle l'asperge de pollen afin qu'il joue le rôle d'agent fécondant. L'insecte ou l'animal se réveille au bout d'un moment et, en passant dans d'autres champs, féconde ainsi d'autres fleurs. Les sopors ne sont pas dangereuses, mais, en endormant leurs pollinisateurs, les exposent à d'autres prédateurs. Raison pour laquelle on voit souvent des carnivores aux alentours des champs de sopor, carnivores ayant appris à retenir leur souffle le temps d'attraper leur proie et de la sortir du champ. On dit sur AutreMonde : « Ce type est somnifère comme un champ de sopor. »

Sortcelier • Humain, elfe ou toute autre entité intelligente possédant l'art de la magie.

Soupilute • Équivalent AutreMondien de « salopard ». « Espèce de soupilute » est très souvent employé, les soupilutes étant une tribu de guerriers des montagnes d'Hymlia, réputée pour le caractère sournois de ses membres. Sournois et poilus, les soupilutes tirent une grande fierté des énormes masses de poils couvrant leurs corps, mais curieusement laissant leurs têtes parfaitement chauves.

Spalendital • Sorte de scorpions, les spalenditals sont originaires de Smallcountry. Domestiqués, ils servent de montures aux gnomes qui utilisent également leur cuir très résistant. Les gnomes adorant les oiseaux (dans le sens gustatif du terme), ils ont littéralement dépeuplé leur pays, ouvrant ainsi une niche écologique aux insectes et autres bestioles. En effet, débarrassés de leurs ennemis naturels, ceux-ci ont pu grandir sans danger, chaque génération étant plus nombreuse que la précédente. Le résultat pour les gnomes est que leur pays est envahi de scorpions géants, d'araignées géantes, de mille-pattes géants.

Spatchoune • Les spatchounes sont des dindons géants et dorés qui gloussent constamment en se pavanant et qui sont très faciles à chasser. On dit souvent « bête comme un spatchoune », ou « vaniteux comme un spatchoune ». Un spatchounier est l'équivalent d'un poulailler sur AutreMonde.

Stridule • Équivalent de nos criquets. Les stridules peuvent être très destructeurs lorsqu'ils migrent en nuages, dévastant alors toutes les cultures se trouvant sur leur passage. Les stridules produisent une bave très fertile, couramment utilisée en magie.

Tak • Sortes de petits rats verts ou gris, que l'on retrouve dans les ports. Les taks sont redoutés des marins car ils peuvent ronger un bateau en quelques jours. Ce qui prouve qu'ils n'ont pas un gros instinct de survie, parce qu'une fois le bateau rongé, les taks se noient.

Taludi • Les taludis sont de petits animaux à trois yeux en forme de casque blanc qui sont capables d'enregistrer n'importe quoi. Ils se nourrissent de pellicule ou d'électricité et voient à travers les illusions, ce qui en fait des témoins précieux et incorruptibles. Il suffit de les mettre sur sa tête pour voir ce qu'ils ont vu.

Taormi • Redoutables souris à tête de fourmis dont la piqûre est horriblement douloureuse, les taormis sont capables de décimer une forêt entière lorsque

l'une des fourmilières/nids décide de migrer. Elles produisent également un miel très sucré, apprécié des animaux d'AutreMonde, mais particulièrement difficile à obtenir sans y laisser la vie.

Tatchoum • Petite fleur jaune dont le pollen, l'équivalent du poivre sur AutreMonde, est extrêmement irritant. Respirer une tatchoum permet de déboucher n'importe quel nez.

Tatroll • Pour la facilité de la traduction AutreMondien/Terrien, l'auteur a directement converti les tatrolls en kilomètres et les batrolls en mètres. Un troll faisant trois mètres de haut, un batroll fait donc un mètre et demi et un tatroll un kilomètre et demi.

Tchaouf • Le tchaouf est l'animal le plus maladroit d'AutreMonde. Gris sombre, hirsute, avec un étrange plumet jaune sur la tête, ressemblant à un mélange d'éléphant et d'hippopotame, avec une très courte trompe en forme de trompette rouge, le tchaouf passe son temps à s'emmêler ses six pattes et tombe à peu près tous les trois mètres. De nombreux prédateurs ont ainsi été écrasés alors qu'ils tentaient d'abattre un tchaouf…

Tchelf • Le tchelf est un animal des Limbes qui ressemble à un gros ballon rempli de liquide. Liquide qu'il largue sans états d'âme lorsqu'il veut s'envoler afin d'échapper à ses prédateurs ou qu'il a peur. L'inconvénient, c'est que ledit liquide pue horriblement. « Tu t'es parfumé au tchelf, ce matin » est un compliment dans les Limbes, signifiant que la puanteur du tchelf est appréciée par les démons.

Téodir • Sorte de champagne des dragons. Les humains trouvent que ça a un vague goût d'antigel.

T'hoculine • Fleur composée de pierres précieuses changeant de couleur régulièrement. La fleur de Pierre est considérée comme l'un des plus beaux joyaux vivants d'AutreMonde et en acquérir une est extrêmement difficile, car elle n'est cultivée que sur la très dangereuse île de Patrok.

Tolis • L'équivalent des amandes sur AutreMonde.

Toye • Herbe rappelant un mélange détonant entre de l'ail très fort et un oignon trop fait. Le toye est une épice très prisée par les habitants d'AutreMonde.

Traduc • Ce sont de gros animaux élevés par les centaures pour leur viande et leur laine. Ils ont la particularité de sentir très mauvais, ce qui les protège des prédateurs, sauf des crrrèks, petits loups voraces capables d'obturer leurs narines pour ne pas sentir l'odeur des traducs. « Puer comme un traduc malade » est une insulte très répandue sur AutreMonde.

Treee • Petits oiseaux couleur rubis dans les forêts d'AutreMonde et verts dans celle des trolls. Leur nom est dû au cri très spécial (treeeeeeee) qu'ils poussent.

Tricroc • Arme enchantée trouvant immanquablement sa cible, composée de trois pointes mortelles, souvent enduites de poison ou d'anesthésique, selon que l'agresseur veut faire passer sa victime de vie à trépas ou juste l'endormir.

Trr rouge • Bois imputrescible, dont les rondins sont souvent utilisés pour les maisons et surtout pour les auberges, parce qu'il est difficile à briser et ne craint pas la bière.

T'sil • Vers du désert de Salterens, les t'sils s'enfouissent dans le sable et attendent qu'un animal passe. Ils s'y accrochent alors et percent la peau ou la carapace. Les œufs pénètrent le système sanguin et sont disséminés dans le corps de l'hôte. Une centaine d'heures plus tard, les œufs éclosent et les t'sils mangent le corps de leur victime pour sortir. Sur AutreMonde, la mort par t'sil est l'une des plus atroces. C'est la raison pour laquelle il n'y a pas beaucoup de touristes tentés par un trekking dans le désert de Salterens. S'il existe un antidote contre les t'sils ordinaires, il n'y en a pas contre les t'sils dorés dont l'attaque conduit immanquablement à la mort.

Tzinpaf • Délicieuse boisson à bulles à base de cola, de pomme et d'orange, le tzinpaf est rafraîchissant et dynamisant.

Velours (Bois de) • Bois fort prisé sur AutreMonde pour sa solidité et sa magnifique couleur dorée, très utilisé en marqueterie et pour les sols. Sa texture particulière fait qu'à la vue il semble glacé et qu'au toucher il est comme une profonde moquette moelleuse.

Ver taraudeur • Le ver taraudeur se reproduit en insérant ses larves sous la peau des animaux pendant leur sommeil. Bien que non mortelle, sa morsure est douloureuse et il faut la désinfecter immédiatement avant que les larves ne se propagent dans l'organisme. « Quel ver taraudeur celui-là ! » est une insulte désignant quelqu'un qui s'incruste.

Vlir • Petite prune dorée d'AutreMonde, assez proche de la mirabelle, mais plus sucrée.

Vloutour • Oiseau charognard d'AutreMonde gris et jaune ayant beaucoup de mal à voler, le vloutour est capable de digérer à peu près n'importe quoi. Ses intestins peuvent survivre à sa mort et continuer à digérer des choses, des mois durant. Les tripes de vloutour sont souvent utilisées en magie, notamment pour conserver la fraîcheur des potions.

Vouivre • Lézard ailé volant surtout la nuit, pouvant mesurer jusqu'à trente mètres de long et piscivore. La vouivre possède une pierre précieuse enchâssée dans son front, qui neutralise les effets de certains poisons, et les différentes parties de son corps sont souvent utilisées pour des potions. On murmure que la première vouivre serait née d'un œuf de coq, impossibilité biologique qui à l'époque avait fait grand bruit dans le poulailler et déclenché une série de questions très embarrassantes pour le pauvre volatile.

Vrrir • Félins blanc et doré à six pattes, favoris de l'Impératrice. Celle-ci leur a jeté un sort afin qu'ils ne voient pas qu'ils sont prisonniers de son palais. Là où il y a des meubles et des divans, les vrrirs voient des arbres et des pierres confortables. Pour eux, les courtisans sont invisibles et quand ils sont caressés, ils pensent que c'est le vent qui ébouriffe leur fourrure.

Vv'ols • Petits moineaux d'AutreMonde, capables d'agir comme un seul organisme devant un danger, en reproduisant la silhouette de redoutables prédateurs qui font fuir leurs attaquants. Exemple : si des vvols sont attaqués par des faucongyres, ils se massent et forment le corps d'un aiglelong, qui attaque les faucongyres. Ceux-ci, trompés, s'enfuient et le nuage de vv'ols se défait.

Wyverne • Servantes des dragons, les wyvernes sont des sortes de lézards géants aux écailles dorées, capables de se tenir en position bipède grâce à des hanches pivotantes. Moins intelligentes que les dragons, elles composent une grosse partie de leurs forces armées et n'ont aucun sens de l'humour, surtout un fusil à neutron entre les pattes. Elles seraient issues des expériences biologiques des dragons sur leurs propres cellules et en seraient donc de très lointaines cousines.

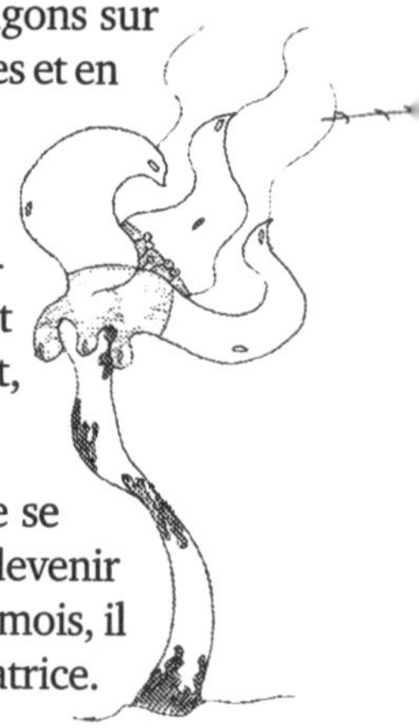

Yerk • Plante qui a trouvé le moyen de se rendre immangeable par les herbivores grâce à une odeur absolument dissuasive. Seuls les gliirs, qui n'ont aucun odorat, peuvent en manger les graines.

Zinvisible • Caméléon intelligent capable de se fondre totalement dans le décor au point de devenir invisible. Protecteur de la famille impériale d'Omois, il sert d'enregistreur vivant et espionne pour l'Impératrice.

Remerciements

Merci comme toujours à ma moitié, mon cœur, ma vie, Philippe. À mes filles, Diane qui s'éclate dans le monde de la finance et Marine qui me fait pleurer de joie chaque fois qu'elle chante sur scène, je suis trop fière de vous deux ; à maman, France, qui d'abord m'a dit que j'étais folle de monter un spectacle au Gymnase en octobre 2013 et ensuite m'a donné la liste des auteurs à joindre pour les sketches ; à ma sœur, Cécile, Didier, leur ravissante Anna et leur merveilleux petit Paul. À la famille Audouin, Jean-Luc, Corinne, Lou, Thierry, Marylène, Léo et un hommage spécial à Papy Gérard qui est parti rejoindre les anges et nous aime et nous regarde de là-haut en dégustant un bon fromage, ainsi qu'à la maman de Corinne qui a fait de même, et si la beauté et le charme seront reconnus par Dieu, namého ! Et bienvenue à Romain aussi.

À Bernard Fixot, Édith Leblond, Virginie Plantard qui a sué sang et eau sur mon texte (bravo, tu as géré !), Françoise Chaffanel, Valérie Taillefer, Gwenaëlle Le Goff et Stéphanie Le Foll et toute la bande de XO Éditions, merci de travailler, de me soutenir dans les moments les plus épuisants de la création, c'est important, une équipe.

À Benoit Di Sabatino, son frère Christophe et toute son équipe de Moonscoop, Dorothée Lanchier, Sonia Demoura, à Éric Bastier, à Tania qui a dessiné, encore une fois, une époustouflante couverture, wahou !, Nicolas Atlan, Christophe Mare, Thomas le roi des FX. *To DQ thank you so much and now ready for the second round ?*

À M6 qui a courageusement porté la première série télévisée, merci spécialement à Thomas Valentin, dommage qu'on ne bosse plus ensemble, mais on s'est bien amusés. Et merci à Natalie Altmann, qui est toujours à fond les ballons.

À Brice Ohayon de chez Webpopulation, bravo pour ton déménagement, enfin !... À Joanna, David et Zoé, ça grandit, tout ça !

À David Boaretto, ami producteur de films qui est en train de m'apprendre le métier, merci !

À Elsa, Glenn et Manu cent mille volts.

À Stéphane Legrand, toujours fidèle d'entre les fidèles depuis plus de dix ans, qu'est-ce que je ferais sans toi ! Et aussi à ta famille, bien sûr.

À Alain Barsikian et Sylvain Jaraud, mes sages conseillers, amis et avocats.

À Martine Mairal, et à son Jacques, à Thomas et Anne-Marie Seligman ; ce qui me plaît le plus, c'est de savoir que nous vieillirons ensemble, mes amis.

À Thomas Mariani, toujours prêt à filmer ou à écrire. À Christophe Balency, qui est devenu l'un de mes indispensables, on va faire l'Eurovision, je te jure ! Et bisous à Christine et Benjamin. À Fabrice Florent et à sa famille, merci encore pour ton aide sur le blog.

À tous mes fantastiques fanatiques taraddicts, et blogueurs acharnés :

Noémie, évidemment, la supergrandechef des taraddicts, et bien sûr sa jolie Marie, et Nina, Guillaume et Marion du bureau des taraddicts qui m'aident, me conseillent et m'épaulent pour informer les taraddicts de toutes les dingueries que j'invente.

Sirine et Margot, Philippe, dit Taraphil, Pénélope, CSIdniev, Marie, Alice, Sophie, Louise, Julie, Inès, Marine, Pauline et Marie Émilie, Victoria, Aélys, Cédric, Eryn, Viu/Jeanne, Alexiane, Sixtine, Celia, Slanne, Lucille, Lucillelfe, Charles qui revendique le titre de fan numéro un, Marie/Maureen, toujours joyeuse, Lucie et son fiancé Mael, Loeva-Mat, Honyasama et tous les modérateurs des blogus, on va trouver une solution... Cédric l'Américain, Khalid, Sixtine la Fidèle, Patricia et sa super maman et super sister, Clément le vampyr, Gabin, toujours là, Nathanaël, Amandine, Virginie, Thaïs, Audrey, le séduisant Impératrice Divine Tata Nicole, Sébastien G. A. Le Maôut, bon courage pour ton école de magie ! MaTouu' et son ange Tabatha, Julie dans son fauteuil, l'exemple du courage, et son Farid, Shalyssa-Myrtille, Tristan, Elsa, Kelly, Luna, Alexandre Anthony, Lily, Alexandra, Poline, Lucie, Clémence, Oriane et bravo pour ton magnifique Paon ! Jonathan coin coin, Mallaury, Justine, Aurélie, Charlotte, Clara, Maria, Coraline, Juliette, Caroline, Guénaëlle, Elina, Liz, dryss'tylanhem, Laurie et son serpent de mer, Tracy Cherifa, Estelle qui convertit tout le monde, Hugo, Joris.

Évidemment, j'en oublie toujours beaucoup ; d'un autre côté, impossible de tous vous mettre, cela ferait un autre livre !

Vous m'emplissez de gratitude et de joie. J'ai hâte de partager ma folie avec vous au théâtre du Gymnase tous les soirs pendant quatre mois à partir du 1er octobre 2013, ça va swinguer, les taraddicts !

Il m'a été très difficile de choisir parmi vos textes, chers Taraddicts, car ils étaient tous aussi réussis, drôles et inventifs les uns que les autres. Sur les centaines de textes que nous avons reçus, vous avez été quatorze dans la présélection : Blandine (Trouche), Carmen (Bousquet), Clara (Héry), Félicien (Cheze), Gaëlle (Perdrix), Jessica (Bollhander), Kévin (Courtois), Lou (Neveux), Luna (Jury), Marion (Gillot), Mathilde (Braud et Sardi), Solène (Tuban) : un grand merci à tous pour vos formidables textes.

Mais, malheureusement, il m'a fallu trancher. Et le grand gagnant est (roulements de tambour)... Solène Van der Maren !

Toutes mes félicitations à Solène, qui a gagné le droit de voir sa nouvelle publiée dans ce livre. Bravo aussi à tous ceux d'entre vous qui ont été si imaginatifs et intelligents dans leurs intentions.

Et j'attends avec impatience vos nouvelles pour le tome 11 de l'année prochaine.

HACA fans de Tara !

Démonologie

par Solène Van der Maren

J'étais confortablement en train de me faire griller par le soleil des Limbes, en bikini sur un transat avec un verre d'eau salée sur glace lorsque je fus invoquée.

La brusque dématérialisation faillit bien faire se détacher les minces ficelles de ma toilette rudimentaire, aussi me dépêchai-je de faire apparaître une tenue plus seyante, car je me doutais que mon futur employeur ne faisait pas appel à moi pour mon bronzage. C'est dans une tenue de guerrière toute de blanc vêtue que je fis mon apparition sur AutreMonde.

Choix vestimentaire que je regrettai sur-le-champ. L'endroit où j'apparus était si densément enfumé que je ne voyais pas mes mains. Je toussai alors que la fumée noire me brûla la gorge, et, à deux pas, j'entendis la personne qui m'avait invoquée faire de même. Il incanta et la fumée noirâtre se dissipa lentement.

— Pardon. Le sort a fait cramer le racorni de gambole... fit une voix de jeune homme, qui était placé dans un coin de la pièce, dans l'ombre.

Je le trouvais plutôt jeune et poli pour quelqu'un qui invoquait un démon. Surtout que nous étions rarement employés pour laver les carreaux ou classer des factures (deux tâches surhumaines, je l'admets). Je vis qu'il faisait sombre et humide ; je me trouvais dans une cave. La fumée finit de se dissiper et mon employeur se remit à tousser de plus belle, lorsqu'il m'aperçut finalement.

Depuis qu'Archange, notre roi, avait décidé un tournant plus pacifiste, il avait nommé des démons aux formes humaines comme démons supérieurs. Aussi, lorsqu'un sortcelier d'Autremonde ou d'ailleurs nous invoquait, c'était nous, les démons humanoïdes, qui étions envoyés en première ligne. Archange pensait ainsi améliorer les relations commerciales avec les autres mondes, mais cela s'était révélé un échec retentissant. En effet, les gens avaient certaines attentes vis-à-vis des démons. J'explique.

Lorsqu'ils en invoquaient un, ils s'attendaient à voir Bentruc le Hideux en personne débarquer chez eux, ou quelque chose qui y ressemblait. Si possible modelé par un schizophrène sous amphétamines, avec un luxe de crocs, de griffes, de serres ou de pinces. Le plus monstrueux, baveux, purulent et puant, mieux c'était. Lorsque les membres et les organes divers et variés paraissaient avoir été assemblés au petit bonheur la chance, sans le moindre souci de fonctionnalité ou d'esthétisme, c'était parfait. Le cerveau même était une pièce superflue de ce puzzle de chair. Du coup, lorsque mes employeurs voyaient apparaître mon corps parfait de jeune femme brune et plantureuse, certains se sentaient... floués. Et évoquaient la publicité mensongère.

— Je crois que j'ai fait une erreur, bafouilla-t-il alors, comme quatre-vingt-dix-neuf pour cent des gens lorsqu'ils me voyaient débarquer.

— Non, maître. Je suis la démone Azaël, et tu m'as fait appeler des Limbes.

— Ah, fit-il, mal à l'aise. Je m'attendais, eh bien, à... euh. Autre chose.

Je lui laissai une seconde pour ravaler sa salive.

— Qu'attendez-vous de moi, maître, demandai-je posément.

Le jeune homme se pencha et son visage sortit de l'ombre où il s'était jusque-là dissimulé. Il devait avoir dans la mi-vingtaine, un visage lisse et pâle (quoique sali par la suie), des cheveux blonds bien coiffés et des yeux clairs d'enfant. Il respirait une candeur et une naïveté insupportables.

Je fronçai les sourcils en tentant d'imaginer un tel ingénu utiliser le traité démoniaque nécessaire à mon apparition. L'idée du pouvoir visqueux et corrosif se déversant dans ses veines pour ouvrir la porte jusqu'aux Limbes était risible. Toutefois, il n'y avait pas de doute, c'était bien lui qui m'avait appelée, et j'étais curieuse d'en connaître la raison.

— J'ai besoin de toi… de vous, pour récupérer ma fiancée, dit-il sur un ton décidé qui faillit déclencher un éclat de rire irrépressible au fond de ma gorge.

— Je crois que les trucs de drague démoniaque ont peu de chance de fonctionner sur votre petite copine, fis-je d'un ton docte, en pensant que la petite copine en question n'y survivrait simplement pas.

— Raaaah, mais non ! Rien à voir, souffla-t-il. Maureen a été enlevée !

— D'habitude, les filles apprécient que ce soit le mec lui-même qui vienne les sauver des bras du méchant type. Qu'un démon s'en charge est loin d'être romantique, répliquai-je.

— Merci, je crois qu'on a vu les mêmes films, ironisa-t-il. J'ai besoin de vous parce que mon rival en question, ce blork de slurk, a engagé quatre démons pour garder son palais. J'ai récolté des bleus, des bosses et des marbrures en essayant de passer la dernière fois.

— Alors vous vous êtes dit qu'en engager un aussi, c'était pas de la triche ?

— Vous êtes partante alors, Azaël ? dit-il avec un grand sourire naïf.

— Vous m'offrez quoi, en échange ? fis-je d'un ton blasé en croisant les bras devant ma poitrine.

Et il sortit de derrière son fauteuil deux belles bouteilles. Des grands crus. J'avais toujours eu un faible pour l'eau de l'océan Indien. Si on me prenait par les sentiments…

Et voilà comment j'en étais venue à me retrouver avec Edwin, l'Omoisien blond au sourire infantile, en route vers le palais d'un duc-de-quelque-chose, pour sauver une jeune fille en détresse. Le fait que nous traversions la ville sur un taxi-tapis pétaradant et fumant, avec un nain bleu comme chauffeur, diminuait de beaucoup l'effet martial.

Il multiplia les détours avec application, et évidemment je dus payer une facture ridiculement astronomique, qui ne passerait sûrement pas sur ma note de frais. Je menaçai de le dévorer et il fut tout d'un coup beaucoup plus coopératif.

Nous descendîmes dans l'un des quartiers les plus chics de la ville, dont les longues allées étaient bordées de majestueux manoirs dans le pur style omoisien. Évidemment, Edwin s'arrêta devant la plus grande des demeures, qui ressemblait à s'y méprendre à une réplique de la Maison Blanche américaine, colonnades et jardins compris, redécorée à la soupe omoisienne. Elle n'était plus blanche, mais entièrement dorée. J'aurais dû amener des verres fumés. Avant d'entrer, Edwin me montra une photo de la demoiselle en question. Maureen était une grande femme à la blondeur incandescente, aux pommettes rouges et aux courbes généreuses. Sur la photo animée, elle regardait Edwin de ses beaux yeux bleus enamourés. Je soupirai et lui fis comprendre que j'avais compris l'objectif.

Il fit alors signe de cogner à la porte, mais je l'en empêchai. Si on voulait avoir l'air un peu moins ridicule qu'on l'était, il fallait faire une entrée remarquée. J'envoyai un solide coup de pied dans la porte, qui se plaignit abondamment. Je ne m'étais pas encore habituée aux portes parlantes, invention typiquement AutreMondienne.

Comme d'habitude, le décorateur d'intérieur avait fait un travail absolument atroce. Murs et planchers en marbre, moulures dorées, lustre immonde et escalier monumental, voilà qui présentait l'endroit. Le hall dans lequel nous pénétrâmes était gardé par les quatre démons dont Edwin m'avait parlé.

Les trois premiers étaient de forme humaine. Un jeune homme blond et deux bruns me gratifièrent d'un sourire de publicité de dentifrice lorsque nous déboulâmes dans la pièce. Le dernier évoquait un mélange contre nature de méduse et de hyène. Une cloche visqueuse agrémentée de tentacules couronnait un corps poilu et difforme, et une gueule baveuse munie d'une triple rangée de dents et d'une langue d'une longueur digne du livre des records pointait au milieu de ce qui me semblait être, à première vue, le torse. Mes compatriotes avaient une imagination cauchemardesque (et aléatoire) pour ce qui était de l'anatomie. Je ne discernais même pas d'œil, mais ce qui me semblait être une grande oreille avait l'air cousue sur un coin de ce sinistre assemblage.

La chose avait une haleine qui rappelait la putréfaction d'un corps humain par des températures subtropicales. Même moi j'en avais mal au cœur, et je vis Edwin tourner au vert. La méduse diffusa un sifflement glaireux et quelques bulles d'un liquide non identifié coulèrent de sa gueule. Le sol se mit à fumer, puis à fondre.

Les trois humanoïdes reconnurent immédiatement Edwin, et s'avancèrent pour le renvoyer d'où il venait. C'était là que je devais intervenir.

— On pourrait peut-être négocier, fis-je en affichant un large sourire, qui avait habituellement un certain effet sur les démons…

La méduse émit quelques bulles, stoïque. Devant le regard désabusé de mes compatriotes humanoïdes, je changeai de stratégie.

— Edwin, couuuuuuuuurs ! hurlai-je.

Le jet de magie démoniaque me cueillit comme un boulet de canon en plein dans le plexus solaire et j'allai m'écraser telle une météorite contre le mur de marbre. Qui s'avéra être du toc. Le plâtre s'enfonça et, lorsque je glissai au sol, les miettes se mirent à pleuvoir sur ma tête. J'époussetai négligemment mes épaules en me redressant et eus un grand soupir.

— Habituellement, je ne me bats pas contre d'autres démons. C'est contre mon code de déontologie.

Le démon aux longs cheveux noirs me lança un regard amusé. Je ne devais pas avoir l'air très menaçant. Une magie noire poisseuse illuminait les mains des trois hommes. La méduse, elle… se contentait d'être répugnante.

Je levai la tête et avisai le lustre ostentatoire qui garnissait le plafond. Cette fois, je priai pour que ce ne soit pas du toc.

Je sais, c'est cliché. Le coup du lustre, c'est très film terrien, mais il était clair que je ne faisais pas le poids face à quatre démons. En plus, j'ai toujours eu une passion pour la culture terrienne. Ben quoi ? Certains collectionnent les timbres, ou se passionnent à construire des reconstitutions de la grande guerre des Failles à l'échelle 1 sur 26. Moi, j'adorais tout ce qui venait de cette petite planète bleue. Cela donnait parfois lieu à de drôles de références. Mais revenons à l'arme du crime.

Le lustre en question était un modèle de style victorien garni d'un nombre impressionnant de cristaux, comme on en fait plus de nos jours. Je me demandai pendant une seconde qui avait eu la brillante idée de doter cet instrument de torture visuelle d'un tel luxe de pointes et d'aiguilles bien tranchantes. Le démon que j'embrochai avec, en coupant d'un trait de magie la chaîne qui le suspendait au plafond, dut se faire la même réflexion.

Mon attaque prit l'un d'eux par surprise, mais un autre avait déjà répliqué. J'incantai un bouclier, mais la violence du choc me fit traverser le mur comme s'il se fût agi de papier de riz. Je m'écrasai contre un secrétaire aux pieds ridiculement sculptés qui s'affaissa voluptueusement sous l'impact. Je parcourus rapidement l'endroit du regard et notai que cette autre pièce était meublée avec le même mauvais goût recherché que le hall. Mais pour le moment, mon penchant pour les objets lourds et portatifs s'accordait tout à fait avec celui du décorateur. Je me saisis de ce qui semblait être un ridicule presse-papier en fonte à l'effigie du propriétaire des lieux. C'était encore mieux qu'une batte de baseball.

Je passe rapidement sur les quelques minutes qui m'ont été nécessaires pour neutraliser un à un les trois premiers démons, successivement à coups de lustre, de presse-papier, puis de radiateur à accumulation. Je m'étais épargné l'usage de la magie, éreintante et trop souvent inefficace. La méduse n'avait toujours pas bougé.

Je revins dans la première pièce, essoufflée, écartant une mèche de cheveux bruns de mon visage et essuyant de mes mains le sang qui n'était pas le mien. J'aurais probablement eu besoin de quelques points de suture. Je dévisageai mon dernier adversaire.

La chose était d'une immobilité suspecte. Seule la gelée de la cloche qui l'ornait était agitée d'un vague frémissement. Un biologiste aurait été curieux des étranges phénomènes chimiques qui se produisaient dans cette gélatine, et moi-même je pouvais difficilement détacher les yeux de cette matière molle. Les tentacules de la chose s'agitaient sans but. Je m'approchai encore un peu et confirmai mon diagnostic : la méduse n'avait pas d'œil. Ni d'ailleurs de nez ou de cerveau.

J'étais maintenant dangereusement proche du démon, totalement fascinée par sa terrifiante inertie. Puis, un bruit monstrueux naquit, enfla jusqu'à devenir un gargouillement de fin du monde. Je reculai, terrifiée, retenant mon souffle.

Une goutte de bave acide s'écrasa sur le carrelage.

C'était tout ? Je fus tentée de tâter du doigt la cloche de gélatine du monstre, mais je me rendis à la raison. J'avais une mission à accomplir.

Edwin avait apparemment réussi à s'échapper indemne du combat que j'avais mené contre les trois démons. Je courus à sa poursuite, espérant qu'il ne soit pas tombé sur le duc-de-quelque-chose. J'avais la vague intuition qu'il ne ferait pas le poids.

Je déboulai alors dans la fameuse réplique du salon ovale, où j'assistai à une scène surréaliste. Edwin était étroitement ligoté dans un coin de la pièce, un coquard violacé autour de l'œil gauche. Le duc maintenant célèbre était debout derrière son bureau, sa boule de cristal à la main et pestant contre les démons qui ne répondaient pas. Je remarquai tout de suite sa lèvre fendue par un coup de poing et je souris. Au moins, Edwin s'était défendu. Et au centre de la pièce, prisonnière d'un cercle qui la privait de sa magie, se tenait une jeune femme qui ne ressemblait en rien à Maureen.

C'était une petite femme, aux cheveux bruns coupés au carré, avec un visage fin et de grands yeux bruns. Sa taille menue n'avait rien à voir avec les courbes voluptueuses de la fiancée d'Edwin. Pourtant, il me paraissait impossible que nous nous soyons trompés de maison. Le duc avait tout à fait le profil du mégalomane en puissance qui enlevait les belles jeunes filles. Il avait d'ailleurs fière allure, avec ses larges épaules et son petit bouc viril. Un jet de magie démoniaque lui fit faire connaissance avec la moquette. Je détachai rapidement Edwin et nous quittâmes la pièce à toute vitesse. Mais un cri de détresse retint l'attention de mon jeune maître.

— Edwin, ne pars pas sans moi ! C'est moi, Maureen ! s'écria la petite brunette en gigotant sur sa chaise.

J'en eus le souffle coupé de stupeur, mais cela ne fut rien en comparaison de la réaction d'Edwin. De vert, il fonça jusqu'à devenir presque violacé avant de retrouver une couleur plus naturelle, d'un blanc froid de colère.

— Quoi ? fit-il et sa voix douce se mua en un sifflement de colère, coupant comme un rasoir. C'est... Comment est-ce possible !

— Une illusion, Edwin, sanglotait la jolie brune. Très bien faite. Mais juste un sort.

Edwin la dévisageait maintenant sévèrement alors que je soupirais de désespoir. Ces humains étaient décidément compliqués. Chez les démons, une bonne cuite à l'eau salée et voilà, on trouvait soudainement une certaine ressemblance avec Johnny Depp même au plus moche des démons. Edwin parut hésiter une seconde, puis son visage se détendit, il se précipita vers la jeune femme et la libéra du cercle qui la privait de sa magie. Mais elle ne reprit pas son apparence de top-modèle de lingerie fine, trop occupée à tremper la chemise d'Edwin de larmes de soulagement et de culpabilité mêlées. Il se serra tout contre elle et je crus voir ma mission se terminer sur une note romantique. Grossière erreur.

Mais évidemment, c'eût été trop facile. C'est ce moment que choisit le Duc pour se relever péniblement, encore chancelant. Je sentis les ennuis venir, mais à mon grand étonnement, il se tint douloureusement la tête en pointant la sortie :

— Sortez ! Cette brolvure[1] m'a fait perdre assez de temps comme ça ! hurla-t-il.

Quoi ? C'était aussi facile ? J'eus un sourire rusé, attrapant mon employeur par le bras, prête à nous tirer d'ici avec la fiancée en question sans devoir passer par une nouvelle série d'épreuves olympiques.

Lorsque je sentis Edwin se raidir sous ma poigne, je sus que je ne m'en tirerais pas ainsi.

— Comment as-tu osé appeler ma fiancée, sale traduc répugnant ? Fit Edwin en bombant le torse.

— Cette aguicheuse se faisait passer pour une autre ! Rien qu'à voir son vrai décolleté, on comprend pourquoi, répliqua vertement le duc alors que la petite Maureen jetait un regard dépité vers son pauvre 85B. Où va le monde si on ne peut plus kidnapper des belles blondes sexy sans se rendre compte après qu'elles sont brunes et maigrichonnes.

C'est vrai, où allait le monde…

Il s'ensuivit une joute oratoire digne des harpies. Edwin paraissait complètement oublier le fait qu'il pesait à peine soixante-cinq kilos. Mouillé. Et que son adversaire, le traduc en question, faisait au jugé une bonne tête de plus que lui. Je fus obligée d'intervenir avant qu'ils n'en viennent aux mains et qu'Edwin se fasse une nouvelle fois rosser de coups. Avec mon sens de la diplomatie légendaire, je flanquai au duc de machin-chose une bonne droite sur la mâchoire et il s'écroula sans demander son reste. Une chance que mon corps de démone humanoïde fût plus solide que ceux de leur modèle original. Edwin, en particulier, me semblait d'une fragilité ridicule.

J'accompagnai les deux tourtereaux roucoulants jusqu'au petit appartement d'Edwin et attrapai les deux bouteilles pour lesquelles j'avais tant souffert. Je me promis d'en déguster chaque gorgée.

Je quittai les deux amoureux sur la promesse de ne pas me présenter à leur mariage. Et à mon retour dans les Limbes, je demandai qu'on me change d'affectation. J'en avais plus que marre des petits caprices des humains, songeais-je en faisant réapparaître mon maillot de bain. Mais parfois, je ne peux m'empêcher de me demander comment ils vont.

FIN.

---

1. Injure naine spécialement impolie, que les Omoisiens cultivés n'utilisent que lorsqu'ils sont poussés dans leurs plus profonds retranchements…

Concours de dessin

Liste des gagnantes et gagnants

2012

Erika B	Camelles brunes
Lucas Bianova	Bang-bang et Mouche à sang
Audrey Boiteux	Spatchoune
Lauriane Boulanger	Géant d'acier
Audrey Coq	Glouton étrangleur
Lana Daude	Licorne
Marina Desbuquois	Boulvi et Tchaouf
Océane Dubois	Discutarium et Ver taraudeur
Cima Grande	Élémentaire
Denis Gressent	Boudule filtreur
Damana Gryme	Breubière
Fatima Kajoua	Blaz
Anaïs Lantenois	Brillante
Lucie Léquier	Vloutour
Frédérique Ouellet-Boivin	Hop-hop et Tak
Émilie Roux	Serpent milière
Marie Serrié	Faucongyre et Graox
Sariella Shinzo	Rominet
Vérane Simon	Cantaloup
Maggie Singer	Diseur de Vérité
Clément Vaille	Clac-cacahuète et Kidikoi

et toujours les artistes des années précédentes

Mathilde Adant	Kax
Méline Artigala	Crouiccc et Piqqq
Lise Bianciotto	Snuffy rôdeur
Sarah-Doria Bordji	Aiglelong
Marine Chatain	Gliir Scoop et T'hoculine
Ève Charrin	Kré-kré-kré
Thiphaine Charrondiere	Astophèle
Antonin Claudet	Bulle-sardine
Audrey Coq	Pouic et Vrrir
Antoine Cousin	Blurps et Camélin
Aurélie Creton	Chimère et loup-garou
Margot Dehan	Bobelle, Gambole et Kroa
Chloé Delacroix	Vv'ol
Cédric Derval	Mangeur de Boue et Taludi
Mathieu Désilets	Saccat
Marie Eléna	Crochien
Laura Escoin	Taormi et Scrogneupluf
Nolwenn Gangloff	Krouse
Alexandra Girard	Ballorchidée, Pouf-pouf, Tatchoum et Traduc
Bérengère Guillemo	Brrraaa et Pllop
Marine Hamard	Pégase
Lucile Hausser	Chatrix
Joel Herter	Krakdent et Draco-tyrannosaure
Cindy Hontebeyrie	Treee et Effrit
Julie Iuso	Mrmoum et Brumm
Théo Jordano	Glurps
Justine Lacroze	Bééé
Anaïs Le	Mery Harpie
Floriane Limbourg	Blll
Lemière Loic de Ludres	Kraken
Sophie Lux	Oiseau de feu
Priscillia Macquart	Sopor
Valentine Maris	Krruc et Manuril
Félix Martin	Yerk
Lou-Anne Mathieu	Zinvisible
Alix Mellier	Aragne
Claire Meredith dite Miss Turtle	Wyverne
Vaiana Meyer	Bendruc le Hideux
Inéa Morverand	Brill
Fanny Mousset	Mouchtique
Charline Pagnier	Kalorna
Mélanie Perdrix	Balboune
Laurine Picotin	Rouge-banane
Clotilde Plantureux	Vouivre et Hydre
Céline Primault	Spalendital et Stridule
Romane Queyras	Kri-kri
Clara Scelo	Gazz bizzz et Tricroc
Vicky Stiegler	Krok-requin et Mooouuu
Marylise Szulczewski	Krel doré
Laura Tomaszewski	T'sil
Pauline Vava	Broux
Aurélie Wiorm	Prroutt
Caroline Wiscart	Oiseau Roc

Table

CRÉATION GRAPHIQUE ET MISE EN PAGE :
edita sarl
13 place Coty 37100 Tours
www.webedita.com

Achevé d'imprimer
sur Roto-Page
par l'Imprimerie Floch
à Mayenne
en septembre 2012

N° d'édition : 2209/01 – N° d'impression : 83036
Dépôt légal : septembre 2012

Imprimé en France